SCIENCE FICTION

STAR TREK-Romane von William Shatner:

Die Asche von Eden · 06/5688
Die Rückkehr · 06/5689
Der Rächer · 06/5690
Das Gespenst · 06/5703
Dunkler Sieg · 06/5704 (in Vorb.)

Ein vollständiges Verzeichnis aller
im HEYNE VERLAG erschienen STAR TREK-Romane
finden Sie am Schluß des Bandes.

WILLIAM SHATNER
MIT JUDITH & GARFIELD REEVES-STEVENS

STAR TREK®

DAS GESPENST

Roman

**Star Trek®
Classic Serie
Band 103**

Deutsche Erstausgabe

**WILHELM HEYNE VERLAG
MÜNCHEN**

HEYNE SCIENCE FICTION & FANTASY
Band 06/5703

Titel der amerikanischen Originalausgabe
SPECTRE
Deutsche Übersetzung von Andreas Brandhorst

> *Umwelthinweis:*
> Dieses Buch wurde auf chlor- und
> säurefreiem Papier gedruckt.

Redaktion: Rainer-Michael Rahn
Copyright © 1998 by Paramount Pictures
All Rights Reserved.
STAR TREK is a Registered Trademark of Paramount Pictures
Erstausgabe by Pocket Books/Simon & Schuster Inc., New York
Copyright © 2000 der deutschen Ausgabe und der Übersetzung
by Wilhelm Heyne Verlag GmbH & Co. KG, München
http://www.heyne.de
Printed in Germany 2000
Umschlagbild: Pocket Books/Simon & Schuster Inc., New York
Umschlaggestaltung: Nele Schütz Design, München
Technische Betreuung: M. Spinola
Satz: Schaber Satz- und Datentechnik, Wels
Druck und Bindung: Ebner Ulm

ISBN 3-453-17931-5

STAR TREK ist gut zu mir gewesen:
Ruhm, Geld, Phantasie.
Und vor allem Freundschaft.
Für meinen Freund Leonard, den Besten von allen.
Und für den Südstaaten-Gentleman,
meinen Freund DeForrest.
Und für seine wundervolle,
ihn treu liebende Ehefrau Carolyn.
Ich widme dieses Buch ihnen und
meiner Freude über ihre Freundschaft.

PROLOG

Er lebt noch«, sagte die Vulkanierin. – Kate hörte zwar die Worte, verstand aber nicht ihre Bedeutung. Sie beugte sich über den kleinen Tisch in der Bar von *Deep Space Nine* vor. Ein großer Alien mit einem fleischigen Gesicht, das an eine verschrumpelte Backpflaume erinnerte, hatte gerade einen dreifachen Dabo gewonnen. Er machte am Spieltisch so viel Lärm, dass eine normale Unterhaltung unmöglich wurde.

Ein nervöser Ferengi kam hinter der Theke hervor und bahnte sich einen Weg durch die Menge. »Morn! Morn! Lass sie los!«

Der Alien – Morn – vollführte einen triumphierenden Tanz, und zwar mit einem Dabo-Mädchen. Er umarmte sie, drehte sich dabei im Kreis. Die Füße der jungen Dame berührten nicht mehr den Boden, und sie lief Gefahr, ihre wenigen Kleidungsstücke zu verlieren.

Das Geschehen beanspruchte die Aufmerksamkeit aller Anwesenden, und diese gute Gelegenheit nutzte die Vulkanierin, um ein kleines Datendisplay über den Tisch zu schieben, ihrer menschlichen Begleiterin entgegen.

Kate wölbte die Hand darum, aktivierte das Gerät und schnappte nach Luft, als sie das Gesicht auf dem winzigen Bildschirm sah. Jäher Hass erwachte in ihr.

»James Tiberius Kirk«, flüsterte die Vulkanierin. Sie hob eine Hand – die unverletzte – zum Gesicht und bedeckte damit halb den Mund. Sie war jung, kaum mehr als zwanzig, wusste Kate, aber ihre Augen wirkten älter. Sie und die Vulkanierin kamen aus einer Welt, in der alle Augen älter wirkten.

»Wann hat man dieses Bild aufgezeichnet?«

»Vor einem Jahr«, antwortete die Vulkanierin. »Während der Virogen-Krise wurde Kirk von der Raumhafenpolizei auf Vulkan verhaftet. Dieses Bild stammt von der Vernehmung vor Gericht.«

Kate rechnete nach. Kirks Geburtsdatum im terranischen Jahr 2233 war unauslöschlich in ihr Gedächtnis eingebrannt. »Das ist unmöglich, T'Val. Dieser Mann ist höchstens sechzig. Doch Kirk müsste heute... hundertzweiundvierzig Jahre alt sein.«

Ein zweiter Ferengi – er trug eine bajoranische Uniform – gesellte sich dem nervösen hinzu, und beide nahmen den Platz des Dabo-Mädchens in Morns Armen ein. Der schwerfällige Alien wirbelte die beiden Ferengi herum, während er von einem Bein aufs andere hüpfte und dabei Geräusche von sich gab, die nicht nach einem intelligenten Wesen klangen, sondern eher nach dem Paarungsruf eines yridianischen Jaks.

Die Vulkanierin T'Val setzte ihr Glas an die Lippen, trank einen Schluck Wasser und sah sich um. »Vor zweiundachtzig Jahren starb Kirk angeblich beim Jungfernflug eines neuen Raumschiffs. In Wirklichkeit geriet er in ein nichtlineares temporales Kontinuum.«

Kate runzelte die Stirn. »Mit solchen Dingen kenne ich mich nicht aus«, sagte sie und starrte erneut das Ungeheuer auf dem Display an.

Verwirrung huschte durch T'Vals Züge. Die Veränderung war so subtil, dass nur ein anderer Vulkanier oder Kate sie bemerken konnte. Alle anderen hätten sich von der roten Narbe an der dunklen Stirn ablenken lassen – sie stammte von einem Disruptor. »Keine Sorge. Niemand versteht derartige Phänomene. Wie dem auch sei: Vor vier Jahren wurde Kirk im Innern des Kontinuums entdeckt, und zwar vom...« T'Vals Blick huschte zu den nächsten Tische. Kate und sie saßen in einer Ecke, fast direkt unter der Treppe, die nach oben zu den berühmt-berüchtigten Holokammern führte. Das Gebaren der Vulkanierin deutete darauf hin, dass sie kein Risiko eingehen wollte. Noch leiser fügte sie hinzu: »...vom Starfleet-Captain Jean-Luc Picard.«

Kate riss die Augen auf. Wie sollte so etwas möglich sein? Selbst hier?

»Kurze Zeit später hieß es, Kirk sei auf dem abgelegenen Planeten gestorben, auf dem Picard ihn entdeckt hatte«, fuhr T'Val fort. »Aber ein Jahr später kehrte er zur großen Überraschung aller zurück. Einige Romulaner verwendeten Borg-Technik, um...« Die Vulkanierin schien nach einem geeigneten Ausdruck zu suchen.

»Um ihn wieder ins Leben zu holen?« fragte Kate.

Doch T'Val schüttelte den Kopf. »Die Logik teilt uns mit: Wenn Kirk heute lebt, kann er damals nicht gestorben sein. Man sollte wohl besser von einer vorübergehenden Unterbrechung von Kirks normalen biologischen Prozessen sprechen.«

Kate hörte dies alles zum ersten Mal. »Und dann?«

T'Val stützte die Ellenbogen auf den Tisch und legte ihre Hände aneinander. Die Finger der gesunden rechten Hand berührten die der bionischen Prothese. »Was folgt, ist offiziell nicht bekannt. Allem Anschein nach will Starfleet nichts über Kirks Rückkehr verlauten lassen. Nun, vor zwei Jahren führte Starfleet eine geheime Aktion durch, um das Bündnis von Borg und Romulanern an einem Angriff auf die Föderation zu hindern – man entschied sich zu einem präventiven Schlag gegen die vermeintliche Heimatwelt der Borg. Im vergangenen Jahr reagierten die Borg, indem sie mit einem einzelnen Schiff die Erde angriffen. Unbestätigten Berichten zufolge gelang es ihnen, in die Vergangenheit zu reisen, ganz offensichtlich mit der Absicht, die terranische Geschichte zu verändern.«

Kate versuchte, die vielen neuen Informationen zu verarbeiten, als sie sich zurücklehnte und beobachtete, wie ein Sicherheitsoffizier Morn hinausführte. Der Mann trug eine bajoranische Uniform, und sein Gesicht wirkte seltsam, irgendwie unfertig. Der nervöse Ferengi klopfte Morn auf die Schulter, und es schien eine Geste zu sein, die Trost spenden sollte. Doch sie diente allein der Ablenkung: Die andere Hand des Ferengi griff hinter den Gürtel der großen Gestalt und kam mit einem Barren Latinum zum Vorschein.

Nicht nur Kate bemerkte diesen Vorgang. Der Sicherheitsoffizier mit dem glatten Gesicht blieb stehen, wandte sich dem Ferengi zu und streckte die Hand aus. Seine Züge offenbarten dabei so etwas wie müden Abscheu.

Einige Sekunden lang gab sich der Ferengi unschuldig und murmelte etwas von ›Schäden‹. Dann schnitt er eine Grimasse, die dem Sicherheitsoffizier und dem Rest des Universums galt, zuckte mit den Achseln und trennte sich von dem Latinum.

Er weiß nicht, wie gut er es hier hat, dachte Kate. Sie sah sich in der Bar um. *Niemand von ihnen ist sich dessen bewusst.*

»Und Kirk hat all das überlebt?«

»Er war nicht daran beteiligt, die Erde gegen die Borg zu verteidigen. Doch im letzten Jahr spielte er eine wichtige Rolle bei der Überwindung der Virogen-Krise, was erneut streng geheim gehalten wurde.«

»Und jetzt?«

»Wie wir aus zuverlässigen Quellen wissen, hat er sich in die Isolation zurückgezogen. Nicht einmal der Krieg gegen das Dominion brachte ihn zurück. Er lebt jetzt auf einem Planeten namens Chal.«

»Ein klingonischer Name?« fragte Kate erstaunt.

Die Vulkanierin nickte. »Er bedeutet ›Himmel‹. Niemand würde erwarten, Kirk ausgerechnet dort zu finden. Die Kolonie auf Chal wurde vor mehr als hundert Jahren von Klingonen und Romulanern gegründet. Damals errichtete man einen militärischen Stützpunkt, in dem eine apokalyptische Waffe untergebracht werden sollte – für den Fall, dass Reich und Imperium bei einem totalen Krieg gegen die Föderation eine Niederlage erlitten.«

Kate verrieb einen Tropfen Feuchtigkeit auf dem Tisch. Es war noch immer neu für sie, an einem öffentlichen Ort zu sitzen, ohne befürchten zu müssen, einfach so verhaftet zu werden. Diesen Umstand empfand sie als ebenso erfrischend wie ihre zivile Kleidung oder wie das im Habitatring gemietete Zimmer, das sie mit niemandem teilen musste und in dem sie stundenlang die Ultraschalldusche genießen konnte, wenn sie wollte. Um der Tarnung willen hatte sie sich das Haar ganz kurz geschnitten und es flammend rot gefärbt – ein geringer Preis, wenn man alles berücksichtigte. Ohne Uniform würde man sie bestimmt nicht erkennen, erst recht nicht an einem Ort, wo sie niemand erwartete.

»Wenn Kirk tatsächlich ein so zurückgezogenes Leben führt...«, sagte Kate. »Wieso glauben unsere Quellen dann, dass er Zugang zum benötigten Material hat?«

»Starfleet ehrt Helden.«

Kate hätte fast laut nach Luft geschnappt. »Ein Held? *Kirk*?«

»Denken Sie daran, wo Sie sind«, sagte T'Val. »Die Flotte hilft allen ihren Angehörigen, die Zeitsprünge irgendeiner Art hinter sich haben, was auch und gerade für den berühmten Captain Kirk gilt. Letztes Jahr bot man ihm sogar einen Posten an Bord des wissenschaftlichen Schiffes *Tobias* an. Er lehnte ab, aber Starfleet wäre jederzeit bereit, ihn mit offenen Armen zu empfangen. Immerhin hat er viel... Erfahrung.«

Kate nickte und lächelte humorlos. Um sie herum normalisierte sich die Situation – soweit das in einer Ferengi-Bar überhaupt möglich war. »Wenn Kirk ein solcher Held ist, wenn man ihn so sehr achtet – warum *bitten* wir ihn dann nicht um das, was wir brauchen?«

Die Vulkanierin wölbte skeptisch eine Braue. »Würden Sie ihm vertrauen, nach all dem, was Sie über ihn wissen?«

»Meine Güte, nein. Wie könnte ich?«

»Eben. Wir müssen Kirk also in eine Situation bringen, die ihn zwingt, die Aufrichtigkeit unseres Anliegens anzuerkennen.«

Kate betrachtete erneut das Bild auf dem Display. Ekel regte sich in ihr. »Er hat nie auf Drohungen reagiert.«

»Auf Drohungen nicht«, pflichtete ihr die Vulkanierin bei. »Aber auf Logik.«

»Was auch immer Kirk sein mag, T'Val: Er ist kein Vulkanier. Was passiert, wenn die Logik versagt?«

Die Miene der Vulkanierin wurde vollkommen ausdruckslos. »Die Logik funktioniert *immer*. Für uns selbst und unsere Aktivitäten ist totale Geheimhaltung erforderlich, woraus folgt: Wenn James T. Kirk nicht auf unsere Forderungen eingeht, müssen wir uns so verhalten, wie es die Logik gebietet.«

Kate verstand sofort, was T'Val damit meinte. »Wir töten ihn.«

»Ja«, bestätigte die Vulkanierin. »James Kirk hat sich in den Ruhestand zurückgezogen. Aus irgendeinem Grund glaubt er, dem Universum keinen Dienst mehr erweisen zu können. Doch für uns wäre er nützlich. Und wenn er sich weigert, die notwendige Hilfe zu leisten, so hat er kein Recht, am Leben zu bleiben.«

»Ganz meine Meinung.« Kate starrte auf das Bild

hinab. »In gewisser Weise hoffe ich, dass er nicht kooperiert. Es würde mir gefallen, ihn umzubringen.«

Für den Bruchteil einer Sekunde ließ T'Val die mimische Maske fallen und zeigte erstaunlich viel Gefühl, eine Mischung aus Zorn und Hass. »Ich verstehe«, sagte sie, und auch ihre Stimme brachte Emotion zum Ausdruck. Einen Augenblick später hatte sie sich wieder unter Kontrolle.

Kate hielt den Zeigefinger über die Löschtaste des Datendisplays und zögerte kurz, um eine ganz besondere Art von Vorfreude zu genießen. Dann drückte sie die Taste und verbannte James T. Kirk aus dem Speicher des Geräts, so als sei er nichts weiter gewesen als ein Traum. Ein Albtraum.

Das Löschen des abscheulichen Bilds ging mit Genugtuung einher. Kein Zweifel: Nach allem, was Kirk ihr und ihrem Volk angetan hatte, wäre es ihr ein Vergnügen gewesen, ihn zu töten. Sie wandte sich ihrer Begleiterin zu.

»Vielleicht bringen wir ihn in jedem Fall um«, sagte sie zu T'Val. »Nachdem er uns geholfen hat.«

Die Vulkanierin blickte auf den leeren Bildschirm des Datendisplays, und wieder verriet ihr Gesicht etwas: den Wunsch nach Rache. »Ja, das wäre möglich«, erwiderte T'Val. »So oder so: James Tiberius Kirk muss sterben.«

1

Sein Schatten erstreckte sich vor ihm, als James T. Kirk aufrecht im hellen Licht von Chals Doppelsonne stand.

Seit einem Jahr wusste er, dass dieser Augenblick kommen würde.

Er hatte sich auf diesen Moment vorbereitet, um den Sieg zu erringen – oder eine schmähliche Niederlage zu erleiden.

Alles oder nichts.

So mochte es Kirk.

Chals heiße Sonnen brannten in seinem Rücken, doch er ließ sich von ihnen nicht ablenken...

Jetzt!

Kirk holte tief Luft und schlang beide Arme um das verschrumpelte Grau, in das sich sein Gegner gehüllt hatte, jenes Ungeheuer, dessen gnadenlosen Spott er seit einem Jahr ertragen musste.

Er spannte die Muskeln. Schweiß strömte ihm übers Gesicht.

Die Anstrengung ließ das Bild vor seinen Augen verschwimmen.

Alles oder nichts.

Und dann...

Bewegung!

Ein Erfolg zeichnete sich ab. Er stemmte die Hacken in den Boden und zog so wie noch nie zuvor in seinem Leben, bis...

Bis es *knackte* und stechender Schmerz durch den Rücken zuckte, so heiß wie ein Phaserstrahl. Kirk sank zu Boden und keuchte vor Qual.

Die Bandscheibe hatte ihm erneut einen Streich gespielt.

Und der boshafte Baumstumpf, ein knorriger Holzhaufen, das letzte Hindernis auf dem Grundstück für Haus und Garten – er weigerte sich hartnäckig, von der Stelle zu weichen, verspottete ihn auch weiterhin.

Kirk versuchte, sich aufzusetzen.

Der Rücken sorgte dafür, dass er es sich anders überlegte.

Eine halbe Ewigkeit lang lag er und trommelte mit den Fingern auf den Boden. Der Schmerz bereitete ihm weniger Sorge als die erzwungene Inaktivität. *Wo ist Dr. McCoy, wenn man ihn braucht?* dachte er.

Dann fiel ein Schatten über ihn. Ein sehr kurzer Schatten. Sein Eigentümer hatte sich völlig lautlos genähert.

»Was ist los, Mister? Schläfst du?«

Kirk hob die Hand, um sich die Augen abzuschirmen, als er zu... einem Kind aufsah. Der Name fiel ihm derzeit nicht ein.

»Wer bist du?« fragte er.

Der Junge konnte höchstens sechs Jahre alt sein und bohrte so in seiner Nase, als wollte er das Gehirn erreichen. »Memlon.«

Kirk erinnerte sich. Memlon wohnte zwei Farmen weiter am Weg zur Stadt. Wie bei den meisten Bewohnern von Chal zeigte sein Erscheinungsbild sowohl klingonische als auch romulanische Merkmale: eine Andeutung von Stirnhöckern und spitz zulaufende Ohren. Mit dem Schmutz an Wangen und Knien ähnelte er den Kindern der meisten Welten.

»Wissen deine Eltern, wo du bist?« fragte Kirk in der Hoffnung, dass sich der Knabe auf den Heimweg machte.

»Mhm.« Memlon nickte langsam, zog den Finger aus

der Nase und hob den Arm. Er zeigte Kirk ein Armband, das einen Subraum-Lokalisator enthielt, ein Gerät, dessen Entwicklung auf die Starfleet-Kommunikatoren zurückging.

»Solltest du nicht mit irgendetwas beschäftigt sein?«

Memlon wischte sich die Finger am weißen Hemd ab, was ganz offensichtlich nicht zum ersten Mal geschah. Er schüttelte den Kopf. »Und womit bist *du* beschäftigt?«

Kirk seufzte und stellte fest, dass ihn der Rücken noch immer am Aufstehen hinderte. Behutsam rollte er auf die Seite und stemmte sich vorsichtig hoch, bis er eine sitzende Position erreichte. »Ich versuche... den Baumstumpf von der Stelle... zu entfernen... wo sich einmal mein Esszimmer befinden wird.«

Memlon betrachtete den Baumstumpf mit der erfahrenen Weisheit eines Sechsjährigen. »Hast du keinen Phaser?«

»Nein, ich... habe keinen Phaser.«

»Meine Mutter hat einen.« Memlon zielte mit dem Zeigefinger auf den Stumpf und ahmte das Fauchen eines Phasers erstaunlich gut nach. »Wamm!« Der Junge sah Kirk voller Mitleid an. »Soll ich meine Mutter fragen, ob sie dir den Phaser leiht?«

»Nein. Ich werde den Baumstumpf mit meinen eigenen Händen aus dem Boden ziehen.«

Memlon musterte Kirk so, als hätte er auf Altvulkanisch gesprochen. »Warum?«

»Memlon...«, sagte Kirk. »Dieses Feld... Weißt du, wie es hier vor einem Jahr ausgesehen hat?«

Der Junge hob die Hand und spreizte die Finger. »Ich bin sechs«, sagte er. Nach kurzem Zögern hob er auch die andere Hand und streckte den Zeigefinger.

Kirk nahm das als Hinweis darauf, dass sich Memlon nicht an die Beschaffenheit des Feldes im vergangenen Jahr erinnerte. Im Gegensatz zu ihm.

Bis vor drei Jahren hatte Chal den Ruf genossen, ein Paradies aus herrlichen tropischen Inseln zu sein, und auch dieser Bereich war ein Stück jenes Garten Edens gewesen. Ein Jahr später wurde der Planet einem Virogen ausgesetzt, einem grässlichen Organismus, der das gesamte Pflanzenleben vernichtete und Chals Inseln in eine apokalyptische Landschaft aus braunen Stoppeln und gelben, verwelkenden Blättern verwandelte. Mehr als ein Jahr lang blühte nicht eine einzige Blume.

Zur gleichen Zeit kehrte Kirk zu dieser Welt zurück, mehr als achtzig Jahre nach seinem ›Tod‹ während des Jungfernflugs der *Enterprise*-B. Zusammen mit Spock, McCoy, sowie Captain Jean-Luc Picard und seiner hervorragenden Crew hatte Kirk eine Verschwörung aufgedeckt, die schreckliche ökologische Anschläge auf den Welten der Föderation verübte. Als die Zivilisationen des Alpha- und Beta-Quadranten am Rand des Öko-Kollapses standen, hatten seine Verbündeten und er der Föderation dabei geholfen, die Symmetristische Bewegung Vulkans zu schlagen. McCoy entwickelte ein Antivirogen, was dazu führte, dass sich die Ökosysteme von hundert Welten auf natürlichem Wege erholen konnten.

Kirk hatte nicht die Föderation gerettet, ihr aber zusätzliche Zeit gegeben, um über ihr zukünftiges Schicksal nachzudenken. Nicht nur er selbst, sondern auch andere wussten nun: Im Verlauf der nächsten dreißig Jahre musste eine neue Strategie der Expansion und Forschung entwickelt werden, um der Menschheit und allen anderen Völkern der Galaxis zu gestatten, *Teil* der galaktischen Ökologie zu sein, anstatt sie auszubeuten und immer wieder zu schädigen. Andernfalls gab es keine Rettung im letzten Augenblick, wenn es zur nächsten Umweltkrise kam.

Doch dieser Herausforderung sollten sich Picard und seine Zeitgenossen stellen. Kirk hatte seine eigenen

Schlachten geschlagen, zu viele Male. Er kehrte nach Chal zurück, und zu der Frau, die er liebte: Teilani.

Der Raumfahrer hatte seinen Raumanzug an den Nagel gehängt und sich auf einen Planeten zurückgezogen, auf dem er ein einfaches Leben führen wollte.

Hier in diesem Wald.

Das Grundstück war nicht mehr als eine kleine Lichtung inmitten neuer Vegetation, die Vögeln und Insekten Heimat bot. Blüten entfalteten ihre Farbenpracht im Grün, und ein betörender Duft ging von ihnen aus. Dies war Kirks neue Welt, sein neues Universum.

Vor einem Jahr – mit Teilani an seiner Seite, ihre Herzen verbunden – hatte Kirk auf dieser Lichtung gestanden und in einem hinreißenden Augenblick der Selbsterkenntnis begriffen: Er *war* Chal.

Aus dem Konflikt geboren.

Unglaublichen Belastungen unterworfen, die beide an den Rand des Untergangs brachten.

Und jetzt wiedergeboren, entgegen allen Erwartungen.

Kirk hatte die Momente seines Lebens nie vergeudet, obwohl er sich von Herz und Instinkt leiten ließ, weniger von Intellekt und Überlegung.

Auf dieser Lichtung hatte er ein Haus aus Holz gesehen, umgeben von einer Veranda, daneben eine Windmühle, die elektrischen Strom produzierte, nicht zu vergessen den großen Gemüsegarten. Angesichts dieser Vision beschloss er damals, sein Leben zu ändern.

Teilani hatte ihm in die Augen gesehen und verstanden, ohne dass Kirk auch nur ein Wort sagen musste – so groß war ihre Liebe, so eng ihre Verbindung.

»Du hast recht«, hatte Teilani gesagt. »Hier bauen wir ein Haus. Unser Heim.«

Und daraufhin machte sich Kirk an die Arbeit.

Jeder gefällte Baum sollte später für den Bau des Hauses verwendet werden, um die Fülle der Natur nicht zu vergeuden. Außerdem pflanzte Kirk für jeden geopferten Baum einen Heister, um die Natur zu respektieren – neue Bäume, die später Schatten für das Haus spenden sollten.

Mit zwei *Ordovern* – so hießen die mit Hörnern ausgestatteten, Pferden ähnelnden Lasttiere von Chal –, die einen handgeschmiedeten Pflug zogen, ebnete Kirk das Feld ein. Er selbst hatte die schweren Steine getragen, die nun das Ufer des Baches am Rand der Lichtung befestigten. Chals Sonnen bräunten ihm die Haut, und graue Strähnen bildeten sich in seinem Haar, da er nicht mehr die nährstoff- und vitaminreiche Starfleet-Nahrung zu sich nahm. Aber mit jeder verstreichenden Woche fiel es ihm leichter, die Steine zu heben und die Axt zu schwingen. Ein neuer Sinn in seinem Leben gab ihm neue Kraft und Vitalität.

Als er vor mehr als achtzig Jahren zum ersten Mal nach Chal gekommen war, hatte er das Ende seines Lebens nahe geglaubt. Damals stand der Start der *Enterprise*-B unmittelbar bevor; das Universum schien James T. Kirk nicht mehr zu brauchen. Wenn er während des Jungfernflugs der *Enterprise*-B tatsächlich den Tod gefunden hätte... Vielleicht wäre das sogar angemessen gewesen. Welche weiteren Dienste konnte man von ihm erwarten? Was konnte das Universum sonst noch von ihm verlangen?

Aber wie Spock ihn so oft erinnert hatte – es gab immer Möglichkeiten. Kirk glaubte, dass nicht einmal der Wächter der Ewigkeit imstande gewesen wäre, all jene Abenteuer vorherzusehen, die die Zukunft für ihn bereithielt. Seine Karriere hatte einen Verlauf genommen, den zu Beginn niemand ahnen konnte.

Doch alle Abenteuer endeten irgendwann, und schließlich kehrte er heim, nach Chal.

Einst hatte er die Galaxis durchstreift, doch jetzt teilte er eine kleine Blockhütte mit Teilani und entfernte sich kaum weiter von ihr als bis zu dieser Lichtung, wo er arbeitete. Hier und jetzt gab es genug Herausforderungen für ihn.

Die letzte bestand in dem Baumstumpf, der ihm seit einem Jahr trotzte.

»Ist alles in Ordnung mit dir, Mister?«

Kirk blinzelte und sah den Jungen an. »Wie bitte?«

»Hast du geschlafen?«

»Ich habe nachgedacht.«

Das Kind nickte weise. »Das sagt auch mein Vater, wenn er auf der Veranda in der Hängematte liegt. Er schnarcht viel beim Nachdenken. Schnarchst du ebenfalls?«

Zum Glück war Teilani nicht zugegen, um diese Frage zu beantworten. »Nein«, sagte Kirk.

»Hast du über den Baumstumpf nachgedacht?«

»Ja.«

»Wieso erledigst du ihn nicht einfach mit einem Phaserstrahl?«

Diesmal dachte Kirk tatsächlich nach, und zwar darüber, wie man einem Kind das Problem eines Erwachsenen erklärte. »Memlon, irgendwann einmal, wenn du erwachsen bist, wirst du an dieser Lichtung vorbeikommen und dort ein Haus sehen, wo ich jetzt stehe...«

»Du stehst doch gar nicht, Mister.«

Kirk überhörte den Einwand. »...wo wir jetzt sind. Außerdem siehst du dann Getreide, Gemüse und Bäume, und dann kannst du zu deinen Kindern sagen: Das ist die Leistung von Jim Kirk. Er hat hier alles angepflanzt, jeden Stein und jeden Baumstumpf entfernt, jeden einzelnen Nagel in die Bretter des Hauses geschlagen. Dies ist Jim Kirks Land.«

Kirk lächelte, als er sich alles vorstellte. Er wollte etwas mit seinen eigenen Händen bauen, etwas, das ganz allein ihm gehörte.

Memlon runzelte die Stirn. »Wer ist Jim Kirk?«

Kirk seufzte. Er erinnerte sich daran, mit Computern gesprochen zu haben, die ebenso leidig sein konnten wie dieses Kind. »Das bin ich.«

Der Junge musterte ihn argwöhnisch. »Du bist... *Cap'n* Kirk?«

Da haben wir's, dachte Kirk. Der alte Rang haftete ihm noch immer an, nach all den Jahren. Er kam einer Heimsuchung gleich. Die beiden großen Wahrheiten des Universums lauteten: Die Zukunft kann man nicht vorhersehen, der Vergangenheit nicht entkommen.

»Ja, der bin ich«, sagte Kirk.

Memlon blieb skeptisch. Er beugte sich vor und schien zu versuchen, bis ins Zentrum von Kirks Selbst zu blicken. »Du siehst gar nicht verrückt aus.«

Kirk wollte aufstehen, doch sofort zuckte wieder stechender Schmerz durch den Rücken, und er schnitt eine Grimasse. Er verbarg seine Beschwerden hinter einem Hüsteln und blieb auch weiterhin sitzen. »Wer... behauptet, dass ich verrückt bin?«

Memlon zuckte mit den Schultern. »Das sagen alle.«

»Warum?«

Das Schulterzucken wiederholte sich. »Weiß nicht.«

»*Memlon*...«

Der Klang jener neuen Stimme kam für Kirk einer Welle aus herrlich kühlem Wasser gleich. Er drehte sich schnell um, wie ein Teenager beim ersten Rendezvous. »Teilani!«

Sie ritt auf die Lichtung, wie eine Vision, wie ein Traum, der Substanz gewann und einen Platz in der Wirklichkeit fand. Ihr weißes Gewand wehte im Wind, als sie ohne Sattel auf dem Rücken von Iowa Dream saß. Das Ross wirkte sehr eindrucksvoll und verdankte seine Existenz einer hochentwickelten Gentechnik, mit der es gelungen war, eine alte Rasse neu entstehen lassen. Es handelte sich um ein so genanntes Quarter Horse, ein Pferd, das sich besonders gut zum Reiten eignete. Der Hengst war ein Geschenk von Picard – eine Friedensgabe, vermutete Kirk und erinnerte sich daran, dass es zwischen ihnen auch nach dem letzten Treffen Spannungen gegeben hatte.

Iowa Dream – der Name stammte von Picard, erinnerte sowohl an einen alten Champion als auch an ihre erste Begegnung – trabte ins Zentrum der Lichtung und offenbarte dabei eine Eleganz, die Teil der herrlichen Natur dieses Planeten zu sein schien.

Kirk versuchte nicht, erneut aufzustehen, denn er wusste, dass er dazu noch nicht imstande war. Er sah Erheiterung in Teilanis Gesicht, als sie verstand, warum er auch weiterhin sitzen blieb.

Memlon schoss Teilani wie ein Photonentorpedo entgegen. »*ghojmoHwl! ghojmoHwl*!« rief er. Es war das klingonische Wort für ›Lehrer‹, und Kirk vermutete, dass er zu Teilanis Lesegruppe gehörte.

Teilani schwang sich vom Rücken des Pferds herunter. Die schlichten weißen Gamaschen und das weiße Kleid umhüllten ihren geschmeidigen Leib wie Wolkenfetzen. Nie zuvor in seinem Leben hatte Kirk eine schönere Frau gesehen, und als er sie nun beobachtete, kannte seine Liebe keine Grenzen.

Teilani näherte sich, hielt dabei Memlons Hand, und ihre bloßen Füße sanken in den fruchtbaren Boden von Chal. Sie sah auf den Baumstumpf hinab. »Er trotzt dir noch immer?«

»Er hat sich bewegt«, erwiderte Kirk.

Teilani lächelte wissend. »Aber dein Rücken hat dich im Stich gelassen?«

Kirks Gesicht verriet die Wahrheit.

Teilani ließ Memlons Hand los und streckte sie Kirk entgegen. »Halt ihn gerade«, sagte sie und bewies damit, dass sie in dieser Hinsicht über Erfahrung verfügte. »Benutz allein die Beine.«

Kirk hielt den Rücken so gerade wie möglich, griff

nach Teilanis Hand und zog sich hoch. Einige Sekunden später trennten nur noch wenige Zentimeter ihre Lippen voneinander, und die Zeit schien plötzlich still zu stehen. Jedes Detail ihres Erscheinungsbilds entzückte ihn.

Wenn man menschliche Maßstäbe anlegte, schien Teilani etwa fünfzig zu sein, doch ihre einzigartige genetische Struktur täuschte wie bei Vulkaniern darüber hinweg, dass sie viel älter war, über hundert. Das für den Ritt zusammengebundene Haar wies mehr graue Strähnen auf als Kirks, doch er sah sie wie in einem Halo aus glitzernden Sternen.

Von den sanften Wölbungen angedeuteter Stirnhöcker reichte der rote Striemen einer Virogen-Narbe an einem Auge vorbei über die Wange. Die gleiche genetische Behandlung, der Teilani ihre Gesundheit und Langlebigkeit verdankte, hatte auch dafür gesorgt, dass sich die Narbe nicht mit einem Protoplaser behandeln ließ. McCoy hatte den Einsatz einer experimentellen Transplantationstechnik vorgeschlagen, um die Narbe weniger deutlich werden zu lassen und es zu ermöglichen, sie ganz unter Make-up zu verbergen. Doch Teilani lehnte ab.

Vielleicht war es die Klingonin in ihr, die den Makel im Gesicht mit Ehre tragen wollte. Möglicherweise vertrat sie den Standpunkt, dass Äußerlichkeiten keine Rolle spielten, wenn man sie mit den Dingen verglich, die im Herzen einer Kriegerin wohnten. Kirk wusste nicht, was der Grund sein mochte, und eigentlich spielte es auch keine Rolle für ihn. Wenn er den Blick auf Teilani richtete, sah er weder die Narbe noch das grau werdende Haar oder die Falten, die das Alter selbst den Bewohnern von Chal brachte.

Er sah nur die Frau, die er liebte. Und es gab nichts Schöneres für ihn.

Kirk beugte sich vor, um Teilani zu küssen.

Einen Sekundenbruchteil später versteifte er sich, als sengender Schmerz durch den Rücken brannte.

Teilani zeigte kein Mitgefühl. »Fünf Minuten in der Klinik könnten das Problem für die nächsten fünf Jahre aus der Welt schaffen.«

»Ich mache auch weiterhin meine Übungen«, erwiderte Kirk. »Keine Protoplaser mehr, keine Kraftfeld-Behandlungen.«

Teilani klopfte ihm an die Stirn. »Und keine Vernunft.«

Kirk griff nach der Hand, hauchte einen Kuss auf die Finger und bedauerte es, dass ihnen Memlon Gesellschaft leistete. Er verband besonderes liebevolle Erinnerungen mit Teilani und dieser Lichtung.

Der Junge zupfte an Teilanis Gewand.

»Ja?« fragte die Frau mit der Geduld einer Lehrerin.

»*ghojmoHwI*, das ist Cap'n Kirk!«

Teilani klatschte überrascht in die Hände. »Tatsächlich?«

Memlon nickte. »Sei vorsichtig«, warnte er die Lehrerin.

Teilani lächelte, als sie Kirks Miene sah. »Und warum soll ich vorsichtig sein?« fragte sie betont ernst.

»Weil ich verrückt bin«, sagte Kirk.

Er beobachtete, wie Teilanis Lippen zitterten, deutlicher Hinweis darauf, dass sie nicht zu lachen versuchte – offenbar hörte sie so etwas nicht zum ersten Mal.

»Wer sagt das?« fragte sie.

»Alle«, antwortete Kirk und kam damit Memlon zuvor.

»Ich verstehe. Nun, wenn es alle sagen, muss etwas Wahres dran sein.«

Memlon zupfte erneut an Teilanis Gewand.

»Außerdem hat er keinen Phaser.«

»Ich weiß.«

Memlon sah überrascht zur Lehrerin auf. »Das weißt du?«

»Er hat auch keinen Replikator«, sagte Teilani. »Darüber hinaus verzichtet er auf Tricorder, Kommunikator und Computer.«

Memlons Kinnlade klappte nach unten. »Hat er nicht einmal ein kleines Datendisplay?«

Teilani schüttelte den Kopf. »Selbst das fehlt ihm.«

Memlon musterte Kirk so, als sei er bemüht, ein Wesen aus einer anderen Dimension zu verstehen. »Wieso?«

»Wir verlassen uns zu sehr auf Maschinen«, teilte Kirk dem Jungen mit. »Wir haben zu viel von unserer Unabhängigkeit aufgegeben, zu viel von unserer Verbindung mit der Welt um uns herum. Wir haben uns von den Erfahrungen getrennt, die uns zu Menschen machen, von dem Wissen, dass wir Teil der Natur sind.«

Memlon blinzelte verwirrt.

»Hast du auch nur ein Wort von dem verstanden, was ich dir gerade gesagt habe?«

»Nein.«

Teilani bückte sich und griff nach den Händen des Jungen. »Es ist fast Zeit fürs Abendessen. Du solltest jetzt besser heimkehren.«

Memlon nickte. »In Ordnung, *ghojmoHwl*.« Er zog die Hände fort, zögerte kurz und schlang die Arme um Teilani.

Sie umarmte ihn ebenfalls, gab ihm einen Kuss auf die Stirnhöcker, stand auf und lachte, als Memlon über den Pfad fortlief.

Dann legte sie, ganz vorsichtig, den rechten Arm um Kirks Taille.

»Hält man mich wirklich für verrückt?« fragte Kirk.

»Wer?« fragte Teilani unschuldig.

Kirk runzelte die Stirn. »Die Leute. Alle.«

»Sie verstehen dich nicht.«

»Aber du verstehst mich?«

Teilanis Finger strich durch Kirks offenen Hemdkragen. »Ich liebe dich, James. Aber ich werde dich nie verstehen.«

Kirk nahm die Hand, bevor sie ihn noch mehr ablenken konnte. »Warum glaubst du das?«

Es schien Teilani zu überraschen, dass er überhaupt eine solche Frage stellte. »Weil du deine Vergangenheit ablehnst.«

»Ich lehne sie nicht ab.«

»O doch. Überall in der Föderation hören die Kinder deinen Namen in der Schule. Starfleet-Kadetten befassen sich mit deinen Logbüchern, vom ersten Studienjahr an bis zur Abschlussprüfung. Man hat Bücher über dich geschrieben und Datenmodule angefertigt. Es gibt sogar eine Oper auf *Qo'Nos*...«

Kirk hob die Hand, um den Vortrag zu unterbrechen. »Das bin nicht ich. Es sind Reflexionen und Interpretationen, die ein eigenes Leben entwickelt haben.«

»Ich weiß. Aber sie weisen auch darauf hin, welchen Einfluss du auf das Leben von Millionen und Milliarden Personen hattest. Das kannst du nicht leugnen. Und es wäre falsch, so etwas zu versuchen.«

»Ich... leugne nicht, was ich getan habe.«

Teilani wurde ernst, und Kirk begriff: Vor ihm stand jetzt nicht vor allem die Frau, die er liebte, sondern Chals größte Diplomatin, der es gelungen war, diesen Planeten zu einer Mitgliedswelt der Föderation werden zu lassen.

»Doch, du leugnest es, James. Jeden Tag.«

Kirk schwieg.

»Du hast gegen Götter gekämpft und den Verlauf der Geschichte geändert. Du bist auf mehr Welten gewesen, als die meisten Leute aus Dokumentarberichten kennen. Und nach all dem hast du während der letzten zwölf Monate deines Lebens mit einem... Baumstumpf gerungen. Mit einem Phaser hättest du ihn in nur einer

Sekunde beseitigen können. Und die *Ordover*, mit denen du das Feld eingeebnet hast, wären imstande gewesen, ihn in höchsten einer Minute aus dem Boden zu ziehen.«

Kirk vollführte eine Geste, die der Lichtung galt. »Dies soll unser Zuhause sein. Hier möchte ich für uns beide ein Haus bauen.«

Teilani seufzte so, als fände ein solches Gespräch praktisch jeden Tag statt. In gewisser Weise war das auch der Fall. »*Du* bist mein Zuhaue, James. Wohin du auch gehst, mein Herz folgt dir.«

»Mein Herz ist hier, auf Chal.«

Doch Teilani, die Augen voller Liebe, schüttelte den Kopf. »Ich weiß, dass du dir das einzureden versuchst. Aber tief in deinem Innern glaubst du etwas anderes.«

Kirk verzichtete auf eine Antwort, um keinen Disput zu riskieren. Sein Herz gehörte Chal; das *wollte* er glauben.

Teilanis Fingerkuppen strichen ihm über die Wange.

»Ich weiß nicht, wer sturer ist«, sagte sie. »Du oder der Baumstumpf.«

Kirk nahm ihre Hand, sah Teilani an und fürchtete die Frage, die er jetzt stellen musste. »Willst du damit sagen, es wird Zeit für mich zu gehen?«

Es gab viele mögliche Antworten auf diese grässliche Frage, und Teilani wählte ein Lächeln, mit der ganzen Wärme der beiden Sonnen ihres Heimatplaneten.

»Wenn man dich hört, James… Es ist immer alles oder nichts. Doch im Leben geht es anders zu. Du musst ein Gleichgewicht finden.«

Kirk verstand nicht. »Ich habe es gefunden, hier auf dieser Welt.«

»Du meinst, du hast hier nach einem Gleichgewicht gesucht. Aber du gehörst nicht länger auf diese Lichtung.«

Kirk blickte sich um. »Dies ist mein Zuhause.«

»Dein Zuhause wird immer ein Ort sein, zu dem du zurückkehren kannst, James.«

Tiefer Kummer erfasste Kirk, und er fragte sich nach dem Grund dafür. Lag es an der Vorstellung, Chal und Teilani zu verlassen? Oder wusste ein Teil von ihm, dass die Worte der Wahrheit entsprachen?

»Dort draußen gibt es für mich nichts mehr zu tun, Teilani. Man braucht mich nicht. Aber hier kann ich mich nützlich machen.«

Teilani schürzte ungläubig die Lippen. »Muss ich dich auch lehren, egoistisch zu sein? Du sollst Chal oder mich nicht verlassen, weil du glaubst, dass jemand deine Hilfe braucht. Brich für dich selbst auf.«

»Aber mit welchem Ziel?« fragte Kirk.

Teilani breitete so die Arme aus, als stünde ihm das ganze Universum offen. »Du bekommst jeden Monat hundert Einladungen. Wähl eine aus. Irgendeine.«

Kirk kniff die Augen zusammen. »Du versuchst, mich loszuwerden.« Doch dann sah er in ihr den gleichen Kummer, den er selbst spürte.

»Ich kenne dich, James. Wenn du jetzt nicht gehst, wenn du nicht anerkennst, was in deinem Herzen wohnt… Dann werden sich in dir Ruhelosigkeit und Enttäuschung immer mehr verdichten, bis du eines Tages erwachst und wieder vor einer Alles-oder-nichts-Entscheidung stehst. Dann wirst du Chal und mir den Rücken kehren, um etwas zu suchen, das du noch immer nicht ganz verstehst.«

Kirk drückte Teilanis Hand so fest, als wollte er seine Finger mit ihren verschmelzen. »Niemals.«

»Gleichgewicht, James. In deinem Herzen wird immer Platz für Chal und mich sein, auch für alles andere.« Bei den letzten Worten sah sie auf, als sei es möglich, jenseits des strahlend blauen Himmels die Sterne zu sehen. »Wenn du jetzt gehst, erkennst du das vielleicht. Wenn du zu lange wartest, könnte deine Suche erfolglos bleiben.«

»Ich möchte dich nicht verlassen.«

»Ich möchte dich nur dann bei mir haben, wenn du nicht mehr daran zweifelst, dass dein Platz hier ist.«

Kirk blickte zum Baumstumpf. Er war knorrig, und seine Wurzeln steckten tief im Boden, wollten sich einfach nicht aus der Erde lösen.

Aber er war auch tot.

Hatte er dem Kampf mit dem Baumstumpf deshalb so viel Zeit gewidmet? War der Stumpf zum Symbol eines ganz anderen Kampfes geworden, seines Bemühens, auf Chal zu bleiben und ein beschauliches Leben zu führen?

»Begleitest du mich?« fragte er.

»Hast du überhaupt verstanden, was ich dir eben gesagt habe?«

Kirk lächelte und versuchte es mit einer anderen, scherzhaften Taktik. »Bist du sicher, dass du ohne mich zurechtkommst?«

Teilani zog an der Schnur, die Kirks Hemd öffnete. Wind strich ihm über die Brust, gefolgt von einer Frauenhand.

»Ich habe einen Plan«, sagte sie.

»Tatsächlich?« fragte Kirk, als Teilani nach einer zweiten Schnur griff, die ihr Gewand öffnete.

»Selbst wenn du Chal verlässt«, hauchte sie und schmiegte sich an ihn. »Du wirst immer bei mir sein.«

Kirk stockte der Atem, als Teilani ihn auf den Hals küsste und er ihre Fingernägel am Rücken spürte. Ihm fiel plötzlich ein, dass sie auf einer Lichtung standen – er sah sich rasch um.

Einige Meter entfernt graste Iowa Dream in aller Seelenruhe und kümmerte sich nicht darum, was seine beiden menschlichen Begleiter anstellten. Dennoch... Vielleicht gab es Beobachter.

»Was ist mit Memlon?« fragte Kirk.

»Er dürfte bereits auf halbem Weg nach Hause sein«, flüsterte ihm Teilani ins Ohr und zerrte am Rest seiner Kleidung. Dann richtete sie sich auf und sah Kirk in die Augen. »Was hältst du von ihm?«

Die Frage überraschte Kirk. Derzeit gingen seine Gedanken in eine andere Richtung. »Er braucht jemanden, der ihm gewisse Dinge erklärt.«

»So etwas fiele dir sicher nicht schwer«, sagte Teilani.

Kirk wusste nicht, was sie damit meinte, aber ihm lag nichts daran, dieser Sache ausgerechnet jetzt auf den Grund zu gehen.

Mit beiden Händen hielt er Teilanis Kopf, küsste die kleinen Wölbungen an der Stirn, die spitzen Ohren, atmete den Duft des von der Sonne erwärmten Haars ein.

»Dein Plan gefällt mir«, sagte er.

»Ich habe kaum daran gezweifelt, dass er deine Zustimmung finden würde.«

»Aber vielleicht ist dies nicht der geeignete Zeitpunkt, wenn wir an meinen Rücken denken.«

Sie sah ihn an, die Augen halb offen, der Atem flach, die Lippen geteilt. »Überlass das mir.« Das Lächeln verwandelte sich in ein schelmisches Schmunzeln. »Wie einmal jemand sagte: Widerstand ist zwecklos.«

Kirk lachte. Unter den Sonnen von Chal kamen ihre Schatten zusammen und wurden zu einem. Er fand Frieden in diesen zeitlosen Momenten – sie waren wie ein Schild, der ihn vor den Aktivitäten der nächsten Tage schützte.

Denn er wusste, dass Teilani Recht hatte. Er musste sich wieder ins Universum hinauswagen, obgleich er tief in seinem Innern fürchtete, dass es dort draußen keine Herausforderungen mehr für ihn gab.

Was sollte der Weltraum mit einem Helden anfangen, dessen Zeit vorüber war?

2

Wie ein im Käfig gefangenes Raubtier wanderte Jean-Luc Picard im Kontrollraum der *Enterprise* umher, ohne auf die Vibrationen zu achten, die gelegentlich den Boden unter ihm erzittern ließen. Vor zehn Jahren wäre er vielleicht bereit gewesen, eine solche Mission zu akzeptieren. Heute sah er nur Verschwendung darin, eine Vergeudung von Ressourcen und Zeit.

Und Picard hielt sowohl das eine als auch das andere für viel zu kostbar.

Er stand auf dem etwas höher gelegenen Bereich am Rand der Brücke, als eine weitere Erschütterung die *Enterprise* erfasste. Immer wieder trafen Subraumwellen das Schiff – sie waren nicht gefährlich, nur ein Ärgernis. Picard hätte sie einfach ignorieren können, aber er befürchtete, dass sie bei der Crew zu Nervosität führten, trotz der Monotonie ihres derzeitigen Einsatzes. Künstliche Gravitation und Trägheitsabsorber stabilisierten die Fluglage der *Enterprise*, als Picard hinter dem einzigen Brückenoffizier stehen blieb, der es normalerweise nicht als störend empfand, wenn ihm der Captain über die Schulter blickte. Aber diesmal reagierte selbst Data und wandte sich von der wissenschaftlichen Station ab.

»Captain, ich komme mit den Sondierungen nicht schneller voran, wenn Sie ebenfalls auf die Sensordisplays blicken.«

Picard nickte. Wenn nicht einmal mehr ein Androide

bereit war, seine Ungeduld hinzunehmen, so ließ sich daraus nur der Schluss ziehen, dass er es tatsächlich übertrieben hatte. »Sie haben recht, Data. Wenn man den Topf beobachtet, kocht das Wasser nie.«

Data musterte den Captain. »Sir, auf Commander Rikers Vorschlag hin habe ich diese Annahme einmal einer detaillierten Analyse unterzogen und dabei folgendes festgestellt: Bei einem normalen atmosphärischen Druck von 760 Torr und in der Präsenz einer Wärmequelle, die imstande ist, eine bestimmte Wassermenge auf hundert Grad Celsius zu erhitzen, erreicht das Wasser in einem beobachteten Topf *immer* den Siedepunkt. Im makroskopischen Maßstab sind die durch den Vorgang des Beobachtens ausgelösten Quanteneffekte so unbedeutend, dass sie vernachlässigt werden können.« Data zögerte und schien sich an einen anderen Aspekt seiner Analyse zu erinnern. »Wenn man allerdings davon ausgeht, dass der Beobachter aus irgendeinem Grund nicht zu einer objektiven Messung der verstreichenden Zeit in der Lage ist, so muss ich auf der Grundlage persönlicher Erfahrungen hinzufügen, das subjektive Beobachtungen manchmal eine größere Bedeutung haben als empirische und…«

Picard verstand die Schelte. »Weitermachen, Mr. Data.«

Der Androide wandte sich wieder den Sensorkontrollen zu.

Picard trat von Datas Station fort und bemerkte dabei Rikers Lächeln. Der Erste Offizier arbeitete an einer sekundären wissenschaftlichen Station auf der anderen Seite der Brücke. Picard näherte sich ihm und schlug dabei leicht mit der Faust an die Seite des Beins.

»Behaupten Sie nur nicht, dass Ihnen diese Mission gefällt«, sagte er.

Rikers Lächeln wuchs in die Breite. »Ich wusste gar nicht, dass ich eine Wahl hatte, Sir.«

Picard fragte sich, was die anderen hinderte, seine

Meinung zu teilen. »Dies ist das Flaggschiff der Flotte. Wir befinden uns an Bord des besten Raumschiffs, das jemals von Menschen gebaut wurde. Es ist dazu bestimmt, neue Welten zu erforschen, ins Unbekannte vorzustoßen, sich den Herausforderungen des Fremden zu stellen.«

»Ich glaube, Sie beschreiben den Captain des Schiffes.«

Picard ließ sich nicht von diesem Hinweis beeindrucken. Er sah zum großen Wandschirm, der die Goldin-Diskontinuität in ihrer ganzen bunten, wabernden Pracht zeigte. Immer wieder kam es in den brodelnden Plasmastürmen zu Entladungen von Antiprotonen: Aus der Ferne betrachtet sahen sie wie Blitze aus, obwohl sie so groß waren wie ganze Sonnensysteme.

»Dieser Bereich des Alls unterscheidet sich nicht von vielen anderen«, sagte Picard. »Zwei wissenschaftliche Schiffe könnten ihn besser untersuchen als wir. Darin besteht schließlich ihr Einsatzzweck. Und die betreffenden Besatzungen sind an solche Aufgaben gewöhnt.«

Riker stand auf und streckte sich, während er die Datenkolonnen auf den Anzeigeflächen im Auge behielt. »Wenn dies eine rein wissenschaftliche Mission wäre, so hätten Sie zweifellos recht, Sir. Aber was ist, wenn wir finden, was wir nicht finden wollen?«

Picard hörte dieses Argument nicht zum ersten Mal und erinnerte sich an die Begegnung mit Flottenadmiral Alynna Nechajew in Starbase 310. Mit einer selbst für sie erstaunlichen Sturheit hatte die Admiralin auf dem Einsatz der *Enterprise* bei der Goldin-Mission bestanden. Picard war vergeblich bestrebt gewesen, sich einer derartigen Einsatzorder zu widersetzen. Die Umstände hatten ihn gezwungen, eine Niederlage hinzunehmen, und in Hinsicht auf den Ersten Offizier wollte er nicht das gleiche Schicksal erleiden. Doch das Schweigen fiel ihm viel zu schwer.

»Dort draußen gibt es keine Cardassianer, Will.«

»Die von den Plasmastürmen ausgehenden Emissionen stören die Sondierungssignale unserer Sensoren. Eine ganze Flotte könnte sich hier verbergen, ohne dass wir etwas von ihr bemerken.«

»Wir befinden uns zu tief im stellaren Territorium der Föderation. Die Cardassianer könnten auf keinen Fall unentdeckt bis hierher vorstoßen.«

Riker verzichtete auf eine Erwiderung, aber Picard wusste ohnehin, welche Argumente seinen eigenen Wünschen entgegenstanden. Momentan herrschte im Krieg gegen das Dominion eine ruhige Phase, und bestimmte Gruppen an der Spitze des cardassianischen Reiches wollten das Fehlen von Feindseligkeiten nutzen, um eine neue Wurmloch-Passage zum Gamma-Quadranten zu finden. Während des Krieges hatte Cardassia sogar versucht, tief im cardassianischen Raum ein künstliches Wurmloch zu konstruieren.

Selbst wenn jenes Projekt erfolgreich gewesen wäre – was Picard und seine Crew verhindert hatten –, hätte das Ergebnis bestenfalls aus einer sporadischen Verbindung mit dem Gamma-Quadranten bestanden. Bisher deuteten alle Hinweise darauf hin, dass sich nur ein stabiles Wurmloch für kontinuierlichen Transport nutzen ließ. Allerdings gab es noch immer keine allseits akzeptierte Erklärung für die Existenz und Stabilität des bajoranischen Wurmlochs.

Der Umstand, dass intelligente Wesen in seinem Innern lebten – Aliens oder Propheten; es kam ganz darauf an, aus welcher philosophischen Perspektive man die Sache betrachtete –, galt als eins der wichtigsten Elemente in bezug auf die Eigenschaften des Wurmlochs. In dem Bestreben, mit der cardassianischen Forschung Schritt zu halten oder sie gar zu überholen, hatten Starfleet-Wissenschaftler die Art der Raum-Zeit in der Nähe des bajoranischen Sonnensystems untersucht.

Das Ergebnis bestand in einigen interessanten Theorien hinsichtlich der Badlands. Dabei handelte es sich um ein von heftigen Plasmastürmen heimgesuchtes Raumgebiet unweit der cardassianischen Grenze.

Die Starfleet-Wissenschaftler und cardassianischen Forscher hielten es für möglich, dass in den Badlands ähnlichen Raumbereichen das lokale Kontinuum ein stabiles Wurmloch ermöglichen konnte. Deshalb hatte Starfleet damit begonnen, überall im Alpha- und Beta-Quadranten bekannte Regionen mit Plasmastürmen zu untersuchen, um herauszufinden, ob sie irgendwelche Wurmlöcher enthielten.

In den Grenzsektoren war es bereits zu mehrfachen Konfrontationen zwischen Starfleet-Schiffen und cardassianischen Einheiten gekommen – ein deutliches Zeichen dafür, dass die Cardassianer ihre diesbezüglichen Forschungen ebenfalls vorantrieben. Ein neuer technologischer Wettlauf hatte begonnen.

Das Institut für strategische Starfleet-Initiativen hatte keinen Zweifel daran gelassen: Die Fähigkeit, zwei Punkte im All mit einem stabilen Wurmloch zu verbinden, war eine Entwicklung, durch die das Cochrane-Triebwerk – und damit alle Warp-Schiffe der Flotte – stark an Bedeutung verlor.

Aus diesem Grund war die *Enterprise* zur Goldin-Diskontinuität geschickt worden. Dort nahm sie eine Aufgabe wahr, um die sich auch andere Schiffe hätten kümmern können.

Doch nur die *Enterprise*, so hatte Admiral Nechajew mit Nachdruck betont, konnte mit den Problemen fertig werden, die sich durch die eventuelle Entdeckung einer cardassianischen Streitmacht tief im stellaren Territorium der Föderation ergeben mochten.

Starfleet wollte auch nicht, dass ich bei der Verteidigung der Erde mithalf, als die Borg angriffen, hatte Picard zu jenem Zeitpunkt voller Bitterkeit gedacht. Doch er akzeptierte den Einsatzbefehl, denn eigentlich blieb ihm, um Rikers Worte zu benutzen, gar keine Wahl.

»Maschinenraum an Captain Picard.«

Geordi LaForges Stimme erklang aus den Lautsprechern und bot Picard eine willkommene Abwechselung. Er wandte sich von Riker ab. »Hier Picard.«

»Captain, die Plasmastürme wirken sich schädlich auf unsere Schilde aus. Wir könnten einen weiteren kurzen Aufenthalt im normalen Raum gebrauchen, um die Systeme zu rekalibrieren.«

Picard sah zu Lieutenant Karo, dem neuen bolianischen Navigationsoffizier. »Mr. Karo, wie groß ist die gegenwärtige Kapazität unserer Schilde?«

»Vierundachtzig Prozent«, erwiderte der Bolianer sofort.

»Offenbar droht uns keine unmittelbare Gefahr«, sagte Picard. Diese Worte waren für LaForge bestimmt.

»Noch nicht«, entgegnete der Chefingenieur. »Aber die Plasmastürme zeichnen sich durch eine besondere energetische Struktur aus, was dazu führen könnte, dass die Kapazität unserer Schilde innerhalb von nur einer Minute auf zehn Prozent sinkt.«

Picard zögerte. So sehr er sich auch wünschte, die Goldin-Diskontinuität zu verlassen: Jede Minute, die sie außerhalb des Bereichs mit den Plasmastürmen verbrachten, verlängerte ihre Mission.

Aber durfte er die Sicherheit der *Enterprise* aus persönlichen Motiven gefährden?

»Na schön«, sagte Picard ohne Begeisterung. »Mr. Karo, berechnen Sie einen Kurs, der uns am Ende der gegenwärtigen Sondierungsphase ins normale All bringt.« Er warf einen kurzen Blick zu den Daten auf den Displays der sekundären wissenschaftlichen Station. »Das bedeutet, wir können diesen Bereich in… fünfzehn Minuten verlassen, Mr. LaForge. Genügt das?«

»Ja, Sir. LaForge Ende.«

Picard wandte sich wieder an Riker. »Damit habe ich diese endlose Mission um einen Tag verlängert.«

Rikers Lächeln verblasste. »Sir, mit solchen Forschungsflügen sind wir schon hundertmal beauftragt gewesen. Es ist ganz normaler Dienst.«

Damit sprach der Erste Offizier den Punkt an, auf den Picard immer wieder hingewiesen hatte. »Genau, Nummer Eins. Aber dies ist kein normales Schiff.«

Riker schien nicht zu verstehen. »Ich wollte auf folgendes hinaus, Sir: Haben Sie an die Möglichkeit gedacht, einige Tage freizunehmen? Genießen Sie ein Holodeck-Abenteuer. Dixon Hill, ein langer Ritt, irgendetwas. Ich *kann* Sie hier vertreten.«

Picard fragte sich, wie Riker so ruhig und gefasst bleiben konnte. »Nach all dem, was wir hinter uns haben... Wie ertragen Sie diese... Inaktivität?«

Riker trat etwas näher und senkte die Stimme. »Es gehört zum Job, Jean-Luc. Wir können nicht jeden Tag gegen die Borg kämpfen.«

Was hat es dann für einen Sinn? hätte Picard am liebsten geantwortet. Wenn sie hier keine Aufgabe erfüllten, die das beste Schiff der Flotte und die beste Crew erforderte... Welchen Sinn hatte es dann, überhaupt hier draußen zu sein?

Riker schien die Mischung aus Groll und Frust zu spüren, die erneut im Captain zu brodeln begann. »Sir... Seit Wochen leben Sie in Ihrem Bereitschaftsraum. Sie müssen einfach mal weg von der Brücke.«

Picard wollte Riker fragen, wieso er sich die Freiheit nahm, seinen vorgesetzten Offizier zu kritisieren. Doch eine solche Reaktion hätte vor allem seine gegenwärtige emotionale Verfassung widergespiegelt – Rikers Besorgnis ließ sich durchaus rechtfertigen.

»Sie haben Recht, Will«, sagte Picard, obwohl ein Teil von ihm noch immer rebellierte. »Ich sollte mich ein wenig entspannen, einige Stunden lang...«

»Einige Tage lang, Sir. Wenn etwas geschieht... Der Turbolift bringt Sie sofort hierher.«

Picard wollte nicht auf Rikers Vorschlag eingehen, und genau deshalb akzeptierte er ihn. Ein Captain war nur so gut wie seine Crew, und wenn er den Situationsbewertungen der Offiziere nicht vertraute – was machten sie dann an Bord seines Schiffes?

Er schlug einen Kompromiss vor. »Ein Tag.«

»Ein Tag«, pflichtete ihm Riker bei. Er legte die eine Hand auf die Rückenlehne des Kommandosessels, bereit dazu, Platz zu nehmen, sobald der Captain die Brücke verlassen hatte.

Doch Picard zögerte. Erneut sah er sich im Kontrollraum um und zog an seiner Uniformjacke.

Riker deutete zum nächsten Turbolift. »Wenn wir auf Cardassianer stoßen, so erfahren Sie als erster davon.«

Picard begriff, dass er die Sache nicht länger hinausschieben konnte. Der Boden unter seinen Füßen erzitterte leicht, und einige Sekunden lang stellte er sich vor, auf dem Deck eines maritimen Schiffes zu stehen. Vielleicht konnte er sich mit einer Holodeck-Tour durch den Südpazifik ablenken. »Die Brücke gehört Ihnen, Commander. Ich bin in meinem Quartier, falls...«

Datas ruhige und doch drängend klingende Stimme beendete alle Gespräche im Kontrollraum.

»Commander Riker, ich habe eine Antitachyonenwelle entdeckt, Richtung null zwei acht Komma zehn.«

Unmittelbar nach dieser Meldung wurde die *Enterprise* von einer heftigeren Erschütterung erfasst. Riker trat an Picard vorbei, nahm im Kommandosessel Platz und verhielt sich so, als hätte der Captain die Brücke verlassen.

»Entfernung?« fragte er.

»Die Subraum-Verzerrungen sind zu stark, um genaue Werte zu ermitteln«, sagte Data. »Aber ich schätze die Distanz auf nicht mehr als 500 000 Kilometer.«

Picard wich zurück und schloss die rechte Hand ums Geländer, als sich der Boden unter ihm zur Seite neigte.

Riker beugte sich vor, die Hände auf den Armlehnen des Kommandosessels. »Mr. Karo, passen Sie den Kurs so an, dass wir uns dem Ursprung der Antitachyonenwelle nähern. Volle Impulskraft.« Er blickte zur gewölbten Brückendecke empor. »Brücke an Maschinenraum. Geordi, während der nächsten Minuten brauchen wir stabile Schilde. Verwenden Sie die Reserveenergie, wenn sie schwächer werden.«

LaForge bestätigte.

Picard blieb im rückwärtigen Bereich der Brücke stehen und beobachtete stumm, wie der Erste Offizier den Offizieren Anweisungen erteilte. Er wusste ebenso gut wie Riker, dass eine Antitachyonenwelle auf eine Schwächung im Gefüge der Raum-Zeit hinweisen konnte, vielleicht sogar das Erscheinen einer Quantenfluktuation ankündigte. Und ein derartiges Phänomen zu finden – genau darin bestand die Mission der *Enterprise*. Zwar hatte Picard das Kommando offiziell an Riker übergeben, aber er wollte sich nicht damit abfinden, ausgerechnet zu seinem solchen Zeitpunkt auf der eigenen Brücke überflüssig zu sein.

Er kehrte in den Hauptbereich des Kontrollraums zurück. »Ich übernehme, Commander.«

Überrascht nahm Picard das Aufblitzen in Rikers Augen zur Kenntnis. Er schien vergessen zu haben, dass der Captain noch zugegen war. Oder vielleicht bedauerte er, das Kommando gerade jetzt abgeben zu müssen. Wie dem auch sei: Er zögerte nicht, stand sofort auf und trat nach links, zum Platz des Ersten Offiziers.

Picard sank in den Kommandosessel, während die *Enterprise* so heftig erbebte, als wollte sie ihn abschütteln.

»Status, Mr. Data?«

»Die Sensoren registrieren weitere Wellen, Captain. Was auch immer dort draußen geschieht: Die Intensität wächst. Vielleicht steht die Öffnung eines Wurmlochs bevor.«

Die Vibrationen hörten jetzt nicht mehr auf. Das Summen der Trägheitsabsorber und der Generatoren für die Kraftfelder der strukturellen Integrität wurde lauter, kam aus Boden und Wänden.

Riker sah zum Captain. »Soll ich die Sonden vorbereiten, Sir?«

Picard nickte, ohne den Blick vom Wandschirm abzuwenden. Je mehr sie sich dem Ursprung der Antitachyonenwellen näherten, desto wirrer wurden die visuellen Darstellungen. Einzelne Bilder überlagerten sich gegenseitig; Konturen verschwanden in phantomhaften Schlieren.

Plötzlich ertönte LaForges Stimme aus den Lautsprechern der internen Kommunikation. »Captain, die Kapazität der Schilde sinkt rasch. Während der letzten zehn Sekunden haben wir zwanzig Prozent verloren.«

»Wir sind ganz nahe«, murmelte Picard. Und lauter: »Wie viel Zeit haben wir, Mr. LaForge?«

»Nicht mehr als zwei Minuten, wenn es so weitergeht, Sir. Wenn ich die Reserveenergie einsetze, bleiben uns noch weitere dreißig Sekunden.«

Picard sah zu Riker und fragte sich, ob der Erste Offizier die besondere Ironie der Situation verstand. Endlich geschah etwas – und die *Enterprise* konnte nicht lange genug in der Nähe bleiben, um festzustellen, worum es sich handelte.

»Mr. Karo«, sagte Picard, »geben Sie unverzüglich einen Kurs ein, der uns aus der Diskontinuität herausbringt. Beschleunigungsmanöver auf mein Kommando.«

»Aye, Sir«, erwiderte der Bolianer.

Von einem Augenblick zum anderen gleißte violettes Licht vom Wandschirm, und die *Enterprise* kippte so abrupt zu Seite, als sei sie mitten im All gegen ein massives Hindernis gestoßen.

Picard wartete nicht auf LaForges Bericht. »Mr. Karo, beschleu...«

Und dann hörten die Erschütterungen auf.

Der Wandschirm zeigte noch immer wabernde Plasmawolken, aber die Fluglage der *Enterprise* war jetzt so stabil, als befände sie sich im normalen All.

»Data?« fragte Picard. Er brauchte nicht extra darauf hinzuweisen, was er wissen wollte.

»Es kommt zu keinen weiteren Antitachyonenwellen, Sir. Und nach den jüngsten Sensordaten *könnte* sich ein Wurmloch geöffnet haben.«

Picard stand auf und trat zur Station des Androiden. »Was meinen Sie mit ›könnte‹?«

Die auf den Schirmen angezeigten Informationen schienen Data zu verwirren. »Die Störungen und Interferenzen sind noch immer so stark, dass sich kaum exakte Daten ermitteln lassen. Aber ich bin sicher, dass es für kurze Zeit zu einer Art extradimensionalem Riss kam.«

»Besteht er nach wie vor?« fragte Picard. Ein Geheimnis war fast ebenso gut wie Aktivität. Wenigstens bekamen sie dadurch etwas zu tun und mussten sich nicht mehr darauf beschränken, passiv Sensordaten entgegenzunehmen.

»Nein, es gibt keine Anzeichen für...« Data unterbrach sich. Seine Finger huschten über Schaltflächen und rejustierten die Scanner.

»Was haben Sie entdeckt?« fragte Picard.

»Ein... Raumschiff, Sir.« Data sah zum Captain auf, und sein Gefühlschip ermöglichte es ihm, Überraschung zum Ausdruck zu bringen. »Wir empfangen ein Starfleet-Signal, eine automatische Freund-oder-Feind-Anfrage.«

Picard wandte sich dem Wandschirm zu. »Es befinden sich keine anderen Starfleet-Schiffe in diesem Raumsektor«, sagte er.

Riker stand ebenfalls auf und sah zum großen Schirm. Im bunten Wogen und Wallen zeichnete sich allmählich ein Objekt ab, zunächst noch in Form eines Sensorschattens.

»Können Sie den ID-Code entschlüsseln?« fragte Picard.

»Nein, Sir«, antwortete Data. »Die Interferenzen sind zu stark...«

Das Objekt auf dem Schirm wurde größer, aber es ließen sich noch immer keine Einzelheiten erkennen. Zwei oder drei Sekunden lang glaubte Picard, das separate Diskussegment eines Schiffes der Sovereign-Klasse wie der *Enterprise* zu erkennen.

»Captain...«, sagte Data. »Ich empfange jetzt das ID-Signal... NCC... sieben... vier, sechs... fünf, sechs?«

Picard wich so abrupt zurück, als sei das Deck plötzlich nach hinten gekippt. Er hatte sich gewünscht, dass etwas passierte, aber so etwas...

»Mein Gott«, hauchte Riker, als das Schiff auf dem Schirm besser zu sehen war.

Picard verstand die Verblüffung des Ersten Offiziers, denn er teilte sie.

Der Wandschirm zeigte nun alle Einzelheiten des Raumschiffes, auch den unmissverständlichen Namen am übel zugerichteten Rumpf.

Applaus erklang auf der Brücke, gefolgt von Jubel.

Picard konnte es den Offizieren nicht verdenken.

Dies war tatsächlich ein Augenblick zum Feiern.

Fünf Jahre nach ihrem Transfer in den Delta-Quadranten auf der anderen Seite der Galaxis kehrte die *Voyager* heim.

3

»Captain Kirk, für einen Mann in Ihrem Alter sind Sie erstaunlich gut in Form.«

Kirk blickte über sein Glas mit eisgekühltem Tee hinweg und blinzelte mehrmals, als könnte er kaum glauben, was ihm die Augen zeigten. »Scotty?« brachte er überrascht hervor.

Ein breites Grinsen zeigte sich in der vertrauten Miene von Chefingenieur Montgomery Scott, als er Kirks Gesicht sah. »Haben Sie Ihre Großtante Mabel erwartet?«

Kirk erwies sich als erstaunlich sprachlos, wenn man bedachte, dass er oft nur aufgrund seines verbalen und rhetorischen Geschicks überlebt hatte. Er war davon überzeugt gewesen, sich inzwischen der neuen Ära angepasst zu haben, in der er lebte. Er hatte sich an die Falten in Spocks ausdruckslosem Gesicht gewöhnt, ebenso an McCoys weißes Haar. Außerdem war ihm nichts anderes übrig geblieben, als sich mit dem Verlust von vielen Freunden und Verwandten abzufinden.

Aber Scotty wirkte völlig unverändert, unterschied sich überhaupt nicht von dem Chefingenieur, den er während ihrer letzten Stunde an Bord der *Enterprise*-B gesehen hatte. Einige Sekunden lang konnte Kirk es nicht fassen, und er fühlte Schwindel.

Es liegt an der Gravitation, dachte er. Immerhin war dies der erste Trip zur Erde, seit er sich vor dreiundachtzig Jahren mit Chekov und Scott an Bord der *Enterprise*-B gebeamt hatte. Die Schwerkraft der Erde ging ein wenig über die von Chal hinaus, und daran musste er sich erst wieder gewöhnen. Ja, das erklärte seine Benommenheit – einen anderen Grund gab es nicht.

»Hat man Ihnen die Zunge herausgeschnitten?« fragte Scott, der Kirks Sprachlosigkeit zu genießen schien.

Schließlich gelang es Kirk, mit der Überraschung fertig zu werden. Es spielte plötzlich keine Rolle mehr, dass er sich auf der Erde befand, in einer Stadt namens Montreal, umgeben von mehr als tausend anderen Personen, die irgendeine Art von Zeitsprung hinter sich hatten und an einer Konferenz teilnahmen. Wichtig war nur, dass er einem Freund gegenüberstand, den er zusammen mit vielen anderen verloren geglaubt hatte.

»Scotty, Sie... sehen wundervoll aus.«

Scott lächelte und gab sich skeptisch. »Aye, und ich möchte hinzufügen, dass auch Sie nicht den Eindruck erwecken, auch nur einen Tag älter als hundertzwanzig zu sein.«

Kirk und Scott musterten sich gegenseitig, jeder mit einem Glas in der Hand. Sie achteten nicht mehr auf die Party, die um sie herum auf einer großen, durch die Nacht schwebenden Antigravplattform stattfand. Beide schwiegen, als gäbe es so viel zu sagen, dass die Worte aufgrund einer Überbelastung der Bordsysteme unausgesprochen blieben.

Captain Morgan Bateson beendete die unangenehme Stille. »Ich hätte gedacht, dass Sie sich mehr zu sagen haben«, meinte er. »Wie lange gehörten Sie zur gleichen Crew?«

Kirk wandte sich dem Offizier zu, mit dem er gerade gesprochen hatte, dankbar für seine Hilfe. »Scotty begleitete mich bei meiner... ersten Fünf-Jahres-Mission.« Kirk schüttelte staunend den Kopf. Wie viele Jahre und Lichtjahre hatten sie überbrückt, um sich hier und heute erneut zu begegnen? Zu Beginn ihrer beruflichen

Laufbahn hätte niemand von ihnen einen solchen Augenblick vorhersehen können.

»Aye«, erwiderte Scotty. »Ich war bei der ersten Fünf-Jahres-Mission dabei, und auch bei allen anderen.« Er trat vor und reichte Bateson die Hand. »Manchmal fürchte ich, dass es dem Captain schwer fällt, sich daran zu erinnern.«

Der große, bärtige Bateson ergriff Scotts Hand und schüttelte sie. Als die beiden Männer miteinander sprachen, erwartete Kirk eine weitere Überraschung: Sie kannten sich und hatten zusammengearbeitet. Der Starfleet-Offizier Bateson stammte ebenfalls aus Kirks und Scotts Ära. Scotty hatte sich von einem Transporter entmaterialisieren und als Strukturmuster speichern lassen, um auf diese Weise fünfundsiebzig Jahre zu überdauern – so lange dauerte es, bis ein Rettungsteam das Wrack seines Schiffes erreichte. Bateson und seine Crew von der *Bozeman* waren neunzig Jahre lang in einer temporalen Kausalitätsschleife gefangen gewesen. Aber wie unterschiedlich ihre Reisen durch die Zeit auch sein mochten: Jetzt trugen sie die gleichen Starfleet-Uniformen, die Schultern grau, der Rest schwarz.

Kirk hingegen trug die Kleidung eines vulkanischen Reisenden, und er runzelte die Stirn, als die beiden anderen Männer ihr Begrüßungsritual beendeten. »Das stimmt nicht, Scotty. Wo wäre ich ohne Sie?«

Der Chefingenieur trank einen Schluck von der grünlichen Flüssigkeit in seinem Glas und richtete einen fragenden Blick auf Kirk. »Sie wären hier, an diesem Ort, Sir. Wie lange ist es her? Vor mehr als drei Jahren kamen Sie aus dem Nexus-Dingsbums.« Scott lächelte, aber etwas in seinem Gesicht wirkte auch vorwurfsvoll. »Und in all dieser Zeit haben Sie nie geschrieben, nie etwas von sich hören lassen.«

Kirk verstand Scotts Enttäuschung, ahnte aber auch,

dass noch etwas mehr hinter seinen Worten steckte. »Scotty, ich war... beschäftigt.«

»Aye. Das höre ich nicht zum ersten Mal.«

Kirk bemerkte Batesons Erheiterung und begriff: So verärgert Scott auch wirken mochte – er zog eine Schau ab, die für ein ganz besonderes Publikum bestimmt war. Sie beide hatten zu viele Abenteuer überstanden, zu viel Gutes und Schlechtes erlebt, um das spezielle Band zwischen ihnen durch unterschiedliche Lebenswege zerreißen zu lassen. Das hoffte Kirk zumindest.

Er hob sein Glas und deutete damit auf das holographische Banner, das über der Île St.-Hélène und den sorgfältig nachgebauten Pavillons der Expo 1967 schwebte: BIENVENU VOYAGEURS A TRAVERS LE TEMPS / WELCOME TIME TRAVELERS / WILLKOMMEN, ZEITREISENDE.

»Lassen wir die Vergangenheit ruhen, Mr. Scott. Wir alle befinden uns auf einer Reise in die Zukunft.«

»Manche von uns sind dabei schneller als andere«, fügte Bateson mit einem Lächeln hinzu.

»Wir sollten gemeinsam gehen und nicht über das stolpern, was in der Vergangenheit geschehen ist«, fuhr Kirk fort. Er hob sein Glas und hoffte, dass Scott mit ihm anstieß.

Scott beugte sich vor und schnupperte an Kirks Tee. »Sehr poetisch ausgedrückt. Haben Sie wieder romulanisches Bier getrunken?«

Kirk runzelte die Stirn. Er meinte es ernst, ob Publikum oder nicht. »Mr. Scott...?«

Scotty lächelte und stieß mit Kirk an. »Auf die Zukunft. Der Himmel weiß, dass wir uns damit lange genug unseren Lebensunterhalt verdient haben.«

»Wie wär's mit Freundschaft?« erkundigte sich Kirk.

Scott zwinkerte ihm zu. »Diese Frage müssen Sie beantworten, Sir.«

Kirk seufzte. Scott schien nicht ohne weiteres bereit

zu sein, ihm zu verzeihen. »Ich glaube, nach achtzig Jahren können Sie auf das ›Sir‹ verzichten, Mr. Scott.«

Diese Worte bewirkten ein humorvolles Glitzern in den Augen des Schotten. »Wie Sie meinen... Jimmy!« Damit leerte er sein Glas in einem Zug und strahlte. Captain Bateson lachte.

Kirk brachte es nicht fertig, in das Lachen mit einzustimmen. Er fragte sich, womit Teilani in diesem Augenblick beschäftigt sein mochte. Seit mehr als einem Jahr war er nicht mehr so lange von ihr getrennt gewesen.

»Entschuldigung«, sagte Bateson und wurde wieder ernst. »Offenbar sind Sie beide wirklich ziemlich lange zusammen gewesen.«

Kirk nickte.

»Aye«, bestätigte Scott.

»Für mich sieht die Sache anders aus«, fuhr Bateson fort. »Vor allem deshalb, weil mir Mr. Scott dabei half, mich an diese Epoche zu gewöhnen. Außerdem begleitete mich meine ganze Crew durch die Kausalitätsschleife, wodurch ich mich in dieser Zeit nicht so isoliert fühle. Heute Abend sind fast alle von uns hier.«

Kirk folgte Batesons Blick zu der Menge hinter ihnen.

»Wer hätte gedacht, dass es so viele Leute gibt, die durch die Zeit gereist sind?« fragte er.

»Das Problem wird immer größer«, erwiderte Scott. »Kryo-Schiffe aus dem einundzwanzigsten Jahrhundert. Schläferschiffe mit Kolonisten aus dem zweiundzwanzigsten Jahrhundert. Risse in der Raum-Zeit. Warp-Fehlfunktionen.« Er richtete einen bedeutungsvollen Blick auf Kirk. »Gerüchten zufolge hat Starfleet noch ein Schläferschiff aus der Zeit der Eugenischen Kriege gefunden. An Bord sollen sich weitere Übermenschen in der Art von Khan befunden haben. Derzeit werden sie auf Alpha Centauri II ›umerzogen‹.«

Kirk verzichtete auf einen Kommentar und nippte an seinem Tee. Es handelte sich um Probleme dieses Jahrhunderts, und sie betrafen ihn nicht. Er dachte nicht darüber nach, fragte sich stattdessen, ob Teilani schlief. Er stellte sich vor, wie perlmuttfarbener Mondschein auf ihr Haar fiel, während sie in ihrem gemeinsamen Bett lag. Einmal war sie erwacht und hatte festgestellt, dass Kirk sie beobachtete, wie hypnotisiert von jenem Anblick. Nun, sie kannte eine sehr wirkungsvolle Methode, ihn aus der Trance zu befreien…

Bateson schien Kirks Gedanken zu erraten. »Jene von uns, die einen besonders langen Zeitsprung hinter sich haben, neigen zu der Ansicht, dass es keine Verbindung zwischen ihnen und den Problemen der heutigen Zeit gibt.«

Kirk musterte Bateson aufmerksam – dieser Hinweis war zu förmlich gewesen. »Captain, Sie klingen wie jemand, der ein ganz bestimmtes Ziel verfolgt.«

Bateson lächelte, auf frischer Tat ertappt. »Sie haben recht. Flottenadmiral Alynna Nechajew hat mich gebeten, Ihnen eine Rückkehr zu Starfleet nahe zu legen.«

Kirk war nicht überrascht, aber Scott verschluckte sich fast.

»Das kann doch wohl nicht Ihr Ernst sein!« entfuhr es ihm.

»O doch, Mr. Scott. Und das gilt auch für Starfleet. Um die Ausdrucksweise der Ära zu verwenden, aus der diese Weltausstellung stammt: Starfleet Command möchte, dass James T. Kirk in den Sattel zurückkehrt.«

Diese Worte verwirrten Scott, und Kirk kannte den Grund dafür.

»Diese Weltausstellung stammt aus dem zwanzigsten Jahrhundert«, sagte Kirk. »Die Redewendung ›zurück in den Sattel‹ bezieht sich aufs neunzehnte Jahrhundert.«

Bateson zuckte mit den Schultern. »Was ist ein Jahrhundert unter Freunden? Ich wollte auf folgendes hinaus: Wir alle können eine Menge aus der Vergangenheit lernen.« Er blickte über die Geländer der Antigravplattform hinweg zu einer großen geodätischen Sphäre, die langsam vorbeischwebte und im Licht Dutzender von Suchscheinwerfern schimmerte. Die Struktur des Objekts war uralt, und doch wirkte es sehr vertraut, was Kirk seltsam erschien – Buckminster Fullers alte Prinzipien der Geodäsie wurden noch heute verwendet, um überall in der Föderation Habitatkuppeln auf Kolonialwelten zu errichten.

»Man nehme nur diese Nachbildung«, sagte Bateson. »Die Historische Gesellschaft von Montreal hat einen Moment in der Zeit rekonstruiert, und zwar bis ins letzte Detail. 1967. Vor der ersten Mondlandung. 120 verschiedene Regierungen nahmen Teil an einer Ausstellung, um die damals aktuellen Errungenschaften der Menschheit zu zeigen. Man stelle sich das vor. Ein Planet, aber *120* Regierungsbürokratien. Kein Wunder, dass es sich um eine wirre Epoche handelte.«

Kirk kaute nachdenklich auf der Lippe. Jeder Moment seiner Rückkehr zur Erde erneuerte den Wunsch in ihm, nach Chal heimzukehren. Warum legten so viele Leute so großen Wert darauf, in die Vergangenheit zu blicken? Es war richtig gewesen, dass Teilani ihn zu dieser Reise überredet hatte – mehr als jemals zuvor sehnte er sich zurück nach Hause. »Wenn es eine wirre Epoche war...«, sagte er. »Warum dann die Rückbesinnung darauf?« *Die besten Tage müssen erst noch kommen*, dachte er. *So ist es immer*.

Doch Bateson vertrat eine andere Ansicht. »Wie der berühmte vulkanische Philosoph Surak einmal sagte: ›Wer die Geschichte nicht versteht, ist dazu verdammt, sie zu wiederholen.‹«

»Das mag für Surak und einige Dutzend andere gelten«, entgegnete Kirk. Er sah sich um und hielt nach einem Kellner Ausschau, um einen weiteren Eistee zu bestellen. Allerdings: Wenn Bateson auf diese Weise weitermachte, geriet Kirk in Versuchung, den ersten Whisky seit fast hundert Jahren zu trinken.

»Neurale Gel-Massen«, sagte Scott.

Bateson blinzelte. »Wie bitte?«

Kirk sah eine Frau, die ein Tablett balancierte und einen… Smoking trug. Er wusste nicht, woher diese seltsame Bezeichnung stammte, aber er spürte instinktiv, dass man die schwarzweiße Kleidung so nannte. Nun, in der zweiten Hälfte des zwanzigsten Jahrhunderts mochten Kellner durchaus Smokings getragen haben, aber flammendrotes Haar gehörte wohl kaum zur üblichen Ausstattung – jene Mode kam vermutlich aus einer anderen Epoche. Die Frau war bereits in Kirks Richtung unterwegs, und er hob die Hand, um ihre Aufmerksamkeit zu wecken. Sie nickte, und ihr bezauberndes Lächeln erinnerte ihn erneut an Teilani.

»Neurale Gel-Massen«, wiederholte Scott. »Haben Sie jemals davon gehört?«

Kirk begriff, dass die Frage ihm galt. Er hatte keine Ahnung, wovon der Chefingenieur sprach.

»Ich fürchte, nein.«

Scott nickte. »Na bitte.«

Bateson wartete ebenso wie Kirk darauf, dass Scott seinen Worten eine Erklärung folgen ließ.

»Na bitte – was?« fragte Kirk.

»Nun, in unserer Zeit gab es Duotronik. Alle Computer und die meisten Bordsysteme verfügten über duotronische Schaltkreise.«

»Über Duotronik weiß ich Bescheid«, sagte Kirk.

»Ja, genau das meine ich«, erwiderte Scott. »Aber was ist mit isolinearen Chips? Oder mit…« Er räusperte sich so, als stünde eine wichtige Proklamation bevor. »…neuralen Gel-Massen? Sie bilden heute das

Herz eines jeden Computers. Und Sie wissen nicht darüber Bescheid.«

Kirk hob und senkte die Schultern. »Das stimmt. Ich weiß nicht darüber Bescheid. Ich habe nicht die geringste Ahnung, was es damit auf sich hat.«

»Und das bestätigt meine Einschätzung. Sie beabsichtigen nicht, zu Starfleet zurückzukehren. Andernfalls hätten Sie sich längst mit diesen Dingen auseinandergesetzt.«

Kirk nickte und sah keinen Grund, diesen Punkt abzustreiten. Seit mehr als einem Jahr hatte er keinen technischen Artikel mehr gelesen, und dieser Umstand erfüllte ihn sogar mit Genugtuung. Er befand sich in einer neuen Phase seines Lebens. Starfleet hatte gezeigt, dass man auch ohne James T. Kirk zurechtkam. Die Zeit haarsträubender Abenteuer war vorbei, was er keineswegs bedauerte.

Kirk hob sein Glas. »Dieses eine Mal sind wir ganz einer Meinung, Scotty.«

Scott wirkte plötzlich besorgt. »Hm. In dem Fall sollte ich meinen Standpunkt vielleicht noch einmal überdenken.«

»Captain Kirk«, sagte die Kellnerin, als sie sich näherte und den Männern das Tablett mit den Getränken anbot.

Kirk lächelte, fand ihre raue Stimme interessant und fragte sich, woher sie seinen Namen kannte. Mehr als tausend Personen nahmen an der Konferenz teil, und die meisten von ihnen weilten hier auf der Antigravplattform, die sich langsam drehte, um allen einen Blick auf einen riesigen, sprungschanzenartigen Pavillon zu gewähren. Ganz oben wehte eine rote Fahne, zeigte Hammer und Sichel – ein Symbol, das Kirk nicht kannte. Ein weiteres irrelevantes Detail, das sich im Nebel der Geschichte verlor.

Kirk sah auf das Tablett der Kellnerin und nahm enttäuscht zur Kenntnis, dass Tee ebenso fehlte wie vulkanisches Mineralwasser.

Bateson musterte die Frau und runzelte dabei nachdenklich die Stirn. »Entschuldigen Sie, aber Sie haben erstaunliche Ähnlichkeit mit...«

Ein Phaserstrahl traf ihn mitten auf der Brust, bevor er den Satz beenden konnte.

Kirk riss verblüfft die Augen auf, als Bateson zurücktaumelte und stöhnte. Ein Teil von ihm begriff, dass der Strahl nur aus einer miniaturisierten, unter dem Tablett verborgenen Waffe kommen konnte. Andererseits: Dies war die Erde, der sicherste Planet in der ganzen Föderation. Außerdem befanden sie sich in der Zukunft, in einer Ära des Friedens, die auch durch Kirks Leistungen möglich geworden war. *Ich träume*, dachte er, obwohl ihm seine Augen etwas anderes mitteilten.

Die Kellnerin warf das Tablett beiseite, und zum Vorschein kam ein kleiner Phaser, den die Frau zwischen Daumen und Zeigefinger hielt. Mit einer ruckartigen Bewegung presste sie ihn unter Kirks Kinn – bei so geringer Entfernung konnte eine Entladung selbst dann fatal sein, wenn die Waffe auf Betäubung justiert war.

Ob Zufall dahinter steckte oder die Auswahl der richtigen Stelle: Der Druck des kleinen Phasers schien die Blutzufuhr zu seinem Gehirn zu unterbrechen. Kirk spürte, wie ihm das Glas Tee aus der Hand rutschte, um dann auf dem Boden zu zerbrechen.

Wie aus weiter Ferne hörte er erschrockene Schreie, und sein Blickfeld wurde immer schmaler. Die Frau zog ihn zu sich heran, schlang einen muskulösen Arm um ihn und aktivierte einen unter der Jacke versteckten Kommunikator.

»Hier Janeway«, sagte die vermeintliche Kellnerin. »Zwei Personen für den Transfer.«

Kirk beobachtete, wie Scott, Bateson und die vielen anderen Personen hinter dem Glitzern eines Transporterstrahls verschwanden.

Dies kann unmöglich passieren, fuhr es ihm durch den Sinn. In seinem Leben gab es für Abenteuer keinen Platz mehr. Er dachte an Teilani und seinen Wunsch, nach Chal heimzukehren.

Aber wie üblich hatte das Universum andere Pläne für James T. Kirk.

4

Auf dem Wandschirm der *Enterprise* war zu sehen, wie sich die *Voyager* langsam drehte – ganz offensichtlich funktionierten ihre Stabilisatoren nicht mehr. Picard spürte, wie sich die jähe Freude, die ihn und alle anderen auf der Brücke erfasst hatte, rasch verflüchtigte, noch bevor Data die Ergebnisse der Sondierungen nannte.

»Das Schiff scheint bei einem Gefecht schwer beschädigt worden zu sein, Sir. Hinzu kommen strukturelle Deformationen, wie sie für den Transfer durch ein instabiles Wurmloch typisch sind.«

»Ein Wurmloch«, wiederholte Picard und betrachtete die schwarzen Flecken am Rumpf der *Voyager* – sie stammten von destruktiver Energie. Der Anblick erinnerte ihn an das übel zugerichtete Diskussegment der *Enterprise* auf Veridian III, an seinen tiefen Kummer, als er begriff, dass sein Schiff nie wieder zwischen den Sternen fliegen würde. Er beneidete die Kommandantin der *Voyager* nicht, brachte ihr die gleiche Anteilnahme entgegen wie vor zwei Monaten, als es dem Medizinischen Holo-Notprogramm jenes Schiffes gelungen war, eine geheimnisvolle fremde Kommunikationsphalanx zu nutzen und einen Kontakt mit Starfleet herzustellen.

Das MHN erzählte eine erstaunliche Geschichte vom plötzlichen Transit zum Delta-Quadranten, von einer neuen Crew, die sowohl aus Starfleet-Angehörigen als auch aus Maquisarden bestand, von dem Bemühen, in die Heimat zurückzukehren – in den vergangenen Jahren hatte die *Voyager* mehr als 10 000 Lichtjahre zurückgelegt. Sie war zu einem leuchtenden Beispiel für ganz Starfleet geworden. Die verbleibende Kluft von fast 60 000 Lichtjahren in wenigen Monaten zu überwinden... So etwas konnte nur einer Crew gelingen, die aus Helden bestand.

»Wie ist der Status der Besatzung, Mr. Data?« fragte Picard.

»Die Sensoren stellen eine Crew fest, die aus... zweiunddreißig Personen besteht.« Data sah von seiner Station auf. »Der vom *Voyager*-MHN übermittelte Bericht erwähnte vor zwei Monaten eine aus hundertzwanzig Personen bestehende Besatzung.«

Picard merkte, wie Riker vortrat und neben ihm verharrte.

»Was ist mit den Schilden der *Voyager*?« fragte er.

»Ihre Kapazität liegt bei achtundzwanzig Prozent und fluktuiert«, antwortete Data. »Das Warptriebwerk ist deaktiviert. Den Bordsystemen steht allein die Notenergie zur Verfügung. Die Lebenserhaltungssysteme funktionieren nur auf drei von fünfzehn Decks. Darüber hinaus gibt es Anzeichen für provisorische Reparaturen, bei denen man fremde Technik verwendete.«

»Offenbar hat die Crew alles versucht, um zu überleben«, sagte Riker leise. Der Anblick des schwer beschädigten Schiffes bestürzte ihn ebenso wie den Captain.

Picard spürte eine leichte Vibration und wandte sich dem Ersten Offizier zu. »Ich glaube, wir sollten die *Voyager* von den Plasmastürmen fortbringen.«

»Ja«, bestätigte Riker. »Mr. Karo, richteten Sie Traktorstrahlen auf die *Voyager*. Und gehen Sie vorsichtig mit ihr um.«

»Aye, Sir«, bestätigte der Bolianer.

Auf dem Wandschirm war zu sehen, wie drei violette Strahlen nach dem antriebslos driftenden Schiff tasteten.

»Irgendeine Reaktion auf unsere Kom-Signale?« Picards Frage galt Commander Zefram Sloane, dem Sicherheitsoffizier der *Enterprise*. Er stand an der taktischen Konsole auf dem oberen Brückendeck.

»Ich bin sicher, dass man uns dort drüben hört, Captain. Alle Stationen im Kontrollraum der *Voyager* sind besetzt, aber es scheint Probleme mit dem Subraum-Sender zu geben. Ich habe darauf hingewiesen, dass die Standard-ID-Signale von uns empfangen wurden. Mit etwas Glück können sie jene Frequenzen für eine Kommunikation nutzen.«

Doch Picard hielt nichts davon, sich auf Glück zu verlassen. »Übermitteln Sie einen entsprechenden Vorschlag, Mr. Sloane. Und fügen Sie Schaltkreis-Diagramme hinzu. Fast achtzig Prozent der Besatzung fehlen. Vielleicht gibt es an Bord der *Voyager* weder einen Kommunikationsoffizier noch einen Chefingenieur.«

Sloane begann sofort damit, die notwendigen Informationen zu senden. Er war ein fast zierlich wirkender Mensch, dessen Stammbaum zu einer der ersten Familien zurückreichte, die auf Alpha Centauri gesiedelt hatten. Von dort aus gab es weitere Verbindungen bis nach Afrika. Seit den Tagen von Cochrane hatten die Sloanes eine entscheidende Rolle bei der Erforschung des Weltraums gespielt, und Picard kannte den Grund dafür aus eigener Erfahrung: Vor mehr als dreihundert Jahren hatte er das Vergnügen gehabt, Commander Sloanes Urururururururururgroßmutter kennen zu lernen.

»Traktorstrahlen ausgerichtet«, meldete Karo.

»Bringen Sie uns fort von hier«, sagte Picard. »Warpfaktor eins.«

Das dumpfe Summen des Triebwerks war zu hören, als die *Enterprise* auf Lichtgeschwindigkeit beschleunigte. Der Wandschirm zeigte, wie das bunten Wogen der Plasmastürme hinter dem Schiff zurückblieb, während sich der Abstand zur *Voyager* nicht veränderte.

Picard nahm wieder im Kommandosessel Platz und fühlte sich fast schuldig – zu groß war seine Erleichterung darüber, dass eine bis dahin sehr langweilige Mission einen überaus interessanten Aspekt gewann. Natürlich bedauerte er den hohen Preis, den die *Voyager* ganz offensichtlich für ihre Rückkehr hatte bezahlen müssen. Doch sie *war* zurück, und nur darauf kam es an. In Gedanken formulierte er bereits die historische Nachricht, mit der er Starfleet Command von ihrer Entdeckung informieren wollte, als Sloane auf eine Antwort von der *Voyager* hinwies.

»Auf den Schirm«, sagte Picard, und im zentralen Projektionsfeld erschien das hohlwangige Gesicht eines Starfleet-Offiziers. Er trug eine ältere Starfleet-Uniform mit roten Schulterteilen und einem lavendelfarbenen Oberteil. Der Kragen war zerfranst, und hier und dort zeigten sich Flecken an der Jacke.

»Sie sind von *Starfleet*!« brachte der Mann verblüfft hervor.

Tiefes Mitgefühl regte sich in Picard, als er begriff, was dieser Offizier und die Crew durchgemacht hatten. Einst war die *Voyager* der Stolz von Starfleet gewesen. Im Gegensatz zu den Schiffsklassen der *Defiant* oder *Enterprise* diente sie allein den Idealen der Forschung. Die mit ihr verschwundene Kommandantin, Captain Kathryn Janeway, kam aus den wissenschaftlichen Rängen Starfleets und hatte nicht den traditionellen Kommandoweg beschritten. Doch im Erscheinungsbild des Offiziers auf dem Wandschirm sah Picard das Ende jenes Optimismus, mit dem die *Voyager* ins All aufgebrochen war. Das Schiff starb – an Bord gab es nicht einmal mehr einen funktionierenden Replikator, der frische Uniformen liefern konnte. Das MHN hatte die schweren Prüfungen geschildert, denen sich Schiff und Besatzung stellen mussten, aber die Zeit genügte nicht, um alle Einzelheiten zu beschreiben.

»Ich bin Jean-Luc Picard von der *Enterprise*. Meine Crew und ich heißen Sie sehr herzlich willkommen. Mit wem habe ich die Ehre?«

Sofort erschien ein Lächeln auf den Lippen des jungen Mannes, aber es brachte nicht nur Freude zum Ausdruck, sondern auch Erschöpfung. »Ich bin Commander Paris, Sir. Tom Paris.«

Picard tadelte sich stumm und nickte. Die Ähnlichkeit hätte ihm sofort auffallen müssen. »Natürlich, Commander. Ich kenne Ihren Vater, Owen. Darf ich fragen, ob... Captain Janeway bei Ihnen ist?«

Paris schüttelte den Kopf. »Sie... sie hat es nicht geschafft, Sir. Die meisten Besatzungsmitglieder...«

Picard unterbrach den jungen Mann, um es ihm ein wenig leichter zu machen. »Wir haben zweiunddreißig Überlebende geortet, Commander. Über die Details können wir später reden.«

»Danke, Sir.« Paris sah zur Seite und empfing eine Meldung, die nicht von den Audio-Sensoren übertragen wurde. Dann wandte er sich wieder an Picard. »Können Sie uns sagen, wo wir sind, Sir? Wir nehmen an, dass wir uns irgendwo im Alpha-Quadranten befinden, aber unsere stellare Kartographie funktioniert nicht mehr.«

»Sie sind tatsächlich im Alpha-Quadranten; Sie kamen aus einem Wurmloch in der Goldin-Diskontinuität, einige hundert Lichtjahre von den vulkanischen Kolonialprotektoraten entfernt.«

»Die Mitte der Föderation«, sagte Paris, und es klang sehr zufrieden.

»Mehr oder weniger«, bestätigte Picard. »Darf ich fragen, wie es Ihnen nach dem Kontakt des MHN mit Starfleet gelang, die restlichen 60000 Lichtjahre zurückzulegen?«

Paris lehnte sich im Kommandosessel zurück und erweckte dabei den Eindruck, sich zum ersten Mal seit fünf Jahren zu entspannen. »Es ist eine lange Geschichte, Captain. Vielleicht wäre es besser, die *Voyager* zunächst zu stabilisieren und der Crew medizinische Hilfe zu gewähren. Eine warme Mahlzeit und eine Dusche wüssten wir sehr zu schätzen.«

»Selbstverständlich«, erwiderte Picard sofort. »Unsere Traktorstrahlen haben Ihr Schiff sicher im Griff. Wenn Sie möchten, beamen wir alle Besatzungsmitglieder der *Voyager* an Bord.«

»Das wäre... wundervoll.« Paris stand auf. »Wir sind jederzeit bereit für den Transfer. Hier gibt es zu viele... üble Erinnerungen.«

»Ich verstehe«, sagte Picard. »Ich veranlasse den unverzüglichen Transfer Ihrer Leute.«

»Paris Ende.« Das Bild auf dem Wandschirm wechselte und zeigte wieder die *Voyager*, die sich nun nicht mehr drehte. Weit hinter ihr zeigte sich die Goldin-Diskontinuität in Form einer leuchtenden Wolke aus interstellarem Gas. Die *Enterprise* flog jetzt ohne irgendwelche Erschütterungen oder Vibrationen.

»Mr. Data«, sagte Picard, »setzen Sie sich mit der Transporterkontrolle in Verbindung und sorgen Sie dafür, dass die Crew der *Voyager* an Bord geholt wird. Alle Personen werden in individuellen Gästequartieren untergebracht und bekommen unbegrenzten Replikatorzugang. Teilen Sie Commander LaForge mit, dass er versuchen soll, von den Transferierten Informationen über den Zustand ihres Schiffes zu bekommen. Weisen Sie außerdem Counselor Troi und Dr. Crusher auf die Neuankömmlinge hin. Ich schätze, medizinische und psychologische Hilfe werden dringend benötigt.«

Der Androide begann sofort damit, die Anweisungen auszuführen.

»Von der derzeitigen Rettungsmission einmal abgesehen, Sir«, wandte sich Riker an Picard. »Dies könnte jene Theorie bestätigen, die Starfleet veranlasst hat, Regionen mit Plasmastürmen zu untersuchen.«

Picard wusste nicht genau, was Riker meinte.

»Vielleicht fiel die *Voyager* in ein Wurmloch, das vom Delta-Quadranten zur Goldin-Diskontinuität reicht«, fuhr der Erste Offizier fort. »Unsere Entdeckung könnte so wichtig sein wie das bajoranische Wurmloch. Es kommt ganz darauf an, wo der Transit der *Voyager* seinen Anfang nahm.«

»Eine interessante Hypothese«, kommentierte Picard. »Mr. Data, lässt sich irgendwie feststellen, welche Strecke die *Voyager* im Wurmloch zurückgelegt hat und wie lange sie unterwegs war?«

Der Androide zögerte ungewöhnlich lange, bevor er antwortete. »Damit sind gewisse Schwierigkeiten verbunden, Sir. Je tiefer die Meta-Analyse der strukturellen Deformationen vorankommt, desto mehr hat es den Anschein, dass es sich dabei nur um Interferenzen in einem Strukturintegritätsfeld handelt und nicht in dem Sinne um physische Schäden.«

Das fand Picard seltsam. Er erhob sich und warf einen Blick auf Datas Anzeigen. »Soll das heißen, die angeblichen Schäden an Bord der *Voyager* gehen nur auf fehlerhafte Kontrolljustierungen zurück?«

»Das ist eine Möglichkeit«, erwiderte der Androide, ohne dabei restlos überzeugt zu klingen.

Picard sah dem Androiden über die Schulter und betrachtete die Anzeigen. Wenn nicht das Erscheinungsbild der *Voyager* gewesen wäre, hätte er glauben können, die simulierten Gefechtsschäden eines Starfleet-Kriegsszenarios zu sehen. »Gibt es sonst noch Hinweise darauf, dass die Schäden simuliert und gar nicht wirklich vorhanden sind?«

»Nein, Sir. Es sei denn…«

Mit Ausflüchten und ungenauen Formulierungen

konnte Picard gerade unter den gegenwärtigen Umständen nichts anfangen. Ein Schiff wie die *Enterprise* war nur dann imstande, sein volles Potential zu entfalten, wenn seine Besatzungsmitglieder keine Informationen zurückhielten. »Mr. Data...«

»Sir«, fuhr der Androide widerstrebend fort, »ich habe mir erlaubt, die Lebenserhaltungssysteme der *Voyager* zu analysieren. Unsere Sensorsondierungen bestätigen zwar die Präsenz von nur zweiunddreißig Personen an Bord, doch der Anteil von Kohlendioxid sowie Nahrungsverbrauch und Abfallmenge deuten auf eine viel größere Crew hin.«

Riker gesellte sich Picard und Data hinzu. »Auf eine wie viel größere Crew?«

»Ich müsste schätzen, Sir...«

»Nur zu«, drängte Picard.

»Zweihundert. Zusätzlich zu den zweiunddreißig Individuen, deren Präsenz an Bord von unseren Sensoren bestätigt wird.«

Riker rieb sich nachdenklich den Bart. »Gehört die Lebenserhaltung zu den Systemen, die mit fremder Technik repariert wurden?«

»In fast allen Bordsystemen der *Voyager* gibt es technische Anomalien«, sagte Data. »Aber nicht alle gehen auf das Vorhandensein fremder Komponenten zurück. In manchen Fällen scheinen Reparaturen mit Ersatzteilen vorgenommen worden zu sein, die offenbar aus einer weniger hoch entwickelten menschlichen Epoche stammen.«

Das ließ sich ganz einfach erklären, vermutete Picard. »Gibt es Anzeichen dafür, dass die *Voyager* eine Zeitreise hinter sich hat? Befand sie sich vielleicht in der Vergangenheit und musste dort mit primitiveren Materialien zurechtkommen?«

»Eine interessante Spekulation«, erwiderte Data. Als er die Sensoren rejustierte, um mit ihrer Hilfe eine Antwort auf die Frage des Captains zu finden, gab LaForge bekannt, dass Commander Paris und die ersten Besatzungsmitglieder der *Voyager* sich an Bord befanden.

»Bringen Sie sie zur Brücke, bevor Sie ihnen Gästequartiere zuweisen«, sagte Picard. An Riker gerichtet fügte er hinzu: »Der Commander dürfte in der Lage sein, viele Fragen zu beantworten.«

Riker wirkte besorgt. »Sir... Vielleicht sollten wir Meuterei als Ursache für den gegenwärtigen Zustand der *Voyager* berücksichtigen.«

Picard erinnerte sich daran, dass man das Verschwinden des Schiffes unter anderem mit dieser Möglichkeit erklärt hatte. Doch nach den Auskünften des MHN kam so etwas nicht in Frage. Zwar hatte Tom Paris einst zum Maquis gehört, und die *Voyager* war unterwegs gewesen, um ein Schiff der Maquisarden aufzubringen, als sie verschwand. Aber der holographische Arzt hatte ausdrücklich den Umstand betont, dass nicht mehr die geringsten Feindseligkeiten zwischen Starfleet-Angehörigen und Maquisarden herrschten. Damit noch nicht genug. Inzwischen gehörte sogar ein Borg zur Crew, ein Hinweis, den man bei Starfleet Command mit großem Erstaunen zur Kenntnis genommen hatte. Allein bei der Vorstellung lief es Picard kalt über den Rücken.

»Paris trägt eine Starfleet-Uniform«, sagte der Captain. »Aber ich werde trotzdem die Möglichkeit von Problemen mit der Crew in Erwägung ziehen.« Er sah wieder auf die Displays. »Irgendwelche Fortschritte, Mr. Data?«

»Die Auswirkungen eines Wurmlochtransfers scheinen komplexer zu sein, als es die gegenwärtigen Theorien nahe legen«, sagte der Androide. »Nach den ersten temporalen Sondierungen zu urteilen, sind mehr als dreiundneunzig Prozent des Schiffes weniger als achtzehn Monate alt.«

»Aber die *Voyager* war bereits seit einem Jahr unterwegs, als sie verschwand«, erwiderte Riker. »Und zumindest die Rumpfplatten müssen noch ein Jahr älter gewesen sein.«

»Wie ich schon sagte: Die von den Sensoren ermittelten Daten stehen im Widerspruch zu den Theorien«, ließ sich Data vernehmen. »Vielleicht wurde das Schiff starken Chroniton-Emissionen ausgesetzt, obwohl ich bezweifle, dass irgendwelche Besatzungsmitglieder imstande gewesen wären, so etwas zu überleben.«

Riker richtete einen bedeutungsvollen Blick auf Picard. »Captain, unter den gegebenen Umständen wäre es vielleicht angebracht, unsere Gäste unter Beobachtung zu halten.«

Picard nickte. »Einverstanden.« Er wollte sich Commander Sloane zuwenden, aber Riker war noch nicht fertig.

»Außerdem glaube ich, dass wir keinem Mitglied der *Voyager*-Crew erlauben sollten, auf die Brücke zu kommen oder sich anderen wichtigen Kontrollzentren an Bord zu nähern.«

»Solche Maßnahmen erscheinen mir ziemlich streng«, entgegnete Picard. »Andererseits deuten die Beschreibungen des MHN vom Leben an Bord der *Voyager* darauf hin, dass die Crew vor allem an unseren Replikatoren und Freizeiteinrichtungen interessiert sein dürfte. Commander Sloane, beauftragen Sie eine Sicherheitsgruppe, möglichst diskret und taktvoll...« Er unterbrach sich, als sich die Tür des Steuerbord-Turbolifts öffnete und Geordi LaForge erschien, begleitet von Tom Paris und fünf ziemlich mitgenommen wirkenden Starfleet-Offizieren in alten Uniformen. Paris lächelte erfreut, als er sich auf der großen Brücke umsah.

»Ihr Schiff ist wundervoll, Captain Picard.«

»Kümmern Sie sich um die Sicherheitsgruppe«, flüsterte Picard seinem Ersten Offizier zu, trat dann Paris und den anderen Besatzungsmitgliedern der *Voyager* entgegen.

»Willkommen an Bord, Commander. Ich hoffe, Sie fühlen sich hier wie zu Hause.«

Paris bewegte den rechten Arm so, als wollte er ein Objekt aus dem Ärmel schütteln. »Genau mit dieser Absicht sind wir hierher gekommen, Captain.«

Und dann sah Picard in der Hand des jungen Mannes etwas, das nur eine Waffe sein konnte.

Riker setzte sich sofort in Bewegung, um zwischen Paris und Picard zu treten, aber der Captain hob die Hand. »Schon gut, Will. Ganz offensichtlich hat sich Commander Paris nicht gut genug vorbereitet.« Er maß den Kommandanten der *Voyager* mit einem durchdringenden Blick. »Ohne eine Kommando-Priorität lässt der Hauptcomputer dieses Schiffes den Einsatz von Energiewaffen an Bord nicht zu. Mr. Sloane, machen Sie sich bereit, auf Commander Paris zu schießen. Justieren Sie Ihre Waffe auf starke Betäubung.«

Paris drehte sich halb um und feuerte auf den Sicherheitsoffizier, bevor Sloane aufstehen konnte. Picard hörte ein Zischen, sah jedoch keinen Energiestrahl.

Trotzdem schnappte Sloane nach Luft und prallte so gegen seine Station, als hätte ihn die Entladung eines Disruptors getroffen.

Die Brückenoffiziere erstarrten und warteten auf Befehle, als die anderen Besucher von der *Voyager* plötzlich ähnliche Waffen in den Händen hielten. Eine Frau presste ihre an LaForges Schläfe.

»Wir haben uns *bestens* vorbereitet, Captain.« Paris drehte seine Waffe, damit Picard sie besser sehen konnte. Sie bestand aus einem dunkelgrauen Material und war nicht größer als ein Handphaser. Nirgends zeigten sich Statuslichter. »Gespannte Federn, die Kunststoffpfeile abschießen. Jede Spitze ist mit einem klingonischen Nervengift bestrichen. Gegen eine so primitive

Technik kann Ihr Computer nichts ausrichten.« Er zielte auf den bewusstlosen Sloane. »Und zwei Pfeile wirken tödlich.«

Data stand auf. »Zum Glück bin ich kein organisches Wesen.«

Paris schwang seine Waffe herum und richtete sie auf Picard. Vier andere Besatzungsmitglieder der *Voyager* folgten seinem Beispiel. »Im Gegensatz zu Ihrem Captain. Wenn Sie glauben, uns *alle* erledigen zu können, bevor ihn zwei Pfeile treffen... Versuchen Sie es.«

Data zögerte.

Picard entschloss sich zum Handeln. Er wusste, dass Data leicht mit zweiunddreißig Menschen fertig werden konnte, und außerdem kam die *Enterprise* immer an erster Stelle. »Computer«, sagte er rasch. »Notsperrung! Picard Alpha Eins! Mr. Data – das Schiff darf diesen Leuten nicht in die Hände fallen!«

Dieser Hinweis genügte dem Androiden. Doch als er Paris und den anderen mit übermenschlicher Geschwindigkeit entgegensprang, spürte Picard ein Stechen in der linken Schulter – ein Pfeil hatte ihn getroffen.

Er taumelte zurück, stieß gegen Mr. Karo und sah, wie Riker zu Boden ging, dabei nach einem in seiner Seite steckenden Pfeil tastete. Data schickte die ersten Besatzungsmitglieder der *Voyager* ins Reich der Träume, was LaForge jedoch nicht davor bewahrte, von drei Pfeilen getroffen zu werden. Picard fühlte ein neuerliches Stechen, diesmal dicht unterm Brustbein.

Er sank zu Boden und blieb neben Karos Sessel liegen. Der Bolianer lag in unmittelbarer Nähe und rührte sich nicht mehr.

Das Atmen fiel ihm immer schwerer, aber Picard hielt trotzdem an dem Glauben fest, richtig gehandelt zu haben. Paris und seine fünf Begleiter waren bewusstlos, Data unverletzt. Zwar fiel es Picard immer schwerer, Einzelheiten auf der Brücke zu erkennen, aber er wusste: Der *Enterprise* drohte keine Gefahr mehr. Letztendlich kam es nur darauf an.

Dann öffnete sich die Tür des Backbord-Turbolifts, und Picard begriff, dass er sich geirrt hatte.

Sechs weitere Angreifer betraten die Brücke: drei Klingonen und drei Cardassianer. Und welche Waffen auch immer sie einsetzten – sie funktionierten. Eine Entladung erfasste Data und schleuderte ihn an die technische Station. Transtatorfunken stoben.

Picard sah auf. Er konnte weder sprechen noch den Blick auf ein bestimmtes Objekt fokussieren. Hilflos beobachtete er, wie sich eine Cardassianerin über ihn beugte.

»Für dieses Schiff verwendet Starfleet das gleiche Waffen-Prioritätssystem wie bei der *Voyager*«, sagte sie. Ihre Stimme klang verzerrt. »Das ist ziemlich kurzsichtig, finden Sie nicht?«

Picard nutzte die letzten Reste der Kontrolle über sich selbst und brachte hervor: »Verschwinden Sie... von Bord meines Schiffes...«

»Oh, da gibt es nur ein Problem, Picard. Die *Enterprise* ist nicht mehr Ihr Schiff.« Die Cardassianerin lächelte, als sich ihre Gestalt für den Captain auflöste, in heranwogender Dunkelheit verlor. »Sie gehört jetzt *mir*.«

Leere und Finsternis griffen nach Picard, um ihn für immer von seinem Schiff zu trennen – und von seinem Leben.

5

Kirk stürzte durch einen Tunnel aus schimmerndem Licht und spürte die ganze Zeit, wie sich Janeways fester, muskulöser Körper an ihn presste. Was sich zuerst wie ein einfacher Transfer angefühlt hatte – ein Vorgang, der nur einige wenige Sekunden in Anspruch nahm –, wurde immer länger und verwirrender.

Er versuchte zu zählen, wie oft er festen Boden unter den Füßen spürte, der sich gleich darauf wieder auflöste. Doch schon bald verlor er die Übersicht. Jede Materialisierung schien in einem unterschiedlichen Gravitationsfeld stattzufinden, was seinen Gleichgewichtssinn immer mehr durcheinander brachte und sich störend auf die Konzentration auswirkte.

Erneut erschien fester Boden unter Kirks Füßen, und einmal mehr wartete er darauf, dass der Untergrund erneut dem Nichts wich. Doch Janeway gab ihm einen Stoß, und er fiel nach vorn.

Instinktiv breitete er die Arme aus, um einen Aufprall abzufangen, zu dem es jedoch nicht so schnell kam.

Er fiel tatsächlich dem Boden entgegen, aber sehr langsam.

Vor dem Ende des Falls blieb ihm genug Zeit, um sich umzusehen und einen Eindruck von seiner Umgebung zu gewinnen. Er befand sich in einem kleinen Raum, dessen Wände aus Metall bestanden. An der Decke flackerten Leuchtröhren, und hier und dort lagen Abfälle auf dem Boden. Es roch nach Schweiß und verfaulenden Dingen.

Und *dann* erreichte Kirk den feuchten, glitschigen Boden. Es war ein sehr sanfter Aufprall.

Er stieß sich mit den Händen ab, was völlig genügte, um wieder auf die Beine zu kommen. Während er sich umdrehte, wischte er die Hände am vulkanischen Hemd ab und achtete darauf, dass die Füße die ganze Zeit über auf dem Boden blieben.

Diese vergleichsweise schwache Schwerkraft hatte er schon einmal gespürt, und deshalb wusste er genau über seinen Aufenthaltsort Bescheid. Die Entführerin hatte eine erstaunliche technische Leistung vollbracht, selbst nach den Maßstäben des vierundzwanzigsten Jahrhunderts.

Kirk sah Janeway an, die auf dem einen knappen Meter hohen mobilen Transferfeld stehen blieb. Ihr Kopf stieß fast an die Decke.

Sie hielt ihren kleinen Phaser auf Kirk gerichtet und streifte die Jacke des Smokings wie eine lästige Verkleidung ab. »Ich weiß alles über Sie, Kirk. Eine falsche Bewegung, und Sie sind ein toter Mann.«

Kirk legte einfach nur die Hände auf den Rücken, als sich das Gefühl in ihm verdichtete, eine gewisse Kontrolle über die Situation zu haben. Die Entführerin hatte gerade verraten, dass er nicht rein zufällig ausgewählt worden war. Das bedeutete: Jemand wollte etwas von ihm. Und *das* wiederum bedeutete: Was als Entführung begonnen hatte, konnte zu Verhandlungen führen.

»Wenn Ihnen etwas an meinem Tod läge – warum sollten Sie sich dann die Mühe machen, mich mit einer multiplen Transporterverbindung zum Mond zu bringen?« erwiderte Kirk. Seine Frage kam dem ersten Zug gleich. Fast dreißig Jahre lang hatte er das Kommando über Raumschiffe geführt, und deshalb glaubte er sich bei Verhandlungen jedem Kontrahenten gewachsen.

Janeway zog am Bund der schwarzen Hose, die sich daraufhin sofort von ihr löste. Ganz offensichtlich war das Kleidungsstück so vorbereitet gewesen, dass es ganz schnell abgestreift werden konnte. Unter dem Smoking kam ein schlichter, schwarzer einteiliger Kampfanzug zum Vorschein. Das Modell kannte Kirk nicht, aber er bemerkte einige vorgewölbte Stellen mit Schaltkreisen und schloss daraus, dass der Anzug Phaserstrahlen bis zu einer gewissen Intensität absorbieren konnte sowie über integriertes Waffen- und Kommunikationspotential verfügte.

»Sie halten sich für sehr schlau«, knurrte Janeway, als sie die glänzenden schwarzen Schuhe fortstieß, die sie über den Stiefeln getragen hatte. Sie verschwanden in einer dunklen Ecke des Raums.

»Nein, aber ich halte *Sie* für schlau. Man muss ganz schön helle sein, um jemanden von der Erde zum Mond zu beamen, ohne befürchten zu müssen, dass jemand von der Raumüberwachung die multiplen Transferpfade bemerkt.«

Janeway starrte ihn an, und ihr wortloser Blick wies Kirk darauf hin, dass sie tatsächlich eine solche Entdeckung befürchtete. Ihre Reaktion verstärkte das Gefühl in Kirk, die Situation unter Kontrolle zu haben, und zwar so sehr, dass er es nicht für nötig hielt, sich einen Fluchtplan einfallen zu lassen. Janeway hatte die Entführung erfolgreich durchgeführt, aber ihre Nervosität wies Kirk darauf hin, dass sie bei dieser Angelegenheit nicht die ausschlaggebende Rolle spielte.

Und wenn Janeway nur Anweisungen ausführte, so war sie im Grunde genommen machtlos.

Die Frau sprang von der Transporterplattform herunter und deutete auf eine große, gepanzerte Tür. Sie stand offen, und dahinter erstreckte sich ein dunkler Korridor. Konstruktionsmuster und abblätternde Farbe ließen Kirk vermuten, dass sie sich im verlassenen Wartungssektor einer der ersten lunaren Kolonien aufhielten, die zu Cochranes Lebzeiten entstanden waren. Er erinnerte sich daran, dass sich der Mond in dieser Zeit durch Terraforming in eine Welt mit freier Atmosphäre und großen Wasserflächen verwandelt hatte. Der Umstand, dass er die natürliche geringe Schwerkraft des Mondes spürte, konnte nur bedeuten: Entweder befand er sich tief unter der Oberfläche, unterhalb des Wirkungsbereichs der Gravitationsgeneratoren, oder in einem unterentwickelten Bereich. Gab es einen besseren Ort für eine geheime Basis im Sonnensystem?

»Durch die Tür«, sagte Janeway.

Kirk beschloss herauszufinden, über wie viel Entscheidungsspielraum Janeway verfügte. Er rührte sich nicht von der Stelle, schüttelte den Kopf und sagte: »Nein.« Innerlich lächelte er, als er die Überraschung in Janeways Gesicht sah. Sie tat ihm fast leid. *Jemand sollte sie darauf hinweisen, dass sie allein durch ihre Reaktionen viele Informationen preisgibt.*

»Wenn Sie nicht durch die Tür gehen... Ich schwöre, dass ich Sie betäuben und über den Boden schleifen werde.«

Kirk zuckte mit den Schultern. »Das könnten Sie, aber es widerspräche den Anweisungen, die Sie erhalten haben.« Andernfalls hätte Janeway bereits beim ersten Anzeichen von Widerstand auf ihn geschossen.

Die Frau wirkte verblüfft und klappte den Mund auf – vielleicht wollte sie Kirk fragen, woher er von ihren Ordern wusste. Doch sie hielt sich zurück und zeigte dadurch, dass sie sich durchaus beherrschen konnte.

»Ich bin angewiesen, Sie nicht zu verletzen.« Sie richtete den Phaser auf Kirk. »Solange es sich vermeiden lässt.«

Kirk hatte ein Limit entdeckt und änderte die Taktik, um festzustellen, ob es noch andere Grenzen gab. »Es lässt sich tatsächlich vermeiden. Ich bin zur Zusammenarbeit bereit. Aber zuerst benötige ich einige Zusicherungen.«

Janeway deutete erneut in Richtung Tür. »Sie sind nicht in der Lage, irgendwelche Forderungen zu stellen.«

»Sie befassen sich zum ersten Mal mit einer solchen Sache, nicht wahr?«

Janeway starrte ihn groß an – sein Verhalten verwirrte sie und entsprach gewiss nicht dem eines typischen Opfers. Was Kirk betraf: Er fand es fast zu leicht, Janeway zu verunsichern.

»Es ist meine erste Entführung«, erwiderte sie. »Für gewöhnlich töte ich Personen.«

Kirk sah die Wahrheit in ihren Augen. Sie war eine Art Soldat, erfahren auf dem Schlachtfeld, aber mit geheimen Operationen schien sie sich nicht besonders gut auszukennen. Das wiederum ermöglichte Rückschlüsse auf ihre Vorgesetzten. Mit diesem Wissen konnte Kirk eine Strategie entwickeln, um die Situation noch besser unter seine Kontrolle zu bringen.

»Zielen Sie nicht mehr auf mich«, sagte Kirk im Kommando-Tonfall. Er hatte ihn unter anderem bei Akademie-Kadetten verwendet, wenn es darauf ankam, dass sie einem Befehl sofort nachkamen, auch wenn sie ihn nicht verstanden.

Kirk erzielte die gewünschte Wirkung. Aus einem Reflex heraus ließ Janeway die kleine Waffe einige Zentimeter sinken. Er hatte nun ihre volle Aufmerksamkeit.

»Auch ich weiß alles über Sie«, fuhr Kirk fort und nutzte den günstigen Augenblick. »Sie und Ihre Leute sind in Schwierigkeiten.« *Warum sollte man sonst eine in dieser Hinsicht unerfahrene Person mit einer so wichtigen*

Mission betrauen? »Und Sie glauben, dass ich Ihnen helfen kann.« *Deshalb die Anweisung, ihn nicht zu verletzen.* »Aber Sie haben nicht viel Zeit.« *Der Raumüberwachung würde es schließlich gelingen, der multiplen Transporterverbindung bis hierher zu folgen. Das wusste Janeway ebenso gut wie ihre Auftraggeber.* »Und diese Basis bietet Ihnen keine Sicherheit.« *Deshalb hatte Janeway darauf verzichtet, nach ihrer Ankunft Gebrauch vom Kommunikator zu machen. Durch eine Anpeilung von Subraumsignalen ließe sich dieser Ort noch schneller lokalisieren.* »Ich schlage vor, wir lassen das Theater und Sie nehmen die Waffe weg. Offenbar glauben Sie, mich veranlassen zu können, Ihnen aus freiem Willen zu helfen. Wir sollten also keine Zeit mit Drohungen vergeuden, die Sie ohnehin nicht wahrmachen wollen.«

Janeways Wangen röteten sich, und sie hob den Phaser, richtete ihn direkt auf Kirk.

Er sah ihr auch weiterhin tief in die Augen, trat vor, griff nach dem Phaser und nahm ihn Janeway aus der Hand.

Was auch immer Janeway sonst noch sein mochte – sie war gewiss ein guter Soldat. Ganz offensichtlich hatte man sie angewiesen, Kirk lebend und unverletzt zu einem bestimmten Ort zu bringen, und sie hielt sich an diesen Befehl. Irgendwo in ihr gab es einen zentralen Kern, der Pflicht verstand und an sie glaubte.

Er betrachtete die kleine Waffe und betätigte etwas, das er für einen Sicherungsmechanismus hielt. Dann schob er den Strahler in einen Beutel am Gürtel.

»So ist es schon besser.« Er streckte die Hand aus – es wurde Zeit, noch einmal von vorn zu beginnen. »Ich bin Jim Kirk.«

Zorn glitzerte in den Augen der Kidnapperin, und sie schenkte der ausgestreckten Hand keine Beachtung. Offenbar lag ihr nichts daran, die Distanz zwischen ihnen zu verkürzen. Andererseits war sie realistisch genug, um die veränderte Situation anzuerkennen. »Kathryn Janeway«, erwiderte sie kühl.

Der Name klang vertraut, aber Kirk wusste trotzdem nichts mit ihm anzufangen.

Janeway bemerkte seinen Versuch, sich an ihre Identität zu erinnern, und sie fand keinen Gefallen daran. »Ich bin nicht die, für die Sie mich halten«, sagte sie scharf.

»Ich... weiß überhaupt nicht, für wen ich Sie halten soll.«

»Das glaube ich Ihnen gern«, brummte Janeway. Sie stapfte zur Tür, zog sie ganz auf und deutete in den dunklen Korridor. »Nun?«

Kirk starrte in die Finsternis. Irgendwo tropfte Wasser, das wahrscheinlich von einer lunaren Eismine stammte. Ein Relikt aus der Vergangenheit vor der Erfindung des Replikators. Teilani las gern Romane, die während der frühen Kolonisierungsepoche spielten, und bestimmt hätte sie sich darüber gefreut, einen solchen Ort besuchen zu können. Kirk bezweifelte allerdings, dass er ihren romantischen Idealen gerecht geworden wäre.

»Nach Ihnen«, sagte er.

Janeway zischte verärgert, doch bevor sie die Tür passieren konnte, erklang eine tiefe Stimme aus der Dunkelheit. »Bleiben Sie, wo Sie sind.«

Als Kirk diese Stimme hörte, war er zum ersten Mal an diesem Abend überrascht.

Eine große, schlanke Gestalt trat durch die Tür, in einen einfachen dunklen Mantel gehüllt. Die Schultern waren krumm, das linke Bein steif, aber trotzdem wusste Kirk sofort, um wen es sich handelte.

»Spock?!« brachte er hervor.

Der Mann hinkte ins flackernde Licht der Leuchtröhren.

»Ja«, sagte er. »Und nein.«

Ein oder zwei Sekunden lang glaubte Kirk seine ganze Welt auf den Kopf gestellt. Zum letzten Mal hatte er Spock vor einem Jahr gesehen, beim Mount Seleya auf Vulkan. Er war 145 und somit nach vulkanischen Maßstäben in mittleren Jahren. Bei jener Gelegenheit hatte er zwar gesetzter gewirkt als zur gemeinsamen Zeit an Bord der *Enterprise*, aber er war vollkommen gesund gewesen.

Dieser Spock hingegen... Er wirkte mindestens hundert Jahre älter, so als hätte er eine schwere Krankheit hinter sich.

Dann bemerkte Kirk einen wichtigen Unterschied zu dem Spock, den er kannte.

Der Bart.

Dieser Mann trug einen eleganten Spitzbart, ebenso weiß wie das Haar der traditionellen vulkanischen Ponyfrisur.

Kirk erinnerte sich daran, wann er zum letzten Mal einen bärtigen Spock gesehen hatte.

Spock – und doch nicht Spock.

Er wirkte wie die Reflexion eines dunklen Zerrspiegels.

Dieser Spock – der andere, dunkle Spock – musterte Kirk und wölbte eine Braue. »Sie erkennen mich, wie ich sehe«, sagte er.

»Wie... könnte ich es vergessen?«

»In der Tat.« Dieser Spock war wie ein Gespenst aus der Vergangenheit, und seine Stimme vibrierte. Er schüttelte den Kopf, und seine linke Hand zitterte. »Vor hundertacht Jahren haben Sie mich herausgefordert, Captain Kirk.«

Erinnerungen erwachten in Kirk. Während der ersten Fünf-Jahres-Mission mit der *Enterprise* hatten McCoy, Scott, Uhura und er während eines Ionensturms den Transporter benutzt und waren dadurch in ein Paralleluniversum geraten, wo sie die Plätze ihrer Ebenbilder einnahmen. In jenem anderen Kosmos gab es ebenfalls eine *Enterprise*, deren Besatzung aus Duplikaten von Kirks Crew bestand.

Die andere Dimension, das alternative Universum, war ein schrecklicher Ort. Offiziere machten dort Karriere, indem sie ihre Vorgesetzten umbrachten. Starfleet diente nicht etwa einer friedliebenden Föderation, sondern einem tyrannischen Empire, das ganze Völker auslöschte, wenn es jemand wagte, Widerstand zu leisten.

Kirk verbrachte nur wenige Stunden in dem Paralleluniversum, aber während dieser Zeit reifte eine wichtige Erkenntnis in ihm heran.

Das Empire konnte keinen Bestand haben. Nach spätestens 240 Jahren würde es einem galaktischen Aufstand zum Opfer fallen.

»Die Unlogik der Verschwendung, Mr. Spock«, hatte Kirk damals zu dem alternativen Spock gesagt. »Die Verschwendung von Leben, Potential, Ressourcen, Zeit. Ich behaupte, das Empire ist unlogisch, weil es nicht überdauern kann. Ich behaupte, dass *Sie* unlogisch sind, weil Sie ganz bewusst ein Teil dieser Machtstruktur sein wollen.«

Kirk entsann sich an die steinerne Miene des anderen Spock, als er erwiderte: »Ein Mann allein kann die Zukunft nicht ändern.«

»Doch selbst ein Mann allein wäre vielleicht imstande, die Gegenwart zu beeinflussen.« Kirk hatte den anderen Spock aufgefordert, das Kommando der alternativen *Enterprise* zu übernehmen und zu versuchen, das Empire von innen her zu verändern. »Was soll es sein?« lautete seine Frage. »Vergangenheit oder Zukunft? Tyrannei oder Freiheit? Es liegt bei Ihnen.«

Das Gesicht des anderen Spock war ausdruckslos geblieben, und nichts wies darauf hin, welche Gedanken ihm durch den Kopf gingen. Bis zum heutigen Tag wusste Kirk nicht, ob der alternative Spock seine Herausforderung angenommen hatte oder nicht.

Jetzt standen sie sich in diesem alten Lagerraum gegenüber, in Kirks Universum. Spock musterte ihn im flackernden Licht und schien dabei eigenen Erinnerungen nachzuhängen. »Damals haben Sie mir gesagt: ›Bei jeder Revolution gibt es einen Mann mit einer Vision.‹«

Kirk entsann sich ganz deutlich an den letzten Wortwechsel. Es handelte sich um eine von jenen wenigen Missionen aus der Anfangszeit, die in ihm immer lebendig geblieben waren. Damals hatte es viel Routine gegeben, und die Erinnerung an diese Zeit erwachte nur dann, wenn er sich die alten Logbucheinträge anhörte. Die Erlebnisse im Paralleluniversum hingegen waren faszinierend und einzigartig, bildeten einen der Höhepunkte von Kirks beruflicher Laufbahn.

»Sie versprachen mir damals, über meine Worte nachzudenken«, sagte er.

Die beiden Männer sahen sich auf die gleiche Weise an wie vor über hundert Jahren. »Ich habe mich immer gefragt, welche Entscheidung Sie treffen würden«, fügte Kirk hinzu.

Der andere Spock wandte den Blick von ihm ab und starrte ins Nichts. Nach einigen Sekunden befeuchtete er sich die Lippen. »Ich habe nicht nur über Ihre Worte nachgedacht, Captain, sondern auf ihrer Grundlage... gehandelt.«

»Und?« hakte Kirk nach. Spocks Zustand und seine Präsenz in diesem Universum ließen nur einen Schluss in Hinsicht auf das Ergebnis jener Aktivitäten zu.

»Ich habe die von Ihnen vorgeschlagenen Maßnahmen ergriffen«, sagte der andere Spock. »Was zum Untergang des Empire führte...« Seine Miene verfinsterte sich, und die linke Hand zitterte stärker. »An seine Stelle trat ein noch abscheulicheres Reich.«

Der Spock aus dem Paralleluniversum hinkte näher, bis ihn nur noch wenige Zentimeter von Kirk trennten. Er ließ ihm keinen Freiraum mehr, gab ihm keine Gelegenheit zur Flucht. »In meinem Universum sind jene Welten, die in Ihrem Kosmos die Föderation bilden, kaum mehr als Gefangenenlager. Die eiserne Faust der Allianz herrscht über sie, eine Union von Klingonen und Cardassianern. Die Erde ist eine verwüstete, sterbende Welt, ihrer Ressourcen beraubt. Auch der Planet Vulkan wurde unterworfen, seine Bewohner versklavt, die Bibliotheken verbrannt, die Schätze von Kunst und Wissenschaft geplündert.«

Die tief in den Höhlen liegenden Augen des anderen Spock brachten eine Mischung aus Schmerz und Verzweiflung zum Ausdruck. Die Lippen waren rissig. In der fast transparenten Haut der Wangen zeigten sich die grünen, netzartigen Muster geplatzter Kapillargefäße. »Milliarden von Menschen und Vulkaniern leben im Elend der Sklaverei, Captain Kirk. Dutzende von Welten wurden aus ihren Umlaufbahnen gerissen und in Sonnen gestürzt, was das Ende für ganze Völker und Zivilisationen bedeutete. ›Freiheit‹ ist ein Wort, das nur noch als geflüstertes Vermächtnis der Vergangenheit existiert. Hoffnung gibt es nicht.«

Der andere Spock richtete einen vor Empörung und Zorn zitternden Zeigefinger auf Kirk. »All die Massaker und das Grauen in meiner Welt – *Sie* tragen die Verantwortung dafür!«

Kirk wich einen Schritt zurück, unfähig dazu, seine Rolle bei den grässlichen Entwicklungen im Paralleluniversum zu leugnen.

Mehr als jemals zuvor wünschte er sich, nach Hause

zurückzukehren. Nach Chal. Zu Teilani und der Verheißung eines gemeinsamen Lebens.

Doch er wusste, dass eine solche Möglichkeit nicht bestand und sich ihm vielleicht nie wieder bieten würde.

Ein Leben lang hatte er in die Zukunft geblickt, und jetzt holten ihn die Konsequenzen der Vergangenheit ein, ohne dass er ihnen ausweichen konnte.

6

»Zum Glück haben Sie ein künstliches Herz.« – Picard hob die Lider; das helle Licht bereitete ihm Schmerzen. Dann sah er einen der exotischsten Fremden, denen er während der letzten Jahre im All begegnet war.

Das Wesen hatte eine hohe Stirn und gelbe, konkave Schläfen, an denen sich Flecken zeigten. Rotbraunes Haar bildete eine Art Kamm, und hinzu kamen Koteletten in der gleichen Farbe. In der Nase zeigte sich eine tiefe Spalte, und unter dem einen Auge zuckte ein Muskel.

»Hallo«, sagte der Fremde. »Den Bio-Anzeigen konnte ich entnehmen, dass Sie wach sind.«

Picard wollte schlucken, aber Mund und Hals waren vollkommen trocken. Der Kopf schien auf das Doppelte seiner Größe angeschwollen zu sein, und jeder Herzschlag schuf stechenden Schmerz hinter der Stirn.

»Hallo«, flüsterte er. Mehr brachte er nicht hervor.

»Bestimmt haben Sie Durst«, sagte der Fremde und eilte fort.

Picard versuchte sich zu bewegen, trotz des Brennens in allen Muskeln, aber Fesseln hinderten ihn daran. Er sah sich um und trachtete danach, Einzelheiten seiner Umgebung zu erkennen. Offenbar befand er sich in der...

»Krankenstation«, krächzte er.

»Ja, das stimmt«, bestätigte der Fremde freundlich

und kehrte zu der Medo-Liege zurück, auf der Picard ruhte. In der einen Hand hielt er ein Glas Wasser.

»Aber nicht die der... *Enterprise*«, sagte Picard und hob den Kopf zum Glas. Diese Krankenstation schien ein ganzes Stück kleiner zu sein. Das große Indikatorfeld neben der Liege war nicht blau, sondern goldgelb. Er befand sich an Bord eines Föderationsschiffes, aber wie hieß es?

»Da haben Sie ebenfalls recht.« Der Fremde stützte Picard, als er trank. »Sie sind an Bord der *Voyager*.«

Picard hustete nach dem ersten Schluck. Er hatte geglaubt, dass das Glas Wasser enthielt, aber die Flüssigkeit war unglaublich süß. Übelkeit quoll in ihm empor.

»Nein, nein«, sagte der Fremde und hielt das Glas erneut an Picards Lippen. »Das ist torstolianisches Elixier. Genau das richtige Mittel, um die Wirkung des klingonischen Toxins aufzuheben. Ich habe das Rezept selbst entwickelt«, fügte er stolz hinzu.

Picard zwang sich, schnell zu trinken und den abscheulichen Geschmack zu ignorieren. »Sind Sie... der Doktor?«

Die Frage amüsierte den Fremden ganz offensichtlich. Er hob das Glas, um festzustellen, ob Picard auch wirklich alles getrunken hatte. »O nein. Ich bin der Koch.« Er sah auf Picard hinab und lächelte, was jedoch kaum etwas an der Aura aus Traurigkeit änderte, die ihn umgab. »Mein Name lautet Neelix.«

»Neelix«, wiederholte Picard.

»Ich bin Talaxianer«, erklärte Neelix. »Vermutlich sind Sie noch nie zuvor jemandem aus meinem Volk begegnet.«

Picard schüttelte den Kopf, und erstaunlicherweise verursachte diese Bewegung nicht den erwarteten Schmerz. Vielleicht tat das süße Elixier doch seine Wirkung.

Das Stechen hinter der Stirn ließ nach und wich so

vielen Fragen, dass es Picard schwer fiel, sie zu sortieren. Wenn er sich recht entsann, hatte das MHN der *Voyager* auch von dem Volk der Talaxianer berichtet. Nun, einem anderen Punkt kam größere Bedeutung zu.

»Wo ist die *Enterprise*?«

Neelix sah zur Seite, als rechnete er damit, dass jemand anders die Antwort gab. »Soweit ich weiß – und mein Wissen ist sehr begrenzt –, befindet sie sich noch immer neben uns.«

»Und ihre Crew?« Es gefiel Picard ganz und gar nicht, dass sich außer Neelix und ihm niemand in der Krankenstation befand. Immerhin hatten Tom Paris und seine Komplizen auf alle Brückenoffiziere der *Enterprise* Giftpfeile abgefeuert.

Neelix wandte den Blick von ihm ab; offenbar widerstrebte es ihm, schlechte Nachrichten zu überbringen.

»Verluste?« fragte Picard und fürchtete die Antwort.

»Äh... einige. Glaube ich. Aber... niemand nennt mir Einzelheiten.«

»Commander Riker?«

Neelix lächelte entschuldigend und schüttelte den Kopf. »Tut mir leid, Captain. Ich kenne ihn nicht.«

Picard begriff, dass sich Neelix nicht unbedingt wie ein Wächter verhielt. Woraus folgte...

»Sie sind hier ebenfalls ein Gefangener, nicht wahr, Neelix?«

Der Fremde nickte knapp, und unter dem einen Auge zuckte es noch immer. Picard verglich ihn mit einem misshandelten Tier, das von seinem Besitzer das Schlimmste erwartete.

»Vielleicht kann ich Ihnen zur Flucht verhelfen«, sagte Picard und zog einmal mehr an den Fesseln. »Wenn Sie mir helfen.«

Welchen Widerstandwillen der Fremde einst besessen haben mochte – inzwischen war nichts mehr davon übrig.

»Bitte verlangen Sie nichts dergleichen von mir, Captain. Sie... Sie ahnen nicht, wozu diese Leute fähig sind.«

»Welche Leute, Neelix? Commander Paris?«

Der Talaxianer beugte sich vor und senkte die Stimme zu einem Flüstern. »Er ist ebenfalls ein Gefangener. Das gilt für alle Terraner an Bord.«

Picard ließ den Kopf sinken und versuchte, diese neue Information zu verarbeiten. »Die ganze Crew der *Voyager* in der Gefangenschaft von Klingonen *und* Cardassianern...?« Das ergab doch keinen Sinn. Die Klingonen waren mit der Föderation verbündet; erst vor einem guten Jahr hatten sie einen Krieg gegen die Cardassianische Union geführt. Wieso sollten sie jetzt mit Cardassianern zusammenarbeiten? Es sei denn... *Terraner?*

»Die Allianz«, hauchte Picard bestürzt. »Haben sich Klingonen und Cardassianer dazu zusammengeschlossen? Zur Allianz?«

Neelix nickte, ein wenig verwirrt vom Drängen in Picards Stimme. »Das stimmt. Die *Voyager* ist ein Schiff der Allianz.«

»Nein«, widersprach Picard. »Die *Voyager* ist ein Starfleet-Schiff, das vor fünf Jahren aus dem Alpha-Quadranten verschwand. Auf dem Weg nach Hause muss sie irgendwie in ein Paralleluniversum geraten sein, das wir als ›Welt hinter dem Spiegel‹ kennen.« Picard verstand nun. Als Kadett hatte er über Captain Kirks erste Konfrontation mit der Realität in jenem anderen Kosmos gelesen. Zusammen mit vielen anderen Starfleet-Offizieren war er überrascht gewesen, als Dr. Bashir von *Deep Space Nine* und eine Bajoranerin dem anderen Universum vor fünf Jahren einen Besuch abgestattet hatten. Ihr geheimer Bericht erwies sich als außerordentlich beunruhigend. Im Auftrag von Starfleet nahm das Seldon-Institut für Psychogeschichte eine genaue Untersuchung vor, um herauszufinden, an welcher Stelle die beiden Universen damit begonnen hatten, sich in unterschiedliche Richtungen zu entwickeln. Das Terranische Empire mochte den Untergang verdient haben, aber wenn die Möglichkeit bestand, dass etwas Ähnliches mit der Föderation geschah... In dem Fall wollte Starfleet vorbereitet sein.

Doch Neelix zerriss Picards logische Gedankenkette.

»Bitte entschuldigen Sie, Captain, aber das halte ich für unmöglich. Nach dem, was ich gehört habe, ist die *Voyager* weniger als ein Jahr alt. Ich meine, ich geriet während ihres Jungfernflugs in Gefangenschaft, und der liegt erst einige wenige Monate zurück.«

»Wo nahm man Sie gefangen?«

Neelix rang ganz offensichtlich mit schmerzlichen Erinnerungen. »Sie bezeichnen jene Region des Alls als Delta-Quadranten.«

Picard versuchte, die einzelnen Mosaiksteine zu einem Bild zusammenzusetzen. »Dorthin wurde die *Voyager* versetzt, in einen viele tausend Lichtjahre entfernten Raumbereich.«

»Ich bin jetzt siebzigtausend Lichtjahre von meiner Heimat entfernt«, pflichtete Neelix dem Captain bei. »Ich verdiente mir meinen Lebensunterhalt als Händler, wissen Sie. Nun, ich war gerade damit beschäftigt, einige alte Schiffe der Kazon-Ogla zu durchsuchen... Vermutlich wissen Sie nichts von den Kazon-Ogla, oder?«

»Die Kazon?« wiederholte Picard. »Der Bericht von der *Voyager* erwähnte sie, ja.«

»Nun, die *Voyager* erschien buchstäblich aus dem Nichts und setzte sich mit mir in Verbindung. Die Gul meinte, sie hätte sich verirrt.«

»Die Gul?«

»Gul Rutal. Sie ist die Kommandantin der *Voyager*. Nun, sie meinte, sie braucht einen Führer, und...«

Neelix' Augen füllten sich mit Tränen. »Bitte verzeihen Sie. Es ist eine schreckliche Geschichte. Eine Verschiebungswelle transferierte die *Voyager* in meine Heimat, und verantwortlich dafür war eine ehrwürdige fremde Lebensform.« Der Talaxianer lächelte wehmütig. »›Beschützer‹ nannte man sie. Nun, der Beschützer gewährleistete die Sicherheit der Ocampa, eines wundervollen, friedliebenden Volkes. Bestimmt hätte man eine Lösung finden können, da bin ich ganz sicher.«

Picard hörte aufmerksam zu. Neelix präsentierte ihm eine andere Version des *Voyager*-Berichts.

»Aber Gul Rutal belog mich«, fuhr der Talaxianer fort. »Sie verriet die Ocampa und gestattete es den Kazon-Ogla, die Raumstation des Beschützers zu zerstören, um dadurch mit der *Voyager* in ihren Heimatquadranten zurückzukehren.«

Picard fragte sich, was dies alles mit der gegenwärtigen Situation zu tun hatte. Neelix schien ziemlich verwirrt zu sein. Dies *war* die *Voyager*. Nach Kirks Aufenthalt im Paralleluniversum hatten sich die beiden Dimensionen in zwei so unterschiedliche Richtungen weiterentwickelt, dass es hinter dem ›Spiegel‹ keine Flotte namens Starfleet gab, die ein Raumschiff namens *Voyager* konstruieren konnte. Irgendwie musste Captain Janeway in den anderen Kosmos gelangt sein, wo das Schiff in die Gewalt der Allianz geriet, die damit einen neuerlichen Transfer durchführte, um…

In Picards Magengrube krampfte sich etwas zusammen, als er Gul Rutals Absichten erahnte.

»Rutal will die *Enterprise* übernehmen.«

»Das habe ich bereits«, sagte die Gul.

Neelix wimmerte voller Furcht und sprang von der Medo-Liege fort. Trotz seines geschwächten Zustands hatte sich Picard gut genug unter Kontrolle, um seine Überraschung zu verbergen. Er drehte den Kopf und sah zum Büro des Arztes auf der einen Seite der Krankenstation.

Dort stand Gul Rutal, eine große, eindrucksvolle Cardassianerin – vermutlich war sie von Anfang an zugegen gewesen. Diese Frau hatte Anspruch auf die Brücke der *Enterprise* erhoben.

»Sie gehören nicht in dieses Universum«, sagte Picard. Er verhielt sich so, als trüge er nicht die Fesseln eines Gefangenen.

Rutal lächelte kalt. Die beiden seitlich am Hals verlaufenden Knochenwülste verliehen ihr das Erscheinungsbild einer zum Zustoßen bereiten Kobra. »Wir verhalten uns auf die gleiche Weise wie Sie«, zischte die Cardassianerin.

»Transfers in Ihr Universum wurden verboten«, sagte Picard. »Die Erste Direktive hindert uns daran, die Ereignisse in Ihrem Kosmos zu beeinflussen.«

Die Cardassianerin ging um Picard herum und betrachtete ihn wie ein Geschöpf, das auf irgendeinem Altar geopfert werden sollte. »Wie frömmlerisch ihr Terraner sein könnt. Es ist bereits genug Schaden angerichtet worden. Es kamen so viele von Ihnen in unser Universum, dass wir die Anweisung erteilten, alle Eindringlinge sofort hinzurichten.«

Picard erschrak bei dieser Vorstellung. »Wie viele?«

Die Cardassianerin zuckte mit den Schultern. »Mindestens zwanzig, seit Ihr Kirk die Tür öffnete. Nun, die Exekutionen trugen dazu bei, Sie unter Kontrolle zu halten. Doch dann erreichten Sie Terok Nor.«

»Julian Bashir«, sagte Picard.

Gul Rutals Gesicht gewann einen sonderbaren Ausdruck. »Und Kira Nerys. Wir wissen alles über diese ›Besucher‹ aus der... falschen Realität, in der noch immer die Terraner herrschen. Seit Kirk waren jene beiden Personen die einzigen, denen es gelang, uns zu entkommen. Doch sie verschwanden nicht aus unserem Universum, ohne etwas zu hinterlassen.« Die Cardassianerin beugte sich vor und kam Picard so nahe, dass er ihren unvertrauten Schweißgeruch wahrnahm. »Sie brachten die Saat des Widerstands und der Rebellion aus. Bashir und Nerys gaben den Terranern in meinem Kosmos die absurde Hoffnung, dass es ihnen tatsächlich gelingen könnte, die Macht der Allianz zu brechen. So etwas lässt sich wohl kaum mit Ihrer sogenannten Ersten Direktive vereinbaren, oder?«

»Alle Unterdrückten kämpfen früher oder später um ihre Freiheit.« Picard sah zu Neelix, aber der Talaxianer mied seinen Blick. Mit gesenktem Kopf stand er am Fußende der Medo-Liege. »Wir haben nichts damit zu tun.«

»Wohl aber mit der *Defiant*.« Die Hand der Cardassianerin schoss nach vorn und versetzte Picard einen schmerzvollen Schlag mitten ins Gesicht.

Er sah bunte Schlieren vor den Augen und schmeckte Blut.

»Einer unserer terranischen Rebellen empfing die von Starfleet stammenden Konstruktionspläne für ein Raumschiff, Captain. Und es handelte sich nicht um ein beliebiges Raumschiff, sondern um ein *Kriegs*schiff. Ich meine die *Defiant*. Sie wird nun gegen uns eingesetzt. Ihre Waffen in unserem Universum.«

Mit Blut an den Lippen sah Picard zu der Cardassianerin auf und erwartete weitere Erklärungen.

»Davon wussten Sie nichts?« fragte Rutal, als Picard auch weiterhin schwieg. »Hatten Sie keine Ahnung, dass Ihre ach so wohlwollende Föderation dem terranischen Widerstand in meinem Universum Waffen liefert?«

Picard schüttelte den Kopf. »Die Konstruktionspläne der *Defiant* wurden uns gestohlen. Eine solche Technologie absichtlich zur Verfügung zu stellen... Das verstößt gegen alle unsere Prinzipien. Sie haben meine Anteilnahme.«

Die Gul hob erneut die Hand, ließ sie dann aber wieder sinken und lachte humorlos. »Die Anteilnahme eines Terraners. Wie komisch. Aber selbst die friedliebenden Cardassianer können von der menschlichen Verschlagenheit lernen. Ihre Einmischungen ließen uns keine Wahl. Wir nahmen uns ein Beispiel an den terranischen Rebellen – mit *wir* meine ich eine Gruppe cardassianischer Patrioten – und wechselten in Ihr Universum. Um ganz genau zu sein: Wir besuchten die McKinley-Werft.«

Plötzlich begriff Picard den Ursprung des Schiffes, auf dem er sich befand. Neelix hatte recht. »Dort wurde die *Voyager* gebaut. Und Sie stahlen ihre Konstruktionsunterlagen.«

Gul Rutal vollführte eine Geste, die dem Raumschiff galt. »Es ist kein exaktes Duplikat des Schiffes in Ihrem Universum, aber es genügte als Köder, um eine größere Beute anzulocken, finden Sie nicht?«

»Sie können die *Enterprise* nicht bekommen«, sagte Picard voller Stolz.

»Ich bitte Sie, Captain. Selbst Sie als Terraner sollten erkennen, was fair ist. Ihr Universum stellte den Rebellen in meiner Heimat ein Raumschiff für den Kampf gegen die Allianz zur Verfügung. Ich halte es nur für angemessen, dass Sie uns nun ein Raumschiff geben, das wir in meinem Universum gegen die Rebellen verwenden können.«

»Die *Enterprise* ist mein Schiff, und ich habe ihre Kontrollen blockiert. Ohne meine Kommandocodes können Sie nichts mit ihr anfangen.«

Die Cardassianerin strich Picard mit einem Finger über die Schläfe. »Glauben Sie mir, Captain: Bevor dieser Tag zu Ende geht, kenne ich alle Ihre Kommandocodes.«

Picard ballte die Fäuste. »Ich bin schon einmal von Cardassianern gefoltert worden.«

Gul Rutal lächelte unbeeindruckt. »Das stimmt nicht ganz. Sie sind von den eher schwächlichen und ineffektiven Cardassianern Ihres Universums gefoltert worden. Nicht von *richtigen* Cardassianern, die fast hundert Jahre Zeit hatten, um die Kunst zu perfektionieren, Informationen von Terranern zu bekommen. Die wahre Bedeutung des Wortes Folter müssen Sie erst noch kennen lernen.«

Picard wandte den Blick nicht von Gul Rutals Augen ab. Er wusste genau, was ihm bevorstand. Ein anderer cardassianischer Gul – Madred – hatte ihm schier unvorstellbare Qualen beschert, und deshalb kannte er seine Belastungsgrenze sehr genau. Bei Starfleet war man sich klar darüber, dass unter gewissen Umständen niemand seine Geheimnisse für sich behalten konnte, und deshalb hatte man einen speziellen Kommandocode entwickelt, der bei einer Folterung preisgegeben werden sollte. Es kam darauf an, lange genug durchzuhalten, damit die Folterer den falschen Code als richtigen akzeptierten und keine Falle argwöhnten.

Und wenn man den falschen Code eingab… Der Bordcomputer würde ihn als Zeichen dafür erkennen, dass Picards Schiff von einer fremden Macht übernommen worden war.

Die Programmierung sah vor, dass der Computer die *Enterprise* zur nächsten Starbase flog, Notrufe sendete und die wichtigsten ODN-Schaltsegmente neutralisierte.

Picard wusste nicht, ob er jemals nach Hause zurückkehren konnte. Aber er zweifelte nicht daran, dass die *Enterprise* heimkehrte, und nur darauf kam es an.

»Geben Sie sich ruhig alle Mühe«, sagte Picard herausfordernd und bereitete sich innerlich auf das vor, was nun kommen musste.

Doch Gul Rutal trat zurück und hob so die Hände, als wollte sie Picards Worte zurückweisen. »O nein, Captain. Sie haben mich falsch verstanden. Ein Cardassianer würde sich niemals dazu herablassen, seine Hände mit dem Blut eines seelenlosen Terraners zu besudeln. Außerdem finde ich es nur richtig, wenn das cardassianische Geschick bei diesen Angelegenheiten von einer Errungenschaft der terranischen Technik zum Ausdruck gebracht wird, natürlich unter Berücksichtigung gewisser Veränderungen.

Picard verstand nicht.

Die Cardassianerin sah zur Decke. »Computer, aktiviere das MHN.«

Eine dritte Gestalt erschien an der Medo-Liege, und Picard erkannte die vertrauten Züge von Dr. Lewis Zimmerman, jenes Starfleet-Arztes, der sein eigenes Erscheinungsbild als Vorlage für die ersten mit künstlicher Intelligenz ausgestatteten holographischen Ärzte benutzt hatte. Sie sollten in der Lage sein, dem medizinischen Starfleet-Personal bei Notfällen wertvolle Hilfe zu leisten.

Der Holo-Arzt trug eine der alten Starfleet-Uniformen, was Picard vermuten ließ, dass man seine Programmierung zusammen mit den Konstruktionsplänen der *Voyager* gestohlen hatte.

Das Hologramm trug die für Zimmermann typische verdrießliche Miene zur Schau, als er erst die Cardassianerin ansah und den Blick dann auf Picard richtete.

»Bitte nennen Sie die Art des erforderlichen Verhörs«, sagte der Doktor und hob ein kleines Objekt. Es bestand aus einem roten Dreieck mit abgerundeten Kanten, das an einem silbernen Kasten befestigt war, aus dem oben zwei kleine, flügelartige Erweiterungen ragten.

Gul Rutal sah auf Picard hinab. »Wie ich schon sagte, Captain: Dieses Schiff ist kein genaues Duplikat Ihrer

Voyager. Sie werden feststellen, dass unsere Version durchaus den einen oder anderen einzigartigen Aspekt aufweist. Man nehme nur die von Terranern entwickelten Agoniesimulatoren.« Sie nickte dem holographischen Arzt zu. »Beginnen Sie.«

»In Ordnung«, bestätigte der Doktor.

Der Agoniesimulator kam herab.

Picard sah, wie sich der zitternde Neelix die Ohren zuhielt.

Anschließend bestand seine Wahrnehmungswelt nur noch aus Schmerz.

7

Vor Jahrtausenden war ein gewaltiger Komet auf den Mond gestürzt und hatte ein enormes Chaos bewirkt, das schließlich zur Entstehung des Heiteren Meers führte, eines der ältesten Mondmeere. Wenn Lebensformen auf der Erde in der Lage gewesen wären, den Aufprall zu beobachten, so hätten sie gesehen, wie Ströme aus flüssigem Gestein ins All geschleudert wurden, während ein Viertel des Mondes in Flammen zu stehen schien – das davon ausgehende Licht überstrahlte sogar die Sonne.

Im Verlauf der nächsten Stunden fiel der riesige, vom Kometen geschaffene Krater in sich zusammen, und der Mond versiegelte seine Wunde mit Lava. Während der nächsten Monate verglühten Milliarden von Tonnen Mondgestein in der damals entstehenden Erdatmosphäre. Für einige Jahrhunderte blieb der Mond von einem Trümmerring umgeben, der sich im Zerren der irdischen Schwerkraft allmählich auflöste. Im Augenblick des Aufschlags kam das Herz des Kometen zur Ruhe: hundert Millionen Tonnen interstellares Eis, älter als die Sonne.

Das Eis absorbierte die Hitze des feurigen Todes, den der Komet starb. Innerhalb weniger Sekunden verwandelte es sich in enorm heißes Gas. Aber als die Jahrhunderte verstrichen, strahlte der Mond diese Wärme langsam ab, und aus dem Dampf wurde Wasser, das schließlich wieder zu Eis erstarrte.

Es befand sich tief unter der lunaren Oberfläche,

durch dickes Felsgestein vor dem Vakuum des Alls geschützt. Dort ruhte es, bis die ersten Kolonisten von der Erde eintrafen. Die lunaren Pioniere fanden das Eis und begannen damit, es abzubauen. Sie verwendeten es erst für ihre einfachen Habitate und später bei der Herstellung von Antimaterie, dem Treibstoff der neuen Warpschiffe, die den Menschen noch weiter ins All hinaustrugen.

Schließlich entwickelte man einfachere Methoden für die Produktion von Antimaterie, und Wasser für die Siedlungen auf dem Mond konnte auf andere Weise leichter gewonnen werden.

Die Eisminen des Heiteren Meers schlossen, wurden ebenso archaisch und unnötig wie die aufgegebenen Ölfelder der Erde, die man nicht mehr brauchte, weil bessere, die Umwelt weitaus weniger belastende Energiequellen zur Verfügung standen. Im vierundzwanzigsten Jahrhundert waren die Eisminen nichts weiter als Überbleibsel einer vergangenen Epoche, alt, kalt und nutzlos. James T. Kirk schritt nun hindurch, als wären sie das geeignete Heim für sein Herz und seine Seele.

Die Geschichte des anderen Kirk ließ ihn frösteln.

Nach einer Weile erreichte er eine Abzweigung – zwei Tunnel führten in unterschiedliche Richtungen weiter. Im Licht von Fusionslampen, die seit zwei Jahrhunderten glühten, blieb Kirk stehen. Er konnte einfach nicht weitergehen.

Janeway und der andere Spock ließen ihn gewähren, obgleich Janeway recht nervös wirkte und immer wieder auf die Anzeigen ihres Tricorders blickte.

Kirk stützte sich an der Felswand ab und versuchte, wieder zu Atem zu kommen und die Ereignisse zu verstehen, die er vor so langer Zeit in Gang gesetzt hatte.

Hier und dort zeigten sich zylindrische Löcher im Fels, die von einem primitiven Bohrlaser stammten.

Die unebene Oberfläche war kalt und ließ seine Finger schmerzen. Dennoch nahm Kirk die Hand nicht fort, empfing das Stechen wie eine Strafe für das, was er getan hatte.

»Sie sollten… unbesiegbar sein«, wandte er sich an den Spock aus dem Paralleluniversum. Sein Atem kondensierte und die Stimme hallte dumpf durch die Stollen. »Ich habe von Ihnen erwartet, dass Sie den Tantalusstrahler benutzen.«

Jenes Gerät, die Erfindung eines fremden Volkes, hatte Kirks Äquivalent an Bord der anderen *Enterprise* gehört. Es verbarg sich in der Wand von Kirks Quartier, hinter dem Spiegel: ein Display, das jeden Bereich an Bord des Raumschiffs zeigen konnte. Ein Tastendruck genügte, um dargestellte Objekte oder Personen verschwinden zu lassen.

Die Benutzung des Tantalusstrahlers hinterließ keine Spuren. Es gab weder Anzeichen einer energetischen Entladung noch molekulare Überreste der Leiche, die sich mit einem Tricorder lokalisieren ließen. Bei Untersuchungen stellte sich nur das völlige Fehlen von etwas heraus, das eben noch existiert hatte.

Der andere Kirk hatte den Tantalusstrahler verwendet, um seine Macht zu festigen und den Befehl über die *Enterprise* zu behalten – seine Feinde verschwanden einfach. Der Kirk aus diesem Universum hatte den Spock aus dem anderen aufgefordert, den Apparat für den gleichen Zweck zu nutzen.

»Sind Sie auch diesem Rat gefolgt?« fragte er.

»Ja.«

Kirk schloss die Augen. Selbst in der geringen Schwerkraft des Mondes fühlte er das Gewicht der Jahre. »Und was geschah dann, Spock?«

»Ich bin auf Ihren Vorschlag eingegangen und habe einen Weg gefunden, die Halkanier vor der Auslöschung zu bewahren.«

Kirk spürte, wie die auf ihm lastende Bürde ein wenig leichter wurde. Zumindest diesen kleinen Sieg hatte er also errungen.

Die Halkanier waren ein friedliches, ethisch hoch entwickeltes Volk und hatten in Kirks Universum der Föderation die Erlaubnis verweigert, ihr Dilithium abzubauen. Trotz der Versicherungen des interstellaren Völkerbunds fürchteten sie, dass man die wertvollen Kristalle eines Tages zu negativen Zwecken verwenden könnte.

Kirk war es nie gelungen, die Halkanier umzustimmen, und deshalb blieb ihr Dilithium unberührt. Dennoch gab es zwischen ihnen und der Föderation bis zum heutigen Tag gute, freundschaftliche Beziehungen.

Im Paralleluniversum hatte Starfleet Command den anderen Kirk beauftragt, die gesamte halkanische Zivilisation zu vernichten. Es sollte ein Exempel für andere Völker statuiert werden, die mit dem Gedanken spielten, sich dem Empire zu widersetzen.

Als Kirk im anderen Kosmos für einige Stunden den Platz seines dortigen Ebenbilds eingenommen hatte, war er bestrebt gewesen, die Ausführung dieses Befehls hinauszuzögern, obgleich er dadurch riskierte, vom anderen Sulu umgebracht zu werden. Kurz vor der Rückkehr in sein eigenes Universum hatte er den alternativen Spock gebeten, eine Möglichkeit zu finden, die Halkanier zu retten.

»Wie gingen Sie vor?« fragte er.

»Eine List führte zum Erfolg«, erwiderte der andere Spock. Er hatte Kirk davon überzeugt, dass die Berichte über das Dilithium der Halkanier nicht der Wirklichkeit entsprachen und ein geheimes Abkommen zwischen den Halkaniern und der Klingonischen Konföderation existierte: Wenn das Empire militärische Schritte gegen den Planeten einleitete, so erhielten die Klingonen dadurch einen Vorwand, den Krieg zu erklären. Letztendlich bekam Kirk sogar eine Auszeichnung, weil er dem Empire dabei geholfen hatte, einer hinterhältigen Falle zu entgehen.

Aber nach all dieser Zeit spielten die Details der Rettung des halkanischen Volkes für Kirk keine Rolle. Er interessierte sich mehr für einen anderen Punkt. »Ich habe immer angenommen, dass Sie es für... unvermeidlich hielten, mein... Äquivalent in Ihrem Universum zu töten.«

Der Schatten eines traurigen Lächeln erschien kurz auf Spocks Lippen, so als hätte er wie der Spock in diesem Kosmos schließlich sein menschliches Erbe akzeptiert, um gelegentlich Emotionen zu zeigen. »Sie vergessen die Art meines Universums zum damaligen Zeitpunkt. Wenn ich Captain Kirk nach seiner Rückkehr zur *Enterprise* getötet hätte, wäre meine wahrscheinliche Lebenserwartung auf einige Tage oder gar nur wenige Stunden gesunken. Er war ein sehr mächtiger und einflussreicher Offizier. Seine Ermordung hätte zu einer blutigen Vendetta geführt, der ich zum Opfer gefallen wäre.«

Kirk löste die Hand von der eisigen Wand. Er krümmte und streckte die Finger, entdeckte einen Rest Wärme in ihnen. »Wie... übernahmen Sie dann die *Enterprise*?«

Die Frage schien den anderen Spock zu überraschen. »Ich brachte sie gar nicht unter meine Kontrolle.«

»Aber ich habe angenommen...«

»Ihre Annahmen müssen nicht unbedingt mit der Realität übereinstimmen«, erwiderte der andere Spock. »Wie ich Ihnen damals sagte: Mir lag nichts am Kommando. Im Gegensatz zum Captain. Die Logik gebot, seine Bemühungen zu unterstützen, ohne mich dabei Gefahren auszusetzen.«

Kirk behauchte die Hand und rieb Leben in sie zurück. »Sie wurden zur Macht hinterm Thron.«

»Ja. Nach fünf Jahren beförderte man den Captain

Kirk meines Universums zum Oberbefehlshaber von Starfleet.«

Janeway wandte sich an den anderen Spock und sprach so hastig, als sei es ihr endlich gelungen, sich von einem Knebel zu befreien. »Intendant Spock, wie können Sie auf diese Weise weitermachen? Als handelte es sich um einen... höflichen historischen Vortrag?« Sie drehte sich zu Kirk um, und Zorn blitzte in ihren Augen, als sie fortfuhr: »Fünf Jahre nach Ihrer Beförderung zum Oberbefehlshaber ermordeten Sie, Captain Kirk, Androvar Drake und wurden zum *Imperator*, zu Tiberius dem Ersten. Zum blutigsten, gemeinsten und abscheulichsten Diktator in der Geschichte der Menschheit!«

Kirk richtete einen vorwurfsvollen Blick auf den anderen Spock. »Wie konnten Sie so etwas zulassen?«

In der Miene des Vulkaniers zeigte sich ein Hauch von Ärger. Oder war es vielleicht Enttäuschung? »Es musste geschehen. Ich benötigte Macht, die ich nicht selbst erringen konnte. Deshalb brachte ich Kirk auf den Thron des Imperators. Als er Drakes Nachfolge antrat... Daraufhin wurde ich gegen ihn aktiv.«

Kirk blieb skeptisch. »Wenn Sie nichts gegen ihn ausrichten konnten, als er Kommandant eines Raumschiffs war... Wie konnten Sie dann hoffen, sich gegen den noch viel mächtigeren Imperator durchzusetzen?«

Der andere Spock musterte Kirk, und seine dunklen Augen blickten ernst. »Zehn Jahre lang hatte ich mich darauf vorbereitet, *Captain*. Von jenem Tag an, als er in mein Universum zurückkehrte und ich ihm eine Partnerschaft vorschlug, auf der Grundlage der Informationen, die ich von Ihnen und Ihrer Crew bekommen hatte. Über zehn Jahre hinweg suchte ich Bündnispartner für Tiberius, bereitete Abkommen und Feldzüge für ihn vor. Und als die Macht, die ich für eine Refor-

mierung des Empire brauchte, in seinen Händen lag...
Da nahm ich sie mir.«

Kirk sah den anderen Spock an und fragte sich, ob sein Äquivalent im anderen Universum unmittelbar vor dem Tod jenes ernste Gesicht gesehen hatte. Welcher Faktor hatte dafür gesorgt, dass sich die beiden Universen so sehr auseinander entwickelten? Im einen waren Spock und er gute Freunde, im anderen erbitterte Feinde. »Was geschah mit Tiberius?«

»Intendant Spock organisierte den Putsch so, dass es nicht zu Blutvergießen kam«, antwortete Janeway. In ihrer Stimme erklang ein Abscheu, der Kirk galt. »Tiberius entkam.«

»Und dadurch wurden *Sie* zum Imperator«, sagte Kirk.

»Nein. Sie gehen erneut von Annahmen aus. Der Titel wurde sofort abgeschafft – es war die erste von vielen Reformen. Ich bekleidete auch weiterhin den Rang eines Subcommanders und leitete Veränderungen ein, die es allen Welten des Empire erlaubten, einen Repräsentanten für den Regierungsrat zu wählen.« Mit Daumen und Zeigefinger rieb sich der andere Spock die Augen, wirkte dabei müde und erschöpft. »Als Sie in mein Universum kamen, führte ich eine Mentalverschmelzung mit Dr. McCoy durch. Von ihm erfuhr ich viel über Ihre Welt und die politische Struktur der Föderation. Sie wurde zu meinem Modell.«

Janeway zog ihren kleinen Tricorder aus einer Tasche des Kampfanzugs und sah erneut auf die Anzeigen. »Wir müssen den Weg fortsetzen, Intendant Spock. Die anderen warten.«

»Jugend«, kommentierte der alte Spock. »So ungeduldig.«

Janeway hielt den Tricorder so, dass er in die Richtung deutete, aus der sie kamen. »Aus gutem Grund,

Sir. Unsere Transporterstrahlen könnten in diesem Sonnensystem wie ein Leuchtfeuer gewirkt haben.«

Dieser Hinweis verwirrte Kirk. Wenn sich die Transfers bis hin zum Mond wirklich so leicht anmessen ließen, so hätte die Raumüberwachung seinen Aufenthaltsort innerhalb weniger Sekunden feststellen müssen. Warum die Verzögerung?

Der andere Spock deutete in den linken Tunnel. »Dort entlang.«

Kirk blieb an der Seite des alten Vulkaniers, und beide bewegten sich vorsichtig, um in der geringen Schwerkraft nicht zu weit nach oben getragen zu werden und an die niedrige Decke zu stoßen. Janeway folgte ihnen in einem Abstand von einigen Metern.

»Wie weit kamen Sie mit den Reformen?« fragte Kirk.

»Sehr weit«, erwiderte der andere Spock. »Zehn Monate nach dem Sturz von Tiberius versammelte sich zum ersten Mal der Imperiale Senat. Die Hälfte seiner Mitglieder hatte ihren Sitz durch Korruption und Bestechung errungen, aber am Ende der Sitzung wurde ich aufgrund der vorgeschlagenen Reformen für fünf Jahre zum Oberbefehlshaber gewählt. Ich bekam einstimmige Unterstützung für die Abschaffung des imperialen Zehnten und für den unilateralen Rückzug der Besatzungsstreitkräfte von mehr als fünfzig Welten.«

»Alles in nur zehn Monaten«, murmelte Kirk beeindruckt. Der Spock aus dem Paralleluniversum schien ebenso tüchtig zu sein wie der in diesem Kosmos.

Doch der andere Spock gab Kirk nicht mehr als einige wenige Sekunden lang Gelegenheit, an dieser Meinung festzuhalten. »Zehn Monate, die der Galaxis jede Chance nahmen, den Frieden zu erreichen, den Sie in Ihrem Universum genießt.«

»Transporteraktivität!« platzte es aus Janeway heraus.

»Wie viele Transfers?« fragte der andere Spock.

Janeway sah aufs Display des Tricorders. »Bisher zwei... jetzt sind es drei... vier...« Sie sah den Spock aus dem Paralleluniversum an. Im matten Schein der Fusionslampen wirkte ihr Haar dunkel, fast schwarz. Die Statuslichter des Tricorders spiegelten sich in ihren Augen wider. »Man wird uns in weniger als fünf Minuten finden.«

Der andere Spock straffte die Schultern. »Genug Zeit für uns.«

Janeway streckte Kirk die Hand entgegen. »Für den Fall, dass man uns entdeckt... Ich möchte meinen Phaser zurück.«

»Ich kümmere mich um diese Angelegenheit«, sagte Kirk. »Wo kein Kläger ist, da ist auch kein Richter. Die Behörden werden auf mich hören. Vermutlich sind gerade einige Starfleet-Sicherheitswächter eingetroffen.«

Janeway und der andere Spock wechselten einen Blick, sahen dann Kirk an.

»Starfleet hat keine Ahnung, wo Sie sind«, sagte der alte Vulkanier.

»Wir haben Transporter aus unserem Universum verwendet«, erklärte Janeway. »Sie unterscheiden sich völlig von den in diesem Kosmos gebräuchlichen Systemen. Mit Ihren Sensoren kann man sie nicht orten.«

»Wer ist dann hinter uns her?« fragte Kirk.

»Der Feind«, antwortete Janeway.

»Die Allianz«, fügte Spock hinzu. »Das einzige Element, das ich bei meinen Berechnungen nicht berücksichtigt habe.«

»Kleine Schritte«, drängte Janeway. »Stoßen Sie sich nach vorn ab, nicht nach oben.« Sie griff nach dem Arm des anderen Spock, und er erhob keine Einwände, obgleich sich Vulkanier nicht gern berühren ließen.

Janeway und Spock setzten zu einigen schlurfenden Schritten an, die dazu dienten, sie beide zu beschleunigen. Schon nach wenigen Sekunden erreichten sie die Geschwindigkeit eines Sprinters auf der Erde.

Kirk folgte ihnen, als er begriff, dass ihm eigentlich gar keine Wahl blieb. Zum Glück versetzte ihn die Starfleet-Ausbildung in die Lage, sich problemlos in der geringen Schwerkraft zu bewegen.

Bei einer weiteren Abzweigung holte er Janeway und den anderen Spock ein. Worin auch immer die Absichten dieser Besucher aus dem Paralleluniversum bestanden: Es handelte sich um die seltsamste Entführung, von der er jemals gehört oder die er selbst erfahren hatte. Was mochte Teilani davon halten, wenn er ihr alles erzählte? Und er zweifelte nicht daran, dass er Gelegenheit bekommen würde, ihr seine Erlebnisse zu schildern. Jede andere Möglichkeit war undenkbar.

Er schloss sich seinen Entführern an. »Wer oder was ist die Allianz?«

»Die Cardassianer«, sagte der andere Spock.

»Und die Klingonen«, fügte Janeway hinzu.

»Sie arbeiten *zusammen*?« fragte Kirk. *Bizarr*, dachte er.

»Es geht weit über Zusammenarbeit hinaus«, meinte der andere Spock. »Cardassianer und Klingonen bildeten eine echte politische Union, die ebenso konsolidiert ist wie Ihre Föderation.«

Kirk versuchte, regelmäßig zu atmen – er wusste nicht, wie lange sie dieses Tempo halten mussten. Janeway kam gut zurecht, im Gegensatz zum anderen Spock, der bereits außer Atem geriet. Er war viel schwächer als der Spock, den Kirk kannte.

»Ich kann mir kaum vorstellen, was die Klingonen dazu veranlasst haben könnte, sich mit einem anderen Reich zu verbünden«, sagte Kirk. Er kannte die Klingonen. Über Jahrzehnte hinweg waren sie seine erbitterten Feinde gewesen. Von Kooperation hielten sie nicht viel.

»Aber Sie müssen entsprechende Vorstellungen gehabt haben«, erwiderte der andere Spock und schnappte nach Luft. »Denn Sie waren es, der die Cardassianer und Klingonen zusammenbrachte.«

Janeway und der andere Spock wandten sich plötzlich nach rechts, und Kirk schlitterte, als er versuchte, ihnen zu folgen. Er verfehlte die Tunnelöffnung und prallte gegen eine Felswand, in der sich eine dicke Ader aus Eis abzeichnete.

Er taumelte, fand das Gleichgewicht wieder und ging rasch die drei Meter zurück, um die er den anderen Stollen verpasst hatte.

Nach einigen weiteren Metern erreichte er eine große Höhle. Eine Wand, zehn Meter hoch und fünfzig lang, bestand ganz aus Eis. Hier herrschte eine noch niedrigere Temperatur als in den Tunneln.

Kirk verharrte kurz im Zugang – es widerstrebte ihm, unbekanntes Territorium zu betreten, ohne zuvor nach Gefahren Ausschau zu halten. Doch er sah nur eine mobile Transporterplattform, umgeben von neueren, heller leuchtenden Fusionslampen. Der andere Spock und Janeway standen bereits beim Transporter. Der alte Vulkanier presste eine Hand an die Brust und ließ sich von Janeway stützen.

Kirk bemerkte eine dritte Gestalt, eine junge Vulkanierin. An ihrer Stirn zeigte sich eine Disruptornarbe, und eine primitive biomechanische Prothese ersetzte eine Hand.

Kirk näherte sich rasch und war überrascht, als er den Ekel im Gesicht der Vulkanierin sah.

»Jim Kirk«, stellte er sich vor.

Die Vulkanierin schien bereit zu sein, ihn zu schlagen. »Ich weiß, wer Sie sind.«

Kirk ignorierte sie, wandte sich an Janeway und deutete auf die Transporterplattform. »Können wir diesen Ort damit verlassen?«

»Es ist unser Fluchtweg«, erwiderte Janeway. »Ich…«

Das elektronische Jaulen eines Disruptors unterbrach sie. Das Flackern einer energetischen Entladung traf die Vulkanierin, und sie schrie, als sie an die Wand geschleudert wurde.

Eine Flucht war nicht mehr möglich.

Für James T. Kirk begann erneut der Kampf.

8

Picard erwachte und nahm Brandgeruch wahr. Vielleicht hatte ihn dieser Geruch geweckt.

Er rollte sich auf die Seite und blickte durchs dunkle Zimmer. Hinter den Vorhängen des Fensters zeigte sich kein Licht – es war noch immer Nacht, ein beruhigender Gedanke.

Picard gähnte, setzte sich im großen Bett auf und schnupperte. Er roch Äpfel und Vanille. *Marie kocht*, dachte er. In dieser Hinsicht ähnelte Picards Schwägerin seinem Bruder und auch seinem Vater. Sie hielten nichts von Replikatoren und verbrachten lieber Stunden in der Küche. Dort legten sie immer wieder Brennholz in den uralten gußeisernen Herd und schnitten das Gemüse, das entweder im eigenen Garten wuchs oder von einem der Bauernhöfe in der Nähe stammte. *Ich habe nichts dagegen*, dachte Picard. Maries *Tarte tatin* war exquisit und ebenso köstlich wie das seiner Mutter. Er erinnerte sich daran, als Kind in diesem Haus aufgewacht zu sein und gehört zu haben, wie seine Mutter in der Küche arbeitete. Bei jenen Gelegenheiten strichen die wundervollen Aromen ihrer kulinarischen Magie durchs ganze Haus.

Picard lächelte und spürte eine herrliche Ruhe in seinem Innern. Daheim. Hier war er aufgewachsen, und irgendwann würde er hierher zurückkehren. In dieses Haus, zu seiner Familie und all den guten Dingen…

»Onkel!«

Von einem Augenblick zum anderen war Picard hellwach. Die Stimme gehörte seinem Neffen René. Von wo hatte er gerufen? Vom Flur aus? Befand er sich vielleicht unten oder draußen auf dem Hof?

Picard schlug die Decke zurück und verließ das warme Bett. Die glatten Eichendielen des Bodens waren eiskalt, die Herbstluft frisch.

»*Papa*!«

Renés Stimme klang jetzt drängend und voller Furcht.

»*René*!«

Robert, Picards Bruder. Seine Besorgnis war unüberhörbar.

Sie brauchen mich, dachte Picard.

Und daran gab es nichts auszusetzen. Ganz im Gegenteil. Er war Starfleet-Captain, der Kommandant eines Raumschiffs. Ganz gleich, mit welchen Problemen oder Gefahren seine Familie konfrontiert wurde: Seine Pflicht bestand darin, sie zu schützen.

Picard ging zur Tür und merkte erst nach einigen Schritten, dass er nackt war. Er sah sich nach seiner Kleidung um, nach der Uniform, aber im dunklen Zimmer konnte er kaum etwas erkennen. Ein sonderbarer Nebel schien durchs Fenster hereingekommen zu sein.

»*Jean-Luc! Schnell*!«

Robert brauchte ihn. Er durfte keine Zeit verlieren. Picard eilte durchs Zimmer, erreichte die Tür, streckte die Hand nach dem Messingknauf aus…

…und schnappte nach Luft, als ihm das heiße Metall die Haut verbrannte.

»*Onkel, bitte*!«

René war der Panik nahe. Picard durfte sich von der Pein nicht aufhalten lassen. Er hielt die Hand um den heißen Knauf geschlossen, drehte ihn, zog die Tür auf…

…und sah sich einer Wand aus Feuer gegenüber.

Enorme Hitze schlug Picard entgegen, und er hob

den Arm vor die Augen, fast überwältigt vom dichten Qualm und dem schier ohrenbetäubenden prasselnden Donnern der Flammen.

Alle Instinkte in ihm verlangten, ins Zimmer zurückzuweichen und die Tür zu schließen, im Schlaf Zuflucht zu suchen.

Aber René befand sich irgendwo in den Flammen. Ein elfjähriger Junge, der wie sein Onkel Jean-Luc sein wollte.

Picard hörte ihn.

Er hörte, wie der Knabe nach ihm rief.

Wie er schmerzerfüllt nach ihm rief und um Hilfe flehte.

Picard ließ den Arm ein wenig sinken und blickte ins lodernde Chaos der alles verschlingenden Flammen.

Dort! Direkt vor ihm! Nicht mehr als einen Meter entfernt!

René streckte die Hand nach ihm aus, und Robert hockte direkt neben ihm... Die Flammen schickten sich an, beide zu verschlingen. Sie riefen nach ihm und hofften, dass er sie rettete.

Er, der Starfleet-Captain.

Picard klopfte sich auf die Brust. »Picard an *Enterprise*!« stieß er hervor.

Aber er trug keinen Insignienkommunikator. Niemand antwortete. Selbst das Schiff ließ ihn im Stich.

So wie er seine Familie im Stich gelassen hatte.

Es gab keine geeigneten Worte, um das zum Ausdruck zu bringen, was sich vor Picards Augen abspielte. Feuer verzehrte einen menschlichen Körper.

Bis nur noch eine kleine verkohlte Hand übrig blieb, die sich ihm nach wie vor entgegenstreckte.

Niemand konnte ein solches Entsetzen ertragen. In seinem Traum – in seinem Albtraum – gab es nur eine Wahl für ihn...

Er *weigerte* sich, das Grauen hinzunehmen. Voller

Entschlossenheit warf er sich in die Flammen und spürte, wie sie ihm die Haut verbrannten, als er versuchte, René und Robert zu retten, bis...

Es endete auf die übliche Weise: indem er erwachte.

Doch diesmal fand er sich nicht in seinem Quartier an Bord der *Enterprise* wieder, sondern in der Krankenstation der *Voyager*.

Mit einem kühlen, feuchten Tuch betupfte Neelix Picards Stirn.

Der Captain schnappte unwillkürlich nach Luft.

»Es ist alles in Ordnung«, sagte Neelix. »Sie sind in Sicherheit. Es droht Ihnen keine Gefahr mehr.«

Picard griff nach der Hand des Talaxianers. Er erinnerte sich an den holographischen Arzt, an den herabkommenden Agoniesimulator, und dann...

»Neelix... was ist passiert?«

»Sie haben es überstanden«, lautete die ausweichende Antwort. »Mehr brauchen Sie nicht zu wissen. Sie haben es hinter sich.«

Neelix ließ das feuchte Tuch auf Picards Stirn liegen, schob eine Hand unter den Kopf des Captains und hob ihn vorsichtig an. »Diesmal ist es nur Wasser«, fügte er hinzu und setzte ein Glas an die Lippen des Menschen.

Picards Hals brannte so sehr, als hätte er ätzenden Rauch eingeatmet. Alle Muskeln in seinem Leib schmerzten. Er sank auf die Liege zurück, zu erschöpft, um einen Schluck zu trinken.

»Was... was habe ich ihnen gesagt?«

Neelix winkte ab. »Unter solchen Umständen hätte niemand schweigen können. Wer den Agoniesimulator zu spüren bekommt, gibt jedes Geheimnis preis. Sie brauchen sich deshalb keine Vorwürfe zu machen.«

Doch mit dieser Anteilnahme konnte Picard nichts anfangen. »Was habe ich verraten?«

»Nun, Codes... Kombinationen aus Zahlen und Buchstaben... Ich weiß nicht, was es damit auf sich hat. Aber die Gul ist nicht zurückgekehrt, woraus ich schließe, dass sie die gewünschten Informationen bekam.«

Picard starrte an die Decke. So viel zur Starfleet-Konditionierung. Wenn er Rutal den falschen Code genannt hätte, wäre die *Enterprise* bereits auf dem Weg zur nächsten Starbase. Und da die Cardassianerin nicht zurückgekehrt war, um ihn zu töten... Es konnte nur bedeuten, dass sie die *echten* Codes von ihm erhalten hatte.

Erst vor einigen wenigen Stunden hatte Picard Riker darauf hingewiesen, die *Enterprise* sei das beste jemals von Menschen gebaute Raumschiff. Und die menschliche Unfähigkeit, Schmerzen zu ertragen, hatte dazu geführt, dass er *sein* Schiff dem Feind übergeben hatte.

»Neelix...«, sagte Picard in einem Tonfall, der keinen Widerspruch zuließ. »Sie müssen mich von diesen Fesseln befreien.«

»Ich... kann nicht.«

Picards Vorrat an Geduld erschöpfte sich. »Sie haben keine Wahl, Neelix!«

Der Talaxianer wich zurück. »Aber... wohin wollen Sie?«

»Ich will zu meinem Schiff zurück. Befreien Sie mich, *jetzt sofort*!«

Neelix gestikulierte hilflos. Das Zucken unter dem einen Auge wurde so stark, dass es nach einem Zwinkern aussah. »Aber... die *Enterprise*... Captain... Gul Rutal brachte ihre Crew an Bord und... flog fort.«

Ein ganz besonderer Schmerz stach in Picards Brust. Sein Schiff ließ ihn im Stich, so wie in dem schrecklichen Albtraum. »Wann?«

»Sie brach vor ein oder zwei Stunden auf. Ich weiß es nicht genau, weil ich die ganze Zeit über hier bei Ihnen saß.«

»Wohin fliegt sie mit der *Enterprise*?«

»Auch das ist mir leider nicht bekannt.«

Zorn hatte sich in Picard angestaut und fand nun ein Ventil. »Wissen Sie, wozu mein Schiff imstande ist?«

Neelix verbarg das Gesicht hinter den Händen und begann zu schluchzen. »Bitte... schreien Sie mich nicht an.«

Auf diese Weise komme ich nicht weiter, dachte Picard und versuchte, den Zorn unter Kontrolle zu halten. Neelix war innerlich zerbrochen – vielleicht hatte man ihn mehrmals mit dem Agoniesimulator gefoltert.

Mitgefühl erwachte in Picard, und er veränderte seinen Tonfall. »Schon gut, Neelix. Ich weiß, was Sie hinter sich haben.«

Der Talaxianer nickte und wusste Picards Verständnis zu schätzen. Er atmete einige Male tief durch und beruhigte sich. »Ich würde Ihnen gern etwas zu essen anbieten, aber... es ist zu früh. Sie sollten sich schonen.«

Picard bemühte sich, auch weiterhin freundlich zu sein. »Danke.«

Ein nervöses Lächeln erschien auf den Lippen des Talaxianers. Offenbar erleichterte es ihn, dass Picard nichts Unmögliches mehr von ihm verlangte.

Picard sah sich in der Krankenstation um. Es musste irgendeine Möglichkeit geben, sich von den Fesseln zu befreien und mit seiner Crew Kontakt aufzunehmen.

Plötzlich fiel ihm etwas ein. Dieses Schiff war ein Duplikat, das auf den Konstruktionsmustern von Starfleet basierte...

»Computer«, sagte Picard, »lokalisiere Commander William Riker.«

Der vertraute, einer Frauenstimme nachempfundene Sprachprozessor meldete sich: »Commander Riker befindet sich in Arrestzelle vier.«

Trotz des Entsetzens in Neelix' Miene fuhr Picard fort: »Öffne einen Kom-Kanal.«

»Commander Riker ist isoliert. Es darf keine Kom-Verbindung mit ihm hergestellt werden.«

Picard fand sich damit ab. Immerhin hatte er herausgefunden, dass Riker lebte und sich an Bord der *Voyager* befand. Was seine Fluchtchancen erheblich verbesserte.

»Computer, wie viele Besatzungsmitglieder der *Enterprise* halten sich derzeit an Bord dieses Schiffes auf?«

»Fünfhundertdreiundachtzig.«

Mehr als die Hälfte, stellte Picard überrascht fest. Und die *Voyager* war wesentlich kleiner.

»Wo befinden sie sich an Bord der *Voyager*?«

»Dreihundertzwölf Besatzungsmitglieder der *Enterprise* befinden sich im Shuttlehangar zehn, im Innern von Stabilisierungsfeldern. Zweihundertfünfzehn wurden in den Frachträumen zwei bis zwölf untergebracht, vierunddreißig im Arrestbereich. Acht stehen im Maschinenraum unter Bewachung. Sieben liegen in der Kryostasis und warten auf ihre Bestattung. Zwei befinden sich auf der Brücke. Die restlichen fünf Individuen werden an folgenden Orten bewacht: Turbolift zwei, hydroponische Anlagen, Transporterkontrolle, Korridor fünf auf Deck acht und Krankenstation.«

Picard holte tief Luft und fragte nach den Namen der sieben toten Besatzungsmitglieder. Der Computer nannte sie ihm. Er kannte sie alle, aber nur der Bolianer Mr. Karo stammte aus der Brückencrew.

Er überlegte kurz und erkundigte sich dann nach den Aufenthaltsorten der anderen Führungsoffiziere. Data und Troi befanden sich wie Riker an Bord der *Voyager*, ohne dass eine Kom-Verbindung mit ihnen hergestellt werden konnte. Crusher und LaForge hingegen waren an Bord der *Enterprise* geblieben, zusammen mit dem Rest der Crew.

An dieser Stelle endete der Informationsstrom des Computers. Ganz gleich, wie direkt oder indirekt er nach Ziel und Mission der *Enterprise* fragte: Immer verlangte der Computer einen speziellen Zugangscode. Picards Starfleet-Codes wurden nicht akzeptiert.

Die einzige zusätzliche Information, die Picard bekommen konnte, betraf die gegenwärtige Allianz-Crew der *Voyager*: dreißig Klingonen, zweiundvierzig Cardassianer, drei Bajoraner und vierundzwanzig Thetas. Die Thetas, so erklärte Neelix, waren terranische und vulkanische Sklaven, die das Vertrauen ihrer Herren genossen. Zu ihnen gehörte auch der aus dem Paralleluniversum stammende Tom Paris, der sich als Kommandant der *Voyager* ausgegeben hatte.

Als Picard schwieg, um seine Gedanken zu sammeln, meinte Neelix: »Ich wusste nicht, dass der Computer zu all diesen Dingen imstande ist.«

Diese Worte weckten Picards Interesse. »Haben Sie Gul Rutal nie beim Dialog mit dem Computer gehört?«

Neelix schüttelte den Kopf. »Sie gibt ihm einfache Anweisungen wie ›Aktiviere dies oder das‹. Aber wenn sie Informationen möchte, benutzt sie immer ein Terminal oder eine Konsole.«

Das war ein sehr nützlicher Hinweis, fand Picard. Die Allianz hatte dieses Schiff auf der Grundlage von fremden Konstruktionsplänen gebaut und ahnte vielleicht gar nichts vom vollen Potential aller Subsysteme. Natürlich wussten Gul Rutal und die anderen von den Funktionen der internen Kommunikation, denn sie hatten den Gefangenen die Möglichkeit genommen, untereinander zu kommunizieren.

Aber es mochte viele andere Systeme geben, die sie nicht verstanden – und von denen sie vielleicht nicht einmal etwas wussten.

Picard sah eine ganz bestimmte Möglichkeit, Gewissheit zu erlangen.

»Computer«, sagte er, »aktiviere das Medizinische Holo-Notprogramm.«

Neelix starrte ihn verblüfft an. »Sind Sie übergeschnappt?«

Der holographische Arzt erschien wie ein Geist aus der Flasche neben dem Diagnosebett.

»Bitte nennen Sie die Art des erforderlichen Verhörs«, sagte der Doktor sofort.

Los geht's, dachte Picard. »Ihre Verhör-Subroutine wird derzeit nicht benötigt. Ich brauche Zugang zum zentralen medizinischen Programm.«

Das Hologramm nickte. »Wie Sie wünschen.« Ein oder zwei Sekunden lang starrte es ins Leere, als es im Programm zu einem Reset kam. »In dem Fall: Bitte nennen Sie die Art des medizinische Notfalls.«

Picard lächelte. Es war ihm gelungen, den Programmzusatz zu neutralisieren, mit dem die Allianz das MHN in ein Folterinstrument verwandelt hatte. Ein Plan gewann Konturen in ihm – alles hing davon ab, ob die Allianz weitere Veränderungen an der ursprünglichen Programmierung vorgenommen hatte.

»Wissen Sie, wer ich bin?« erkundigte sich Picard.

Die Frage schien den Doktor zu verärgern. »Ihr Name steht auf der Liste der Starfleet-Führungsoffiziere. Demnach sind Sie Captain Jean-Luc Picard. Leiden Sie vielleicht an Gedächtnisschwäche?«

»Wer sind Sie?«

Der Holo-Arzt kniff argwöhnisch die Augen zusammen. »Ich bin das Medizinische Holo-Notprogramm. Haben Sie Probleme mit Ihren Augen?«

»Wo sind wir?«

Das Gesicht des Doktors zeigte Ärger und Verdrießlichkeit, als er einen medizinischen Tricorder hervorholte und Picard damit sondierte. »Wir befinden uns an Bord des Raumschiffs *Voyager*. Seltsam – ich kann keine Kopfverletzungen feststellen.«

»Weil es keine gibt«, erwiderte Picard und fragte sich, ob sein Plan funktionieren konnte. Aber warum nicht? Immerhin verhielt sich das MHN genau so, wie es die Starfleet-Programmierung vorsah. »Sie leiden an Dehydration und einem viel zu hohen Adrenalinspiegel. Offenbar sind Sie starkem Stress ausgesetzt gewesen...« Der Holo-Arzt richtete einen besorgten Blick auf Picard. »Was haben Sie angestellt?«

Der Captain fand die Reaktion des MHN sehr interessant. Durch die Neutralisierung der Verhör-Subroutine schienen alle Erinnerungen an die Folter gelöscht worden zu sein. Offenbar wusste die Allianz nichts von den bei Starfleet gebräuchlichen Methoden der Systemintegration.

»Können Sie mir etwas geben?« fragte Picard.

»Selbstverständlich. Einen medizinische Rat. Sie brauchen Ruhe.«

Picard hielt seine Stimme unter Kontrolle, als er erwiderte: »Dann kann ich also in mein Quartier zurückzukehren?«

»Nichts spricht dagegen.« Das MHN klappte den Tricorder zu. »Wenn Sie das nächste Mal beschließen, meine Zeit zu vergeuden... Vielleicht könnten Sie dafür sorgen, dass Sie dann wirklich medizinische Hilfe brauchen.«

»Äh, Doktor, da wäre noch etwas...«

Der Holo-Arzt seufzte. »Bei Patienten wie Ihnen gibt es immer noch eine letzte Sache, nicht wahr?«

Picard zog an den Handfesseln. »Bitte nehmen Sie mir das hier ab.«

Der Doktor betrachtete die Schellen. »Darf ich fragen, warum man Ihnen die Hände gefesselt hat?«

Picard nickte in Richtung Neelix. »Er ist dafür verantwortlich. Angeblich handelt es sich dabei um... eine neue Behandlungsmethode bei... steifen Muskeln.«

Das MHN richtete einen durchdringenden Blick auf den Talaxianer. »Ich verstehe. Sind Sie Arzt?«

»Nein, Sir«, antwortete Neelix nervös.

»Sind sie Chiropraktiker, Physiotherapeut oder Somatologe?«

»O nein, nein, nichts davon.«

»Sind Sie ein vulkanischer Heiler, Spezialist für Exo-Medizin oder Geburtshelfer?«

Neelix' Kinn sank fast bis auf die Brust. »Nein, Sir...«

»Sind Sie Zahnarzt?«

Neelix schüttelte den Kopf, und Picard war dankbar dafür, dass der Talaxianer seine List nicht auffliegen ließ.

Der Holo-Doktor deaktivierte die Fesseln der Diagnoseliege. »Dann möchte ich Sie bitten, Ihre fragwürdigen... Behandlungsmethoden nicht in meiner Krankenstation zur Anwendung zu bringen.«

Picard setzte sich auf und versuchte, seine Erleichterung zu verbergen. Er wollte unbedingt vermeiden, dass das MHN die Liste der Starfleet-Offiziere mit den medizinischen Aufzeichnungen verglich und dabei feststellte, dass ein gewisser Picard, Jean-Luc, den Status eines Gefangenen hatte.

Der Holo-Arzt richtete einen erwartungsvollen Blick auf Picard. »Nun, gibt es sonst noch etwas?«

»Nein, danke. Sie sind mir eine große Hilfe gewesen.«

Der Doktor runzelte die Stirn. »Ich lebe, um zu dienen. Wenn es Ihnen keine Mühe bereitet...«

»Computer«, sagte Picard und stand auf, »deaktiviere des Medizinische Holo-Notprogramm.«

»Herzlichen Dank«, murmelte der Arzt. Das Hologramm flackerte kurz und verschwand.

Neelix musterte Picard voller Ehrfurcht. »Sehr eindrucksvoll, Captain.«

»Hoffen wir, dass die *Voyager* noch einige andere Überraschungen auf Lager hat, von denen die Allianz nichts weiß.« Picard strich seinen Uniformpulli glatt und verharrte kurz, um festzustellen, ob ein Schwindelanfall drohte. Das war nicht der Fall. Er spürte eine gewisse Benommenheit, die ihn jedoch nicht wesentlich schwächte.

Er winkte Neelix näher.

»Was ist?« fragte der Talaxianer.

»Wenn ich Sie von Bord dieses Schiffes bringen könnte, fort von der Allianz... Wären Sie dann bereit, mir zu helfen?«

Neelix rieb sich das zuckende Auge. »Das brauchen Sie mich gar nicht zu fragen, Captain. Sie haben sich befreit, während ich Sie bewachte. Gul Rutal... Sie würde mich in jedem Fall töten.«

Picard legte dem Talaxianer die Hand auf die Schulter. »Ich verspreche Ihnen, dass Ihnen kein Leid geschehen wird.«

Neelix straffte die Schultern. »Ich... bin bereit, Ihnen jede Unterstützung zu gewähren, Captain.«

»Ausgezeichnet«, sagte Picard. »Computer, wer ist der gegenwärtige Kommandant der *Voyager*?«

»Captain Kathryn Janeway hat sich noch nicht zum Dienst zurückgemeldet. Kein anderer Offizier wurde zu ihrem Stellvertreter ernannt.«

Picard lächelte. Diese Version der *Voyager* verfügte über die *komplette* Programmierung des Starfleet-Exemplars, was ihm seine Aufgabe erheblich erleichterte. »Computer, hier spricht Picard, Jean-Luc. Aktiviere das für den Notfall bestimmte Flottenprogramm Alpha Alpha Eins Alpha.«

»Flottenprogramm Alpha Alpha Eins Alpha aktiviert. Sie haben eine Stunde, um den Starfleet-Vorschriften zu genügen.«

»Alle weiteren Kommunikationen mit mir werden verschlüsselt.«

»Bestätigung.«

Picard bemerkte den fragenden Blick des Talaxianers.

»Im Krieg oder in besonderen Notfällen kann es passieren, dass ein Schiff seine Kommandocrew verliert«, erklärte er. »Deshalb hat Starfleet eine Möglichkeit vorgesehen, die Kommando-Autorität schnell auf andere Personen zu übertragen. Gul Rutal hat sich nie offiziell als Kommandantin angemeldet, was mich auch gar nicht überrascht: Das diesbezügliche Starfleet-Protokoll ist ihr unbekannt.«

Neelix riss die Augen auf. »*Sie* haben jetzt das Kommando über die *Voyager*? So einfach ist das?«

»Nein«, erwiderte Picard. »Ganz so einfach ist es nicht. Starfleet Command muss meine Autorität bestätigen. Der Computer gab mir dafür eine Stunde Zeit, was bedeutet, dass es von unserer gegenwärtigen Position aus möglich sein sollte, innerhalb von dreißig Minuten per Subraum-Kommunikation eine Starbase zu erreichen. In der Zwischenzeit – während der nächsten Stunde – wird mich der Computer als stellvertretenden Kommandanten der *Voyager* anerkennen und zulassen, dass ich gewisse Maßnahmen ergreife und Vorbereitungen dafür treffe, das volle Kommando zu übernehmen.«

»Welche Maßnahmen?« Neelix wirkte aufgeregt, und Picard vermutete, dass es sich dabei um ein Merkmal der Talaxianer handelte: Offenbar zeigten sie ihre Emotionen immer ganz offen, stellten damit gewissermaßen das Gegenteil von Vulkaniern dar. Er fand diese Eigenheit interessant und erfrischend.

Picard hob die Hand und bat Neelix damit um Geduld. »Computer, wie viele Wächter sind in Sichtweite der Arrestzelle vier?«

»Derzeit sind keine Wächter in Sichtweite der genannten Zelle.«

Picard hielt das für sehr ungewöhnlich. Andererseits: Nur Neelix war damit beauftragt gewesen, ihn zu bewachen. Stand Gul Rutal noch eine andere Möglichkeit zur Verfügung, die Gefangenen unter Kontrolle zu halten?

»Computer, wird Arrestzelle vier von der Sicherheitsabteilung beobachtet?«

»Bestätigung.«

In Picards Magengrube krampfte sich etwas zusammen. »Computer, wird auch die Krankenstation überwacht?«

»Bestätigung.«

Picards Gedanken rasten. Ganz offensichtlich fand keine aktive Beobachtung der Krankenstation statt, denn sonst wären kurz nach der Aktivierung des MHN bewaffnete Sicherheitswächter eingetroffen. Aber wenn die Cardassianer und Klingonen feststellten, dass er die Krankenstation verlassen hatte... Dann kontrollierten sie bestimmt die Aufzeichnungen, die alle seine Erklärungen Neelix gegenüber enthielten.

»Computer, lösche die Überwachungsaufzeichnungen der Krankenstation, und zwar vom Zeitpunkt meiner Einlieferung an.«

»Anweisung kann nicht ausgeführt werden. Eine Löschung der Aufzeichnung ist nur mit der Genehmigung von Gul Rutal möglich.«

»*Merde*«, fluchte Picard. Es musste irgendeine Möglichkeit geben, das Hindernis zu umgehen. »Computer, als stellvertretender Kommandant der *Voyager* ordne ich die Verschlüsselung aller seit meiner Ankunft angefertigten Aufzeichnungen an. Codierung auf mein Stimmmuster. Kannst du diese Anweisung befolgen?«

»Bestätigung.«

Picard fühlte sich so, als ritte er auf der Gravitationspeitsche eines Vergnügungszentrums. »Nimm die Verschlüsselung jetzt vor und codiere auch die Beobachtungsaufzeichnungen der Arrestzelle vier, von diesem Augenblick an.«

»Aufzeichnungen sind verschlüsselt.«

»Was bedeutet das alles?« fragte Neelix.

»Ich sorge dafür, dass uns niemand bespitzeln kann«, erklärte Picard. Er griff nach Neelix' Arm. »Computer, leite internen Transfer ein: Picard und Neelix zur Arrestzelle vier. Die Rematerialisierung soll außerhalb des Kraftfelds stattfinden.«

»Was ist ein interner Transfer?« fragte der Talaxianer.

Picard nahm mit Erleichterung zur Kenntnis, dass ihm eine Antwort erspart blieb. Die Konturen der Krankenstation verloren sich im Schimmern des Transporterstrahls.

Nur wenige Augenblicke später verblasste der Glanz, und Picard fand sich im Arrestbereich der *Voyager* wieder.

Neelix presste sich fassungslos die Hand an die Brust. »Beim Großen Wald...«, hauchte er.

Picard schenkte ihm keine Beachtung, blickte nach rechts und sah das Glühen eines Kraftfelds. »Will!« rief er, als er Riker bemerkte. Der Erste Offizier stand auf und trat so dicht wie möglich an die energetische Barriere heran. Andere Besatzungsmitglieder der *Enterprise* folgten ihm.

Und dann begriff Picard, dass Riker ihn nicht begrüßen, sondern ihn warnen wollte.

»Captain! Hinter Ihnen!«

Mit einem noch immer verwirrten Neelix an seiner Seite wirbelte Picard herum und sah zwei klingonische Krieger, die aus einem Korridor in den Arrestbereich kamen. Einer von ihnen hatte seinen Disruptor gezogen.

Picard dachte noch, wie dumm er gewesen war, in eine solche Falle zu tappen.

Dann schoss der Klingone.

9

Kirk packte den anderen Spock, sprang mit ihm über die Transporterplattform hinweg und duckte sich dahinter. Trotz der geringen Schwerkraft stöhnte der alte Vulkanier, als sie landeten. Kirk hielt den Kopf gesenkt, griff in den Beutel am Gürtel und holte den von Janeway stammenden Phaser hervor.

Die Frau ging neben ihm in die Hocke und warf einen kurzen Blick auf die kleine Waffe. »Das Ding nützt Ihnen nichts. Unsere Gegner sind gepanzert.«

Bevor Kirk antworten konnte, bildete sich neben ihm eine Säule aus schimmerndem Licht. Er sah auf und beobachtete, wie ein Cardassianer materialisierte und seine Waffe auf ihn richtete.

Kirk handelte aus einem Reflex heraus, ohne einen bewussten Gedanken. Es spielte keine Rolle, dass er ein Jahr lang das Leben eines Bauern geführt hatte. Er sprang auf, hob die Arme und rammte die Unterarme unter das Kinn des Cardassianers.

Ein Disruptorstrahl fauchte an ihm vorbei und verfehlte das Ziel.

Die lunare Schwerkraft ermöglichte es Kirk, zusammen mit dem Cardassianer zwei Meter weit emporzusteigen und dann auf ihm zu landen.

Weiter hinten kam es zu einer Explosion. Goldenes Licht strahlte, und unmittelbar darauf kam es zu einer Druckwelle, die Trümmer fortschleuderte. Kirk begriff: Die Transporterplattform war zerstört, der Fluchtweg abgeschnitten.

Doch derzeit gab es ein dringenderes Problem, dem er sich stellen musste. Er schmetterte dem Cardassianer die Faust ins Gesicht und stieß dann die Hand beiseite, die noch immer den Disruptor hielt.

Nur einen Sekundenbruchteil später feuerte Kirk mit dem kleinen Phaser auf seinen Gegner. Der dünne Energiestrahl traf den schwarzen Brustharnisch des Cardassianers, ohne irgendeine Wirkung zu zeigen. Kirk wusste, dass seinem Widersacher nicht einmal ein Treffer am ungeschützten Hals oder Kopf gefährlich werden konnte, solange die Antiphaser-Schaltkreise in der Rüstung aktiv waren und alle energetischen Entladungen ableiteten.

Die freie Hand des Cardassianers schwang herum, packte Kirk am Hals und drückte zu.

»Stirb, Terraner!« knurrte der Cardassianer.

Kirk schnappte vergeblich nach Luft – er konnte nicht mehr atmen. Wenn er mit der linken Hand nach seinem Gegner schlug, bekam der Cardassianer die Möglichkeit, den Disruptor einzusetzen. In der rechten Hand hielt er den nutzlosen kleinen Phaser. Er spielte mit dem Gedanken, die Waffe fallen zu lassen, um seinem Kontrahenten anschließend einen Hieb zu versetzen.

Doch Phaser ließen sich nicht nur dazu verwenden, um auf Feinde zu schießen.

Dunkelheit wogte heran, und Kirk wusste, dass ihm nur noch wenige Sekunden blieben, bis er das Bewusstsein verlor. Erneut betätigte er den Auslöser des Phasers und schoss diesmal auf den Boden dicht neben seinem Gegner.

Felsgestein schmolz, und einige kleine Tropfen trafen das Bein des Cardassianers.

Der Fremde schrie, aber die Hand löste sich nicht von Kirks Hals, drückte sogar noch fester zu als vorher.

Das Herz schlug Kirk bis zum Hals empor, und sein Blickfeld engte sich immer mehr ein.

Jetzt gab es nur noch eine Möglichkeit – und er wusste nicht einmal, ob so etwas in dieser modernen Epoche überhaupt noch funktionierte.

Er betastete den kleinen Phaser, entriegelte den Sicherheitsschalter und justierte die Waffe anschließend auf maximale Energiestärke.

Trotz des dröhnenden Donnerns des eigenen Herzschlags hörte Kirk das leise Jaulen einer beginnenden Überladung.

Mit letzter Kraft schob er den Strahler hinter den Brustharnisch des Cardassianers.

Sofort ließ der Druck am Hals nach – der Gegner stieß ihn fort.

Kirk ruderte mit den Armen, fiel auf den kalten Boden und sah, wie der Cardassianer an seinem Brustharnisch zerrte. Das Jaulen wurde immer lauter...

Der Panzer des Fremden wölbte sich wie durch jähen Druck nach vorn, und das goldgelbe Licht einer Entladung glühte durch die Halsöffnung des Harnischs.

Der kleine Phaser war explodiert, und die Rüstung des Cardassianers hatte die Energie aufgenommen, um sie dann nach innen abzustrahlen.

Kirk rieb sich die schmerzende Kehle und betrachtete die Reste seines Gegners. Abgesehen vom qualmenden Brustharnisch war nicht viel von ihm übrig.

Ein oder zwei Sekunden lang fühlte er den Adrenalinschub, der mit einem errungenen Sieg einherging. Doch dann, ganz unerwartet, wich der Triumph tiefem Bedauern.

Ein weiteres intelligentes Wesen war durch ihn ums Leben gekommen.

Eine Hand ergriff Kirk an der Schulter, zerrte ihn hoch und drehte ihn so abrupt um, dass ein viel zu vertrauter Schmerz durch den Rücken stach.

Der zweite Cardassianer stand ihm gegenüber, und er konnte sich nicht mehr zur Wehr setzen. Die heiße Pein im Rücken lähmte ihn regelrecht; selbst das Atmen fiel ihm schwer.

Der Cardassianer hob den Disruptor, zielte – und zögerte.

»Tiberius...?« brachte er hervor.

Dann verdrehte er die Augen, ließ den Strahler fallen und sank zu Boden. Die Finger des anderen Spock hatten bestimmte Nervenpunkte an Nacken und Schulter berührt.

Kirk schnitt eine Grimasse, als die Schmerzen im Rücken noch stärker wurden. Nur die geringe Schwerkraft erlaubte es ihm, auf den Beinen zu bleiben.

»Gute Arbeit«, brachte er hervor. Eigentlich hätte er jetzt nach weiteren Angreifern Ausschau halten sollen, aber er war ein Gefangener in seinem eigenen Körper und konnte sich nicht bewegen.

Der Spock aus dem Paralleluniversum ließ den bewusstlosen Cardassianer los und betrachtete seine Hand so, als hätte er sich verletzt. Dann sah er Kirk an und wölbte eine Braue. »Ist alles in Ordnung mit Ihnen?«

»Nein«, erwiderte Kirk und versuchte, den Kopf zu schütteln. Erneut verzog er das Gesicht und glaubte Teilani zu hören, die ihm vorwarf, nicht besser auf sich Acht zu geben und kein Vertrauen in die moderne Medizin zu haben.

»Ah«, sagte der andere Spock. »Ihr Rücken.«

»Das waren nur zwei Cardassianer«, sagte Kirk. Seine Stimme war kaum lauter als ein Flüstern. »Aber es fanden doch vier Transfers statt, oder?«

Janeway trat näher und wischte Blut von einem klingonischen *Mek'leth*. »Die beiden anderen sind ebenfalls erledigt«, sagte sie. Geschickt schwang sie das kurze Schwert und ließ es in einer Scheide am Bein verschwinden.

»Was ist mit Ihrer vulkanischen Freundin?« fragte Kirk.

»Ihr Name lautet T'Val«, entgegnete Janeway. »Sie wird sich erholen.«

»Gut.«

Janeways Blick durchbohrte Kirk. »Was nicht Ihr Verdienst ist.« Sie wandte sich an den anderen Spock. »Die Plattform lässt sich nicht reparieren. Wir müssen die sekundäre benutzen – und zwar schnell, bevor jemand merkt, dass die vier Angreifer keinen Bericht erstattet haben.«

»Zuerst brauchen wir T'Vals Medo-Tasche«, sagte der andere Spock. »In seinem gegenwärtigen Zustand kann sich Captain Kirk nicht bewegen.«

Janeway musterte Kirk wie einen Simulanten.

»Der Rücken«, sagte er. Seine Schwäche erfüllte ihn mit Verlegenheit.

»Einen Augenblick«, seufzte Janeway. Kirk hörte, wie sie zur zerstörten Transporterplattform ging, aber er konnte nicht den Kopf drehen, um ihr nachzusehen. Stattdessen begegnete er dem Blick des anderen Spock und glaubte, in den Augen des Vulkaniers die gleiche Mischung aus Unverständnis und Verwirrung zu erkennen, die er selbst empfand. Ganz bewusst erinnerte er sich daran, dass dies nicht sein alter Freund war. Gleichzeitig hoffte er, dass der andere Spock nicht den alten Feind in ihm sah.

»Ich bin mitten in einen Krieg geraten, nicht wahr?« fragte Kirk.

»In einen von Ihnen verursachten Krieg, ja«, antwortete der andere Spock.

»In dem Fall dürfte der Zufall bei dieser Sache kaum eine Rolle spielen. Sie sind meinetwegen gekommen.«

»Sie haben recht. Ich muss zugeben, dass mich Ihre Logik beeindruckt.«

Kirk ahmte das vulkanische Gebaren nach, indem er eine Braue hob. »Ich habe mich von einem Experten unterweisen lassen.«

»In der Tat.« Kirk sah Verstehen in den Augen des anderen Spock. »Ich nehme an, in diesem Universum blieb unsere Freundschaft von Bestand. Was teilt Ihnen die Logik sonst noch mit?«

»Sie wollen etwas von mir, und ich habe keine Ahnung, was dieses Etwas sein könnte. Die Allianz weiß von Ihrer Suche nach mir und möchte verhindern, dass Sie einen Erfolg erzielen.«

»Fast fehlerfrei«, kommentierte der andere Spock. »Der vulkanische Widerstand braucht Zugang zu den Starfleet-Datenbanken, und nur Sie können uns dazu verhelfen. Aber die Allianz weiß nicht, dass wir speziell nach Ihnen gesucht haben. Sie versucht aus Prinzip, alle unsere Aktionen zu behindern.«

Kirk hörte, wie Janeway mit langsamen lunaren Schritten zurückkehrte. »Die Cardassianer sind uns sehr schnell hierher gefolgt.«

»Sie orteten die Emissionen unserer Transporter.«

In diesen Worten verbarg sich eine Bedeutung, die Kirk ganz und gar nicht gefiel. »Soll das heißen, es befanden sich bereits Agenten der Allianz in diesem Sonnensystem – in diesem Universum –, um nach Anzeichen für Ihre Aktivitäten Ausschau zu halten?«

Bevor der andere Spock antworten konnte, griff Janeway nach Kirks Schulter und ließ ihn zusammenzucken.

»Wo?« fragte sie.

»Ganz... unten...« Es fehlte Kirk die Kraft, mehr zu sagen.

Unmittelbar darauf fühlte er Wärme dort, wo der Rücken begann, in Taillenhöhe. Langsam dehnte sie sich aus, erfasste das ganze Rückgrat. Kirk holte tief Luft und hatte das Gefühl, zum ersten Mal richtig zu atmen.

Die Wahrnehmung veränderte sich, und er spürte einen leichten Druck, so als presste ihm Janeway ein kleines Objekt an den Rücken. Schmerzen waren damit nicht verbunden – die Pein hatte sich völlig aufgelöst.

Er stöhnte voller Wohlbehagen, eine Reaktion, die sich seiner Kontrolle entzog. Seit mehr als einem Jahr hatte sich sein Rücken nicht mehr so gut angefühlt, nicht einmal nach Teilanis Massagen.

Doch dem Wohlbehagen folgte jene besondere Art von Bedauern, die er auch nach dem Sieg über den Cardassianer empfunden hatte.

Er wandte sich an Janeway und nahm ihr das medizinische Instrument aus der Hand, das sie für seine Behandlung benutzt hatte. »Was ist das?«

»Ein Geweberegenerator, Standardmodell. Geht es Ihnen jetzt besser?«

Kirk betätigte die Deaktivierungstaste des Geräts und ließ es los. Der Regenerator fiel so langsam, dass Janeway genug Zeit blieb, ihn aufzufangen. »Ich habe mir geschworen, nie wieder einen solchen Apparat zu benutzen.«

»Gut«, erwiderte Janeway. »Wenn wir in Sicherheit sind, ramme ich Ihnen den Kolben eines Phasergewehrs in den Rücken. Sind Sie dann zufrieden?«

Kirk hatte mit eigenen Augen gesehen, wie sie Blut von ihrem *Mek'leth* wischte – andernfalls wäre er kaum bereit gewesen zu glauben, dass diese Frau über die Disziplin einer Kriegerin verfügte. Es steckte durchaus Entwicklungspotential in ihr, doch ihr Temperament mochte sich dabei als ein erhebliches Hindernis erweisen.

Kirk beschloss, ihr zu zeigen, was es mit Selbstbeherrschung auf sich hatte.

»Bitte entschuldigen Sie«, sagte er. »Ich danke Ihnen. Mein Rücken fühlt sich jetzt viel besser an, und ich weiß Ihre Hilfe sehr zu schätzen.«

Janeway murmelte etwas, das klingonisch klang – Kirk verstand nur etwas, das auf seine Mutter bezug zu nehmen schien. »Wir verlassen diesen Ort, sobald T'Val wieder auf den Beinen ist«, fügte sie hinzu, wartete keine Antwort ab und kehrte rasch zur zerstörten Transporterplattform zurück.

»Sie weiß nicht, was sie von Ihnen halten soll, Captain«, sagte der andere Spock. »Sie kennt nur den Kirk ihres Universums. Und sie gehört zu den wenigen Terranern, die ein Äquivalent in diesem Kosmos haben. Es fällt schwer, sich an so etwas zu gewöhnen.«

»Ich dachte, es gäbe alternative Entsprechungen von uns allen«, erwiderte Kirk.

»Seit Ihrem Transfer in unsere Welt haben sich die beiden Universen noch weiter auseinander entwickelt. Unsere Studien zeigen, dass bei Ihrer und meiner Generation mehr als achtzig Prozent der terranischen und vulkanischen Bevölkerung identisch sind. Doch aufgrund der unterschiedlichen historischen Entwicklung in den beiden Universen wurden bei Ihnen mehr Terraner und Vulkanier geboren als in meinem Heimatkosmos. Daher verringern sich die Übereinstimmungen.«

Kirk las zwischen den Zeilen. »Warum nur die terranische und vulkanische Bevölkerung? Ist nicht das gesamte Universum betroffen?«

Der andere Spock zögerte, und Kirk vermutete, dass er etwas zurückhielt. »Auf der Grundlage jener Informationen, die ich durch die Mentalverschmelzung mit Ihrem Dr. McCoy erhielt, konnte ich Vergleiche anstellen und kam dabei zu dem Ergebnis, dass unsere beiden Universen einst praktisch identisch waren. Die fremden Spezies, denen Sie vor dem Transfer begegneten, glichen ihren Äquivalenten in meinem Kosmos.«

»Der Unterschied beschränkt sich also auf die terranische und vulkanische Geschichte? Auf unsere beiden Völker?«

»In den letzten Jahren stand mir nicht genug Zeit zur Verfügung, um mich eingehend mit diesem Thema zu befassen«, sagte der andere Spock. »Daher möchte ich mich mit folgendem Hinweis begnügen: Wenn Personen, die in meiner Realität kaum mehr sind als Sklaven oder Flüchtlinge, plötzlich feststellen, dass sie über ein alternatives Selbst verfügen, das ein viel besseres Leben führt... So etwas kann gravierende emotionale Folgen haben.«

Kirk folgte Spocks Blick zu Janeway, die T'Val behandelte. Die verletzte Vulkanierin saß aufrecht; sie war blass, sprach aber. »Was hat es mit ihrem Pendant auf sich?«

»In Ihrem Universum wurde Kathryn Janeway Kommandantin eines Raumschiffs.«

Das überraschte Kirk. Er hielt Janeway durchaus für vielversprechend, aber es erstaunte ihn, dass ein so großes Potential in ihr steckte. Und dann fiel ihm endlich ein, warum ihr Name so vertraut klang. »Ich habe von einem Raumschiff gelesen, das verschwand und Jahre später eine Nachricht übermittelte – die *Voyager*?«

»Ja. Eine fremde Entität versetzte sie in den Delta-Quadranten.«

»Dann ist Ihre Janeway besser dran.« Kirk sah die Verwunderung in Spocks Gesicht und fügte hinzu: »Sie lebt dort, wo sie geboren wurde, nicht auf der anderen Seite der Galaxis, ohne Aussicht, die Heimat wiederzusehen.«

»Es dürfte wohl kaum ein angenehmes Leben sein. Diese Janeway weiß nur eins: Wenn nicht die besonderen Umstände ihrer Geburt gewesen wären, hätte sie ein Leben ohne Not führen, sich Wissenschaft und Musik widmen können. So unlogisch es auch sein mag: Gäbe man ihr die Wahl, so würde sie das andere Leben wählen, selbst wenn sie wüsste, dass ihr ein früher Tod oder das Exil im fernen Delta-Quadranten bevorsteht. Das wäre ihr immer noch lieber als jene Dinge, die sie heute ertragen muss.«

So etwas konnte sich Kirk kaum vorstellen. Alle seine Erfahrungen hatten ihn gelehrt, dass der eine, absolute Sinn des Lebens darin bestand zu *leben*. Alle anderen Aspekte blieben Philosophen überlassen. Jede andere Wahl lief auf eine Flucht hinaus, vergleichbar mit der Benutzung von Drogen, holographischen Phantasien und elektronischen Implantaten, um Pseudorealitäten zu erleben. Kirk dachte an Soldaten, die ihr Leben aufs Spiel setzten, um den Sieg zu erringen. Abgesehen davon konnte er sich nur eine Situation vorstellen, in der jemand ganz bewusst den Tod wählte – Mitgefühl für Kathryn Janeway regte sich in ihm.

»Sie meinten, in Ihrem Universum gäbe es keine Hoffnung mehr«, sagte Kirk. »Wie kann das möglich sein?«

»Eine interessante Frage«, erwiderte der andere Spock. »Die Antwort ermöglicht Ihnen vielleicht neue Erkenntnisse.« Er zog sich den Mantel enger um die schmalen Schultern. »In meinem Kosmos ruht die einzige Hoffnung auf Ihnen.«

Kirk hatte bereits vermutet, dass es darauf hinauslief. Der andere Spock kam auf ein vor über hundert Jahren geführtes Gespräch zurück. Damals hatte Kirk den anderen Spock darauf hingewiesen, dass jemand mit einer Vision den Ausschlag geben konnte. Jetzt kam er selbst an die Reihe, wenn es nach diesem Spock ging.

»Diese Hoffnung bezieht sich wahrscheinlich auf die Informationen aus den Starfleet-Datenbanken, nicht wahr?«

»Das ist richtig.«

»Um was für Informationen handelt es sich?«

»Im vergangenen Jahrhundert hat sich Ihre Technik wesentlich schneller weiterentwickelt als die in meinem Universum. Wir brauchen Waffen und Raumschiffe. Wir brauchen Dinge, die mehr leisten und schneller sind als alles, was der Allianz zur Verfügung steht. Eine in der Nähe von Bajor agierende Gruppe terranischer Rebellen hat mit einer solchen Strategie große Erfolge erzielt.«

Die Details interessierten Kirk nicht. Wenn es diesen Leuten nur um technische Daten ging, so verstand er nicht, warum sie sich solche Mühe machten, um sie zu bekommen. Außerdem war es ihm ein Rätsel, warum sie ausgerechnet *ihn* brauchten. »Nach all dem, was Sie mir erzählt haben... Starfleet wäre sicher bereit, Ihnen zu helfen.«

»Und die Erste Direktive?« erklang T'Vals Stimme hinter ihm.

Sie überraschte Kirk. Er war so sehr in das Gespräch mit dem anderen Spock vertieft gewesen, dass er Janeway und ihre vulkanische Freundin ganz vergessen hatte.

»Starfleet hat den Transfer in unser Universum verboten«, fügte T'Val bitter hinzu. »Bei Ihnen verschließt man einfach die Augen vor unserer Realität.«

Kirk lächelte unwillkürlich, als er diese Erklärung hörte. »*Deshalb* entschieden Sie sich für mich? Weil Sie jemanden brauchen, der sich über die Erste Direktive hinwegsetzt?«

»Dies ist ganz und gar nicht komisch«, sagte Janeway. Ihre Stimme vibrierte und erinnerte Kirk an jene leichten Erdbeben, die einem Vulkanausbruch vorausgingen.

»Sie haben recht«, entgegnete er und bot erneut ein Beispiel für Selbstbeherrschung. »Dies ist wirklich nicht komisch. Aber eine gewisse Ironie des Schicksals lässt sich wohl kaum leugnen. Ich habe Starfleet oft an den Rand der Verzweiflung gebracht, weil ich mich immer wieder über die verdammte Direktive hinwegsetzte. Dass Sie sich ausgerechnet *deshalb* an mich wenden... Ich meine, es gibt doch noch andere Offiziere bei

Starfleet, oder? Was ist mit Jean-Luc Picard? Er erkennt den Unterschied zwischen Richtig und Falsch, ohne sich dabei von irgendwelchen Vorschriften beeinflussen zu lassen. Man sieht es ihm nicht an, aber er wäre sofort bereit, das übliche Starfleet-Protokoll außer Acht zu lassen, um ein gerechtes Ergebnis zu erzielen.«

Die Reaktionen auf seine Worte gaben Kirk zu verstehen, dass zwischen den drei Rebellen aus dem Paralleluniversum eine Kommunikation stattfand, die ihn ausschloss. Schließlich sagte der andere Spock nur: »Jean-Luc Picard wäre nicht geeignet.«

Kirk fand diese Antwort seltsam und fragte sich, ob es auch einen anderen Picard gab.

Janeway sah auf die Anzeigen ihres Tricorders und meinte, dass es Zeit wurde.

Kirk begleitete den anderen Spock und die beiden Frauen zum Eingang der Höhle und dann durchs Tunnelsystem der alten Eismine.

Während sie schwiegen und in der geringeren Mondschwerkraft mit langen Schritten gingen, überlegte Kirk, warum sich Picard nicht für die Zwecke der Rebellen eignete – im Gegensatz zu ihm. Dann erinnerte er sich daran, was der andere Spock auf dem Weg zur Höhle gesagt hatte.

»Ihnen geht es um Gerechtigkeit, nicht wahr?« fragte Kirk. »Sie möchten, dass ich die Situation verändere. Weil ich – beziehungsweise mein Äquivalent in Ihrem Universum – Klingonen und Cardassianer veranlasste, die Allianz zu bilden.«

»Kein Psychohistoriker, weder auf der Erde noch auf Vulkan, hätte ein solches Bündnis vorhersagen können«, erwiderte der andere Spock. »Es liegt in der cardassianischen Natur, Verbündete zu suchen. Aber für Klingonen ist so etwas ganz und gar nicht typisch, zumindest nicht unter normalen Umständen. Trotzdem gelang es Tiberius irgendwie, die Führer beider Völker zu überzeugen und ihre Unterstützung bei der Eroberungen des terranischen Empire zu gewinnen.«

»Der Krieg«, sagte Kirk und verstand. »Der von mir verursachte Krieg.«

Sie verharrten an einer Abzweigung, und Janeway sondierte mit ihrem Tricorder.

»Es war der brutalste Krieg in der Geschichte unserer Galaxis«, sagte der andere Spock und schlang die Arme um sich. In diesem Teil der Mine war es ziemlich kalt, und Kirk beobachtete, wie der Spock aus dem anderen Universum zu zittern begann. Es verblüffte ihn sehr, einen Vulkanier zu sehen, der die Reaktionen seines Körpers nicht mehr unter Kontrolle hatte. »Unter meiner Herrschaft zog sich das Empire von den besetzten Welten zurück und begann mit Reparationszahlungen. Aber das nützte nichts. Zu viel Hass war gesät worden. Eine Welt nach der anderen schloss sich der Allianz an, die nur ein Ziel verfolgte: Die Erde und Vulkan sollten vollkommen vernichtet werden.«

Einmal mehr erstaunte es Kirk, dass sich im Paralleluniversum alles auf diese beiden Welten zu konzentrieren schien, auf seine Heimat und die Spocks. Gab es einen bestimmten Grund dafür?

Mit einem Wink bedeutete ihnen Janeway, den Weg durch den linken Tunnel fortzusetzen. Er neigte sich ziemlich steil nach unten, und die Abstände zwischen den Fusionslampen wuchsen. Im Halbdunkel wurde jeder Schritt zu einer Gefahr.

T'Val holte eine kleine Lampe aus einer Tasche ihres Kampfanzugs, hielt sie in der biomechanischen Hand und leuchtete auf den Boden vor dem anderen Spock.

Als sie weitergingen, erfuhr Kirk, warum der Vulkanier aus dem anderen Universum viel mehr gealtert war als der, den er kannte – er hatte ein weitaus schwierigeres Leben hinter sich. »Ein Dutzend Mal begegnete ich Tiberius im Kampf«, sagte der andere

Spock und atmete schwer. »Manchmal errang er den Sieg, manchmal ich, aber oft endete die Konfrontation mit einem Patt. Wir hatten viele Jahre lang zusammengearbeitet und kannten uns daher zu gut – zwischen uns gab es keine Geheimnisse. Und dann kam es zur entscheidenden Schlacht. Bei Wolf 359. Sieben Komma acht Lichtjahre von der Erde entfernt. In strategischer Hinsicht die letzte Bastion vor der Heimatwelt der Menschen.«

Der andere Spock zögerte, und sein Blick reichte ins Leere, als er an jene Ereignisse dachte.

Janeway griff nach seinem Arm und zog ihn mit sanftem Nachdruck weiter. »Die Schlacht dauerte drei Tage«, teilte sie Kirk mit. »Die vereinten klingonischen und cardassianischen Streitkräfte griffen das an, was von der Flotte des Empire übrig war. Dreihundertneunzig terranische Schiffe gingen verloren. Mehr als hundertzehntausend Besatzungsmitglieder kamen ums Leben. Dann gelang es dem Feind, die Verteidigungslinien zu durchbrechen und zur Erde vorzustoßen.«

»Partikelstrahlen verwüsteten die Oberfläche der Erde«, fuhr der andere Spock fort. »Reiner Hass steckte dahinter. Vier Tage lang feuerte ein Konvoi klingonischer Schlachtkreuzer mit Disruptorkanonen auf die großen Seen von Nordamerika. Fast das gesamte Wasser verdampfte, wodurch es in der nördlichen Hemisphäre zu einer drastischen Klimaveränderung kam. In der südlichen Hemisphäre richtete die cardassianische Flotte Ähnliches an, indem sie die Regenwälder von Südamerika und Asien verbrannte. Anschließend vergiftete der Feind die Ozeane, damit die Biosphäre der Erde nicht mehr genug Sauerstoff produzieren konnte.«

Kirk hörte fassungslos zu. Die Schilderungen gingen weit über sein Vorstellungsvermögen hinaus. Dass es zu einem solchen Wahnsinn kommen konnte... Es war unglaublich. »Was hat sich Tiberius nur dabei gedacht?« murmelte er bestürzt.

»Ich bezweifle, dass Tiberius etwas mit dem Chaos zu tun hatte, das die Erde heimsuchte«, sagte der andere Spock und keuchte fast. »Als die Schlacht von Wolf 359 endete, war er verschwunden.« Der alte Vulkanier wankte und taumelte, schien nur noch deshalb einen Fuß vor den anderen zu setzen, weil Janeway ihm half.

»Was ist mit ihm geschehen?«

»Ja, was geschah mit?« entgegnete T'Val neben Kirk. Mit der Präzision einer Maschine hielt ihre biomechanische Hand die Lampe so, dass der Lichtschein den Boden vor Spock erhellte. »Manche Leute sagen, sein Flaggschiff sei während des zweiten Tages der Schlacht zerstört worden. Andere behaupten, nach dem Sieg über die terranische Flotte hätten Klingonen ihn gefangen genommen und zu Tode gefoltert. Oder ihn dreißig Kilometer über der Erde aus der Luftschleuse eines Atmosphärenkreuzers gestoßen.«

»Es heißt auch, Cardassianer hätten ihn in ihre Gewalt gebracht und in einem ausgehöhlten Asteroiden eingekerkert«, sagte Janeway. Ihre Stimme hallte von den kalten Wänden des dunklen Tunnels wider. »Der einzige Gefangene in einer tausend Meter durchmessenden, absolut finsteren Leere.« Kirk glaubte zu hören, dass Janeway eine solche Strafe für zu milde hielt. »Oder sie sezierten ihn ein cardassianisches Jahr lang und sorgten dafür, dass er die ganze Zeit über bei Bewusstsein blieb. Bis er nur noch eine Ansammlung aus Gewebe, Nerven und Blutgefäßen war, das man cardassianischen Wühlmäusen zum Fraß vorwarf.«

Kirk schauderte unwillkürlich, als er daran dachte, welches Ausmaß an Aversion sein alternatives Selbst geschaffen hatte.

»Was auch immer sein Schicksal gewesen sein mag...«,

sagte der andere Spock. »Nach dem Fall der Erde sah man Tiberius nie wieder. Und niemand rechnet mit seiner Rückkehr. Nach ihrer Entstehung brauchte die Allianz ihn nicht mehr. Selbst wenn er nach dem Krieg gegen das Empire noch lebte: Mit dem Sieg der Allianz hatte er ausgedient, und sicher wäre er sofort hingerichtet worden.«

Trotz der vielen Grausamkeiten, für die Tiberius verantwortlich zeichnete, spürte Kirk so etwas wie Mitgefühl in bezug auf sein anderes Selbst. Während seines eigenen Lebens hatte er immer versucht, die Kontrolle zu wahren. Doch Tiberius war manipuliert worden, zuerst von Spock und dann von der Allianz. Zum Schluss verlor er alles durch Verrat. *Gefährliche Überlegungen*, dachte Kirk. Wie konnte er das Ungeheuer namens Tiberius bemitleiden?

»Was passierte mit Vulkan?« fragte er.

Spock antwortete mit einer völlig emotionslosen Stimme und schien sich dabei in den Vulkanier zurückzuverwandeln, der er vor hundert Jahren gewesen war. »Meine Welt traf die logische Entscheidung und ergab sich. Ich selbst führte die Verhandlungen.«

Kirk ahnte, worin das Ergebnis bestand. Der andere Spock hatte ihm bereits vom aktuellen Zustand seiner Welt berichtet. »Die Allianz verriet Sie.«

»Vulkan wurde bestraft«, sagte T'Val. »Nur die Biosphäre ließ man intakt. Alles andere fiel der Vernichtung anheim.«

»Aber Sie entkamen«, meinte Kirk.

Der andere Spock nickte, als fehlte ihm plötzlich der Atem für eine verbale Antwort. Janeway verlangsamte ihr Tempo nicht, ging auch weiterhin mit entschlossenen Schritten.

»Seit damals ist Spock ein Flüchtling«, erklärte T'Val und kam dem Vulkanier damit zuvor. »Er wurde zum Intendanten des vulkanischen Widerstands.«

Sie gelangten zu einem ebenen Bereich des Tunnels. Das Licht von T'Vals Lampe zeigte ihnen eine schmale Öffnung in der Wand und Janeway geleitete sie hindurch.

Dahinter führte ein kleinerer Tunnel zu einem Raum, der die Reste alter Raumanzüge enthielt. Kirk sah sich um und vermutete, dass sich die Minenarbeiter an diesem Ort umgezogen hatten. Eine andere Transporterplattform war hier installiert, kleiner als die erste.

»Genügt ihr Potential, um uns an die Oberfläche zu bringen?« fragte Kirk. Normalerweise verwendete man die mobilen Modelle für kurze Distanzen in einem gefährlichen Ambiente. Er wusste nicht genau, wie tief unter der Oberfläche des Mondes sie sich befanden – dem Gefühl nach erstreckte sie sich mehrere Kilometer über ihnen. Und das Beamen durch massiven Fels erforderte mehr Energie als ein Transfer durchs Vakuum.

Janeway teilte Kirks Besorgnis ganz offensichtlich nicht. »Dieser Transporter muss uns nicht an die Oberfläche bringen.« Sie trat auf die Plattform und streckte die Hand aus, um dem anderen Spock zu helfen.

»Wohin soll der Transfer führen?« fragte Kirk. Er trat ebenfalls auf die Plattform und stellte fest, dass T'Val zur Seite wich. Ganz offensichtlich wollte sie ihm nicht zu nahe sein. »Zu einer anderen Höhle?«

»Nein«, sagte der andere Spock. »In ein anderes Universum.«

Kirk öffnete den Mund zu einem Einwand.

Aber es war bereits zu spät.

Die Konturen der Höhle verflüchtigten sich, als James T. Kirk zum ersten Mal in diesem Jahrhundert und zum zweiten Mal in seinem Leben in die Welt hinter dem Spiegel wechselte.

10

Neelix sprang vor und wurde vom ersten Schuss getroffen. Lautlos krümmte er sich zusammen und ging zu Boden.

Picard wollte nicht zulassen, dass sich der Talaxianer umsonst geopfert hatte.

Er warf sich dem Klingonen entgegen, der auf Neelix geschossen hatte, stieß ihn gegen seinen Artgenossen.

Der zweite Klingone taumelte zurück, zog seinen Disruptor und feuerte aus der Hüfte heraus.

Der Strahl traf den ersten Klingonen, und Picard ließ ihn zu Boden fallen. Bevor der zweite Klingone erneut schießen konnte, schlug er zweimal schnell hintereinander zu. Der erste Hieb traf den Arm und schleuderte die Waffe aus der Hand; der zweite sorgte dafür, dass der Klingone die vorderen Zähne verlor.

Der verletzte Krieger schüttelte den Kopf, und kleine Tropfen aus rosarotem Blut stoben davon. Picard wich zurück, als der Klingone ihn anstarrte und wie ein wütendes Tier knurrte. Das lange Haar wogte, und Blut strömte aus dem Mund auf den Brustharnisch aus dunklem Metall, als der Krieger mit einer fließenden Bewegung sein *D'k tahg* hinter dem Gürtel hervorzog. Mit einem unheilverkündenden Klicken klappten die Seitenklingen vor, und einen Sekundenbruchteil später griff der Klingone an.

Kein anderer Mensch hätte eine solche Attacke überleben können.

Doch ein Klingone war Picards bester Sicherheitsoffizier gewesen. Und Jean-Luc hatte die Gelegenheit genutzt, den unbewaffneten Kampf von einem wahren Meister dieser Kunst zu lernen.

Picard war nicht so dumm, dem Angriff auszuweichen – dadurch wäre er sofort verwundbar geworden. Stattdessen hob er den Arm, um die Hand mit dem aus drei Klingen bestehenden Messer abzuwehren. Gleichzeitig zog er am Arm des Klingonen und gab seinem Gegner dadurch ein zusätzliches Bewegungsmoment.

Geschickt wie ein Matador trat Picard zur Seite, als der Klingone brüllend und mit ausgestreckten Armen an ihm vorbeisauste. Er taumelte einem sorgfältig ausgewählten Ziel entgegen.

Dem Kraftfeld im Zugang der Arrestzelle vier.

Es diente nicht nur dazu, die Gefangenen am Verlassen des Raums zu hindern. Es sollte auch dafür sorgen, dass niemand von außen in die Zelle gelangte.

Der Klingone stieß gegen die energetische Barriere, und dadurch kam es zu einer flackernden Entladung. Der Schrei des Kriegers brach abrupt ab. Das Kraftfeld absorbierte sein Bewegungsmoment und kehrte es um: Der Krieger prallte wie von einer Gummiwand ab und flog in die Richtung zurück, aus der er kam.

Vor Picard fiel er auf den Boden und blieb bewusstlos liegen.

Der Captain verlor keine Zeit damit, seinen Sieg zu genießen. Wenn jemand auf der Brücke die Transporteraktivität überwachte, so blieben ihm nur wenige Sekunden, bis Wächter eintrafen. Rasch trat er zu den Kraftfeldkontrollen neben dem Zugang der Zelle und gab einen Prioritätscode ein. Die energetische Barriere verschwand.

Riker und acht weitere Besatzungsmitglieder der *Enterprise* verließen die Zelle. Der Erste Offizier beauftragte seine Begleiter sofort, auch die Kraftfelder der anderen Zellen zu deaktivieren und dadurch weitere Crewmitglieder zu befreien.

»Nehmen Sie die Waffen der Klingonen«, wandte sich Picard an die Männer und Frauen. »Blockieren Sie anschließend die Türen und suchen Sie nach Kommunikatoren. Wir brauchen eine Möglichkeit, den Feind zu belauschen.«

Picard eilte zu Neelix, drehte den kleinen Fremden herum und stellte erleichtert fest, dass er noch lebte. Vielleicht wiesen Talaxianer eine natürliche Immunität klingonischen Disruptoren gegenüber auf. Der Captain winkte einen Krankenpfleger heran, der zu Dr. Crushers Gruppe gehörte. Der Mann öffnete eine aus dem Arrestbereich stammende Medo-Tasche und begann sofort damit, Neelix zu behandeln.

Ein leises, kehliges Stöhnen lenkte Picards Aufmerksamkeit auf den Klingonen, der vom Disruptorstrahl seines Kollegen getroffen worden war. Auch er lebte noch.

Diesmal ließ sich Picard von Riker helfen. Sie fesselten und knebelten die beiden Klingonen, brachten sie dann in einer Arrestzelle unter. »Was könnte klingonische Krieger veranlassen, ihre Disruptoren auf Betäubung zu justieren?« fragte Riker. So unwahrscheinlich das auch sein mochte: Es gab keine andere Erklärung dafür, dass die beiden von Disruptorentladungen getroffenen Personen noch lebten.

»Es sind nicht die uns vertrauten Klingonen«, erwiderte Picard.

Riker richtete einen erwartungsvollen Blick auf den Captain.

»Dies ist nicht die *Voyager*, Will. Es handelt sich um ein Duplikat, und es stammt aus jener Quantenrealität, die man bei Starfleet ›Welt hinter dem Spiegel‹ nennt.«

Rikers Miene zeigte Erstaunen. »Meinen Sie das Paralleluniversum, dem Kirk einen Besuch abstattete?«

Picard überprüfte die Knebel der beiden bewusstlosen Klingonen. »Nicht nur Kirk. Dr. Bashir und eine Bajoranerin waren ebenfalls dort, vor einigen Jahren.«

»Was führt die Klingonen hierher?« fragte Riker. »Und warum kamen sie mit einer nachgebauten *Voyager*?«

»Sie sollte als Köder verwendet werden«, entgegnete Picard und verließ die Zelle, um das Kraftfeld zu reaktivieren. Die Besatzungsmitglieder aus den verschiedenen Arrestzellen bildeten inzwischen eine Gruppe und warteten auf Anweisungen. Commander Sloane und Lieutenant Stran – ein junger vulkanischer Wissenschaftler aus der Abteilung für Geologie – standen mit schussbereiten Disruptoren zu beiden Seiten des Eingangs. Die Eigeninitiative der Crew erfüllte Picard mit Zufriedenheit. Er begann damit, die Männer und Frauen zu zählen – eine Angewohnheit, die auf den bei gefährlichen Einsätzen gesammelten Erfahrungen basierte.

»Aber wenn die *Voyager* nachgebaut werden konnte, warum dann nicht auch die *Enterprise*?« erkundigte sich Riker.

Picard antwortete nicht. Er runzelte die Stirn und musterte die vor ihm stehenden Personen. Der Computer hatte die Anzahl der im Arrestbereich untergebrachten Besatzungsmitglieder der *Enterprise* mit vierunddreißig angegeben, und genau vierunddreißig Männer und Frauen standen vor ihm.

Mit Riker wurden es fünfunddreißig.

»Captain?« fragte der Erste Offizier.

»Ist Deanna hier?« fragte Picard.

»Ich habe keine Ahnung, wo sie sich befindet, Sir.«

Picard spürte Rikers Sorge. »Ich weiß, dass sie sich an Bord dieses Schiffes aufhält, Will, zusammen mit vielen anderen Crewmitgliedern der *Enterprise*, und es geht ihr gut. Ich bekam einen detaillierten Bericht vom Computer.« Picard trat etwas näher an den Ersten Offizier heran, senkte die Stimme und neigte den Kopf so zur Seite, dass niemand die Worte von seinen Lippen ablesen konnte. »Es befindet sich ein Spitzel unter uns. Jemand aus dem anderen Universum. Eine Person, die genauso aussieht wie das uns vertraute Besatzungsmitglied.«

Picard beobachtete Rikers Reaktion – immerhin konnte *er* der Spitzel sein.

»Deshalb haben Sie nach Deanna gefragt«, sagte der Erste Offizier. »Sie könnte die betreffende Person aufgrund der unterschiedlichen empathischen Emanationen identifizieren.«

»Da uns ihre Hilfe leider nicht zur Verfügung steht, bin ich für jeden Vorschlag dankbar«, erwiderte Picard.

»Sind Sie sicher, dass nur ein Spitzel unter uns weilt?«

»Es sei denn, während der letzten fünf Minuten kam jemand zu Ihnen«, sagte Picard.

»Es trafen nur die Klingonen ein, und dadurch wird die Sache einfacher«, meinte Riker. »Wir brauchen nur herauszufinden, wer später zu uns gekommen ist.«

Darin hatte auch Picards erste Idee bestanden, aber leider gab es dabei einen Haken. »Erinnern *Sie* sich an Ihre Ankunft?« fragte er.

Riker begriff das Dilemma sofort. Wer während des Transfers an Bord dieser *Voyager* bewusstlos gewesen war, erinnerte sich nicht daran, wer sich wann und unter welchen Umständen der Gruppe hinzugesellt hatte.

Dann fiel dem Ersten Offizier etwas ein. »Worf hatte doch ein ähnliches Erlebnis, nicht wahr? Als er den Quantenriss passierte. Wann geschah das? Vor fünf Jahren?«

Picard erkannte zwar gewisse Parallelen, sah aber keine Möglichkeit, dadurch ihr aktuelles Problem zu lösen. »Worf erlebte ein ganzes Spektrum von alternativen Universen. Es waren insgesamt zweihundertfünfundachtzig, wenn ich mich recht entsinne.«

»Ja«, bestätigte Riker. »Und jedes von ihnen hatte seine eigene Quantensignatur. Dadurch fand Worf in unsere Realität zurück.«

Picard verstand, worauf der Erste Offizier hinauswollte. »Alle aus dem Paralleluniversum stammenden Personen verfügen über eine entsprechende Quantensignatur, die sich von unserer unterscheidet.«

»Wir brauchen nur einen Tricorder.«

Picard sah sich im Arrestbereich um.

»Dort drüben«, sagte er.

Zusammen mit Riker ging er zum Replikator an der gegenüberliegenden Wand. Das Auswahl-Display war auf Speisen programmiert, und Picard stellte erleichtert fest, dass die übliche Starfleet-Auswahl angezeigt wurde. Die Klingonen und Cardassianer hatten sich ganz offensichtlich nicht die Mühe gemacht, das Replikatorsystem zu reprogrammieren. Vielleicht wussten sie nicht einmal, wie es funktionierte.

Picard gab einen für den Notfall bestimmten Flottencode ein, rief dann die Ausrüstungsliste auf den kleinen Schirm und ließ sie durchs Display scrollen, um festzustellen, welche Tricordermodelle zur Auswahl standen.

»War das ein Flottencode?« fragte Riker.

»Ich glaube, der Allianz sind viele Merkmale dieses Schiffes unbekannt«, erwiderte Picard. »Gul Rutal hat sich nie offiziell als Kommandantin angemeldet, und deshalb ist der Computer bereit, mich als Captain anzuerkennen, wenn Starfleet meinen Status bestätigt.« Die Liste enthielt einen Tricorder Typ Zehn, und Picard entschied sich für dieses Modell. Er orderte ein Exemplar.

Riker lächelte. »Ich würde gern das Gesicht des Kommunikationsoffiziers sehen, der eine Nachricht von der *Voyager* erhält, in der um Bestätigung Ihres Kommandostatus' gebeten wird.«

»Mit ein wenig Glück erfährt Starfleet innerhalb der nächsten Stunde, dass wir hier sind«, sagte Picard. Eine Ressourcenwarnung auf dem Bildschirm erinnerte ihn daran, dass die Lagerräume des Schiffes bereits fünfundachtzig Tricorder von der bestellten Sorte enthielten. Picard reagierte mit einem weiteren Prioritätscode auf diesen Hinweis.

Im Ausgabefach schimmerte goldene Energie, und ein kleiner Tricorder erschien. Picard nahm das Gerät und reichte es Riker.

Der Erste Offizier klappte es auf, betätigte die Aktivierungstaste und zögerte. »Erscheint Ihnen dies alles nicht ein wenig zu leicht, Jean-Luc?«

Der gleiche Gedanke war Picard durch den Kopf gegangen, aber er hatte eine Erklärung. »Wenn wir die menschlichen Sklaven mitzählen, so besteht die Allianz-Crew an Bord dieses Schiffes aus neunundneunzig Personen. Wir hingegen sind fast sechshundert. Die wichtigsten Allianz-Offiziere befinden sich an Bord der *Enterprise*, und da niemand auf die Transporteraktivität reagiert hat... Daraus kann ich nur den Schluss ziehen, dass das Allianz-Personal mit der Überwachung dieses Schiffes überfordert ist.«

»Hoffentlich haben Sie recht«, sagte Riker. »Lassen sich auch Phaser replizieren?«

Picard versuchte es, aber der Schirm wies ihn darauf hin, dass trotz des Flottencodes Waffen erst nach Bestätigung seiner Kommando-Autorität repliziert werden konnten.

»Das ist leider noch nicht möglich«, erwiderte er. »Aber mal sehen, ob wir uns mit Insignienkommunikatoren ausrüsten können.« Er programmierte die Replikation von genug Insignienkommunikatoren, um all die Kom-Geräte zu ersetzen, die man ihnen abgenommen hatte. Sie materialisierten in Gruppen von jeweils sechs Exemplaren.

»Kann der Tricorder auch Quantensignaturen feststellen?« fragte Picard.

Riker betätigte die Kontrollen und nickte.

»Sondieren Sie, während Sie die Kommunikatoren verteilen.«

Der Erste Offizier nahm einige Kom-Geräte und ging damit zu den Besatzungsmitgliedern, die in der Mitte des Arrestbereichs warteten. Picard sah zur Tür, die immer noch von Sloane und Stran bewacht wurde, trat dann zur Sicherheitsstation. Ein kleiner Schreibtisch stand dort, mit Kontrollen für die Arrestzellen, einem Computerterminal und einer Kom-Konsole.

Der Captain blieb stehen, für den Fall, dass er rasch handeln musste. Er aktivierte das Terminal, gab seinen Zugangscode ein und wies den Computer an, alle aktiven Sicherheitssysteme zu nennen.

Zur kleinen Liste auf dem Schirm gehörten visuelle Sensoren in der Krankenstation und auch im Arrestbereich. Aber die Überwachung erfolgte im passiven, automatischen Modus.

Picards Verwunderung wuchs. Man hätte meinen können, dass die Besatzung dieses Schiffes aus unerfahrenen Kadetten bestand.

Riker kehrte zurück und beugte sich zu Picard vor. »Fähnrich Margaret Clark«, flüsterte er.

Der Captain sah nicht auf. Er kannte die Frau: helle Haut, dunkles Haar, sehr menschenähnlich, ein Teil der Großeltern stammte von Vulkan. Erst vor drei Monaten war sie zur *Enterprise* versetzt worden. Zwei oder drei Sekunden lang fragte sich Picard, woher die Allianz ihre Kenntnisse über die Zusammensetzung der Crew bezog. Wie konnte man im anderen Universum wissen, dass Fähnrich Clark geeignet war, die Gefangenengruppe zu infiltrieren? Derartige Informationen deuteten auf ein Geschick hin, an dem es der Gegner an Bord dieses Schiffes ganz offensichtlich mangeln ließ.

»Was soll ich unternehmen?« fragte Riker.

Picard richtete einen ernsten Blick auf ihn. »Was unternahmen Sie, als die *Pegasus* verloren ging?«

Riker blinzelte überrascht. Dann runzelte er die Stirn. »Sie wollen herausfinden, ob ich ein Spitzel bin.«

»Wie kam es zum Bruch des Warpkerns, Will?« Picard wartete, bereit dazu, William Riker falls nötig mit einem Fausthieb niederzustrecken. Nach dem Abschluss der Akademieausbildung hatte die *Pegasus* zu den ersten Missionen gehört, an denen Riker teilnahm. Vor siebzehn Jahren – so die offizielle Version – war das experimentelle Schiff nach einer Meuterei der Crew gegen Captain Erik Pressman explodiert. Pressman und Fähnrich Riker zählten zu den neun Überlebenden der Katastrophe. Nur diese neun Personen wussten, was damals wirklich geschehen war.

»Es kam zu keinem Kollaps des Warpkerns. Die *Pegasus* saß in einem Asteroiden fest. Pressman testete eine Tarnvorrichtung, was den Bestimmungen des Vertrags von Algeron widersprach.«

»Das lässt sich den Aufzeichnungen des Kriegsgerichtsverfahrens entnehmen«, sagte Picard. »Nennen Sie mir ein Detail, das darin keine Erwähnung findet. Zum Beispiel den Rang des romulanischen Spions, den wir an Bord der *Pegasus* fanden.«

»Es wurden keine Spione entdeckt, weder romulanische noch andere.«

Picard lächelte fast erleichtert. »Gibt es irgendetwas, das Sie mich fragen möchten?«

»Nein«, sagte Riker. »Sie waren die erste Person, die ich mit dem Tricorder sondiert habe.«

Picard wusste Rikers Vorsicht zu schätzen. »Clarks Äquivalent im anderen Universum ist eine Sklavin.

Vielleicht lässt sie sich ebenso wie Neelix dazu bewegen, mit uns zusammenzuarbeiten.«

»Neelix?«

Picard deutete auf den Talaxianer, der noch immer vom Krankenpfleger behandelt wurde und nach wie vor bewusstlos war. »Besorgen Sie trotzdem ein Beruhigungsmittel. Nur für den Fall.«

Riker kam der Aufforderung nach, und anschließend bat Picard um die Aufmerksamkeit aller Anwesenden. »Wir befinden uns in einer kritischen Situation«, sagte er. »Aber die Lage ist keineswegs verzweifelt. Die Cardassianer und Klingonen, die uns gefangen genommen haben, stammen aus einem anderen Universum. Sie kommen aus einem alternativen Kosmos, den Starfleet ›Welt hinter dem Spiegel‹ nennt.«

Picard wartete, während die Männer und Frauen miteinander flüsterten. Er nutzte die Gelegenheit, sich den Personen zu nähern, die bei Fähnrich Clark standen. Riker kam von hinten.

»Derzeit hält sich etwa die Hälfte der *Enterprise*-Crew an Bord dieses Schiffes auf, das nicht die echte *Voyager* ist, sondern ein Duplikat von ihr. Die gute Nachricht besteht darin, dass wir dem Gegner fast sechs zu eins überlegen sind. Und es kommt noch besser: Die Cardassianer und Klingonen kennen nicht das volle Potential dieses Schiffes, ein Umstand, den wir zu unserem Vorteil nutzen können.«

Inzwischen war Riker bis auf Reichweite an Clark heran. Wie alle anderen Besatzungsmitglieder hörte sie Picard aufmerksam zu.

»Allerdings gibt es ein besonderes Problem in Hinsicht auf unsere Ebenbilder im Paralleluniversum. Wenn Sie die entsprechenden Starfleet-Berichte kennen, so wissen Sie, dass viele von uns ein Äquivalent im anderen Kosmos haben. In einigen Fällen sind die Duplikate so perfekt identisch, dass die Gefahr der Infiltration sehr groß wird.« Picard legte erneut eine Pause ein und beobachtete, wie die Besatzungsmitglieder misstrauische Blicke wechselten. Mit Ausnahme von Fähnrich Clark. Sie sah ihn auch weiterhin an.

»Aber auch hier haben wir einen Vorteil«, fuhr Picard fort. »Im anderen Universum sind die Menschen Sklaven. Wir können den betreffenden Personen, die sich hier und an Bord der *Enterprise* aufhalten, Freiheit anbieten. Immerhin befinden wir uns tief im stellaren Territorium der Föderation, und Starfleet erfährt gerade von unserer Situation...« Picard bemerkte die Überraschung in Clarks Augen. »Die Allianz aus Klingonen und Cardassianern kann also kaum hoffen, bei der Entführung unseres Schiffes Erfolg zu haben. Deshalb biete ich allen Menschen aus dem Paralleluniversum, die uns helfen wollen, Freiheit und volle Unterstützung an.«

Picard ließ den Blick über die Gruppe schweifen und trat dann zu Clark. »Ist so etwas nicht besser, als der Allianz zu dienen, Fähnrich?« fragte er sanft.

Die Frau gab sich verwundert, als verstünde sie nicht, warum der Captain diese Worte ausgerechnet an sie richtete.

Picard streckte die Hand aus. »Schließen Sie sich uns an, Fähnrich?«

Clark runzelte die Stirn. »Sie glauben, ich komme aus dem anderen Universum?«

»Ich glaube es nicht. Ich weiß es.«

Die Frau sah sich nervös um, und die Blicke der übrigen Crewmitglieder bereiteten ihr ganz offensichtlich großes Unbehagen. Dann stellte sie fest, dass Riker direkt hinter ihr stand. Sie wandte sich zur Flucht, obwohl es für sie überhaupt keine Möglichkeit gab, irgendwohin zu fliehen.

Sie kam nicht einmal einen Schritt weit. Riker hielt

sie am Arm fest, und vier andere Personen versperrten ihr den Weg.

»Nein!« entfuhr es ihr.

Riker hob den Injektor, um Clark das Beruhigungsmittel zu verabreichen, aber Picard schüttelte den Kopf.

»Sie haben keinen Grund, uns zu fürchten«, sagte er. Die Panik der Frau blieb ihm ein Rätsel – bis er ihre Worte hörte.

»Man wird meine Familie töten!«

Daraufhin verstand Picard. Doch vielleicht gab es einen Weg zu helfen. »Wo befinden sich Ihre Angehörigen?«

Die Schultern der Frau zitterten, als ihre Furcht ganz deutlich sichtbar wurde.

»Bei den... bei den Geiseln...«

»Welchen Geiseln?«

»Den E-Ebenbildern«, brachte Clark mit vibrierender Stimme hervor. »Personen wie ich, mit einem Äquivalent in Ihrem Universum. Man benutzt uns.«

»Wozu?«

Clark starrte ihn so an, als könnte sie die Frage überhaupt nicht verstehen. »Für *diesen* Zweck. Um Sie zu infiltrieren. Um für die Allianz zu spionieren.«

Picards Sorge wuchs. »Wie viele von Ihnen sind bei uns?«

Die Verwirrung in Clarks Zügen nahm zu. »Wo? An Bord der *Enterprise*? Bei Starfleet?«

Picard beobachtete, wie sich seine eigene Besorgnis in Rikers Gesicht widerspiegelte. Hatte bei Starfleet tatsächlich eine Unterwanderung durch Spione aus dem Paralleluniversum stattgefunden? »Beginnen wir mit der *Enterprise*«, sagte er.

Clark schüttelte den Kopf. »Ich weiß es nicht. Man gibt uns nie irgendwelche Informationen. Deshalb können wir nicht sicher sein.«

»Wie wär's mit Vermutungen?«

Die Frau verzog das Gesicht. »Vielleicht fünf. Sie kamen bei Starbase Dreihundertzehn an Bord, kurz bevor Sie zur Diskontinuität aufbrachen.«

Picard glaubte zu spüren, wie sich das Deck unter ihm auflöste. Der Angriff auf die *Enterprise* war also keine einzelne, isolierte Aktion. Die Ausführungen der furchterfüllten Frau deuteten vielmehr darauf hin, dass die Allianz in Hinsicht auf Starfleet einen langfristigen Infiltrierungsplan verfolgte. Es handelte sich gewiss nicht nur um einen Akt der Piraterie.

Nein, die Entführung der *Enterprise* kam einer Kriegserklärung gleich.

»Wo ist die echte Margaret Clark?«

Die Frau bedachte den Captain mit einem herausfordernden Blick. »Ich *bin* die echte Margaret Clark.«

Picard zwang sich, ihr nicht zu widersprechen. Natürlich musste sie ihr eigenes Universum für die maßgebliche Realität halten. »Na schön. Ich meine Ihr Äquivalent. Die Margaret Clark dieses Universums. Wann haben Sie sie ersetzt?«

»Vor einigen Stunden. Als Ihr Schiff übernommen wurde.«

»Und was geschah anschließend mir ihr?«

Fähnrich Clark zuckte mit den Schultern. »Vermutlich ist sie bei den Geiseln. So wird normalerweise mit den anderen verfahren. Einzelheiten sind mir nicht bekannt.«

»Wo sind die Geiseln? Hat man sie in Ihr Universum zurückgebracht?«

Clark schüttelte den Kopf. »Noch nicht. Das geschieht erst, wenn... das Portal fertig ist.«

Ein oder zwei Sekunden lang fühlte sich Picard von den Enthüllungen der Frau überwältigt. Alles klang erschreckend logisch. »Ein Portal. Zwischen unseren Universen.«

Clark nickte und wirkte jetzt ruhiger. Offenbar gewöhnte sie sich allmählich an die neue Situation.

»Und dorthin fliegt die *Enterprise*.«

»Ja.«

Riker ließ Clarks Arm los, hielt den Injektor jedoch einsatzbereit in der Hand. »Wo befindet sich das Portal?« fragte er.

»Auch das weiß ich nicht. Ich habe es an Bord der *Voyager* passiert und erinnere mich an einen Asteroidenhaufen, ohne eine Sonne in der Nähe.«

Riker sah Picard an. »Der Ort müsste sich mit Hilfe der Stellaren Kartographie lokalisieren lassen.« Er wandte sich an Clark. »Wie lange dauerte der Flug vom Portal bis zur Goldin-Diskontinuität?«

Clark atmete tief durch. »Einige Tage. Ich weiß es nicht genau.« Die Furcht in ihrer Miene wich Resignation. »Wir sind Sklaven, Captain Picard. Und so behandelt man uns. Man gibt uns Anweisungen, und wir führen sie aus, ohne Fragen zu stellen.«

»Das wird sich ändern«, erwiderte Picard. Die verwirrte Reaktion der Frau teilte ihm mit: Es war besser, wenn sie die Freiheit aus eigener Erfahrung kennen lernte und nicht allein aus Erklärungen. Er beschloss, sie wie ein ganz normales Besatzungsmitglied zu behandeln. »Wissen Sie, wohin die *Voyager* fliegt?«

»Zurück zum Portal. Zusammen mit der *Enterprise*.«

Picard sah zur Wand. »Die *Enterprise* ist... dort draußen? In diesem Augenblick?«

»Das habe ich jedenfalls gehört«, erwiderte Clark.

Es beunruhigte Picard, dass die Frau ihre Informationen so bereitwillig preisgab. Die Angaben ließen sich jedoch rasch überprüfen. Der Captain rief die aktuellen Sensordaten vom Computer ab: Die *Enterprise* war tatsächlich zwei Kilometer entfernt und begleitete die *Voyager* auf dem Flug zur Goldin-Diskontinuität.

»Hat Neelix Ihnen nicht gesagt, die *Enterprise* sei fortgeflogen?« wandte sich Riker an Picard.

»Er wies auch darauf hin, nicht alles zu wissen.«

Riker sah durch den Arrestbereich zu Clark, die noch immer von vier Besatzungsmitgliedern bewacht wurde. »Das meinte sie ebenfalls.«

»Glauben Sie, einer von ihnen lügt?« fragte Picard. Er hatte Neelix nur so weit vertraut, wie er Bestätigungen vom Computer bekommen konnte.

»Ich befürchte, beide lügen.« Riker deutete auf den Bildschirm. »Aber es spielt kaum eine Rolle, was Clark und Neelix sagen, solange wir wissen, dass sich die *Enterprise* in Transporterreichweite der *Voyager* befindet. Wenn wir wieder an Bord sind, können wir der ganzen Angelegenheit auf den Grund gehen.«

Picard fühlte, wie eine schwere Last von ihm wich. Will hatte Recht. Ihnen stand der Transporter der *Voyager* zur Verfügung, und dadurch wurde es viel einfacher, zur *Enterprise* zurückzukehren und sie wieder unter ihre Kontrolle zu bringen.

Innerhalb weniger Minuten entwickelte Picard einen Plan mit Riker. Zwei Gruppen aus jeweils sechs und eine dritte aus zwei Personen – der Captain und sein Erster Offizier – waren nötig, um ihn in die Tat umzusetzen. Die erste Gruppe sollte sich in den Maschinenraum der *Enterprise* beamen und versuchen, den Warpkern zu deaktivieren. Die zweite Gruppe würde sich auf der Brücke bemühen, die dortigen Repräsentanten der Allianz zu überwältigen.

Aber Picard wies deutlich darauf hin, dass er nicht mit einem Erfolg dieser beiden Gruppen rechnete. Er betonte sogar, dass sie sich praktisch sofort ergeben sollten. Ihre Hauptaufgabe bestand darin, von Picard und Riker abzulenken, die von der Nebenbrücke aus den Versuch unternehmen wollten, Picards Kommando-Autorität über das Schiff wiederherzustellen.

Wenn das Computernetz an Bord noch funktionierte – und ein so komplexes Raumschiff wie die *Enterprise* konnte darauf praktisch nicht verzichten –, dauerte der Vorgang weniger als eine Minute, meinte Picard. Anschließend wollte er das ganze Schiff mit Anästhezingas fluten und mit maximalem Warpfaktor zur nächsten Starbase fliegen. Ohne technische Spezialisten, die das letzte Millicochrane aus dem Triebwerk herausholen konnten, war die *Voyager* nicht imstande, die Geschwindigkeit der *Enterprise* zu halten.

Commander Sloane bekam die Leitung der Brückengruppe, und Picard überließ ihm den klingonischen Disruptor, mit dem er den Zugang zum Arrestbereich bewachte. Wenn die Allianz-Crew auf eine Rejustierung des Waffenkontrollsystems verzichtet hatte – in dem Fall konnte er vielleicht etwas mit dem Strahler anfangen.

Die Maschinenraumgruppe blieb unbewaffnet. Ein ungezielter Disruptorstrahl in der Nähe des Warpkerns konnte eine Katastrophe auslösen. Riker nahm die zweite erbeutete Waffe.

Die bei den bevorstehenden Aktionen nicht benötigten Besatzungsmitglieder kehrten auf Picards Anweisung hin in die Arrestzellen zurück. Die Kraftfelder wurden vor ihrer Reaktivierung auf das niedrigste energetische Niveau programmiert. Wenn Allianz-Wächter in den Arrestbereich kamen, um die Situation zu überprüfen, so sahen sie aktive Ergbarrieren in den Zugängen der Zellen. Aber im Notfall konnten die ›Gefangenen‹ die Kraftfelder leicht durchdringen, ohne dabei mehr befürchten zu müssen als einen leichten elektrischen Schlag.

Seit der Feststellung, dass die Entfernung zur *Enterprise* nur zwei Kilometer betrug, waren keine fünf Minuten vergangen, als Picard mit Riker und den zwölf ausgewählten Crewmitgliedern in die Mitte des Arrestbereichs trat. »Sind Sie bereit?« fragte er Riker.

»Sind Sie es?«

»Ich fühle mich... gut«, antwortete Picard und zögerte. Es stimmte: Er fühlte sich wirklich gut, nicht annähernd so schlecht wie damals nach seinen Erfahrungen mit Gul Madred oder den Borg. *Vielleicht liegt's am hohen Adrenalinspiegel in meinem Blut*, dachte er. Das mochte der Grund sein, warum er so gut mit den Nachwirkungen der Folter durch das MHN und den Agoniesimulator fertig wurde.

»Sind Sie sicher?« fragte Riker, der die Unsicherheit des Captains zu spüren schien.

»Ich will mein Schiff zurück, Will.« So einfach war es. Alles andere konnte warten, bis dieses eine Ziel erreicht war. »Computer, befinden sich derzeit Personen im Transporterraum Eins?«

»Negativ«, erklang die Sprachprozessorstimme.

»Ist Transporterraum Eins einsatzbereit?«

»Bestätigung.«

»Führe einen internen Transfer durch: Picard, Riker und zwölf andere Personen vom Arrestbereich zum Transporterraum Eins, in Gruppen von vier, fünf und fünf Personen.«

Diesmal verzichtete der Computer auf eine Antwort. Picard beobachtete, wie sich die Konturen des Arrestbereichs hinter goldenem Schimmern auflösten, und dann fand er sich in einem Transporterraum wieder, der fast ebenso beschaffen war wie die an Bord der *Enterprise*.

Es stand tatsächlich niemand an den Kontrollen. Riker eilte sofort zur Tür und verriegelte sie.

Eine Minute später befanden sich alle vierzehn Personen im Transporterraum. Noch immer deutete nichts darauf hin, dass jemand auf der *Voyager*-Brücke die Transporteraktivität überwachte. Wenn sich die Allianz-Crew der *Enterprise* als ebenso nachlässig erwies... In dem Fall würde es nicht weiter schwer sein, das Schiff wieder unter Kontrolle zu bringen.

Picard trat zur Konsole, gab die Koordinaten der drei Retransferorte ein und aktivierte dann einen automatischen Transferzyklus.

Zuerst wurde die Maschinenraumgruppe an Bord der *Enterprise* gebeamt. Ihre Präsenz löste bestimmt einen Alarm aus, der auf der Brücke zu erheblicher Unruhe führte. Die zweite Gruppe sollte genau dieses Durcheinander ausnutzen, und ihr Transfer erfolgte zwanzig Sekunden später.

Dann kamen Picard und Riker an die Reihe.

Gemeinsam traten sie auf die Transporterplattform, und der Erste Offizier hielt den Disruptor schussbereit in der Hand. »Sehen Sie, genau aus diesem Grund sollte man gründlich nachdenken, bevor man sich etwas wünscht«, sagte er.

»So etwas hatte ich nicht im Sinn, als ich mich über unsere Mission beklagte, Will.«

Riker lächelte. »Sind Sie sicher?«

Dann glitzerte der Transporterstrahl um sie herum, und Picard bekam keine Gelegenheit zu einer Antwort. Doch während des zeitlosen Transfermoments fragte er sich, ob Riker Recht hatte.

Der Captain sah sich jetzt mit einer Situation konfrontiert, in der es um Leben und Tod ging. Er kämpfte um Schiff und Crew.

Dadurch bekam dieser Einsatz einen ganz besonderen Sinn.

Aktiv zu werden, Bedeutungsvolles zu leisten – deshalb war er zum Starfleet-Offizier geworden, oder? Um einen Unterschied zu bewirken.

Dann formten sich um ihn herum die Konturen der Nebenbrücke der *Enterprise*. Die Konsolen in dem kleinen Raum aktivierten sich selbst, als Sensoren auf seine Präsenz reagierten.

Riker drehte sich sofort um und richtete den Disruptor auf die Tür, während sich Picard den Kontrollen zuwandte, um den Status des Schiffes zu überprüfen.

Erstaunt stellte er fest, dass der Code, mit dem er die Bordsysteme kurz nach dem Eintreffen von Tom Paris auf der Brücke blockiert hatte, noch immer wirksam war.

Jähe Hoffnung entstand in Picard, als er begriff, dass die Situation noch besser sein mochte als erwartet. Entweder hatte Neelix gelogen, oder was noch wahrscheinlicher war: Man hatte ihm falsche Informationen über Rutals Aktivitäten an Bord der *Enterprise* zukommen lassen. *Vielleicht habe ich während des Verhörs gar keine Zugangscodes preisgegeben*, dachte Picard. Oder wenn das doch der Fall gewesen war: Möglicherweise versuchte Rutal noch immer herauszufinden, ob sie die richtigen Codes von ihm erhalten hatte. Wie auch immer die Erklärung lautete: Alles deutete darauf hin, dass es viel einfacher war als zunächst angenommen, die *Enterprise* wieder unter seine Kontrolle zu bringen.

»Wie ist unser Status?« fragte Riker.

Picard rief die neuesten Sicherheitsdaten ab. Der Plan funktionierte bestens. »Kampf im Maschinenraum und auf der Brücke«, antwortete er. »Die Allianz weiß überhaupt nicht, wie ihr geschieht.« Und dabei sollte es auch bleiben, wenn es nach Picard ging.

»Computer, hier spricht Jean-Luc Picard. Bestätige mein Stimmmuster.«

»Stimmmuster bestätigt.«

»Kommando-Autorität Picard Alpha null vier vier neun. Funktionsblockade der Bordsysteme aufheben und volles Kommandopotential wiederherstellen.«

»Kommandopotential wiederhergestellt«, erwiderte der Computer.

Picard stand auf und wandte sich Riker zu. »Wir haben es geschafft!«

Der Erste Offizier eilte zur ambientalen Station. »Ich

isoliere uns von den Hauptlebenserhaltungssystemen.«
Doch bevor er zum erhöhten Bereich mit den Konsolen
gelangte, kam es zu einem dumpfen Pochen, und der
Boden erzitterte kurz.

Riker blieb stehen und richtete einen besorgten Blick
auf Picard.

»Computer«, sagte der Captain. »Identifiziere die
Ursache der Vibration, die wir gerade auf der Nebenbrücke gespürt haben.«

Keine Antwort.

»Computer, hier spricht Picard. Bestätige deine Funktionsbereitschaft.«

Stille.

Picard drehte sich zu einer Konsole um, berührte
Schaltflächen und forderte einen automatischen Schadensbericht an.

Doch die Anzeigen blieben unverändert, reagierten
nicht auf die Betätigung der Schaltelemente.

»Was ist los?« fragte Riker.

»Wir sind von den Bordsystemen isoliert worden«,
entgegnete Picard. Aber wie war das möglich?

Das zentrale Projektionsfeld der Nebenbrücke erhellte
sich und zeigte ein unheilvolles Bild.

Picard hob den Kopf.

Und sah Gul Rutal.

Sie befand sich auf der Brücke, saß dort im Kommandosessel.

Das Schiff gehörte ihr.

Die Cardassianerin lächelte selbstgefällig. »Ich möchte Ihnen danken, Captain Picard. Ohne Ihre Hilfe hätte
es vermutlich einen Monat gedauert, die manuelle
Kontrolle über alle Bordsysteme der *Enterprise* zu erlangen.«

»Computer«, sagte Picard. »Notfallblockierung! Picard Alpha Eins!«

Gul Rutal hob und senkte die Schultern. »Die Vibration, die Ihnen so seltsam erschien... Wir haben den ODN-Strang durchtrennt, der die Nebenbrücke mit dem Computernetz des Schiffes verbindet. Der Computer hört Sie nicht mehr.«

Picard vernahm ein leises Zischen, blickte zu den Belüftungsschlitzen und beobachtete, wie weißer Dampf in den Raum strömte. Anästhezin. Man benutzte seinen eigenen Plan gegen ihn.

»Will! Die Tür des Turbolifts!«

Riker richtete seine Strahlwaffe auf die Tür und betätigte den Auslöser, aber es kam zu keiner energetischen Entladung. Ganz offensichtlich war das Waffenkontrollsystem aktiv. Jene Systeme, die Angreifern die Übernahme der *Enterprise* erschweren sollten, hinderten Picard nun daran, sein Schiff unter Kontrolle zu bringen.

»Sie müssen zugeben, Captain: Dies ist weitaus menschlicher als Folter.«

Plötzlich begriff Picard und fragte sich, warum er nicht sofort Verdacht geschöpft hatte. »Sie haben mich überhaupt nicht verhört.«

Rutal lächelte erneut und neigte den Kopf, stolz auf ihre eigene Schläue. »Nach den uns vorliegenden Informationen mussten wir damit rechnen, dass Sie darauf konditioniert sind, uns die falschen Codes zu nennen. Wenn wir sie benutzt hätten, wäre es an Bord vielleicht zu ernsten Schäden gekommen – woran uns ebenso wenig gelegen ist wie Ihnen.«

Picard spürte ersten Schwindel.

»An Ihrer Stelle würde ich mich setzen«, fuhr Rutal fort. »Wenn das Gas wirkt und Sie betäubt... Sie könnten fallen und sich verletzen.«

Picard wankte zum Befehlsstand und nahm Platz. Ihm wurde klar, dass er viele wichtige Hinweise bemerkt hatte: klingonische Giftpfeile, die nicht tödlich waren; eine Folter ohne Nachwirkungen; die Mühelosigkeit, mit der er sich und die anderen gefangenen Besatzungsmitglieder an Bord der *Voyager* befreit hatte.

»Sie haben mich durch einen Irrgarten geführt...«, brachte er hervor.

»Ganz im Gegenteil. Wir haben den Irrgarten gebaut, und Sie sind freiwillig hindurchgegangen, mit großem Eifer. Wie eine gut abgerichtete Wühlmaus.«

Picard sah, wie sich die Nebenbrücke um ihn herum zu drehen begann. Riker sank auf den Boden und rührte sich nicht mehr.

Der Captain konnte Rutal nicht widersprechen – er hatte sich ganz leicht in die Falle locken lassen. Er war so sehr von der Wichtigkeit seiner Mission überzeugt gewesen, dass er darauf verzichtet hatte, über all die Ungereimtheiten nachzudenken und gewisse Fragen zu stellen.

Jetzt gab es keine Fragen mehr – er selbst hatte die *Enterprise* dem Feind ausgeliefert.

»Herzlichen Glückwunsch«, sagte er leise.

»Bevor Sie mich für zu einfallsreich halten...«, meinte Rutal. »Ich muss zugeben, dass ich auf die Hilfe eines Experten zurückgreifen konnte.«

Picard sah zum Bildschirm, blinzelte verwirrt und wusste mit diesen Worten nichts anzufangen.

»Ich meine jene eine Person, die einen geeigneten Irrgarten für Sie konstruieren konnte«, fuhr die Gul fort. »Jemand, der genau weiß, mit welchen verlockenden Details man Sie überlisten kann.«

Eine Gestalt trat in den Erfassungsbereich der visuellen Übertragungssensoren. *Ein Klingone?* dachte Picard, dem es immer schwerer fiel, Details zu erkennen. Um wen auch immer es sich handelte: Er trug einen klingonischen Körperpanzer und hatte sich das weiße Haar zu einem Kriegerzopf zusammengebunden.

Aber etwas stimmte nicht. Picard bemühte sich, den Blick zu fokussieren.

Stirn und Schädel der Person waren glatt, wiesen keine klingonischen Höcker auf.

Eine menschliche Gestalt.

Ebenso menschlich wie er selbst.

Und das Gesicht so vertraut, als sähe er in einen...

»Jean-Luc Picard«, sagte Gul Rutal, als sich die Details des Bildes hinter einem Vorhang aus heranwogender Schwärze verloren, »ich möchte Ihnen Jean-Luc Picard vorstellen.«

11

Zuerst glaubte Kirk an eine Fehlfunktion des Transporters, denn er materialisierte in einem Raum, der genauso beschaffen zu sein schien wie der, den er gerade verlassen hatte. Doch als das Glühen des Transporterstrahls verschwand, bemerkte er Unterschiede.

Eine dicke Raureifschicht glitzerte an den Wänden. Eis bedeckte auch die Transporterplattform. Es zeigten sich nur dort freie Stellen, wo die Energieversorgung genug Wärme abstrahlte.

Der wichtigste Unterschied traf Kirk mit der Wucht eines Schlags.

Die Kälte.

So intensiv, dass sie schmerzhaft wurde.

Kirk schauderte, als er ausatmete, die Luft des einen Universums mit der des anderen vermischte. Sein Atem kondensierte sofort zu einer weißen Wolke, die langsam zerfaserte – durch die Rematerialisierung war die Luft in Bewegung geraten.

Zunächst wusste Kirk nicht, was er unternehmen sollte. Der andere Spock blieb stehen und zog sich den Mantel enger um die Schultern. Janeway und T'Val sprangen in der geringen Schwerkraft mit einem weiten Satz von der Plattform und landeten neben einer eisverkrusteten Kiste.

Janeway gab am kleinen Kontrollfeld einen Code ein, und mit einem leisen Zischen öffnete sich der Behälter. Kirk beobachtete, wie sie Schutzanzüge hervorholte. Ein solches Design sah er nun zum ersten Mal. An der Außenschicht zeigten sich unregelmäßige Muster aus grauen und schwarzen Flecken. Erst nach einigen Sekunden begriff Kirk, dass sie zur Tarnung dienten.

Diese Anzüge waren für den Kampf unter lunaren Verhältnissen bestimmt. Er befand sich in einem anderen Universum.

Der andere Spock zitterte immer heftiger. Kirk führte den Vulkanier von der Plattform und zu den beiden Frauen an der Kiste.

»Warum der Temperaturunterschied?« fragte er. Kirks Wangen brannten, und er befürchtete erste Erfrierungen.

T'Val half dem Intendanten dabei, einen Schutzanzug überzustreifen. »In unserem Universum hat der Mond kein Terraforming erfahren. Es gibt keine künstlich stabilisierte Atmosphäre, die nahe der Oberfläche Wärme bewahren kann.«

Während T'Val weiterhin dem anderen Spock half und Janeway ebenfalls Schutzkleidung anlegte, sah sich Kirk in dem Raum um und stellte fest, dass hier auch die Abfallhaufen anders beschaffen waren. In der anderen Höhle, in seinem Universum, bestanden sie aus Teilen von Schutzanzügen, vermutlich vor vielen Jahren von den Eisminenarbeitern zurückgelassen. Hier lagen ganze Anzüge auf dem Boden.

Kirk trat an einen heran und sah, dass ein Teil der Brustplatte fehlte. Durch die Öffnung erkannte er mumifiziertes Fleisch und eisbedeckte Rippen.

Es handelte sich nicht um achtlos beiseite gelegte Schutzanzüge, sondern um Leichen.

»Wer waren diese Leute?« fragte Kirk, als Janeway ihm einen Tarnanzug reichte.

»Wer weiß?« Sie ließ einen desinteressierten Blick über die Toten schweifen. »Seit fast hundert Jahren liegen sie hier. Vielleicht starben sie bei der Invasion der Allianz. Oder es sind Opfer der Imperialen Garde. Für sie spielt es keine Rolle mehr, und für mich auch nicht.«

Kirk verstand die Gleichgültigkeit in Janeways Stimme. Sie war eine abgehärtete Soldatin, wie er bereits vermutet hatte. Seit vielen, zu vielen Jahren kämpfte sie. Die Vulkanier bemühten sich ein Leben lang, alles Emotionale auf Distanz zu halten. Diese Frau von der Erde hatte das gleiche Ziel erreicht, weil sie zu oft und zu lange mit den Schrecken des Krieges fertig werden musste.

Nun, vielleicht trug Kirk wirklich die Verantwortung für den Untergang der Erde in diesem Universum. Aber vor seinem Wechsel in den fremden Kosmos musste dort etwas anderes passiert sein, das Janeway in eine kaltblütige Guerillakämpferin verwandelte, während sie in seiner Welt zur fähigen und erfolgreichen Kommandantin eines Raumschiffs wurde. Was hatte – abgesehen von seiner Einmischung – dazu geführt, dass Erde und Vulkan ein tyrannisches Empire geschaffen hatten und keine friedliche Föderation? War es überhaupt möglich, eine Antwort auf diese Frage zu finden?

Kirk versiegelte seinen Schutzanzug, und ein neuer Gedanke ließ ihn zögern. Existierte Teilani in diesem Universum? Und wenn ja – was war dann aus ihr geworden? Welchen Partner hatte sie gefunden? Und war ihr Leben durch seine damalige Aktivität in andere Bahnen gelenkt, vielleicht sogar unerträglich geworden?

Rasch verdrängte Kirk diese Überlegungen und konzentrierte sich auf die Gegenwart. Seine Entführer und er wurden noch immer verfolgt. Er versiegelte die einzelnen Komponenten des Schutzanzugs, setzte den Helm auf und betrachtete das auf Kinnhöhe befindliche Display. Sofort wurden die in den Anzug integrierten Systeme aktiv. Kirk spürte, wie ihm Luft übers Gesicht strich, und angenehme Wärme umhüllte ihn. Vermutlich gab es im Innern des Helms Sensoren, die feststellten, wohin er sah – dadurch konnten Schaltungen mit einem Blick ausgelöst werden.

Janeway klopfte an Kirks Helm und deutete nach links. Er sah in die entsprechende Richtung, bemerkte ein Kommunikationssymbol und beschloss, seine Hypothese zu überprüfen. Er richtete den Blick auf das Symbol, und ein leises Knacken wies darauf hin, dass die Helmlautsprecher aktiv wurden.

»Können Sie mich jetzt hören?« fragte Janeway.

Kirk bestätigte und fragte: »Warum haben Sie mich hierher gebracht?«

»Die Allianz weiß nicht, dass wir in unserem Universum ein Transporternetz auf dem Mond haben«, erwiderte Janeway.

»Zumindest weiß sie es noch nicht«, schränkte T'Val ein. Mit dem Tricorder im Ärmel ihres Schutzanzugs sondierte sie Intendant Spock. Sein Zittern hörte auf, als das Heizsystem die Kälte von ihm fern hielt, aber das Gesicht hinter der Helmscheibe wirkte blass, fast grau. Erschöpfung, wusste Kirk aufgrund langer Erfahrung mit jemandem, der dem anderen Spock sehr ähnelte.

T'Val griff nach dem Arm ihres Vorgesetzten und stützte ihn. »Wir sind fast da, Intendant. Nur noch einige wenige Minuten.«

Janeway scannte den Raum mit ihrem größeren Tricorder und forderte dann alle auf, zur Plattform zurückzukehren.

»Man könnte dies mit unterirdischen Tunneln vergleichen«, sagte Kirk und kam Janeways Aufforderung nach. »Sie verschwinden aus meinem Universum und suchen einen Ort in Ihrem auf, um dann erneut in meinem Kosmos zu erscheinen.«

»Ja.« Janeway vergewisserte sich, dass alle an den

vorgesehenen Plätzen standen, betätigte dann die Kontrollen ihres Tricorders. »Aber bei jeder Benutzung des Transporternetzes riskieren wir eine Entdeckung durch die Allianz.«

Der Raum verschwand, und Kirk begriff: Sie hätten den kurzen Aufenthalt auch ohne die Schutzanzüge überleben können. Dass sie trotzdem notwendig wurden, konnte nur eins bedeuten...

Von einem Augenblick zum anderen fand er sich auf der Oberfläche des Mondes wieder.

Eine graue, wellige Landschaft aus glattem Staub und Felsbrocken dehnte sich um Kirk herum aus.

Für einige Sekunden gestattete er sich ein erfreutes Lächeln. Er kannte Hunderte von fremden Welten, doch eine besondere Ironie des Schicksals hatte ihn daran gehindert, die ungeschützte Oberfläche des Mondes zu betreten und auf jener fremden Welt zu wandeln, die seiner Heimat am nächsten war.

Natürlich hatte er den Mond oft besucht. Er erinnerte sich an Schulausflüge zum Tranquillitatis-Park und zur ersten Landestelle: Sie blieb im Vakuum erhalten, nur fünfzig Meter von der für Touristen bestimmten Aussichtskuppel entfernt. Als junger Mann hatte er gelegentlich Wochenenden in den berühmt-berüchtigten Niedrigschwerkraft-Hotels der Mond-Apenninen verbracht. Doch aus irgendeinem Grund hatte er nie die Zeit gefunden, sich einen Raumanzug zu mieten und die Bereiche jenseits der Luftschleusen aufzusuchen, den Mond so zu erleben wie die ersten Forscher und Kolonisten.

Trotz eines langen Lebens und vieler zurückgelegter Lichtjahre hatte es selbst in unmittelbarer Nähe seiner Heimat immer andere Dinge gegeben, die seine Aufmerksamkeit verlangten. Kirk glaubte fast zu hören, wie Teilani hinzufügte: *Und das wird für dich immer der Fall sein, James.*

Wie kommt es, dass sie mich besser kennt als ich mich selbst? fragte er sich.

Janeway ließ ihm nicht genug Zeit, über eine Antwort nachzudenken.

»Hier entlang«, sagte sie und deutete zu einem tiefen Schatten am Rand eines kleinen Grabens, etwa hundert Meter entfernt. Dabei handelte es sich offenbar um einen geschützten Bereich, der in schlangenartigen Windungen bis zum verblüffend nah wirkenden Mondhorizont führte. »Folgen Sie dem Verlauf des Weges.«

Kirk sah, dass der »Weg« aus Fußspuren bestand. Es ließ sich nicht feststellen, ob sie erst wenige Minuten oder hundert Jahre alt waren.

Mit weiten Sprüngen folgte Kirk Janeway und den anderen. In den langen Sekunden zwischen Landung und neuerlichem Abstoßen überprüfte er den Winkel der Schatten, blickte auf, bemerkte gleißendes Sonnenlicht und begriff, dass die Erde sichtbar sein sollte. Während sie sich dem Graben näherten, drehte er den Kopf und hielt nach dem Planeten seiner Geburt Ausschau. Zumindest nach der Version in diesem Universum.

Als er ihn sah, verlor er das Gleichgewicht und stolperte.

Er taumelte, wirbelte Staub auf und fiel mit ausgebreiteten Armen, überwältigt von dem, was er gesehen hatte.

Janeway und T'Val waren sofort an seiner Seite. Kirk spürte, wie sie ihn auf die Beine zogen und seinen Schutzanzug auf Lecks untersuchten.

»Ist alles in Ordnung mit Ihnen?« fragte Janeway.

Kirk konnte nicht antworten.

Und zwar aus dem gleichen Grund, der seinen Sturz verursacht hatte.

Er löste sich aus dem Griff der beiden Frauen und sah erneut zur Erde.

Der Anblick schnürte ihm den Hals zu.

Die Erde starb.

Die Tagseite erweckte den Eindruck, als hätte sich der Schimmel in einer Petri-Schale unkontrolliert ausgebreitet. Die einst blauen Meere mit ihren zarten weißen Wolkenschlieren präsentierten nun ein unheilvolles Durcheinander aus braunen, schwarzen und purpurnen Tönen.

Kirk erinnerte sich an grüne Kontinente, durchzogen von braunen Wüstenbändern und dem dramatischen Grau-Schwarz von Gebirgen, an den Polen das reine, makellose Weiß von Eiskappen. Jetzt bestanden die Landmassen nur noch aus farblosem, trübem Grau, und darüber schwebten tintenschwarze Wolken.

Und was die Nachtseite betraf... Die Zivilisation schien vollkommen von der einst blühenden Welt verschwunden zu sein. Kirk sah nur einige glühende rote Flecken – vielleicht Vulkane oder außer Kontrolle geratene Großbrände. Über dem Mittelwesten von Amerika flackerten die Blitze eines gewaltigen Unwetters.

Er sah dorthin, wo er Montreal erwartete, jene Stadt, die er dem Gefühl nach erst vor wenigen Minuten verlassen hatte. Doch nichts befand sich dort, wo funkelnde Lichter auf eine Metropole mit acht Millionen Einwohnern hinweisen sollten.

»Was ist... passiert?« brachte Kirk hervor und wusste, dass ihn keine Antwort zufrieden stellen konnte.

»Wir haben es Ihnen bereits erklärt«, erwiderte Janeway kühl.

»Sie sind passiert«, fügte T'Val hinzu. Kirks Bestürzung schien ihr eine gewisse Genugtuung zu bereiten.

Kirk sah zu seiner geschändeten Heimatwelt. Er erinnerte sich an die Beschreibungen des anderen Spock in Hinsicht auf die Erde, aber dies waren nur abstrakte Worte gewesen. Die Realität mit eigenen Augen zu sehen, und daran zu denken, dass er letztendlich die Verantwortung dafür trug...

»Wir müssen uns beeilen«, drängte Janeway.

Die beiden Frauen griffen nach Kirks Armen und zogen ihn mit sich.

Er stolperte mehrmals, doch dann machte sich wieder seine Ausbildung bemerkbar. Allein der Instinkt sorgte dafür, dass aus seinen zögernden, unsicheren Schritten wieder ein glatter Rhythmus wurde, der sich dem der Entführer anpasste. Hinter seiner Stirn jedoch herrschte noch immer Chaos.

Bevor sie den Schatten des Grabens erreichten, sah er zur Seite und begegnete dem Blick des anderen Spock.

Der alte Vulkanier schwieg, doch in seinen Augen waren die Vorwürfe zu lesen, die auch eine Stimme in Kirks Innerem erhob.

Mörder. Ungeheuer. Monstrum.

»Ich wusste es nicht, Spock«, sagte Kirk, als der Schatten sie aufnahm.

Die Stimme des anderen Spock aus dem Helmlautsprecher war mehr ein Krächzen. »Jetzt wissen Sie es.«

Die lange Wanderung durch den Graben erlebte Kirk wie in Trance. In weniger als einer Minute gewöhnten sich seine Augen an die Dunkelheit, und anschließend genügte ihm das reflektierte Sonnenlicht, um sich zu orientieren.

Er hörte nur das gleichmäßige Atmen seiner Begleiter. Beim anderen Spock klang es schwach, bei T'Val wie ein Metronom. Janeway atmete so tief und rhythmisch wie eine gut trainierte Athletin.

Kirk versuchte, nicht den Anschluss zu verlieren, wobei sich die körperliche Arbeit während des vergangenen Jahres als recht nützlich erwies. Aber wenn Janeway und T'Val ihr Tempo aus Rücksicht auf Spock nicht reduziert hätten, so wäre es sicher nach kurzer Zeit notwendig geworden, dass sie langsamer wurden, um Rücksicht auf *ihn* zu nehmen.

Als Kirk mit dem Gedanken spielte, um eine Pause zu bitten, hielt die Gruppe an. T'Val sondierte einmal mehr die Umgebung, und auf ihr Nicken hin presste Janeway ihre rechte Hand an eine bestimmte Stelle der Grabenwand. Eine Luke klappte auf, etwa so groß wie der Zugang zu einer Jefferiesröhre. Die Außenseite war mit Felsbrocken bestückt – eine permanente Tarnung. Innen bestand sie aus Metallrippen und wirkte so alt wie die Eisminenkammer, in der Kirk nach seiner Entführung von der Erde materialisiert war.

Durch die Stiefelsohlen spürte Kirk leichte Vibrationen und nahm an, dass sie von Pumpen verursacht wurden. Wahrscheinlich befand sich direkt hinter der Luke eine Luftschleuse.

T'Val kletterte als erste durch den Zugang, und schließlich kam auch Kirk an die Reihe. Janeway bezeichnete den schmalen Tunnel hinter der Luke als einen alten Fluchtweg der Minenarbeiter. Die Vibrationen wiederholten sich, und nach wenigen Sekunden wurden sie von einem anschwellenden Summen begleitet: Luft strömte in die Schleuse. Die Indikatoren im Helminnern wiesen darauf hin, dass der externe Druck 250 Torr betrug, etwa ein Drittel des normalen irdischen Luftdrucks. Kirk erinnerte sich daran, dass ein so niedriger Druck zu Beginn der Raumfahrt für Raumschiffe und Habitate üblich gewesen war, als praktisch ständig die Gefahr einer explosiven Dekompression bestanden hatte.

Wenige Augenblicke später öffnete sich im unteren Bereich des Tunnels eine zweite Luke, das Innenschott der Schleuse. Kirk streckte die Hände nach den Haltegriffen aus und schwang sich mit den Füßen voran durch die Öffnung.

Er erreichte einen Raum mit metallenen Wänden, auf denen sich eine dicke Raureifschicht gebildet hatte. Eine kleine, flackernde Fusionslampe stellte die einzige Lichtquelle dar.

Kirk sah, wie T'Val sofort damit begann, den Schutzanzug abzustreifen. Er trat von der sich schließenden Innenluke fort, hörte erneut das Summen der Pumpen und nahm den Helm ab.

In diesem Raum war es noch kälter als im letzten. Angesichts von Spocks Zustand begriff Kirk, dass sie den Transfer möglichst schnell einleiten mussten.

In weniger als fünf Minuten hatten alle die Schleuse passiert und ihre Schutzanzüge in einem versiegelten Behälter verstaut, damit sie von anderen Personen benutzt werden konnten. Kirk und seine Begleiter traten auf die Transporterplattform. Janeway und T'Val trugen nun weite Umhänge und Beinlinge über ihren Kampfanzügen. Die Vulkanierin rückte Spocks Mantel so zurecht, dass sein Kopf fast ganz unter einer kapuzenartigen Haube verschwand.

»Ich fürchte fast zu fragen, wohin wir uns jetzt beamen«, sagte Kirk. Er zitterte so heftig wie der andere Spock im letzten Raum. Die Ohren fühlten sich taub an, und die Hände schmerzten.

»Letzte Etappe«, sagte Janeway nur. Sie zitterte weniger stark; offenbar hatte sie sich einigermaßen an diese extremen Bedingungen gewöhnt.

»Wirklich?« erwiderte Kirk.

»Lassen Sie es mich folgendermaßen ausdrücken«, sagte Janeway. »Es hängt von Ihnen ab, welchen Ort wir nach diesem Transfer aufsuchen.«

Kirk dachte noch über verborgene Bedeutungen oder Drohungen in diesen Worten nach, als der eiskalte Raum vor seinen Augen verschwand.

Unmittelbar darauf kam es zu einem schier überwältigenden Durcheinander aus Farben, Geräuschen und Bewegung.

»Willkommen in der Mondstation Neu-Berlin«, erklang eine freundliche Stimme. »Bitte verlassen Sie die Plattform, damit der nächste Passagier eintreffen kann.«

Kirk trat von dem unter ihm leuchtenden Transferfeld herunter und spürte, wie Erdnorm-Schwerkraft an ihm zerrte. Er sah sich um und stellte fest, dass er sich im Geschäftsviertel der ältesten und größten Stadt auf dem Mond befand. Janeway hatte ihn in *sein* Universum zurückgeschickt.

Interessante Läden und gemütliche Restaurants, im hoffnungslos naiven technischen Stil des späten einundzwanzigsten Jahrhunderts gebaut, säumten den Platz vor Kirk. Springbrunnen plätscherten, und von Eukalyptusbäumen ging ein aromatischer Duft aus.

Er hörte Musik, Gelächter, die aufgeregten Stimmen spielender Kinder. Erleichtert ging er los und folgte den blinkenden Lichtern im Boden, die ihm den Weg zum nächsten Ausgang zeigten.

Rasch brachte er eine kurze Treppe hinter sich, erreichte einen offenen Fußgängerweg und blickte übers gewölbte Dach der Transporterstation hinweg.

Die Erde befand sich genau dort, wo er sie vor weniger als einer Stunde gesehen hatte. Diesmal zeichnete sie sich nicht vor einem schwarzen Hintergrund ab, sondern vor dem blauen Sommerhimmel eines terrageformten Monds.

Auf der Nachtseite glänzte Montreal wie ein Juwel, voller Licht und Leben. Auf den Landmassen von Nord- und Südamerika waren viele Städte und die Transportkorridore zwischen ihnen zu erkennen. Die Tagseite der Erde präsentierte blaue Meere mit Wolken, die wie weiße Wattetupfer wirkten. Die großen

Naturparks von Westeuropa und Afrika zeigten gesundes, vitales Grün.

Kirk fühlte sich wie nach einer Rückkehr aus der Hölle. Jede einzelne Farbe erschien ihm reiner als jemals zuvor, jedes Geräusch klarer, jeder Atemzug kostbarer.

»Jetzt wissen Sie, warum es so schwer für uns ist«, sagte Spock an seiner Seite.

Kirk drehte den Kopf, doch die Worte stammten nicht von dem Spock, den er seit vielen Jahren kannte, sondern vom alten, geschwächten Vulkanier aus dem anderen Universum. Offenbar hatte er die seltsame Begegnung noch nicht überstanden.

»Ihr Universum kommt für uns einem Paradies gleich, von dem wir kaum zu träumen wagen«, sagte der andere Spock. Janeway und T'Val näherten sich. In ihrer weiten, zivilen Kleidung fielen sie nicht auf.

»Sind wir hier vor der Allianz sicher?« fragte Kirk. Er wurde das Gefühl nicht los, dass er durch die Präsenz der Allianz in seiner Welt auch zu einer Gefahr für dieses Universum wurde.

»Die Agenten der Allianz können unsere Transportersignale nur entdecken, wenn wir uns von einem Ort zum anderen beamen«, sagte Janeway. »Einen Wechsel zwischen den Universen können sie nicht feststellen. Wir sind sicher. Es sei denn, Sie liefern uns den hiesigen Sicherheitskräften aus.«

»Glauben Sie wirklich, dass ich dazu imstande wäre?« fragte Kirk.

»Der andere Kirk würde nicht zögern«, antwortete Janeway.

Kirk blickte erneut zum blauen Himmel des Monds empor, zu seiner Erde. Für ihn mochte sie nicht in dem Sinne ein Paradies sein. Aber jetzt verstand er besser als jemals zuvor, warum die Bewohner des anderen Universums sie dafür hielten.

Er schloss die Augen und sah erneut die andere Erde. Eine verheerte, sterbende Welt. Und er war schuld daran.

Er hob die Lider wieder, richtete den Blick auf seine drei ›Entführer‹ und fragte sich, ob sie wirklich beabsichtigt hatten, ihn zu entführen.

»Sie wollten mich gar nicht gefangen nehmen«, sagte Kirk. »Es ging Ihnen nur darum, mir Ihr Universum und Ihre Erde zu zeigen. Ich sollte die Ergebnisse meiner damaligen Intervention mit eigenen Augen sehen.«

Die beiden vulkanischen Mienen verrieten nichts. Janeway hätte ebenfalls eine Vulkanierin sein können, denn ihr Gesicht blieb steinern und bot keinen Hinweis darauf, was sie dachte und fühlte.

Doch Kirk hatte lange genug mit Vulkaniern zusammengearbeitet – insbesondere mit einem –, um selbst subtilste Anzeichen zu deuten. Er sah drei in die Enge getriebene Soldaten, die dabei waren, einen Krieg zu verlieren, und sich von ihm die Chance erhofften, doch noch einen Sieg zu erringen.

Er musterte sie und wusste: Wenn er jetzt einfach fortging, würden sie ihm nicht folgen. Es lag ihnen fern, einem unschuldigen Zivilisten zu schaden. Die Wahl, Hilfe zu leisten, lag tatsächlich allein bei ihm.

Kirk versuchte vergeblich, ein Lächeln zu unterdrücken, das die drei ernsten Personen nur verwirren konnte. Seine Zeit der Abenteuer mochte vorüber sein, aber er hielt sich noch immer für fähig, einen Unterschied zu bewirken, die Fehler der Vergangenheit zu korrigieren und eine bessere Zukunft zu ermöglichen. Indem er diesen drei Soldaten ein Wissen anbot, das er im Verlauf vieler Jahre gesammelt hatte.

»Ich weiß genau, worauf es ankommt«, sagte er voller Entschlossenheit. »Ich kann Sie in die Lage versetzen, wirkungsvoll Widerstand zu leisten und die Allianz zu schlagen.«

Der andere Spock erwies sich als ebenso sachlich wie der, den Kirk kannte. Er stellte die offensichtliche Frage: »Sind Sie bereit, Ihr Wissen mit uns zu teilen?«

»Das bin ich.« Kirk streckte die Hand aus, eine Geste, die vor allem Janeway galt. Vulkanier vermieden solche Berührungen.

T'Val überraschte ihn mit ihrer Reaktion. Sie trat dicht an ihn heran, streckte den Arm aus und tastete nach Kirks Rücken.

Er wölbte die Brauen angesichts dieser ziemlich intimen Geste – und begriff eine halbe Sekunde später, dass T'Val etwas von seinem Hosenbund löste.

Die Vulkanierin wich zurück und hob eine dünne Scheibe. Sie durchmaß etwa drei Zentimeter und war nur wenige Millimeter dick. An der einen Seite leuchtete ein kleiner roter Indikator.

»Sie können den Zünder deaktivieren, Intendant.«

Der andere Spock holte einen Impulsgeber hervor und gab einen Code ein.

Der rote Indikator auf der Scheibe erlosch, und nun leuchtete ein grüner.

»Kontaktsprengstoff«, erklärte T'Val. Sie ließ die Scheibe unter ihrem Umhang verschwinden. »Ich habe ihn während der Behandlung mit dem Geweberegenerator an Ihrem Hosenbund angebracht.«

»Wenn Sie nicht bereit gewesen wären, uns zu helfen...«, fügte Janeway hinzu. »Dann hätte Intendant Spock den Auslöser betätigt. Stellen Sie sich eine Explosion vor, die mit chirurgischer Präzision wirkt und Sie in zwei Stücke schneidet.«

»Aber derartige Maßnahmen sind jetzt nicht mehr erforderlich«, sagte der andere Spock. »Wir stehen zu Ihrer Verfügung.«

Kirk starrte die drei Soldaten an und konnte es nicht fassen, dass er sie so falsch eingeschätzt hatte.

Es sind Fremde, fuhr es Kirk durch den Sinn. Er zitterte innerlich, als er daran dachte, wie nahe er dem Tod gewesen war. *Nicht nur in meiner Welt, sondern auch in meinem Universum.*

In diesem bedeutungsvollen Moment begriff Kirk, dass er in eine Sache verwickelt war, mit der er nicht allein fertig werden konnte.

Zum Glück wusste er selbst im vierundzwanzigsten Jahrhundert, von wem er Hilfe erwarten durfte.

12

»Faszinierend«, sagte Spock.

»In der Tat«, erwiderte der andere Spock.

Voller Neugier musterten sich die beiden Vulkanier in der luxuriösen Hotelsuite. Kirk bemerkte nicht nur ihre geradezu gespenstische Ähnlichkeit, sondern auch gewisse Unterschiede.

Jener Spock, den er zu Beginn seiner beruflichen Laufbahn kennen gelernt und zuletzt vor einem Jahr auf Vulkan gesehen hatte, stand gerade, und breite Schultern zeichneten sich unter dem verzierten Botschafterumhang ab. Kirk erinnerte sich daran, Spocks Vater Sarek in der gleichen Aufmachung gesehen zu haben.

Dem anderen Spock hingegen war deutlich anzusehen, dass er den größten Teil seines Lebens als Flüchtling verbracht hatte. Er stand gebeugt, wirkte dadurch einige Zentimeter kleiner. Die Schultern neigten sich nach unten, und im Haar zeigten sich mehr grauweiße Strähnen. Seine Stimme klang schwächer und weniger selbstbewusst, als hätte er mehr Grund, an der eigenen Logik zu zweifeln.

Hinter dem Fenster, jenseits des offenen Balkons, erstreckten sich die Lichter von Montreal wie eine Galaxis voller Sterne. Eine sanfte Abendbrise trug das leise Summen von Antigrav-Wagen und Transportern heran. Wie jede andere Metropole auf der Erde war Montreal eine friedliche Stadt. Früher einmal hatte die Perfektion seiner Welt Kirk mit wachsender

Unruhe erfüllt: langweiliges, geplantes Wetter; eine Weltregierung, bei der es nie zu irgendwelchen Konflikten kam; ein genereller Mangel an Aufregung und Herausforderungen. Er wusste nicht, ob es an der langen Zeit des Kampfes oder an dem einen auf Chal verbrachten Jahr lag – aber die eine Woche, die er in Montreal auf Spocks Ankunft warten musste, hatte er keineswegs als unangenehm empfunden. Vielleicht war Perfektion doch nicht so schlecht. Zumindest in Maßen.

Spock und sein Äquivalent aus dem anderen Universum sahen sich auch weiterhin so an, als führten sie eine Mentalverschmelzung durch, ohne sich dabei zu berühren – was natürlich unmöglich war. Sie beabsichtigten auch gar nicht, einen unmittelbaren Kontakt zwischen ihren beiden Selbstsphären herzustellen. Kirk hatte ihnen sofort einen entsprechenden Vorschlag unterbreitet, eine gute Möglichkeit, um alle Fragen zu beantworten, noch bevor sie gestellt wurden. Doch beide Spocks lehnten ab, ohne die Gründe zu nennen. In der Zwischenzeit sorgte ihr Schweigen dafür, dass sich die erwartungsvolle Atmosphäre in der Suite immer mehr verdichtete. Janeway und T'Val standen zu beiden Seiten des Intendanten. Montgomery Scott leistete Kirk Gesellschaft, ohne seine Überraschung darüber zu verbergen, Spock in doppelter Ausführung zu sehen. Doch er blieb ebenfalls still und respektierte die stumme Kommunikation zwischen den beiden Vulkaniern.

Schließlich hatte Kirk genug. »Ich glaube, diese besondere Gelegenheit verlangt einen Drink.« Er wartete die Reaktion der andere nicht ab und trat zur Bar auf der einen Seite des Zimmers. Mehrere kristallene Flaschen standen dort, und der Spiegel hinter ihnen verdoppelte ihre Anzahl. Unter dem Tresen, verborgen hinter einer Eichentafel, befand sich ein Replikator.

Kirk hatte ihn nicht benutzt, seit ihm die Suite von Captain Bateson – mit besten Grüßen von Starfleet – zur Verfügung gestellt worden war.

In der irdischen Wirtschaft des vierundzwanzigsten Jahrhunderts gab es kein Geld mehr, und trotz der wiederholten Erklärungen Montgomery Scotts fragte sich Kirk noch immer, wie so etwas möglich sein konnte. In diesem Zusammenhang erschien es ihm seltsam, wie Starfleet für ihn eine solche Suite reservieren konnte, obwohl sie rein theoretisch jedem Bewohner des Planeten zur Verfügung stand. Er erinnerte sich an die Zeit, als das Bargeld immer mehr an Bedeutung verlor und schließlich ganz verschwand, aber damals gab es eine andere Art von Bezahlung. Und auf den Randwelten der Föderation existierten auch weiterhin Krediteinheiten, die man in die Hand nehmen konnte. Heute existierten solche Währungen nur noch jenseits der Föderationsgrenzen, dort allerdings in großer Vielfalt. Wie auch immer es Bateson angestellt hatte – Kirk war ihm dankbar. Nach den lunaren Eskapaden kam die große Antigrav-Matratze im Schlafzimmer einem Segen für seinen Rücken gleich.

Er öffnete den Behälter mit dem eisgekühlten Tee, der für ihn selbst bestimmt war, sah dann zu seinen Gästen und lächelte. »Was darf's sein?«

»Wir haben bereits zu viel Zeit vergeudet«, sagte Janeway fest. Ihre Miene drückte Missfallen in Hinsicht auf den verlockenden Luxus von Kirks Welt aus. »Wir brauchen sofortigen Computerzugang.«

Kirk füllte ein Glas mit Tee. »Botschafter Spock ist gerade erst hereingekommen, Kate. Er war eine Woche unterwegs, um von...« Kirk zögerte. Bateson hatte ihn darauf hingewiesen, dass Spocks Mission auf Romulus noch immer inoffiziell und geheim war. »...von seinem letzten Einsatzort hierher zu gelangen. Eine kleine Erfrischung dürfte wohl kaum eine nennenswerte Verzögerung sein.« Er hob das Glas. »Möchte jemand eisgekühlten Tee?«

»Ich glaube ebenfalls, dass wir sofort beginnen sollten«, sagte Spock.

Kirk seufzte. Offenbar wusste niemand seinen Versuch zu schätzen, einen sanften Übergang zu den notwendigen sorgfältigen Planungen zu schaffen.

Er blieb an der Bar, während Spock in einem Polstersessel Platz nahm – eine aus dem zweiundzwanzigsten Jahrhundert stammende Antiquität, wie Kirk vom Robot-Portier wusste – und einen elektronischen Datenblock auf den niedrigen Tisch legte.

Intendant Spock wählte einen Sessel auf der anderen Seite des Tisches. Janeway und T'Val sanken auf die Couch links von Spock. Scott zog einen Stuhl vom Esstisch heran und setzte sich ebenfalls.

Janeway holte einen kleinen Minicomputer hervor, schaltete das Gerät ein und reichte es Spock. »Wir haben eine Liste der benötigten Dateien und technischen Themen, über die wir genauere Informationen benötigen. Im Anschluss daran ist vielleicht der Zugriff auf weitere Dateien nötig.«

Spock schenkte dem Minicomputer keine Beachtung. »Ich bin nicht hierher gekommen, um die Geheimnisse von Starfleet preiszugeben«, sagte er ruhig.

Kirk beobachtete, wie Janeway und T'Val einen verärgerten Blick wechselten.

Er trat sofort einen Schritt vor. »Spock... Vielleicht haben Sie nicht meinen Bericht darüber erhalten, was diese Leute...«

Der Vulkanier unterbrach ihn. »Ich habe ihn sehr wohl erhalten. Mir ist bekannt, was diese Leute wollen, und ich bin nicht bereit, es ihnen zu geben.«

Janeway neigte sich so zur Seite, als wollte sie einen Phaser aus einem Beinhalfter ziehen.

»Kate...«, sagte Kirk rasch. »Bitte geben Sie uns ein

paar Minuten Zeit, um dieses... Missverständnis aus der Welt zu schaffen.« Er ging zu Spock und Scott. »Botschafter, Scotty, würden Sie mir bitte auf den Balkon folgen?«

»Natürlich«, erwiderte Spock und stand auf. »Aber ich versichere Ihnen, dass es sich nicht um ein Missverständnis handelt.«

Kirk verzichtete darauf, vor Janeway und T'Val zu widersprechen. Er geleitete seine beiden Freunde durch die gläserne Schiebetür und sah kurz zum anderen Spock zurück. »Es dauert nicht lange.«

Janeway und T'Val bedachten ihn mit einem durchdringenden Blick, als er die Tür schloss.

Spock und Scott standen an der Balkonbrüstung. Am Himmel zeigten sich nur die hellsten Sterne; alle anderen wurden von den Lichtern der Stadt überstrahlt. Unten bildeten jene Lichter lange Reihen dort, wo die Straßen in den neuen Stadtvierteln quadratische Muster schufen. In der Altstadt mit ihren schmaleren und kurvenreichen Straßen formten sie glühende Schlangenlinien. Montreal war während des Dritten Weltkriegs kaum beschädigt worden, und deshalb befand sich ein großer Teil der Stadt im ursprünglichen Zustand.

»Spock«, sagte Kirk, »vielleicht ist Ihnen nicht klar, in welcher Situation sich meine Gäste befinden.«

»Ganz im Gegenteil«, erwiderte der Vulkanier. »Vermutlich ist Ihnen nicht klar, dass sich aus ihrer Präsenz eine kritische Frage ergibt, insbesondere in Hinsicht auf die Erste Direktive.«

Kirk seufzte erneut. Es gab bestimmte Worte, die er in seinem Leben nie wieder hören wollte, und ›Erste Direktive‹ stand ganz oben auf dieser Liste, gefolgt von ›Zeitreise‹.

»Spock, die Erste Direktive hat mit dieser Sache nichts zu tun. Erstens: Die Leute stammen nicht aus unserem Universum. Zweitens...« Kirk holte tief Luft. Dies war nicht einfach. »Ich habe bereits Einfluss auf ihre natürliche Entwicklung genommen und muss den angerichteten Schaden wieder gutmachen.«

In Spocks Gesicht zeigte sich eine Skepsis, die Kirk gut kannte. »Jim, Sie können doch nicht ernsthaft glauben, dass Ihr kurzes Gespräch mit meinem alternativen Selbst so enorme Folgen für das Paralleluniversum hatte.«

»Es geht nicht darum, ob ich es glaube oder nicht. Scotty hat mir die geheimen Starfleet-Berichte über das andere Universum besorgt. Ich meine die von *Deep Space Nine* stammenden Berichte. Sie bestätigen alle von Janeway, T'Val und Ihrem Äquivalent gemachten Angaben.« Kirk sah Scott an. »Sie haben die Berichte gelesen und mit Janeway gesprochen. Sagen Sie es ihm.«

Scott nickte. »Jim hat recht, Botschafter. Aus den entsprechenden Aufzeichnungen geht hervor, dass ›Kirk‹ zu den berühmtesten – um nicht zu sagen berüchtigtsten – Namen des Paralleluniversums zählt.«

»Warum auch nicht?« erwiderte Spock. »Der dortige Kirk war ein Despot, der das Terranische Empire in eine Tyrannei verwandelte.«

»Spock, ›Kirk‹ bezieht sich auf mich, auf den Starfleet-Captain, der vor mehr als hundert Jahren in das andere Universum wechselte. Der dortige Kirk ist unter dem Namen ›Tiberius‹ bekannt.«

»Wir wissen nicht, ob diese Interpretation korrekt ist.«

Kirk versuchte zu verstehen, warum sich Spock als so stur erwies. »Wir *können* sicher sein. Kehren Sie ins Zimmer zurück und... fragen Sie sich selbst.«

Spock legte die Hände auf den Rücken und blickte über die Lichter der Stadt hinweg. »Jim, nach Ihrer eigenen Situationsbewertung führen Janeway, T'Val und mein Äquivalent einen verzweifelten Kampf im anderen Universum. Würden wir in einer ähnlichen Lage nicht alles behaupten, um eine Siegeschance zu erhalten?«

Kirk wusste, dass es keinen Sinn hatte, sich mit einem Vulkanier auf derartige Diskussionen einzulassen. Ausmanövrieren – das war eine viel bessere Strategie. »Na schön, Spock. Was ist los?«

Spock wandte sich ihm zu, und sein Gesicht zeigte vulkanische Unschuld. »Ich habe nur auf ein dringendes Kommuniqué von Starfleet Command reagiert, das mich bat, Sie hier auf der Erde zu treffen. Während ich unterwegs war, erhielt ich Ihren ersten Bericht per Subraum-Kommunikation. Hätte ich ihn noch auf Romulus gelesen, wäre ich nicht bereit gewesen, den Planeten zu verlassen. Aber da ich die Erde fast erreicht hatte, beschloss ich, die Reise fortzusetzen. Das ist ›los‹.«

Ha, Ausflüchte, dachte Kirk. Er hatte schon vor vielen Jahren festgestellt: je länger Spocks Antworten, desto größer die Wahrscheinlichkeit, dass er die Wahrheit verbarg.

»Ich verstehe nicht, Spock. Warum weigern Sie sich, Ihrem Äquivalent technische Informationen zu geben, die Milliarden von Menschen und Vulkaniern vor einem Leben in Elend und Sklaverei bewahren könnten?«

»Es sind keine Menschen und Vulkanier«, entgegnete Spock. »Ich räume ein, dass die betreffenden Individuen große Ähnlichkeit mit den Angehörigen unserer Völker aufweisen, aber...«

»*Spock!*«

Kirks scharfe Stimme veranlasste Spock, die Brauen zu wölben.

»Es sind *Vulkanier* und *Menschen*. Daran besteht kein Zweifel. Was ist nur mit Ihnen?« Kirk sah zu Scott. »Scotty? Haben Sie eine Erklärung für sein Verhalten?«

Scott maß Spock mit einem ernsten Blick. »Ich muss zugeben: Sie scheinen überhaupt nicht Sie selbst zu sein, Sir.«

Spock wirkte fast beleidigt. »In welcher Hinsicht, Captain Scott?«

»Normalerweise sind Sie wie Jim. Ich meine, Sie sehen kein unüberwindliches Hindernis in der Ersten Direktive, wenn es um Gerechtigkeit geht. Oh, sicher, es ist ein gutes Prinzip und so, aber das Leben beschränkt sich nicht darauf, entweder weiß oder schwarz zu sein – so sieht es allein der Gesetzgeber. Für jede Regel gibt es Ausnahmen. Sie und Jim waren immer imstande, die Notwendigkeit solcher Ausnahmen zu erkennen.«

Es erstaunte Kirk, ausgerechnet von Scott ein Lob zu hören, und er nahm es mit besonderer Zufriedenheit zur Kenntnis. Allerdings hatte er sich noch immer nicht ganz daran gewöhnt, dass ihn Scott mit dem Vornamen ansprach. »Stimmen Sie mir schon wieder zu, Scotty?«

Die Vorstellung schien Scott ebenso zu überraschen wie Kirk. »Das scheint tatsächlich der Fall zu sein. Offenbar werde ich im hohen Alter umgänglicher.«

Kirk lehnte sich neben Spock an die Brüstung. »Ich glaube noch immer, dass Sie mir etwas verheimlichen.«

Einmal mehr wandte der Vulkanier den Blick ab und sah einem fernen Orbitalshuttle nach, das vom Raumhafen Dorval gestartet war.

Spocks Schweigen erschien Kirk immer seltsamer – und gleichzeitig aufschlussreich. Entgegen einer weit verbreiteten Ansicht konnten Vulkanier sehr wohl lügen, wenn sie wollten, und das galt auch für Spock. Er würde nicht die Unwahrheit sagen, um sich irgendwelche Vorteile zu verschaffen, aber in der Vergangenheit hatte er mehrfach gelogen, um Feinde in die Irre zu führen oder einer größeren Sache zu dienen, ohne dabei Gewissensbisse zu haben. Einem anderen Punkt kam noch größere Bedeutung zu. Kirk wusste, dass Spock ihn auf keinen Fall belügen würde. Sein Schweigen deutete also darauf hin, dass es eine unausgesprochene Wahrheit gab, die er aus irgendeinem Grund für sich behalten wollte.

Warum? dachte Kirk. *Was könnte Spock auf dem Weg von der Transporterstation zum Hotel übers Paralleluniversum erfahren haben?*

Dann begriff er plötzlich. Was auch immer Spock wusste und verbarg – er musste davon erfahren haben, bevor er zur Erde aufbrach.

Der Vulkanier sah ihn an. »Gibt es noch etwas, das *Sie* sagen möchten?«

Kirk schwieg, während er seine Überlegungen fortsetzte. Spock hatte behauptet, von Starfleet Command gebeten worden zu sein, ihn auf der Erde zu treffen. Unterwegs hatte er Kirks Bericht gelesen und war dem Ziel seiner Reise bereits so nahe, dass die Umkehr nicht lohnte.

Kirk hatte den schwachen Punkt gefunden.

»Es ist nicht logisch, Spock.«

Der Vulkanier hob eine Braue.

»Unmittelbar nach meiner Rückkehr vom Mond habe ich Bateson gebeten, Sie auf Romulus zu lokalisieren. Weniger als einen Tag später gab ich ihm meinen verschlüsselten Bericht, der Ihnen per Subraum-Kommunikation übermittelt wurde. Wenn Sie ihn unterwegs lasen, können Sie nur einen Flugtag von Romulus entfernt gewesen sein. Warum also sind Sie nicht zurückgekehrt?«

Spock setzte zu einer Antwort an, überlegte es sich dann anders und schwieg.

Kirk hob den Zeigefinger. »Sie wollten darauf hinweisen, der Empfang des Berichts hätte sich verzögert, nicht wahr?«

Der Vulkanier schwieg.

»Aber das wäre eine Lüge gewesen, stimmt's?« hakte Kirk nach.

Das Schweigen dauerte an.

»Die Wahrheit ist, dass Sie bereits auf dem Weg zur Erde waren, als ich Bateson bat, Sie zu lokalisieren«, fuhr Kirk fort. »Und der Grund, der Sie hierher führte, steht in irgendeinem Zusammenhang mit der ›Welt hinter dem Spiegel‹.«

Wieder wandte Spock den Blick ab. »Ich bedaure die gegenwärtigen Umstände sehr, Jim, aber ich bin nur befugt, Ihnen Folgendes zu sagen: Kehren Sie nach Chal zurück.«

»Nach Chal?«

Spock berührte ihn an der Schulter, eine menschliche Geste, die Kirk auf die große Besorgnis des Vulkaniers hinwies. »Kehren Sie heim. Sie gehören nicht mehr zu Starfleet. Ich weiß, dass Sie mit den Aktivitäten der Flotte nichts mehr zu tun haben möchten. Denken Sie nicht daran, ins Paralleluniversum zu wechseln, um dort irgendwelche Fehler zu korrigieren.«

Zufrieden stellte Kirk fest, dass er richtig gelegen hatte. Er verstand auch, warum sich Spock Sorgen um ihn machte, obwohl es dazu eigentlich gar keinen Anlass gab. »Glauben Sie mir, Spock: Nichts wäre mir lieber, als an Bord des nächsten Passagierschiffes zu gehen und nach Chal zu fliegen. Ich…« Er lächelte, als er das auszusprechen begann, was ihm seit Monaten durch den Kopf ging. »Ich möchte Teilani heiraten und den Rest meines Lebens damit verbringen, mich um den Garten zu kümmern. Chal genügt mir jetzt.

Mir liegt nichts an einer Rückkehr ins andere Universum, aber ich fühle mich für die dortigen Geschehnisse verantwortlich. Ich muss irgendwie helfen. Außerdem: Was kann es schaden, diesen Leuten die gewünschten Informationen zu geben? Ich ziehe nicht für sie in die Schlacht. Jene Zeiten sind für mich vorbei.

Aber ich kann sie in die Lage versetzen, den Kampf selbst zu führen, und so viel bin ich ihnen schuldig. Deshalb habe ich Sie zu mir gebeten.«

Spock sah zu den wenigen Sternen empor. »Ich sehe mich außerstande, Hilfe zu leisten. Und es tut mir leid.«

Kirk spürte, wie Ärger in ihm zu brodeln begann, eine Reaktion auf den Frust der letzten Minuten. Wenn Spock der Logik zugänglich gewesen wäre, hätte er eine ganze Woche lang mit ihm diskutiert, bis ihm nichts anderes übrig blieb als zuzustimmen. Aber es gab hier noch einen anderen Faktor, und Spock verriet nicht genug, um Kirk Rückschlüsse auf die aktuellen Spielregeln zu ermöglichen. In einer solchen Situation war es am besten, eigene Regeln zu schreiben.

»Ich bedaure, dass ich mich in die wichtigen Dinge eingemischt habe, mit denen Sie derzeit beschäftigt sind«, sagte Kirk fast förmlich. »Ich weiß es sehr zu schätzen, dass Sie sich die Zeit genommen haben, hierher zu kommen und mit mir zu sprechen. Weitere Erörterungen dürften sich erübrigen.«

Spock wandte sich so von der Brüstung ab, als wären Kirks letzte Worte eine Zauberformel gewesen, die ihn von einem Bann befreite. »Starfleet Command möchte Sie von einem Schiff der Flotte nach Hause bringen lassen. Die *Sovereign* verlässt das Raumdock morgen um...«

»Ich beabsichtige nicht, nach Hause zurückzukehren, Spock. Ich habe diesen Leuten etwas versprochen, und ich pflege mein Wort zu halten.«

Spock reagierte auf die Herausforderung in Kirks Stimme. »Sie haben nicht mehr die Sicherheitsklassifizierung, um die benötigten Informationen abzurufen. Und Captain Scott sähe sich mit ernsten Konsequenzen konfrontiert, wenn er seine Position nutzt, um Ihnen zu helfen.«

Scott runzelte unwillig die Stirn, als er diese Drohung hörte. »Jetzt gehen Sie zu weit, Spock…«

»Schon gut, Scotty«, warf Kirk ein. »Was ich vorhabe, berührt Sie nicht. Ich kann auf die Hilfe anderer Freunde in diesem Jahrhundert zurückgreifen. Captain Picard mangelt es sicher nicht an Autorität und Mitgefühl, um Milliarden von Unschuldigen bei dem Versuch zu helfen, ihre Freiheit zurückzuerlangen.«

Kirk nickte Scott zu. »Gute Nacht, Scotty. Danke dafür, dass Sie gekommen sind.« Er sah Spock an. »Botschafter…« Dann wandte er sich der Schiebetür zu.

Spock ließ ihn nicht weiter als drei Schritte kommen. »Warten Sie, Jim.«

Kirk blieb stehen, drehte sich aber nicht um. Manchmal bot es Vorteile, den anderen Spieler zum ersten Zug zu zwingen.

»Sie werden Captain Picard nicht finden.«

Daraufhin drehte sich Kirk langsam zu Spock um. »Ich warte.«

Ein Schatten von Unbehagen zeigte sich im Gesicht des Vulkaniers. »Starfleet hat mir den strikten Befehl erteilt…«

Kirk verstand das Problem: Starfleet-Pflicht auf der einen Seite, ein ganzes Leben der Freundschaft und des Vertrauens auf der anderen. Aber er kannte einen Ausweg. »Spock… Wenn wir uns streng an die Logik der Situation halten, so bin ich Zivilist und Sie sind Mitglied des diplomatischen Korps von Vulkan. Mir ist natürlich klar, dass Starfleet auf gewissen Verhaltensweisen unsererseits *bestehen* kann, aber wir beide sind keine *Befehlsempfänger* mehr, oder?«

Der Abendwind lebte auf und zerrte an Spocks Umhang. Selbst die Natur – beziehungsweise die langweiligen Bürokraten vom Wetteramt – schien zu versuchen, ihn auf einen neuen Kurs zu steuern. Kirk glaubte zu sehen, wie der Vulkanier überlegte, alle möglichen Aktionen und ihre Ergebnisse berechnete, als handelte es sich dabei um Züge beim dreidimensionalen Schach. »Was Sie vorschlagen, könnte uns alle aufs... Glatteis führen, wie man auf der Erde sagt.«

Scott lachte. »Damals, zu unserer Zeit, haben Sie so manchen Tanz auf dem Glatteis hinter sich gebracht, ohne jemals das Gleichgewicht zu verlieren. Na los, Spock. Sie wissen, worauf es jetzt ankommt.«

»Sagen Sie mir, was ich wissen muss, Spock«, drängte Kirk. »Anschließend helfe ich Ihnen, wenn ich kann. Wenn nicht... Nun, dann kehre ich nach Chal zurück und baue mir einen Schaukelstuhl.«

Das Angebot, sich aus dem Spiel herauszuhalten, überzeugte Spock davon, die Regeln ein wenig großzügiger auszulegen. Kirk und Scott traten näher, als der Vulkanier über die Dinge zu sprechen begann, die er bisher zurückgehalten hatte.

»Vor acht Tagen empfing Starbase 310 einen automatischen Autorisierungsalarm mit der Anfrage, einen Kommandowechsel zu bestätigen. Das betreffende Schiff wurde als U.S.S. *Voyager* identifiziert, der neue Kommandant als Jean-Luc Picard.«

Scott riss verblüfft die Augen auf. »Die *Voyager* ist zurück?«

Spock schüttelte den Kopf. »Nein, Mr. Scott. Die echte *Voyager* befindet sich nach wie vor im Delta-Quadranten, soweit wir wissen. Beim Starfleet-Geheimdienst nimmt man an, dass der Autorisierungsalarm von einem Duplikat der *Voyager* stammt.«

Das ergab für Kirk keinen Sinn. »Die *Voyager* gehört zu den jüngsten Neuentwicklungen von Starfleet. Im anderen Universum gibt es seit fast einem Jahrhundert keine terranische Flotte. Wie soll ein Duplikat des Schiffes möglich sein, wenn die historischen Entwicklungen so stark voneinander abweichen?«

»Die Antwort lautet: gestohlene Konstruktionspläne.

Nach den Aufzeichnungen von *Deep Space Nine* gelang es dem terranischen Widerstand, die Pläne der *Defiant* zu erbeuten. Seit jenem Zeitpunkt hat der Starfleet-Geheimdienst wiederholte Versuche bemerkt, auf geschützte Dateien zuzugreifen, die Konstruktionsdaten verschiedener Starfleet-Schiffe enthalten. Solche Aktivitäten fanden auch in der McKinley-Werft statt, wo die *Voyager* gebaut wurde. Dort endeten die Versuche, Konstruktionsdaten zu stehlen, vor knapp zwei Jahren, was ein Hinweis darauf sein könnte, dass der letzte Versuch unentdeckt blieb und mit einem Erfolg endete. Der Starfleet-Geheimdienst glaubt, dass der terranische Widerstand dahinter steckt und eine eigene Version der *Voyager* gebaut hat.«

»Das kann ich mir kaum vorstellen«, ließ sich Scott vernehmen. »Wenn jene Leute und Ihr Äquivalent bereits Zugriff auf die Flottencomputer hatten – warum sollten sie sich dann an Jim wenden und ihn um Dateien bitten?«

»Sie haben Ihre eigene Frage beantwortet, Captain Scott. Um darüber hinwegzutäuschen, dass sie bereits einen Erfolg erzielten.«

»Spock... Wenn Jim nicht bereit gewesen wäre, Ihrem Ebenbild und den anderen zu helfen, so hätten sie ihn *umgebracht*.«

Davon ließ sich Spock nicht beeindrucken. »Das behaupten sie jedenfalls.«

»Meine Herren, dies alles ist... faszinierend«, sagte Kirk. »Aber es gibt einen wichtigeren Punkt. Was ist mit Jean-Luc passiert?«

»Das wissen wir nicht. Starfleet schickte einige schnelle Jäger zu den Koordinaten der *Voyager*, die nur ein knappes Lichtjahr von der letzten gemeldeten Position der *Enterprise* entfernt war. Beide Schiffe sind verschwunden. Die Reste von Warpspuren deuten darauf hin, dass sie nur wenige Stunden vorher im betreffenden Raumbereich nebeneinander flogen. Die Quantensignatur der Warppartikel, die von der *Voyager* stammen, bestätigen, dass sie Teil einer anderen Quantenrealität ist.«

»War es nicht möglich, die Warpspuren zu verfolgen?« fragte Scott.

»Nein, Captain Scott. Entweder verwendeten beide Schiffe ein spezielles Kraftfeld, um die Warppartikel abzuschirmen, oder...«

Kirk wartete nicht auf das Ende des Satzes. »Oder sie befinden sich inzwischen im anderen Universum.«

»Jetzt sehen Sie mein Dilemma, Jim. Die drei Personen, die Sie entführt haben, könnten an der Entführung des mächtigsten – und gefährlichsten, wenn es in die falschen Hände gerät – Raumschiffes von Starfleet beteiligt sein.«

Kirk starrte auf die Fliesen des Balkons und spürte, wie sich seine Wahrnehmung schärfte, wie vor einem Kampf. Er fühlte die Kühle der Nachtluft, den stärker werdenden Wind, hörte das Summen des Verkehrs von den Straßen weiter unten und von den Transitkorridoren am Himmel. Doch es prickelte kein Zorn in seinem Herzen; es kam nicht zu einem jähen Adrenalinschub.

Er fühlte nur Enttäuschung, schmerzhaft und überwältigend.

Denn er wusste nun, warum Spock nicht sofort die Wahrheit gesagt hatte.

»Spock, eigentlich sollte ich Sie jetzt fragen: Warum haben Sie mir das nicht gleich gesagt? Aber ich kenne die Antwort.«

Viele Jahre der vulkanischen Disziplin sorgten dafür, dass Spocks Gesicht auch weiterhin ausdruckslos blieb, doch in seinen Augen zeigte sich ebenfalls Enttäuschung. Es handelte sich nicht um eine emotionale Reflexion von Kirks Gefühlen, sondern um eigenes Bedauern.

»Sie glauben, ich könnte in diese Sache verwickelt sein«, fuhr Kirk fort, und jedes Wort kam einem Messerstich gleich. »Sie halten es für möglich, dass ich den terranischen Widerstand unterstütze und bei der Entführung der *Enterprise* geholfen habe. Sie versuchten deshalb, die Wahrheit für sich zu behalten, weil... Sie mir misstrauen.«

Spock wählte seine Worte mit großer Sorgfalt – dieser Augenblick schien für ihn genauso schwierig zu sein wie für Kirk. »Starfleet hält es für besser, Ihre... Kontakte zu Mitgliedern der terranischen Widerstandsbewegung nicht einfach zu ignorieren. Ob es Ihnen nun darum geht, den vor einem Jahrhundert angerichteten Schaden wieder gutzumachen, oder ob Sie aufgrund entsprechender Schuldgefühle leicht manipulierbar sind, ohne sich dessen bewusst zu sein – bei Starfleet ist man der Ansicht, dass Sie in dieser Hinsicht keinen objektiven Standpunkt vertreten können.«

Daraufhin regte sich wahrer Ärger in Kirk und kroch aus einer Höhle tief in seinem Innern. Diesmal ließ er sich nicht zurückdrängen. »Ersparen Sie mir Ihre Vorträge, Botschafter. Die einfache Wahrheit lautet: Sie trauen mir nicht. Starfleet traut mir nicht. Auf diese Weise behandelt zu werden, nach allem, was ich für die Flotte, für die Föderation und für *Sie* getan habe... Das kann ich nicht akzeptieren.«

»Jim, ich möchte Sie daran erinnern, dass Sie nicht länger zu Starfleet gehören. Seit Ihrem Transfer in diese Zeit und in diesen Raumbereich haben Sie wenig Interesse an der Föderation gezeigt.«

Kirk hob die Hände und ließ sie wieder sinken. »Was ist mit dem Virogen? Die Föderation stand vor dem Zusammenbruch, und ich habe die Katastrophe verhindert.«

Davon ließ sich Spock nicht beeindrucken. »Das Virogen bedrohte auch Chal. Manche Leute glauben, dass es Ihnen in erster Linie darum ging, Ihre neue Heimat vor dem Untergang zu bewahren.«

Kirk war nicht nur beleidigt, sondern empört. Spock sprach weiter.

»Und im vergangenen Jahr, als die Föderation beim Krieg gegen das Dominion in große Gefahr geriet und praktisch alle im Ruhestand lebenden Starfleet-Angehörigen in den aktiven Dienst zurückkehrten... blieben Sie auf Chal.«

Die Vorwürfe bestürzten Kirk so sehr, dass es ihm fast die Sprache verschlug. »Ist das in diesem Jahrhundert aus der Föderation geworden? Eine Art Sparta? Wenn ich kein Soldat bin, darf ich auch kein Bürger sein?«

Kirk konnte es nicht fassen, doch Scott schien Spocks Argumente nicht für völlig abwegig zu halten. »Der Krieg gegen das Dominion war – und *ist* – eine ernste Angelegenheit.«

»Das Dominion stellte eine Gefahr dar, weil es über *eine* Möglichkeit verfügte, vom Gamma-Quadranten zu uns zu gelangen«, sagte Kirk. »Ich meine das bajoranische Wurmloch. Wird das Wurmloch geschlossen, ist das Dominion nicht gefährlicher als Cardassia. Die Föderation hat es mit stärkeren Gegnern zu tun bekommen und den Sieg errungen. Immerhin gibt es bei Starfleet Leute wie Ben Sisko.«

Der vertraute Ton in Kirks Stimme schien Scott zu überraschen. »Sie kennen Captain Sisko?« fragte er.

»Wir sind uns begegnet«, erwiderte Kirk. »Vor einer ganzen Weile.« Er nannte keine Einzelheiten. Als er in einem Bericht über den Dominion-Krieg zum ersten Mal ein Bild von Captain Sisko gesehen hatte... Daraufhin erinnerte er sich an das Rätsel des verschwundenen Lieutenants, der vor hundert Jahren zu großer Aufregung an Bord der *Enterprise* geführt hatte. Irgendwann einmal wollte Kirk mit dem allgegenwärtigen

Captain Sisko sprechen und Erfahrungen mit ihm austauschen, insbesondere in Bezug auf Zeitreisen.

»Es dürfte ihnen nicht sehr gefallen, zurückgewiesen zu werden«, wandte sich Kirk an Spock. Er ließ keinen Zweifel daran, dass er Janeway und die anderen meinte. »Es könnte gefährlich für uns werden.« Über die Schulter hinweg blickte er zur Schiebetür. Licht brannte hinter dem Vorhang. Eigentlich überraschte es Kirk, dass Janeway noch nicht auf den Balkon gekommen war, um nach dem Rechten zu sehen und zu fragen, warum es so lange dauerte. Sie schien es immer eilig zu haben.

»Wir sind in Sicherheit«, erwiderte Spock und löste einen Insignienkommunikator von seinem Umhang. »Als wir den Raum verließen, wurden Janeway, T'Val und mein Äquivalent in den Arrestbereich des Raumdocks gebeamt.«

Kirk spürte die Bitterkeit des Verrats. »Warum bin ich nicht ebenfalls transferiert worden?«

Spock richtete einen ruhigen Blick auf ihn. »Starfleet wollte auch Sie in einer Arrestzelle unterbringen, aber es gelang mir, die Verantwortlichen umzustimmen. Sie sind frei. Vorausgesetzt, Sie kehren nach Chal zurück.«

»Bitte verzeihen Sie, wenn ich nicht besonders dankbar klinge«, erwiderte Kirk aufgebracht. Wenn es sich um jemand anders als Spock gehandelt hätte, hätte er vermutlich auf Satisfaktion bestanden. Aber Freundschaft und Loyalität mussten *irgendetwas* bedeuten.

Er drehte sich um, bevor Spock noch mehr sagen konnte. Entschlossen trat er durch die Schiebetür und an dem sich plötzlich aufblähenden weißen Vorhang vorbei.

Das Zimmer war leer. Spocks Worte entsprachen der Wahrheit – Starfleet hatte zugeschlagen.

Dann stellte er fest, dass sich noch eine Person im Raum befand: ein fast zierlich wirkender Mann, der die neueste Starfleet-Uniform trug, dem Balkon den Rücken zukehrte und sich offenbar gerade einen Drink zubereitete.

»Haben Sie Ihre Meinung geändert?« fragte Kirk herausfordernd. »Wollen Sie mich ebenfalls in den Arrestbereich des Raumdocks beamen?«

Der hagere Mann drehte sich langsam um, und Kirk riss verblüfft die Augen auf, als er ihn erkannte.

»Pille?«

Mit zitternder Hand hob der 148 Jahre alte Dr. Leonard McCoy etwas, das nur ein Julep sein konnte. »Hallo, Jim. Ich habe mich schon gefragt, ob Spock dich die ganze Nacht auf dem Balkon festhalten will.«

»Pille!«

McCoy ignorierte Kirks Reaktion und stellte den Julep vorsichtig neben ein zweites Glas auf dem Tresen. »Spock scheint irgendetwas mit deinem Wortschatz angestellt zu haben. Wenn du dich davon erholst... Ich würde gern mit dir reden.«

Kirk durchquerte das Zimmer und verzichtete im letzten Augenblick darauf, McCoy zu umarmen – er wirkte so fragil, dass er befürchtete, ihn zu verletzen. »Ich... ich kann es kaum glauben...«

»Dass ich noch lebe?« fragte McCoy.

»Nein, nein«, erwiderte Kirk rasch, obwohl er sich eingestehen musste, dass sein Erstaunen auch damit zu tun hatte. Ein gesunder Vulkanier konnte damit rechnen, mehr als zweihundert Jahre alt zu werden. Kirk und Scott hatten das vierundzwanzigste Jahrhundert mit Hilfe technischer Errungenschaften und aufgrund von unerklärlichen temporalen Effekten erreicht. McCoy hingegen gelangte auf die Art der meisten Menschen in die Zukunft, indem er einen langen, harten Tag nach dem anderen hinter sich brachte. Trotz der Durchbrüche, die die Medizin in dieser Ära erzielt hatte, gehörte McCoy zu einer Handvoll Menschen, die alle Rekorde menschlicher Langlebigkeit brachen. Und nach Kirks Ansicht gab es nur wenige Leute, die ein langes Leben mehr verdienten.

»Ich kann kaum glauben, wie gut du aussiehst.« Kirk trat einen Schritt zurück und musterte seinen alten Freund. Die neue Uniform stand McCoy gut. Das weiße Haar bildete einen auffallenden Kontrast zum Grau und Schwarz, schien fast zu leuchten. »Bei unserer letzten Begegnung hattest du ein…« Kirk deutete auf McCoys Beine.

»Ektoskelett«, sagte McCoy. »Jetzt stecken Implantate in mir. Künstliche Muskeln verstärken meine eigenen. Und ich habe den fünften Satz Hüftbeine. Diese sollen halten, hat man mir versprochen. Ich bin kein Doktor mehr, sondern ein medizinisches Experiment.«

Kirk freute sich. Und gleichzeitig erwachte Argwohn in ihm.

»Bist auch du in diese Sache verwickelt?« fragte er.

»In welche Sache?« erwiderte McCoy.

Kirk sah zum Balkon, als Spock und Scott ins Zimmer zurückkehrten. McCoys Präsenz stellte auch für sie eine große Überraschung dar.

»Na schön«, sagte Kirk nach einer überschwänglichen Begrüßung. »Um ganz ehrlich zu sein: Ich bin verwirrt. Pille, du wusstest, dass der Botschafter und Scotty hier waren, aber sie hatten keine Ahnung von deinem bevorstehenden Besuch.«

»›Der Botschafter‹?« wiederholte McCoy. »Entdecke ich da ein wenig Kühle im ambientalen System?«

»Jemand sollte mir endlich erklären, was hier eigentlich gespielt wird«, sagte Kirk.

McCoy seufzte, lehnte sich an den Tresen und reichte Kirk ein Glas. »Trink das.«

Kirk nahm den Drink entgegen und schnupperte daran. Echter Bourbon. »Ich… habe es schon vor einer ganzen Weile aufgegeben.«

McCoy bedachte ihn mit einem neugierigen Blick. »Gibt es einen bestimmten Grund dafür?«

Kirk zuckte mit den Schultern. Er trank keinen Alkohol mehr, seit er auch auf Geweberegeneratoren, Computer, Replikatoren und Kommunikatoren verzichtete. »Weil es einfacher ist«, erwiderte er. »Und gesünder.«

»Nun, ich bin dein Arzt«, brummte McCoy. »Und ich sage dir: Trink das.«

Kirk musste zugeben, dass der Drink sehr verlockend duftete, und die Minze darin war frisch. Nach einem Jahr auf Chal kannte er den Unterschied zwischen gerade gepflückten Pflanzen und anderen, die schon einen Tag alt oder noch älter waren. Im einen Fall handelte es sich um eine sinnliche Erfahrung, im anderen schlicht um Nahrung.

Er trank einen Schluck, und der herrliche Geschmack weckte Erinnerungen an die erste *Enterprise*, an lange Nächte in seiner Kabine, an Gespräche mit Pille und Spock, die bis zum nächsten ›Morgen‹ an Bord dauerten. Damals schien überhaupt kein anderes Leben möglich gewesen zu sein.

»Was bist du, ein Kadett?« fragte McCoy. Er leerte sein Glas zur Hälfte und riss dann die Augen auf, als hätte er gar nicht so viel trinken wollen.

Kirk beschloss, seine lange Abstinenz zu beenden. Er genehmigte sich einen weiteren Schluck, genoss das Brennen im Hals und die Wärme, die sich unmittelbar darauf in seinem Magen ausbreitete.

Langsam ließ er den Atem entweichen und stellte das Glas auf den Tresen. Er glaubte bereits zu spüren, wie der Alkohol wirkte.

»Ist alles in Ordnung mit dir?« fragte McCoy.

»Du bist mein Arzt«, entgegnete Kirk. »Was führt dich hierher?«

McCoy setzte sein Glas neben dem Kirks ab. »Ich fürchte, ich bringe schlechte Nachrichten, Jim. Von Chal.«

Von einem Augenblick zum anderen hatte Kirk wieder einen klaren Kopf. »Teilani...«

McCoy nickte. »Jemand hat sie... fortgebracht.«

Kirk spürte, wie sein Herz wieder zu schlagen begann. McCoy hatte ›fortgebracht‹ gesagt und kein Wort benutzt, das Schlimmeres zum Ausdruck brachte.

»Wohin? Wohin hat man sie gebracht?«

»Das weiß niemand. Die Unbekannten hinterließen eine Nachricht, in der es heißt: Wenn du dem Intendanten hilfst, so muss Teilani...« McCoy zögerte, doch Kirks Blick wies ihn darauf hin, dass er alles hören wollte. »Nun, in dem Fall muss Teilani sterben.«

Kirk wusste, dass es noch mehr gab. »Was sonst noch, Pille? Was sonst noch?«

McCoy sah jetzt wirklich so aus, als sei er anderthalb Jahrhunderte alt. »Wenn du Teilani zurückhaben möchtest... Die Fremden sind zu einem Tausch bereit.«

»Der Intendant?«

McCoy nickte. »Und seine Assistenten.«

»Janeway und T'Val.«

»Sie wurden nicht namentlich genannt, aber... der Starfleet-Geheimdienst glaubt, dass sich die Nachricht auf diese beiden Personen bezieht.«

Kirk richtete einen vorwurfsvollen Blick auf Spock. »Wussten Sie davon?«

»Nein.«

»Scotty?«

»Ich höre es jetzt zum ersten Mal. Meine Beziehungen bei Starfleet Command beschränken sich auf die Leute der technischen Abteilung.«

»Starfleet möchte mit dir reden, Jim.«

»Was Starfleet möchte, ist mir völlig schnuppe, Pille. Noch vor zwei Stunden wollte mich Starfleet in eine Arrestzelle beamen.«

»Wann ist das einmal nicht der Fall gewesen?« fragte

McCoy und schnitt eine Grimasse. Er trank erneut einen Schluck.

»Dies ist nicht der geeignete Zeitpunkt, Pille.«

»In meinem Alter hat es keinen Sinn mehr, irgendetwas hinauszuschieben.«

»Daran liegt mir ebenso wenig wie dir. Spock, vor zwei Stunden wäre ich bereit gewesen, den Intendanten und seine beiden Assistentinnen Starfleet auszuliefern, allen viel Glück zu wünschen und nach Chal zurückzukehren. Vor zwei Minuten, nach Ihren Schilderungen, war ich immer noch zu einer Rückkehr nach Chal bereit. Aber jetzt nicht mehr.«

»Ich glaube, darüber will Starfleet mit dir reden«, warf McCoy ein.

»Pille, du hast mit dem Starfleet-Geheimdienst zu tun, und Spock ebenfalls. Aber zwischen den Leuten, mit denen ihr redet, findet keine Kommunikation statt. Auf so etwas möchte ich mich nicht einlassen. Ich habe genug von der Starfleet-Bürokratie und dem ganzen Kram. Jemand hat Teilani entführt. Ich werde sie befreien. So einfach ist das.«

Scott sah McCoy und Spock an, trat dann vor. »Ich helfe Ihnen.«

»Meine Güte«, brummte McCoy, »ich habe nichts Aufregendes mehr erlebt seit... Nun, ich müsste zu viele Jahr zurückzählen. Ich bin mit von der Partie.« Er stellte sein Glas auf den Tresen.

Kirk musterte seinen Freund. »Pille, nein«, sagte er sanft. »In deinem Alter...«

»Mein Körper besteht aus so vielen künstlichen Teilen, dass man mir den Kopf abschneiden könnte, ohne meinen allgemeinen Gesundheitszustand nennenswert zu beeinflussen. Vielleicht wäre ich dadurch nur weniger brummig. Und in *deinem* Alter... Wie viele Freunde hast du noch, die dumm genug sind, sich mit dir auf irgendein haarsträubendes Abenteuer einzulassen?«

Kirk lächelte schief. »Danke für dein Vertrauen.«

»Dürfte ich dieser Angelegenheit ein wenig Vernunft hinzufügen?« fragte Spock.

Doch Kirk wollte keine Zeit mehr vergeuden. Und er hatte erst recht keine Zeit für Leute, die sie für ihn verschwenden wollten. »Nein, Mr. Spock, Sie dürfen nicht. Mir reicht's mit Vernunft und dergleichen. Diesmal geht's einfach nur darum, aktiv zu werden.«

Kirk ging zur Tür und wusste, dass ihm Scott und McCoy folgten.

Er schloss die Hand um den Knauf und sah noch einmal zu Spock. »Was ist? Kommen Sie mit?«

»Die Frage sollte eher lauten: Kommen *Sie* mit *mir*?«

»Warum sollte ich Sie begleiten?« erwiderte Kirk vorsichtig.

Spock holte seinen Insignienkommunikator hervor. »Weil Sie erstaunlich logisch sein können, für einen Menschen. Und welche Gefühle auch immer Sie mir derzeit entgegenbringen: Ich habe ein Schiff.«

Kirk zögerte und überlegte. Sich ein Raumschiff zu besorgen – darin bestand seine erste Priorität. Allerdings blieb es ihm ein Rätsel, wie sich so etwas in einer Gesellschaft bewerkstelligen ließ, die keine Währung irgendeiner Art benutzte.

»Was für ein Schiff?« fragte Kirk.

»Sie können es sich ansehen«, antwortete Spock. Er klopfte auf den kleinen Kommunikator, und ein elektronisches Zirpen wies auf die erfolgte Aktivierung hin.

»Spock an *Sovereign*«, sagte er. »Vier Personen für den Transfer.«

13

Natürlich gab es Bedingungen, um Teilani zu retten. Bei Starfleet, so wusste Kirk, gab es immer irgendwelche Bedingungen. Und die schlimmste von allen war die Uniform.

Er stand vor einem holographischen Spiegel in seinem Quartier an Bord der *Sovereign*, strich zum zehnten Mal die Jacke glatt und begriff nun, warum Picard dauernd daran zog. Kirk hatte schon einmal eine dieser neuen Uniformen getragen, um sich zu tarnen, als ihn die Vulkanier während der Virogen-Krise verhafteten. Bei jener Gelegenheit vor einem Jahr war sie kaum mehr für ihn gewesen als ein Kostüm.

Diesmal handelte es sich um eine echte Uniform, um ein Zeichen dafür, dass er wieder zu der Organisation gehörte, die er einst voller Erleichterung verlassen hatte. Starfleet war zunächst bestrebt gewesen, den *Zivilisten* James T. Kirk nach Chal zurückzuschicken, damit er dort sein Leben im Ruhestand fortsetzte. Jetzt zeigte die Flotte einen ähnlichen Eifer beim Bemühen, dem *Starfleet-Offizier* James T. Kirk alle ihre Ressourcen zur Verfügung zu stellen.

Im Kontrollraum der *Sovereign* hatte Flottenadmiral Alynna Nechajew Kirk mit einem unaufrichtigen Lächeln genau dreißig Sekunden Zeit gegeben, um eine Entscheidung zu treffen. Eigentlich ließ sie ihm gar keine Wahl, und das wusste sie auch.

Kirk betastete die vier Rangknöpfe an der rechten Kragenseite. Wenigstens in dieser Hinsicht hatte er sich durchsetzen können. In Ordnung, er wurde wieder zum Starfleet-Offizier, aber nicht als Admiral. Dieser Rang garantierte ihm nur einen Posten als Ausbilder an der Akademie. Er bestand darauf, wieder ein Captain zu sein und den einzigen Rang zu bekleiden, den er für sich selbst als richtig und angemessen erachtete. Ein Rang, der ihm einst das Kommando über ein Raumschiff gegeben hatte und vielleicht noch einmal geben würde.

Nechajew erhob keine Einwände, was darauf hindeutete, dass sie vielleicht gar nicht bereit gewesen war, eine andere Möglichkeit in Betracht zu ziehen. Anschließend forderte sie *Captain* Kirk auf, sich in einer Stunde im Aussichtszimmer zu melden. Dann drehte sie ihren Sessel und nahm zwei Techniker in die Zange, weil sie bei Warpfaktor sieben Komma sechs eine Abweichung in der Warp-Effizienz von einem halben Prozent bemerkt hatte.

Spock kannte sich an Bord dieses beeindruckenden Schiffes – es war das erste seiner Art – gut aus und zögerte nicht, Kirk, Scott und McCoy von der Brücke zu führen. Sein Verhalten bestätigte Kirks Verdacht: Nechajew gehörte zu den Offizieren, in deren Nähe sich niemand sonderlich wohl fühlte.

Kirk vernahm ein rhythmisches Summen und vermutete, dass jemand den Türmelder seines Quartiers betätigt hatte – er war noch immer nicht mit der modernen Technik der neuesten Starfleet-Schiffe vertraut.

»Computer, Spiegel deaktivieren«, sagte er, und sofort verschwand das reflektierende Hologramm vor ihm. Dahinter wurde eine helle Wand mit einem Schmuckschirm sichtbar. Das Projektionsfeld konnte Hunderttausende von verschiedenen Bildern zeigen, die in den Datenbanken der Bordcomputer gespeichert waren. Derzeit präsentierte es das Gemälde eines Schiffes der alten Constitution-Klasse, zu der auch die erste *Enterprise* gehört hatte. Erneut sah Kirk die Signatur des Künstlers: Jefferies. Es freute ihn, dass man einen der größten Schiffbauer Starfleets auch noch in diesem Jahrhundert kannte.

Kirk ging zur Tür – das Quartier war geradezu unverschämt groß – und sagte: »Herein.«

Das Schott glitt beiseite. Spock und McCoy standen im Korridor, und für einen Augenblick fühlte sich Kirk um ein Jahrhundert in die Vergangenheit versetzt.

Spock trug ebenfalls eine der neuen Uniformen, und die Insignien am Kragen...

»*Admiral* Spock?« brachte Kirk hervor. »Hatten Sie die weiten Umhänge satt?«

»Wie ich schon sagte: Der Krieg gegen das Dominion sorgte dafür, dass viele im Ruhestand lebende Offiziere zu Starfleet zurückkehrten.«

McCoy trat durch die Tür, mit sicheren Schritten – die Implantate und künstlichen Muskeln funktionierten perfekt. »Hast du dich in deiner neuen Aufmachung betrachtet?« fragte er.

Kirk wollte nichts zugeben und schüttelte den Kopf. »Es ist nur eine Uniform. In einigen Jahren gibt's eine neue Version. Man wechselt sie immer wieder.«

»Der Hawthorne-Effekt«, sagte Spock und folgte McCoy ins Quartier. »Eine soziologische Erkenntnis aus dem zwanzigsten Jahrhundert. Irrelevante, aber in regelmäßigen Abständen erfolgende Modifikationen des Arbeitsplatzes geben den Angestellten das Gefühl, dass ihr Wohlergehen den Vorgesetzten am Herzen liegt. Dieser Eindruck hat größere Zufriedenheit bei der Arbeit zur Folge und steigert somit die Produktivität.«

Kirk richtete einen fragenden Blick auf den Vulkanier. »Spock, wenn bei Starfleet niemand mehr bezahlt wird... Wie können wir dann Angestellte sein?«

»Ich gebe zu, dass die Ökonomie des vierundzwanzigsten Jahrhunderts auf den ersten Blick betrachtet recht komplex erscheinen mag, aber ein Wirtschaftssystem ohne Währung ist letztendlich logisch und einfach.«

»Wenn Sie es tatsächlich für einfach halten, so erklären Sie es mir mit weniger als fünfundzwanzig Worten«, sagte Kirk.

Spock dachte einige Sekunden lang darüber nach. »Dazu sehe ich mich außerstande.«

»Dadurch fühle ich mich viel besser.« Kirk stellte plötzlich fest, dass jemand fehlte. »Wo ist Scotty?«

»Mr. Scott ist im Dienst«, erwiderte Spock. »Wir werden ihm im Aussichtszimmer begegnen.«

»Im Dienst? An Bord dieses Schiffes?«

»Captain Scott gehört zur Crew der *Sovereign*. Er modifizierte viele ihrer technischen Innovationen für seine Entwürfe der *Enterprise*-E und arbeitet derzeit an weiteren Verbesserungen für die neue *Constellation*.«

Kirk brauchte einige Sekunden, um diese Informationen zu verarbeiten. »Die neue *Enterprise* basiert auf... *Scottys* Entwürfen?«

»Teile von ihr«, sagte Spock.

»Selbst heutzutage entwerfen sich neue Raumschiffe nicht selbst«, fügte McCoy hinzu.

Kirk beschloss, sich nicht länger von solchen Dingen überraschen zu lassen. Er hatte immer gewusst, dass Scott über erhebliche Talente verfügte, aber vielleicht wäre es besser gewesen, sich öfter daran zu erinnern. »Beeindruckend wie immer.« Kirk zog an seiner Uniformjacke und setzte sich in Bewegung. »Ich schlage vor, wir gehen jetzt zur Admiralin.« Er blieb stehen, als er McCoys Lächeln sah. »Ja, Doktor?«

»Ich hab' das mit der Jacke gesehen. Du hast vor einem holographischen Spiegel gestanden und dich in der Uniform betrachtet, stimmt's?«

»Was für einen Spiegel meinst du?«

»Mir machst du nichts vor, Jim. Du freust dich darüber, wieder bei Starfleet zu sein.«

Zuerst Teilani, und jetzt auch McCoy, dachte Kirk. *Warum glauben alle, mich besser zu kennen als ich selbst?*

»Man hat mich erpresst, Pille. Mir geht es nur darum, Teilani zu befreien. Und anschließend verbrenne ich diese Uniform auf Chal.«

»Die Übereinkunft mit Admiral Nechajew lautet anders«, wandte Spock ein. »Sie sind für die Dauer des Krieges plus ein zusätzliches Jahr zu Starfleet zurückgekehrt.«

»Erinnern Sie mich bloß nicht«, brummte Kirk, verließ das Quartier und... weigerte sich, eine ganz bestimmte Frage zu stellen.

»Zum nächsten Turbolift geht's nach rechts«, erklang Spocks Stimme hinter ihm.

Kirk wandte sich nach rechts. Als er den Lift erreichte, schlossen Spock und McCoy zu ihm auf.

Die Tür öffnete sich, und der Arzt klopfte Kirk auf die Schulter. »Keine Sorge, Jim. Wir holen sie zurück.«

»Ich weiß«, erwiderte Kirk. »Mit oder ohne Starfleet.«

Die Transportkapsel nahm die drei Männer auf und trug sie zu Admiral Nechajew.

»Das genügt, Captain Kirk.«

Kirk öffnete den Mund zu einem weiteren Einwand, erkannte Nechajews Stimmung und hielt es für besser zu schweigen. Er faltete die Hände auf dem glänzenden Tisch im Aussichtszimmer der *Sovereign*. Dies war nicht der geeignete Zeitpunkt, um Starfleets Strategie in Hinsicht auf Teilanis Entführung in Frage zu stellen.

Kirk spürte den Blick der Admiralin auf sich ruhen –

sie warnte ihn stumm davor, ihre Erläuterungen noch einmal zu unterbrechen.

Er sah zur einen Seite des Raums, wo ein großes Terrarium mit zehn oder mehr kleinen Eidechsen stand. Die meisten Tiere stammten von der Erde und verharrten reglos im Licht wärmender Lampen.

»Schon besser«, sagte die Admiralin. »Möchte jemand etwas hinzufügen?«

Kirk riskierte nicht, den Blick auf Spock, McCoy, Scott oder Nechajews Ersten Offizier Commander Tan Kral zu richten, einen ruhig wirkenden Trill, dessen Flecken auf dem Kopf miteinander verschmolzen und den Eindruck erweckten, das kurze, lichte Haar zu bedecken. Commander Krals bisherige Bemerkungen beschränkten sich auf einen Gruß, als Kirk und die anderen hereingekommen waren. Bestimmt gab er auch jetzt keinen Kommentar ab.

»Gut«, meinte Nechajew. Sie strich eine Strähne ihres blonden Haars aus der Stirn, so als hätte sie gerade eine anstrengende Aufgabe hinter sich gebracht. »Wie ich schon sagte: Die Mission wird auf folgende Weise stattfinden.

Wir sind unterwegs zur letzten bekannten Position der aus dem Paralleluniversum stammenden *Voyager*, unweit der Goldin-Diskontinuität, die wir in drei Tagen erreichen. Anschießend nehmen wir den gleichen Kurs wie die *Enterprise* und die andere *Voyager*, um den künstlichen oder natürlichen Mechanismus zu entdecken, der als Verbindung zwischen den beiden Universen dient...« Alynna Nechajew sah zu Kirk und versuchte nicht, ihren Ärger zu verbergen. »*Was ist, Captain Kirk*?«

Kirk trachtete danach, nicht auf die offensichtliche Antipathie der Admiralin zu reagieren. Zugegeben, er war im Sessel hin und her gerutscht, während sie sprach, ein deutlicher Hinweis darauf, wie wenig er von ihrem dummen Plan hielt. Aber vermutlich genügte bereits seine Präsenz in diesem Raum, um sie zu verärgern.

»Ich glaube, wir vergessen, dass das Leben einer Frau auf dem Spiel steht«, sagte Kirk und versuchte, um Teilanis willen, ruhig zu bleiben.

»Vielleicht stehen Milliarden von Leben auf dem Spiel, Captain.«

»Aber Teilani ist der Schlüssel!« Kirk konnte es nicht ertragen, länger ruhig zu sitzen, wie ein unterwürfiges Mitglied von Nechajews Crew. Ruckartig stand er auf. »Warum Zeit mit der Suche nach Schiffen vergeuden, die ihre Warpspuren abgeschirmt haben und sich vielleicht längst im anderen Universum befinden? Teilanis Entführer bieten einen Austausch an. Intendant Spock, Janeway und T'Val befinden sich an Bord dieses Schiffes – lassen Sie uns den Austausch vornehmen.«

Nechajew lehnte sich in ihrem Sessel zurück. »Der berühmte Captain Kirk, Held seines Jahrhunderts, möchte so schnell aufgeben? Will er sich der Erpressung fügen, wie ein... Ferengi?«

Kirk blickte aus dem Panoramafenster und beobachtete die während des Warptransits vorbeiziehenden Sterne. Er versuchte, Kraft aus diesem Anblick zu beziehen. »Natürlich lassen wir uns nicht erpressen, Admiral. Aber wir können den Austausch nutzen, um eine Falle vorzubereiten. Wer auch immer Teilani in seine Gewalt gebracht hat: Er stammt aus der ›Welt hinter dem Spiegel‹. Wenn Sie wissen wollen, wie die andere *Voyager* in dieses Universum transferiert wurde und was mit der *Enterprise* geschehen ist... Die Entführer haben Antworten auf diese Fragen. Wenn Sie auf meinen Vorschlag eingehen, ist Teilani bald wieder in Sicherheit, und Sie haben ein oder zwei Gefangene, die Ihnen alle notwendigen Informationen geben können.

Die Alternative besteht daran, monatelang im All herumzuirren und nach etwas zu suchen, das wir vielleicht nie finden.«

Nechajew musterte Kirk voller Verachtung. »Die besten Spezialisten Starfleets haben Jahrzehnte damit verbracht, angemessene Reaktionsstrategien in Hinsicht auf die Aktivitäten von Entführern und Terroristen zu entwickeln. Wenn wir den Transfer-Mechanismus finden und entweder zerstören oder unter unsere Kontrolle bringen, während sich die Kidnapper in unserem Universum befinden... Dann ist ihr Fluchtweg abgeschnitten, und unter solchen Umständen bleibt ihnen gar nichts anderes übrig als mit uns zu verhandeln.«

Kirk schlug mit der Faust auf den Tisch. »Wenn die Entführer nicht mehr in ihre Heimat zurückkehren können, lassen sie sich vielleicht zu verzweifelten Aktionen hinreißen, die ihre Geisel in Gefahr bringen!«

Nechajew sprang auf und beugte sich weit über den Tisch. »Nein! Sobald der Transfer-Mechanismus neutralisiert ist, stellt Teilani für die Kidnapper das einzige Mittel dar, das ihnen die Rückkehr ermöglicht. Sie werden ihr kein Leid zufügen.«

»Teilani ist eine Person, kein ›Mittel‹! Und Ihr Plan bringt sie in erhebliche Gefahr!«

»Ihr Benehmen lässt zu wünschen übrig, Captain!«

»Ihres ebenfalls!« rief Kirk. »Sie haben mir ein Angebot gemacht, damit ich Ihnen helfe. Ich habe es angenommen. Aber jetzt hören Sie überhaupt nicht auf mich.«

Rote Flecken bildeten sich auf Nechajews blassen Wangen. »Dies sind keine Pionierzeiten mehr, Captain. Starfleet greift nicht mehr nach Laserpistolen und saust durchs All, um auf seltsame neue Lebensformen zuerst zu schießen und anschließend Fragen zu stellen.«

»So etwas ist in meiner Zeit nie geschehen, wenn Sie das andeuten wollen.«

»Wie bitte?« erwiderte die Admiralin und gab sich erstaunt. »Ich *weiß*, dass Sie auf diese Weise vorgegangen sind. Ich habe die Geschichtsbücher gelesen.«

»Ich habe die Geschichte *erlebt* und dazu beigetragen, dass sie sich so entwickelt hat, wie Sie sie heute kennen.«

»Und deshalb glauben Sie, besser zu sein als die Spezialisten des Starfleet-Geheimdienstes?«

»Hören Sie nur, was Sie da sagen, Admiral. Sie provozieren eine Konfrontation, indem Sie versuchen, eine Gut-oder-schlecht-Situation zu schaffen. Bin ich *besser* als die Starfleet-Experten? Eine solche Frage sollte überhaupt nicht gestellt werden. Wer sind jene Spezialisten? Welche Erfahrung haben sie? Wir sind im vierundzwanzigsten Jahrhundert, nicht wahr? Und Ihre Experten kennen sich mit der *heutigen* Situation aus. Wenn Teilani von einer aus der Gegenwart stammenden Bande orionischer Piraten oder abtrünnigen Klingonen entführt worden wäre... Dann würde ich die ganze Sache getrost den Starfleet-Experten überlassen, denn mit so etwas kennen die sich aus.

Aber wir haben es hier mit Leuten zu tun, von denen Starfleet überhaupt nichts weiß. Sie sind erbarmungslos und lassen sich nicht von Logik beeindrucken. Ihr Handeln basiert auf generationenlangem Hass und dem brennenden Wunsch nach Rache. Bitte verzeihen Sie meine Offenheit, aber in dieser perfekten Föderation, in der Sie aufgewachsen sind... Ich fürchte, eine derartige Leidenschaft versteht Starfleet nicht mehr. Der Beweis dafür ist der nutzlose Plan, den Sie gerade vorgelegt haben.«

Kirk und Nechajew blieben stehen und musterten sich wie zwei Messerkämpfer kurz vor dem Duell. Jeder wartete darauf, dass der andere begann.

»Admiral Spock«, sagte die Admiralin, »bevor ich Kirk entfernen lasse – bitte teilen Sie ihm mit, dass Starfleets Plan logisch ist.«

»Es mangelt dem Plan tatsächlich nicht an Logik«, erwiderte Spock. »Aber Teilanis Entführer agieren nicht logisch. Deshalb muss ich Captain Kirk zustimmen und darauf hinweisen, dass Ihr Plan nur geringe Erfolgsaussichten hat.«

Nechajew wandte den Blick von Kirk ab und starrte den Vulkanier so an, als hätte er sie gerade verraten. »Wie können Sie so etwas behaupten?«

»Es entspricht der Wahrheit.«

Nechajew kniff nachdenklich die Augen zusammen. Und dann formten ihre Lippen plötzlich ein Lächeln, das ganz und gar nicht erfreulich wirkte. »Ich verstehe. Sie arbeiten zusammen. Natürlich. Kirk und Spock. Und vergessen wir nicht Dr. McCoy. Das alte Trio. Sie unternehmen den jämmerlichen Versuch, den Ruhm Ihrer Jugend zurückzugewinnen.«

Solche Vorwürfe ließen Kirk kalt, weil sie aus der Luft gegriffen waren. Er fühlte sich nicht für das verantwortlich, was Leute von ihm dachten, die ihn nicht kannten. Einem anderen Punkt kam weitaus größere Bedeutung zu. Wenn seine Präsenz Nechajew so sehr störte – wieso hatte sie ihm dann einen Platz an Bord der *Sovereign* angeboten?

Er sah McCoy an. Der alte Arzt rieb die Finger einer Hand aneinander – eine Geste, die seine Anspannung verriet.

Spock wirkte völlig gelassen, doch Kirk wusste, dass es ihn ebenfalls störte, falsch beurteilt zu werden.

Dann überraschte Spock alle Anwesenden, indem er aufstand. »Flottenadmiral Nechajew, indem Sie Captain Kirks Rat ignorieren, setzen Sie sich meiner Ansicht nach über die Anweisungen hinweg, die Starfleet Command Ihnen zu Anfang dieser Mission übermittelte.«

Ein oder zwei Sekunden lang wirkte Nechajew verdutzt, und dann lachte sie. »Was? Wollen Sie mich von McCoy für dienstuntauglich erklären lassen, damit Kirk das Kommando übernehmen kann?« Sie sah zu Kirk. »Ich habe *alle* Geschichtsbücher gelesen und weiß daher, wie Sie denken.« Sie wandte sich an Ihren Ersten Offizier. »Commander Kral, was halten Sie von Admiral Spocks Behauptung? Missachte ich meine Anweisungen?«

Der Trill schüttelte langsam den Kopf. »Nein, Ma'am. Sie sollen Kirks Hilfe nur dann in Anspruch nehmen, wenn Sie es für richtig halten.«

»Und da Sie ganz offensichtlich glauben, jeder Rat von mir sei völlig nutzlos…«, sagte Kirk. »Warum bin ich hier?«

McCoy beantwortete die Frage, und Kirk hörte die Bitterkeit in seiner Stimme. »Es liegt auf der Hand, Jim. Starfleet wollte unbedingt verhindern, dass du bei dieser Angelegenheit aktiv wirst. Deshalb befindest du dich an Bord dieses Schiffes – damit man dich besser unter Kontrolle halten kann.«

Kirk starrte Nechajew an und verstand plötzlich. »Sie wollen mir überhaupt nicht dabei helfen, Teilani zu retten.«

Die Admiralin schüttelte den Kopf. »Ganz gleich, für wen Sie uns in diesem Jahrhundert halten – wir sind nicht herzlos. Wir werden alles tun, um Teilani zu befreien. *Nachdem* die Sicherheit der Föderation gewährleistet ist.«

Kirk fühlte sich elend. Starfleet hatte ihn belogen. Und er konnte sich nicht wehren. Er saß in der Falle, an Bord eines der modernsten Schiffe der Flotte, des Prototyps, der zur Entwicklung von Jean-Luc Picards neuer *Enterprise* geführt hatte. Mit Höchstgeschwindigkeit raste die *Sovereign* einem Raumbereich entgegen, der viele hundert Lichtjahre von Chal entfernt war – und damit auch von der Chance, jene Frau zu retten, die ihm mehr bedeutete als das eigene Leben.

Offenbar spürte Nechajew seine Niedergeschlagenheit, denn sie setzte sich und bedeutete ihm, ihrem Beispiel zu folgen.

Kirk blieb stehen. »Ich glaube, wir sind hier fertig.«

Nechajew zuckte mit den Schultern. »Wie Sie meinen.«

Kirk ging zur Tür. Spock half McCoy beim Aufstehen.

»Captain...«, sagte die Admiralin, bevor Kirk den Raum verließ. »Für Starfleets Wunsch, Sie an dieser Mission zu beteiligen, gibt es einen anderen Grund als Sie glauben.«

Kirk blickte skeptisch über die Schulter.

»Offenbar unterhalten Sie eine besondere Beziehung zu den drei Besuchern aus dem anderen Universum«, fügte Nechajew hinzu.

»Sie haben mir vertraut, Admiral. Bevor sie von Ihnen aus meiner Hotelsuite gebeamt wurden. Inzwischen dürfte die gute Beziehung nicht mehr existieren.«

»Aber falls Sie sich irren...« Nechajew war noch nicht bereit, Kirk gehen zu lassen. »Starfleet wüsste es sehr zu schätzen, wenn Sie während der nächsten Tage mit ihnen sprechen und zusätzliche Informationen über das Paralleluniversum gewinnen könnten. Seine Geschichte, die Ereignisse der letzten hundert Jahre, die aktuellen Konflikte. Damit wäre uns sehr geholfen.«

»Und wenn ich mich weigere?« fragte Kirk. »Gibt es an Bord dieses Schiffes eine Planke, über die ich gehen könnte?«

Die Admiralin reagierte nicht auf den Sarkasmus. »Die Wahl liegt bei Ihnen, Captain Kirk. Denken Sie daran. Die von Starfleet angebotene Wahl lag immer bei Ihnen.«

»Ich treffe meine Wahl selbst«, sagte Kirk und ging hinaus, ohne eine Erlaubnis abzuwarten.

Er wusste jetzt, was es zu unternehmen galt.

Und ihm blieben nur noch drei Tage, um aktiv zu werden und Teilani zu retten.

14

»Ich könnte Sie umbringen«, sagte Janeway. – Kirk kehrte ihr auch weiterhin den Rücken zu und genoss den prächtigen Anblick des Yosemite-Nationalparks. Ein so atemberaubendes Panorama bot sich einem nur vom Gipfel des El Capitan.

»Sie könnten es versuchen«, erwiderte er. »Aber...«

Janeways ausgestreckte Hände trafen Kirks Rücken mit der Wucht eines angreifenden Targ und stießen ihn in die Leere. Der Boden erstreckte sich mehr als einen Kilometer unter ihm, und ein überwältigendes Gefühl des Déjà-vu stellte sich ein, bevor...

»Warnung«, erklang die Sprachprozessorstimme des Computers. »Physisches Risiko geht über programmierte Toleranzgrenze hinaus. Sicherheitspriorität wird aktiviert.«

Von einem Augenblick zum anderen spürte Kirk festen Boden unter den Füßen. Er senkte den Kopf und sah noch immer nichts anderes als gähnende Leere, aber sie hatte Substanz: Er konnte auf ihr gehen.

Er drehte sich zu Janeway um, die noch immer am Rand des Gipfels stand, die Hände in die Hüften gestemmt. Es schien sie zumindest ein wenig zu enttäuschen, dass Kirk nicht in den Tod stürzte.

»Wie ich gerade sagen wollte...«, fuhr er fort. »Sie könnten es versuchen, aber das Holodeck lässt so etwas nicht zu.«

Kirk schritt durch die Luft und kehrte zum simulierten Granit zurück – eine perfekte Illusion, geschaffen von holographischen Projektoren und einem Transportersystem, das repliziertes Felsgestein verwendete.

»Ich dachte es mir«, sagte Janeway.

»Aber Sie wollten sicher sein.«

»Ja, ich wollte sicher sein.« Ihr kurzes Lächeln überraschte Kirk, denn es wirkte echt. »An meiner Stelle hätten Sie ebenso gehandelt.«

Kirk antwortete nicht – sollte ruhig ein Rest von Zweifel in ihr bleiben. Aber sie hatte recht. Immer deutlicher sah er das in ihr, was sie in diesem Universum zur Raumschiff-Kommandantin hatte werden lassen.

Janeway blickte sich um, senkte dann die Lider und atmete tief durch. »Selbst mit geschlossenen Augen ist die Illusion perfekt. Der Wind, die von den Felsen aufsteigende Wärme, der Geruch der Kiefern...« Sie öffnete die Augen wieder und wandte sich abrupt ab, wie heimgesucht von unerträglichem Kummer.

»Was ist?« fragte Kirk mit aufrichtiger Sorge. Während der letzten drei Tage hatte er Janeway besser kennen gelernt und sah mehr in ihr als nur einen Feind, den es zu manipulieren galt, um eigene Ziele zu erreichen. Bei dieser Frau gab es verschiedene interessante Aspekte, verborgen unter einem äußeren Panzer aus scheinbarer Gleichgültigkeit. Sie schien eine so schwere Bürde zu tragen, dass sie diese Last nicht einmal sich selbst eingestehen wollte.

Mit der einen Hand strich sich Janeway übers kurze rotbraune Haar. Die rote Tönung hatte sie nach dem Retransfer an Bord der *Sovereign* entfernt. Die jetzige Farbe stand ihr fiel besser, fand Kirk. »Ich habe gerade daran gedacht, welche Technik für so etwas nötig ist. Tausende, vermutlich sogar *Millionen* von Arbeitsstunden Entwicklung, dann das Testen und Programmieren... Wissen Sie, welche Rückschlüsse sich aufdrängen, wenn eine Kultur sich den Einsatz so großer Ressourcen allein für die Unterhaltung leisten kann?«

»Man verwendet Holodecks auch für Ausbildungssimulationen«, sagte Kirk.

Janeway achtete nicht auf diesen Einwand und setzte ihre Argumentation fort. »Es bedeutet, dass alle wesentlichen Probleme gelöst sind. Kein Hunger. Keine Krankheiten. Kein Krieg…«

»Das ist eine Betrachtungsweise. Es könnte aber auch bedeuten, dass die betreffende Kultur versucht, sich von bestimmten Herausforderungen abzulenken. Die der Unterhaltung gewidmete Zeit kann auch dazu dienen, sich von Anstrengungen zu erholen. Sie muss nicht nur eine Belohnung dafür sein, alle Mühen überstanden zu haben.«

Janeway hob eine Hand, schirmte sich die Augen ab und beobachtete, wie die simulierte Sonne groß und rot den Horizont erreichte. Lachsfarbene Strahlbahnen gingen von ihr aus und tasteten nach dem Indigoblau des dunkler werdenden Himmels. Nach einigen Sekunden drehte Janeway die Hand und schien die Temperaturveränderung zu prüfen. Kirk hatte bereits bemerkt, dass sie nie aufhörte, zu messen und ihre Umgebung zu untersuchen. Tief in ihrem Herzen schien sie Wissenschaftlerin zu sein.

»Betrachten Sie immer alles aus mehreren Blickwinkeln?« fragte sie.

»Das bringt mein Beruf mit sich«, erwiderte Kirk. »Ich bin Captain. Das heißt, ich *war* es. Diplomatie ist die beste Politik. Stellen Sie immer wichtige Fragen, während Sie vorgeben, mit ganz anderen Dingen beschäftigt zu sein?«

Janeway ließ die Hand sinken und schenkte Kirk ihre volle Aufmerksamkeit. Im Glühen des Sonnenuntergangs verlor sie ihre Blässe und wirkte nun wie verjüngt. »Das bringt *mein* Beruf mit sich. Ich bin Soldat. Und ich befinde mich in der Gewalt des Feindes. Unter solchen Umständen ist Täuschung die beste Politik.«

Janeway trug nun zivile Kleidung, die aus einem Replikator stammte. Vom Schnitt her ähnelte sie einer Starfleet-Uniform, aber der dunkelgrüne Stoff war weicher und saß lockerer. Die Frau erinnerte Kirk kaum mehr an die grimmige Soldatin im Kampfanzug, die ihn vor mehr als einer Woche entführt hatte.

Kirk blickte über den prächtigen Wald im tiefen Tal. Die fernen Bäume sahen ein wenig anders aus, als er sie in Erinnerung hatte. Offenbar basierte die holographische Darstellung auf neueren Aufnahmen – die Vegetation unterschied sich von Kirks hundert Jahre alten Erinnerungen. »Starfleet ist nicht der Feind«, sagte er.

Zusammen mit Kirk beobachtete Janeway, wie Schatten durchs Tal wanderten. »Das haben Sie schon einmal behauptet«, entgegnete sie. Auf einigen Lichtungen zeigte sich das blasse Flackern von Lagerfeuern. Man hätte fast meinen können, dass die Sterne eine Heimat im Yosemite-Park gefunden hatten. »Aber ich glaube Ihnen nicht«, fuhr Janeway fort. »Weil ich ziemlich sicher bin, dass *Sie* fast ebenso sehr einen Feind in Starfleet sehen wie ich.«

Ich bin von Gedankenlesern umgeben, dachte Kirk.

»Kate«, sagte er fest, »ich will nicht verhehlen, dass es zwischen mir und Starfleet Command gelegentlich zu Meinungsverschiedenheiten kam… Nun, sogar recht häufig, wenn ich genauer darüber nachdenke… Fast immer, um ganz ehrlich zu sein. Aber auf eine eigene, schwerfällige und ungeschickte Weise versucht Starfleet, die Wahrheit hinter Ihrer Präsenz in unserem Universum und dem Verschwinden der *Enterprise* zu entdecken.«

Janeway sah Kirk in die Augen, als wollte sie ihn überzeugen, dass jedes ihrer Worte der Wahrheit entsprach. »Ich habe Ihnen gesagt, warum wir hier sind. Es gibt keine Verbindung zwischen uns, der *Enterprise* und der duplizierten *Voyager*.«

»Admiral Nechajew weigert sich zu glauben, dass beide Transfers aus dem Paralleluniversum zur gleichen Zeit zufällig erfolgten.«

Inzwischen war die Sonne zur Hälfte hinterm Horizont verschwunden. Der verblassende Himmel und die dunkler werdenden Schatten verliehen Janeways Zügen eine neue Intensität. »Was glauben Sie?«

»Mir ist es gleich«, sagte Kirk und ließ ebenfalls keinen Zweifel daran, dass er es ehrlich meinte. »Mir geht es allein darum, Teilani zu retten.«

Janeway musterte ihn. »Stimmt das?«

Nicht zum ersten Mal wünschte sich Kirk, über telepathische Fähigkeiten zu verfügen.

Ganz plötzlich hob Janeway beide Hände zu seinem Gesicht und küsste ihn. Die rechte Hand kroch weiter zum Nacken und übte dort Druck aus, um Kirks Lippen noch fester an ihre zu pressen.

Ein oder zwei Sekunden lang reagierte Kirk und zog Janeway enger an sich. Ein besonderes leidenschaftliches Feuer brannte in dieser Frau, ein Feuer, das ihn von Anfang an angezogen hatte. Eigensinn und Unabhängigkeit glühten darin, die Weigerung, eine Niederlage hinzunehmen – diese Eigenschaften sorgten dafür, dass Kirk eine ebenbürtige Person in Janeway sah.

Doch das Verlangen in ihm verflüchtigte sich sofort, als das Herz rebellierte.

Er schob Janeway fort, atmete tief durch und verdrängte die letzten Reste der Begierde. Im letzten karmesinroten Licht der Sonne musterte er die Frau und vermutete, dass sein Gesicht ebenso glühte wie ihrs.

»Nein«, sagte er.

Sie strich ihm mit den Fingern über die Wange. Es war keine sanfte, sondern eher eine besitzergreifende Geste. »*Das* glaube ich Ihnen nicht.«

Zu einem anderen Zeitpunkt in seinem Leben wäre Kirk mit Herz *und* Verstand bei der Sache gewesen.

Unter diesen Sternen hätten sich Janeway und er geliebt, ohne auf Vergangenheit und Zukunft Rücksicht zu nehmen. Sie wären beide bereit gewesen, sich einer einzigartigen Sinneserfahrung hinzugeben, ohne dabei an irgendwelche anderen Dinge zu denken.

Zu einem anderen Zeitpunkt in seinem Leben.

Aber nicht jetzt.

Er griff nach Janeways Hand und zog sie fort von seinem Gesicht. »Es ist mein Ernst, glauben Sie mir.«

Zwischen ihnen würde sich nichts abspielen. Er wollte es nicht zulassen.

»Sie lieben Teilani wirklich«, sagte Janeway.

›Liebe‹ schien ein viel zu kleines Wort für das zu sein, was er empfand. Aber selbst ein ganzes Buch voller Worte konnte nicht zum Ausdruck bringen, was er in Teilani gefunden hatte und was es für sie beide noch zu entdecken gab, gemeinsam. »Ja, das stimmt«, bestätigte Kirk.

Janeway trat zurück. Erneut hatte sie die Grenzen, die ihr hier gesetzt waren, auf die Probe gestellt, und jetzt verarbeitete sie die neuen Erkenntnisse.

»Helfen Sie mir, Teilani zu befreien«, sagte Kirk.

Janeway lehnte Zugeständnisse ab. »Helfen Sie mir, den Intendanten und T'Val in ihre Heimat zurückzubringen, mit den benötigten Informationen.« Ihr Verhandlungsstil hatte eine Direktheit, die Kirk bewunderte.

Kirk streckte die Hand aus, um die Übereinkunft zu besiegeln.

Janeway zögerte. »Was ist mit Starfleet?«

Kirk benutzte keinen sehr freundlichen Ausdruck, um zu beschreiben, was er von Starfleet hielt.

Janeway lachte. »Solche Bemerkungen erwartet man nicht von einem Captain«, sagte sie. »Was ist mit der Diplomatie passiert?«

»Diplomatie braucht Geduld«, erwiderte Kirk. »Und

mein Vorrat an Geduld ist inzwischen zu Ende gegangen.«

Über ihnen leuchteten die simulierten Sterne einer simulierten Welt und boten einen wunderschönen Anblick.

Darunter standen Kirk und Janeway genau dort, wohin sie gehörten.

Sie schüttelten sich die Hände.

Nicht als Mann und Frau, sondern als Soldaten und Verbündete.

Sie hatten jetzt eine eigene Allianz gebildet, und damit konnte der Kampf um das Überleben ihrer Heimatwelten beginnen.

15

Bald *bin ich wieder daheim*, hatte er gesagt. – Teilani wiederholte diese Worte als leises Flüstern, während sie mit dem Fingernagel des Daumens über den Lederriemen kratzte, der ihre Hände fesselte.

Bald bin ich wieder daheim.

Das hatte ihr James versprochen. Sie senkte die Lider, um nicht mehr den fleckigen und zerrissenen Stoff zu sehen, der die Wände der vier Meter durchmessenden, kugelförmigen Zelle bedeckte. Vor dem inneren Auge sah sie ihn noch einmal auf dem Kom-Schirm, sein Lächeln…

Die Reise zur Erde sei gut verlaufen, hatte er ihr bei jener Gelegenheit mitgeteilt. Er rechnete damit, bald Spock zu begegnen. Offenbar bestand seine Absicht darin, einem alten Freund zu helfen, und dann…

Bald wieder daheim.

Zu jenem Zeitpunkt – vor Tagen oder Wochen; Teilani wusste nicht genau, wie viel Zeit verstrichen war – hatte sie sich gefreut. Sie spürte Unbeschwertheit in ihm, sah das Funkeln in seinen Augen und fühlte, dass ihn neue Kraft erfüllte, neue Zielstrebigkeit.

Und sie wusste, dass er seine Entscheidung getroffen hatte.

Er würde nach Chal zurückkehren.

Nach Chal und zu ihr.

Während sie in der Schwerelosigkeit schwebte, mit angezogenen Beinen, die Arme gekrümmt, bedauerte sie einmal mehr, nicht im Kom-Zentrum der Stadt gewesen zu sein, um direkt mit James zu sprechen. Aber seine Worte hatten die Enttäuschung darüber aus ihr vertrieben, nur eine Aufzeichnung zu hören und zu sehen.

Als James Chal verlassen hatte, war Teilani ganz und gar nicht sicher gewesen, ob er jemals zurückkehrte. Sie wusste nur, dass er seinem Herzen folgen würde – eine Reise, bei der ihn nichts und niemand beeinflussen konnte.

Die Sterne, mit deren Hilfe James Kirk seinen Kurs bestimmte, gehörten ihm selbst. Und Teilani wusste jede Sekunde des gemeinsamen Weges zu schätzen.

Sie vernahm das ferne Zischen eines Schotts, schloss die Augen und verdrängte alle Erinnerungsbilder.

Während der vergangenen Tage hatte sie jenes Zischen mehrmals gehört, und immer war kurz darauf einer der Entführer zu ihr gekommen.

Doch für die tägliche Mahlzeit war es noch zu früh. Was bedeutete: Die Situation hatte sich verändert; irgendetwas würde geschehen.

Teilani streckte die Beine und hob die Hände über den Kopf, während sie auch weiterhin mit dem Daumennagel am Lederriemen kratzte. Durch die veränderte Körperhaltung fand ihre langsame Rotation ein Ende.

In wenigen Sekunden, so stellte sie fest, würde sie die Wand der Zelle erreichen und sich dann an den Stoffstreifen festhalten können, die sich langsam hin und her wiegten, wie maritime Tangstränge.

Sie wusste nicht, welchen Zweck dieser spezielle Raum einst erfüllte haben mochte. Die Risse in den gepolsterten Wänden und zahlreiche dunkle Blutflecken deuteten darauf hin, dass der letzte Insasse den Aufenthalt an diesem Ort nicht mehr genossen hatte als sie.

Dem fernen Zischen folgte ein Summen, das von einem unbekannten Mechanismus oder Apparat stammte, und dann trübte sich das Glühen der sechs Leuchtflächen, die gleichweit voneinander entfernt in die Zellenwände integriert waren. In welcher Verbindung auch immer die Geräusche und das matter werdende Licht standen – es bedeutete, dass sich gleich die Zellentür öffnen würde.

Teilanis Daumen brannte aufgrund der ständigen Reibung. Noch ein Tag, schätzte sie – dann konnte sie den Lederriemen zerreißen. Noch ein Tag, bis sie imstande war, sich zu befreien und zu kämpfen. Aber noch musste sie sich in Geduld fassen.

Die Luft geriet in Bewegung, als sich eine runde Luke öffnete. Im plötzlichen Zug neigten sich alle Stoffstreifen dem offenen Zugang entgegen, als seien sie bestrebt, aus dem runden Raum zu entkommen.

Teilani hörte mit dem Kratzen auf und warf einen kurzen Blick auf den Riemen. Die Kerbe im Leder war noch tiefer, als sie erwartet hatte. Vielleicht dauerte es weniger als einen Tag, bis sie die Fesseln abstreifen konnte.

Ein Entführer erschien im Zugang und sah sich wachsam um.

Teilani musterte die Gestalt überrascht.

Diese Person gehörte nicht zu den Leuten, die sie von Chal fortgebracht hatten, mit einem Transporterstrahl, dem sie wehrlos ausgesetzt war.

Cardassianer steckten hinter der Entführung. Zuerst hatten sie nicht mit ihr gesprochen, sie nur durchs Fenster der kleinen Zelle angestarrt, in der ihr Retransfer stattfand, vermutlich an Bord eines Frachters im Orbit von Chal.

Dreimal warf sie sich gegen den Sicherheitsschirm im Zugang der Zelle, und beim dritten Mal gelang es ihr sogar, den dürren Cardassianer, der offenbar die

Aufsicht führte, am Hals zu packen. Daraufhin beendeten die Entführer ihr Schweigen.

Die Entladungen des Kraftfelds führten zu einem neuralen Schock, der Bewusstlosigkeit bewirkte. Als Teilani wieder zu sich kam, teilte ihr der hagere Cardassianer mit, der Sicherheitsschirm sei jetzt auf tödliche Intensität justiert. Ein weiterer Kontakt damit würde sie das Leben kosten.

Abgesehen von diesem Hinweis weigerten sich die Entführer, irgendwelche Fragen zu beantworten.

Einige Tage später wurde sie im Schlaf transferiert und erwachte in dieser Zelle. Die Schwerelosigkeit allein genügte nicht, um auf einen Aufenthalt im All zu schließen – vielleicht wurden Antigravgeneratoren verwendet, um sie zu verwirren und einen Fluchtversuch zu erschweren. Nur in einem Punkt war Teilani sicher: Sie weilte nicht mehr auf Chal. Dort wäre ihr Verschwinden innerhalb weniger Stunden bemerkt worden, und angesichts einer Bevölkerung von weniger als einer Million Personen, die auf Inseln verstreut lebten, hätte der ganze Planet in nur einer Stunde abgesucht werden können.

Nun, es überraschte Teilani nicht weiter, dass Cardassianer für die Entführung verantwortlich waren. Der Krieg gegen das Dominion dauerte an, und nicht eine Sekunde lang zweifelte sie daran, dass die aktuellen Geschehnisse mit James in Zusammenhang standen.

Als Teilani jetzt die Fremde im Zugang erblickte, stellte sie alle bisherigen Schlussfolgerungen in Frage.

Die Frau war keine Cardassianerin, sondern ein Mensch. Sie schien recht jung zu sein, hatte ein ausdrucksstarkes, kantiges Gesicht und kurzes blondes Haar. Sie bemerkte Teilani an der einen Wand des Raums und rief: »Bleiben Sie da!«

Teilani hielt es für besser, sich zu fügen. Reglos beobachtete sie, wie sich die Frau von der Luke abstieß und in ihre Richtung schwebte. Sie trug einen dunkelgrauen Overall mit einem stilisierten Erde-Symbol an der linken Schulter. Ein solche Uniform sah Teilani jetzt zum ersten Mal.

Geschickt landete die Unbekannte neben Teilani an der gewölbten Wand. Ihr Schuhwerk war ebenso seltsam wie nützlich. Es ließ die Zehen frei, was der Frau die Möglichkeit gab, zusätzlichen Halt am Stoffbezug der Wand zu finden: So behielt sie die Hände frei, ohne zu riskieren, von der Wand fortzuschweben.

»Wo bin ich?« fragte Teilani.

Irgendetwas an der Frau deutete auf eine Resignation hin, die Teilani vertraut erschien. Einen ähnlichen Eindruck hatten die Bewohner von Chal während der Virogen-Krise erweckt, bevor James zurückkehrte, zu jenem Zeitpunkt, als es kaum mehr Hoffnung gab.

»Das kann ich Ihnen nicht sagen«, erwiderte die Unbekannte. Eine Instrumententasche war an ihrem Gürtel befestigt, und daraus holte sie einen medizinischen Tricorder hervor, doppelt so groß wie die bei Starfleet gebräuchlichen Geräte.

»Können oder wollen Sie es mir nicht sagen?« fragte Teilani.

Die Frau schwieg. Offenbar fiel es ihr schwer, den Tricorder zu aktivieren.

»Wie heißen Sie?« erkundigte sich Teilani.

»Tasha«, antwortete die Frau. Sie schlug mit der flachen Hand an die Seite des Geräts, und daraufhin leuchteten die Statusanzeigen auf.

»Was haben Sie vor?«

Tasha löste das Scannermodul vom Tricorder und hielt es in angemessener Entfernung, um eine dreidimensionale Sondierung aus zwei verschiedenen Richtungen vorzunehmen. »Ich möchte sicher sein, dass es Ihnen gut geht.«

Das hielt Teilani für seltsam. Die cardassianischen Entführer an Bord des Frachters waren bereit gewesen, sie mit dem Sicherheitsschirm zu töten. *Aber vielleicht haben sie gelogen*, fuhr es ihr durch den Sinn.

»Ist das wichtig?« fragte Teilani. »Mein Wohlergehen, meine ich.«

Tasha schenkte ihr keine Beachtung.

Die Gefangene seufzte. »Na schön. Können Sie mir etwas über... diesen Raum sagen?«

Tasha runzelte die Stirn, so als funktionierte der Tricorder nicht richtig. »Was wollen Sie wissen?«

»Welchen Zweck hat er?«

»Er dient als Fütterungskammer für Medusen.«

»Oh.«

Bei Medusen handelte es sich um körperlose Lebensformen, die auf viele Humanoiden so schrecklich wirkten, dass ihr Anblick genügte, um sie in den Wahnsinn zu treiben. Teilani hatte Geschichten über die Raumschiffe der Medusen gehört und begriff: Wenn sie sich derzeit an Bord eines solchen Schiffes befand, gab es kein Entkommen für sie. Eine Begegnung mit der Schiffscrew genügte, um...

Sie hatte begonnen, wie James zu denken, und dadurch erkannte sie den schwachen Punkt in Tashas Behauptung.

»Wo ist Ihre Schutzbrille?« fragte sie.

Für jene Humanoiden, die Medusen gegenübertreten mussten, war eine spezielle Schutzbrille entwickelt worden. Wenn so etwas nicht zu Tashas Ausrüstung gehörte, so befanden sich vielleicht keine Medusen an Bord.

Aber Tasha ließ sich nicht dazu herab, die Frage zu beantworten. Sie sagte nur: »Sie können nicht entkommen.«

»Woher wissen Sie das?«

Zum ersten Mal seit ihrem Erscheinen im kugelförmigen Raum blickte die Frau Teilani direkt in die Augen. »Weil ich es versucht habe.«

Erneut betrachtete Teilani Tashas Uniform. »Ist das Gefangenenkleidung?«

»In gewisser Weise.« Tasha blickte auf die Anzeigen des Tricorders und runzelte erneut die Stirn.

»Stimmt was nicht?«

Tasha betätigte die Kontrollen und drehte das Gerät, damit Teilani aufs Display sehen konnte. »Wussten Sie davon?«

Teilani brauchte nur ein oder zwei Sekunden, um zu erkennen, was Tasha meinte. Offenbar sah man ihr die Überraschung ganz deutlich an.

»Nein, wohl nicht«, sagte Tasha. Sie verband das Scannermodul wieder mit dem Tricorder und deaktivierte das Gerät. »Das könnte einen Unterschied für Sie bedeuten, wenn Sie das Arbeitslager erreichen...«

Teilani verwendete die gefesselten Hände wie eine Keule, als sie die Fäuste an den Tricorder rammte, um den Apparat gegen Tashas Stirn zu schmettern. In der Schwerelosigkeit stieß die Frau an die Wand, und Teilani bekam ein entgegengesetztes Bewegungsmoment. Der Tricorder drehte sich um die eigene Achse, als er durch den Raum flog.

Teilani drehte sich mitten in der Luft, zog die Beine an, schob die Füße zwischen die Hände und presste mit ganzer Kraft.

Der Lederriemen schnitt ihr tief in die Haut, aber sie drückte auch weiterhin fest zu, benutzte die eigenen Füße wie einen Keil.

Als der Schmerz schier unerträglich wurde, gab der Riemen endlich nach. Die Beine streckten sich ruckartig, als die Hände frei kamen.

Es war Teilani völlig gleich, was jenseits der Luke

auf sie wartete: Cardassianer, Medusen oder gar die Jem'Hadar des Dominion. Die Flucht beschränkte sich nicht mehr nur auf sie selbst oder James.

Jetzt ging der Kampf um mehr.

Teilani prallte an die gegenüberliegende Wand und griff nach dem Stoff, um den Rest ihres Bewegungsmoments zu neutralisieren und sich zu orientieren. Sie blickte zur Luke und stieß sich wie eine Schwimmerin ab, die durch reibungsloses Wasser glitt.

Einen Meter vor der Luke kam Tasha vor ihr in die Höhe. Blut quoll aus einer Stirnwunde, und ihre Hände griffen nach Teilanis Hals.

Die beiden Frauen drehten sich, und mit dem Rücken berührte Teilani die Wand neben der Luke. Ihre Beine schwangen durch die Öffnung, während Kopf und Schultern im Innern des Raums blieben.

»Hier gibt es keinen Ort, wohin Sie fliehen könnten!« rief Tasha.

Teilani schlug ihr mit beiden Händen auf die Ohren, und daraufhin ließ Tasha sie los. Ein energischer Stoß sorgte dafür, dass sie fortflog.

Sofort zog sich Teilani durch die Öffnung und in den Korridor jenseits davon.

Schwindel erfasste sie. Sie befand sich tatsächlich an Bord eines Schiffes der Medusen: Der in sich verdrehte Korridor wies eine ganz besondere dreidimensionale Struktur auf, völlig unvertraut für das menschliche Gehirn.

Teilani schloss die Augen, als sie sich am Geländer an der Korridorwand festhielt. Wenn sie auf eine visuelle Wahrnehmung verzichtete und allein dem Tastsinn vertraute... Dann kam alles in Ordnung.

»Bald bin ich wieder daheim«, flüsterte Teilani, als sie kurz die Augen öffnete, eine Richtung wählte, sich abstieß und die Hände ausstreckte. »Bald bin ich wieder daheim.«

Irgendwo an Bord dieses Schiffes musste es einen Shuttlehangar geben. Oder einen Raum mit Rettungskapseln. Oder wenigstens einen Notsender. Sie brauchte nur das eine oder andere zu finden – anschließend kam James, um sie zu retten. Und nicht nur sie allein.

Plötzlich berührten ihre Hände blankes Metall – sie hatte eine Abzweigung erreicht.

Sie hielt inne und öffnete die Augen, um erneut einen kurzen Blick auf die verwirrenden Strukturen des Medusenschiffes zu richten.

Doch als sie die Lider hob, erklang eine Stimme.

Nicht Tashas, sondern die eines Cardassianers.

»*Chal*!«

Aus einem Reflex heraus drehte Teilani den Kopf und sah nach oben in den Tunnel, durch den sie gerade geschwebt war. Wieder fühlte sie sich von Schwindel heimgesucht, der ihren Richtungssinn durcheinander brachte. Dinge schienen näher zu kommen und sich gleichzeitig zu entfernen, was nur eine optische Täuschung sein konnte.

Doch mitten in diesem visuellen Chaos zeichneten sich zwei Gestalten ab.

Ein Cardassianer.

Und Tasha.

Der Cardassianer trug eine Brille mit dicken Gläsern, die ihm vermutlich half, an Bord des Medusenschiffes zurechtzukommen. Er richtete einen Disruptor auf Tasha.

»Dies ist der Grund, weshalb jeder Fluchtversuch sinnlos bleiben muss«, sagte der Cardassianer.

Er gab Tasha einen Stoß, der die Distanz zwischen ihnen wachsen ließ. Für eine Sekunde sah Teilani die Verzweiflung in den Augen der Frau.

Dann fauchte die Strahlwaffe, und energetisches Feuer verbrannte Tasha, ließ nichts von ihr übrig.

»Es gibt fünfzehn weitere Thetas an Bord dieses Schiffes«, knurrte der Cardassianer. »Alles Menschen oder Vulkanier. Jede Minute, die Sie außerhalb der Zelle verbringen, kostet einen von ihnen das Leben.«

Wenn Teilani an eine Chance geglaubt hätte, den Cardassianer zu überwältigen und ein Shuttle zu erreichen... Sie wäre bereit gewesen, alles zu versuchen. Aber sie wollte auf keinen Fall das Leben Unschuldiger aufs Spiel setzen.

Sie stieß sich ab, schwebte in Richtung Luke zurück und passierte einen Bereich, in dem es verbrannt roch – der Geruch von Tashas Tod.

Am Zugang der Zelle verharrte sie.

Der Cardassianer wahrte einen sicheren Abstand und blieb außer Reichweite.

»Warum die anderen töten und nicht mich?« fragte sie.

»Die Thetas gehören mir«, antwortete der Cardassianer. »*Sie* gehören dem Regenten.«

Teilani hätte sich am liebsten auf ihn gestürzt. »Ich gehöre niemandem!«

Der Cardassianer richtete seinen Disruptor auf sie. Zwar wusste Teilani, dass die Waffe jetzt nur auf Betäubung justiert war, aber sie wollte keinen neuralen Schock erleiden. Nicht nach dem, was Tasha ihr auf dem Display des Tricorders gezeigt hatte.

Ohne ein weiteres Wort glitt sie durch den Zugang in die Zelle zurück.

»Wie enttäuschend«, spottete der Cardassianer und streckte die Hände nach der Luke aus, um sie zu schließen. »Der Regent mag es, wenn sein Spielzeug mehr Leidenschaft zeigt.«

»Teilen Sie dem Regenten mit, dass er so gut wie tot ist«, sagte Teilani.

Der Cardassianer grinste. »Schon besser.«

Dann klappte die Luke zu, und ein dumpfes Summen wies auf die elektronische Verriegelung hin.

Teilani schwebte in dem kugelförmigen Raum, ohne einen Lederriemen, um sich abzulenken.

»Bald bin ich wieder daheim«, flüsterte sie.

Entgegen aller Vernunft fragte sie sich, ob James sie hören konnte.

16

Kirk und Janeway gingen an den dicken Stämmen von Kiefern vorbei und ließen sich den Weg vom Geruch des nahen Lagerfeuers weisen. Der perlmuttfarbene Glanz des Vollmonds verhinderte, dass sie gegen ein Hindernis stießen. Kirk schätzte, dass der Mond um etwa zwanzig Prozent heller leuchtete als normal – das Holodeck gewährleistete ihre Sicherheit und fügte selbst der wilden Pracht des Yosemite-Nationalparks etwas von der Mäßigung des vierundzwanzigsten Jahrhunderts hinzu.

Kurze Zeit später traten sie auf die Lichtung. Kiefernnadeln und kleine Zweige knackten unter ihren Stiefeln, als sie sich den anderen hinzugesellten. Spock, McCoy und Scott saßen, nicht sonderlich bequem, auf den Stämmen umgestürzter Bäume; der andere Spock ruhte in einem Schwebstuhl ganz nah am Feuer, und T'Val stand dicht daneben.

Scott stand sofort auf. »Wo haben Sie gesteckt, Captain? In zwanzig Minuten beginnt mein Dienst.«

McCoy warf einen Zweig ins Feuer und sah zum Chefingenieur. »Müssen Sie das wirklich fragen?« brummte er.

Kirk fühlte sich beleidigt. »Es ist nicht so, wie du denkst, Pille.«

McCoy hob und senkte die Schultern. »Versprich nur, dass wir nicht singen.«

»Mir gefällt das Singen am Lagerfeuer«, sagte Kirk. »Es gehört einfach dazu...«

T'Val trat vor und wirkte so zornig, wie es für eine Vulkanierin in der Öffentlichkeit möglich war. »So beeindruckend diese holographische Technik auch sein mag – zum gegenwärtigen Zeitpunkt halte ich Entspannung für unangemessen.«

Janeway griff ein, um ihre vulkanische Freundin zu beruhigen. »Schon gut, T'Val. Kirk und ich... Wir haben uns auf einige Grundregeln geeinigt.«

McCoy schnaubte. »Ach, so nennt man das heute?«

Kirk runzelte die Stirn. »Benimm dich, Pille.«

»Hast du dich benommen?«

»Ja«, erwiderte Kirk mit angemessener Entrüstung.

»Es wäre das erste Mal.«

Kirk beschloss, McCoys letzten Kommentar zu überhören. Er wusste inzwischen, dass es in den meisten Fällen nichts nützte, falsche Eindrücke in Hinsicht auf sein Privatleben zu korrigieren, selbst wenn es dabei um seine besten Freunde ging. Oft dienten Einwände und Proteste nur dazu, die falschen Eindrücke noch zu verstärken. Er konzentrierte sich aufs Feuer und die davon ausgehende angenehme Wärme. Erinnerungen erwachten in ihm, an andere Lagerfeuer auf Chal, in der Gesellschaft von Teilani. Unter funkelnden Sternen hatten sie sich geliebt...

»Dr. McCoy hat mir mitgeteilt, dass ich bald am Bendii-Syndrom sterben werde«, sagte der andere Spock plötzlich.

Dieser Hinweis des Intendanten hatte den gewünschten Effekt: Die Aufmerksamkeit aller Anwesenden richtete sich auf die Erfordernisse der aktuellen Situation.

Eine solche Diagnose erschien Kirk seltsam, sogar absurd. Während der Virogen-Krise hatte er viel über das Bendii-Syndrom erfahren. »Intendant Spock, nach meinen Kenntnissen über diese Krankheit sind Sie viel zu jung, um auch nur erste Symptome zu zeigen, ganz zu schweigen von einer akuten Gefahr für Ihr Leben.«

»Du hast recht, soweit es unser Universum betrifft, Jim.« McCoy hob die Hand, als sei es sein Recht, dass ihm jemand auf die Beine half. Scott erwies ihm die Ehre. »Heute müsste ein gesunder Vulkanier über zweihundert Jahre alt werden, bevor sich die Krankheit bemerkbar macht. Aber der Intendant hat ein ganz anderes Leben hinter sich als die meisten Vulkanier, die wir kennen. Er war enormen Belastungen ausgesetzt und wurde häufig verletzt. Hinzu kommt eine unausgewogene, oft auch ungenügende Ernährung. Solche Faktoren können dazu führen, dass sich die Krankheit früher entwickelt. Bei ihm ist das der Fall.«

»Bist du sicher?« Kirk begriff sofort, wie dumm diese Frage war.

Während McCoy noch stumm mit den Augen rollte, stand Spock auf. »Captain, ich möchte Sie daran erinnern, dass mein Vater ebenfalls am Bendii-Syndrom litt. Allem Anschein nach liegt es in der Familie.«

»Wie sieht diese Angelegenheit in Ihrem Universum aus?« fragte Kirk den anderen Spock.

Die Hände des Intendanten glitten über die karierte Decke auf seinen Knien. Er starrte ins Feuer und schien dort eine andere Welt zu sehen.

»Von meinem anderen Selbst habe ich erfahren, dass in dieser Realität Sarek, Ehemann von Amanda, Sohn von Skon, Enkel von Solkar, zu einem angesehenen Botschafter Ihrer Föderation wurde. In meinem Universum ist die Genealogie meines Vaters genauso beschaffen, aber er wurde zum Schlichter des Vulkanischen Mineralsyndikats, einer der größten Wirtschaftsorganisationen Vulkans. Ich weiß nicht, ob sich bei ihm das Bendii-Syndrom entwickelt hätte, denn er starb im Alter von hundertzwei Jahren.« Die Flammen projizierten unstete Muster aus Licht und Schatten ins Gesicht des anderen Spock, und für einen Augenblick zeigte sich Kummer in der strengen Miene. Der Verlust emotionaler Kontrolle – darin bestand eins der Krankheitssymptome. »Während einer militärischen Aktion mit dem Ziel, Coridan zu annektieren, wurde er von orionischen Spionen ermordet, die als Andorianer getarnt waren.«

Kirk verstand den vom anderen Spock erlittenen Verlust. In diesem Universum hatte er in Sarek fast so etwas wie einen Vater gesehen. »In unserer Realität führte Sareks diplomatisches Geschick dazu, dass Coridan zum Mitglied der Föderation wurde.«

»In meinem Universum ist Coridan eine leblose Welt.« Der andere Spock sah übers Feuer hinweg zu Kirk, und sein Blick schien aus den Flammen der Hölle zu kommen. »Eine Strafe für jene Coridaner, die sich mit den Orionern verbündet hatten. Der Kirk meiner Realität wollte damit zeigen, wie sehr er meine Loyalität zu schätzen wusste. Erst viele Jahre später gelang es mir, seine Neigung zu drastischen instinktiven Maßnahmen unter Kontrolle zu bringen. Von Vernunft hat Tiberius nie viel gehalten.«

»Er zerstörte eine ganze Welt…«, sagte Kirk.

»Es war nicht die erste«, meinte der andere Spock. »Und nicht die letzte.«

»Eins verstehe ich nicht, Intendant«, warf Scott ein. »In den beiden Universen gibt es viele gemeinsame Aspekte: Ihr Vater, Ihr Großvater, sogar Amanda, eine bewundernswerte Dame. Aber gleichzeitig gibt es große Unterschiede, wenn Sie verstehen, was ich meine.«

Spock schien bereits darüber nachgedacht zu haben und kam seinem Äquivalent zuvor. »Wir können davon ausgehen, dass eine unendliche Anzahl von Universen parallel zu unserem eigenen existiert, Mr. Scott. Vermutlich haben alle diese Kosmen einen gemeinsamen Ursprung. Immer dann, wenn verschiedene Entwicklungen möglich sind, entstehen neue Universen. Mit anderen Worten: Jedes Ereignis erzeugt seine eigene Realität. Vor Jahrmilliarden entstandene Paralleluniversen weisen vielleicht überhaupt keine Ähnlichkeit untereinander mehr auf. In anderen hingegen, die sich erst vor wenigen Minuten bildeten, besteht der einzige Unterschied vielleicht nur darin, dass Dr. McCoy sitzen blieb und nicht wie bei uns aufstand.«

»Aber wenn sich ständig zahlreiche neue Paralleluniversen bilden...«, sagte Kirk. »Was verbindet uns dann so sehr mit der ›Welt hinter dem Spiegel‹, dass Personen zwischen diesen beiden Kosmen hin und her wechseln können, während uns der Zugang zu anderen parallelen Welten verschlossen bleibt?«

Der andere Spock erwachte aus seiner Kontemplation. »Offenbar gibt es zwischen unseren beiden Universen eine ganz spezielle Verbindung, die bei anderen Quantenrealitäten fehlt.«

»In der Tat«, sagte Spock, trat näher und blieb neben seinem anderen Selbst stehen. »Mein Äquivalent und ich haben ausführlich über die Geschichte unserer beiden Welten gesprochen. Bis vor relativ kurzer Zeit waren beide historischen Strukturen fast identisch.«

»Fast«, wiederholte Kirk. »Aber nicht ganz?« Er versuchte, sich bei dieser Diskussion zu behaupten. Allerdings hatte er es mit zwei Spocks zu tun, und dadurch wurde die Sache alles andere als leicht. Er sah zu McCoy und Scott, die nur mit den Schultern zuckten.

»Die existierenden Unterschiede«, erklärte der andere Spock, »ergeben sich anscheinend durch eine unterschiedliche Interpretation historischer Ereignisse und Persönlichkeiten. In meiner Realität bewundern Vulkanier die frühen Romulaner, weil sie tapfer der überwältigenden Macht jener trotzten, die den von Surak aufgezeigten Weg der Logik beschritten – bis sie auf heldenhafte Weise ihr Schicksal selbst in die Hand nahmen und aufbrachen, um auf fernen Welten eine neue Heimat zu finden.«

»In unserem Universum werden die frühen Romulaner von den meisten Vulkaniern für irregeleitete Leute gehalten, die sich von Emotionen blenden ließen und vor Suraks Wahrheit flohen«, sagte Spock.

»Deshalb könnte man vermeintliche historische Unterschiede zwischen unseren Universen…«, begann der andere Spock.

»…als unterschiedliche Interpretationen der gleichen Ereignisse definieren«, beendete Spock den Satz.

»Meine Güte«, ächzte McCoy und brachte damit das zum Ausdruck, was auch Kirk durch den Kopf ging. »Und ich habe einen von euch für schlimm genug gehalten.«

Kirk verzichtete auf einen eigenen Kommentar. Vielleicht waren zwei Spocks nötig, um der besonderen Verbindung zwischen den beiden Universen auf den Grund zu gehen.

»Das alles betrifft die Vergangenheit«, sagte Kirk, schritt ums Feuer und näherte sich den beiden Vulkaniern. »Was ist mit *jetzt*, der Gegenwart?«

»Heute unterscheiden sich unsere beiden Realitäten sehr voneinander«, erwiderte der andere Spock. »Hauptsächlich aufgrund der unterschiedlichen Aktivitäten von Föderation, Empire und Allianz.«

»Zur Zeit des ersten Kontakts zwischen den beiden Universen waren diese Unterschiede noch nicht sehr groß«, fuhr Spock fort. »Woraus sich folgender Schluss ziehen lässt: Wenn wir die verschiedenen Zeitlinien in Richtung Vergangenheit zurückverfolgen, so könnten wir einen Punkt vor zwei- oder dreihundert Jahren erreichen, an dem beide Universen absolut identisch waren.«

Der andere Spock nickte nachdenklich. »Einen Punkt,

an dem etwas geschah, das zwei mögliche Konsequenzen nach sich zog. Die eine Alternative führte zur Entwicklung einer idealistischen, demokratischen Föderation, die andere zu einem militaristischen und repressiven Empire.«

»Und irgendein Aspekt jenes Ereignisses verursachte eine...« Kirk suchte nach dem richtigen Ausdruck. »...Störung in der Natur der Quantenrealität, mit dem Ergebnis, dass zwei verschiedene, aber miteinander verbundene Universen entstanden.«

Die beiden Spocks wechselten einen Blick.

»Er ist erstaunlich logisch und unterscheidet sich damit sehr von dem mir bekannten Kirk«, sagte der andere Spock.

»Ich verstehe Ihre Verwunderung«, entgegnete Spock.

Kirk vermutete, dass er gerade beleidigt worden war, doch er hielt dies nicht für den richtigen Zeitpunkt, um sich mit solchen Dingen aufzuhalten. »Eine derartige philosophische Debatte ist sicher sehr faszinierend, aber ich fürchte, dass dringendere Angelegenheiten unsere Aufmerksamkeit erfordern.«

»Danke«, sagte T'Val voller Sarkasmus.

Janeway hob die Hand, um weiteren Bemerkungen ihrer Freundin zuvorzukommen. »Captain Kirk hat vorgeschlagen, dass wir zusammenarbeiten.«

»Zu welchem Zweck?« fragte Spock.

Janeway griff nach einem Stock und stocherte damit im Feuer. Sofort züngelten die Flammen höher und projizierten ihren Schatten zwischen die dunklen Kiefern am Rand der Lichtung. Es sah aus, als sei dort ein dunkler Riese gefangen, der sich zu befreien versuchte.

»Wir möchten zurückkehren«, sagte sie. »Zurück in unser Universum. Mit den Informationen, die wir für einen wirkungsvollen Kampf gegen die Allianz brauchen. Kirk möchte Teilani befreien. Wenn wir ihm helfen, hilft er uns.«

Kirk beobachtete Spock aufmerksam. Genau an dieser Stelle konnte sein Plan scheitern, noch bevor sie mit seiner Ausführung begannen. Spock begegnete seinem Blick, und Kirk glaubte, Ablehnung in den dunklen Augen des vulkanischen Botschafters zu erkennen. Aber er schwieg. Welche Bedenken Spock auch hegte: Er war auch weiterhin bereit, seinem Freund zu helfen. Noch.

T'Val hingegen sah keinen Grund, ihr Missfallen zu verbergen. »Er hat uns schon einmal verraten. Woher sollen wir wissen, dass sich so etwas nicht wiederholt?«

»Ich habe Sie nicht verraten«, erwidere Kirk hitzig. »Starfleet hat Sie aus der Hotelsuite gebeamt, ohne dass ich etwas davon wusste. Diesmal werden *wir* aktiv, ohne dass *Starfleet* davon weiß.«

»He, einen Augenblick«, warf McCoy ein. »Ich bin nicht bereit, gegen die Interessen von Starfleet zu handeln. Zumindest nicht ohne weiteres.«

»Entsprechende Vorschläge liegen mir fern, Pille. Ganz im Gegenteil: Starfleet Command will die *Enterprise* zurück. Kate, T'Val und der Intendant können uns dabei helfen.«

McCoy verschränkte die Arme. »Dann soll Command entscheiden, ihre Hilfe in Anspruch zu nehmen.«

»Starfleet Command glaubt, dass sie mit dem Verschwinden der *Enterprise* zu tun haben. Aber das ist nicht der Fall.«

McCoy blieb skeptisch. »Wer hat dich in einen Betazoiden verwandelt?«

»In einen was?« fragte Kirk.

Scott schnaufte verärgert. »Captain Kirk, es wäre sicher nützlich, wenn Sie uns *beweisen* könnten, dass die betreffenden Personen in keinem Zusammenhang mit der Entführung stehen.«

»Dazu bin ich nicht in der Lage, Scotty«, erwiderte Kirk. »Im Gegensatz zu Spock.«

Kirk sah den Vulkanier an.

»Sie empfehlen erneut eine Mentalverschmelzung«, sagte Spock, der offenbar noch immer nicht viel von dieser Idee hielt.

»Wir haben über diese Möglichkeit gesprochen«, ließ sich der andere Spock vernehmen. »Und dabei gelangten wir zu dem Schluss, dass es einen guten Grund für unsere ursprüngliche Besorgnis gibt. Unsere Gehirne sind gleich strukturiert, bis hinab zur molekularen Ebene, und Ähnliches gilt für unsere Selbstsphären. Daraus folgt die Gefahr einer rekursiven neuralen Iteration. Die Mentalverschmelzung könnte zu memorialem Chaos oder dem Verlust der separaten Identität führen.«

Kirk zuckte mit den Schultern. »Wie wär's mit T'Val? Eine geistige Verbindung zwischen zwei Vulkaniern. Dabei gibt es keine Geheimnisse.«

Spock schüttelte den Kopf. »Ich kenne T'Val nicht, und mir fehlen Informationen über ihre Ausbildung in den mentalen Disziplinen. Vielleicht ist sie weitaus geschickter als ich. In dem Fall würde ich nach der Mentalverschmelzung bestätigen, dass sie nicht an der Entführung der *Enterprise* beteiligt war. Sie können nicht feststellen, ob T'Val geistige Kontrolle auf mich ausübte oder nicht, was bedeutet: Es würde ein Beweis für meine Angaben fehlen.«

»Versuchen Sie es mit mir«, schlug Janeway vor. »Ich bin nur ein Mensch, ohne irgendwelche Kenntnisse in Hinsicht auf die vulkanischen Psychotricks.«

»Sie sind nicht das Oberhaupt der Gruppe«, sagte Spock.

»Glauben Sie? Der Widerstand gegen die Allianz besteht aus einzelnen, voneinander unabhängigen Zellen, um einer Infiltration durch den Feind vorzubeugen. Ich könnte das Oberhaupt der gesamten vulkanischen Widerstandsbewegung sein und mich wie eine einfache

Kämpferin verhalten, um über meine wahre Identität hinwegzutäuschen.« Entschlossen trat sie vor Spock und sah zu ihm auf. »Es gibt nur eine Möglichkeit, Gewissheit zu erlangen.«

Kirk beobachtete Spock und stellte sich vor, wie er alle Aspekte dieser besonderen Situation prüfte und mit Logik den gleichen Schluss zog, den Janeway allein mit Hilfe ihres Instinkts präsentiert hatte.

»Nun gut«, sagte Spock. »Sind Sie bereit?«

»Von mir aus kann's losgehen.«

Spock hob die Hände zu ihrem Gesicht und seine Fingerkuppen tasteten nach den *Katra*-Punkten. »Mein Geist zu Ihrem«, sagte er. »Unsere Gedanken werden eins…«

Kirk bedeutete den anderen, ihm zu folgen – Spock und Janeway sollten ungestört bleiben. T'Val half dabei, den leise summenden Schwebstuhl des anderen Spock zur gegenüberliegenden Seite der Lichtung zu steuern, wo das Licht des Lagerfeuers nur noch ein blasses, bernsteinfarbenes Glühen war.

Kirk sah zu Spock und Janeway zurück – sie teilten nun etwas Intimes, das weit über alles Körperliche hinausging.

»Captain…« Scott näherte sich und senkte die Stimme zu einem Flüstern. »Ich möchte mich nicht in Ihre Pläne einmischen, aber vielleicht übersehen Sie den Punkt, der Starfleet in Bezug auf die Transfers zwischen den Universen die größten Sorgen bereitete.«

Kirk wandte sich dem Chefingenieur zu und sprach in einem normalen Tonfall. »Ich bin ganz Ohr, Mr. Scott.«

»Nun, unser erster Abstecher in die Welt hinter dem Spiegel fand aufgrund eines Transporterunfalls statt.«

»Ich erinnere mich gut daran.«

»Nach all den Kontakten mit *Deep Space Nine* verwendet man nun speziell justierte Transporter.«

»Ja. Dadurch wechselte ich auf dem Mond ins Paralleluniversum und kehrte anschließend wieder in diesen Kosmos zurück. Worauf wollen Sie hinaus?«

»Verstehen Sie denn nicht? Transporter sind nötig, um in die andere Realität zu gelangen. Aber man kann wohl kaum ein ganzes Raumschiff beamen.«

Kirk widerstand der Versuchung zu lächeln, denn eine solche Reaktion hätte Scott sicher falsch interpretiert. Dem Anliegen des Chefingenieurs mangelte es sicher nicht an Bedeutung, aber Kirk dachte vor allem daran, dass seine Freunde auf individuelle, für sie typische Art und Weise reagierten. Spock richtete seine Aufmerksamkeit sofort auf das große metaphysische Rätsel des Ursprungs der anderen Realität. McCoy interessierte sich für die Gesundheit der Besucher aus dem Paralleluniversum. Und Scott dachte über die technischen Möglichkeiten des Wechsels zwischen den beiden Kosmen nach.

Wenn es Kirk gelang, diese verschiedenen Perspektiven zu vereinen und zur Grundlage einer gemeinsamen Strategie zu machen... Dann fanden sie sicher Antworten auf alle ihre Fragen. Und dann dauerte es nicht lange, bis er wieder Teilani in die Arme schließen konnte.

Allerdings hatte Scott ein wichtiges Detail übersehen. »Es gibt noch eine andere Methode, Mr. Scott. Als die ersten beiden Personen von *Deep Space Nine* in die andere Realität wechselten...«

Der Chefingenieur unterbrach ihn und bewies mit den nächsten Worten, dass er nichts übersehen hatte. »Aye, sie nahmen einen Runabout ins Paralleluniversum mit. Doch das war nur möglich, weil sie sich zum betreffenden Zeitpunkt im bajoranischen Wurmloch befanden – dem einzigen stabilen weit und breit, soweit ich weiß. Um ganz ehrlich zu sein, Captain: Ich habe so meine Zweifel, ob es sich wirklich um ein

Wurmloch handelt. Wenn man bedenkt, dass seltsame Wesen darin leben und alles mystisch verklärt wurde...« Wie jeder wahre Chefingenieur sprach Scott das Wort ›mystisch‹ so aus, als hinterließe es einen üblen Geschmack im Mund. »Nun, die andere *Voyager* kam nicht aus dem bajoranischen Wurmloch, was ein Hinweis darauf sein könnte, dass sie vielleicht gar nicht aus dem Paralleluniversum stammt. Möglicherweise ist alles ein... Trick.«

Kirk glaubte die von Scott gestellte Frage bereits beantwortet. »Was ist mit den von Starfleet entdeckten Warppartikeln? Ihre Quantensignaturen beweisen, dass sie aus einer anderen Quantenrealität stammen.«

»Aye, aber eigentlich beweist das nur, dass die *Warppartikel* aus dem anderen Universum kommen. Bei der *Voyager* könnte die Sache ganz anders aussehen.« Noch leiser fügte Scott hinzu: »Vielleicht hat einer der Besucher aus dem Paralleluniversum einige Kilo Antimaterie mitgebracht und benutzt, um eine falsche Warpspur entstehen zu lassen. So etwas wäre nicht weiter schwer.«

»Haben Sie diese Möglichkeit der Admiralin gegenüber erwähnt?« fragte Kirk.

Scott runzelte die Stirn. »Aye. Aber sie blieb bei ihrer Ansicht, dass wir den Flug zur Goldin-Diskontinuität fortsetzen und dort nach einer Art Wurmloch Ausschau halten sollten. Nach wie vor sieht sie darin die Erklärung für den Transfer der Raumschiffe zwischen den beiden Universen.«

»Ich vermute, Sie stimmen dieser Situationsbewertung nicht zu.«

Scotts Gesichtsausdruck vermittelte folgende Botschaft: Wer über ein Gehirn verfügte, das mehr als nur drei Neuronen aufwies, konnte der Admiralin unmöglich beipflichten. »Wir sind mitten in der Föderation, Captain. Wenn es hier ein Wurmloch-Phänomen gäbe, so wäre es schon vor Jahren entdeckt worden.«

»Was ist mit einem stabilen Wurmloch? Könnten Bewohner des anderen Universums so etwas bei uns konstruiert haben?«

Scott musterte Kirk so, als sollte es dem Captain peinlich sein, eine solche Frage zu stellen. »Wenn jene Leute wirklich imstande wären, ein künstliches Wurmloch zu bauen, so brauchten sie wohl kaum die *Enterprise* oder irgendeine andere Technik aus unserem Universum. Mit entsprechenden technischen Möglichkeiten könnte Starfleet den Krieg gegen das Dominion innerhalb einer Woche gewinnen, und zwar allein mit der ersten *Enterprise*. Der Einsatz eines künstlichen Wurmlochs hätte enorme taktische Vorteile zur Folge.«

»Ihre Ausführungen laufen also auf Folgendes hinaus: Die *Voyager* kann unmöglich aus dem Paralleluniversum stammen, und ein Transfer der *Enterprise* in die andere Realität ist völlig ausgeschlossen.«

»Zumindest sind mir keine Methoden bekannt, mit denen sich ein solcher Transfer bewerkstelligen ließe.«

»Aber die Admiralin hört nicht auf Sie.«

»Weil sie ein... typischer Offizier ist.«

Kirk vermied es, auf diesen Punkt einzugehen – er war davon überzeugt, dass Scott auch ihn der Kategorie ›typischer Offizier‹ zuordnete. »Haben Sie mit dem anderen Spock darüber gesprochen?«

»Nein«, erwiderte Scott bedrückt. »Wenn es wirklich ein Trick ist, so könnte er daran beteiligt sein.«

»In dem Fall würden Sie ihm nichts Neues verraten, Mr. Scott.«

Kirk führte den Chefingenieur zum Schwebstuhl. »Intendant, T'Val... Mr. Scott hat über die andere *Voyager* nachgedacht. Sie sollten sich anhören, zu welchen Schlüssen er gelangte. Scotty?«

Scott schien sich alles andere als wohl in seiner Haut

zu fühlen, als er Spock, T'Val und McCoy mitteilte, warum er die Präsenz der *Voyager* und das Fehlen der *Enterprise* für einen Trick hielt.

»Wir haben es in unserer Realität mit ähnlichen Problemen zu tun bekommen, Captain Scott«, erwiderte der andere Spock. »Deshalb sind wir mit der Absicht gekommen, uns technische Informationen zu besorgen und damit in unsere Heimat zurückzukehren. Wir können nur die Dinge mitnehmen, die sich mit Hilfe eines Personentransporters entmaterialisieren lassen.«

»Wie sind die entsprechenden Möglichkeiten der Allianz beschaffen?« fragte Kirk.

»Das weiß ich leider nicht. In diesem Zusammenhang teile ich die Meinung von Captain Scott. Wenn die Allianz imstande wäre, ein stabiles künstliches Wurmloch zu konstruieren, so könnte sie auf Ihre Technik verzichten. Wie dem auch sei: Es erscheint mir interessant, dass bisher niemand auf eine ganz offensichtlich anomale Situation in Ihrem Universum zu sprechen kam.«

»Was meinen Sie?« erkundigte sich Kirk.

»Die Starfleet-Kommandohierarchie zeichnet sich offenbar durch eine recht zwanglose Natur aus. Der Austausch von Ideen und Strategien zwischen den Rängen scheint fast... obligatorisch zu sein.«

»Willkommen im vierundzwanzigsten Jahrhundert«, sagte Kirk.

»Deshalb ist es mir ein Rätsel, warum Admiral Nechajew nicht die Möglichkeit in Erwägung zog, dass Captain Scotts Bedenken gerechtfertigt sind«, betonte der andere Spock.

»Mich wundert das eigentlich nicht«, sagte Scott. »Die Admiralin ist ein ziemlich eigenwilliger... Offizier und daran gewöhnt, sich durchzusetzen. Sie glaubt, allein aufgrund ihres Rangs Recht zu haben.«

Kirk war nicht bereit, sich ebenso einfach über die

Einschätzung des anderen Spock hinwegzusetzen. Er wies zu große Ähnlichkeit mit dem Spock aus diesem Universum auf, dessen Meinung er immer sehr zu schätzen gewusst hatte.

Bevor er den Intendanten bitten konnte, weitere Details zu nennen, hörte er Schritte.

Er drehte sich um und sah, wie Spock und Janeway näher kamen.

Janeway setzte langsamer als sonst einen Fuß vor den anderen und erweckte den Eindruck, sich von einer schweren körperlichen Anstrengung zu erholen. Kirk kannte Spock gut genug, um die Benommenheit hinter der Maske unerschütterlicher Ruhe zu erkennen.

Der Vulkanier verlor keine Zeit. »Ihre Schlussfolgerungen sind richtig, Captain. Kathryn Janeway hat weder etwas mit dem Eintreffen der anderen *Voyager* zu tun noch mit dem Verschwinden der *Enterprise*. Sie hat uns nicht getäuscht.«

Janeway bemerkte Kirks Blick und sah verlegen zu Boden. Der Captain fragte sich, welche Geheimnisse sie während der Mentalverschmelzung preisgegeben hatte.

McCoy nahm kein Blatt vor den Mund. »Was ist mit den anderen beiden, Spock? Besteht die Möglichkeit, dass sie Janeway belogen haben?«

»Ich habe keine Hinweise auf Unwahrheit gefunden. Janeway hatte bereits eine Mentalverschmelzung mit meinem anderen Selbst.« Im Anschluss an diese Worte blickte Spock so zu T'Val, als sähe er sie zum ersten Mal.

Kirk beobachtete, wie T'Val herausfordernd die Schultern straffte, dabei für eine Sekunde ein ganzes Leben der vulkanischen Ausbildung und Konditionierung zu vergessen schien.

»Aufgrund jener Verbindung weiß ich, dass mein Äquivalent sein Bewusstsein mit dem T'Vals vereinte«, fuhr Spock fort. »Sie ist seine Tochter, zur Welt gebracht von einer anderen Saavik.«

Daraufhin richteten sich alle Blicke auf T'Val. Plötzlich verstand Kirk, warum sie sich so hingebungsvoll um den anderen Spock kümmerte. In ihrem Verhalten kam mehr zum Ausdruck als nur der Respekt einem Vorgesetzten gegenüber: die Liebe einer Tochter für ihren kranken Vater.

Kirk begriff nun auch den Grund für die subtilen Veränderungen in Spocks Miene.

Der nicht beschrittene Weg...

Allein in genetischer Hinsicht konnte T'Val auch Spocks Tochter sein. Eins stand fest: In diesem Universum hatten sich Spock und Saavik so nahe gestanden, dass eine T'Val durchaus möglich gewesen wäre. Aufgrund der Mentalverschmelzung mit Janeway wusste Spock auch, was aus der Tochter seines Äquivalents im anderen Universum geworden war.

Vielleicht fragte er sich jetzt, zu welcher Person sie in seiner eigenen Realität geworden wäre.

Kirk trat an Spock heran und brauchte gar nicht zu fragen, wie es ihm ging. Die Verbindung zwischen ihnen war so stark, dass Spock seine Sorge spürte. Und Kirk fühlte, dass der Vulkanier seine Anteilnahme mit Dankbarkeit zur Kenntnis nahm.

Sie würden über diesen Augenblick reden, wusste Kirk. Aber erst nach dem Ende der Mission.

So viel teilte ein einziger kurzer Blick mit.

Und dann sah Kirk einen Schatten der Sorge in Spocks Gesicht. Etwas, das in keinem Zusammenhang stand mit kummervollen Gedanken in bezug auf eine Tochter, die er in diesem Universum nie gehabt hatte.

»Was gibt es sonst noch?« fragte Kirk.

Spock sah zu Janeway und schien sie stumm um Erlaubnis zu bitten. Sie deutete ein Nicken an.

»Kathryn befand sich einmal in einem Gefangenenlager der Allianz.« Ein besonderer Glanz in Spocks Augen begleitete diese Worte, und Kirk fragte sich, welches Leid Janeway dort erfahren hatte – ein Leid, das nach der Mentalverschmelzung auch zu den Erinnerungen des Vulkaniers zählte. »Es handelte sich um ein besonderes Lager für... Menschen mit einem Äquivalent in unserem Universum.«

Kirk richtete einen fragenden Blick auf Janeway.

»Ich wusste nicht, was es mit der Janeway in dieser Realität auf sich hatte«, sagte sie. »Ich wusste nur, dass hier ein alternatives Selbst von mir existiert.«

Kirk wandte sich wieder an Spock. »Welchem Zweck diente das Lager?«

»Man bot Kathryn nie irgendwelche Erklärungen an, aber die Umstände deuten darauf hin, dass die Antwort auf diese Frage ›Infiltration‹ lautet.«

»Lieber Himmel«, ächzte McCoy. »So perfekte Duplikate, dass sie nicht einmal mit Stimmanalysen, Hirnscans und DNS-Untersuchungen entlarvt werden können.«

»Genau«, bestätigte Spock.

»Vor etwa anderthalb Jahren erfuhr ich, dass man mich nicht mehr brauchte«, sagte Janeway.

»Zu jener Zeit legte der Untersuchungsausschuss seinen Abschlussbericht in Hinsicht auf das Verschwinden der *Voyager* vor«, sagte Spock. »Alle Besatzungsmitglieder wurden offiziell für ›mutmaßlich tot‹ erklärt, wodurch die andere Janeway nicht mehr in unserem Universum eingesetzt werden konnte. Die Allianz beschloss, sie in ein Arbeitslager zu transferieren.«

»Unterwegs ergriff ich die Flucht«, ließ sich Janeway vernehmen. »Ich musste versuchen zu entkommen.« Sie sprach nicht weiter. Offenbar belastete es sie zu sehr, die Umstände ihrer Flucht zu schildern.

Spocks Bemerkungen ermöglichten Kirk nicht nur, einen Blick in Janeways Vergangenheit zu werfen.

»Wenn die Allianz um den genauen Zeitpunkt wusste, als die *Voyager* offiziell für verschollen erklärt wurde, wenn sie außerdem darüber informiert ist, welche terranischen Sklaven Äquivalente in unserem Universum haben...«

Spock nickte. »Es deutet darauf hin, dass sie die Entwicklungen in unserer Realität genau beobachtet. Alles spricht dafür, dass die Überwachung mit Hilfe eines Netzes aus äquivalenten Personen stattfindet, die den Platz ihrer Ebenbilder eingenommen haben.«

Scott wirkte schockiert und murmelte etwas. McCoy starrte erschrocken ins Leere.

Kirk sah plötzlich die unerwartete Lösung für ein verwirrendes Rätsel.

»Ich habe da eine Theorie«, sagte er.

Spock kannte ihn zu gut. »Ich pflichte ihr bei.«

Kirk wandte sich McCoy, Scott und den drei Rebellen aus der Welt hinter dem Spiegel zu.

»Die *Sovereign* könnte bereits unter der Kontrolle des Feindes stehen«, sagte er.

Wenn das stimmte... Dann hatte Kirk seinen Kampf vielleicht schon verloren, bevor er überhaupt beginnen konnte.

17

Kirk beobachtete, wie sich McCoy sehr selbstsicher und geschickt in der großen Krankenstation der *Sovereign* bewegte. Seine Ungezwungenheit überraschte ihn nicht. Vom Beginn seiner beruflichen Laufbahn an war McCoy der medizinischen Abteilung von Starfleet sowie den dortigen Planern und Entwicklern ein Dorn im Auge gewesen. Vermutlich gab es in den derzeitigen Krankenstationen an Bord von Starfleet-Schiffen kaum irgendwelche Komponenten, die nicht auf die eine oder andere Weise von McCoy und seinem großen Erfahrungsschatz beeinflusst worden waren.

Im Gegensatz zu vielen anderen Offizieren hatte sich McCoy nie von dem Wunsch antreiben lassen, befördert zu werden oder gar Ruhm zu erringen. Er gehörte zu den wenigen Überlebenden aus der heroischen Forschungsepoche von Starfleet, die darauf verzichtet hatten, ihre Memoiren zu schreiben. Es ging McCoy einzig und allein darum, das Los seiner Patienten zu verbessern. Abgesehen davon gab er sich damit zufrieden, ein einfaches Leben zu führen und sich den Personen zu widmen, die ihm etwas bedeuteten.

Kirk bewunderte ihn dafür, und zwar mehr als er mit Worten zugab.

Mit der gleichen Bewunderung beobachtete er nun, wie McCoy sein ganzes ärztliches Können aufbot, um den anderen Spock von den schlimmsten Auswirkungen seiner schrecklichen Krankheit zu befreien.

»Ich dachte, das Bendii-Syndrom sei unheilbar«, sagte Admiral Nechajew.

Kirk hatte sie gebeten, mit dem Intendanten zu sprechen, bevor McCoy die Behandlung begann. Angeblich bestand die Gefahr, dass der andere Spock tagelang das Bewusstsein verlieren würde; bevor das geschah, wollte er alle Fragen über die Welt hinter dem Spiegel beantworten.

Derzeit lag der Intendant auf dem Hauptdiagnosebett und meditierte mit geschlossenen Augen. Ein kleines neurokortikales Kontrollmodul war an seiner Stirn befestigt, und Lichter pulsierten daran. McCoy trug einen langen, zerknitterten Laboratoriumskittel, bediente die Kontrollen des medizinischen Replikators und traf letzte Vorbereitungen.

»Das stimmt«, sagte Kirk. »Aber es ist Jahrhunderte her, seit zum letzten Mal ein so junger Vulkanier am Syndrom erkrankte. Dr. McCoy glaubt, eine Remission bewirken zu können, indem er einige der anderen Leiden des Intendanten behandelt.«

Nechajew wirkte unbesorgt. »Weshalb bin ich hier? Soll ich ein Totenbett-Geständnis entgegennehmen, falls die Behandlung erfolglos bleibt?«

Es fiel Kirk schwer, die Beherrschung zu wahren. Er erinnerte sich daran, dass andere Dinge auf dem Spiel standen, vor allem Teilanis Leben. Die Admiralin hatte noch nicht erklärt, ob bei den Verhandlungen mit den Entführern irgendwelche Fortschritte erzielt worden waren. Nur zu einem Hinweis war sie bereit gewesen: Starfleets Kommunikation fand mit Hilfe eines von den Entführern spezifizierten Fernbereich-Subraumkanals statt, und man hatte den Fremden mitgeteilt, dass Kirk dem Intendanten nicht helfen konnte, weil er sich im Gewahrsam des Starfleet-Geheimdienstes befand. Eine Antwort der Kidnapper stand aus, und angeblich gab es keine Informationen über Teilanis Schicksal. Kirk musste seine ganze innere Disziplin einsetzen, um angesichts von Nechajews Sturheit nicht die Geduld zu verlieren. Wenn er die Admiralin verärgerte, konnte sie ihn zur Erde zurückbringen lassen, und dadurch wäre es noch viel schwerer geworden, die Frau zu befreien, die er liebte.

»Ich bezweifle, dass er irgendetwas gestehen möchte«, entgegnete Kirk und verbarg seine Unruhe so gut wie ein Vulkanier. »Ich habe Starfleets Wunsch erwähnt, mehr über die Geschichte des Paralleluniversums herauszufinden, und daraufhin erklärte sich der Intendant bereit, mit Ihnen zu sprechen. Vielleicht hofft er, dass Starfleet Hilfe leistet, wenn die Wahrheit über die Zustände in seinem Kosmos bekannt wird.«

»Er kann hoffen, was er will.«

»An Ihrer Stelle würde ich ihn nicht sofort entmutigen. Sie wissen ja, wie Vulkanier sind, wenn sie... ein Geheimnis wahren wollen.«

Nechajew nickte geistesabwesend, so als gäbe es mindestens fünfzig andere Dinge, mit denen sie sich lieber beschäftigt hätte. Sie sah zu McCoy. »Ist er damit einverstanden?«

»Dr. McCoy meint, eine Verzögerung von einigen Minuten bliebe ohne Einfluss auf die Behandlung.«

Nechajew massierte sich den Nacken, eine Geste, die auf steife Muskeln oder Langeweile hindeutete. »In knapp einer Stunde erreichen wir das Suchgebiet. Bringen wir diese Sache möglichst schnell hinter uns.« Sie trat ans Bett des anderen Spock heran. »Sind Sie wach?«

Der Intendant öffnete die Augen. »Ich grüße Sie, Admiral.«

»Kirk meint, Sie hätten mir etwas zu sagen.«

»Der Captain teilte mir mit, dass Sie viele Fragen in bezug auf meine Realität haben. Ich habe ihm angeboten, Sie so gut wie möglich zu beantworten.«

»Warum?«

Der andere Spock drehte den Kopf und sah zur Admiralin auf. »Starfleet hat mich und meine Gefährten entführt. Sie hindern uns daran, unsere Mission in diesem Universum zu erfüllen.«

»Sie meinen den Diebstahl von Starfleet-Geheimnissen.«

»Etwas so Drastisches liegt uns fern. Wir möchten nur Dateien kopieren und dadurch Informationen erhalten, ein Vorgang, der keine Konsequenzen für Ihre Welt hat. Ihnen würde nichts genommen, und in diesem Universum käme es nicht zu Veränderungen.«

»Wohl aber in Ihrem.«

»Darin besteht unsere Absicht.«

Nechajew schien die Geduld zu verlieren. »Gab es für Starfleet in Ihrem Kosmos jemals so etwas wie eine Erste Direktive?«

»Natürlich. Die Erste Allgemeine Order. Sie autorisiert Starfleet-Angehörige und -Schiffe, alle notwendigen Maßnahmen zu ergreifen, um andere Völker ungeachtet ihrer Entwicklungsstufe dazu zu bringen, sich dem Empire anzuschließen.« Der andere Spock kam einem Kommentar der Admiralin zuvor und fügte hinzu: »Soweit ich weiß, ist die Erste Direktive in Ihrem Universum ein wenig anders abgefasst.«

Kirk hörte einen Hauch von Sarkasmus in der Stimme des anderen Spock.

Nechajew schien ihn ebenfalls zu vernehmen, aber sie ließ sich davon nicht beeindrucken. »Na schön. Lassen Sie uns beginnen. Wie setzt sich die terranische Widerstandsbewegung zusammen?«

Der andere Spock wölbte beide Brauen und schüttelte den Kopf. Ohne den Bart hätte Kirk geglaubt, den Spock seiner eigenen Realität zu sehen. »Ich weiß es nicht.«

»Ich habe Sie für ihr Oberhaupt gehalten.«

»Ich leite nicht etwa die *terranische* Widerstandsbewegung, sondern bin gewissermaßen das Symbol der vulkanischen. Zu unserem eigenen Schutz finden Kontakte zwischen beiden Gruppen nur auf der Ebene der Widerstandszellen statt.«

»Aber Sie wissen von den Mitgliedern des terranischen Widerstands, die ein Duplikat der *Defiant* dieses Universums bauten.«

Der andere Spock nickte und schien Gefallen an dem Gespräch zu finden. »Selbstverständlich. Ihr Erfolg stimulierte alle gegen die Allianz agierenden Widerstandsgruppen. Wir nahmen ihn zum Anlass, in dieses Universum zu wechseln, um weitere technische Informationen zu beschaffen.«

Nechajew winkte ab. »Behaupten Sie auch weiterhin, nicht mit jenen Gruppen in Verbindung zu stehen?«

»Ich persönlich? Nein, derartige Kontakte gibt es nicht. Darüber hinaus kenne ich niemanden in meiner Zelle, der über solche Verbindungen verfügt. Und genau das sollte auch der Fall sein, wie Sie sicher verstehen.«

Nechajew kaute nachdenklich auf der Unterlippe, sah zu Kirk und zuckte kurz mit den Schultern.

»Nun gut«, sagte sie schließlich. »Erzählen Sie mir von der vulkanischen Widerstandsbewegung.«

»Sie entstand kurz nach der vulkanischen Kapitulation, als klar wurde, dass die Allianz ihre Versprechen nicht halten würde...«

Nechajew ließ den anderen Spock nicht ausreden. »An historischen Ausführungen bin ich nicht interessiert.« Erneut richtete sie einen durchdringenden Blick auf Kirk, als erinnerte sie sich plötzlich an seine Präsenz. »Starfleet möchte über die *aktuelle* Situation Bescheid wissen. Anschließend können wir uns auch mit der Vergangenheit befassen.«

Der andere Spock ließ den Kopf aufs kleine Kissen

sinken und sah zu den medizinischen Sensoren über der Liege auf. »Wie Sie wünschen. Derzeit besteht die mir bekannte vulkanische Widerstandsbewegung aus 64 Zellen mit jeweils acht Mitgliedern.«

Der Admiralin schien etwas einzufallen. »Wie kommunizieren Sie miteinander?«

»Jedes Mitglied einer einzelnen Zelle weiß nur von einer anderen Zelle. Nachrichten werden blind weitergeleitet.«

»Nein, nein, das meine ich nicht. Ich nehme an, Sie führen... Sabotageakte durch und planen Terroranschläge.«

Der andere Spock blickte auch weiterhin zu den medizinischen Sensoren empor. »Wir stufen unsere Aktivitäten als militärische Aktionen ein mit dem Ziel, Unabhängigkeit und Freiheit wiederzuerlangen.«

»Das ist bei Leuten wie Ihnen immer der Fall«, erwiderte Nechajew. »Hören Sie, ich möchte eine Vorstellung davon gewinnen, über welche Technik Sie verfügen.«

Der andere Spock drehte den Kopf und sah die Admiralin an. »Warum?«

Sie wandte den Blick nicht ab. »Um herauszufinden, wie sich der Status quo in Ihrem Universum verändern würde, wenn Sie... gewisse Komponenten der Starfleet-Technik bekämen.«

»Wären Sie bereit, eine derartige Hilfe zu leisten?«

Nechajew streckte die Hand aus, um den Intendanten an der Schulter zu berühren. Doch sie überlegte es sich anders und legte die Hand auf die Seite des Bettes. »Die Entscheidung darüber liegt nicht bei mir. Wie dem auch sei: Es gibt in Starfleet eine kleine Gruppe, die...« Ihr Blick glitt wieder zu Kirk. »...wie der Captain glaubt, dass die natürliche Entwicklung Ihrer Zivilisation durch die bisherigen Kontakte mit uns hoffnungslos in Mitleidenschaft gezogen wurde. Unter solchen Umständen, so die Angehörigen jener Gruppe, seien weitere Interventionen durchaus mit der Ersten Direktive vereinbar.«

Sie hob mahnend den Zeigefinger. »Ich teile diese Ansicht nicht. Aber es ist meine Pflicht als Starfleet-Offizier, dem Komitee, das die endgültige Entscheidung treffen wird, einen vollständigen, objektiven Bericht zu übermitteln. Ihre Schilderungen werden von mir komplett weitergegeben. Es liegt also in Ihrem Interesse, mir gegenüber ganz offen zu sein.«

Die plötzliche Offenheit der Admiralin überraschte Kirk. Sein Erstaunen wuchs, als der andere Spock begann, detailliert Auskunft über die Organisation und das technische Potential der vulkanischen Widerstandsbewegung zu geben. Er nannte die sieben wichtigsten Gruppenleiter, die er persönlich kennen gelernt hatte. Er erwähnte ein Ausbildungslager auf dem Mars, verborgen hinter einem Tarnschirm, der von einer erbeuteten romulanischen Tarnvorrichtung generiert wurde. Und er erklärte die Verschlüsselungsmethoden der vulkanischen Agenten: Bei ihrer Kommunikation verwendeten sie Subraumfrequenzen, die zufallsgesteuerten Modulationsveränderungen unterworfen waren. Wer einen mehrere Sekunden langen Gesprächsfetzen empfing, musste ihn für Statik halten.

Als der andere Spock seinen Vortrag beendete, trat McCoy mit einem Tablett heran, auf dem mehrere Injektoren lagen. Er aktivierte einen medizinischen Tricorder, sondierte seinen Patienten damit erst von der einen Seite und dann von der anderen. Im Gegensatz zu Kirk konnte er es sich leisten, Ungeduld zu zeigen.

Der andere Spock atmete tief durch und befeuchtete sich die spröden Lippen. Er wirkte noch älter als McCoy. »Genügen Ihnen diese Angaben, Admiral?«

Zumindest ein Teil von Nechajews kühler Unnahbarkeit hatte sich verflüchtigt. Die Offenheit des anderen

Spock schien sie veranlasst zu haben, ihre eigenen Barrieren abzubauen. »Das Komitee braucht genau die Informationen, die ich von Ihnen bekommen habe. Ihr ausführlicher Bericht wirkt sicher sehr beeindruckend auf die Komiteemitglieder.«

»Haben Sie sich alles gut genug eingeprägt?« fragte der andere Spock.

Nechajew sah auf. »Computer, wiederhole die Ausführungen des Intendanten. Beginne mit der Beschreibung des Ausbildungslagers auf dem Mars.«

Sofort ertönte die Stimme des anderen Spock aus den Kom-Lautsprechern der Krankenstation.

»Ende der Wiedergabe«, sagte die Admiralin. »Das Komitee wird alles hören, Wort für Wort.«

McCoy deaktivierte den medizinischen Tricorder. »Ich schlage vor, wir machen jetzt Schluss.«

Nechajew erhob keine Einwände. »Wenn Starfleet weitere Fragen hat…«

»Vielleicht ist der Intendant imstande, sie morgen zu beantworten«, sagte McCoy. »Ganz sicher aber in drei Tagen.«

Nechajew klopfte kurz auf die Seite des Bettes. »Ich wünsche Ihnen viel Glück bei der Behandlung.«

»Das ist zwar nicht logisch, aber ich danke Ihnen trotzdem.«

Die Admiralin bedeutete Kirk, ihr zu folgen. Er begleitete sie zum Schott.

»Ich weiß nicht, ob *Sie* glauben, dass wir hier einen Schritt weiter gekommen sind«, sagte Nechajew. »Aber meiner Ansicht nach war das Gespräch sehr nützlich. Und deshalb… Danke, Captain.« Die Tür öffnete sich vor ihr, und sie verharrte kurz auf der Schwelle. »Ich war mir nicht sicher, ob eine gute Zusammenarbeit zwischen uns möglich ist.«

Kirk wusste nicht, was er vom Stimmungswandel der Admiralin halten sollte, aber er beschloss, auf sie einzugehen. »Ich versuche nur, mich nützlich zu machen.«

»Gut. Versuchen Sie es auch weiterhin.«

Nechajew verließ die Krankenstation.

Die Tür war gerade hinter ihr zugeglitten, als sich der andere Spock aufsetzte und das neurokortikale Modul von seiner Stirn entfernte. McCoy öffnete den Mund, aber Kirk vollführte eine warnende Geste.

»Computer«, sagte er, »Aufzeichnungsmodus beenden.«

»Aufzeichnungsmodus beendet«, bestätigte der Computer.

»Alles klar, Pille«, meinte Kirk.

McCoy reaktivierte den medizinischen Tricorder. »Nechajew hat die gleiche Quantensignatur wie der Intendant. Sie stammt nicht aus diesem Universum.«

Kirk half dem anderen Spock auf die Beine. »Sie haben doch hoffentlich keine echten Informationen über die vulkanische Widerstandsbewegung preisgegeben, oder?«

Der Intendant wölbte eine Braue. »Warum sollte der vulkanische Widerstand ein Ausbildungslager auf dem Mars unterhalten?«

»Das habe ich mich ebenfalls gefragt«, sagte Kirk und hoffte, dass es überzeugend klang. Eine solche Frage hatte er sich keineswegs gestellt.

McCoy hob einen Injektor, dessen Ampulle dunkelblaue Flüssigkeit enthielt. »Eine Dosis von diesem Zeug, und die falsche Admiralin schläft eine ganze Woche. Schnappen wir sie uns auf der Brücke.«

»Was ist mit den anderen?« warf Kirk ein.

McCoy wusste nicht, was er meinte.

»Dieses Raumschiff hat mehr als tausend Besatzungsmitglieder«, sagte Kirk. »Einige von ihnen stammen bestimmt aus dem Paralleluniversum, und uns bleibt nicht genug Zeit, um alle Personen an Bord zu scannen.«

»Sollen wir Nechajew etwa das Kommando überlassen.«

»Sie ist Starfleets Problem, nicht meins.«

McCoy weigerte sich, dieser Einschätzung zuzustimmen. »Jim, du solltest noch einmal in den holographischen Spiegel sehen und feststellen, was für eine Uniform du trägst.«

Aus einem Reflex heraus ballte Kirk die Fäuste, so als stünde ein Kampf unmittelbar bevor. »Ich würde sogar eine cardassianische Uniform tragen, wenn ich dadurch Teilani befreien könnte.«

McCoys Nervosität wuchs immer mehr. »Um Himmels willen, Jim, die Admiralin ist das größte Hindernis bei deinem Bemühen, mehr darüber herauszufinden, was mit Teilani geschehen ist. Das zieht Starfleet doch sicher in Betracht, wenn du bewiesen hast, dass Nechajew eine Spionin aus der Welt hinter dem Spiegel ist.«

Kirk hob die Hände und ließ sie wieder sinken. »Vielleicht geht Starfleet tatsächlich auf meine Wünsche ein. Nach fünfzehn Anhörungen, zweiundzwanzig Berichten und sechs Monate langen Ermittlungen in Hinsicht darauf, was ich am liebsten zum Frühstück esse. So viel Zeit haben wir nicht, Pille. Ich bin nicht bereit, bei dieser Angelegenheit den Dienstweg einzuhalten. Das hab ich satt.«

McCoy gab auf und sah zum anderen Spock. »War Ihr Kirk ebenfalls ein eigensinniger, sturer Größenwahnsinniger mit Stroh im Kopf?«

Die verbale Auseinandersetzung schien den anderen Spock überhaupt nicht zu berühren. »Der Kirk meines Universums hätte die Admiralin in dem Augenblick ihrer Entlarvung als Spionin getötet. Anschließend hätte er Sie ganz langsam und auf sehr schmerzhafte Weise umgebracht, weil Sie ihn beleidigten.«

McCoy rollte mit den Augen. »Nun, was hat der

Captain vor? Falls er Nechajew nicht sofort ins Jenseits schicken will.«

Kirk hatte bereits darüber nachgedacht. »Es befinden sich Runabouts an Bord der *Sovereign*. Sie sind für Starbase 250 bestimmt und voll einsatzfähig.«

»Piraterie, Entführung – klingt nach einem interessanten Anfang«, kommentierte McCoy. »Ich nehme an, es handelt sich um spezielle Runabouts, die schneller sind als die *Sovereign*?«

»Wir brauchen es nur bis zur Goldin-Diskontinuität zu schaffen. Dort können uns die Sensoren der *Sovereign* nicht mehr entdecken.«

McCoy maß Kirk mit einem strengen Blick. »›Wir‹?«

Die Reaktion des Arztes überraschte Kirk. »Auf der Erde warst du ganz versessen darauf, mir zu helfen, Pille.«

»Da wusste ich noch nicht, dass eine der wichtigsten Flottenadmirale Starfleets eine Spionin ist und das Kommando über eins der stärksten Schiffe hat. Eine solche Situation ist überaus gefährlich, und im Gegensatz zu dir möchte ich etwas dagegen unternehmen.«

Kirk sah den anderen Spock an. »Normalerweise schlägt unser Spock an dieser Stelle eine ganz andere Lösung des Problems vor.«

»Haben Sie irgendwelche Ideen?« fragte McCoy hoffnungsvoll.

»Es ist nicht klug, der Nechajew aus meinem Universum das Kommando über dieses Schiff zu lassen. Doch um ihr den Befehl über die *Sovereign* zu nehmen, müssten wir auch alle anderen Personen aus meiner Realität identifizieren, die inzwischen zur Crew dieses Schiffes gehören. Andererseits: Ich schätze, Nechajew erfährt spätestens nach vier Komma zwei sechs Stunden von anderen Agenten der Allianz, dass meine Informationen in Hinsicht auf die vulkanische Widerstandsbewegung falsch sind. Sobald das geschieht, müssen wir alle mit dem Tod rechnen. Auch Sie, Doktor.

Die Logik gebietet also, dass wir auf Captain Kirks Vorschlag zurückgreifen und das Schiff so schnell wie möglich verlassen.«

»Nun, eins steht fest: Gegenüber unserem Spock stellen Sie keine Verbesserung dar.« McCoy sah Kirk an und fügte hinzu: »Wie soll Teilani damit geholfen sein, wenn du mit einem Runabout in der Goldin-Diskontinuität verschwindest?«

»Wir könnten nach Chal fliegen, Pille. Dort beschaffe ich mir irgendwie die Nachricht der Entführer, antworte darauf, lokalisiere die Verantwortlichen und stelle ihnen eine Falle... Was weiß ich? *Alles* ist besser, als ein Gefangener an Bord dieses Schiffes zu sein und *nichts* zu tun.«

»Glaubst du wirklich, du kommst damit durch?«

Kirk wurde plötzlich sehr ernst. »Willst du eine ehrliche Antwort? Ich weiß es nicht. Aber ich muss es wenigstens versuchen. Bist du bereit, mir zu helfen?«

McCoy sah wieder den andere Spock an. »Wenn es ihm tatsächlich gelingt, mit einem Runabout zu entkommen... Wie groß sind meine Überlebenschancen, sobald Nechajew herausfindet, was passiert ist?«

Der Intendant dachte einige Sekunden lang nach. »Wenn sie sich an das übliche Allianz-Protokoll hält, müssten Sie damit rechnen, etwa zweiundzwanzig Minuten lang von ihr verhört zu werden. Der Zeitpunkt Ihres Todes hängt davon ab, wie lange Sie die Folter überleben. Mir fehlen ausreichend Daten, um den entsprechenden Zeitraum hinreichend genau zu berechnen.«

McCoy seufzte und zog den Laborkittel aus. »Wissen Sie, was es mit einer Presspatrouille auf sich hat?«

»Wir schaffen es«, sagte Kirk. »Es sind bereits alle Vorbereitungen getroffen.«

»Und das sagst du mir erst jetzt?« McCoy streifte seine Jacke über, öffnete ein Wandfach und griff nach einer Medo-Tasche.

»Ich musste sicher sein, ob du bleiben oder mitkommen willst. Intendant?«

»Ich bin so weit.«

Kirk, McCoy und der andere Spock schritten in Richtung Tür, doch der Arzt blieb stehen, noch bevor sie das Schott erreichten. »Ist es wirklich eine gute Idee, einfach so durch die Korridore zu gehen? Sollten wir nicht durch Jefferiesröhren kriechen?«

»Scotty meinte, die technischen Kontrollen würden sofort einen nicht autorisierten Zugang zu den Röhren melden«, erwiderte Kirk.

»Scotty ist mit von der Partie?«

»Alle sind an dieser Sache beteiligt«, sagte Kirk. Er konnte auf die Hilfe einer starken Gruppe zurückgreifen, und dieser Umstand erfüllte ihn mit der notwendigen Zuversicht, um sich auf eine riskante Aktion einzulassen. Er kannte nicht alle Möglichkeiten dieses neuen Raumschiffs. Der Versuch, mit einem Runabout zu entkommen, ließ sich vermutlich mit dem Angriff eines Shuttles auf die alte *Enterprise* vergleichen. Auf sich allein gestellt hätte er so etwas nicht einmal in Erwägung gezogen. Aber zusammen mit seinen Freunden bot sich ihm eine echte Chance.

»Wir schaffen es«, wiederholte er, näherte sich der Tür und beobachtete, wie sie vor ihm beiseite glitt. »Es wird klappen.«

Kirk trat in den Korridor – und sah sich fünf grimmig dreinblickenden Sicherheitswächtern gegenüber, die Phasergewehre auf ihn richteten.

Admiral Nechajew schritt zu McCoy und nahm ihm die Medo-Tasche ab. »Sie haben den medizinischen Tricorder sehr ungeschickt verwendet, Doktor. Ich habe sofort Verdacht geschöpft, auch deshalb, weil der Intendant bereits ein neurokortikales Modul trug.«

Kirk schwieg und begriff plötzlich, warum Nechajew die Krankenstation in so guter Stimmung verlassen hatte.

Sie hat mich hereingelegt, fuhr es ihm durch den Sinn.

»Seien Sie nicht so überrascht, Kirk«, sagte die Admiralin. »In meiner Heimat wurden viele Bücher über Tiberius geschrieben – Studien, die alle seine Wesensaspekte analysierten und die Umstände seiner Entwicklung untersuchten. Ich habe fast den Eindruck, Sie zu kennen. Und es fällt mir nicht weiter schwer, jeden Ihrer Schritte vorherzusehen.«

Sie wandte sich an die Sicherheitswächter, und Kirk zweifelte nicht daran, dass sie alle aus dem Paralleluniversum stammten, wie auch die Admiralin.

»Bringen Sie den Intendanten und McCoy zum Arrestbereich.« Nechajew trat näher an Kirk heran, und jäher Hass verwandelte ihr Gesicht in eine Fratze. »Ich begleite Captain Kirk zur Agoniezelle.«

18

Kirks Bewusstsein dehnte sich aus und ermöglichte dadurch eine neue Intensität der Wahrnehmung.

Er spürte, wie die Luft durch den Korridor strich, in dem sich nur Nechajew, die Sicherheitswächter, seine Gefährten und er selbst befanden.

Der Geruch von Desinfektionsmitteln stieg ihm in die Nase, vom Luftstrom durch den Eingang der Krankenstation getragen.

Er sah das leichte Pulsieren von Nechajews Halsschlagader, die Stoppeln am Kind des ersten Bewaffneten, die Struktur des Teppichs auf dem Boden.

Kirk schloss die Augen und sah die Lichtung auf Chal, die zu seinem Zuhause werden sollte.

Die sein Zuhause werden *würde*.

Dieses Wissen wurde zu einem Traum, zu seinem Mantra, einem unverrückbaren Ziel.

Kirk spürte die Wärme von Chals Doppelsonne auf dem Rücken. Langsam atmete er ein, fand sein inneres Zentrum, füllte seinen ganzen Wahrnehmungskosmos mit Chals sprießender Vegetation, mit der Verheißung von Leben.

Und im Kern all seiner Erfahrungen, im Kern von allem, zu dem er geworden war, befand sich Teilani.

Nichts in diesem Universum oder im anderen sollte ihn von ihr trennen.

Er konnte nicht versagen.

Ein Fehler war völlig ausgeschlossen.

Diese fundamentale Wahrheit begriff er während jenes einen Atemzugs, der sein Zentrum stabilisierte.

Kirk öffnete die Augen wieder und begegnete dem kalten Blick einer Alynna Nechajew, die aus einem anderen Universum stammte und dort als terranischer Kollaborateur mit dem Feind zusammenarbeitete. Er wusste, dass sie ihm ebenso wenig Widerstand leisten konnte wie dem feurigen Zorn einer Supernova.

Offenbar hielt sie sein Schweigen für Kapitulation.

»Furcht steht Ihnen gut, Tiberius.«

Kirk antwortete noch immer nicht. Seine Gedanken rasten, als er verschiedene Möglichkeiten prüfte.

Die Agoniezelle bereitete ihm keine Sorgen.

Was war Schmerz im Vergleich zu dem Verlust von Teilanis Leben und ihrer Liebe?

Doch das Raumschiff *Sovereign* war der unbekannte Faktor in der Gleichung seiner Flucht.

Überall gab es Schirmfelder und Anästhezingas. Mehr als tausend Besatzungsmitglieder waren bereit, den Befehlen der Kommandantin zu gehorchen und zu versuchen, Kirk aufzuhalten.

Und wenn er in Gefangenschaft geriet... Anschließend mochte eine Flucht nicht mehr möglich sein.

Dadurch ergab sich seine Strategie von selbst.

Er durfte nicht in Gefangenschaft geraten.

Und deshalb *würde* er nicht in Gefangenschaft geraten.

All diese Überlegungen nahmen weniger als eine Sekunde in Anspruch.

Anschließend wurde er sofort aktiv.

Kirks Faust traf Nechajew am Kinn, und voller Genugtuung hörte er das Knirschen splitternder Zähne, als die falsche Admiralin von der Wucht des Schlags an die Wand gestoßen wurde.

Nur einen Sekundenbruchteil später drehte er sich und trat nach dem nächsten Phasergewehr.

Der junge Kirk hatte wesentlich kraftvoller zugetreten, aber hier kam es in erster Linie auf Zielsicherheit an, und daran mangelte es ihm nicht.

Ein leises Knacken wies darauf hin, dass der Daumen des betreffenden Sicherheitswächters brach. Der Mann gab einen schmerzerfüllten Schrei von sich, während sein Gewehr herumschwang und des Gesicht des nächsten Bewaffneten traf.

Der andere Spock wurde ebenfalls aktiv und unterstützte Kirks Angriff. Er war nicht so schnell wie der Spock dieses Universums, aber seine Hand schloss sich um die Schulter des dritten Sicherheitswächters und setzte ihn mit einem Nervengriff außer Gefecht, den er während der Zeit von zwei Menschenleben perfektioniert hatte.

Und damit war das Überraschungsmoment vorbei.

Kirk und der andere Spock standen zwei Gegnern gegenüber. Selbst als Kadett wäre Kirk nicht imstande gewesen, sie zu erreichen, bevor sie das Feuer eröffneten.

Was bedeutete, dass sie keine Gelegenheit erhalten durften, von ihren Waffen Gebrauch zu machen.

Einer der beiden Männer hob wie in Zeitlupe die Hand zum Insignienkommunikator.

Kirk kam ihm zuvor.

»Computer, Sicherheitsalarm! Neutralisiere alle Waffen in Korridor B, Deck 8. Autorisierung: Kirk.«

Die beiden Sicherheitswächter betätigten die Auslöser ihrer Waffen.

Zu spät.

Die Phasergewehre funktionierten nicht mehr.

Kirk und der andere Spock griffen an.

Doch ihre Gegner waren jung, bereit für den Kampf.

Den ersten Hieb seines Widersachers wehrte Kirk ab, aber der zweite kam zu schnell nach dem ersten und traf ihn am Solarplexus.

Die Luft entwich aus seinen Lungen, und er taumelte, drohte das Gleichgewicht zu verlieren.

Der junge Mann fühlte sich seines Sieges sicher und machte einen Fehler, der von Unerfahrenheit kündete. Er trat nach Kirks Gesicht, obwohl das überhaupt nicht nötig gewesen wäre.

Der Captain brauchte den Kopf nur ein wenig zur Seite zu neigen, um dem Tritt auszuweichen. Dann griff er nach dem Fuß seines Gegners und drehte ihn, bis er ein neuerliches Knacken vernahm.

Der Sicherheitswächter schrie, und Kirk ließ ihn los.

Von seinem Zorn ließ sich der junge Mann zu einem zweiten Fehler hinreißen. Er schwang herum, verlagerte dabei instinktiv das Gewicht auf den gebrochenen Knöchel.

Eine Sekunde später lag er mit schmerzverzerrtem Gesicht auf dem Boden.

Der Kontrahent des anderen Spock zeigte weitaus mehr Geschick. Er hielt den Intendanten in einer speziellen Kopfzange, um die Blutzufuhr zum Gehirn zu unterbrechen.

Gleichzeitig wich er mit dem Vulkanier zurück.

Kirk griff nach einem neutralisierten Phasergewehr, schloss zum letzten Sicherheitswächter auf und holte aus, um mit dem Kolben zuzuschlagen.

Der Mann ging in die Hocke und benutzte den anderen Spock wie einen Schild.

Kirk hatte überhaupt nicht zuschlagen wollen und senkte das Gewehr.

Seine Taktik erzielte den gewünschten Erfolg. Um sich zu schützen, hatte der Sicherheitswächter den Griff ein wenig lockern müssen, und der andere Spock nutzte die Gelegenheit, um den Ellenbogen in die Leistengegend seines Gegners zu stoßen.

Der junge Mann ließ den Vulkanier sofort los, als er plötzlich einen großen Teil seiner Kraft verlor. Der andere Spock drehte sich um und schickte ihn mit einem Nervengriff ins Reich der Träume.

Kirk sah sich nach den anderen Sicherheitswächtern um und stellte fest, dass McCoy sie mit Injektionen betäubte.

»Helft mir, sie in die Krankenstation zu bringen«, sagte der Arzt.

»So hart habe ich nicht zugeschlagen.«

»Willst du sie hier liegen lassen, damit sie jemand findet?«

Kirk und der andere Spock trugen die besiegten Gegner mitsamt ihren Waffen in die Krankenstation. Dort folgten sie McCoys Anweisungen, legten die bewusstlosen Sicherheitswächter und die falsche Admiralin auf Behandlungsliegen.

»Computer«, sagte der Arzt, »aktiviere das MHN.«

Mitten in der Krankenstation erschien die Gestalt eines holographischen Doktors. Überrascht stellte Kirk fest, dass es sich nicht um das verdrießlich wirkende Abbild Dr. Zimmermanns handelte, sondern um einen jüngeren Mann mit dichtem blondem Haar.

»Bitte nennen Sie die Art des medizinischen Notfalls.«

»Diese Personen sind Spione«, sagte McCoy rasch. »Sie wollen die *Sovereign* unter ihre Kontrolle bringen und dem Feind übergeben.«

»Meine Güte«, erwiderte das Hologramm. Eine seltsame Reaktion für ein Computerprogramm, fand Kirk. Vielleicht mussten die Algorithmen noch überarbeitet werden.

McCoy wandte sich mit Instruktionen an den Holo-Arzt. »Behandeln Sie die Verletzungen, aber sorgen Sie dafür, dass diese Leute bewusstlos bleiben, bis jemand von Starfleet Command eintrifft. Sie dürfen auf keinen Fall geweckt werden, ganz gleich, welches Besatzungsmitglied dieses Schiffes entsprechende Anweisungen erteilt. Das ist ein direkter Befehl.«

Das Hologramm wirkte erschrocken, als es den Blick auf einen ganz bestimmten Patienten richtete. »Das ist kein Spion, sondern Admiral Nechajew!«

»Überprüfen Sie ihre Quantensignatur«, sagte McCoy.

»Ich bin Arzt, kein Quantenmechaniker.«

»Sie stammt nicht aus diesem Universum«, betonte McCoy.

Der holographische Arzt verzog das Gesicht. »Wie kann jemand nicht aus diesem *Universum* kommen? Per definitionem gibt es nur das eine und nichts anderes. Ihre Worte verwirren mich.«

Kirk wollte keine weiteren Verzögerungen hinnehmen. »Was ist mit dem Ding los, Pille?«

Die Frage schien das Hologramm zu beleidigen. »Ich möchte Sie darauf hinweisen, dass ich kein *Ding* bin, sondern ein Medizinisches Holo-Notprogramm, Version Zwei.«

»Sie sind Doktor und Starfleet-Offizier«, knurrte McCoy. »Machen Sie sich an die Arbeit und befolgen Sie Ihre Anweisungen.«

Der Holo-Arzt straffte empört die Gestalt. »Na schön. Aber ich muss deshalb nicht glücklich sein.«

»Sie sind ein Programm«, sagte Kirk. »Und von einem Programm erwartet niemand, dass es glücklich ist. Pille, Intendant… Gehen wir.« Kirk griff nach einem Phasergewehr und warf einen Blick auf die Ladeanzeige. Volle Energiestärke. Die Waffe mochte sich in anderen Sektionen des Schiffes als nützlich erweisen, dort, wo die Neutralisierung nicht wirksam war.

»Jetzt fühle ich mich deprimiert«, verkündete das Hologramm.

Kirk, McCoy und der andere Spock traten bereits durch die Tür der Krankenstation.

»Und *allein*«, fügte der Holo-Arzt hinzu.

Als sie durch den Korridor eilten, bildeten sich dünne Falten in der Stirn des Vulkaniers.

»Funktionierte das Programm richtig?« fragte er.

»Keins davon ist in Ordnung«, erwiderte McCoy. »Aber Starfleet besteht trotzdem darauf, sie in der Praxis zu testen. Vermutlich sollen sie den richtigen Ärzten das Gefühl geben, gebraucht zu werden.«

Sie erreichten einen Turbolift.

Dem anderen Spock schien es Unbehagen zu bereiten, den Weg auf diese Weise fortzusetzen. »In einer Transferkapsel könnte man uns leicht überwältigen«, gab er zu bedenken.

»Die Zeit ist knapp«, erwiderte Kirk. Er presste den Daumennagel in eine schmale Kerbe an der Seite des Phasergewehrs und öffnete dann die Klappe des kleinen Kontrollfelds. Während sie auf den Lift warteten, gab er seinen Sicherheitscode ein und veränderte die ID-Nummer der Waffe. Wenn eine andere Sicherheitsgruppe versuchte, die Funktion dieses Phasergewehrs mit einem neuerlichen Neutralisierungsbefehl zu blockieren, so würde sie aufgrund der modifizierten ID-Kennung eine Überraschung erleben. Kirk konnte die Waffe dadurch einige Sekunden länger nutzen, bevor jemand die Veränderung des Codes bemerkte. »Mit dem Turbolift erreichen wir unser Ziel wesentlich schneller als zu Fuß.«

»Und Schnelligkeit ist unter den gegenwärtigen Umständen von großer Bedeutung«, sagte McCoy, als sich vor ihnen die Tür des Turbolifts öffnete. »Immerhin wollen wir keine Pause einlegen, um darüber nachzudenken, auf was wir uns einlassen.«

Kirk lächelte und deutete mit dem Phasergewehr auf die leere Transferkapsel. »Du zuerst, Pille. Falls es sich um eine Falle handelt.«

McCoy grummelte leise vor sich hin, als er den Lift zusammen mit dem anderen Spock betrat. Kirk sah noch einmal durch den Korridor, bevor er ihnen folgte. »Hauptshuttlehangar«, sagte er.

Die Transferkapsel setzte sich in Bewegung und glitt seitlich durch den oberen Bereich des Schiffes.

»Willst du dort Scotty treffen?« fragte McCoy.

Kirk nickte. »Und auch Janeway, T'Val und Spock.«

McCoy runzelte die Stirn. »Du bist recht fleißig gewesen.«

»Ich gebe mir alle Mühe.«

Nur ein zehn Meter langer Korridor trennte den Turbolift vom großen Schott des Shuttlehangars. Kirk trat als erster aus der Transferkapsel. Der andere Spock blieb mit McCoy und dem Phasergewehr zurück.

Niemand befand sich in der Nähe.

Argwohn erwachte in Kirk.

Er wusste, dass die Shuttlehangars zu den Bereichen eines Raumschiffes gehörten, in denen am meisten Betrieb herrschte. Ständig kamen und gingen Techniker, Piloten, Frachtarbeiter und Wartungsspezialisten. Doch hier blieb alles leer und still, was darauf hindeutete, dass der Korridor abgeriegelt worden war, wie auch der vor dem Zugang zur Krankenstation. Kirk weigerte sich zu glauben, dass sich die Shuttle-Aktivitäten an Bord der *Sovereign* allein auf den Heckhangar des Decks Vierzehn beschränkten.

Vorsichtig schritt er an der gewölbten Wand vorbei und passierte das große Schott. Der Korridor war hier recht hoch, um den Transport von Containern und Aggregaten aus dem Hangar zu den Lagerräumen zu erleichtern. Kirk spitzte die Ohren, hörte jedoch nichts anderes als das leise Summen der ambientalen Systeme.

Er wandte sich in die andere Richtung und eilte am Turbolift vorbei.

Nirgends zeigte sich jemand.

McCoy, der andere Spock und er selbst sollten in der Lage sein, das Hangarschott zu erreichen, bevor sie jemand daran hindern konnte.

Er winkte den anderen zu.

»Lauft!« rief er.

Selbst McCoy erwies sich als recht flink, was er seinen Implantaten verdankte.

Die Entfernung zum Schott schrumpfte auf fünf Meter, und Kirk glaubte schon, dass sie es schaffen würden.

Genau in diesem Augenblick entstand das erste Kraftfeld.

Kirk und der andere Spock blieben rechtzeitig stehen, aber McCoy stieß gegen die energetische Barriere – seine künstlichen Beinmuskeln reagierten langsamer als die natürlichen.

Kirk zog den Arzt auf die Beine, drehte sich um und sah ein zweites Schirmfeld dicht vor dem Turbolift.

Sie saßen in einem fünf Meter langen Abschnitt des Korridors fest, nur einige wenige Schritte von der Freiheit entfernt.

Kirk wartete nicht ab, um zu sehen, wer diese Falle vorbereitet hatte. Er nahm das Phasergewehr vom anderen Spock entgegen und justierte es auf maximale Energiestärke, Stufe sechzehn. Dann zielte er auf die Decke, dicht vor dem energetischen Flirren, und betätigte den Auslöser. Seine Erwartungen erfüllten sich: Die Waffe funktionierte, trotz eventueller Neutralisierungsfelder.

Funken stoben, und dichte Rauchschwaden bildeten sich. Kirk bewegte den destruktiven Strahl langsam über die Decke und tastete damit nach den Kraftfeldemittern, die vielleicht nicht gut genug abgeschirmt waren.

Im Fauchen und Zischen erklang die Sprachprozessorstimme des Computers und warnte vor Feuer. Eindämmungsfelder umhüllten die Flammen.

Kirk ließ den Strahl über die rechte Wand streichen und durchtrennte ein ODN-Kabel, was einen neuen Funkenregen bewirkte.

Das Gleißen erreichte den Boden – und verschwand abrupt.

Das Neutralisierungssystem hatte jenen Punkt der Programmierung erreicht, an dem es nicht mehr die ID-Kennungen einzelner Waffen berücksichtigte, sondern ein allgemeines Deaktivierungsfeld verwendete.

McCoy hustete, als sich die Rauchschwaden verdichteten. »Wenigstens sterben wir an Rauchvergiftung, bevor man uns foltern kann.«

»Bist du immer so negativ gewesen, Pille?«

»Nur wenn du nicht zugegen warst.«

Der andere Spock sah sich um. »Erstrecken sich die Kraftfelder auch hinter den Wänden?«

»Andernfalls hätten sie wohl kaum einen Sinn«, erwiderte Kirk. Er hob das Gewehr, bereit dazu, es als Keule zu verwenden. »Warum zeigen sich unsere Gegner nicht?«

Eine scharfe Stimme drang aus seinem Insignienkommunikator. »Weil wir versuchen, die Admiralin zu wecken, damit sie sich um Sie kümmern kann.« Es war keine menschliche Stimme.

McCoy deutete am Schott des Shuttlehangars vorbei durch den Korridor. Drei Gestalten näherten sich aus jener Richtung.

»Meine Güte«, brachte der Arzt hervor.

In Kirks Magengrube krampfte sich etwas zusammen.

Es befanden sich Cardassianer an Bord der *Sovereign*.

Und mit ziemlicher Sicherheit stammten sie nicht aus diesem Universum.

Diese Annahme wurde zu Gewissheit, als der größte Cardassianer vor das Kraftfeld trat und den anderen Spock mit einem kühlen Lächeln musterte. Im Licht der Korridorlampen glänzte sein schwarzes Haar fast blau, und das stumpfe Grau seiner Haut wirkte leichenhaft.

»Ich grüße Sie, Intendant. Ich habe Ihnen ja versprochen, dass wir uns noch einmal begegnen würden.«

»Und ich habe nie daran gezweifelt«, erwiderte der andere Spock. »Vermutlich erinnern Sie sich an meinen Hinweis, dass unsere neuerliche Begegnung am Tag Ihres Todes stattfinden würde.«

Das Lächeln des Cardassianers wuchs in die Breite. »Tapfere Worte von einem sterbenden, senilen Alten.«

»Wiederholen Sie diese Worte ohne ein Kraftfeld zwischen uns.«

»Oh, das beabsichtige ich. Kurz bevor ich Sie mit dem Agoniesimulator behandle.« Der Cardassianer holte einen kleinen, zylindrischen Kommunikator hervor, der ohne das Kom-System der *Sovereign* funktionierte. Mit dem Daumen übte er an einer bestimmten Stelle Druck aus, und ein orangefarbenes Licht glühte an der Spitze. »Hier spricht Arkat. Ich habe die Gefangenen auf Deck sieben gefunden, vor dem Hauptshuttlehangar. Sondieren Sie den Hangar nach den anderen.«

Kirk wusste, dass die Cardassianer zwei Möglichkeiten hatten. Erstens: Sie konnten ihn und seine Begleiter töten, indem sie die Kraftfelder so lange bestehen ließen, bis der Sauerstoff verbraucht war, oder indem sie tödliches Gas in den abgetrennten Bereich leiten. Zweitens: Sie konnten ihre Gefangenen in eine Arrestzelle beamen oder sie dorthin eskortieren.

Die erste Möglichkeit ließ ihnen keine Überlebenschance, aber angesichts der Feindschaft zwischen dem Intendanten und Arkat hielt Kirk es für unwahrscheinlich, dass die Cardassianer einfach warteten, bis sie erstickten. Die zweite Möglichkeit erforderte eine Deaktivierung der Kraftfelder – um den Transporterstrahl auszurichten oder die Gefangenen fortzuführen.

Kirk bereitete sich innerlich vor. Er wollte es den Cardassianern nicht einfach machen, eine Einstellung, die der andere Spock sicher teilte.

Die Stimme eines weiteren Cardassianers drang aus dem Kommunikator. »Sondierung abgeschlossen. Im Hauptshuttlehangar wurden keine Lebensformen entdeckt.«

»Wo befinden sich Ihre Komplizen?« fragte Arkat.

»Welche Komplizen?« erwiderte Kirk.

Der Cardassianer grinste. »Wie sehr Sie Tiberius ähneln.«

»Sie wären überrascht.«

»Leider bekam mein Volk keine Gelegenheit, das Ende jenes Ungeheuers zu erleben. Sie könnten uns die ersehnte Genugtuung verschaffen.«

»Wie mein Freund schon sagte…«, entgegnete Kirk sofort. »Wiederholen Sie diese Worte ohne ein Kraftfeld zwischen uns.«

Arkat schüttelte den Kopf. »Derzeit gehören Sie allein der Admiralin. Aber vielleicht überlässt sie mir das, was nach ihrem Verhör von Ihnen noch übrig ist. Nun, viel dürfte es nicht sein.« Er hob den Kommunikator. »Wie ist der Status der Admiralin?«

»Das MHN gewährt uns keinen Zugang zur Krankenstation. Angeblich ist eine Autorisierung durch Starfleet Command nötig.«

Arkat schien das nicht für ein unüberwindliches Problem zu halten. »Löschen Sie das Programm.«

»Sofort.«

Kirk hielt es für unangemessen, Mitleid für ein Computerprogramm zu empfinden. Doch gerade aufgrund seiner Schrullen hatte der holographische Arzt den Eindruck eines echten, lebenden Wesens erweckt.

»Wie lange können Sie die Besatzungsmitglieder der *Sovereign* von diesem Korridor fernhalten?« fragte Kirk. Die Cardassianer durften sich nicht offen zeigen. Jedes Crewmitglied, das einen von ihnen sah, würde sofort handeln und erst später Fragen stellen.

»Wir haben es nicht eilig«, sagte Arkat. »Commander

Kral hat alle Besatzungsmitglieder angewiesen, in ihren Quartieren beziehungsweise an ihren Stationen zu bleiben. Solange an Bord nach einem gefährlichen Leck gesucht wird, durch das Tetralubisol-Dampf in die ambientalen Systeme gerät, haben wir das Schiff für uns.«

»Der Trill gehört zu Ihnen?«

Arkat zuckte mit den Schultern. Er schien an dieser Sache Gefallen zu finden. »Wer weiß?«

Erneut erklang eine Stimme aus dem cardassianischen Kommunikator. »Glinn Arkat. Das MHN hat sein Programm mit den Lebenserhaltungs-Subsystemen verbunden. Es hält die Admiralin und fünf Sicherheitswächter auch weiterhin in medizinischer Stasis. Wenn ich das Programm lösche, stirbt die Admiralin.«

Kirk bemerkte das zornige Aufblitzen in Arkats Augen. Und er wusste auch, dass Zorn ein Gegner der Vernunft war. Er hatte nicht die geringste Ahnung, wie ein Computerprogramm so einfallsreich sein konnte, aber er beschloss sofort, die günstige Gelegenheit zu nutzen.

»Sie sollten nicht überrascht sein, Arkat. Immerhin haben Sie es hier mit überlegener Technik zu tun. Das Cardassianische Reich Ihres Universum ist eine drittklassige Macht, die keinem Vergleich mit den Cardassianern meiner Realität standhält. Und niemand von Ihnen kann es mit der Föderation aufnehmen.«

Arkat schloss die Hand krampfhaft fest um den Kommunikator, und die beiden anderen Cardassianer zogen ihre Disruptoren. »Sie *werden* sterben, Tiberius.«

»Ich heiße Kirk, Sie armseliger Primitivling. James Kirk. Selbst Ihr Tiberius hat versagt, denn er war Ihnen nicht gewachsen. In diesem Universum ist die Cardassianische Union hundert Jahre weiter entwickelt als Ihr Reich, aber sie konnte die Föderation nur mit Hilfe des Dominion bedrohen. Jetzt sind die Dominion-Streitkräfte von ihrer Heimat abgeschnitten, was bedeutet:

Wir besiegen die Cardassianer so mühelos wie Steine werfende Barbaren.«

Arkat sprang vor. »Die Kraftfelder deaktivieren!« Doch seine Soldaten zogen ihn zurück.

»Nein, Glinn«, sagte einer von ihnen, und Kirk spürte sein Widerstreben, einem Vorgesetzten zu widersprechen. »Sie sollen die ganze Zeit über im abgeschirmten Bereich bleiben. So lautet Gul Rutals Befehl.«

Eine wichtige Information, fand Kirk. Gul Rutal schien das Oberhaupt der Cardassianer an Bord zu sein.

»Die Befehle sind mir gleich«, knurrte Arkat. Er schüttelte die Hände der Soldaten ab, zog seinen Disruptor und feuerte.

Das Neutralisierungsfeld war ganz offensichtlich so justiert worden, dass es ohne Einfluss auf cardassianische Waffen blieb. Der Disruptorstrahl traf das Kraftfeld und zerstob an der sichtbar werdenden energetischen Barriere. Aufgrund seiner Erfahrungen mit dem Phasergewehr wusste Kirk um die Stabilität des Schirmfelds. Andernfalls hätte er sich jetzt vielleicht geduckt.

Er blieb ganz ruhig stehen und verspottete Arkats Versuch, ihn zu erschießen.

»Sind Ihre Wissenschaftler so rückständig?« höhnte Kirk. »Sind Sie nicht einmal imstande, einen einfachen Polyphasen-Disruptor zu entwerfen, dessen Entladungen ein lächerlich schwaches Kraftfeld durchdringen können?« Kirk wusste nicht, was ein Polyphasen-Disruptor war, aber die Bezeichnung klang gut. Er sah McCoy an und lachte laut.

Der Arzt schien seiner Taktik mit Skepsis zu begegnen, aber er lachte ebenfalls, wenn auch halbherzig.

Arkats Gesicht verwandelte sich in eine wutverzerrte Fratze.

Jetzt ist es so weit, dachte Kirk. *Jetzt stellt er irgendetwas Dummes an.*

Er schloss die Hände fester ums Phasergewehr und wartete auf die Deaktivierung der Kraftfelder.

Doch Arkat überraschte ihn.

»Transporterkontrolle, hier spricht Glinn Arkat. Richten Sie den Transferfokus auf den einen Meter vor mir stehenden James T. Kirk. Er ist der Mensch mit dem Phasergewehr.«

Eine menschliche Stimme erklang – die eines Äquivalents aus dem Paralleluniversum, wusste Kirk.

»Vorläufiger Fokus ausgerichtet. Um den Transport zu bewerkstelligen, müssen die Kraftfelder deaktiviert werden.«

Arkat wandte seinen hasserfüllten Blick nicht von Kirk ab. »Nehmen Sie die Deaktivierung auf meinen Befehl hin vor.«

»Ziel?« fragte der Transportertechniker.

»Der Weltraum«, sagte Arkat langsam. »Und sorgen Sie dafür, dass der Strahl fokussiert bleibt. Er soll leben, wenn er rematerialisiert. Damit er weiß, was passiert.«

McCoy griff sofort nach Kirks Arm. »Wenn Sie ihn ins All beamen, müssen Sie mich ebenfalls transferieren.«

Der andere Spock folgte dem Beispiel des Arztes. »Und mich auch.«

Bevor Arkat reagieren konnte, stieß Kirk McCoy und den Intendanten zur Seite. »Setzt den Kampf fort«, sagte er, während seine Gedanken rasten und nach einer Möglichkeit suchten, die drohende Niederlage zu vermeiden und doch noch den Sieg zu erringen.

»Schirmfelder deaktivieren«, fauchte Arkat triumphierend. »Und *Energie*.«

Als das Kraftfeld vor Kirk mit einem kurzen Schimmern verschwand, warf er sich sofort nach vorn.

Aber seinen ausgestreckten Händen blieb nicht genug Zeit, Arkats Kehle zu erreichen. Der Cardassianer und die Konturen des Korridors verschwanden hinter einem goldenen Funkeln.

Kirk begriff, dass er die Absichten eines Feindes nicht zum ersten Mal falsch eingeschätzt hatte.

Er bedauerte, dass es jetzt zum letzten Mal geschah.

Der Transporterstrahl trug ihn fort, und Kirk versuchte, sich auf das kalte, leere All vorzubereiten.

Und auf die Dunkelheit des Todes.

19

Das Glühen des Transporterstrahls verblasste, und Kirk stellte verblüfft fest, wie hell die Sterne in diesem Teil des Alls leuchteten. *Vermutlich ist es die Goldin-Diskontinuität*, dachte er. Nun, wenigstens konnte er im Moment seines Todes noch einen letzten spektakulären Anblick genießen.

Und dann wich die Kälte des Alls plötzlich einem Duranium-Deck. Kirk prallte hart auf, als sein Körper den begonnenen Sprung beendete.

Einige Sekunden lang blieb er mit ausgestreckten Armen auf dem Boden liegen und fragte sich, warum ihm kein Vakuum die Luft aus den Lungen saugte und er Schwerkraft spürte.

Dann rollte er sich auf die Seite, sah Scott und Spock.

»Sie haben sich ziemlich viel Zeit gelassen«, sagte der Chefingenieur.

Spock streckte die Hand aus und half Kirk auf die Beine.

Sie befanden sich im Shuttlehangar der *Sovereign*. Er erstreckte sich im Heckbereich des primären Rumpfs: ein großer Raum mit niedriger Decke, der recht kompakt wirkte, wenn man die Ausmaße des Schiffes berücksichtigte. Kirk wusste, dass ein großer Teil der Wartungsarbeiten auf dem nächsten Deck weiter unten stattfand; Liftplattformen stellten eine Verbindung dar. Er blickte sich auf dieser Ebene um und sah nicht nur Frachtcontainer, sondern auch drei der neuesten Starfleet-Shuttles – eins von ihnen trug den stolzen Namen *Galileo* – und zwei Runabouts. Sie waren für Starbase 250 bestimmt.

Kirk klopfte sich imaginären Staub von der Hose – an Bord von Raumschiffen des vierundzwanzigsten Jahrhunderts sorgten die ambientalen Systeme dafür, dass sich nirgends Staub ansammeln konnte.

»Wie haben Sie das fertig gebracht?« fragte er.

»Nun, Captain, wie oft haben Sie selbst gesagt, dass ich Wunder vollbringen kann?«

Damit wollte sich Kirk nicht zufrieden geben.

»Na schön«, sagte Scott, als er seinen Gesichtsausdruck sah. »Eine spezielle Prioritätsschaltung in Hinsicht auf den Transporter. Immerhin *bin* ich der Chefingenieur dieses Schiffes. Und ich kenne den einen oder anderen Trick.«

»Was ist mit Janeway und T'Val?« fragte Kirk.

»Sie sind im Runabout«, antwortete Spock und sah auf die Anzeigen des Tricorders in seiner Hand. »Dr. McCoy und mein Äquivalent sind nach wie vor zwischen den Schirmfeldern im Korridor gefangen.«

»Wann erfahren die Cardassianer, dass ich nicht im All gestorben, sondern an Bord zurückgekehrt bin?« erkundigte sich Kirk.

Plötzlich schrillten Alarmsirenen, und von Indikatorflächen ging pulsierendes rotes Licht aus.

»Sie haben es gerade herausgefunden«, sagte Scott. Er deutete auf Spocks Tricorder. »Was geschieht mit den Kraftfeldern?«

»Sie werden jetzt deaktiviert«, erwiderte Spock.

Scott klopfte auf seinen Insignienkommunikator. »Scott an Janeway, Energie!«

Wenige Sekunden später hörte Kirk Janeways Antwort: »Wir haben Sie, Captain Scott.«

Spock und Scott liefen los. Kirk folgte ihnen und wandte sich dem nächsten Runabout zu, dessen Positionslichter bereits blinkten und auf Startbereitschaft hinwiesen.

»Nein, Captain!« rief Scott. »Nicht die *Coprates*, sondern die *St. Lawrence*.«

Kirk änderte den Kurs und lief zum zweiten Runabout, als er das elektrische Summen eines entstehenden Sicherheitsfelds hörte. Er blieb nicht stehen, warf einen Blick über die Schulter und sah, wie Disruptorenergie das Hangarschott an mehreren Stellen aufglühen ließ. Selbst wenn sich die Cardassianer einen Weg durch das Metall brannten – das Kraftfeld gab Kirk und seinen Gefährten noch etwas mehr Zeit.

Der Captain erreichte das zweite kleine Raumschiff und wandte sich sofort an Scott. »Wieso ließen sich bei der Sondierung keine Lebensformen im Hangar feststellen?«

Der Chefingenieur schüttelte ungläubig den Kopf. »Wie oft muss ich es Ihnen noch sagen? Ich bin der Chefingenieur und kenne dieses Schiff.«

Kirk sprang die kurze Treppe hoch, die ins Innere der *St. Lawrence* führte. Janeway und T'Val hatten bereits in den Passagiersesseln auf der Steuerbordseite Platz genommen und trugen beide Starfleet-Uniformen. McCoy und der Intendant schnallten sich in den Sesseln auf der Backbordseite an. Offenbar waren beide mit dem Nottransporter des Runabout transferiert worden.

Scott betätigte die Kontrollen neben der Luke, und daraufhin klappte die Treppe nach oben. Der Zugang schloss sich.

Kirk nahm vor den Pilotenkontrollen Platz und hörte, wie Spock auf den Notsitz hinter ihm sank. Wenige Sekunden später saß Scott im Sessel des Copiloten.

Kirk betrachtete die Anzeigen und verglich sie mit denen, die er während des Trainings auf dem Holodeck gesehen hatte. »Wie lange bleibt das Schirmfeld am Schott stabil?«

Scott warf ihm einen kurzen Blick zu. »Wie lange dauert es, diese Kiste ins All zu bringen?«

»Ist der zweite Runabout programmiert?«

Scott wirkte fast verzweifelt. »Captain, ich weiß nicht, was der Ruhestand mit Ihnen angestellt hat, aber Sie sollten endlich damit aufhören, mich Offensichtliches zu fragen.«

»Bitte entschuldigen Sie, Mr. Scott. Äh... fahren Sie fort.«

»Aye, gute Idee.«

Scotts Finger glitten so geschickt über die Schaltflächen, als hätte er nie andere Kontrollen bedient. Kirk spürte eine leichte Vibration, als die *Coprates* auf einem Antigravkissen abhob, sich drehte und damit in Startposition brachte. Ihr Name ging auf den ersten marsianischen Fluss zurück, dessen Wasser durch eine terrageformte Landschaft strömte.

Kirk aktivierte die Startsequenz, woraufhin auch die *St. Lawrence* abhob und sich drehte.

Ein rhythmisches Summen erklang. »Warnung«, verkündete der Computer. »Das Außenschott des Hangars schließt sich. Alle Shuttles und Runabouts müssen zu den Landebereichen zurückkehren.«

»Von wegen, Schätzchen«, brummte Scott.

Kirk blickte durchs Bugfenster und beobachtete, wie die Sterne hinter dem sich langsam schließenden Außenschott des Hangars verschwanden. Dies gehörte nicht zu seinem Plan.

»Äh, Mr. Scott, ich möchte nicht erneut nach Dingen fragen, die offensichtlich sind, aber... Können beide Runabouts nach draußen entkommen, bevor das Außenschott ganz geschlossen ist?«

Scott sah auch weiterhin auf die Displays. »Ich habe mir die Freiheit genommen, Ihren Plan ein wenig zu modifizieren. Von einem technischen Standpunkt aus gesehen ist es recht schwierig, den Atmosphärenschild eines Hangars zu durchstoßen. Aber durchs geschlossene Außenschott nach draußen zu gelangen... Das ist ein Stück Haggis, wie meine Großmutter zu sagen pflegte.«

Kirk hatte einmal die schottische Spezialität namens Haggis probiert, und diese Erfahrung zwang ihn zu der Frage: »Ist das eine gute Sache?«

»Warten Sie's ab«, erwiderte Scott.

Mit einem dumpfen Pochen schloss sich das Außenschott. Sie saßen jetzt im Hangar fest, und unter normalen Umständen gab es nur noch eine Möglichkeit, ihn zu verlassen: mit Hilfe des Transporters. Solange die Schilde des Runabouts aktiviert waren, blieb ihnen selbst dieser Weg versperrt.

Kirk bemerkte ein Blinken bei den Kom-Kontrollen. Vermutlich versuchte Arkat, sich mit ihnen in Verbindung zu setzen. Er beschloss, ihn einfach zu ignorieren. So behandelt zu werden, als sei er unwichtig... Für das Ego des Cardassianers gab es sicher nichts Schlimmeres. Und je zorniger Arkat wurde, desto leichter konnte man mit ihm fertig werden.

»Na schön, Mr. Scott«, sagte Kirk. »Überraschen Sie mich.«

»Halten Sie sich gut fest«, meinte Scott fröhlich. »Bereitschaft für den Einsatz von Quantentorpedos.«

Kirk warf dem Chefingenieur einen neugierigen Blick zu. »Runabouts sind mit Quantentorpedos ausgestattet?«

»Zumindest diese beiden.«

Scott berührte eine Schaltfläche, und ein kurzes Surren wies auf den Induktionsstart eines Torpedos hin.

Das Geräusch war noch nicht ganz verklungen, als das Außenschott des Hangars in einem plötzlichen Wabern aus Nullpunkt-Energie verschwand, die nicht etwa vom Torpedo freigesetzt wurde, sondern von der Quantenstruktur der Raum-Zeit.

»Die *Coprates* fliegt los!« Scott betätigte weitere Kontrollen.

Kirk war noch immer halb vom Explosionsblitz geblendet. Im einen Augenblick befand sich die *Coprates* noch auf der Steuerbordseite, und im nächsten verwandelte sie sich in einen davonhuschenden Schemen, der im weißen Gleißen verschwand.

»Atmosphärenschild wird aktiv«, meldete Spock.

»Aber er wird nicht lange von Bestand bleiben«, sagte Scott. »Einsatz des zweiten Torpedos!«

Das Surren wiederholte sich, als ein zweiter Quantentorpedo fortsauste, und eine Sekunde später gewährten die Fenster einen Blick ins All. Die *St. Lawrence* befand sich nicht mehr an Bord der *Sovereign*.

»Ich habe mich für den Piloten gehalten«, sagte Kirk.

»Ein Mensch hätte nicht schnell genug reagieren können, um das Loch in einer Quantenexplosion zu finden«, erwiderte Scott. »Jetzt gehört der Runabout Ihnen.«

Kirk flog das kleine Schiff so, wie er es während des Trainings gelernt hatte.

Auf dem bugwärtigen Sensordisplay sah er, wie sich die *Coprates* schnell von der *Sovereign* entfernte und den Warptransfer einleitete. Was Kirk zum Anlass nahm, Warp- und Impulstriebwerk der *St. Lawrence* zu deaktivieren. Während die *Coprates* mit Warp vier durchs All raste, ermöglichten die Manövrierdüsen der *St. Lawrence* nur eine Geschwindigkeit von mehreren Metern pro Sekunde.

Doch das genügte Kirk, um seinen Plan zu verwirklichen.

Er verließ sich allein auf seine Augen, als er den Runabout drehte, bis er genauso ausgerichtet war wie die *Sovereign*. Dann steuerte er die *St. Lawrence* nach unten und flog sie in einer Höhe von nur zwei Metern über den ›Rücken‹ des viel größeren Schiffes, bis zu einem Punkt etwa zwei Decks unter dem externen Flugdeck des Hauptshuttlehangars. Dabei handelte es sich um einen von Spock sorgfältig berechneten ›toten Winkel‹: Dort konnte der Runabout von keinem Fenster der *Sovereign* aus gesehen werden.

Kirk wies den Autopiloten an, exakt diese relative Position zu halten. Anschließend konnte er nur darauf vertrauen, dass die moderne Starfleet-Technik den Rest erledigte.

Er wurde nicht enttäuscht.

Die *St. Lawrence* kippte ein wenig nach Backbord und passte sich perfekt den Bewegungen der *Sovereign* an.

Eine Sekunde später erzitterte die *St. Lawrence*, als das größere Schiff den Warptransfer einleitete und jenseits der Lichtmauer beschleunigte.

Ein Runabout war natürlich nicht annähernd so schnell wie die *Sovereign*, aber die *St. Lawrence* befand sich innerhalb ihrer Warpblase – genauso gut hätte sie nach wie vor im Hangar stehen können. Wohin auch immer das größere Schiff flog, der Runabout würde sie begleiten, und zwar mit der gleichen Geschwindigkeit.

Wenn Kirk dieses Manöver mit dem Runabout eines anderen Raumschiffs versucht hätte, wäre die zusätzliche Masse sofort von den speziellen Überwachungssensoren der sorgfältig kalibrierten Triebwerkssysteme entdeckt worden. Aber die *St. Lawrence* stand auf der Frachtliste der *Sovereign*, und deshalb galt ihre Masse nicht als Anomalie.

Kirk sah zu den Passagieren zurück. »Bisher läuft alles planmäßig. Mr. Scott, wann holt die *Sovereign* die *Coprates* ein?«

»In gut zwei Minuten, Sir. Es hängt von der Beschleunigung ab.«

Kirk wartete geduldig. Er hatte mit einem solchen zeitlichen Rahmen gerechnet.

Schon ganz zu Anfang war ihm klar gewesen, dass es keine Möglichkeit gab, die *Sovereign* mit einem Runabout zu verlassen und vor ihr die Goldin-Diskontinuität zu erreichen. Die Schlussfolgerung lag auf der Hand: Irgendwie mussten sie das große Schiff dazu bringen, sie dorthin zu bringen. Bisher klappte alles.

»Wann lässt sich feststellen, dass keine Besatzungsmitglieder an Bord der *Coprates* sind?« fragte Kirk.

»Schwer zu sagen«, antwortete Scott. »Ich habe sieben Tricorder darauf programmiert, uns entsprechende Lebenszeichen zu emittieren. Der Autopilot ist auf Ausweichmanöver programmiert, und die *Coprates* kann sogar zwei Quantentorpedos einsetzen, was eine ziemliche Überraschung für die Person sein sollte, die im Kommandosessel dieses großen Kahns sitzt. Aber sobald die *Sovereign* einen Traktorstrahl ausrichtet, fliegt der Schwindel auf. Und bestimmt fragt sich dann jemand, was aus der *St. Lawrence* geworden ist.«

Kirk sah aufs Chronometer. Noch eine Minute bis zur *Coprates*. Vielleicht eine Verzögerung von weiteren zwei Minuten, wegen der Quantentorpedos. Dann noch eine Minute, um den Traktorstrahl auszurichten, was zur Entdeckung des Tricks führen musste. In vier Minuten war die *St. Lawrence* noch immer drei Flugminuten vom Schutz der Goldin-Diskontinuität entfernt.

Eine Minute zu viel, wenn es der *Sovereign* gelang, sie innerhalb von hundertzwanzig Sekunden einzuholen.

»Wir schaffen es nicht«, sagte Kirk. Indem er das Problem laut aussprach, begann er sofort damit, nach einer Lösung zu suchen.

Vor seinem inneren Auge entstand ein Bild des kleinen Raumschiffs, in dem er sich befand: Es hockte auf dem Rücken eines siebenhundert Meter langen Riesen, wie ein Schildfisch auf einem Hai. Trotz der geringen Entfernung reichte die Kapazität der Phaser nicht aus, das Warptriebwerk der *Sovereign* zu beschädigen. Mit dem dritten Quantentorpedo an Bord – Kirk fragte sich einmal mehr, wie es Scott geschafft hatte, die *St. Lawrence* mit solchen Waffen auszustatten – ließ sich die Außenhülle der *Sovereign* durchdringen, was zweifellos dazu führte, dass sie langsamer wurde. Aber ein solcher Angriff würde vielen Besatzungsmitglieder das Leben kosten.

War Kirk bereit, einen solchen Preis für Teilanis Freiheit zu zahlen?

Kirk fürchtete die Antwort so sehr, dass er es vermied, über die Frage nachzudenken.

Es *musste* eine andere Möglichkeit geben, sechzig Sekunden zu gewinnen. Eine Möglichkeit, die den Einsatz von Waffen ausschloss und nicht das Leben Unschuldiger in Gefahr brachte...

»Scotty, was würde passieren, wenn wir in den Warptransfer gehen, während wir uns noch in der Warpblase der *Sovereign* befinden?«

Der Chefingenieur runzelte die Stirn. »Bevor uns das kollabierende Feld in Stücke reißt oder danach?«

Kirk lehnte sich im Pilotensessel zurück und nickte langsam. Damit konnte dieser Punkt abgehakt werden. Erneut sah er aufs Chronometer. Nur noch wenige Sekunden, bis sie die *Coprates* erreichten.

Spock beugte sich vor. »Ich glaube, der Captain hat eine lohnende Strategie vorgeschlagen.«

»Finden Sie es vorteilhaft für uns, beide Schiffe zu vernichten?« entgegnete Scott.

»Nein. Aber wir könnten das Warptriebwerk der *Sovereign* mit einer harmonischen Überladung beschädigen.«

Scotts Stirn glättete sich nicht, was bedeutete, dass er skeptisch blieb. Der Runabout neigte sich erst zur einen

Seite und dann zur anderen, passte sich damit den Manövern der *Sovereign* an, die ihrerseits die programmierten Kurswechsel der *Coprates* wiederholte. *Noch drei Minuten*, dachte Kirk. *Und dann muss ich wählen, zwischen Teilanis Leben und dem von Dutzenden oder gar Hunderten Besatzungsmitgliedern, die ich überhaupt nicht kenne.*

»Admiral Spock«, sagte Scott, »die *Sovereign* ist ein robustes Schiff. Eine von diesem kleinen Runabout bewirkte harmonische Überladung könnte das Warptriebwerk nur eine Minute lang beeinträchtigen.«

»Das ist genau die Zeit, die wir brauchen«, erwiderte Spock. Kirk nahm diesen Hinweis dankbar zur Kenntnis, denn er bedeutete, dass Spock alles genau berechnet hatte und zu den gleichen Schlüssen gelangt war wie er.

Eine Erschütterung erfasste nicht nur die *Sovereign*, sondern auch den Runabout. Offenbar hatte ein Quantentorpedo das größere Schiff getroffen.

»Nun, Scotty?«

Der Chefingenieur wirkte besorgt. »Captain, die zeitliche Abstimmung müsste so präzise sein, dass sie fast unmöglich wird.«

»Mit ›fast‹ kann ich leben.«

»Und wir bekommen dadurch nicht so viel Zeit, wie wir brauchen. Ich meine, wenn's klappen soll, müssen wir in den Warptransit gehen, *bevor* die *Sovereign* ihren Warpflug beendet. Und das wird der Fall sein, sobald sie den Traktorstrahl auf die *Coprates* richtet.«

Kirk streckte die Hände nach den Kontrollen aus. »Dann sollten wir keine weitere Zeit vergeuden. Sagen Sie mir, worauf es ankommt, Scotty.«

Der Chefingenieur schüttelte kummervoll den Kopf, als er einige Koordinaten eingab. »Steuern Sie die *St. Lawrence* auf mein Zeichen hin exakt zu dieser Stelle zwischen den Warpgondeln der *Sovereign* und leiten

Sie dann den Warptransfer ein, Kurs zwei sieben null Komma null.«

»Direkt nach oben«, bestätigte Kirk.

Der Runabout schüttelte sich kurz, und Kirk sah nach draußen, vorbei am weißen Rumpf des großen Schiffes. Die Sterne glitten nicht mehr so schnell dahin wie zuvor, was bedeutete, dass die *Sovereign* langsamer wurde. Eine weitere Erschütterung erfasste die *St. Lawrence*, als der zweite und letzte Quantentorpedo der *Coprates* explodierte. Für einen Sekundenbruchteil beobachtete Kirk, wie die Schilde der *Sovereign* aufleuchteten und die Energie der Detonation absorbierten.

»Das Ende des Warptransits steht unmittelbar bevor, Captain«, sagte Scott. »Halten Sie sich bereit. Auf mein Zeichen hin...«

Kirk begriff plötzlich, dass sie nach der Trennung vom großen Schiff noch etwas mehr Zeit brauchten. Zumindest einige zusätzliche Sekunden.

»Warten Sie, Scotty!« Kirk sprach seine Gedanken laut aus. »Können wir einen Quantentorpedo zurücklassen, der ebenso wie wir die Position hält?«

»Die Torpedos sind mit Manövrierdüsen ausgestattet, aber warum in aller Welt wollen Sie einen hier lassen?«

»Um ihn so zu programmieren, dass er eine gewisse Zeit nach unserem Start explodiert.«

»Dadurch kämen unschuldige Besatzungsmitglieder ums Leben.«

»Nein! Es geht mir nicht darum, die Außenhülle zu durchdringen. Das Ding soll einfach nur hochgehen. Kann der Torpedo weit genug entfernt Position halten, um keine Schäden zu verursachen?«

»Aye. Aber zu welchem Zweck?«

Für Kirk war es die perfekte Lösung. »Ganz gleich, wie schnell wir fliegen – die *Sovereign* ist in jedem Fall schneller. Aber was passiert, wenn ein Quantentorpedo sie von hinten trifft, während sie sich uns nähert? Noch dazu ein Torpedo, der überhaupt nicht von den Sensoren erfasst wurde?«

Scott sah ihn an und nickte. »Ich verstehe. Der Kommandant müsste vermuten, von einem getarnten Schiff angegriffen zu werden, das uns zu Hilfe kommt.«

»Was er bestimmt zum Anlass nimmt, sehr genau darüber nachzudenken, was es zu unternehmen gilt.«

Scotty seufzte. »Dadurch gewinnen wir zumindest einige Sekunden. Torpedo wird in Position gebracht.«

Es klackte, als die magnetischen Klammern unter dem Runabout ihre gefährliche Fracht freigaben. Mit einem besonderen Kommandocode programmierte Scott die verzögerte Zündung und rief dann: »Jetzt!«

Kirk aktivierte die vorbereitete Flugsequenz, und die *Sovereign* schien unter der *St. Lawrence* wegzufallen. Ihr Diskussegment – es war nicht mehr scheibenförmig wie zu Beginn der Warp-Raumfahrt – wuchs scheinbar in die Länge, als sich Kirks Perspektive veränderte. Die rot glühenden Emitter der Bussard-Kollektoren vorn an den riesigen Warpgondeln des Schiffes gerieten in Sicht. Allein die Gondeln der *Sovereign* waren länger als Kirks *Enterprise*, das ganze Schiff sogar doppelt so lang.

Er schenkte dem Anblick keine Beachtung, behielt stattdessen die Anzeigen im Auge und zählte jeden Meter, bis sich der Runabout genau im Mittelpunkt der beiden sich überlappenden Warpfelder befand, die von den Gondeln erzeugt wurden.

Kirk zögerte nicht und aktivierte sofort das Warptriebwerk. Von einem Augenblick zum anderen bildeten die Sterne nach unten gerichtete Streifenmuster, und die *Sovereign* fiel fort.

»Wir haben die Warpblase verlassen!« rief Scott. Kirk reagierte auf diesen Hinweis, indem er den Kurs änderte – die *St. Lawrence* flog nun direkt in Richtung Goldin-Diskontinuität.

Während die bunte Masse aus wogendem Plasma auf den Bildschirmen anschwoll, schaltete Kirk einen Monitor auf Hecksicht um.

Die *Sovereign* schlingerte wie ein maritimes Schiff auf den sturmgepeitschten Wogen eines Meeres. Der plötzliche Kollaps ihrer beiden synchronisierten Warpfelder störte die Balance des großen Raumschiffs. Es drehte sich langsam, während die Trägheitsabsorber bemüht waren, das dynamische Gleichgewicht wiederherzustellen.

Doch die Bordsysteme der *Sovereign* arbeiteten nicht schnell genug, und Kirk beobachtete, wie sich ihr breiter Bug dem unbemannten Runabout entgegenneigte.

Die *Coprates* verwandelte sich in einen blauen Feuerball, als die Schilde der *Sovereign* das kleine Schiff zerschmetterten und einen Warpkern-Kollaps bewirkten.

»Glaubt der Kommandant, dass wir uns an Bord befanden?« fragte Kirk, ohne mit einer Antwort zu rechnen. Wenn die Brückencrew der *Sovereign* Kirk und seine Begleiter für tot hielt... Dann bekam die *St. Lawrence* vielleicht einen noch größeren Vorsprung.

»Sie beschleunigt wieder auf Warpgeschwindigkeit«, sagte Scott kummervoll. »Und sie folgt uns.«

Kirk überprüfte die von den Bugscannern ermittelten Daten: noch zwei Minuten und dreißig Sekunden bis zur Goldin-Diskontinuität. Und in deren Innern war eine Ortung nur noch per Sicht möglich. Der Runabout war zu klein, um von den Sensoren erfasst zu werden.

Doch um sich in jenen schützenden Tarnmantel zu hüllen, musste die *St. Lawrence* die Plasmatürme vor der *Sovereign* erreichen.

»Noch vierzig Sekunden bis zur Waffenreichweite«, sagte Scott.

Eine Minute und fünfzig Sekunden, dachte Kirk. So groß war der Unterschied zwischen Erfolg und Fehlschlag. Sie befanden sich in einer Unendlichkeit aus Raum und Zeit, doch plötzlich entschieden eine Minute und fünfzig Sekunden über Teilanis Leben.

»Ausweichmanöver?« fragte Spock.

Kirk wusste, dass sie nichts nützten. Jede Änderung des programmierten Kurses führte dazu, dass sie die schützende Diskontinuität noch später erreichten.

»Geben Sie mir Bescheid, wenn sich die *Sovereign* anschickt, den Traktorstrahl auszurichten«, sagte Kirk. Erst dann wollte er versuchen, dem großen Schiff auszuweichen, früher nicht.

Plötzlich erbebte der Runabout heftig.

»Phaser!« entfuhr es Scott. »Direkter Treffer. Kapazität der Schilde bei siebzig Prozent.«

Fast gleichzeitig erhöhte Kirk die Materie-Antimaterie-Mischung im Warpkern der *St. Lawrence* um fünf Prozent über das zulässige Maximum.

»Warnung«, ertönte die Stimme des Computers. »Versagen des magnetischen Eindämmungsfelds in sechzig Sekunden.«

»Captain…«, ließ sich Scott vernehmen. »Das kann doch nicht Ihr Ernst sein.«

Kirk hatte es nie zuvor in seinem Leben ernster gemeint. »Ich lasse mich nicht gefangen nehmen.«

Der Runabout schüttelte sich erneut. Funken stoben aus einem überlasteten ODN-Interface.

»Kapazität der Schilde auf zweiundfünfzig Prozent gesunken. Viel mehr können wir nicht aushalten!«

»Wann explodiert der Torpedo, Mr. Scott?«

»Ich habe nicht erwartet, dass uns die *Sovereign* so schnell einholen würde.«

»*Wann*?«

Der Chefingenieur blickte auf die Anzeigen. »Drei… zwei… Die Phaser werden erneut mit Energie geladen… *Jetzt*.«

Auf den Bildschirmen war zu sehen, wie blaues

Feuer die ovoiden Schilde der *Sovereign* funkeln ließ. Der zurückgelassene Quantentorpedo war gerade über dem sekundären Rumpf explodiert.

»Es klappt!« rief Scott, als die *Sovereign* plötzlich abdrehte und wendete.

Blitze zuckten von ihr fort und rasten in die Richtung, aus der sie kam.

»Zehn Quantentorpedos«, sagte Scott. »Der Kommandant glaubt tatsächlich, von einem getarnten Gegner angegriffen worden zu sein.«

»Fünfzig Sekunden«, flüsterte Kirk und starrte so aufs Chronometer, als könnte er die Zeit allein mit seiner Willenskraft schneller verstreichen lassen.

Blaues Licht strahlte von den Bildschirmen, als die inzwischen mehrere hunderttausend Kilometer entfernten Quantentorpedos explodierten und ein tödliches Netz aus destruktiver Energie woben.

Tödlich zumindest für ein in ihrem Wirkungsbereich verborgenes Schiff.

»Die *Sovereign* ändert erneut den Kurs«, sagte Scott.

»Noch vierzig Sekunden bis zur Diskontinuität«, verkündete Kirk.

»Fünfzig Sekunden bis zur Waffenreichweite«, stellte Scott fest. »Sie sind zu weit hinter uns. Wir schaffen es.«

Doch der Computer war anderer Ansicht. »Warnung, Versagen des magnetischen Eindämmungsfelds in zehn Sekunden. Neun... acht...«

Kirk streckte die Hand nach den Schaltflächen aus.

»...sechs... fünf... vier...«

Rasch stellte er das normale Mischungsverhältnis wieder her.

Das energetische Niveau des Runabouts sank, und dadurch verringerte sich seine Geschwindigkeit um fünf Prozent.

Scott lehnte sich so in seinem Sessel zurück, als sähe

er keine Chance mehr. »Die *Sovereign* erwischt uns genau in dem Augenblick, in dem wir die Goldin-Diskontinuität erreichen.« Er sah Kirk an. »Es hat keinen Zweck. Wir können ihr nicht entkommen.

»Ich gebe nicht auf«, erwiderte Kirk. »Festhalten.«

Er fühlte die fragenden Blicke von Scott und McCoy, aber sie schwiegen, um seine Konzentration nicht zu stören. Keiner von ihnen sah einen Ausweg.

Doch Kirk wusste, worauf es jetzt ankam.

Ein Wettlauf zur Diskontinuität fand statt.

Trotz aller Bemühungen drohte eine Niederlage.

Was bedeutete, dass es erneut Zeit wurde, die Spielregeln zu verändern.

20

Die *St. Lawrence* war der Sicherheit verheißenden Goldin-Diskontinuität inzwischen so nahe, dass diese das ganze durch die Fenster sichtbare All füllte. Subraum-Kompressionswellen ließen den Runabout bereits erzittern, aber trotzdem blieb die Entfernung noch zu groß.

»Zehn Sekunden bis zur Waffenreichweite«, sagte Scott. »Vielleicht haben wir eine Chance, wenn uns die erste Phasersalve verfehlt.«

»Sie wird uns nicht verfehlen«, erwiderte Kirk mit absoluter Überzeugung. »Die *Sovereign* wird nicht einmal Gelegenheit bekommen, auf uns zu schießen.«

Er ignorierte Scotts verwirrten Blick und hielt sich an der Konsole fest.

»Die gegnerischen Phaser haben uns erfasst«, meldete der Chefingenieur. »Noch fünf Sekunden bis zur Waffenreichweite. Kapazität der Schilde bei achtundvierzig Prozent... *Lieber Himmel!*«

Die letzten beiden Worte stieß Scott hervor, als Kirk das Warptriebwerk deaktivierte – weniger als eine halbe Sekunde später hing die *St. Lawrence* mit Relativgeschwindigkeit null im All. Der Übergang erfolgte so abrupt, dass die Trägheitsabsorber kaum mit den enormen Belastungen fertig werden konnten. Kirk und seine Begleiter riskierten nicht nur, aus den Sesseln gerissen zu werden. Ein Versagen der Absorber hätte sie zu einer ein Molekül dicken Proteinschicht am Bugfenster werden lassen, und von dem

Runabout wären kaum mehr als winzige Fetzen übrig geblieben.

Bei einigen energetischen Kupplungen kam es zu Überladungen, und die Gravitationsgeneratoren heulten auf. Das Licht flackerte, ebenso die Anzeigen auf den Konsolen.

Noch bevor die Bordsysteme des Runabouts zu ihrem normalen energetischen Niveau zurückfanden, jagte die *Sovereign* als ein strahlender, bunter Schemen vorbei. Sie flog mit einer Geschwindigkeit, bei der organische Geschöpfe nicht mehr rechtzeitig reagieren konnten – die Plasmastürme der Diskontinuität verschluckten sie. Selbst wenn der Kommandant den Warptransfer nach nur zwei Sekunden beendete: Bei Warp sechs legte die *Sovereign* in dieser kurzen Zeit fast zweihundertfünfzig Milliarden Kilometer zurück.

Kirk reaktivierte das Warptrieb der *St. Lawrence*, und als der Runabout auf Warp eins beschleunigt hatte, befand er sich in Sicherheit. Plasmaschwaden umgaben ihn, wie Nebel ein Frachtschiff auf dem Atlantik.

Im Schutz der Plasmastürme konnte die *St. Lawrence* die wesentlich größere Masse der *Sovereign* orten, bevor die Sensoren des anderen Schiffes den viel kleineren Runabout bemerkten. Für die Verfolger waren Kirk und seine Gefährten praktisch verschwunden.

Sekunden vor der Niederlage hatten sie einen Sieg errungen.

Noch immer vibrierte Aufregung in Kirk. Es fühlte sich fast so an, als hätte er Gefallen gefunden an der Jagd und dem Umstand, nur ganz knapp dem Tod entronnen zu sein.

Als hätte er nicht ein Jahr auf Chal verbracht, auf der Suche nach einem neuen Sinn in seinem Leben, nach Frieden und seinem Platz im Universum.

Kirk schob diese sehr persönlichen Gedanken beiseite, drehte den Pilotensessel und schenkte Scott, der ihn mit offenem Mund anstarrte, keine Beachtung. »Alles in Ordnung?« fragte er die anderen.

Janeway hatte einen für Abfälle bestimmten Behälter aus dem Fach unter ihrem Sitz geholt und schickte sich an, ihren Magen zu entleeren.

T'Val hielt ihren Vater fest, den anderen Spock, und dessen Gesicht wirkte aschfahl. McCoy nahm medizinische Sondierungen vor.

»Sie sind *wahnsinnig*!« sagte T'Val heiser. Sie schien die vulkanische Disziplin zu vergessen, denn Zorn blitzte in ihren Augen.

McCoy tippte sich mit dem Zeigefinger an die Schläfe und teilte offenbar die Meinung der Vulkanierin.

»Und *Sie* leben«, erwiderte Kirk. »Was ist mit Ihnen, Spock?«

»Ich bin…« Er sah zur Decke hoch, als suchte er nach den richtigen Worten. »Beeindruckt«, sagte er schließlich. »Obwohl ich T'Vals Bedenken in Hinsicht auf Ihr geistiges Wohlergehen teile. Sich mit einem Runabout gegen ein Schiff der Sovereign-Klasse durchzusetzen – so etwas erfordert…«

»Ein hohes Maß an Motivation«, sagte Kirk und hielt es nicht für notwendig, persönlich zu werden. Er wandte sich wieder Scott zu und fühlte eine Energie, die ihm auf Chal gefehlt hatte. Auf diese Art und Weise empfand er nach einer Konfrontation mit dem Tod: Alle seine Sinne waren geschärft, und er wusste das Leben mehr zu schätzen als jemals zuvor. »Also gut, Mr. Scott. Nehmen Sie Kurs auf Chal.«

»Ich… hätte da einen anderen Vorschlag, Captain.«

Doch daran war Kirk nicht interessiert. »Wir beginnen jetzt mit der Suche nach Teilanis Entführern. Programmieren Sie den Kurs.«

Scotts Hände hielten sich auch weiterhin von den Kontrollen fern. »Wenn Sie mir einen Augenblick lang zuhören würden... Ich könnte Ihnen etwas Interessantes mitteilen.«

Kirk lehnte sich zurück und versuchte, seine Ungeduld im Zaum zu halten. Das eigene Ego durfte ihm nicht im Weg sein, so wie es bei dem Cardassianer der Fall gewesen war. »Na schön, ich höre.« Er sah aufs Chronometer. »Sie haben eine Minute.«

»Die *Sovereign* kam hierher, um nach den Warpspuren der *Enterprise* und der anderen *Voyager* zu suchen.«

»Nach Warpspuren, die irgendwie abgeschirmt wurden«, sagte Kirk. »Was mich vermuten lässt, dass die Einsatzorder von einem bei Starfleet Command agierenden Agenten aus dem Paralleluniversum stammen könnte, der verhindern möchte, dass die *Sovereign* für nützliche Zwecke eingesetzt wird.«

»Aber vielleicht auch nicht. Nun, für die Suche nach den Spuren wurden auch die Sensoren der Shuttles und Runabouts neu kalibriert, um die Quantensignatur der Warppartikel von der anderen *Voyager* zu erfassen. Und sehen Sie...« Scott deutete auf ein Display. »Dort sind sie.«

Kirk blickte auf die entsprechenden Anzeigen. »Das überrascht mich kaum, Mr. Scott. Die *Enterprise* patrouillierte in der Diskontinuität, als sie die andere *Voyager* entdeckte. Daraus folgt, dass es hier eine Warpspur jener *Voyager* geben muss.«

»Nein, nein, *sehen* Sie nur«, beharrte Scott. Er berührte einige Schaltelemente, und das Bild auf dem Sensorschirm schwoll an, bis sich die grafische Darstellung der Warpspur teilte.

»Zwei Spuren?« fragte Kirk. »Gibt es hier noch ein anderes Schiff aus dem Paralleluniversum?«

Scott musterte ihn ernst. »Warpartikel sind ziemlich eigenwillig. Normalerweise zerfallen sie innerhalb kurzer Zeit, was bedeutet: In ein oder zwei Tagen sind diese Spuren verschwunden. Außerdem sollten wir sie angesichts der hier herrschenden Bedingungen überhaupt nicht orten können.«

»Aber dazu sind wir ganz offensichtlich in der Lage.«

»Aye. Wegen ihrer anders beschaffenen Quantensignatur erfolgt der Zerfall in unserer Raum-Zeit nicht so schnell, und deshalb sind sie ebenso auffällig wie der kranke Fühler eines Andorianers. Eine Warpspur der *Enterprise* würden wir hier drin nie finden. Die Quantensignaturen ihrer Warppartikel wären von hier bis nach Edinburgh verstreut. Aber die Partikel von der anderen *Voyager*... Nun, Sir, genauso gut könnte sie eine Spur aus Brotkrumen zurücklassen.«

Kirk breitete sich auf das Unvermeidliche vor und sah zu Spock.

»Ich kenne das Märchen von Hänsel und Gretel, Captain«, sagte der Vulkanier. »Allerdings muss ich zugeben, dass die Existenz einer doppelten Warpspur auch mir ein Rätsel ist.«

»Sehen Sie sich die Ausrichtung der Partikel an«, meinte Scott. »Es ist offensichtlich. Eine Spur entstand, als die andere *Voyager* die Diskontinuität *verließ*. Die zweite...«

Kirk verstand plötzlich. »Sie stammt von der zurückkehrenden *Voyager*!«

Scott nickte. »Sie haben sich ähnlich verhalten, als Sie den Runabout auf dem Rücken der *Sovereign* versteckten. Sie sind in unmittelbarer Nähe geblieben, ohne entdeckt zu werden.«

Kirk begriff sofort, welche Konsequenzen Scotts Entdeckung nach sich zog. »Wenn die *Voyager* die Goldin-Diskontinuität an irgendeiner anderen Stelle verließ... Müsste sie damit rechnen, geortet zu werden?«

»Zweifellos. Wir befinden uns tief im Föderationsraum. Die andere *Voyager* würde sofort von den Fernbereichssensoren verschiedener Ortungsstationen erfasst.

Insbesondere jetzt, da eine groß angelegte Suche stattfindet.«

»Wir können also sicher sein, dass die andere *Voyager* zehn Tage nach der Entdeckung durch die *Enterprise* den Bereich der Goldin-Diskontinuität *nicht* verlassen hat«, sagte Kirk. »Halb Starfleet versucht herauszufinden, wohin die *Voyager* flog, vermutlich zusammen mit der *Enterprise*, und nur wir wissen, dass sie *hierher* zurückkehrte.«

Scott hob einen mahnenden Zeigefinger. »Aye. Aber wenn die *Sovereign* hier eine Sensorsondierung vornimmt, so wird sie die doppelte Spur ebenfalls finden und daraus die gleichen Schlüsse ziehen wie wir.«

»Die *Sovereign* befindet sich in der Gewalt des Feindes«, erwiderte Kirk. »Bestimmt wissen Admiral Nechajew und Glinn Arkat längst, was mit der *Voyager* passiert ist.«

Er überprüfte das zentrale Sensordisplay – nur Statik. Scott hatte den Massedetektor bereits auf maximale Empfindlichkeit justiert. Die *Sovereign* würde einen Alarm auslösen, wenn sie bis auf fünfzigtausend Kilometer herankam: eine ausreichend große Entfernung, um ihnen die Flucht zu ermöglichen.

Er wandte sich wieder an die beiden Spocks, McCoy, T'Val und Janeway. Eine Idee gewann Konturen in ihm. Sie mochte absurd erscheinen, vereinte aber alle Geschehnisse zu einem einheitlichen Ganzen. Noch vor fünf Minuten hätte er auf keinen Fall die Möglichkeit in Erwägung gezogen, den Flug nach Chal hinauszuschieben. Aber wenn sich seine Idee als realisierbar erwies…

»Nehmen wir an, ich bin Jean-Luc Picard«, begann Kirk.

»Eine solche Vorstellung ist nicht annähernd so seltsam, wie Sie vielleicht glauben«, sagte Spock. »Sie haben vieles gemein, unter anderem…«

»Ich versuche, eine Hypothese zu formulieren, Spock.« Der Vulkanier nickte. »Bitte fahren Sie fort.«

»Ich bin Jean-Luc Picard, patrouilliere in der Goldin-Diskontinuität und…« Kirk unterbrach sich, als er Janeways und T'Vals Blicke bemerkte. »Stimmt was nicht?«

»Ist Jean-Luc Picard in diesem Universum wirklich ein Raumschiffkommandant?« fragte Janeway.

»Er führt den Befehl über die *Enterprise*«, antwortete Kirk. »Und er ist ein Freund.«

Janeway und T'Val wechselten einen Blick, in dem schockierte Verblüffung zum Ausdruck kam. Kirk ahnte den Grund dafür.

»Ich nehme an, in Ihrem Kosmos gibt es ebenfalls einen Picard.«

»Sie würden ihn nicht für einen Freund halten«, sagte der andere Spock. »Bitte schildern Sie uns Ihre Hypothese.«

Kirk stellte seine Neugier in Hinsicht auf den anderen Picard zurück. Interessant: Janeway und T'Val hatten auf den Namen Picard fast ebenso reagiert wie auf den von Tiberius.

»Plötzlich finde ich die *Voyager*«, fuhr Kirk fort. »Ein verschollenes Raumschiff, das endlich heimgekehrt ist. Ich stelle einen Kom-Kontakt mit einem bekannten Besatzungsmitglied her. Die Crew ist in Schwierigkeiten und braucht sofort Hilfe. Ich setze mich über die üblichen Sicherheitsprozeduren hinweg und beame alle an Bord. Immerhin lässt man keine Kollegen im Stich. Es sind Helden, die ungeheuer viel hinter sich haben.« Kirk zögerte und stellte sich das emotionale Gewicht jenes Augenblicks vor, die Aufregung angesichts der Entdeckung, die Erleichterung darüber, dass entgegen aller Wahrscheinlichkeit nicht alle Besatzungsmitglieder der *Voyager* ums Leben gekommen waren. »Ich hätte mich ebenso verhalten«, fügte er hinzu.

»Aber natürlich war es nicht die echte *Voyager*«,

sagte Spock. »Welche Personen auch immer sich beim Kom-Kontakt mit der *Enterprise* zeigten: Sie stammten aus dem Paralleluniversum.«

»Außerdem wären bei dem Transport auch kampfbereite Klingonen und Cardassianer an Bord gebeamt worden«, meinte Kirk.

»Captain, ich kann mir kaum vorstellen, dass ein einfaches Enterkommando imstande ist, ein so modernes Schiff wie die *Enterprise* unter Kontrolle zu bringen. Angeblich soll es Wochen dauern, um die neuen computerisierten Blockadesysteme zu neutralisieren.«

»Vielleicht führte *Ihr* Äquivalent das Enterkommando an, Scotty.«

Der Chefingenieur nickte nachdenklich und schien ebenfalls der Meinung zu sein, dass die besten Sicherheitssysteme von Starfleet für jemanden wie ihn keine nennenswerte Herausforderung darstellten. »Ich verstehe, was Sie meinen.«

Kirk verbarg sein Lächeln. »Picard ist also außer Gefecht gesetzt. Sehen wir uns die Sache jetzt von der anderen Seite an. Ich bin der Anführer der Allianz-Einsatzgruppe, und mir stehen zwei Schiffe zur Verfügung. Was fange ich damit an?«

»Vermutlich kam die Allianz-Gruppe mit ähnlichen Absichten wie wir«, sagte Janeway. »Sie will mit den beiden Schiffen in unser Universum zurückkehren, um den Krieg zu gewinnen, den Sieg über die Widerstandsbewegung zu erringen.«

»Aber *Ihnen* geht es nur um Konstruktionspläne«, erwiderte Kirk. »Die lassen sich mit Hilfe eines Transporters transferieren, und anschließend können Sie Ihre eigenen Schiffe bauen, wie im Fall der *Defiant*. Aber wenn ich Zeit sparen und vollständige Schiffe in die andere Realität bringen möchte, brauche ich ein Wurmloch.«

Spock wirkte verwirrt. »Warum?«

Kirk erinnerte sich daran, dass Spock mit anderen

Dingen beschäftigt gewesen war, als Scott und er über die verschiedenen Transfermethoden zwischen den beiden Universen gesprochen hatten. »Es gibt nur zwei Möglichkeiten, von einer Realität in die andere zu gelangen. Kleine Massen können mit speziell modifizierten Transportern transferiert werden. Bei größeren Objekten wie zum Beispiel diesem Runabout ist ein Wurmloch nötig.«

Spock runzelte besorgt die Stirn. »Ich nehme an, irgendwo steckt ein Fehler in dieser Logik.«

»Geben Sie mir Bescheid, wenn Sie ihn finden.« Kirk wandte sich an die anderen. »Die Frage bleibt also. Wenn meine Ausführungen der Wahrheit entsprechen oder ihr sehr nahe kommen – warum dann hier? Warum tauchte die andere *Voyager* in der Goldin-Diskontinuität auf? Und warum kehrte sie hierher zurück?«

T'Val zog den auf der Hand liegenden Schluss. »Weil sich das Wurmloch hier befindet.«

»O nein«, entgegnete Scott. »Ich versuche schon seit Jahren, Starfleet von solchen Vorstellungen abzubringen. In einem so instabilen Raumbereich kann es kein stabiles Wurmloch geben. Vielleicht in der Nähe – immerhin befindet sich das bajoranische Wurmloch unweit der Badlands. Aber eben nicht *darin*.«

»Warum kam die andere *Voyager* dann hierher?« fragte Kirk. Wenn er den Agenten der Allianz in diesem Universum das Handwerk legen wollte, musste er zunächst einmal ihre Strategie verstehen.

Der andere Spock schien eine schwierige Entscheidung zu treffen. »Captain Kirk... Als ich in der Krankenstation den Eindruck erweckte, Admiral Nechajews Fragen in Hinsicht auf den vulkanischen Widerstand zu beantworten, nannte ich nur in einem Fall die Wahrheit: Meine Rolle beschränkt sich auf die eines Symbols.«

»Nein«, widersprach T'Val mit Nachdruck. »Du *bist* unser Anführer.«

Kirk registrierte, dass T'Val ihren Vater jetzt duzte. Bevor ihre Identität als Tochter des Intendanten bekannt wurde, hatte sie ihn gesiezt.

Der andere Spock ging nicht auf T'Vals Worte ein. »Aber was ich Ihnen jetzt sagen werde, ist wahr und könnte sogar unsere Bemühungen gefährden, die Macht der Allianz zu brechen. Wenn wir in Gefangenschaft geraten...«

»Verstanden«, sagte Kirk. Welches Geheimnis auch immer der Intendant jetzt mit ihm teilen wollte – er würde es in den Tod mitnehmen.

»Die in der Nähe von Bajor operierende terranische Widerstandszelle hat ihre Basis in den Badlands.«

»In unserem Universum hat eine Untergrundorganisation, die sich ›Maquis‹ nennt, dort ihren Stützpunkt«, sagte Spock. »Aufgrund der Plasmatürme kann dieser Bereich nicht von Sondierungssignalen durchdrungen werden und ist daher die logische Wahl für ein Versteck.«

»Wir können also davon ausgehen«, sagte Kirk, »dass die Allianz-Gruppe, mit der wir es zu tun haben, aus dem gleichen Grund diese Region für ihre Basis wählte. Wobei ich von der Annahme ausgehe, dass die Goldin-Diskontinuität auch in ihrem Universum existiert.«

Der andere Spock nickte. »Das ist tatsächlich der Fall. Sie hat sogar den gleichen Namen.«

Kirk drehte den Kopf und sah durchs Bugfenster. Das Panorama erinnerte ihn an den Flug in einem niedrigen Orbit um den Planeten Jupiter: bunte Wirbel, deren Größe sich kaum feststellen ließ, in ständiger Bewegung, durch gewaltige energetische Entladungen immer wieder von innen erleuchtet.

Ein Ort wilder Schönheit. Und eine Zufluchtsstätte.

Ein Ort, von dem aus die Allianz Schiffe transferierte.

An dem sie sich versteckte.

Hier wurden Strategien gegen die Feinde im anderen Universum geplant.

Und wenn die Goldin-Diskontinuität für all das diente – vielleicht erfüllte sie auch noch einen anderen Zweck.

»Kate?« fragte Kirk, ohne den Blick von der wogenden Pracht abzuwenden. »Wo befand sich das Gefangenenlager der Allianz, in dem man Sie unterbrachte?«

»Auf Alpha Centauri IV«, sagte Janeway. »New Montana. Früher war es eine terranische Kolonie. Die Allianz ließ den größten Teil davon intakt. Ständig durchsuchte sie die dortigen Anlagen. Ich weiß nicht, was sie zu finden hoffte.«

Kirk runzelte die Stirn. Er hatte gehofft, von einem Gefangenenlager zu hören, dessen Himmel aufgrund gewaltiger Plasmastürme den Eindruck erweckte, in Flammen zu stehen.

»Aber das Arbeitslager…«, fuhr Janeway fort, als ahnte sie plötzlich, worum es Kirk ging. »Wohin man mich schicken wollte, als Kathryn Janeway für mutmaßlich tot erklärt wurde…«

Kirk musterte sie und wartete auf Worte, die vielleicht darüber entschieden, was er als nächstes unternehmen würde. Möglicherweise entschieden sie über Leben oder Tod.

»Man gab mir einen Entladungsanzug«, sagte sie. »Und man forderte mich auf, ihn anzuziehen.« Janeway schloss die Augen, als sie sich an diesen Moment erinnerte.

»Sind Sie sicher, dass es sich wirklich um einen Entladungsanzug handelte?« fragte Kirk. Solche Schutzkleidung gab es schon seit Jahrhunderten, und warum sollte sie nicht auch im anderen Universum existieren? Zu Beginn der Warp-Raumfahrt stellte man fest: Wenn Raumschiffe durch Wolken aus interstellarem Gas flogen, luden sie sich elektrostatisch auf, und im gewöhnlichen Vakuum konnte diese Ladung nicht abgeleitet werden. An Bord von Raumstationen ohne Kraftfelder, die die Ableitung derartiger akkumulierter Energie erleichterten, mussten Personen isolierende Kleidung tragen. Dadurch waren sie geschützt, wenn sie leitende Teile der Station berührten und es zu heftigen elektrischen Entladungen kam.

Janeway nickte. »Man teilte mir mit, ich müsste den Anzug im Arbeitslager tragen. Andernfalls würde ich sterben.«

Für Kirk rückte das letzte Stück des Puzzles an die richtige Stelle.

»Sie sollten hierher gebracht werden«, sagte er.

»Ich weiß es nicht«, erwiderte Janeway. »In der Transferstation bei Lake Riker ergriff ich die Flucht.«

»Wo ist das?« fragte Kirk.

»Außerhalb von New Montana. Beim Raumhafen.«

Kirk kannte den zentralen Raumhafen von Alpha Centauri IV. »In unserem Universum nennt man jenen Ort Lake Sloane.«

Er beobachtete, wie Spock mit Interesse reagierte, ließ es jedoch dabei bewenden.

Er glaubte fest daran, die eine Sache entdeckt zu haben, die allen anderen Fragen einen Sinn gab.

Er wusste jetzt, warum die *Voyager* hier verschwunden war.

Und auch die *Enterprise*.

Er wusste auch, warum Admiral Nechajews *Sovereign* die Anweisung erhalten hatte, überall nach der *Enterprise* zu suchen, nur nicht *hier*.

»Es gibt ein Arbeitslager in der Diskontinuität«, teilte Kirk den anderen mit. »Wahrscheinlich sogar zwei. Eins in jedem Universum.«

»Zu welchem Zweck?« fragte Spock.

Kirk beugte sich zur Konsole vor und rief die Konfigurationsdaten der Sensoren auf den Bildschirm. »Wir werden Transporter finden, Spock – Hunderte, vielleicht sogar Tausende. Und was die Gefangenen betrifft... Sie demontieren die Raumschiffe und schicken sie ins andere Universum, Stück für Stück.«

Scotts skeptisches Schnaufen überraschte Kirk nicht. »Das würde Jahre dauern, Captain. Selbst wenn es gelänge, das Metall der Außenhülle in ausreichend kleine Stücke zu schneiden und trotzdem zu hoffen, sie anschließend wieder zusammensetzen zu können.«

»Sie haben selbst darauf hingewiesen, Scotty. Wenn es hier kein stabiles Wurmloch gibt, so kommen nur Transporter für den Transfer in Frage. Und da die andere *Voyager* unser Universum erreichte... Es bedeutet, dass das Transfersystem der Allianz funktioniert.«

Der Chefingenieur wirkte bedrückt. »Aye, da kann ich Ihnen nicht widersprechen.«

Kirk programmierte die Sensoren auf maximale Empfindlichkeit für die Entdeckung von Quantensignaturen. »Folgen Sie der Spur, Scotty. Wohin auch immer die andere *Voyager* flog – wir folgen ihr.«

McCoy glaubte offenbar, seinen Ohren nicht trauen zu können. »Aber, Jim... Was ist mit Chal und Teilani?«

Kirk starrte ins brodelnde Plasmachaos. Er wusste nicht, welche Naturgewalten dort am Werk waren; selbst die besten Starfleet-Wissenschaftler suchten noch immer nach Erklärungen.

Aber er war bereit, sich ihnen auszusetzen, um dem Ruf seines Herzens zu folgen.

»Wenn ich Recht habe, Pille, ist Teilani weitaus näher, als wir bisher dachten.«

»Und wenn du dich irrst?«

Kirk antwortete nicht, während die *St. Lawrence* tiefer in die Diskontinuität vorstieß.

Wenn er sich irrte, würde Teilani sterben.

Und dadurch verlor alles an Bedeutung.

21

Picard erwachte in einer Wolke aus Schmerz. Alle Muskeln, Nerven und Erinnerungen protestierten aufgrund der ihn überwältigenden Qualen.

Trotzdem stemmte er sich auf der schmalen Liege hoch.

Dies war der entscheidende Tag.

Heute ging es um alles oder nichts, um Leben oder Tod.

Auf keinen Fall wollte er sich ausgerechnet jetzt von Pflicht und Verantwortung abwenden.

Beverly Crusher kniete neben ihm im schmalen Gang zwischen den Liegen, stützte seinen Kopf, sprach leise und setzte ihm einen Napf an die Lippen. Er enthielt eine wässrige Brühe, in dieser dunklen, feuchten Hölle das Äquivalent einer nahrhaften Suppe.

»Trink das, Jean-Luc«, sagte Beverly und sah sich unauffällig um.

Picard folgte ihrem Blick, als ihm die heiße, faulige Flüssigkeit auf der Zunge brannte.

Mindestens hundert andere Liegen standen in dieser schmutzigen Baracke, und auf der Hälfte davon lagen die schlafenden Arbeiter der Gamma-Schicht, die meisten von ihnen Menschen. Einige stammten aus extraterrestrischen Völkern. Auch Besatzungsmitglieder der *Enterprise* befanden sich unter ihnen.

Die andere Hälfte der Liegen stand den Arbeiten der Delta-Schicht zur Verfügung, die nun benommen aufstanden. Sie alle trugen Entladungsanzüge, ohne die ihnen der Tod drohte.

Picard verabscheute sie ebenso wie alle anderen.

Sie waren grünschwarz und dick, fühlten sich gummiartig an und ließen den Schweiß nur an einigen kleinen, von Stoffstreifen abgedeckten Schlitzen durch: an Brust, Rücken und Oberschenkeln. Die grässliche Kleidung umhüllte den ganzen Leib, ließ nur den Kopf, das Gesicht und die Hände unbedeckt. Aus Erfahrung wusste Picard: Nach einer halben Stunde Arbeit in diesem Anzug wurde die Innenseite schlüpfrig, glitt auf sehr unangenehme Weise über die Haut und konnte Abschürfungen verursachen. Und dann die Hitze. Gelegentlich wurde sie schier unerträglich.

Er hatte des öfteren gesehen, wie ein Arbeiter die Hitze nicht mehr aushielt und während der Schicht das Bewusstsein verlor.

Manchmal konnten diese Männer nicht einmal von den Agoniesimulatoren der Aufseher geweckt werden.

Picard kannte die im Lager kursierenden Gerüchte ebenso gut wie die anderen Gefangenen. Angeblich erlaubten die Aufseher jedem Zwangsarbeiter drei Ohnmachtsanfälle während des ersten Monats – eine ihrer Meinung nach angemessene Zeitspanne der Eingewöhnung. Nach dem ersten Monat führte ein vierter Zusammenbruch dazu, dass der betreffende Arbeiter verschwand.

Ein anderes Gerücht besagte, dass die Verschwundenen zu der Brühe verarbeitet wurden, die zur Ernährung der Zwangsarbeiter diente.

Aber wer sich weigerte, die abscheuliche Flüssigkeit zu sich zu nehmen, musste schon bald mit einem Schwächeanfall rechnen. Deshalb hatte Picard allen gefangenen Crewmitgliedern zu verstehen geben, dass sie die Brühe trinken sollten, wann immer sie Gelegenheit dazu bekamen. Er selbst schluckte sie jetzt ebenfalls.

Sie alle mussten stark sein für den Fluchtversuch.
Und dieser Versuch sollte heute stattfinden.

»Was ist mit den anderen?« flüsterte Picard, als er nach dem Napf griff und die Brühe trank, ohne sich dabei von Beverly helfen zu lassen.

»Will hat dafür gesorgt, dass die Alpha-Schicht beim Schichtwechsel bereit ist. Geordi hat der Beta-Schicht alle notwendigen Informationen übermittelt.«

Beverly holte ihren medizinischen Tricorder hervor – eins der wenigen Instrumente, die die *Enterprise*-Crew behalten durfte. Sie scannte Picard damit.

Er sah zu den flackernden Lichtern des Tricorders. »Bist du sicher, dass das Ding richtig funktioniert?«

Das kleine Gerät war ihre einzige Chance für eine Rückeroberung des Schiffes. Die computerisierten Identifikationssysteme der *Enterprise* waren von fünf äquivalenten Personen überlistet worden. Picard hatte sein eigenes Ebenbild gesehen und wusste: Dutzende, wenn nicht gar Hunderte von Besatzungsmitgliedern der *Enterprise* hatten ein Pendant im Paralleluniversum. Wenn auch nur jeweils eine derartige Person die einzelnen Schichtgruppen infiltriert hatte, war Picards Plan zum Scheitern verurteilt.

Bisher hatte Beverly Crusher die wahre Identität aller an dem bevorstehenden Fluchtversuch beteiligten Offiziere bestätigen können.

Während der vergangenen Woche, seit dem Eintreffen der *Enterprise* an diesem Ort, hatte sie alle Besatzungsmitglieder gescannt, angeblich zu dem Zweck, den Gesundheitszustand zu überprüfen. Gegen eine solche Aktivität erhoben die Aufseher keine Einwände, da sie ihre eigenen Interessen unterstützte. Mit einem vom Gehäuse des Tricorders stammenden Splitter hatte Beverly die gescannten Personen markiert: Ein kleines in die Haut geritztes Dreieck wies darauf hin, dass es sich um echte, aus diesem Universum stammende Besatzungsmitglieder der *Enterprise* handelte.

Personen, deren Namen mit einem Buchstaben aus der zweiten Hälfte des Alphabets begann, bekamen die Markierung an der linken Hand. An der rechten Hand erfolgte sie, wenn der Name mit einem Buchstaben aus der ersten Hälfte des Alphabets begann. Wenn der Name mit einem Vokal begann, befand sich das Dreieck an der Innenfläche der Hand, unweit des Daumenansatzes. Begann er mit einem Konsonanten, erfolgte die Markierung dicht am Knöchel des kleinen Fingers.

Wenn die Aufseher zu Beginn der Identifizierung aus irgendeinem Grund die Hände der Gefangenen untersucht hätten, wären sie wohl kaum imstande gewesen, ein einheitliches Markierungsmuster zu erkennen. Jetzt, nach sieben Tagen harter Arbeit, verloren sich die Dreiecke für den Unwissenden inmitten vieler Hautabschürfen und kleiner Schnittwunden.

Insgesamt acht Besatzungsmitglieder hatten einen vierten Kollaps erlitten und waren anschließend verschwunden. Außerdem war es Beverly gelungen, sechs Personen zu entdecken, die den Platz ihrer aus diesem Universum stammenden Äquivalente eingenommen hatten. Für Picard bedeutete das: Er hatte einundzwanzig Angehörige seiner Crew verloren, und jeder einzelne Verlust kam einem Angriff auf ihn selbst gleich.

Der grässliche Geschmack der Brühe haftete an Picards Gaumen; dumpfer Schmerz erfüllte ihn, als er sich auf den neuen Tag vorbereitete und auf einen Gedanken konzentrierte: Gul Rutal würde für dies alles bezahlen. Und die cardassianischen Komplizen würden ihr Schicksal teilen.

Ein schrilles Heulen ließ Picard zusammenzucken. Es wurde Zeit für die nächste Schicht. Für seine Schicht.

Die letzte, dachte er, stand auf und versuchte, allein

mit Willenskraft die Schwäche aus seinen Beinen zu vertreiben.

Er bemerkte Beverlys Sorge.

»Fühlst du dich wirklich kräftig genug, Jean-Luc?« fragte sie leise. »Bisher hast du keine einzige Schicht versäumt. Ich könnte dir eine zusätzliche Ruhepause verschaffen.«

Picard griff nach ihrer Hand und erinnerte sich an andere Gelegenheiten, bei denen er sie auf diese Weise berührte hatte. »Sie haben mein Schiff, Beverly. Und ich werde es mir zurückholen.«

Diese Worte erneuerten Picards Entschlossenheit.

Er wandte sich dem schmalen Gang zwischen den Pritschen zu und wartete darauf, dass sich das Heulen wiederholte: Beim zweiten akustischen Signal sollten die Gefangenen die Baracke verlassen.

Beverly wich beiseite.

Wenige Sekunden später schrillte es erneut, und in Picards Ohren knackte es, als das Drucksiegel an der Luftschleuse der Baracke geöffnet wurde. Er hörte ein dumpfes Donnern und Knirschen, als die beiden massiven Metallscheiben des Innen- und Außenschotts der cardassianischen Luftschleuse beiseite rollten. Heiße Luft wehte herein, und ihr schwefliger Gestank überlagerte sogar den Geruch von Schweiß und Ausscheidungen.

»Hast du etwas von Deanna oder Data gehört?« fragte Picard rasch.

Beverly schüttelte den Kopf.

Picard konnte durchaus verstehen, warum die Aufseher Deanna von den übrigen Gefangenen getrennt hatten. Mit ihren empathischen Talenten war die Betazoidin imstande, alle Infiltranten aus dem Paralleluniversum zu entdecken. Aber warum hatte man Data fortgebracht? Wollte man vielleicht die Technik des Androiden untersuchen?

Die Gefangenen marschierten durch die Gänge zwischen den schmalen Liegen, vorbei an den Abfalleimern, die an jeder Ecke standen. Stumm setzten sie einen Fuß vor den anderen und verließen die Baracke.

Picard blinzelte, als er nach draußen trat. Aber nicht wegen der Sonne.

Es leuchtete keine Sonne am Himmel.

Das Firmament selbst schien in Flammen zu stehen. Die Plasmastürme der Goldin-Diskontinuität ließen es gleißen.

Links bemerkte Picard einen neuen Ionensturm über dem Horizont: eine riesige blaue Wolke, in der sich hier und dort ein Glühen zeigte, wie von Scheinwerfern im Regen.

Rechts standen weitere Baracken unter dem roten und blauen Wogen kolossaler Plasmastürme, die miteinander zu ringen schienen. Alle Gebäude zeichneten sich durch die gleiche Struktur aus. Sie waren niedrig und rund, bestanden aus rostrotem Metall und formten einen Kreis, in dessen Mitte sich ein einzelnes, doppelt so großes Gebäude erhob. Dabei handelte es sich um die Kommandostation der Aufseher, ausgestattet mit Sensorscheiben und Antennen. Ein Netzwerk aus erhöhten Plastahl-Stegen und Plattformen sollte Gefangene und Wächter vor Kontakten mit der metallenen Oberfläche des Asteroiden bewahren. Trotz der Entladungsanzüge bestand die Gefahr von Plasmainduktion.

Picard zweifelte nicht daran, dass die bunten Wolken am Himmel jeweils Millionen von Kilometern entfernt waren. Unter anderen Umständen hätte er ihren Anblick vielleicht genossen – solche Wunder waren einer der Gründe, warum er sich vor vielen Jahren fürs Weltall entschieden hatte.

Doch hier konnte er damit nichts anfangen.

Vor allem deshalb, weil der Blick nach oben entsetzlich und niederschmetternd war.

Der Asteroid, auf dem sich das Arbeitslager befand, hatte nie Leben hervorgebracht. Die glatte, harte Oberfläche bestand aus Nickel und Eisen. Ebene Flächen gab es nur dort, wo sich die Laufstege zwischen den Baracken und Arbeitsbereichen erstreckten.

Aufgrund der deutlichen Wölbung des Horizonts hatte LaForge den Durchmesser des Asteroiden auf nicht mehr als fünfzehn Kilometer geschätzt. Irgendwo unter ihnen in den Minen schufen Gravitationsgeneratoren eine ausreichend starke Schwerkraft, um den Arbeitern normale Bewegungen zu ermöglichen und die Atmosphäre an den Asteroiden zu binden.

LaForge hatte auch darauf hingewiesen, dass solche Himmelskörper für gewöhnlich nicht allein durchs All trieben. Dieser stellte keine Ausnahme dar.

Nur etwa zwei Kilometer über Picard und den anderen schwebte ein zweiter, ebenso großer Asteroid. Seine natürliche Gravitation blieb ohne Einfluss auf den Asteroiden mit dem Arbeitslager, doch auf die Seelen der Schuftenden übte er einen enormen Druck aus.

Nach oben zu blicken, dorthin, wo man einen offenen Himmel erwartete, ein Symbol für grenzenlose Freiheit, und dann einen gewaltigen Felsbrocken zu sehen, der den Eindruck erweckte, jeden Augenblick herabfallen zu können, um alles unter sich zu zermalmen...

Tag für Tag lastete diese ganz besondere Bürde auf den Gefangenen, und schließlich glaubte Picard, dass es keinen deprimierenderen Anblick gab.

Andere teilten diese Meinung.

Riker hatte darauf hingewiesen, dass er sich wie ein Insekt unter dem Stiefel eines Giganten fühlte. Sein Leben schien an Bedeutung verloren zu haben und jederzeit ein Ende finden zu können.

Beverly vermied es, nach oben zu sehen. Sie hielt den anderen Asteroiden für einen psychologischen Trick der

Leute, die sie gefangen genommen hatten, und sie wollte sich davon nicht bedrücken lassen.

LaForge trug inzwischen kein VISOR mehr, sondern spezielle Augenimplantate, mit denen er Dinge weit jenseits der normalen visuellen Wahrnehmung sehen konnte. Er hatte von energetischen Strömen berichtet, die sich zwischen den beiden Himmelskörpern erstreckten.

Offenbar handelte es sich um ein Kraftfeld. Es war stark genug, um die Asteroiden zu verbinden und eine Säule aus Atemluft zwischen ihnen zu schaffen. Die Frage, warum der zweite Asteroid eine Atmosphäre brauchte, ließ sich derzeit noch nicht beantworten. Auf seiner Oberfläche konnte man eine große Anordnung aus Sensorscheiben und dicken Kabeln erkennen, aber offenbar arbeiteten dort keine Gefangenen. Riker vermutete, dass auf dem anderen Himmelskörper entweder Energie erzeugt wurde oder aber die künstliche Gravitation, die die Verbindung zwischen ihnen stabilisierte.

LaForge hatte berichtet, wie er das für normale Augen unsichtbare Kraftfeld wahrnahm: als eine Glassäule zwischen zwei leblosen Kugeln aus Metall und Felsgestein.

Außerdem hatte es Geordi nicht versäumt, auf die Sicherheitsaspekte dieser Konstellation hinzuweisen.

Wenn die Gefangenen jemals beabsichtigen sollten, ihre Aufseher zu überwältigen, indem sie die Energiegeneratoren lahm legten... Dann kam es zu einem raschen Verlust der Atmosphäre und wenig später zu einer verheerenden Kollision der beiden Asteroiden.

Das Kraftfeld verband die beiden Himmelskörper miteinander – und hielt sie gleichzeitig voneinander fern.

Ein sehr wirkungsvolles Abschreckungsmittel.

Nach zwei Tagen eingehender Untersuchungen und

Analysen beschloss Picard, dem anderen Asteroiden keine Beachtung zu schenken. Stattdessen richtete er seine ganze Aufmerksamkeit auf das noch ungewöhnlichere Objekt zwischen den beiden Himmelskörpern.

Einen Kilometer über dem Asteroiden mit dem Arbeitslager schwebte ein Etwas, das mindestens so groß war wie ein Raumdock, sich jedoch durch eine völlig andere, sehr fremdartige Konfiguration auszeichnete. Allem Anschein nach setzte sich das Objekt aus rechteckigen Tafeln zusammen, jede von ihnen fünfzehn Meter lang und zehn breit, bestehend aus kupferrotem Metall. Die einzelnen Tafeln hingen in einem netzartigen Gerüst aus dünnen Kabeln und Metallstangen, wodurch das ganze Gebilde transparent wirkte, fast wie ein für Kinder bestimmtes Konstruktionsspielzeug.

Aber es handelte sich gewiss nicht um ein Spielzeug, sondern um einen Apparat, der einen ganz bestimmten Zweck erfüllte.

Daneben schwebte die *Enterprise*.

Angesichts ihrer Nähe ließ sich leicht erraten, wozu der Apparat diente.

Als Picard die fragil anmutende Vorrichtung aus Metalltafeln und Kabeln zum ersten Mal gesehen hatte, bot sie genug Platz, um die *Voyager* aufzunehmen. Sofort ging er von der Annahme aus, dass die andere *Voyager* mit Hilfe jenes Apparats den Transfer von einem Universum zum anderen vollzogen hatte.

Seit Picards Ankunft hatten weitere Konstruktionsarbeiten stattgefunden. Indem er den Arm streckte, die Finger hob und mit nur einem Auge nach oben blickte, konnte er die Länge des Objekts abschätzen. Zu Anfang entsprach sie der Breite von drei Fingern, und jetzt waren es fünf. In ein oder zwei Tagen würde der Apparat fast doppelt so lang sein wie zu Beginn – und die *Enterprise* war fast doppelt so lang wie die *Voyager*.

Picard hatte nicht den geringsten Zweifel daran, dass die *Enterprise* ins Paralleluniversum transferiert werden sollte, sobald das Gerüst im All genug Platz für sie bot.

Deshalb musste der Fluchtversuch *heute* stattfinden.

Er durfte auf keinen Fall zulassen, dass die *Enterprise* – *sein* Schiff – in einen anderen Kosmos entführt wurde.

»Delta-Schicht! Bilden Sie einzelne Arbeitsgruppen!«

Der mit kehliger Stimme gesprochene Befehl stammte von dem Aufseher namens Krawl, einem jungen Klingonen, der völlig gleichgültig wirkte.

Einmal hatte er eine Frau nur deshalb mit dem Agoniesimulator bestraft, weil sie stehen geblieben war, um Atem zu schöpfen. Bei jener Gelegenheit zeigte er ebenso viel emotionales Engagement wie jemand, der sich ein lästiges Insekt von der Schulter strich.

Picard hielt den Kopf gesenkt, als er mit den dreiundzwanzig anderen Arbeitern seiner Gruppe zur Plattform schlurfte. Wenn es an diesem Tag ebenso zuging wie an den vergangenen, so würde man sie ins Bergwerk hinabschicken, damit sie das von einem Antigrav-Fließband beförderte Erz in den Transportbehältern der Verarbeitungsanlage verstauten.

Nur während des Schichtwechsels bekamen die in verschiedenen Baracken untergebrachten Besatzungsmitglieder der *Enterprise* Gelegenheit, kurz miteinander zu sprechen, und dabei hatte Picard von Riker erfahren, dass die Verarbeitungsanlage ihre Energie aus veralteten Fusionsreaktoren bezog. Inmitten eines Albtraums aus Hitze und Schmutz verwandelte sie das Nickeleisen mit Hilfe einer primitiven Replikationstechnik in die Tafeln und Kabel, die im Transferapparat einen Kilometer über dem Asteroiden Verwendung fanden. Woanders gab es weitere Montage-Einrichtungen, vielleicht auch auf dem zweiten Asteroiden, wo

Schaltkreise und energetische Kupplungen produziert wurden. Doch bisher hatten die Aufseher kein Besatzungsmitglied der *Enterprise* jenen anderen wichtigen Arbeiten zugewiesen.

Ein Gravitationslift beförderte die Konstruktionsmaterialien vom Asteroiden zum Transferapparat. Mit einer der entsprechenden Plattformen wollten Picard und sein Gold-Team die *Enterprise* erreichen, während die Aufgaben der Gruppen Rot und Blau darin bestanden, die Wächter zu überwältigen und die Energiegeneratoren unter Kontrolle zu bringen.

Unter anderen Umständen hätte Picard vielleicht Gefallen daran gefunden, sich einer solchen Herausforderung zu stellen, doch die Möglichkeit des Fehlschlags erfüllte ihn mit profundem Unbehagen.

Seine Gruppe plante, vom Transferapparat aus Kabel zum Rumpf der *Enterprise* zu katapultieren – wie Enterhaken, die man im siebzehnten Jahrhundert verwendet hatte, um ein anderes Schiff zu kapern.

Wenn es Picard und seine Leute anschließend schnell genug schafften, über die Kabel zur *Enterprise* zu gelangen... Die Luftschleusen ließen sich mit Hilfe von Zugangscodes öffnen, die manuell eingegeben werden konnten. Dadurch sollte außerhalb des Schiffes in Schutzanzügen arbeitenden Besatzungsmitgliedern die Möglichkeit gegeben werden, jederzeit ins Schiff zurückzukehren.

Fünf Minuten, dachte Picard, als er zusammen mit den anderen Arbeitern seiner Gruppe wartete. *In fünf Minuten gehört das Schiff wieder mir. Oder ihm steht ein Warpkernbruch bevor, der es in einen Feuerball verwandeln wird.*

Die *Enterprise* würde wieder ihm gehören – oder niemandem.

»Gefangener Delta 06-13-40, treten Sie *unverzüglich* von der Plattform fort!«

Ein anderer Gefangener gab Picard einen Stoß, und erst dadurch begriff er, dass der Aufseher seine Nummer genannt hatte.

Krawl näherte sich. Er trug ebenfalls einen Entladungsanzug und darüber eine nicht leitende Panzerung. Er klopfte sich mit einem Agoniesimulator wie mit einer Reitpeitsche ans muskulöse Bein.

Picard verharrte und hielt den Kopf gesenkt. Zorn brodelte in ihm, aber er wollte sich von dem Klingonen nicht provozieren lassen.

»Hören Sie schwer, Delta 06-13-40?«

Picard sah nicht auf, denn er wusste: Ein Blickkontakt galt bei den Wächtern als Beleidigung.

»Nein, Aufseher«, erwiderte er.

Eine halbe Sekunde später schnappte er nach Luft, als ihn der Agoniesimulator am Hals berührte. Schmerz durchzuckte ihn, ließ rotes Schimmern vor seinen Augen entstehen. Er sank auf die Knie und stellte sich vor, dem verdammten Klingonen seinen eigenen Agoniesimulator in den Hals zu rammen.

»Sehen Sie mich an, wenn ich mit Ihnen rede!« knurrte Krawl. »Stimmt mit Ihrem Gehör irgendetwas nicht?«

Picard hob den Kopf. Noch immer stach Schmerz in seinem Hals, aber er fand trotzdem die Kraft, weit genug aufzusehen und in die dunklen Augen des Klingonen zu blicken. »Nein, Aufseher«, krächzte er.

Ihm blieb nicht einmal Zeit genug für den *Versuch*, schützend den Arm zu heben. Krawls Agoniesimulator traf ihn mitten im Gesicht, und die Wucht des Schlags genügte, um ihn vom Laufsteg zu stoßen. Schwer prallte er auf die harte, metallene Oberfläche des Asteroiden.

»Wie kannst du es *wagen*, mir in die Augen zu sehen!« donnerte Krawl.

Picard stellte sich vor, wie er den Klingonen packte und ihm die Daumen in die Augenhöhlen bohrte.

Doch um seiner Crew und der *Enterprise* willen blieb er passiv.

Im Gegensatz zu einem anderen Besatzungsmitglied.

An den Namen des Betreffenden erinnerte sich Picard nicht. Er wusste nur, dass der Fähnrich aus der Abteilung für Astrometrie stammte – ein junger Mann, der sein ganzes Leben noch vor sich hatte.

Und der es offenbar nicht verstand, Befehle zu befolgen.

»*Nein*!« rief der Fähnrich und sprang vor, um den Captain zu verteidigen.

»Kehren Sie an Ihren Platz zurück, Fähnrich!« sagte Picard.

Aber der junge Mann hörte nicht auf ihn. Er stieß gegen Krawl und versetzte ihm einige wütende Schläge, die den Klingonen an der Panzerung trafen und überhaupt nichts ausrichteten.

Picard wusste, was sich nun anbahnte, und er konnte nichts dagegen unternehmen – es blieb ihm einfach nicht genug Zeit.

Krawl hob den Agoniesimulator wie ein *Bat'leth*, schwang ihn mit einer fließenden Bewegung herum, stieß zu und traf den Fähnrich am ungeschützten Nacken.

Der junge Mann schrie.

Seine Arme und Beine zitterten unkontrolliert, und mit dem Gesicht voran fiel er auf die Plastahl-Plattform.

Picard war mit einem Satz auf den Beinen und eilte zu dem Fähnrich. Der Plan bedeutete jetzt nichts mehr; es ging vor allem um die Sicherheit eines Crewmitglieds.

»Lassen Sie ihn in Ruhe!« wandte er sich an Krawl und schirmte den benommenen Fähnrich mit seinem eigenen Körper ab. »Er ist jung und wusste nicht, was…«

Der Stiefel des Klingonen traf ihn mitten im Gesicht und stieß ihn beiseite.

Aber nur der Tod konnte einen Starfleet-Captain daran hindern, seine Mission zu erfüllen.

Picard kam wieder hoch, dazu entschlossen, sich auf einen Kampf mit Krawl einzulassen. Doch er bekam keine Gelegenheit, dem Klingonen eine Lektion zu erteilen. Der Aufseher packte den jungen Mann am Kragen des Entladungsanzugs und zerrte ihn mühelos auf die Beine.

»Verletzen Sie ihn nicht«, sagte Picard.

Krawl wirkte amüsiert. »*Ich* füge ihm kein Leid zu«, erwiderte er und bewegte den freien Arm so plötzlich, dass sich die Verschlüsse des Schutzanzugs des jungen Mannes nacheinander öffneten.

Picard erbleichte entsetzt, als er begriff, was der Aufseher beabsichtigte. Erneut trat er vor.

Der Klingone richtete den Agoniesimulator auf ihn. Blaue Energie schimmerte an den Induktionsspitzen.

»Versuchen Sie nicht, ein Held zu sein, Terraner. Das Gerät ist jetzt auf tödliche Emission justiert.«

Der Fähnrich schwankte und konnte sich kaum auf den Beinen halten, als Krawl Picard mit dem Agoniesimulator in Schach hielt und die restlichen Verschlüsse des Entladungsanzugs aufriss.

»Verschonen Sie ihn«, sagte Picard. »Er wird sich dies eine Lehre sein lassen.« Die Worte blieben ihm fast im Hals stecken. »Bestimmt ist er von jetzt an ein guter Arbeiter.«

Krawl knurrte, als sich das gummiartige Material des Schutzanzugs vom Körper des Fähnrichs löste. In Unterhose und Unterhemd stand der junge Mann vor ihm. »Er wird ein noch viel besseres *Beispiel* bieten, Terraner.«

Im Anschluss an diese Worte gab der Klingone dem Fähnrich einen wuchtigen Tritt. Der junge Mann fiel vom Laufsteg auf die Oberfläche des Asteroiden.

Auf die leitende Oberfläche.

Picard konnte sich nicht länger beherrschen und sprang vor.

Aber vier Hände ergriffen ihn von hinten. Er drehte den Kopf und stellte fest, dass ihn zwei andere Aufseher festhielten, ein Klingone und ein Cardassianer.

»Nein...«, brachte er hervor.

Tief in seinem Innern wusste er: Das Schicksal des Fähnrichs war besiegelt.

Nach dem Sturz kam der junge Mann mühsam auf die Beine, starrte auf seine Arme und stellte fest, dass er keinen Entladungsanzug mehr trug.

Er taumelte, blickte zu den anderen Gefangenen und Aufsehern empor.

Er begegnete Picards Blick und streckte die Hand aus...

»Es... es tut mir leid, Captain. Ich...«

Und dann tastete ein Tentakel aus Antiprotonen-Energie vom lodernden Himmel herab und traf den Fähnrich.

Es war ein grässlicher Anblick, aber Picard vermied es, die Augen zu schließen, und er wandte sich auch nicht ab.

Das Haar des jungen Mannes brannte. Flammen züngelten aus Augen und Mund; Funken stoben von den Fingern.

Die Aufseher hielten Picard nach wie vor fest, aber er versuchte gar nicht mehr, sich aus ihrem Griff zu lösen. Ein Starfleet-Captain stellte sich immer den Konsequenzen seiner Entscheidungen.

Nach einigen Sekunden war nur noch eine verkohlte Leiche von dem Fähnrich übrig. Sie wies überhaupt keine Ähnlichkeit mit dem jungen Mann auf.

Die Aufseher drückten Picard auf die Knie. Er spürte, wie Blut vom Nasenrücken auf den Laufsteg tropfte, aber er rührte sich nicht, blieb selbst dann reglos, als ihn die Seite von Krawls Stiefel an der Wange berührte. Er hätte das Bein packen, den Klingonen zu Fall bringen und ihm einen tödlichen Schlag an den Hals versetzen können.

Doch was sollte anschließend aus seiner Crew werden?

»Das war Ihre Schuld, Terraner. Denken Sie daran.«

Der Agoniesimulator berührte Picard an der Schulter, aber das Gerät war nicht eingeschaltet.

Und trotz des Zorns, der im Captain brannte, wusste er: Krawl hatte recht.

Wenn ein Besatzungsmitglied der *Enterprise* starb, so *war* es seine Schuld.

Sie vertrauten ihm ihr Leben an, ohne zu zögern.

Picard stand langsam auf und versprach sich, dass der Fähnrich nicht umsonst gestorben war.

Und sein Mörder sollte die gerechte Strafe erfahren.

Er hob den Kopf und sah zum grinsenden Mund des Klingonen auf, vermied jedoch einen neuerlichen Blickkontakt.

Krawl würde sterben.

Picard wusste es mit der gleichen Sicherheit, die ihn daran glauben ließ, bald wieder im Kommandosessel der *Enterprise* zu sitzen.

»Schon besser«, sagte Krawl. »Für Sie steht heute etwas Besonderes auf dem Programm.«

Picard reagierte nicht. Wenn sein Plan funktionieren sollte, *musste* er am Ende der Schicht bei der Gruppe Gold sein. Es ging darum, die Antigrav-Plattform unter Kontrolle zu bringen, die als Transportmittel zum Bergwerk diente. Nur mit dieser Plattform konnten sie den Transferapparat sowie die *Enterprise* erreichen.

Zwar ließ er sich äußerlich nichts anmerken, doch Krawl schien trotzdem etwas zu erkennen. Vielleicht war er wie ein Jäger, der den Fluchtinstinkt seiner Beute fühlte.

»Habe ich Sie bei irgendetwas gestört?« fragte der Klingone mit geheuchelter Sorge.

»Schicken Sie mich nur nicht in die Mine«, erwiderte Picard leise. »Dort halte ich es nicht mehr aus.«

Offenbar wusste Krawl nichts von den bei Menschen gebräuchlichen psychologischen Tricks. Sein Argwohn verschwand, wie Picard gehofft hatte. Er schob den Captain nach vorn und führte ihn zu einer anderen Baracke, in der keine Gefangenen untergebracht waren.

Das unheilverkündende Symbol der Allianz – der cardassianische Raubvogel, dessen Schwingen das klingonische Dreibein umfassten – zeigte sich an einer Wand. In jeder anderen Hinsicht schien das Gebäude ebenso beschaffen zu sein wie alle anderen, abgesehen vom zweistöckigen Kommandozentrum.

Während der letzten Woche hatte man drei Besatzungsmitglieder der *Enterprise* hierher gebracht.

Niemand von ihnen war zurückgekehrt.

Picard hoffte, dass zumindest ein Angehöriger der Gruppe Gold den aktuellen Vorgang beobachtete, damit sein Team am Ende der Schicht nicht auf ihn wartete. Der Fluchtversuch musste heute stattfinden; andernfalls ging die *Enterprise* verloren.

Krawl stieß Picard in Richtung einer Luftschleusenplattform an der einen Barackenseite.

Alle Gebäude auf dem Asteroiden verfügten über solche Schleusen, und für den Captain ergab das durchaus einen Sinn.

Falls es zu einem Aufstand kam, konnte das Kraftfeld lange genug deaktiviert werden, um die Atmosphäre entweichen zu lassen. Dann starben die Gefangenen, während den Aufsehern im Innern der Baracken keine Gefahr drohte.

Picard hatte auch diesen Punkt in seinem Plan berücksichtigt.

Krawl drückte ihm den Kopf nach unten, damit er

nicht sehen konnte, wie er an der Luftschleuse einen Sicherheitscode eingab.

Das runde cardassianische Schott rollte beiseite.

Krawl gab Picard einen Tritt, der ihn in die Schleusenkammer taumeln ließ.

»Auf Wiedersehen, Terraner«, sagte er und lachte verächtlich. »Bei jedem Fähnrich, den ich heute töte, werde ich an Sie denken.«

Picard wirbelte herum, aber das Außenschott schloss sich bereits wieder. Krawl sah durchs kleine Fenster und grinste.

Es zischte, als Pumpen den Druckausgleich herstellten, und dann öffnete sich das Innenschott.

Picard wusste genau, worauf es jetzt ankam. Es geschah immer wieder, dass die Aufseher Gefangene auf die Probe stellten.

Er blieb stehen und wartete.

»Ausgezeichnet, Jean-Luc«, ertönte eine vertraute Stimme. »Du hast deine Lektionen wirklich gelernt.«

Die Stimme klang deshalb vertraut, weil sie Picard gehörte.

Er verließ die Luftschleuse und betrat einen großen Bereich, der ihn an die Räume von *Deep Space Nine* erinnerte. Die Einrichtung war allein auf Nützlichkeit ausgerichtet, bis auf einen Teil, der fast wie ein privates Apartment wirkte.

In dieser seltsamen Umgebung stand Picards anderes Selbst, gekleidet in die Kampfrüstung eines klingonischen Regenten. Doch Existenz und Erscheinungsbild dieses Mannes stellten für Picard keine Überraschung mehr dar. Inzwischen hatte er sich an den Anblick seines Äquivalents aus dem anderen Universum gewöhnt.

Trotzdem sah er diesmal etwas, das ihn verblüffte. Eine Frau stand an der Seite des Regenten – eine Frau, die er kannte.

Sie trug ein Gewand aus erlesener argelianischer Seide, kaum mehr als ein zarter Schleier. Das lange Haar war im Nacken zusammengebunden und mit klingonischen Blutsteinen geschmückt – das Geschenk eines Kriegers. Die Schminke im Gesicht schien der Versuch zu sein, sie wie ein orionisches Sklavenmädchen aussehen zu lassen, aber sie konnte weder über die sanften Wölbungen der Stirnhöcker hinwegtäuschen noch über die spitz zulaufenden Ohren und die deutlich zu erkennende Narbe, einziger Makel ihrer Schönheit.

Der Regent bemerkte die Veränderungen in Picards Gesicht.

»Du kennst diese Gefangene?«

Picard schüttelte den Kopf. Bei dem geplanten Fluchtversuch standen viele Leben auf dem Spiel, und deshalb durfte er sich jetzt nicht auf eine Konfrontation mit seinem anderen Selbst einlassen. Es kam darauf an, einen kühlen Kopf zu bewahren. »Ich habe mich geirrt. Sie wirkte zunächst vertraut, aber dieser erste Eindruck täuschte.«

Der Regent musterte sein Ebenbild und gab sich erstaunt. »Wie bitte? Jean-Luc Picard, Captain der *Enterprise*, hat sich geirrt? Er räumt einen Fehler ein?« Er hob die Hand zum Herzen. »Und ich war davon überzeugt, dich gut zu kennen. Du musst zugeben, dass ich dich meisterhaft manipuliert habe – ohne deine Kommandocodes hätte ich das Schiff nicht unter meine Kontrolle bringen können. Jetzt gehört die *Enterprise* mir.«

Picard sah sein anderes Selbst an und vermied es auch weiterhin, sich auf eine Auseinandersetzung einzulassen. Ganz gleich, mit wie viel Verachtung ihm der Regent begegnete – sie fand kein Echo in ihm.

Der andere Picard sah die in Seide gehüllte Frau an. »Was mich betrifft... Ich irre mich nur selten. Und wenn das einmal der Fall ist, lasse ich mich nicht gern daran erinnern. Geht es dir ebenso, Jean-Luc?«

Picard schwieg.

Der Regent hielt das Schweigen für Zustimmung. »Ich glaube, du bist wie ich. Ich glaube, Fehler erfüllen dich mit Verlegenheit. Und die beste Möglichkeit, Fehler zu vergessen, *mon cher ami*, besteht darin, sie einfach auszuradieren, *n'est-ce pas?*«

Picard blickte starr geradeaus und verwandelte sein Gesicht in eine Maske, die nichts verriet.

Seine Weigerung, auf die Provokationen zu reagieren, schien den anderen Regenten zu amüsieren. »Du vergisst eins, Jean-Luc. Ich könnte genauso gut deine Gedanken lesen.«

Plötzlich zog der andere Picard seinen Disruptor und justierte ihn auf die höchste Emissionsstufe – das laute Summen des Kapazitors bot einen klaren Hinweis darauf. Dann richtete er den Strahler auf die Frau.

»Da du diese Person nicht kennst und dich ihre Existenz nur an deine Fehler erinnert... Bestimmt hast du nichts dagegen, dass ich sie erschieße, oder?«

Die Frau blickte auf, und in ihren Augen zeigte sich keine Furcht.

Nur Mut.

Eine andere Reaktion war auch gar nicht zu erwarten von jener erstaunlichen Frau, die James T. Kirk mit der ganzen Kraft seines Herzens liebte.

22

Das Schlingern des Runabouts erinnerte Kirk an alte Segelschiffe. Die Bewegung hatte einen Rhythmus, ein Muster, das sich erahnen ließ und dem man sich anpassen konnte.

Der Flug unter diesen Bedingungen erforderte, dass seine Hände ständig auf den Navigationskontrollen blieben. Kirk empfand es fast als angenehm.

Beschäftigt zu sein... Das war ihm lieber als endloses Warten. Auch und vor allem deshalb, weil er seit seiner Entscheidung, etwas zu unternehmen, fast immer zu Passivität verurteilt gewesen war.

»Sie schlüpfen gern in die Rolle des Piloten, nicht wahr?« fragte Janeway.

Sie saß neben ihm im Sessel des Copiloten und vertrat Scott. Runabouts waren für längere Reisen als Shuttles vorgesehen, was bedeutete: Im Hecksegment gab es Kojen und auch eine kleine Kombüse. Scott, T'Val und McCoy schliefen auf den Antigravliegen in ihren separaten Nischen.

Spock und sein anderes Selbst hingegen schienen nichts von einer Ruhepause zu halten. Sie saßen noch immer im Passagierbereich und führten ein ernstes Gespräch. Vor einer Stunde hatte Kirk den Duft von Tee wahrgenommen und hoffte um der beiden Vulkanier willen, dass die Flüssigkeit eine stimulierende Substanz enthielt. Immerhin unterhielten sie sich schon seit dreißig Stunden.

Er versuchte, sich in die Lage des Intendanten zu

versetzen. Wenn er an einer unheilbaren Krankheit gelitten hätte... Vielleicht wäre er dann ebenfalls bestrebt gewesen, den Schlaf hinauszuschieben.

»Das Fliegen ist eine vergessene Kunst«, sagte Kirk. Sein Blick wechselte zwischen den Sensoranzeigen und dem fantastischen Panorama der Plasmatürme hin und her. Die Warpspur der anderen *Voyager* bestimmte den Kurs des Runabouts und führte ihn immer tiefer ins unbekannte Innere der Goldin-Diskontinuität.

»Sie kommen offenbar gut damit zurecht«, sagte Janeway. »Mit dem Fliegen, meine ich.«

»Ich habe viel Zeit damit verbracht, die Navigationskontrollen von Raumschiffen zu bedienen.« Kirk spürte, wie der Runabout zu zittern begann. Er kompensierte, bevor die Trägheitsabsorber reagierten, ließ das kleine Schiff ein wenig zur Seite kippen und auf der Kompressionswelle reiten.

»Gehörte das zu Ihrer Ausbildung?« fragte Janeway. »Muss ein Starfleet-Captain über solche Dinge Bescheid wissen?«

»Ja. Rein theoretisch sollten wir in der Lage sein, alle Dinge an Bord selbst zu erledigen.« Kirk lächelte, als er sich an die Mischung aus Zuversicht und Wagemut zu Beginn seiner beruflichen Laufbahn erinnerte. Damals war er sicher gewesen, ganz allein mit einem Schiff der Constitution-Klasse zurechtzukommen. Wer brauchte eine Crew? »Allerdings nicht besonders gut. Wenn ich heute zurückdenke... Ich schätze, wir sollten vor allem Integration lernen. Indem wir mit den einzelnen Aufgabenbereichen vertraut wurden, sollten wir auch einen Blick für die Zusammenarbeit bekommen.«

»Und war das bei Ihnen der Fall?«

»Zuerst nicht.« Kirk beobachtete, wie seine Hände eigenständigen Wesen gleich über die Kontrollen huschten. Die Fähigkeiten des Piloten waren von ganz allein in ihm erwacht, als sie nötig wurden, und das galt auch für andere Aspekte der Starfleet-Ausbildung. Ein Jahr auf Chal und all seine guten Absichten hatten nicht genügt, um den Captain aus ihm zu vertreiben. Er wollte nicht daran denken, was das bedeuten mochte.

Kirk nahm sich vor, mit Teilani darüber zu reden, wenn sie wieder zusammen waren.

Er würde sie wiedersehen.

Eine andere Möglichkeit zog er überhaupt nicht in Betracht.

»Ich war einunddreißig, als ich mein erstes Schiff bekam.« Noch während Kirk diese Worte aussprach, fragte er sich, wie so etwas möglich sein konnte. War er wirklich so jung gewesen? So naiv und unschuldig? »Damals glaubte ich, mit allem fertig zu werden.«

Er erinnerte sich an die Begegnung mit Chris Pike, an jenem Tag, als Pike zum Fleet Captain befördert worden war und er, Kirk, das Kommando über die *Enterprise* bekommen hatte. Nach zwei Fünf-Jahres-Missionen wünschte sich Pike eine Veränderung, und Kirk wollte das Schiff. Über Jahre hinweg hatte er an den politischen Spielchen hinter den Kulissen von Starfleet Command teilgenommen, die richtigen Partys besucht, sich freiwillig für die richtigen Komitees gemeldet und die ganze Zeit über auf jenes eine Ziel hingearbeitet.

Und als er es endlich erreicht hatte, fühlte er sich plötzlich unvorbereitet. Als er zum ersten Mal im Kommandosessel Platz nahm, während sich die *Enterprise* noch im Raumdock befand, mit dem geheimnisvollen Vulkanier namens Spock an der wissenschaftlichen Station und dem unerschütterlichen Dr. Piper, der sich bald in den Ruhestand zurückziehen würde, an seiner Seite... Kirk hatte sich wie jemand aus der zweiten Besetzung gefühlt, der plötzlich auf die Bühne gerufen wurde, ohne den Text zu kennen.

Doch irgendwie war es ihm gelungen, den ersten Flug heil zu überstehen. Als er mit seiner ersten Fünf-

Jahres-Mission beauftragt wurde – ein weiteres Ziel, das er über Jahre hinweg angestrebt hatte –, fühlte er sich erneut von Zweifeln heimgesucht.

Er brachte auch diese Mission hinter sich, und die *Enterprise* kehrte mehr oder weniger intakt heim. Todesfälle hatten die Crew schrumpfen lassen, aber gleichzeitig war sie durch Erfahrung stärker geworden. Triumph und Leid formten eine Gemeinschaft aus ihr, in der sich jeder auf den anderen verlassen konnte.

Erst nach dem Ende der Mission, als Kirk zum Admiral befördert wurde und fortan an einem Schreibtisch arbeitete, begriff er schließlich, was es bedeutete, der Captain eines Raumschiffs zu sein. Darin hatte er immer eine besonders große Ironie des Schicksals gesehen.

»Man kann nicht alles selbst erledigen«, sagte er und flog den Runabout so, als sei er eine Erweiterung des eigenen Körpers. Behutsam passte er ihn den Plasmaströmen an. »Obwohl einem an der Akademie eingehämmert wird: Es kommt in erster Linie auf *dich* an. Alles hängt von *dir* ab. Der Captain steht immer in vorderster Front. Er gibt den ersten Schuss ab, setzt den ersten Photonentorpedo ein, trägt die Verantwortung.«

»Aber die Wirklichkeit sieht anders aus?« fragte Janeway.

»Nun, das mit der Verantwortung stimmt. Ihr kommt zentrale Bedeutung zu. Der Rest ist nur Starfleet-Schönfärberei.« Kirk warf der neben ihm sitzenden Frau einen kurzen Blick zu. Sie war erwachsen und hatte in einem Krieg gekämpft, den sich in diesem Universum kaum jemand vorstellen konnte, aber in ihren Augen sah er trotzdem das für einen Kadetten typische Glitzern.

Plötzlich fiel ihm der Knabe ein, dem er auf der Lichtung begegnet war, auf einem fernen Planeten namens Chal.

Er erinnerte sich sogar an seinen Namen.

Memlon.

Die Augen groß, voller Neugier.

Teilani hatte ihn gefragt, was er von dem Jungen hielt.

Seine Antwort lautete: »*Er braucht jemanden, der ihm gewisse Dinge erklärt.*«

»*So etwas fiele dir sicher nicht schwer*«, hatte Teilani erwidert.

Kirk fragte sich, ob das stimmte. Konnte er jenem Wissensdurst gerecht werden, der auch in Janeways Augen brannte?

Sie wollte mehr erfahren.

Um selbst mehr zu werden, um zu wachsen.

Kirk zweifelte nicht daran, welches Ziel sie dabei verfolgte.

»An der Akademie hatte ich in allen wissenschaftlichen Fächern Probleme«, fuhr er fort. »Anschließend bekam ich ein Schiff mit Spock an Bord und musste begreifen: Ich kannte gerade genug Fachausdrücke, um während der ersten Monate die eine oder andere Frage zu stellen. Wenn Spock kein Vulkanier gewesen wäre, hätte er sicher oft über mich gelacht.

Beim technischen Unterricht an der Akademie erfuhr ich, wie man mit bloßen Händen ein Raumschiff baut. Und dann wurde Scotty zu meinem Chefingenieur. Er hätte das gleiche Raumschiff im Schlaf bauen können, mit nur *einer* Hand, in einem Drittel der Zeit und mit der Hälfte der Teile. Außerdem hätte es besser funktioniert.«

»Sie meinen also, letztendlich kommt es auf die Besatzung an.«

Kirks Blick galt den Plasmastürmen, als er an seine Crew dachte, an die erste – und beste – Crew. Er sah ihre Gesichter, hörte die Namen wie bei einem Appell auf dem Hangardeck, zu Beginn eines gefährlichen Einsatzes, für den nur die *Enterprise* in Frage kam.

Spock, McCoy und Scotty waren noch immer bei ihm, befanden sich an Bord des Runabouts. Sulu, Chekov und Uhura hingegen lebten als Erinnerungen in ihm weiter und würden an allen Erfolgen beteiligt sein, die ihm das Universum gönnte.

Alles lief auf eine schlichte Wahrheit hinaus: »Man kann nicht der Captain eines leeren Raumschiffs sein«, sagte Kirk. Im Leben gab es andere, wichtigere Wahrheiten, doch in Hinsicht auf seine Arbeit kam diese an erster Stelle.

Plötzlich begriff er, dass er zu sehr an sich selbst gedacht hatte – von Teilani war er mehrmals freundlich auf diese Tendenz hingewiesen worden. Janeways Gesichtsausdruck ließ nun vermuten, dass Kirks Erkenntnisse in Bezug auf seine Starfleet-Karriere nicht unbedingt zu den von ihr favorisierten Gesprächsthemen zählten.

»Kennen Sie die Janeway dieses Universums?« fragte sie.

Damit schien sie das Thema zu wechseln, aber Kirk wusste es besser. Er sah sofort, in welche Richtung die Worte zielten.

»Nein«, antwortete er. »Sie wurde lange nach meiner Zeit Starfleet-Captain. Aber sie gehört zu den Besten, soweit ich gehört habe.«

Janeway schwieg einige Sekunden lang. »Ähnelt sie mir?« fragte sie dann.

Kirk hoffte, dass ihm die Janeway dieses Universums deshalb keinen Vorwurf machen würde, aber er gewann den Eindruck, er dürfte jetzt keine Zeit vergeuden.

Er gab die Antwort, die den Hoffnungen der anderen Janeway entsprach.

»Kate, ich habe nicht den geringsten Zweifel daran, dass Sie eine Raumschiff-Kommandantin sein könnten. Was auch immer man dafür braucht – Sie tragen es ebenfalls in sich. Vergessen Sie das nicht.«

Stille folgte diesen Worten. Wie Kirk blickte Janeway aus dem Bugfenster und beobachtete das Wogen der Plasmastürme.

Derzeit flogen sie durch einen von rotem und bernsteinfarbenem Glühen bestimmten Bereich.

Kirk erinnerte sich an den Sonnenuntergang auf dem Holodeck, in der holographischen Nachbildung des Yosemite-Nationalparks. Dort hatte ihn Janeway einem ganz speziellen Test unterzogen, indem sie ihn küsste.

Er fragte sich, ob sie jetzt ebenfalls daran dachte.

»Ich habe Sie gehasst«, sagte Janeway nach einer Weile.

Kirk erkannte die wahre Bedeutung hinter diesen Worten.

»Sie haben Tiberius gehasst.«

Janeway verwendete seine eigenen Worte gegen ihn. »Wenn ich in irgendeiner Weise Ihrer Janeway ähnele, so teilen Sie die Eigenschaften von Tiberius.«

Kirk schwieg. Die Frau an seiner Seite hatte etwas ausgesprochen, das er noch immer nicht ganz verstand und vielleicht auch gar nicht verstehen wollte.

»Als T'Val mir diesen Auftrag gab, wollte ich Sie töten. Selbst dann, wenn Sie sich bereit erklärten, uns zu helfen.«

Kirk bemerkte eine Plasmakompressionswelle, die sich dem Runabout näherte, und er steuerte das kleine Schiff darüber hinweg. »Da Sie mich so deutlich darauf hinweisen… Ich nehme an, inzwischen vertreten Sie einen anderen Standpunkt.«

»Stellen Sie mir eine entsprechende Frage, wenn wir Ihre Pläne lebend überstanden haben.«

Kirk konnte den Blick nicht von den Kontrollen abwenden, um festzustellen, ob Janeway scherzte oder es ernst meinte.

Er hielt den Zeitpunkt für gekommen, das Thema zu wechseln.

»Wie ist der Jean-Luc Picard Ihres Universums?« fragte er.

Janeways Gesichtsausdruck blieb Kirk verborgen, aber er spürte, wie ihre Anspannung wuchs.

»Wie kommen Sie darauf, dass es auch in unserem Kosmos einen Jean-Luc Picard gibt?«

»Sie und T'Val haben den Namen sofort erkannt. Festhalten!«

Der Runabout hob sich, schien reglos zu verharren und dann zu fallen. In der richtungslosen Leere des Weltraums war das alles natürlich nur Illusion, hervorgerufen von den komplexen Interaktionen zwischen künstlicher Gravitation und Trägheitsabsorbern. Trotzdem fühlte es sich so an, als säßen sie in einem kleinen Schiff auf hoher See.

»Picard ist wie Sie«, sagte Janeway und überraschte Kirk mit dieser Auskunft. »Wenn es noch ein terranisches Empire gäbe, so würde er Ihre Schreckensherrschaft fortsetzen.«

»*Tiberius* war Ihr Imperator«, erwiderte Kirk mit Nachdruck. »Nicht ich.«

Er fühlte Janeways Blick auf sich ruhen. »Sie wurden in Iowa geboren, nicht wahr?«

Kirk nickte.

»Als Dreizehnjähriger lebten Sie in der Kolonie auf Tarsus IV.«

»Ich sollte dort den Sommer verbringen«, sagte Kirk. Unbehagen erwachte in ihm, und er fragte sich, worauf Janeway hinauswollte. »Aber es kam zu Problemen in der Neutralen Zone. Ich befand mich noch immer auf Tarsus IV, als die Lebensmittellieferungen ausblieben.«

»Sie gründeten eine Bande, brachten die Proviantlager unter Ihre Kontrolle und töteten Kodos, den Gouverneur von Tarsus IV.«

»Nicht in meinem Universum«, wandte Kirk ein. »Kodos ließ die Hälfte der Bevölkerung umbringen, damit die andere bis zur nächsten Nahrungsmittellieferung überleben konnte.«

»Das haben Sie auch in meiner Realität den Untersuchungsbeamten gegenüber behauptet«, sagte Janeway. »Angeblich war es Kodos' Schuld. Aber in Wirklichkeit steckten Sie und Ihre Bande dahinter.«

Kirk spürte, wie sich sein Unbehagen in Ärger zu verwandeln begann, ohne dass er einen Grund dafür fand. »Sie wissen, dass sich die historischen Strukturen unserer beiden Universen voneinander unterscheiden«, meinte er. »Warum erheben Sie diese Vorwürfe gegen mich?«

»Weil Sie nicht ehrlich sind«, entgegnete Janeway. »Sie präsentieren mir eine großartige Philosophie, in der es darum geht, dass Sie Ihrer Crew vertrauen, sich als Teil eines Teams verstehen und Aufgaben delegieren. Angeblich macht so etwas einen guten Starfleet-Captain aus.

Aber ich habe Sie in Aktion gesehen, Kirk. Sie sind mehr als der Mann, den Sie beschrieben haben. Sie sind auch Tiberius. Was auch immer Ihr Äquivalent in meinem Universum veranlasste, zum mächtigsten und grausamsten Imperator der menschlichen Geschichte zu werden – es existiert auch in Ihnen. Nur Ihr besonderer historischer Kontext sorgte dafür, dass Sie zu einem Raumschiff-Kommandanten wurden und nicht zu einem Tyrannen.

Im Kern Ihres Wesens sind Sie und Tiberius gleich. Sie bringen nur nicht genug Mut auf, das zuzugeben.«

Einen solchen Vorwurf wollte sich Kirk nicht gefallen lassen. Er sah von den Kontrollen auf und warf Janeway einen scharfen Blick zu. »Ich habe es satt, dass mir irgendwelche Leute mitteilen, wer ich ihrer Meinung nach wirklich bin. Glauben Sie etwa, dass ich mich nicht selbst kenne?«

»Ja, genau das glaube ich. Sie haben nicht die geringste Ahnung, wer Sie wirklich sind. Sie stehen Tiberius näher, als Sie zugeben möchten. Und indem Sie das leugnen, nehmen Sie sich jede Chance, sich zu ändern.«

Kirk spürte, wie sein Herz schneller schlug und seine Wangen zu glühen begannen. Wie konnte es diese Frau – dieser Kriegsflüchtling ohne erkennbare persönliche Fertigkeiten – wagen, ihn auf eine solche Weise anzugreifen?

»Sie wissen ja gar nicht, was Sie sagen«, erwiderte Kirk. Es fiel ihm sehr schwer, sich zu beherrschen.

»Schon in der Schule habe ich mich mit Ihnen beschäftigt«, betonte Janeway. Der in ihr brodelnde Zorn schien dem Kirks in nichts nachzustehen. »Und Sie können sich nicht hinter Plattitüden wie Ihrer Behauptung verbergen, Teil einer großen, glücklichen Starfleet-Familie zu sein.«

Wenn Teilani nicht gewesen wäre, hätte sich Kirk vielleicht von den Kontrollen abgewandt, um die Auseinandersetzung mit Janeway auf einem anderen Niveau fortzusetzen. Spock schien die plötzliche Anspannung in der Pilotenkanzel wahrzunehmen: Von einem Augenblick zum anderen erschien er hinter Kirk, stützte sich mit einer Hand an der Rückenlehne des Pilotensitzes ab und blickte durch die Fenster.

»Mein Äquivalent und ich bemerkten, dass Sie ein recht intensives Gespräch führten«, sagte der Vulkanier ruhig.

»Es war kein Gespräch«, entgegnete Kirk. »Es handelte sich vielmehr um eine Serie aus der Luft gegriffener Vorwürfe.«

»Ich habe ihn mit einigen Beobachtungen vertraut gemacht, die durchaus der Wahrheit entsprechen«, sagte Janeway.

»Wie dem auch sei...« erwiderte Spock, und Kirk spürte den Wunsch des Vulkaniers, das Thema zu wechseln – vielleicht nur deshalb, um eine sichere Navigation des Runabouts zu gewährleisten. »Bei unseren Diskussionen haben mein Äquivalent und ich den Zeitpunkt identifiziert, von dem an die Entwicklung unserer Universen in verschiedene Richtungen führte. Es ist eine sehr interessante Angelegenheit.«

Sofort verdrängte Kirk seinen Zorn, und auch Janeway schien ihre Gefühle unter Kontrolle zu bringen.

»Nun, Spock? Wann kam es zu der Abspaltung?«

»Soweit wir das feststellen konnten«, begann Spock, »gab es vor etwa dreihundert Jahren ein Schlüsselereignis, als...«

Plötzlich schrillten Alarmsirenen, und der Runabout schüttelte sich heftig, als er von einem Torpedo getroffen wurde. Hinter den Bugfenstern erschien die *Voyager*, und ihre Phaser feuerten.

23

»Lass diese Frau am Leben«, sagte Picard. Sein Ebenbild aus dem anderen Universum bedrohte die Frau in Seide auch weiterhin mit dem Disruptor und richtete einen interessierten Blick auf Picard. »Ist das eine allgemeine Bitte um Gnade, typisch für die armseligen Würmer, zu denen die Terraner in deiner Realität geworden sind? Oder höre ich da ein *soupçon* von Erkennen in deiner Stimme?«

Picard nahm seine ganze innere Kraft zusammen. Er wollte auf sein anderes Selbst eingehen, ganz gleich, wie demütigend das für ihn sein mochte. Es ging in erster Linie darum, das Leben dieser Frau zu retten.

»Sie heißt Teilani«, sagte er.

Der andere Picard wirbelte den Disruptor um den Finger und ließ ihn dann im Beinhalfter verschwinden, mit dem Griff nach hinten. Ein zweiter Strahler steckte im Halfter des anderen Beins.

»Ich hatte also recht«, sagte der Regent. Er sah Teilani so an, als existierte ihr Gewand aus Seide überhaupt nicht. Sein Gebaren machte deutlich, dass er kaum mehr als ein Objekt in ihr sah – ein Objekt, das ihm gehörte. »Du kennst sie.«

»Wir sind uns begegnet«, erwiderte Picard.

Der Regent schüttelte den Kopf. »Die richtige Wahl der Worte ist dir so wichtig. Besteht die Bevölkerung deines Universums in erster Linie aus Anwälten?«

Picard hielt den Zeitpunkt für gekommen, ein anderes Thema anzusprechen. »Warum bin ich hier?«

»Was glaubst du?«

»Damit du mich verspotten kannst.«

Der Regent zuckte mit den Schultern. »Das kann ich ohnehin. Versuch's noch einmal.«

Picard sah sich in der Baracke um. Eigentlich handelte es sich gar nicht in dem Sinne um eine Baracke. Hier gab es weder Liegen noch Vorrichtungen für die Verteilung von Nahrungsrationen oder die Aufnahme von Abfällen. Der Boden bestand aus unverkleidetem Metall, ebenso wie die Wände mit ihren Streben nach cardassianischer Art. Und dann dieser Bereich mit Couch, Tisch, Sesseln und Schränken, alles ganz offensichtlich aus klingonischer Produktion. Auf dem Tisch standen Kerzenständer aus poliertem Metall. Dicke Wachskrusten hatten sich an ihnen gebildet.

»Versuch's noch einmal, habe ich gesagt.«

»Du willst mich erneut verhören.«

Der Regent legte die in Handschuhen steckenden Hände auf den Rücken und näherte sich Teilani. »Wie sehr du mich enttäuschst, Jean-Luc. Ich habe dein Schiff, und der Computer nimmt alle meine Anweisungen entgegen. Ist es nicht erstaunlich, dass sich unsere Stimmen so ähneln? Wir gleichen uns so sehr, dass die Computersysteme der *Enterprise* keinen Unterschied feststellen können. Ich finde das faszinierend, du nicht?«

Er beugte sich vor und streckte den Zeigefinger, um Teilanis Narbe zu berühren. Sie hob die Hände und nahm eine klingonische Verteidigungsstellung ein, wie Picard sofort bemerkte. Erst dann sah er, dass ihre Hände mit einem ODN-Kabel gefesselt waren.

Der Regent wandte sich so von Teilani ab, als sei er einer Flamme zu nahe gekommen. Teilani sah stumm an ihm vorbei und wies mit ihrem Schweigen darauf hin, dass sie sich dem anderen Picard nicht unterordnen wollte.

»In meiner Realität verhalten sich Frauen nicht auf diese Weise – zumindest nicht lange«, sagte der Regent und kehrte zu Picard zurück. Er erweckte den Eindruck, alle Zeit der Welt zu haben. »Wir verstehen es viel besser, ihren Willen zu brechen. Deshalb musste ich sie fesseln. Seit man sie hierher brachte, hat sie siebenmal versucht, mich umzubringen. *Sieben*mal. Dein Freund Tiberius kann von Glück sagen, eine so leidenschaftliche Frau zu haben. Und dann die Narbe. Die Geschichte, die sie erzählt...«

»Tiberius?« wiederholte Picard.

Der Regent beugte sich vor, sprach den Namen ganz langsam und voller Sarkasmus aus. »Kirk. James T. Ihr seid Freunde, soweit ich weiß.«

Eine so gute Gelegenheit musste Picard einfach nutzen. Er holte aus, um seine rechte Faust an die Schläfe des Regenten zu schmettern.

Doch die Hand des anderen Picard wehrte den Schlag ab.

»Verstehst du denn nicht?« fragte er. »Was auch immer du denkst und planst – ich weiß darüber Bescheid.«

Der Regent stieß Picards Hand beiseite. »Du bist nur ein blasses, farbloses Spiegelbild, Jean-Luc, mehr nicht. Ich habe mir sowohl dein viel zu sauberes Führungszeugnis angesehen als auch deine elektronische Personalakte, die so langweilig ist, dass ich fast eingeschlafen wäre. Um ganz ehrlich zu sein: Es enttäuscht mich, ein solches alternatives Selbst zu haben.«

»Mich entsetzt es, dass ein derartiges Äquivalent von mir existiert.«

Der Regent fuhr so fort, als hätte er Picard überhaupt nicht gehört. »Was Teilani betrifft... Sie hat kein Selbst im *richtigen* Universum. Vermutlich war das einmal der Fall. Aber als sich die Romulaner zurückzogen und versuchten, auf Chal die Kinder des Himmels zu aktivieren, um unsere Truppen aufzuhalten... Nun, der Allianz blieb nichts anderes übrig, als den ganzen Planeten zu verwüsten. Die Meere kochten wochenlang, wie ich hörte. Nach einem Monat erlagen die letzten Bewohner der Hitze.« Erneut sah er zu Teilani, und diesmal machte er keinen Hehl aus seinem Begehren. »Wie schade, dass eine Frau wie sie sterben musste. Einige Jahre in einem Theta-Lager hätten sie bestimmt... gefügiger werden lassen. Wie diese Teilani mit meiner Hilfe feststellen wird.« Der Regent lächelte.

Teilani spuckte ihm ins Auge.

Picards anderes Selbst zog ungerührt ein Tuch aus dem Ärmel und reinigte damit sein Gesicht. Die Geste wirkte so harmlos, als wischte er nur Schweiß fort. Teilani schenkte er dabei überhaupt keine Beachtung.

»*Gibt* es einen Grund dafür, warum man mich hierher brachte?« fragte Picard und hoffte, die Aufmerksamkeit des Regenten auf sich zu lenken.

Sein anderes Selbst bedachte ihn mit einem durchdringenden Blick, und Picard fragte sich, ob ihn der Regent schlagen wollte. Oder gingen ihm vielleicht Gedanken durch den Kopf, die ganz andere Dinge betrafen?

»Wie war es für dich, einen Bruder zu haben?« erkundigte sich der Regent.

Die Frage erstaunte Picard, aber er sah keinen Grund, ihr auszuweichen. Jede gewonnene Sekunde brachte ihn dem Versuch näher, die *Enterprise* zurückzuerobern.

»Sehr befriedigend«, sagte er und dachte an Robert. »Manchmal auch problematisch. Aber durch einen Bruder werden die Familienbande noch fester. Man bildet eine gemeinsame Front gegen das Vorrücken der Zeit.«

»Und was hätte dein Bruder von mir gehalten, dem echten Picard?«

»Ich weiß es nicht«, erwiderte Picard kühl. »Robert ist tot.«

Dieser Hinweis überraschte den Regenten nicht. »Hast du ihn ermordet?«

»Er kam bei einem Brand ums Leben«, sagte Picard.

»Den du gelegt hast, nehme ich an?«

Der Captain presste kurz die Lippen zusammen und sah keinen Sinn in diesen Fragen. »Es war ein Unglück.«

Der Regent nickte. »Clever. Das habe ich ebenfalls behauptet, als ich meinen Robert umbrachte. Ein Unglück. Dadurch wurde alles einfacher. Und seine Tochter? Deine Nichte. Was ist mit ihr geschehen?«

Picard sah sich mit blankem Sadismus konfrontiert und trachtete danach, ruhig zu bleiben. Doch seine Hände ballten sich von ganz allein zu Fäusten. »Robert hatte einen Sohn, René. Er starb während des gleichen Brands.«

Der Regent rieb sich nachdenklich den Nacken, wodurch sein langer Zopf hin und her schwang. Er wirkte verwirrt. »Ein Sohn... ein Sohn. Das ist ein Unterschied. Dein Bruder Robert – heiratete er Louise?«

»Seine Frau heißt... hieß Marie.«

Der Regent vollführte eine vage Geste. »Nun, es liegt daran, dass sich unsere Universen immer weiter auseinander entwickeln. Es gibt natürlich keine Gewissheit, aber ich vermute, dass die Marie deiner Realität keine Entsprechung in meiner hat. Deshalb führte dein Bruder hier ein anderes Leben. Andere Kinder, andere Schicksale. Ich schätze, in einigen Generationen gibt es überhaupt keine Äquivalente mehr. Zumindest nicht bei Terranern. Hältst du das ebenfalls für eine wahrscheinliche Entwicklung?«

»*Warum* bin ich...«

Picard bekam keine Gelegenheit, den Satz zu beenden. Der Regent schlug zu, und sein Handrücken traf ihn mitten im Gesicht.

»Ich habe dir nicht erlaubt, mir eine Frage zu stellen, Jean-Luc. Beantworte jetzt *meine* Frage. Wird es deiner Meinung nach in drei Generationen noch Äquivalente bei den Terranern geben?«

Als der Schmerz nachließ und Picard den Speichel sah, der von den Lippen seines anderen Selbst spritzte, begriff er plötzlich: Er stand keinem sadistischen Soldaten gegenüber, sondern einem absolut unberechenbaren Wahnsinnigen. Trotz ihrer Ähnlichkeit ließ sich sein Verhalten nicht vorhersagen.

Picard wählte seine Worte mit großer Sorgfalt. »Wenn die von dir beschriebenen Bedingungen für dein ganzes Universum gelten... Nun, in dem Fall würde ich dir zustimmen.«

»Gut! Gut! Du ahnst nicht, wie lange ich schon versuche, diese Sache der Allianz begreiflich zu machen. Wenn wir diese alternative Realität erobern, die Bevölkerung versklaven und ihre moderne Technik nutzen wollen, so müssen wir sofort handeln!« Der Regent trat näher, berührte Picards Wange und zeigte so etwas wie Anteilnahme. »Habe ich dich verletzt? Ich könnte einen Arzt rufen.«

»Es ist alles in Ordnung mit mir.« Picard sprach mit kühler Stimme, aber in seinem Innern schreckte er vor der Berührung durch sein anderes Selbst zurück. *Erobern. Versklaven.* Wer auch immer diese Leute waren: Sie repräsentierten nicht die vor allem mit sich selbst beschäftigte Allianz aus den Berichten von *Deep Space Nine*. Es ging ihnen darum, ihre Macht auf dieses Universum auszuweiten, und sie waren bereit, alle Mittel zu nutzen, um ihr Ziel zu erreichen.

»So ist's recht.« Der Regent entfernte sich wieder von

Picard, kehrte ihm dabei den Rücken zu. Ein kurzer Blickkontakt mit Teilani bestätigte dem Captain, was er bereits wusste:

Sie befanden sich in der Gewalt eines Irren.

»Nun«, fuhr der Regent fort, »du hast also deinen Bruder umgebracht, um dir die Schifffahrtsgesellschaft der Familie anzueignen.«

»Mit deiner Erlaubnis, Regent…«, sagte Picard höflich. »In meinem Universum baut die Familie Picard Wein an.«

»Tatsächlich? Wie interessant. In Frankreich, nehme ich an?«

»Ja.«

»Wenn es auf der Erde noch ein Frankreich gäbe, wäre sicher auch meine Familie im Weingeschäft tätig geworden.« Der Regent rieb sich das Kinn und blickte dann so auf seine rechte Hand hinab, als sähe er sie zum ersten Mal. »Ich möchte dir etwas zeigen. Du weißt so etwas sicher sehr zu schätzen.«

Verwundert beobachtete Picard, wie sein anderes Selbst den dicken klingonischen Handschuh abstreifte und anschließend die Hand so hielt, dass er ihren Rücken sehen konnte.

Drei rote Narben zeigten sich dort – etwas Scharfes schien bestrebt gewesen zu sein, die Haut vom Handrücken zu lösen.

»Scheint recht schmerzhaft gewesen zu sein«, sagte Picard unverbindlich.

»Oh, und ob. Ähnliches hat sie mit meinem Gesicht angestellt.« Der Regent beugte sich vor und deutete auf sein linkes Lid. »Sie hätte es mir fast abgerissen. Ich musste auf die Hilfe eines vulkanischen Heilers zurückgreifen. Wie seltsam die Vulkanier sind. Wir haben ihre Welt und ihre Kultur zerstört, aber wenn einer von ihnen ein Doktor ist, so behandelt er jeden Kranken und Verletzten.«

Der andere Picard schüttelte den Kopf angesichts dieser Absurdität.

»Aber die Narben auf der Hand habe ich behalten«, fuhr er fort. »Als eine Art Souvenir.« Er sah Picard an. »Von Beverly Crusher.«

Der Captain versteifte sich unwillkürlich. Er hatte Beverly erst vor einigen Minuten gesehen, ohne Hinweise auf eine Begegnung zwischen ihr und dem Regenten zu entdecken. War es möglich, dass...

Sein anderes Selbst winkte ab. »Ich meine nicht *deine* Beverly Crusher, sondern die *echte*. Du solltest dir nicht zu viel einbilden, Jean-Luc.«

Der Regent kehrte zu Teilani zurück, ging um sie herum und legte erneut die Hände auf den Rücken. »Meine Beverly... Oh, sie war eine wundervolle Frau. Assistierte einem vulkanischen Heiler. Geriet immer wieder in Verdacht. Man fragte sich, ob sie der terranischen oder vulkanischen Widerstandsbewegung angehörte. Intelligente Terraner bekommen es immer wieder mit solchen Vorwürfen zu tun.

Ich fand Gefallen an ihr und glaubte, etwas in ihr zu erkennen. Schlummernde Leidenschaft. Ein Feuer, das meine Liebe entzünden und auch wieder löschen konnte. So wie bei dir und deiner Beverly, nicht wahr?«

Picard lehnte es ab, diesem Ungeheuer Macht über sich zu geben. »Ich unterhalte keine derartigen Beziehungen zu Dr. Crusher.«

Der Regent lächelte schelmisch. »Das behauptest du jetzt. Aber wenn ich sie hierher brächte, gekleidet in argelianische Seide, und wenn ich ihr dann einen Disruptor an den Kopf hielte... Was würdest du dann sagen, hm?«

Der Regent streckte erneut die Hand aus, um Teilanis Narbe zu berühren, wich jedoch sofort zurück, als ihre Haltung einmal mehr Kampfbereitschaft zum Ausdruck brachte. Er lächelte amüsiert.

»Nun, was meine Beverly angeht... Als ich sie in dem Arbeitslager sah, hatte ich nicht den geringsten Zweifel. Ich wusste sofort, dass sie mir gehören würde.«

Picard spürte eine seltsame Art von Elend, als er sich daran erinnerte, vor vielen Jahren ähnlich empfunden zu haben.

»Ich reagierte wie jeder verliebte Mann – ich machte mich daran, Beverlys Herz zu gewinnen. Zuerst ging alles gut. Ich forderte Jack Crusher zu einem Duell heraus, das ich natürlich gewann. Durch Crushers Tod bekam ich seinen ganzen Besitz, darunter auch Beverly. Aber... Nun, du weißt ja, wie eigensinnig sie sein kann. Hatte ständig Flausen im Kopf und seltsame Vorstellung in Hinsicht auf die Eigentumsgesetze der Allianz, soweit sie Terraner betreffen.«

Der Regent ballte die rechte Hand zur Faust und betrachtete die Narben. »Ich möchte dich nicht mit Einzelheiten langweilen. Begnügen wir uns mit dem Hinweis, dass ich sie schließlich töten musste. Und zwar in unserer Hochzeitsnacht. Nachdem die Ehe vollzogen war. Ich bedauerte es. Ich war ganz sicher, dass ich sie früher oder später für mich gewinnen konnte, aber... Nun, gerade du verstehst das sicher, Jean-Luc: Meine Ehre stand auf dem Spiel, und ich bin Regent der Klingonischen Schutzgebiete. Es gibt nicht viele Terraner, die einen so hohen Rang bekleiden. Dadurch stehe ich auch unter erheblichem Druck.«

Picard hatte genug von dem Gerede dieses Monstrums. Er wollte nicht noch mehr von dem grässlichen Zerrbild erfahren, zu dem die Welt hinter dem Spiegel geworden war.

Mit einem kurzen Blick schätzte er die Entfernung zwischen sich und seinem anderen Selbst ab. Drei rasche Schritte, ein Sprung, einen der beiden Disruptor aus dem Halfter ziehen, bevor der Regent nach dem anderen greifen konnte...

Der andere Picard sah ihn nicht einmal an, als er sagte: »Du kannst es unmöglich schaffen, Jean-Luc. Und das einzige Resultat wäre, dass du zusehen musst, wie ich Teilani für deine Unverschämtheit bestrafe – sehr langsam und gründlich.«

»Sie wollen mich bestrafen?« erwiderte Teilani stolz. »Seit ich hier bin, haben Sie es nicht einmal geschafft, mich zu berühren. Sie sind ein Feigling, Regent. Ein erbärmlicher terranischer Lakai, dessen Herren ihm gnädigerweise erlauben, die Kleidung eines wahren Kriegers zu tragen.«

Rote Flecken bildeten sich auf den Wangen des Regenten, und er zog einen Disruptor.

»Teilani...«, warnte Picard.

Doch der Regent wandte sich nicht ihr zu, sondern Picard. »Oh, keine Sorge, Jean-Luc. Lebend hat sie nach wie vor einen gewissen Nutzen. Für die Gefährtin von Tiberius hat die Allianz etwas Besonderes geplant.«

Er richtete den Strahler auf Picard. »Deine Nützlichkeit hingegen beschränkt sich darauf, mich zu amüsieren. Aber jetzt bereitest du mir keine Freude mehr. Ganz im Gegenteil: Du widerst mich an.«

Picard begriff, dass sein Leben auf dem Spiel stand. »Wie soll das möglich sein, wenn wir beide die gleiche Person sind?«

Der Regent zögerte. »*Du* vergleichst dich mit *mir*?«

»Was auch immer wir sind: Tief in uns verbirgt sich der Kern des anderen.«

Picard stellte erleichtert fest, dass er das Interesse seines anderen Selbst geweckt hatte.

»Willst du wirklich zugeben, das du irgendwo in einem dunklen Winkel deiner Seele ein Killer sein könntest? Captain Jean-Luc Picard von Starfleet – ein gnadenloser klingonischer Regent?«

»Unter bestimmten Bedingungen«, erwiderte Picard. Er hielt es tatsächlich für möglich, ein Umstand, der ihn mit Kummer erfüllte. »Gleichzeitig verbirgt sich in dir das Potential, ein friedlicher Wissenschaftler zu sein, ein Forscher oder Diplomat.«

Der Regent blieb reglos stehen, als hätten diese Worte etwas in ihm berührt.

»Soll das heißen, unter anderen Bedingungen hätte ich wie du zu einem Raumschiff-Kommandanten werden können?«

Picard versuchte, eine Verbindung zu seinem anderen Selbst zu schaffen, es zu überzeugen. »Ja, das stimmt. Davon bin ich überzeugt.«

Der Regent neigte nachdenklich den Kopf zur Seite. »Es gibt da nur eine kleine Sache...«

Picard spürte, wie eine Brücke zwischen ihnen entstand. Vielleicht gelang es ihm wirklich, diesen Mann auf seine Seite zu ziehen.

Doch dann sah der andere Picard auf, und seine Augen waren wie zwei Fenster, hinter denen sich unergründliches Chaos erstreckte. »Dank deiner Hilfe *bin* ich bereits ein Raumschiff-Kommandant.« Und dann lachte er so laut und schrill, dass Picard trotz der Hitze im Entladungsanzug fröstelte.

»Ach, Jean-Luc«, sagte der Regent, als er sich Tränen der Heiterkeit aus den Augen wischte. »Du bist ja so durchschaubar, zumindest für mich. Ich möchte dir ein weiteres Beispiel dafür zeigen, wie hilflos du mir gegenüber bist. Schirm aktivieren.«

Auf der anderen Seite des Raums entstand ein virtueller Bildschirm. Picard erkannte die Technik. Zum ersten Mal war sie an Bord von *Deep Space Nine* verwendet worden, und inzwischen gehörte sie zur Standardausrüstung der neuesten Raumschiffe, darunter auch der *Enterprise*.

»Kannst du das Bild deuten?« fragte der Regent.

Das bunte Gleißen der Plasmatürme beanspruchte den größten Teil der Darstellung. Am unteren Rand des Schirms sah Picard das von Metall durchsetzte Felsgestein eines Asteroiden. Der Maßstab blieb ihm ein Rätsel. Vielleicht sah er nur einige Quadratmeter, möglicherweise auch aber auch eine mehrere Kilometer lange Fläche.

»Der Rand des Asteroiden«, sagte Picard.

Sein anderes Selbst klatschte in die Hände. »Ausgezeichnet, Jean-Luc. Ich wusste, dass du gut aufpasst.« Er bedachte den Gefangenen mit einem strahlenden Lächeln. »Deshalb bist du hier. An diesem Ort, meine ich, zu dieser Zeit.«

Picard verstand nicht.

Der Regent schickte sich sofort an, es ihm zu erklären.

»Weißt du, als wir die *Enterprise* übernahmen, war uns sofort klar, dass es recht schwer und zeitaufwendig sein würde, die Kommandocodes von dir zu bekommen. Deshalb inszenierten wir ein kleines Spiel. Und wir wissen ja, wie sehr du solche Spiele magst. Du schlüpfst gern in die Rolle von Dixon Hill, nicht wahr? Um auf dem Holodeck Kriminalfälle zu lösen und dergleichen. Welch eine Vergeudung unserer – deiner – Fähigkeiten.

Nun, wir täuschten dich mit einem Szenario, auf das selbst *Monsieur* Dix hereingefallen wäre, und du hast uns die *Enterprise* auf einem Dilithiumtablett serviert.«

»Du wirst das Schiff nicht behalten«, entfuhr es Picard, bevor er die Worte zurückhalten konnte.

Der Regent lächelte hämisch. »Sei auf der Hut. Du lässt dich fast dazu hinreißen, deine geheimen Pläne zu verraten. Und du hast geheime Pläne, nicht wahr? Fluchtpläne, um ganz genau zu sein. Du willst fliehen und die *Enterprise* wieder unter deine Kontrolle bringen.«

Picard wandte den Blick ab.

»Meine Güte, du kannst mir nicht einmal in die Augen sehen«, fuhr der Regent fort, und echte Freude erklang dabei in seiner Stimme. »Ich weiß, wie du denkst. Ein oder zwei Tage, um einen Eindruck vom Arbeitslager zu gewinnen. Einen weiteren Tag für Beverly, damit sie eine Möglichkeit findet, die aus deiner Realität stammenden Besatzungsmitglieder von Infiltranten zu unterscheiden und sie irgendwie zu kennzeichnen. Und dann ein Plan.

Bestimmt ist er atemberaubend. Sehr dynamisch und aufregend. Vielleicht sogar genial. Nun, wenn *ich* den Plan entwickelt hätte – und in gewisser Weise ist das ja der Fall –, so würde ich versuchen, ihn heute in die Tat umzusetzen.«

Der Regent stand jetzt ganz dicht vor Picard und musterte ihn, während der Captain noch immer seinen Blick mied. »Du kannst mir nichts vormachen, Jean-Luc. Weil ich dich ebenso gut kenne wie...« Er hob die zernarbte Hand. »Wie Beverly meinen Handrücken.«

Er streifte den dicken klingonischen Handschuh über. »Dein Plan sollte heute verwirklicht werden, und das kannst du nicht leugnen. Wie dem auch sei: Er ist zum Scheitern verurteilt, weil wir deine Mitverschwörer in Gewahrsam genommen haben.« Er hob die Hand zum Mund und flüsterte: »Ich rate dir, deine ganze Aufmerksamkeit auf den Schirm zu richten. Es ist deine letzte Gelegenheit, Abschied zu nehmen...«

Picard sah zum Projektionsfeld und erstarrte innerlich.

Er schien nur zwanzig Meter von den Geschehnissen auf dem Asteroiden entfernt zu sein.

Riker, LaForge, Beverly, Deanna und Data, der glühende Induktionsspulen trug, die ihm seine Kraft rauben sollten – sie standen nebeneinander auf der Oberfläche des Asteroiden. Einige Meter hinter ihnen wartete ein cardassianisches Exekutionskommando mit schussbereiten Disruptorgewehren.

»Bist du jetzt davon überzeugt, dass du keine Chance gegen mich hast?« fragte der Regent.

Picard begriff, dass die Zeit nicht mehr ausreiche, um irgendwelche Rollen zu spielen. Wenn er sein anderes Selbst überlisten wollte, so musste er rasch handeln.

»Lass meine Leute gehen. Sie haben mit der ganzen Sache nichts zu tun.«

»Berichtigung«, sagte der Regent. »Sie *werden* nichts mehr damit zu tun haben.«

»Du erreichst nichts, indem du sie tötest!«

»Da bin ich anderer Meinung. Ihr Tod wird eine Lektion für die übrigen Gefangenen sein. Ich weiß nicht genau, wie viele man hier unterbrachte, gut tausend, schätze ich. Wenn wir ein Dutzend hier und ein Dutzend dort hinrichten, sowohl die Führungsoffiziere als auch einige zufällig ausgewählte Besatzungsmitglieder, wodurch sich niemand sicher fühlt... Nun, die Erfahrung lehrt uns, dass wir auf diese Weise drei- oder vierhundert gute Arbeiter bekommen, denen es nicht im Traum einfiele, ihr Leben bei einem Fluchtversuch zu riskieren.

Darum geht es mir, Jean-Luc. Was du jetzt gleich sehen wirst, ist eigentlich gar keine Strafe, sondern der Beginn eines langen Konditionierungsprozesses für die Überlebenden.«

Picard hörte das Klicken eines Kommunikators – der Regent zog ein kleines, zylindrisches Objekt hinter dem Gürtel hervor und hob es zum Mund. Eine bernsteinfarbene Kontrolllampe glühte an der Spitze.

»Hier Picard, ich höre.«

Die Stimme eines Cardassianers erklang, untermalt von Subraumstatik – dafür waren die Plasmastürme verantwortlich.

»Die Gefangenen befinden sich am Rand des Atmosphärenschilds«, sagte der Cardassianer. »Wir erwarten Ihre Anweisungen.«

Der Regent sah Picard an. »Fürchte mich«, sagte er. »Dann überlebst du vielleicht.«

Picard sprang.

Sein anderes Selbst zog den Disruptor so schnell, als hätte es diese Reaktion um Sekunden vorausgeahnt.

Aber bevor der Regent feuern konnte, traf ihn ein geschickt geworfener Kerzenständer am Arm.

Teilani.

Sie hatte darauf gewartet, dass Picard aktiv wurde.

Picard stieß gegen sein Ebenbild, rammte dem Regenten den Kopf in die Magengrube und trieb ihn zurück.

Sie fielen, und Picard hörte, wie der Kommunikator auf den Boden prallte und fortrollte.

Er schloss die Hände um den Hals des Regenten.

»Du bist kein Killer«, brachte sein Äquivalent aus dem anderen Universum hervor.

Picard drückte zu.

»Du... schaffst es... nie...«, krächzte der Regent.

Doch Picard löste die Hände nicht vom Hals. Er hob den Kopf seines Ebenbilds und ließ ihn immer wieder auf den Boden krachen, bis der Regent die Augen verdrehte, so dass nur noch das Weiße in ihnen zu sehen war.

Dann spürte Picard eine Hand an der Schulter.

Er drehte sich ruckartig um, bereit dazu, den Kampf fortzusetzen.

Teilani stand neben ihm.

Ein oder zwei Sekunden lang wirkte ihre Schönheit sonderbar – sie gehörte nicht an diesen Ort des Todes.

Der Regent stöhnte und erschlaffte. Picard sah zu Teilani auf und versuchte, sich nicht von der dünnen Seide ablenken zu lassen, die mehr zeigte als verhüllte.

»Warum hat man *Sie* hierher gebracht?« fragte er.

»Ich weiß es nicht«, erwiderte die Frau und sah sich im Raum um. »Ich glaube, ich bin eine Art Versicherungspolice. Man wollte verhindern, dass sich James einmischt.«

»Jim? Ist er hier?« Picard stand auf.

»Wie ich ihn kenne, dauert es bestimmt nicht mehr lange, bis er eintrifft.«

Teilani bemerkte etwas auf dem Boden, bückte sich und hob den Kommunikator des Regenten auf. Der bernsteinfarbene Indikator blinkte, und das Klicken wiederholte sich – vermutlich erfüllte es den gleichen Zweck wie das Piepen eines Insignienkommunikators.

Teilani gab das kleine Gerät Picard. »Wenn der Bordcomputer der *Enterprise* den Wahnsinnigen für Sie gehalten hat – vielleicht halten die Cardassianer Sie für den Regenten.«

Picard überprüfte den Kommunikator, fand den Aktivierungsschalter und betätigte ihn. Er sah Teilani an, als er sprach. »Hier Picard. Die Gefangenen sollen nicht getötet werden. Ich brauche sie für ein weiteres Verhör. Bringt sie zu mir.«

Er wartete und fragte Teilani mit einem stummen Blick, ob es überzeugend geklungen hatte.

»Für meine Ohren haben Sie genauso geklungen wie er«, flüsterte sie. »Übrigens: Freut mich, Sie wiederzusehen. Hat James Ihnen jemals für das Pferd gedankt?«

Picard empfand diesen Moment als sehr surreal – ein neuerliches Klicken des Kommunikators holte ihn in die Wirklichkeit zurück.

»Regent Picard«, ertönte eine cardassianische Stimme, »ich erinnere Sie daran, dass die Gefangenen nicht deshalb zum Rand des Atmosphärenschilds gebracht wurden, um hingerichtet zu werden. Es war nur eine Folterung geplant. Entsprechend Ihren Instruktionen muss ich davon ausgehen, dass Sie einem terranischen Anschlag zum Opfer gefallen sind. Wenn Sie nicht den Bestätigungscode übermitteln, werden die Gefangenen in sieben Sekunden getötet.«

Picard betätigte erneut die Aktivierungstaste und gab sich zornig. »Jene Anweisungen wurden widerrufen, Sie Narr. Wenn Sie die Gefangenen nicht unverzüglich zurückbringen, damit sie verhört werden, lasse ich *Sie* töten!«

»Der Befehl stammt von Ihnen selbst«, erwiderte der Cardassianer. »Noch fünf Sekunden.«

Picard drückte den Kommunikator Teilani in die Hand, beugte sich dann über den Regenten und zerrte seinen Kopf hoch.

»Aufwachen«, knurrte er und versetzte seinem Ebenbild eine Ohrfeige. »Ich brauche den Bestätigungscode.«

Der Regent hob die Lider, antwortete jedoch nicht. Stumm sah er zur Seite, zum virtuellen Schirm.

»Die Zeit ist um«, verkündete die cardassianische Stimme.

Der Bildschirm zeigte, wie ein neben den Bewaffneten stehender Cardassianer einen Impulsgeber hervorholte und die Kontrollen betätigte.

Picard riss die Augen auf, als vor den Führungsoffizieren der *Enterprise* eine Wand aus funkelnder blauer Energie entstand.

Es handelte sich um den Atmosphärenschild, um eine andere Art jenes niederenergetischen Kraftfelds, das sich im Zugang eines Hangars erstreckte: Es verhinderte, dass die Luft ins All entwich, und gleichzeitig erlaubte es Shuttles, ungehindert zu starten und zu landen.

Picard beobachtete, wie Riker und die anderen auf das plötzliche Erscheinen des Atmosphärenschilds vor ihnen reagierten.

Sie wichen zurück, als ihnen das Kraftfeld entgegenglitt und mit einigen kleinen Entladungen über sie hinwegkroch.

»Nein...«, ächzte Picard, als sich die Offiziere an den

Hals griffen – Data bildete die einzige Ausnahme. Ihre Gesichter wurden zu Fratzen, als jähes Vakuum ihnen die Luft aus den Lungen saugte.

Riker taumelte. LaForge sank auf den Boden.

»Rette sie!« rief Picard dem Regenten zu, der auf dem Boden lag und lächelte.

Die Stimme des anderen Picard klang schwach, aber triumphierend. »Sie sind so gut wie tot, Jean-Luc. Und *du* hast sie umgebracht.«

24

Kirk beschleunigte die *St. Lawrence* auf maximale Warpgeschwindigkeit, und die *Voyager* fiel so schnell zurück, dass ein menschliches Auge dieser Bewegung gar nicht zu folgen vermochte.

Phaserstrahlen flackerten über die Schilde, und ein warpschneller Torpedo explodierte dicht hinter dem Runabout. Die energetische Druckwelle schleuderte das kleine Schiff in eine lodernde Plasmawolke, in der es wie auf einem sturmgepeitschten Meer hin und her geworfen wurde.

Kirks Finger huschten über die Kontrollen, als er versuchte, die Fluglage der *St. Lawrence* zu stabilisieren. Nur darauf kam es jetzt an. Wenn der Runabout auch weiterhin schlingerte, konnte die Zielerfassung nicht ausgerichtet werden, was einen Einsatz der Waffen unmöglich machte.

Da fiel es Kirk wieder ein.

Es gab keine Waffen mehr.

Die *St. Lawrence* hatte bereits alle ihre Quantentorpedos eingesetzt. Jetzt standen ihr nur noch die Phaser zur Verfügung.

Und was ließ sich damit gegen ein hochmodernes Starfleet-Schiff ausrichten?

Als die Jagd begann, schien an Bord des Runabouts alles gleichzeitig zu geschehen, doch Kirk blieb auf die Navigationskontrollen konzentriert.

»Die *Voyager* verfolgt uns!« stieß Janeway hervor.

Kirk hörte zwar Anspannung in ihrer Stimme, aber keine Panik.

»Kapazität der Schilde auf dreiundzwanzig Prozent gesunken«, meldete der Computer. »Zunehmende Instabilität des Warpkerns.«

Kirk vernahm das laute Zischen von komprimiertem Gas, als ein automatisches Sicherheitssystem aktiv wurde, um ein plötzlich entstandenes Feuer zu löschen. Glücklicherweise verstummte dadurch das Schrillen des Feueralarms, aber Rauchschwaden wogten durch die Pilotenkanzel, so als sei es den Plasmawolken irgendwie gelungen, die Fenster zu durchdringen.

»Zum Teufel auch, was ist eigentlich los?« ertönte Scotts Stimme aus dem Heckbereich.

Offenbar waren die schlafenden Passagiere erwacht.

»Der Computer hat auf eine zunehmende Instabilität des Warpkerns hingewiesen!« antwortete Kirk. »Er muss stabilisiert werden und auch weiterhin Energie liefern. Kümmern Sie sich darum, Scotty!«

Weiter hinten wurde die Trennwand zwischen Passagierbereich und Maschinenraum beiseite geworfen, und daraufhin wusste Kirk, dass sich der beste Chefingenieur Starfleets an die Arbeit machte.

»Wer hat es *diesmal* auf uns abgesehen?« fragte McCoy und wankte von seiner Ruhenische in Richtung Pilotenkanzel.

»Die *Voyager*«, erwiderten Kirk und Janeway wie aus einem Mund.

»Ist die nicht auf unserer Seite?«

»Es handelt sich um die *Voyager* aus dem Paralleluniversum, Pille«, erklärte Kirk.

Der Runabout kippte nach links, als erneut Phaserenergie über die Schilde gleißte. Die *Voyager* näherte sich, und ihre Zielerfassung funktionierte perfekt.

»Einen weiteren Treffer halten wir nicht aus«, brachte Janeway zwischen zusammengebissenen Zähnen hervor.

»Dann sollten wir uns nicht noch einmal treffen lassen«, entgegnete Kirk.

»Die Phaser werden erneut mit Energie geladen...«, warnte Janeway.

Kirk deaktivierte die Beschleunigungsbegrenzung und änderte den Kurs des Runabouts abrupt um neunzig Grad. Ein Phaserstrahl zuckte vorbei, ohne die Schilde zu berühren.

Der Alarm für die strukturelle Integrität donnerte wie ein Nebelhorn. Kirk wusste, dass er mehr vom Runabout verlangte, als seine Belastungsgrenzen eigentlich zuließen, aber zumindest dieses eine Mal hatte der Computer nichts unternommen, um das riskante Manöver zu verhindern.

»Warnung!« ertönte erneut die Sprachprozessorstimme. »Außenhüllendeformation im Bereich des Lagerraums auf der Steuerbordseite.«

»Spock! Riegeln Sie den Lagerraum hermetisch ab! Scotty, ich brauche maximales Warppotential!«

»Und ich brauche Urlaub!« rief der Chefingenieur.

Janeway wies auf den Status der *Voyager* hin. »Phaser werden erneut mit Energie geladen... Zwei Torpedos starten!«

Kirks Gedanken rasten. Die Quantentorpedos durften den Runabout auf keinen Fall treffen, was bedeutete... Er musste ihnen ein anderes Ziel bieten.

Er klappte die Sicherheitsabdeckung auf der Konsole hoch und betätigte ein Schaltelement, das die erste Antimateriekapsel ausschleuste.

Im Heck gab Scott einen verblüfften Schrei von sich, als der Warpkern plötzlich die Hälfte seines Treibstoffs verlor, wodurch die Instabilität von einem Augenblick zum anderen kritisch wurde.

Erneut beschleunigte die *St. Lawrence*, und die Antimateriekapsel blieb hinter ihr zurück.

Kurz darauf erzitterte das kleine Schiff, und Janeway rief: »Explosion!«

Kirk blickte auf die Displays. Beide Torpedos hatten das nächste Ziel angepeilt, die Antimateriekapsel, und ihre Explosion formte einen Energieschirm, der den Runabout vor dem Phaserfeuer der *Voyager* schützte.

Janeway musterte Kirk voller Ehrfurcht. »Wo haben Sie den Trick gelernt?«

»Ich habe ihn mir gerade eben einfallen lassen. Scotty? Was ist mit der Warpkern-Stabilität?«

»Kommt darauf an!« rief Scott, um das unentwegte Heulen von Alarmen zu übertönen. »Wollen Sie genug Antimaterie übrig lassen, um uns auch weiterhin Warppotential zu ermöglichen?«

»Wir haben noch eine Kapsel, Scotty. Machen Sie bestmöglichen Gebrauch davon.«

Es summte, und neue Energie strömte durch die Bordsysteme der *St. Lawrence*.

»Der Warpkern ist wieder stabil!« rief Scott.

Aber genügte das?

Die nächste Warnung kam von Janeway. »Die *Voyager* leitet erneut Energie in ihre Phaser.«

Kirk beschleunigte auf maximale Warpgeschwindigkeit, ohne eine Übergangsphase. Praktisch im gleichen Augenblick wurde der Runabout von Phaserstrahlen getroffen.

Heftige Erschütterungen warfen Kirk in seinem Sessel hin und her. Funken stoben aus der Konsole vor ihm, als es zu starken Überladungen kam. Flammen züngelten.

Trotz der enormen Hitze presste er auch weiterhin die Hände auf die Beschleunigungskontrollen und hielt den Atem an, als ihm ätzender Rauch entgegenwogte.

Er schrie, um sich von den heftigen Schmerzen abzulenken, die durch Hände und Arme brannten.

»Entfernung!« rief er und befürchtete, dass nur ein kehliges Knurren daraus wurde.

»Vierzigtausend Kilometer...«, erwiderte Janeway. »*Fünfzigtausend! Wir haben es geschafft! Wir haben es geschafft!*«

Kirk konnte die Hände nicht von den Kontrollen lösen. Sie schienen damit verschmolzen zu sein.

Die anderen packten ihn an Schultern und Armen, zerrten ihn zurück. Jemand zog ihn aus dem Sessel, und T'Val hielt ihn fest.

Beide Spocks standen neben ihr und blickten ungläubig auf Kirk hinab – sie schienen nicht fassen zu können, was er gerade vollbracht hatte.

Die *St. Lawrence* existierte noch immer. Trotz ihrer Überlegenheit war es der *Voyager* nicht gelungen, sie zu vernichten.

Aber welchen Preis hatte Kirk für dieses Wunder bezahlen müssen?

McCoy sondierte ihn mit einem medizinischen Tricorder.

Kirk zitterte und hob die Hände.

Er sah weiße Knochen, dünne Fäden aus rotem Blut und verkohlte Haut. Die verbrannten Hände und Unterarme boten einen schrecklichen Anblick. Ein Daumen war unbeschadet davongekommen, und Kirk betrachtete ihn erstaunt.

McCoy sprühte etwas Kühles auf die Wunden, und zumindest ein Teil des Schmerzes ließ nach.

»Oh, Mist«, sagte Janeway.

Kirk sah durchs Bugfenster und beobachtete, wie vor ihnen die gewaltige Masse eines fast runden Asteroiden aus den Plasmawolken wuchs.

»Warnung! Kollisionsalarm. Kollisionsalarm. Kontakt in acht Sekunden... sieben... sechs...«

Kirk wurde aus T'Vals Griff gerissen, als der Runabout den Warptransfer jäh unterbrach und mit Impulskraft steil nach oben schoss. Beide Spocks stürzten in den Passagierbereich zurück.

Scott beschwerte sich über die unerwartete Gesellschaft, doch Kirk schenkte ihm keine Beachtung. Auf den Ellenbogen stemmte er sich hoch und blickte zu Janeway.

Sie hatte die Navigationskontrolle auf ihre eigene Konsole umgeschaltet und flog den Runabout wie eine geborene Pilotin.

Die von Kratern übersäte Oberfläche des Asteroiden raste unter ihnen hinweg. Ein Blick auf die Sensoranzeigen genügte Kirk, um ihre Höhe in Erfahrung zu bringen: zehn Meter.

Bei dieser Geschwindigkeit war es Wahnsinn, in einer so geringen Höhe zu fliegen.

»Bringen Sie uns nach oben«, sagte er.

Doch Janeway schüttelte den Kopf. »Die Warpspur der *Voyager* hat uns hierher gebracht«, erwiderte sie. »Wenn wir uns zu weit vom Asteroiden entfernen und das Schiff noch immer dort draußen ist... Dann nimmt es uns sofort unter Beschuss.«

Der Runabout erbebte, als Janeway ihn durch eine enge Kurve zwang, um einer aufragenden Felsformation auszuweichen.

»Bestimmt befindet sich hier das Arbeitslager«, sagte Janeway. »Sie hatten recht.«

Alles in Kirk drängte danach, die *St. Lawrence* wieder selbst zu fliegen, aber seine Hände waren taub und nutzlos. Einige Sekunden lang sah er T'Vals biomechanische Hand vor dem inneren Auge. Stand so etwas auch ihm bevor? Würde er vielleicht nie wieder Teilanis samtene Haut spüren können? Rasch verdrängte er diese Gedanken. Um irgendeine Zukunft zu erreichen, musste er erst einmal diese albtraumhafte Gegenwart überleben.

»Setzen Sie die Geschwindigkeit herab«, wies er Janeway an. »Wenn es ein Arbeitslager auf diesem Asteroiden gibt, so verfügt es sicher über Verteidigungseinrichtungen. Setzen Sie die Bugscanner ein.«

Der Runabout brachte eine Wölbung des Asteroiden hinter sich, und der Computer gab einen neuerlichen Alarm.

»Warnung: Kollision mit Atmosphärenschild in fünfzehn Sekunden.«

Kirk blinzelte, als die Sensoren plötzlich eine große Anzahl von Lebensformen orteten. »Meine Güte, was hat das denn zu bedeuten?«

Offenbar befanden sich mehr als zweitausend Personen auf dem Asteroiden, und zwar so dicht beieinander, dass aufgrund der noch immer recht hohen Geschwindigkeit keine Individuen erfasst werden konnten.

Kirks Aufregung wuchs. Seine Hypothese erwies sich als richtig – sie hatten das Arbeitslager gefunden, in dem terranische Gefangene für die Allianz schuften mussten. Jenes Lager, in dem auch Janeway untergebracht worden wäre, wenn sie nicht die Flucht ergriffen hätte.

Vorausgesetzt natürlich, dass es sich bei den georteten Lebensformen um Menschen und Vulkanier handelte, nicht um Klingonen und Cardassianer. Kirk schauderte innerlich bei der Vorstellung, dass sie vielleicht kein Arbeitslager entdeckt hatten, sondern eine Garnison der Allianz-Truppen.

Mit dem unverletzten Daumen veränderte er die Justierung der Sensoren. »Wir müssen feststellen, wer jene Leute sind.«

»Warnung: Kollision mit Atmosphärenschild in zehn Sekunden.«

Eine Rekalibrierung der Sensoren fand statt.

Ein Alarmindikator blinkte rot.

»Was ist los?« fragte Janeway.

»Sterbende Personen«, sagte Kirk und blickte auf die Sensoranzeigen. »Vier Humanoiden... am Rand des Kraftfelds...«

»Zu spät«, brachte Janeway hervor. »Ich muss den Kurs ändern.«

»Nein, warten Sie!« Kirk sah nach hinten. »Scotty! Ich brauche Sie beim Nottransporter!«

»Ich habe nur zwei Hände, und die benötige ich, um den Warpkern zusammenzuhalten!«

»Spock – vier Humanoiden! Direkt vor dem Kraftfeld. Wir müssen sie an Bord holen!«

»Ich orte die *Voyager*!« rief Janeway. »Wir sind in weniger als zwei Minuten in ihrer Waffenreichweite, wenn ich für einen Transfer anhalte!«

»Das ist mir gleich!« erwiderte Kirk. »Wir beamen die Humanoiden an Bord und verschwinden von hier, bevor...«

Wieder heulte eine Sirene. Wie viele verschiedene Alarmsysteme gab es eigentlich an Bord dieses kleinen Schiffes?

»Was hat es *damit* auf sich?« fragte Kirk.

»Das ist der von Ihnen programmierte Massedetektor«, sagte Janeway. »Die *Sovereign* nähert sich von der anderen Seite des Asteroiden her.« Sie sah lange genug von den Kontrollen auf, um Kirk einen besorgten Blick zuzuwerfen. »Man nimmt uns in die Zange!«

Doch Kirk ließ sich davon nicht ablenken. Er brauchte Gewissheit in Hinsicht auf das Arbeitslager, und ein gemütlicher Scan vom Orbit aus kam sicher nicht in Frage.

»Beamen Sie die Leute an Bord, Spock!«

Der Vulkanier stand an einer Wandtafel und betätigte dort vertraute Kontrollen. »Energie.«

»Wir werden von Sensoren erfasst!« entfuhr es Janeway. »Die *Sovereign* nähert sich.«

Kirk sah in den Heckbereich und beobachtete, wie zwei Gestalten rematerialisierten. Ein oder zwei Sekunden lang spürte er Erleichterung. Die Humanoiden trugen Starfleet-Uniformen und schnappten nach Luft – ganz offensichtlich lebten sie noch!

Dann erkannte er sie und riss verblüfft die Augen auf.

»Commander Riker? Dr. Crusher?«

Wie sehr Kirk auch überrascht sein mochte – das Erstaunen der Transferierten war noch viel größer.

Riker sprach als erster und hielt sich nicht damit auf, Kirk zu grüßen. Seine nächsten Worte boten eine Erklärung dafür.

»Geordi und Deanna sind noch unten! Und Data!«

»Kirk!« rief Janeway. »Beide Schiffe kommen in Reichweite.«

Aber Kirk ließ sich auch davon nicht beeindrucken. »Die anderen beiden, Spock! Beamen Sie Data als letzten an Bord. Er braucht keine Atemluft.«

Zwei weitere Energiesäulen entstanden zwischen den Transferpolen des Nottransporters. Riker trat vor und fing Deanna auf, als sie halb bewusstlos zu Boden stürzte. Geordi LaForge lag auf dem Deck, die eine Hand wie in einem Krampf um den Hals gelegt. McCoy verabreichte ihm eine Dosis Tri-Ox, und daraufhin entspannte sich der Mann.

»Phaser werden ausgerichtet...«, warnte Janeway. »Die *Voyager* und *Sovereign*...«

Ein dritter Transfer fand statt.

Data materialisierte, sah Kirk und war so überrascht, dass seine Kinnlade nach unten klappte – eine für den Androiden ganz und gar untypische Reaktion.

»Captain Kirk...?« Janeways Stimme klang jetzt fast flehentlich.

Kirk sah Riker an. »Commander... Gibt es hier einen Ort, wo wir uns verstecken können?«

362

Riker brauchte nicht einmal über die Antwort nachzudenken. »Volle Impulskraft, direkt durch den Atmosphärenschild, Höhe ein Kilometer.«

Kirk kannte Riker gut genug, um seine seltsame Anweisung nicht in Frage zu stellen. »Sie haben es gehört«, wandte er sich an Janeway.

Das Impulstriebwerk des Runabouts summte, als er herumschwang und dem Atmosphärenschild entgegenflog.

»Was befindet sich dort?« fragte Kirk.

»Ich weiß es nicht genau«, gestand Riker. »Aber ich bin ziemlich sicher, dass die Allianz nicht darauf schießen wird.«

»Es könnte zu Erschütterungen kommen!« rief Janeway. Ein dumpfes Donnern, begleitet von einem kurzen Aufblitzen – die *St. Lawrence* durchstieß ein Kraftfeld, das nur dazu diente, Gas am Entweichen ins Vakuum zu hindern. Es folgte ein plötzliches Heulen, als Luft am Runabout entlangströmte.

Kirk blickte nach vorn, ebenso wie die anderen Personen an Bord des inzwischen überfüllten kleinen Schiffes.

»He, das ist die *Enterprise*«, sagte Scott.

»Und das Gebilde in ihrer Nähe…«, fügte Riker hinzu. »Ist eine vollständige Sensorsondierung möglich?«

Kirk beugte sich vor und betätigte mit dem Daumen die Kontrollen, um den Sensorfokus auf das seltsame Etwas zu richten, das einen halben Kilometer neben der *Enterprise* schwebte. Auf den ersten Blick betrachtet schien es sich um ein Raumdock zu handeln, das aus einem offenen Gitterwerk bestand. Doch die von den Sensoren ermittelten Daten wiesen darauf hin, dass die Metalltafeln und Kabel nicht nur dazu dienten, Licht zur Verfügung zu stellen, Energie für Antigravitation zu liefern und Kom-

Signale weiterzuleiten. Sie hatten auch noch andere Funktionen.

Die *St. Lawrence* sauste an den beiden großen Konstruktionen vorbei – an dem Raumschiff und dem sonderbaren Gebilde –, näherte sich dann der anderen Seite des zylindrischen Atmosphärenschilds.

»Finden Versuche statt, den Zielerfassungsfokus von Waffensystemen auf uns zu richten?« fragte Kirk.

»Nein«, sagte Janeway. »Derzeit besteht keine Gefahr. Aber die *Voyager* und Sovereign fliegen zur gegenüberliegenden Seite des Kraftfelds, um uns dort in Empfang zu nehmen.«

»Leiten Sie den Warptransfer ein«, erwiderte Kirk.

Janeway starrte ihn groß an. »Ich weiß, dass wir uns nicht in einem Gravitationsschacht befinden, wohl aber im Innern einer Atmosphäre. Und wir haben keine Schilde mehr.«

»Vertrauen Sie mir«, sagte Kirk. »Die Außenhülle des Runabouts ist dick und stabil genug, um der Reibung kurze Zeit standzuhalten. Aber wenn wir warten, bis wir aus dem Kraftfeld heraus sind… Die beiden Raumschiffe dort draußen werden uns wohl kaum Gelegenheit geben, auf Warpgeschwindigkeit zu beschleunigen.«

Janeway blieb skeptisch – bis sie Scott sah.

Der Chefingenieur zuckte mit den Schultern. »Ich kann Ihnen keine Erfolgsgarantie geben, aber Sie sollten der Aufforderung des Captains besser nachkommen. Wenn's nicht klappt… Nun, dann kann sich niemand von uns bei ihm beschweren.«

Janeway wandte sich wieder den Kontrollen zu. »Welcher Warpfaktor?«

»Je schneller wir sind, desto weniger Zeit verbringen wir in der Atmosphäre«, sagte Kirk.

Janeway programmierte maximale Warpgeschwindigkeit. »Beschleunigung erfolgt *jetzt*.«

Alle außer Data pressten sich die Hände auf die Ohren, als ein schrilles Kreischen Trommelfelle zu zerreißen drohte. Es verklang ebenso schnell, wie es entstanden war.

Der Runabout erzitterte ein wenig, als er durch die dichten Plasmawolken flog.

Alle an Bord der *St. Lawrence* seufzten erleichtert.

»Droht uns zusätzliche Gefahr?« fragte Data. Es waren seine ersten Wort seit der Rematerialisierung an Bord.

Janeway überprüfte die Kontrollen. »Hier sind die Interferenzen so stark, dass wir nicht mehr geortet werden können«, sagte sie. »Die *Voyager* und *Sovereign* brauchen viel Glück, um uns zu finden.«

»Gut«, kommentierte Data. »Ich glaube, ich spreche für alle, wenn ich frage: Was, zum Teufel, geht hier eigentlich vor?«

Kirk musterte den Androiden und lächelte. Er streckte ihm die Hand entgegen, überlegte es sich dann aber anders und ließ sie sinken. Zuerst wollte er die Verbrennungen von McCoy behandeln lassen.

»Mr. Data«, sagte er, und sein Lächeln wuchs in die Breite, »ich glaube, wir sind vom Schicksal dazu auserwählt, das Universum zu retten.«

Der Androide wirkte amüsiert. »Weniger hätte ich von Ihnen nicht erwartet, Captain Kirk.«

Geordi LaForge ließ sich von der guten Stimmung, die alle anderen erfasst hatte, nicht anstecken. Er sah sich im Runabout um, betrachtete gelöste Wandverkleidungen, baumelnde ODN-Kabel, die unübersehbaren Spuren von Kurzschlüssen und verschmorten Schaltkreisen. Praktisch kein Quadratmeter an Bord war ohne irgendwelche Schäden geblieben. »Ich wünschte, wir hätten ein größeres Schiff«, sagte er.

»Keine Sorge, Commander«, erwiderte Kirk. »Ich habe eine Idee.«

»Genau das habe ich befürchtet«, klagte McCoy.
Kirk ignorierte ihn.
Seine Gefährten und er hatten die erste direkte Konfrontation mit der Allianz überlebt.
Doch beim nächsten Mal wollte Kirk nicht einfach nur überleben, sondern den Sieg erringen.

25

Picard hob die Faust, um sie seinem Ebenbild mit solcher Wucht ins Gesicht zu rammen, dass der ganze Schädel splitterte.

Er wollte den verdammten Mörder ein für alle Mal erledigen.

Doch Teilani hinderte ihn daran.

»Sehen Sie nur, Jean-Luc!«

Picard zwang sich, erneut zu dem virtuellen Bildschirm auf der anderen Seite des Raums zu sehen. Er versuchte, sich auf einen schrecklichen Anblick vorzubereiten.

Riker, LaForge, Beverly und Deanna, im Vakuum erstickt, tot zu Datas Füßen.

Stattdessen sah er ein Wunder.

Riker und Beverly waren verschwunden.

Deanna und LaForge entmaterialisierten gerade.

Ihre Gestalten lösten sich nicht etwa in destruktiver Disruptorenergie auf, sondern im vertrauten Schimmern eines Transporterstrahls.

Und es kam nicht *irgendein* Transporter zum Einsatz. Das charakteristische Flimmern wies auf einen *Starfleet*-Transporter hin.

»Ein Schiff befindet sich in der Nähe…«, murmelte Picard.

Er packte den Regenten und genoss die Verblüffung seines Äquivalents. »Dort draußen befindet sich ein Starfleet-Schiff, und es hat gerade meine Leute gerettet!«

»Unmöglich«, erwiderte der Regent.

Picard lachte jubelnd, griff nach einem der beiden Disruptoren seines anderen Selbst und warf die Waffe so, dass Teilani sie mit ihren gefesselten Händen auffangen konnte. Den zweiten Disruptor richtete er auf den Regenten.

»Aufstehen«, sagte er. »Langsam.«

»Die Situation ändert sich dadurch überhaupt nicht«, behauptete sein Ebenbild. »Was auch immer geschieht – für dich ist es zu spät.«

»Nicht, solange die *Enterprise* in diesem Universum existiert«, erwiderte Picard.

Teilani trat an seine Seite und hob die Hände so, dass der Captain ihre Fesseln lösen konnte, während sie ihren Strahler auf den Regenten gerichtet hielt.

»Das Schiff wird nicht mehr lange hier sein«, sagte der andere Picard. »Und das ist dir auch klar. Du wusstest nichts von dem anderen Schiff. Es kam durch reinen Zufall hierher. Wer auch immer vorbeiflog und deine Offiziere rettete – die Betreffenden wissen nichts von den hiesigen Ereignissen.«

»Aber sie werden Bescheid wissen, wenn Riker ihnen alles erklärt hat.« Picard zog, und das ODN-Kabel löste sich. Teilani rieb sich die Handgelenke.

»Geben Sie auf ihn Acht«, sagte sie, bevor sie ihre Waffe sinken ließ.

Picard richtete seinen Disruptor auf den Kopf des Regenten. »Ich hoffe, dass er zu fliehen versucht.«

Teilani kehrte zum eingerichteten Bereich des Raums zurück. Er ließ das Innere der Baracke wie das Spielzimmer eines Psychotikers aussehen – ein Eindruck, der vermutlich nicht täuschte.

Auf der langen Couch lag ein Tuch mit einem einfarbigen klingonischen Muster. Teilani nahm es und faltete es so zusammen, dass sie es als Gewand benutzen konnte.

»Sieh mich an«, wies Picard den Regenten an, dessen Blick zu Teilani gewandert war. Um seinen Worten den nötigen Nachdruck zu verleihen, feuerte er mit dem Disruptor auf den Boden dicht neben seinem anderen Selbst.

Der Regent starrte auf den Emitter des Strahlers und wandte den Blick nicht davon ab. Teilani zog sich ungestört um, wischte sich die grässliche Schminke aus dem Gesicht und löste die klingonischen Blutsteine aus dem Haar.

Doch der Regent fügte sich nicht einfach schweigend in sein Schicksal. »Weißt du, Jean-Luc... Für jede Sekunde, die du mich hier mit der Waffe bedrohst, werde ich dich eine zusätzliche Stunde lang in der Agoniezelle quälen.«

»Dann sollte ich dich besser töten, bevor ich gehe.«

Sein anderes Selbst hatte die Überraschung inzwischen überwunden und wirkte wieder amüsiert. »Und wohin willst du gehen? Begreifst du denn nicht, dass du in der Falle sitzt? Hör mir gut zu, Jean-Luc. Irgendein vorbeifliegendes Föderationsschiff, dessen Besatzung aus nutzlosen Vulkaniern besteht, hat fünf Gefangene fortgebeamt, ein Vorgang, den die Wächter beobachtet haben. Erinnerst du dich an die Cardassianer beim Atmosphärenschild? Bestimmt haben sie inzwischen Bericht erstattet. Die Aufseher wissen bereits, was passiert ist. Und sie wissen: Wer auch immer in meine Rolle schlüpfte – er kannte den Bestätigungscode nicht. Wenn dieses Gebäude nicht schon umstellt ist, so wird das in zehn Sekunden der Fall sein.«

Der Regent hatte sich inzwischen von Picards Schlägen erholt, stand auf und streckte die Hand aus. »Gib mir die Disruptoren, Jean-Luc. Ich verspreche dir dafür, ein gutes Wort für dich einzulegen und meinen Einfluss zu nutzen. Kirks Frau wird einen raschen, sauberen Tod sterben, und du... Nun, ich sorge dafür, dass du es möglichst schnell hinter dich bringen kannst. Es sollte nicht länger dauern als einige Stunden.«

Genau in diesem Augenblick schoss Teilani auf ihn.

Der Strahlblitz aus dem Disruptor traf den Regenten mitten auf der Brust und schleuderte ihn durch den halben Raum. Schließlich blieb er reglos liegen, wie eine achtlos fortgeworfene Puppe.

Teilani sah auf die Einstellungen des Disruptors hinab, runzelte die Stirn und zeigte ihre Waffe Picard. »Ist das Ding auf Betäubung justiert?«

Picard las die klingonischen Angaben auf dem kleinen Display. »Ja.«

»Schade«, sagte Teilani kühl.

Sie schob den Strahler hinter einen Stoffstreifen, den sie sich elegant um die Hüften geschlungen hatte und der einen Gürtel ersetzte. Ihre neue Kleidung zeigte zwar nicht annähernd so viel von ihr wie zuvor die hauchdünne argelianische Seide, aber Picard verstand allmählich, warum im Anschluss an Kirks Rückkehr nach Chal niemand mehr etwas von ihm gehört hatte. An seiner Stelle wäre auch er an nichts anderem interessiert gewesen, als dieser Frau nahe zu sein, sie zu beschützen und zu lieben...

»Gibt es irgendein Problem?« erkundigte sich Teilani.

Diese Frage weckte Picard aus seinen Träumereien.

Ein oder zwei Sekunden lang war er besorgt. Für gewöhnlich fiel es ihm nicht schwer, sexuelle Reize zu ignorieren. Solche Dinge spielten in Starfleet keine Rolle, zumindest nicht bei einer Mission. Aber Teilanis verlockende Präsenz führte dazu, dass seine Aufmerksamkeit immer wieder zu ihr zurückkehrte.

»Ich fürchte, er hat Recht«, sagte Picard.

»Dieses Gebäude ist umstellt?«

»Hinzu kommt, dass die Aufseher ein sehr wirkungsvolles Mittel gegen Ausbruchsversuche haben.«

Teilani wartete auf eine Erklärung.

»Ein Kraftfeld zwischen den beiden Asteroiden verhindert, dass die Atmosphäre des Arbeitslagers ins Vakuum entweicht. Wenn die Aufseher das Kraftfeld deaktivieren, sterben alle, die sich draußen aufhalten.«

Teilani reagierte nicht etwa mit Entsetzen, sondern mit Argwohn.

»Als ich hier eintraf, führte man mich durchs Lager«, sagte sie. »Die *Enterprise* war zu jenem Zeitpunkt noch nicht hier. Ich habe die Wächter gesehen – und sie trugen keine Schutzanzüge.«

Picard begriff sofort die Bedeutung dieser Beobachtung. »Wenn die Aufseher das Kraftfeld deaktivieren wollen, müssen sie zunächst den Wächtern Bescheid geben.«

»Und dadurch gewinnen wir Zeit.« Teilani näherte sich dem Regenten und gab ihm einen Tritt. Er stöhnte leise, bewegte sich jedoch nicht. »Hatte er Recht in Hinsicht auf Ihren Fluchtplan?«

Picard versteifte sich unwillkürlich, als er diese so unschuldig klingende Frage hörte. Sein anderes Selbst hatte darauf hingewiesen, dass es im Paralleluniversum keine alternative Teilani gab, aber konnte er wirklich sicher sein, dass diese Behauptung der Wahrheit entsprach? Durfte er dieser Frau vertrauen?

Offenbar verstand Teilani das Dilemma. »Bevor Sie jetzt vollkommen paranoid werden... Ich habe Sie nach dem Pferd gefragt, das Sie James gaben, nicht wahr?«

»Idaho Dream?« erwiderte Picard.

»Iowa«, korrigierte Teilani.

Picard trat etwas näher. Der Lauf seines Disruptors deutete auf den Boden, aber er konnte die Waffe jederzeit heben. »Vielleicht haben Sie die echte Teilani gefoltert, um diese Information zu bekommen.«

Teilani musterte ihn mit fast mitleidiger Anteilnahme.

»Die Allianz hat Ihr Schiff, Jean-Luc. Was könnte sie sonst noch von Ihnen wollen?«

»Ich weiß es nicht.«

»Warum habe ich auf den Regenten geschossen und nicht auf Sie?«

»Das weiß ich ebenfalls nicht.«

Teilani ging neben dem Bewusstlosen in die Hocke und zog sein *D'k tahg*-Messer aus der Scheide. »Nun, *ich* weiß Bescheid.« Sie betätigte eine Taste am Griff, und die zusätzlichen Klingen klappten heraus. Sie sollten dafür sorgen, dass die von diesem Messer verursachten Wunden sich nicht schlossen, bevor das Opfer verblutete. »Der Regent hat sich geirrt.« Sie packte den anderen Picard an der Schulter, drehte ihn mit einem Ruck auf den Bauch und zeigte dabei erstaunlich viel Kraft. »Ihre Leute wurden nicht von einem zufällig vorbeifliegenden Starfleet-Schiff gerettet. Es steckt weitaus mehr dahinter.« Sie griff nach dem Zopf des Regenten und zog so daran, als wollte sie den Skalp von seinem Kopf lösen. »Jenes Schiff kam aus einem ganz bestimmten Grund hierher.«

»Und der wäre?« fragte Picard. Er hatte nicht die geringste Ahnung, was Teilani plante.

»Es kam, um mich zu finden.«

Die Frau setzte das Messer an und schnitt den Zopf ab. Bei einem echten Klingonen wäre so etwas eine ungeheure Beleidigung gewesen, für die es nur eine angemessene Strafe gab: den Tod.

Einige Sekunden lang betrachtete Teilani den Zopf und schien sich dabei vorzustellen, einen weitaus persönlicheren Gegenstand abgeschnitten zu haben. Dann ließ sie ihn zu Boden fallen.

Picard verstand plötzlich, was Teilani meinte.

»Kirk.«

»Sie kennen ihn«, sagte die Frau und begann damit, das übrig gebliebene weiße Haar des Regenten kürzer zu schneiden, ohne es ganz abzurasieren. »Als er von meiner Verschleppung erfuhr, hat er bestimmt sofort mit der Suche begonnen – auf irgendwelche Forderungen der Entführer ging er höchstens zum Schein ein. Und wenn jemand einen Weg durch all die Plasmastürme finden kann...«

Picard nickte. Er hatte nicht den geringsten Zweifel.

»...dann ist das Jim Kirk.«

»Jetzt ist er irgendwo dort draußen, versteckt sich in den Plasmawolken, spricht mit den Geretteten und versucht herauszufinden, wie er hierherkommen und den Rest von Ihnen befreien kann. Und Sie haben eine Möglichkeit gefunden, an Bord Ihres Schiffes zurückzukehren – das behauptete zumindest Ihr anderes Selbst.«

Teilani drehte den Regenten auf die andere Seite, setzte einmal mehr das Messer an und nahm sich nun das Haar an den Schläfen vor. Es war länger als bei Picard, wuchs jedoch an den gleichen Stellen. Ein Vermächtnis seines Vaters. Beziehungsweise ihrer Väter. Ein in beiden Universen genetisch programmiertes Muster.

Picard gelangte zu der Erkenntnis, dass er nichts zu verlieren hatte. Die in jeder Hinsicht beeindruckende Lebensgefährtin von James T. Kirk hatte Recht: Sie wäre in der Lage gewesen, ihn jederzeit zu töten – was den Schluss zuließ, dass sie tatsächlich Vertrauen verdiente.

Picard beschloss, sie als die ihm bekannte Teilani zu akzeptieren. Er versuchte, nicht daran zu denken, wie sehr er sie beschützen wollte – es kam fast einem Zwang gleich. Bestimmt lag es an der Anspannung, die nicht nur die aktuelle Lage betraf, sondern die ganze Situation.

»Der Regent hatte Recht«, sagte er. »Es gibt einen Fluchtplan. Am Ende der gegenwärtigen Schicht werden meine Leute versuchen, das Schiff zurückzuerobern.«

»Spielt der Zeitpunkt eine besondere Rolle? Ihr anderes Selbst schien das zu glauben.«

»Jener Apparat, der über diesem Asteroiden gebaut wird... Ich glaube, er soll die *Enterprise* ins andere Universum transferieren. Als wir hier eintrafen, war die Transfervorrichtung groß genug für die *Voyager*. Am Ende der nächsten Schicht wird sie der *Enterprise* genug Platz bieten.«

Teilani hob den Kopf des Regenten, um ihr Werk zu begutachten. Durch das kurze weiße Haar an den Seiten und hinten wies der Regent eine noch größere Ähnlichkeit mit Picard auf.

»Sie müssen Ihre Leute dazu bringen, früher aktiv zu werden«, sagte die Frau. »Bevor es zur Deaktivierung des Atmosphärenschilds kommt.«

Picard wusste, dass sie Recht hatte. Glücklicherweise war er schon zu Beginn der Planung umsichtig genug gewesen, mit seinen Leuten ein spezielles Signal zu vereinbaren – für den Fall, dass etwas Unvorgesehenes geschah und früher als geplant gehandelt werden musste.

»Ich muss zur Kommandostation der Aufseher«, sagte Picard. Von dort aus konnte er das Signal senden und seinen Leuten mitteilen, dass die Zeit drängte.

»Und wenn James den Fluchtversuch bemerkt... Dann kommt er uns bestimmt zu Hilfe.«

Picard gab Teilani auch in diesem Punkt Recht. Und er wusste: Wenn sie zusammenarbeiteten – Kirk im All, und er, Picard, auf der Oberfläche des Asteroiden –, so hatte die Allianz keine Chance.

»Ich muss also irgendeinen Weg finden, an den Wächtern vorbeizukommen, die dieses Gebäude inzwischen umstellt haben. Anschließend begebe ich mich zur Kommandostation.« Er sah sich um, hielt nach getarnten Ausgängen oder Waffenschränken Ausschau.

Teilani ließ den Regenten los, und sein Kopf prallte mit einem dumpfen Pochen auf den Boden. »Ich habe bereits eine Möglichkeit gefunden«, sagte sie und näherte sich Picard.

»Worin besteht sie?«

»Zuerst einmal… Ziehen Sie den Entladungsanzug aus.«

Picard starrte Teilani groß an, davon überzeugt, sie nicht richtig verstanden zu haben.

Doch sie verschränkte ungeduldig die Arme. »James hat mir gesagt, dass Sie verstockt sein können, aber glauben Sie mir: Dies ist nicht der geeignete Zeitpunkt für Anstand und Schüchternheit. Ich möchte, dass Sie sich ausziehen, Jean-Luc, und zwar *sofort*. Und ich warte nicht gern.«

Picard griff nach den Siegeln am Hals des Entladungsanzugs. Er wusste nicht, was sich jetzt anbahnte, aber er hielt es für besser, Teilanis Aufforderungen nachzukommen.

26

Es befanden sich elf Passagiere an Bord des kleinen Runabouts, und zehn von ihnen – neun und ein Androide – starrten Kirk fassungslos an.

Deshalb begann er noch einmal von vorn.

»Ich brauche ein großes Raumschiff. Nur damit können wir es schaffen.«

»Captain...«, sagte Scotty schließlich. »*Jim*, das ist doch *bekloppt*. Anders kann man es nicht nennen.«

»Ein solches Wort scheint tatsächlich eine bessere Beschreibung zu sein als der Ausdruck ›unlogisch‹«, meinte Spock.

Der andere Spock richtete einen gelassenen Blick auf sein Äquivalent. »Obwohl man diese Angelegenheit durchaus als ›unlogisch‹ bezeichnen kann.«

»In der Tat«, pflichtete Spock ihm bei.

»Denk an deine Hände, Jim«, gab McCoy zu bedenken. »Du gehst an Bord – und dann? Es wird Monate dauern, bis du deine Finger wieder benutzen kannst.«

»Zumindest einige Wochen«, schränkte Dr. Crusher ein.

»Und wenn die erwartete Programmierung gar nicht existiert?« warf LaForge ein. »Dann stehen Sie da mit... mit Ihren Gel-Massen in den Händen, während die Cardassianer Sie mit Disruptoren durchlöchern.«

Doch Kirk ließ sich von all diesen Hinweisen nicht beeindrucken. Er musterte die vor ihm stehenden Personen der Reihe nach, und sein Blick verharrte bei

Deanna Troi. Ihre großen dunklen Augen glänzten, und einige Sekunden lang sahen sie sich so an, als teilten sie ein Geheimnis.

»Möchten Sie etwas sagen, Deanna?« fragte Kirk.

Die Betazoidin wandte sich an die anderen. »Nur dies: Ich spüre enorme Zuversicht im Captain. Ungeachtet Ihrer Einwände ist er sicher, seinen Plan durchführen zu können.«

»Ein großes Raumschiff mit einem kleinen, beschädigten Runabout anzugreifen...«, brummte McCoy. »So was läuft auf Selbstmord hinaus.«

Kirk wartete, um weitere Einwände entgegenzunehmen. Doch die anderen schwiegen.

»Computer«, sagte er, »angesichts der großen Anzahl von Personen an Bord und der umfassenden Schäden – wie lange wird es dauern, bis die Lebenserhaltungssysteme ausfallen?«

»Ein kompletter Ausfall der Lebenserhaltungssysteme erfolgt in siebzehn Stunden und fünfzehn Minuten.«

»Die nächste Starbase könnten wir selbst mit Höchstgeschwindigkeit erst in einigen Wochen erreichen«, betonte Kirk. »Und wenn wir außerhalb der Goldin-Diskontinuität einen Notruf senden, so bekommen wir es mit der *Sovereign* zu tun – bevor irgendein anderes Schiff unsere Signale empfangen kann. So wie ich die Sache sehe... begehen wir Selbstmord, wenn wir *nichts* unternehmen.«

Scott raufte sich wie verzweifelt das Haar, das dadurch noch zerzauster wirkte. Ruß klebte in seinem Gesicht, und er wirkte erschöpft nach all den Bemühungen, die wichtigsten Bordsysteme der *St. Lawrence* stabil zu halten. »Captain, selbst wenn sich Ihre Hoffnungen in Hinsicht auf die Programmierung erfüllen... Es ist unmöglich, an Bord zu gelangen. Ich meine, die von Ihnen erwähnten Flugmanöver – nicht einmal Sulu wäre in seiner Glanzzeit dazu imstande gewesen. Kein Mensch wird solchen Anforderungen gerecht.«

Dieser Feststellung widersprach Kirk nicht. »Da bin ich ganz Ihrer Meinung, Mr. Scott. Kein Mensch könnte solche Leistungen vollbringen. Aber falls Sie es noch nicht bemerkt haben sollten: Starfleet beschränkt sich nicht auf Menschen.« Er deutete auf Commander Data.

Scott verzog das Gesicht und sah den Androiden an. »Am Ende der Beschleunigungsphase fliegt der Runabout fast mit Lichtgeschwindigkeit.«

Dieser Hinweis schien Data zu überraschen. »Mein positronisches Netz ist imstande, über einen kurzen Zeitraum hinweg in einem relativistisch beschleunigten Bezugsrahmen zu funktionieren. Außerdem zweifle ich nicht daran, die erforderlichen Flugmanöver durchführen zu können. Ich fürchte allerdings, dass dieser Runabout aufgrund der umfangreichen Schäden nicht mehr den vom Konstrukteur garantierten Leistungsmerkmalen entspricht.«

Scott reagierte so, als hätte er gerade eine Ohrfeige bekommen. »Achten Sie nicht auf die Beulen und den Rauch, Teuerster. Ich garantiere Ihnen, dass die *St. Lawrence* ihren Leistungsgarantien gerecht wird, an jedem beliebigen Tag in der Woche.«

Data zuckte kurz mit den Schultern. »Da ich nicht erleben möchte, wie Sie nach dem Ausfall der Lebenserhaltungssysteme sterben, befürworte ich Captain Kirks Plan.«

McCoy stöhnte kummervoll, und die anderen wirkten noch immer skeptisch.

Kirk versuchte erneut, sie zu überzeugen. Er wusste, dass er sich nur noch für begrenzte Zeit damit begnügen durfte, Vorschläge zu unterbreiten. Es dauerte nicht mehr lange, bis es notwendig wurde, Befehle zu erteilen. An Bord dieses Runabouts bekleidete nur

Spock einen höheren Rang, und Kirk hoffte, dass der Vulkanier eine Überlebenschance – ganz gleich, wie gering – für besser hielt als den sicheren Tod in gut siebzehn Stunden. Ob Logik oder nicht: Er vertraute darauf, dass Spock ihn unterstützte.

»Sie haben die Schilderungen von Commander Riker gehört«, sagte Kirk. »Die Wächter des Arbeitslagers können den Atmosphärenschild deaktivieren, und dann entweicht die Atemluft in weniger als einer Minute. Es geht hier also nicht nur um uns, sondern auch um Captain Picard und die übrigen Besatzungsmitglieder der *Enterprise*. Das Leben aller Gefangenen im Lager steht auf dem Spiel.«

Kirk zögerte und gab seinen Zuhörern Gelegenheit, über diese Worte nachzudenken. Gleichzeitig wurde ihm selbst klar, dass ihm ein ganz bestimmtes Leben mehr bedeutete als alle anderen.

Irgendwo tief in seinem Innern wusste er, dass es ihm gar nicht darum ging, so viele Leben wie möglich zu retten.

Früher einmal, in seiner Jugend, hätte er sich vor allem auf diesen selbstlosen Aspekt seines Plans konzentriert.

Aber jetzt nicht mehr.

Inzwischen hatte er zu viele entsetzliche Dinge gesehen, die ungestraft geblieben waren. Er brachte einfach nicht mehr die Kraft auf, überall in der Galaxis zu versuchen, Gerechtigkeit walten zu lassen.

Dieser Sache war er überdrüssig geworden. Jetzt bewegte ihn nur noch ein Wunsch: Er wollte heimkehren.

Mit Teilani.

Deshalb war er hierher gekommen, in diese unwirtliche Region des Alls.

Deshalb hatte er einen tollkühnen Plan entwickelt.

Um Teilani zu retten.

Alle seine Anstrengungen galten ihr.

Wenn dabei auch andere Personen gerettet wurden, so freute ihn das natürlich.

Doch dieses eine Leben war ungeheuer kostbar für ihn geworden. Das konnte er nicht länger leugnen.

Er musste sich diese Wahrheit eingestehen, hier, in diesem Augenblick.

Er wollte Teilani retten und alle Hindernisse überwinden, die ihm dabei im Weg standen.

Das galt auch für die zehn Personen an Bord dieses Runabouts, deren Blicke noch immer Zweifel und Ablehnung zum Ausdruck brachten. Nicht einmal von seinen besten Freunden wollte er sich aufhalten lassen.

»Und dann die Wächter«, fügte Kirk hinzu und verlieh seinen Worten einen besonderen Nachdruck. »Vergessen Sie nicht, dass die Wächter *beobachteten*, wie Commander Riker und seine Begleiter von einem Transporter transferiert wurden.« Er sah den anderen Spock an. »Intendant, wie lange wird es Ihrer Meinung nach dauern, bis die Wächter der Allianz Maßnahmen ergreifen, um weiteren Rettungsversuchen vorzubeugen?«

Der andere Spock blickte auf seine zitternden Hände. Die jüngsten Ereignisse hatten ihn mehr belastet, als er zeigen wollte. Der Versuch, auf keinen Fall die Kontrolle über sich zu verlieren, brachte ihn der Erschöpfung nahe. »Wenn das nicht bereits geschehen ist, werden entsprechende Aktivitäten innerhalb der nächsten Stunde stattfinden. Die Herrschaft der Allianz basiert auf übertriebenen Reaktionen. Jedem potentiellen Feind soll klar werden, dass er entweder die ganze Allianz bis zum letzten Soldaten auslöschen oder aber bereit sein muss, enorme Konsequenzen in Kauf zu nehmen.

Der Angriff auf ein Schiff wird mit der Vernichtung einer ganzen Welt vergolten. Und die Flucht von fünf Häftlingen müssen alle anderen Gefangenen mit dem

Leben bezahlen.« Der andere Spock sah Kirk an. »Diese Strategie hat die Allianz von Ihnen gelernt – verzeihen Sie, von Tiberius.« Der Vulkanier seufzte, und Kirk bemerkte, wie Spock einen besorgten Blick auf sein anderes Selbst richtete. »Das Entkommen von Commander Riker und der anderen hat alle anderen im Arbeitslager zum Tod verurteilt. Vermutlich ist bereits niemand mehr am Leben. Darin besteht die Logik der Allianz.«

Kirk schüttelte den Kopf. »Ich bin nicht bereit, mich damit abzufinden. Wir wissen inzwischen, dass der Zweck des Arbeitslagers darin besteht, einen Transfer der *Enterprise* ins Paralleluniversum zu ermöglichen. Solange die Gefangenen für den Bau der Transfervorrichtung gebraucht werden, bleiben sie am Leben.«

»Dadurch ändert sich die Situation nur unwesentlich«, warf Riker ein. »Der Transfer soll heute stattfinden. Captain Picard war davon überzeugt.«

Kirk winkte ab und war nicht bereit, Einwände hinzunehmen, die seine Absichten in Frage stellen konnten. Bei dieser Geste sah er die eigenen Hände, und ihr Anblick schockierte ihn erneut. Weiße antiseptische Verbände umhüllten sie und vermittelten ihm ein Gefühl der Hilflosigkeit. »Ich weiß, dass heute bei Starfleet gern diskutiert wird«, fuhr er fort. »Aber wir sprechen hier nicht darüber, wie man am besten eine Supernova beobachtet. Ich *möchte* den Plan durchführen. Wir *können* es schaffen. Uns bleibt gar keine *Wahl*.«

Er sah jedem einzelnen in die Augen.

»Und wir müssen *jetzt sofort* handeln.«

Erstaunlicherweise war es Riker, der den Ausschlag gab. Er sah Kirk an, nickte und wandte sich dann an die anderen. »Heute ist vielleicht kein guter Tag, um zu sterben, aber ich sehe keine andere Möglichkeit, um die anderen Besatzungsmitglieder und unseren Captain zu retten. Außerdem wird die Zeit knapp.«

Kirk bewegte sich, bevor jemand neuerlichem Zweifel nachgeben konnte. Er stand auf, und die neben ihm sitzende Janeway folgte seinem Beispiel, als wüsste sie ganz genau, worauf es jetzt ankam.

»Schnallen Sie sich an«, riet Kirk den Passagieren und beendete damit die Diskussion. »Wir könnten durchgeschüttelt werden.«

Während der ersten Phase von Kirks Plan hing alles von den Sensoren des Runabouts ab.

LaForge programmierte die Massedetektor-Subroutinen mit zwei Empfindlichkeitsstufen.

Die eine für die *Voyager* aus dem Paralleluniversum. Die andere für die *Sovereign*.

Das erste Raumschiff bedeutete, dass Kirk die Chance hatte, den Sieg zu erringen. Die Präsenz des anderen lief auf einen schnellen und relativ schmerzlosen Tod hinaus, wenn die *St. Lawrence* vernichtet wurde.

LaForge teilte Kirk mit, er hätte schon unter schlimmeren Voraussetzungen gearbeitet, aber er nannte keine Einzelheiten.

Nach der Programmierung konnten sie nur noch warten. Kirk war sicher, dass sie sich nicht lange in Geduld fassen mussten, denn immerhin kehrten sie mit voller Impulskraft zu den beiden Asteroiden zurück – ein Flug, der nicht länger als zwanzig Minuten dauern sollte.

Abgesehen vom Summen der Generatoren und dem Keuchen der überlasteten Luftumwälzungsanlage blieb es ruhig an Bord des Runabouts.

Data saß im Sessel des Copiloten. Die Konsole vor dem Pilotensitz funktionierte nicht mehr, aber Riker hatte trotzdem dort Platz genommen. Kirk kannte den Grund dafür. Picards Erster Offizier wollte das Gefühl haben, unmittelbar an den Ereignissen beteiligt zu sein. Kirk verstand dieses Bestreben gut und teilte es.

Nur er und Janeway hatten sich nicht angeschnallt.

Sie standen auf der Plattform des Nottransporters, und Janeway hielt sich an Kirks Arm fest.

Scott befand sich direkt vor ihnen und hatte sich einen Riemen um die eine Hand gewickelt. Das andere Ende steckte zwischen zwei Wandtafeln. Zweck dieser Maßnahme: Selbst wenn die künstliche Gravitation ausfiel – Scott blieb in Reichweite der Transporterkontrollen.

Spock und T'Val saßen direkt hinter Data und Riker, vielleicht nur deshalb, weil sie als Vulkanier die Ruhe selbst dann bewahren konnten, wenn sie auf den Bildschirmen das nahe Ende sahen. Der andere Spock, McCoy und Beverly Crusher hatten in den Passagiersesseln auf der Steuerbordseite Platz genommen – von dort aus ließ sich nicht beobachten, was außerhalb des Runabouts geschah. Beide Ärzte waren bereit, dem Intendanten medizinische Hilfe zu leisten, falls die Anstrengungen für ihn zu groß werden sollten.

LaForge und Deanna – sie fungierte als technische Assistentin, sowohl für Geordi als auch für Scott – hatten ebenfalls Riemen benutzt, um sich am Boden in unmittelbarer Nähe des kleinen Maschinenraums festzuschnallen. Sie wollten den Warpkern mit bloßen Händen zusammenhalten, wenn es notwenig wurde.

Auf diese Weise flogen sie, stumm, jeder von ihnen mit den eigenen Gedanken beschäftigt. Zehn Minuten lang schwiegen sie und lauschten einem gelegentlichen Knirschen, wenn sich der Runabout in den Kompressionswellen der Plasmastürme von einer Seite zur anderen neigte. Schließlich piepte ein Sensoralarm und sorgte dafür, dass die Anspannung an Bord abrupt wuchs. Doch wenige Sekunden später meinte Riker, es sei nur ein Hinweis auf eine zu hohe Kühlmitteltemperatur gewesen.

LaForge streckte die Hand nach den Kontrollen hinter einer demontierten Verkleidungstafel aus, und das Piepen verstummte.

Das Schweigen dauerte an.

Dann erklang ein zweiter Alarm.

»Der Massedetektor«, sagte Riker.

»Welches Schiff hat er geortet?« fragte McCoy.

Riker überprüfte die Kontrollen, und das Warten wurde unerträglich.

Die Antwort erleichterte alle.

»Es ist die *Voyager*.«

Kirk und Janeway wechselten einen kurzen Blick, der eine gewisse Nervosität verriet. Die Angriffsformation während des Versuchs, den Runabout in die Zange zu nehmen, deutete nach Kirks Meinung darauf hin, dass die *Voyager* jenen Bereich überwachte, der sich – auf die gegenwärtige Flugrichtung der *St. Lawrence* bezogen – rechts von den beiden Asteroiden erstreckte.

Er hatte richtig vermutet.

Die nächsten Minuten würden darüber entscheiden, ob der Plan funktionierte.

Wenn nicht…

Nun, in dem Fall blieb niemand von ihnen am Leben.

Data begann damit, die aktuellen Ereignisse mit kurzen Kommentaren zu beschreiben. Nach dem erfolgten Kontakt hing alles vom richtigen Timing ab. »Ich nehme Kurs auf die *Voyager*, mit fünfundzwanzig Prozent Impulskraft.«

Die geringe Geschwindigkeit gehörte zum Plan. Sie bot der *Voyager* genug Zeit, den Kurs zu ändern, der *St. Lawrence* den Bug zuzuwenden und ihr entgegenzufliegen.

Diesem Punkt kam besondere Bedeutung zu.

Wenn die *Voyager* das Feuer eröffnete, sollten ihre Quantentorpedos in einer geraden Linie fliegen.

»Die *Voyager* ändert den Kurs, um uns in Empfang zu nehmen«, sagte Data. »Geschwindigkeit weiterhin fünfundzwanzig Prozent Impulskraft.«

Riker beugte sich vor und veränderte die Justierung der Sensoren. »Die Phaser der *Voyager* sind nicht mit Energie geladen. Quantentorpedos werden vorbereitet.«

Noch ein gutes Zeichen, dachte Kirk. »Was ist mit den Schilden, Commander?«

»Die Kapazität der Bugschilde liegt bei achtundneunzig Prozent«, erwiderte Riker.

Achtundneunzig Prozent – ein beeindruckender Wert. Wenn die *Voyager* am Runabout vorbeiflog und merkte, dass er über keine Seiten- und Heckschilde verfügte, weil die ganze Energie von den Schutzschirmen am Bug beansprucht wurde... Dann war es ohnehin zu spät für sie.

»Wir empfangen Kom-Signale«, sagte Data.

»Schenken Sie ihnen keine Beachtung«, entgegnete Kirk. »Sollen sie sich ruhig ein wenig Sorgen machen. Commander Riker, wenn Sie so freundlich wären...«

Riker räusperte sich, stellte eine Kom-Verbindung zur anderen *Voyager* her und knurrte in möglichst gutturalem Klingonisch: »Heute ist ein guter Tag, um zu sterben!«

»Das hat ihre Aufmerksamkeit geweckt«, verkündete Data. »Die Schilde der anderen *Voyager* haben jetzt volles energetisches Potential, und die Phaser werden geladen...«

Der erste Phasertreffer erschütterte den Runabout, und Data nahm sofort eine Kurskorrektur vor.

»Schilde bei einer Kapazität von einundachtzig Prozent stabil. Beschleunigung auf halbe Impulskraft.« Genau diese Reaktion sah der Plan vor.

Wer auch immer das Kommando über die *Voyager* führte: Kirk hoffte, dass die betreffende Person vermutete, die Besatzungsmitglieder des Runabouts wollten sich umbringen, indem sie ihr kleines Schiff mit dem wesentlich größeren kollidieren ließen.

In gewisser Weise stimmte das auch.

Aber eben nur in gewisser Weise.

»Die Phaser feuern erneut«, warnte Data.

Angesichts der geringeren Entfernung schüttelte sich der Runabout heftiger als vorher, aber es gelang Data, ihn auf Kurs zu halten.

»Kapazität der Schilde bei zweiundsiebzig Prozent«, meldete Data. »Bestimmt fragen sie sich jetzt, was wir mit diesem Schiff angestellt haben.« Um ein so hohes Potential der Schilde zu gewährleisten, hatten Scott und LaForge Energie aus allen Bordsystemen des Runabouts abgezweigt, auch aus denen der Lebenserhaltung.

»Wie ist der Status der Torpedokatapulte?« fragte Kirk und sprach damit den entscheidenden Punkt an. Wenn der Plan funktionieren sollte, mussten ganz bestimmte Voraussetzungen erfüllt sein.

»Ihr energetisches Niveau ist hoch, aber nichts deutet auf einen unmittelbar bevorstehenden Abschuss hin.«

»Beschleunigen Sie auf fünfundsiebzig Prozent Impulskraft«, sagte Kirk.

Das Summen des Impulstriebwerks wurde lauter.

»Die *Voyager* aktiviert ihr Warptriebwerk«, ließ sich Data vernehmen.

»Man bereitet sich auf die Flucht vor«, kommentierte Kirk, und plötzlich wurde ihm die Strategie des unbekannten Kommandanten klar. »Werden die Phaser deaktiviert?«

»Das sind sie bereits«, bestätigte Data.

Janeway hatte sich bei Kirk eingehakt, und er presste ihren Arm fester an sich. »Achten Sie auf die Torpedokatapulte, Mr. Data. Die *Voyager* will Quantentorpedos abfeuern und sich anschließend mit einem Warpsprung in Sicherheit bringen.«

Datas Stimme verriet Aufregung, als er sagte: »Das energetische Niveau der Katapulte nimmt zu!«

»Bereitschaft für Warptransfer!« rief Kirk. »Scotty – *Energie!*«

Kurz bevor der Transporterstrahl die Entmaterialisierung bewirkte und damit alle Wahrnehmungen neutralisierte, hörte Kirk noch einmal Datas Stimme: »Torpedos werden gestartet!«

Die nächsten drei Sekunden, so wusste der Captain, würden über Erfolg oder Tod entscheiden.

Aber was auch immer geschehen würde – es ging alles viel zu schnell, um von Kirk bewusst wahrgenommen zu werden. Unter diesen besonderen Umständen konnte nur Data den Runabout fliegen. Allein der Androide verfügte über die notwendige Reaktionsschnelligkeit, um während der wenigen Sekunden des Transfers, die den Höhepunkt von Kirks verwegenem Plan darstellten, mit der erforderlichen Präzision zu handeln.

Die *Voyager musste* Quantentorpedos abfeuern – andernfalls war der Plan zum Scheitern verurteilt.

Beim Start eines Torpedos entstand eine Strukturlücke in den Bugschilden, damit das Geschoss nicht an der Innenseite des Kraftfelds explodierte, nur wenige hundert Meter vom Schiff entfernt.

Doch da Quantentorpedos Warppotential hatten, blieben jene Strukturlücken nur für den Bruchteil einer Sekunde von Bestand.

Durch eine solche Öffnung steuerte Data den Runabout – für einen Androiden kamen Sekundenbruchteile einer halben Ewigkeit gleich.

Als Kirk und Janeway im Transporterstrahl entmaterialisierten, beschleunigte Data die *St. Lawrence* auf Warpgeschwindigkeit und lenkte sie genau in die Schusslinie der abgefeuerten Quantentorpedos, um die Strukturlücke im Bugschild der *Voyager* zu erreichen.

Natürlich geriet der Runabout dadurch auf Kollisionskurs mit dem gestarteten Torpedo, aber eine Sicherheitsautomatik sorgte dafür, dass solche Geschosse erst dann explodieren konnten, wenn sie eine sichere Entfernung vom Schiff erreicht hatten.

Der Bugschild des Runabouts traf den Torpedo, und zwar noch innerhalb der Sicherheitszone. Er entsprach Kirks Erwartungen, indem er nicht explodierte, sondern seitlich abprallte.

Und dann, gerade als Kirk und Janeway von der Transporterplattform verschwanden, passierte Data die Strukturlücke, und plötzlich befand sich die *St. Lawrence hinter* den Schilden der *Voyager*.

Das letzte Stadium von Kirks und Janeways Transfer war programmiert und erfolgte fast sofort.

Als Data den Runabout über den primären Rumpf der *Voyager* hinweglenkte und seine Geschwindigkeit drastisch reduzierte, wurden Kirk und Janeway direkt auf die Brücke gebeamt.

Sie rematerialisierten im Kontrollraum der *Voyager* und brachten dabei ein eigenes Bewegungsmoment mit, das sie nach vorn taumeln ließ, bis sie ans metallene Geländer stießen. Gleichzeitig entdeckte Data an Bord der *St. Lawrence* die schwachen Stellen in den Heckschilden der *Voyager*, wo die Emissionen von Impuls- und Warptriebwerk ins All entwichen.

Die Hände des Androiden bewegten sich so schnell, dass menschliche Beobachter nur Schemen gesehen hätten, als er Schaltelemente betätigte und die Phaser auf die betreffenden Stellen abfeuerte. Er wusste sehr wohl, dass Schutzschirme energetischem Druck von innen nachgaben: Die Explosion eines kleinen Sprengkörpers an den Schilden hätte katastrophale Folgen gehabt, wenn die destruktive Energie von der Innenseite des Schutzschirms in Richtung Schiff reflektiert wurde.

Doch all diese technischen Details – die in weniger

als einer Sekunde ausgenutzt wurden – existierten nur in Kirks Gedanken. Nach der Rematerialisierung im Kontrollraum der *Voyager* waren Data und die *St. Lawrence* längst wieder fort.

Die Brücke der anderen *Voyager* erwies sich als groß, und es schien auf ihr überhaupt keine Kanten zu geben. Alles wirkte gewölbt, metallisch und modern. Kirk bemerkte graue Polster und Sesselbezüge, als er sich umdrehte. Die Crew bestand aus verblüfften Cardassianern, die nun aufstanden und es nicht fassen konnten, dass sich zwei Menschen scheinbar durch die Schilde gebeamt hatten.

Schmerz pochte in Kirks verbundenen Händen, denn aufgrund seines Bewegungsmoments war er gezwungen gewesen, sich mit ihnen am Geländer abzustützen. Er befürchtete, dass er nur ein- oder zweimal mit ihnen zuschlagen konnte, bevor man ihn überwältigte.

Doch mit ein wenig Glück fand überhaupt kein Kampf gegen die Cardassianer statt. Es kam darauf an, ob sich Janeway an ihre Aufgabe erinnerte – und ob die Programmierung, der sie vertrauten, tatsächlich existierte.

Kirk sah an den Cardassianern vorbei zu Janeway, die so in der Mitte des Kontrollraums stand, als gehörte sie hierher.

Eine große Cardassianerin erhob sich aus dem Kommandosessel und sah Janeway an. Kirk vermutete, dass es sich um die Kommandantin der *Voyager* handelte. Allem Anschein nach sah sie Janeway jetzt zum ersten Mal und hielt sie nicht für eine Gefahr.

»Wollen Sie unbedingt sterben, Terraner?« zischte die Cardassianerin.

Kirk leistete keinen Widerstand, als ihn zwei cardassianische Brückenoffiziere packten und schmerzhaft fest ans Geländer pressten.

Jetzt hängt alles von Ihnen ab, Kate, dachte er.

Janeway enttäuschte ihn nicht.

Bevor die cardassianische Kommandantin sie erreichen konnte, hob sie den Kopf und sagte: »Computer, Captain Kathryn Janeway, trete wie befohlen das Kommando an. Notfallalarm, Stufe Rot. Transporterkontrolle, beamen Sie alle Cardassianer auf der Brücke in den Arrestbereich. Anästhezingas in allen anderen Sektionen mit Cardassianern freisetzen.«

Die Kommandantin war so überrascht, dass es ihr die Sprache verschlug. Sie reagierte nicht, als der Computer erwiderte: »Janeway, Kathryn, Verbalmuster bestätigt.«

Und dann verschwanden die Cardassianer schnell hintereinander in Säulen aus glitzerndem Licht.

Weniger als fünfzehn Sekunden waren vergangen, seit Kirk den Befehl ›Energie‹ gegeben hatte. Zeit genug, um James T. Kirk vom Passagier eines stark beschädigten Runabouts zum Herrn über ein großes Raumschiff zu machen.

Dann bemerkte er das wachsende Staunen in Janeways Gesicht.

Er verstand auch den Grund dafür.

Und plötzlich begriff er, dass er ihr diesen Wunsch erfüllen musste.

Janeway stand auch weiterhin in der Mitte des Kontrollraums und drehte sich langsam um.

»Was... was soll ich jetzt machen?«

Kirk traf seine Entscheidung. Die Raumschiffe der Intrepid-Klasse, zu der die *Voyager* gehörte, verfügten nicht über einen Befehlsstand. Der Kommandosessel befand sich vielmehr hinter der Navigationsstation, und daneben gab es einen zweiten Sessel für den Ersten Offizier.

»Der rechte Platz«, sagte Kirk. »Dort sitzt der Captain.«

Janeway näherte sich ihm und strich mit der Hand über die Armlehne.

Kirk beobachtete sie und erinnerte sich an einen ganz bestimmten Augenblick vor langer Zeit, als er sich zum ersten Mal an Bord der *Enterprise* aufgehalten hatte. Zwar war die Situation alles andere als einfach, aber er empfand es trotzdem als eine Ehre, dieser Frau einen ähnlichen Augenblick zu ermöglichen.

»Setzen Sie sich«, sagte er. »Der Kommandosessel gebührt Ihnen.«

Kathryn Janeway übernahm das Kommando über die *Voyager* und erfüllte sich damit einen Traum, der so mächtig war, dass er die Kluft zwischen zwei Universen überwunden hatte.

Kirk sah die Ehrfurcht in den Zügen der jungen Frau, als sie über die vor ihr liegenden Möglichkeiten nachdachte. Im Gegensatz zu ihr wusste er, dass dies erst der Anfang war.

Kathryn Janeway hatte ein Raumschiff bekommen. Und wie jeder Captain – ganz gleich, aus welchem Universum – musste sie sich ihr Kommando verdienen.

Kirk hatte gerade Teilanis Leben darauf gewettet, dass Janeway ihren Aufgaben gerecht wurde.

27

Picard dachte an Worf, stellte sich ihn vor und wurde zu ihm.

Er trug die Rüstung des Regenten über einem leichten Entladungsanzug und stolzierte wie Worf durch die Luftschleuse seines persönlichen Quartiers mitten im Arbeitslager. Draußen auf der Plattform rief er die nächsten Wächter.

Picard hoffte inständig, dass seine lächerliche Verkleidung ihren Zweck erfüllte. Wenn Teilani nicht darauf bestanden hätte, wäre er wohl kaum bereit gewesen, es mit einem solchen Trick zu versuchen. Das gleiche äußere Erscheinungsbild war eine Sache. Aber bei einer Identität gab es viele subtile Faktoren und Dinge, mit denen sein anderes Selbst im Gegensatz zu ihm vertraut war. Picard fürchtete, schon während des ersten beiläufig geführten Gesprächs entlarvt zu werden. Und selbst wenn er nicht sprechen musste: Er glaubte, dass man das von Teilani aufgetragene Make-up – darunter verbarg sich die Schnittwunde an der Nase – schon aus einer Entfernung von mindestens sechs Metern sah. Sie hatte darauf hingewiesen, dass im wechselhaften Licht der am Himmel lodernden Plasmastürme niemand etwas bemerken würde. Picard konnte nur hoffen, dass sie recht behielt.

Zwei Klingonen überraschten ihn mit ihrer raschen Reaktion. Sie eilten über den Laufsteg, der zum Gebäude mit dem Quartier des Regenten führte, und ihre Stiefel hämmerten auf dem Plastahl. Einen von ihnen erkannte Picard: Krawl, den Mörder des Fähnrichs.

Sie salutierten, und der Verkleidete erwiderte den Gruß gleichgültig – auf diese Weise brachten Oberaufseher Verachtung ihren Untergebenen gegenüber zum Ausdruck.

»Ja, Regent?« fragte Krawl diensteifrig.

»Diese Terraner sind schwach«, sagte Picard und sah Krawl in die Augen, bis der Klingone den Blickkontakt unterbrach. Erst daraufhin war er sicher, dass Krawl ihn nicht als den Mann erkannte, dem er an diesem Morgen ins Gesicht getreten hatte.

»Kaum berührt man sie mit dem Agoniesimulator, schon brechen sie wie Kinder zusammen«, klagte Picard und ahmte die Arroganz seines anderen Selbst nach. Er winkte die beiden Klingonen ins Gebäude. Sie traten ein und warfen Teilani anzügliche Blicke zu. Picard richtete ihre Aufmerksamkeit auf die Gestalt am Boden – sie trug den Entladungsanzug eines Gefangenen.

»Captain Jean-Luc Picard von Starfleet«, sagte Picard verächtlich. »Welch ein Schwächling! Er hat es nicht verdient, mein Äquivalent zu sein.«

Die Klingonen knurrten zustimmend.

»Hebt ihn hoch«, fügte Picard hinzu. Er sprach so, als hätte er es eilig, sein Quartier von Ungeziefer zu befreien.

Krawl warf sich den echten Regenten über die Schulter und stellte überrascht fest, dass der vermeintliche Gefangene noch lebte. »Sollen wir ihn zur Recyclinganlage bringen, Regent?«

Picard erweckte den Anschein, in Versuchung zu geraten und sich schließlich dagegen zu entscheiden. »Das wäre nicht klug. Zumindest nicht, bis wir mit der *Enterprise* fertig sind. Vielleicht gibt es noch weitere Geheimnisse, die wir in Erfahrung bringen müssen.«

Die Klingonen neigten gehorsam den Kopf. »Wie Sie befehlen, Regent.« Einer sah zu Teilani zurück. Der Saum ihres improvisierten Gewands war wie durch Magie an den Beinen emporgekrochen. Die Hände blieben aneinander gepresst, um den Eindruck zu erwecken, auch weiterhin gefesselt zu sein.

»Was ist mit der Frau?« knurrte Krawl.

»Sie begleitet uns.«

Dieser Hinweis verwirrte den Klingonen. »Wohin?« Mit einem leisen Brummen rückte der Aufseher Picards Äquivalent auf seiner Schulter zurecht.

»Zum Kommandogebäude«, sagte Picard. »Ich kümmere mich um die Frau, und Sie tragen Captain Picard. Wenn sie sieht, wie wir mit ihm verfahren… Vielleicht zeigt sie dann mehr… Kooperationsbereitschaft.«

Die Klingonen verneigten sich, grinsten und glaubten zu verstehen. »Wie Sie befehlen.« Es erstaunte Picard, dass Klingonen einem Menschen – wenn auch jemandem wie seinem anderen Selbst – mit solcher Unterwürfigkeit begegneten.

Nun, derzeit wollte er sich nicht darüber beklagen.

»Und noch etwas«, rief er den Aufsehern nach. »Wenn mein Äquivalent das Bewusstsein wiedererlangt…«

»Ich verstehe«, sagte Krawl und sah zu Picard zurück. »Der Agoniesimulator.«

»Solange er am Leben bleibt, um auch morgen noch schreien zu können«, erwiderte Picard und unterstrich seine Worte mit einem bösen Lächeln.

Die Klingonen lachten und traten mit ihrer Last durch die Luftschleuse.

Picard wandte sich an Teilani und ließ den angehaltenen Atem entweichen. »Glauben Sie, die Burschen sind darauf hereingefallen?«

»Man wird Sie für den Regenten halten, solange man nicht zu sehr auf Ihr Haar achtet.«

Picard nickte und hob die Hand zum Hinterkopf –

Teilani hatte dort den Zopf seines Pendants festgeklebt. Zusammen mit dem Entladungsanzug und der Rüstung des Regenten sah er ganz nach dem anderen Picard aus. Zumindest mit seinem äußeren Erscheinungsbild war soweit alles in Ordnung.

Er rückte den Brustharnisch zurecht und ging dann zur Tür. »Ich kehre so schnell wie möglich zurück.«

Teilani folgte ihm. »Sie können mich nicht hier lassen. Immerhin haben Sie die Klingonen darauf hingewiesen, dass Sie mich zum Kommandogebäude bringen wollen.«

Picard musterte sie unschlüssig. Wenn sie zusammen aufbrachen, fühlte er sich verpflichtet, Teilani zu schützen. Mit anderen Worten: Vielleicht behinderte sie ihn.

»Ich bin zur Hälfte Klingonin«, erinnerte ihn die Frau. »Ich weiß also, was es mit den hiesigen Wächtern auf sich hat. Und zur anderen Hälfte bin ich Romulanerin, was bedeutet: Ich weiß, wie sie über mich denken. Geben Sie mir entweder beide Disruptoren, damit ich mich verteidigen kann – oder nehmen Sie mich als Ihre Gefangene mit.«

Picard spürte sonderbares Unbehagen, als er einen Strahler aus dem Halfter zog und auf die Frau richtete. Doch er musste Teilani Recht geben: Es war besser, wenn sie den Anschein erweckte, eine Gefangene zu sein. Wenn er sie allein ließ… Ihm graute bei der Vorstellung, was die Klingonen mit ihr anstellen mochten. »Gehen Sie vor mir«, sagte er. »Und halten Sie auch weiterhin die Hände zusammen, damit man sie für gefesselt hält.«

Teilani nickte und trat durch die Luftschleuse. Picard folgte ihr, hielt den Disruptor hoch erhoben und versuchte, sich so zu verhalten wie alle Klingonen, denen er bisher begegnet war – möglicherweise mit der Ausnahme von Worfs Sohn Alexander. Für einen Klingonen hatte der Junge viel zu gute Manieren.

Sie schritten über die Laufstege, die sich in einer Höhe von zwei bis fünf Metern über der Oberfläche des Asteroiden erstreckten. Picard sah sich unauffällig um und hielt nach Anzeichen dafür Ausschau, dass die Wächter zurückgerufen wurden, um Schutzanzüge anzuziehen – so etwas hätte darauf hingedeutet, dass tatsächlich bald der Atmosphärenschild deaktiviert werden sollte.

»Alles wirkt normal«, flüsterte er Teilani zu. »Hier scheint niemand etwas vom Entkommen der Gefangenen zu wissen.«

»Oder man hat bereits Maßnahmen ergriffen.«

Bei dieser Vorstellung verkrampfte sich etwas tief in Picards Innern. War es den Wächtern irgendwie gelungen, die Transferierten zurückzuholen und doch noch im Vakuum ersticken zu lassen? Er weigerte sich, so etwas für möglich zu halten. »Nein«, sagte er in dem Bestreben, sowohl Teilani als auch sich selbst zu überzeugen. »Riker und die anderen sind in Sicherheit. Ich weiß es.«

Teilani hielt den Kopf wie eine gehorsame Gefangene gesenkt, blickte auf den Laufsteg und sprach so leise, dass nur Picard sie hören konnte. »Vielleicht gehörten die Cardassianer, die bei ihnen waren, zur persönlichen Garde des Regenten und sind noch nicht zu den Aufsehern zurückgekehrt.«

»Aber hätten sie sich nicht längst bei mir melden sollen?«

Teilani antwortete nicht und ging stumm weiter.

Als sie einen langen Laufsteg erreichten, von dem keine Abzweigungen ausgingen, wagte es Picard, nach oben zu sehen.

Der Anblick seines Schiffes erfüllte ihn mit Sehnsucht.

Es ging nicht allein darum, dass jenes prächtige Schiff *Enterprise* hieß – dieser Name hatte Starfleet durch mehrere Epochen begleitet, stand in Zusammenhang mit anderen Namen wie April, Pike, Kirk, Harriman und Garrett. Und damit war die Liste bestimmt noch nicht zu Ende. Die Zukunft würde ihr weitere Namen und Abenteuer hinzufügen.

Nicht die *Enterprise* war es gewesen, die Picard ins All gelockt hatte, sondern ihr *Konzept*, der Gedanke, eine Mission für Starfleet durchzuführen.

Als er nun zu seinem Schiff emporblickte, erinnerte sich Picard daran, mit welcher Unruhe er vor nur zwei Wochen im Kontrollraum auf und ab gegangen war, erfüllt von dem Wunsch, mit einer neuen Mission zu beginnen, sich einer Herausforderung stellen zu können, die den Einsatz eines Schiffes wie der *Enterprise* verdiente.

An so etwas wie die aktuelle Situation hatte er dabei gewiss nicht gedacht...

»Sehen Sie nach vorn, Jean-Luc.«

Die geflüsterte Warnung kam von Teilani, die Picards Blick zur *Enterprise* und dem Transferapparat bemerkt hatte. Er kam der Aufforderung sofort nach, sah an der Frau vorbei nach vorn und stellte fest, dass sie sich einer Plastahl-Plattform näherten, die mehrere Laufstege miteinander verband. Nicht weit dahinter erhob sich das Kommandogebäude mit den Kontrollen für die akustischen Signale, die auf den Schichtwechsel hinwiesen. Picard brauchte nur die Sirenen zu aktivieren und dafür zu sorgen, dass sie nicht einmal mehrere Sekunden lang heulten, sondern dreimal kurz hintereinander.

Ein solches Signal würde alle Gefangenen darauf hinweisen, dass der Fluchtversuch vor dem Ende der Schicht stattfinden sollte. Und damit kam der Augenblick, auf den sie alle gewartet hatten.

Jetzt durfte nichts schief gehen.

Doch als Picard den Aufseher der Delta-Schicht und

einen Klingonen auf der letzten Plattform sah, zusammen mit dem Regenten... Von einem Augenblick zum anderen verdichtete sich in ihm das Gefühl, dass sich Unheil anbahnte.

Er trieb Teilani zur Eile an, so als sei sie wirklich nicht mehr als eine Gefangene, wandte sich dann verärgert an die beiden Klingonen. »Wie können Sie es wagen, hier zu verharren, ohne entsprechende Anweisungen erhalten zu haben?«

Krawl begegnete Picards Blick, und in seinen Augen blitzte ebenfalls Ärger – was an Insubordination grenzte, denn immerhin war Krawl nur ein einfacher Aufseher, während er Picard für den Regenten halten musste.

»Picard ist zu sich gekommen«, sagte Krawl.

»Und welchen Befehl habe ich Ihnen für diesen Fall erteilt?« erwiderte Picard.

Krawl zeigte nicht die geringste Unterwürfigkeit. »Ich nehme Befehle nur vom Regenten entgegen.«

Picard musterte sein anderes Selbst, das benommen war und von den beiden Klingonen gestützt werden musste. Speichel rann ihm aus den Mundwinkeln. Vermutlich würde sein Ebenebild erst in einigen Stunden in der Lage sein, verständliche Worte zu formulieren.

Der Captain nahm seine ganze innere Kraft zusammen, ergriff die Initiative und hoffte dabei, dass es noch nicht zu spät war.

»Ich habe Sie angewiesen, den Terraner zu betäuben, sobald er das Bewusstsein wiedererlangt«, sagte er scharf. »Sind Sie zu dumm, um so einfache Befehle zu befolgen?«

Krawl hielt den wahren Regenten am Brustteil des Entladungsanzugs. Der Kopf des anderen Picard kippte zur Seite. »Zu Beginn der Delta-Schicht hatte ich eine Auseinandersetzung mit *Captain* Picard«, brummte der Klingone. »Eine *heftige* Auseinandersetzung.«

»Dieser terranische Abschaum versteht nur die Sprache der Gewalt«, sagte Picard.

Krawl schüttelte den Regenten. »Aber dieser Mann scheint kein Terraner zu sein.«

Picard machte keine Anstalten, seine beiden Disruptoren zu ziehen, aber durch ihre Präsenz fühlte er sich sicherer. »Ich erwarte eine Erklärung von Ihnen!«

»Captain Picard hat meinen Agoniesimulator zu spüren bekommen«, sagte Krawl. »Ich habe ihn damit geschlagen, mitten ins Gesicht. *Aber seine Wunde ist bereits geheilt!*«

Wenn das alles ist..., dachte Picard. *Vielleicht kann ich mich aus dieser Sache herauswinden.*

»Es liegt am elektrostatischen Feld der Asteroiden«, behauptete er. »Es beschleunigt den Heilvorgang bei Terranern.«

Krawl trat vor und blieb ganz dicht vor Picard stehen. »Wenn das der Fall ist, *Regent*... Warum weist dann *Ihre* Nase noch immer eine Schnittwunde auf? Liegt es vielleicht an der Schminke, die darüber hinwegtäuschen soll? Wirkt sie sich negativ auf die Heilung aus?«

Picard wusste: Ihm blieb nicht genug Zeit, um sich umzusehen und festzustellen, wer diese Konfrontation auf der Plattform beobachtete. Bestimmt griffen die beiden Klingonen sofort an, wenn er seine Aufmerksamkeit von ihnen abwandte.

Es blieb ihm also nur eine Möglichkeit.

Picard rammte die in einem Handschuh steckende Faust an Krawls Nase. Nennenswerten Schaden richtete er damit nicht an, aber er verursachte erhebliche Schmerzen.

Krawls Kopf ruckte nach hinten, und er griff kurz nach seiner Nase. Nur eine halbe Sekunde später riss er den Agoniesimulator hinter dem Gürtel hervor und hielt ihn so, dass die knisternden Induktionsspitzen auf Picard zeigten.

Der Klingone neben ihm folgte seinem Beispiel.

Aber beide reagierten zu langsam.

Als sie Picard mit ihren Agoniesimulatoren bedrohten, hatte der bereits seine Disruptoren gezogen.

»Fallen lassen«, sagte der Captain.

Krawls Antwort bestand aus dem Versuch, Teilani mit seinem Simulator zu berühren.

Sie wich zurück und sprang von der Plattform, vermied auf diese Weise einen Kontakt mit der Waffe des Klingonen.

»Pech gehabt«, kommentierte Picard.

»Schießen Sie ruhig – das weckt die Aufmerksamkeit aller Wächter.« Krawl stieß mit dem Agoniesimulator zu, und Picard trat zur Seite. Wenn er seine Disruptoren einmal abfeuerte... Dann musste er bereit sein, so lange Gebrauch von ihnen zu machen, bis sich ihre energetische Ladung erschöpfte.

Plötzlich flackerte rotes und blaues Licht über die Plattform, wie von einem Feuerwerk.

Teilani hatte es eilig, die metallene Oberfläche des Asteroiden zu verlassen. Sie trug keinen Entladungsanzug, und es blieben ihr nur wenige Sekunden, um die Sicherheit der Plastahl-Plattform zu erreichen, bevor Plasmatentakel nach ihr tasteten und sie verbrannten.

»Jean-Luc«, brachte sie atemlos hervor und deutete nach oben. »Sehen Sie nur!«

Picard hielt den Blick auf Krawl gerichtet.

»Die *Enterprise*«, sagte Teilani. »Sie bewegt sich!«

Der Captain brauchte seine ganze Willenskraft, um nicht aufzusehen. Aus den Augenwinkeln sah er, wie Teilani auf die Plattform zurückkletterte.

Krawl blickte nach oben, und eine seltsame Art von Übelkeit entstand in Picard, als der Aufseher hämisch grinste, dabei schwarze und teilweise gesplitterte Zähne zeigte. »Sie haben verloren, Terraner. Ihr Schiff gehört uns.«

Das war zu viel für Picard.

Er konnte sich nicht länger beherrschen und sah auf.

Über ihm wurde die *Enterprise* lebendig.

Ihre eben noch dunklen Warpgondeln offenbarten nun das rote und blaue Glühen der Antimaterie-Annihilation – dadurch wurde genug Energie für den Flug zwischen den Sternen geschaffen.

Jetzt flog das Schiff ohne seinen Captain und glitt dem Schlund des Transferapparats entgegen.

»Nein...«, brachte Picard hervor. Die *Enterprise* durfte nicht ins andere Universum transferiert werden, bevor er Gelegenheit bekam, sie aus der Gewalt des Feindes zu befreien.

»Jean-Luc!« warnte Teilani.

Picard senkte den Blick gerade noch rechtzeitig, um zu sehen, wie Krawl ihm mit einsatzbereitem Agoniesimulator entgegensprang. Die Finger der einen Hand waren wie Krallen gekrümmt, um ihm die Augen auszukratzen.

Der Captain hatte keine Wahl. Ihm blieb nicht einmal genug Zeit, um nachzudenken.

Aus der Hüfte heraus schoss er mit beiden Disruptoren.

Zwei Blitze aus goldener Energie zuckten dem Aufseher entgegen und trafen ihn mitten im Sprung. Wie eine hungrige Flüssigkeit strömte das Gleißen um Krawls Leib und fraß sich gleichzeitig hinein. Das Feuer des Verderbens loderte aus seinen Augen und glühte auch an anderen Stellen, als sich der Körper auflöste, als eine sonderbare Metamorphose den Klingonen erfasste und ihn für zwei oder drei Sekunden in ein Wesen aus strahlendem Licht verwandelte.

Von dem Angreifer blieb nichts übrig, und das einzige Geräusch war das dumpfe Klacken, mit dem der Agoniesimulator auf den Boden fiel. Er rollte über den Rand der Plattform, und das Klacken wiederholte sich weiter unten auf der Oberfläche des Asteroiden.

Die Disruptoren fühlten sich warm an in Picards Händen, und mit grimmiger Zufriedenheit stellte er fest, dass er es nicht bereute, gerade ein Leben ausgelöscht zu haben. Er bedauerte nur, dass es so schnell gegangen war.

Er dachte an den jungen Fähnrich und all die anderen Gefangenen, die Krawl zum Opfer gefallen waren. Der Aufseher hatte einen langsameren, qualvolleren Tod verdient.

Und dann hörte Picard, wie jemand applaudierte, langsam und spöttisch.

»Das hat dir gefallen, nicht wahr?«

Die Frage stammte vom Regenten. Er stand neben dem zweiten Klingonen und hatte sich innerhalb verblüffend kurzer Zeit erholt.

»Es wurde gerade der Beweis dafür erbracht, dass ich Recht hatte«, fuhr er fort. »Tief in unserem Innern sind wir gleich.«

Ein Empfinden, das Picard nicht zu definieren vermochte, ließ ihn erzittern. Er fühlte sich plötzlich nackt und ungeschützt.

Sein Äquivalent stieß den Klingonen nach vorn. »Nur zu. Schieß noch einmal. Genieße das Gefühl der Macht, Jean-Luc.«

Picard hätte die beiden Disruptoren am liebsten weggeworfen, doch das durfte er nicht. Er brauchte die Waffen. Er wollte nicht damit töten, aber …

Er hob erneut den Kopf und beobachtete, wie sein Schiff ins offene Maul der Transfervorrichtung glitt.

Deshalb brauchte er die Waffen. Um zu verhindern, dass man die *Enterprise* in ein anderes Universum entführte. Um zu verhindern, dass er genau das verlor, was seinem Leben einen Sinn gab.

»Schieß, Jean-Luc«, drängte Teilani neben ihm. »Erschieß sie beide. Wir müssen weiter.«

»Das ist ein guter Vorwand, Jean-Luc«, höhnte der Regent. »Erschieß den Wächter. Erschieß auch mich. Töte mich, so wie du deinen Bruder und Neffen getötet hast.«

Picard presste sich beide Disruptoren an die Ohren, um nicht hören zu müssen, was sein Ebenbild sagte. »Ich habe sie nicht getötet! Ich war nicht dabei! Ich konnte ihnen nicht helfen!«

Der Regent näherte sich. »Lügner«, erwiderte er. »Mir machst du nichts vor. Ich kann deine Gedanken lesen, Jean-Luc.«

Picard klemmte sich einen Strahler unter den Arm und versuchte, die Justierung des anderen zu verändern.

Damit war er einige Sekunden lang wehrlos.

»*Erledigen Sie ihn*!« befahl der Regent dem Klingonen.

Der Wächter sprang vor.

Picard legte mit dem Disruptor an.

Teilanis Ellenbogen traf die Schläfe des Angreifers. Es knirschte, als der Schädelknochen des Wächters splitterte.

Der Klingone war von einem Augenblick zum anderen tot, fiel auf die Plattform und rührte sich nicht mehr.

Picard zielte mit dem Disruptor auf sein anderes Selbst.

Der Regent sah zum Schiff auf, zu *seinem* Schiff.

»Du verlierst deine *Enterprise*, wenn du dich nicht sputest, Jean-Luc.«

Picard verzichtete darauf, den Auslöser der Waffe zu betätigen, denn er wusste nicht, welche Justierung er gewählt hatte.

Er hielt den Blick gesenkt, weil er nicht sehen wollte, wie der Transferapparat sein Schiff verschlang.

Er griff nach Teilanis Hand, zog sie mit sich und eilte in Richtung Kommandogebäude.

Das Hämmern seiner Stiefel auf dem Laufsteg klang wie Donnerschläge, und er atmete so heftig, dass die Lungen schmerzten.

Er hörte das verächtliche Lachen seines Äquivalents, und das Echo verfolgte ihn.

In weiter Ferne erklangen die Schreie von Robert, René und allen anderen Personen, die er in seinem Leben verloren und aufgegeben hatte.

Jean-Luc Picard lief, um die *Enterprise* zu retten.

Und um die Schuld aus seinem Leben zu verbannen.

28

„Kann ich Ihnen behilflich sein?" fragte Deanna Troi. – Dreißig Minuten waren vergangen, seit Janeway und Kirk die zweiundzwanzig Cardassianer an Bord der anderen *Voyager* überrascht und mit Hilfe des Transporters im Arrestbereich untergebracht hatten. Kate saß im Kommandosessel, und Spock leistete ihr als Erster Offizier Gesellschaft. T'Val bediente die Navigationskontrollen. Die übrigen Passagiere der *St. Lawrence* befanden sich in unterschiedlichen Sektionen des Schiffes: Scott und LaForge im Maschinenraum; McCoy, Beverly Crusher und Spocks Äquivalent aus dem Paralleluniversum in der Krankenstation, zusammen mit einigen Cardassianern, die nicht gut auf das Anästhezin reagiert hatten. Riker und Data fungierten als Sicherheitsoffiziere und überwachten die Cardassianer im Arrestbereich.

Jene Gefangenen, die nicht das Bewusstsein verloren hatten, fragten sich, was geschehen war. Wie Riker der Brücke mitteilte, fand er großen Gefallen daran, den betreffenden Cardassianern eine aus zwei Worten bestehende Antwort zu geben: Captain Kirk.

Kirk saß an der taktischen Station im Kontrollraum der *Voyager*. Unter anderen Umständen hätte er das neue Brückendesign vielleicht zu schätzen gewusst – alle Konsolen waren dem großen Hauptschirm zugewandt. Zwar kümmerten sich seine Begleiter um die einzelnen Funktionen des Schiffes, aber wenn Kirk zum zentralen Projektionsfeld sah, bekam er zumindest das Gefühl, einen Beitrag zu ihrer Mission zu leisten.

Obwohl das nicht der Fall war.

Es spielte auch gar keine Rolle mehr für ihn, ob er am allgemeinen Geschehen beteiligt wurde oder nicht.

Kirk hob die verbundenen Hände, nickte Deanna zu und deutete dann aufs Sensordisplay. »Ich weiß nicht, welche verbalen Anweisungen notwendig sind, um die Sensoren so zu rekalibrieren, dass sie die von den Plasmastürmen verursachten Interferenzen bei den Sondierungen herausfiltern. Wenn Sie das grüne Sensorfeld dort berühren würden...«

Deanna streckte die Hand aus und veränderte die Justierung der Sensoren. »Ist es so richtig?«

Datenkolonnen wanderten durchs Display, und Kirk behielt sie aufmerksam im Auge.

Deanna lächelte. »Ihre Erleichterung scheint meine Frage mit einem klaren ›Ja‹ zu beantworten.«

»Danke«, sagte Kirk, ohne zu der Betazoidin aufzusehen. Er wusste, dass sein Lächeln flüchtig blieb, aber derzeit kam es nur auf die Sensordisplays an. Die dort angezeigten Informationen waren wichtiger als alles andere. Sie sorgten vielleicht dafür, dass das Leben in ihn zurückkehrte.

Derzeit war er nichts weiter als eine leere Hülle.

Die Daten wurden nun langsam erneuert, aber trotzdem brachte Kirk den Darstellungen des Hauptschirms kein Interesse entgegen – er präsentierte nichts weiter als wirre Schlieren, hervorgerufen von den Plasmastürmen. Einmal hatte Kirk das Bild aus halb geschlossenen Augen betrachtet und dabei den Eindruck gewonnen, schemenhaft und vage zwei Asteroiden zu sehen, so dicht beieinander, dass sie fast miteinander zu verschmelzen schienen.

Weniger als hunderttausend Kilometer trennten die andere *Voyager* von den beiden Asteroiden, doch wenn man zum Hauptschirm sah, schienen sie mindestens mehrere Millionen Kilometer entfernt zu sein.

Die Interferenzen beeinträchtigten zwar das Auflösungsvermögen der Sensoren, aber sie boten auch einen Vorteil: Sie schützten die *Voyager* vor der Ortung durch die *Sovereign*. Kirk und seine Gefährten wussten nicht, ob jenes große Schiff noch immer unter dem Kommando des Äquivalents von Flottenadmiral Nechajew stand, aber zweifellos patrouillierte es noch immer in der Nähe der beiden Asteroiden. Die *Sovereign* war doppelt so groß wie die *Voyager* – das kleinere Schiff konnte sie also eher orten.

All das blieb ohne echte Bedeutung für Kirk. Nachdem sie die *Voyager* unter Kontrolle gebracht hatten, überließ er alles Weitere Janeway, Spock und den anderen, um seine ganze Aufmerksamkeit den Subroutinen der Sensoren zu widmen, die der Erfassung von Lebensformen dienten. In einer knappen halben Stunde war es ihm gelungen, die Datenanalyse so zu verfeinern, dass sich Individuen bei den Gefangenen und Wächtern im Arbeitslager des Asteroiden erkennen ließen.

Anschließend begann er mit der Suche – nur sie hatte einen Sinn für ihn.

Doch sie führte nicht zu dem erhofften Erfolg.

»Wegen Ihrer Hände sollten Sie nicht so niedergeschlagen sein«, wandte sich Deanna an Kirk.

Die Worte überraschten ihn, und er senkte den Blick. Noch immer steckten seine Hände in dicken Verbänden, unter denen sich die Finger kaum abzeichneten. Die von McCoy injizierte Arznei hatte sie taub werden lassen.

»Warum sollte ich nicht niedergeschlagen sein?« fragte er ruhig, und seine Worte bezogen sich keineswegs auf die Hände.

»Weil damit bald wieder alles in Ordnung sein wird.«

Das wusste Kirk natürlich. In McCoys Leib steckten viele künstliche Komponenten. Dies waren nicht mehr die Zeiten von Chris Pike. Einer vollständigen Heilung der Hände stand bestimmt nichts entgegen – oder man ließ einfach zwei neue wachsen. Sein physisches Selbst trug sicher keine bleibenden Schäden davon.

Doch was *im* Körper existierte, ob er nun alt oder neu war, echt oder künstlich – dieser Punkt blieb auch für die Wissenschaft des vierundzwanzigsten Jahrhunderts rätselhaft.

Was nützte eine Hand ohne eine andere, die sie halten konnte?

Was nützte ein Herz ohne Liebe, die es schneller schlagen ließ?

Ohne so etwas blieb für Kirk alles bedeutungslos.

Er glaubte zu spüren, wie die Welt um ihn herum zusammenbrach, und er konnte sich nicht einmal vorbeugen, um den Kopf auf die Hände zu legen. Wie sollte er mit solchen Händen auf Chal den Baumstumpf aus dem Boden ziehen? Damit war es ihm unmöglich, sich jener letzten Herausforderung zu stellen.

Und spielte das alles ohne Teilani überhaupt noch eine Rolle?

Das überwältigende Gefühl des Verlustes, das die empathische Deanna Troi von ihm empfing, hatte nichts mit irgendwelchen körperlichen Dingen zu tun.

Es betraf vielmehr die Seele.

»Ironie?« fragte Deanna. »Sie geht in Wellen von Ihnen aus.«

Kirk hob die Hände so, als sei er durch ihre Verletzung nicht mehr imstande, am Leben und an der Frau festzuhalten, die er liebte. »Ich habe mir nur gewünscht, das Leben zu berühren und mit diesen Händen etwas zu bauen.«

Davon ließ sich Deanna nicht überzeugen. »Es gibt noch mehr. Sie haben sich nicht nur das gewünscht.«

Sie blickte auf die Sensordisplays und sah dort die Anzeigen einzelner Lebensformen, gruppiert nach Alter, Geschlecht und Spezies. Die Daten, so fand Kirk, boten einen deutlichen Hinweis darauf, was ihn wirklich beschäftigte.

Die nächste Frage Deannas überraschte ihn deshalb nicht.

»Wonach suchen Sie?«

Kirk zögerte. Konnte er jemandem erklären, was Teilani für ihn bedeutete? Die Frage schien ganz einfach zu sein, aber existierten geeignete Worte, um sie zu beantworten?

Deanna wartete auf eine Antwort und schien an allen anderen Dingen das Interesse verloren zu haben. Sie erweckte den Eindruck, als sei das Wohlergehen von James T. Kirk zu einer persönlichen Angelegenheit für sie geworden.

Kirk musterte sie, blickte ihr in die großen, dunklen Augen, die für Deanna ebenso charakteristisch waren wie die spitz zulaufenden Ohren für Spock.

»Sie sind Counselor, nicht wahr?«

»An Bord der *Enterprise*, ja.«

»Zur Crew *meiner Enterprise* gehörte niemand wie Sie.«

Deanna lächelte. Sie lächelte immer, und der Teil von Kirks Selbst, der sich einen Rest von Interesse an der externen Welt bewahrt hatte, spürte den Trost, der von diesem Lächeln ausging.

»Auch bei Ihnen gab es einen Counselor«, erwiderte die Betazoidin. »Allerdings hatten Sie eine andere Bezeichnung für ihn. Sie nannten ihn ›Bordarzt‹. Und vermutlich gewährleistete er nicht nur das körperliche Wohl der Führungsoffiziere, sondern auch das geistige.«

Kirk runzelte die Stirn und fragte sich, ob die Counselor eine so intensive Liebe kannte wie jene, die ihn mit

Teilani verband. Hatte sie eine solche Liebe jemals verloren? Hatte sie eine Verzweiflung kennen gelernt, die so finster war, dass ihre dunklen Tiefen nicht einmal von der Geburt einer Sonne erhellt werden konnten?

Sie richtete einen wissenden Blick auf ihn und schien alle Gedanken zu kennen, die ihn während der letzten halben Stunde gequält hatten. Kirk fühlte sich entblößt, wie das Untersuchungsobjekt eines Naturforschers im Labor.

Plötzlich war er dankbar dafür, dass an Bord seiner *Enterprise* eine Counselor gefehlt hatte.

Deanna schien sich nicht an diesem Gedanken und den damit einhergehenden Gefühlen zu stören. »Wonach suchen Sie?« fragte sie erneut.

Kirk zögerte einmal mehr, aber nur ein oder zwei Sekunden lang. Dann aktivierte er mit dem Ellenbogen das elektronische Profil Teilanis. *Mal sehen, ob diese zuvorkommende, beharrliche Empathin echten Verlust spüren kann*, dachte er bitter.

Er bezweifelte es.

Kirk blickte auf Teilanis Bild hinab, das die persönlichen Daten begleitete. Die Aufnahme war vor einigen Monaten entstanden, während des herrlichen Sommers auf Chal. Teilani hatte sich außerhalb der Blockhütte aufgehalten, Iowa Dream gestriegelt und Kirk nachdrücklich darauf hingewiesen, dass er sie nicht schwitzend und mit zerzaustem Haar fotografieren durfte.

Kirk hatte ihre Einwände überhört.

Teilani rächte sich bei jener Gelegenheit, indem sie ihn mit einem Eimer Wasser angriff. Kirk lachte so sehr, dass es ihr leicht fiel, ihn in die Enge zu treiben. Sie verlangte die Sensorkamera von ihm, um das aufgenommene Bild zu löschen.

Aber es war ein warmer, schöner Tag, und innerhalb weniger Sekunden erlagen sie der Magie ihrer Umarmung.

Später erhoben sie sich von der Decke, die sie auf dem Boden ausgebreitet hatten, und gingen zum nahen Fluss, um dort zu schwimmen. Dabei vergaß Teilani die Sensorkamera und das Bild.

Aber keiner von ihnen vergaß jenen herrlichen Tag.

Keiner von ihnen vergaß das erfahrene Glück.

Kirk zog dieses besondere Bild allen anderen vor – der perfekte Moment eines perfekten Tages.

Die Counselor überraschte ihn.

»Meine Güte«, sagte Deanna leise, und ihre Wangen röteten sich. Kirk wusste genau, worauf sie reagierte – die wundervollen Momente und Ewigkeiten in Teilanis Armen waren unauslöschlich fest in seinem Gedächtnis verankert. »Teilani. Natürlich. Wir sind uns während der Virogen-Krise begegnet. Und Sie glaubten, sie befände sich in dem Arbeitslager.«

Natürlich habe ich das geglaubt, dachte Kirk und fühlte sich von neuerlicher Verzweiflung heimgesucht. *Warum hätte ich sonst hierher kommen und mich so großen Gefahren aussetzen sollen?* »Es war der einzige Ort, der einen Sinn ergab«, erwiderte er. Während Deannas Blick auf ihm ruhte, dachte er noch einmal über die Informationen nach, die er von dem anderen Spock und seinen Begleitern aus dem Paralleluniversum bekommen hatte – Informationen, die ihn zu dem Schluss gelangen ließen, dass Teilani in dem Arbeitslager untergebracht worden war.

Er erklärte Deanna seine Überlegungen, und sie sah ihn die ganze Zeit über an, schien ihn ganz genau zu verstehen. Konnte sie wirklich nur Gefühle wahrnehmen und nicht auch Gedanken lesen?

»Sind Sie ganz sicher, dass sich Teilani nicht in dem Arbeitslager befindet?« fragte Deanna.

Mit dem Ellenbogen berührte Kirk ein weiteres Schaltelement, und neue Daten erschienen in einem Display. »In dem Lager halten sich dreitausendzweihundertzweiundfünfzig Personen auf. Zweitausendzweiundzwanzig sind Menschen. Fünfzehn sind Bolianer. Einige Humanoiden ähneln Menschen so sehr, dass sich kaum ein Unterschied feststellen lässt. Was den Rest betrifft, die Wächter... Es sind Klingonen, Cardassianer und fünfunddreißig Bajoraner.«

»Können Sie Teilani nicht einfach übersehen haben?«

»Ich habe den Computer selbst programmiert«, sagte Kirk und versuchte nicht mehr, seine Trostlosigkeit zu verbergen. Er wünschte sich eine Möglichkeit, seine Emotionen von Deannas Empathie einfangen und fortbringen zu lassen, so dass er nie mehr etwas fühlte. »Teilani ist zur einen Hälfte Klingonin und zur anderen Romulanerin – eine einzigartige Mischung. Doch der Computer findet niemanden, auf den eine solche Beschreibung zutrifft.« Er atmete tief durch und spürte dabei tief in seinem Innern ein sonderbares Zittern, das er nicht bewusst zur Kenntnis nehmen wollte.

Ein Zittern, das Deanna Troi verstand und mit ihm teilte.

»Captain Kirk...«, sagte sie so leise, als wollte sie vermeiden, ein in der Nähe schlafendes Kind zu wecken. »Warum halten Sie Teilani für tot?«

Genauso gut hätte ihm die Counselor das Herz aus der Brust reißen können.

»Weil sie entführt wurde«, sagte er und spürte eine Leere, in der sich seine Seele aufzulösen drohte. »Von Leuten, die nicht wollen, dass ich mich in die Entwicklung des Paralleluniversums einmische.« Er schloss die Augen, wie um der Realität zu entkommen. »In eine Entwicklung, an der ich maßgeblich beteiligt war.«

Die Wirklichkeit blieb auch weiterhin von Bestand. Kirk öffnete die Augen wieder und sah Deanna an. »Ich *habe* mich eingemischt. Indem ich mit der *Sovereign* aufbrach und mich gegen Nechajew stellte. Indem ich die *St. Lawrence* stahl und dieses Schiff für uns erbeutete.« Unter anderen Umständen hätte er jetzt die Fäuste geballt, aber derzeit nützten ihm seine Hände nichts. Er selbst war zu nichts mehr nütze. »Weil ich dachte, ich könnte letztendlich den Sieg über die Entführer erringen. So wie ich immer siegreich gewesen bin, früher.«

Kirks Ellenbogen traf ein Schaltelement, und Teilanis Bild – aufgenommen an einem perfekten Tag auf einer perfekten Welt – verschwand aus dem Display.

Und auch aus seinem Leben.

Aus seiner Zukunft.

»Es sind noch nicht alle Möglichkeiten untersucht worden«, sagte Deanna.

»Wenn wir hier fertig sind, spielt das keine Rolle mehr. Wo auch immer sie festgehalten wurde – sie ist tot.«

Einige Sekunden lang blieb Deanna neben Kirk stehen und beobachtete, wie die Sensoren Daten über einzelne Personen auf dem fernen Asteroiden lieferten. Sie schwieg jetzt, und er kannte den Grund dafür.

Worte reichten nicht aus, um Kirk aus der Hölle zurückholen, die er sich selbst geschaffen hatte.

Deanna konnte ihm nicht helfen.

»Es... tut mir leid«, sagte sie und legte ihm die Hand auf die Schulter. Dann ging sie fort und näherte sich T'Val an der Navigationsstation.

Kirk verbrachte die nächsten Minuten damit, Klingonen und Cardassianer zu zählen. Er fragte sich, ob es ihm Genugtuung bereiten würde, sie alle zu töten, langsam und nacheinander.

Dann meldeten sich Scott und LaForge von der unteren Sensorplattform hinter der Hauptphalanx.

»Ich höre, Mr. Scott«, sagte Janeway. Erst seit einer knappen Stunde nahm sie die Aufgaben des Captains wahr, und sie hatte sich bereits ans Kommando gewöhnt.

»Geordi und ich haben uns erlaubt, die Bandbreite der Sensorsondierung zu reduzieren«, klang Scotts Stimme aus dem Kom-Lautsprecher. »Ich meine, die Plasmastürme hindern uns ohnehin an genauen Ortungen.«

Kirk hob den Blick von den Displays. Auf Scott konnte man sich verlassen – es klang nach einer durchaus sinnvollen Modifikation. Wie schön, dass manche Leute noch immer einen Sinn in ihrem Leben sahen.

»Verstanden, Mr. Scott«, sagte Janeway. »Sie geben uns die Möglichkeit, mehr Einzelheiten zu erkennen, aber in einem schmaleren Wellenlängenbereich.«

»Ja, genau«, bestätigte Scott. »Wir bekommen hier mehr Daten und dachten uns, dass Sie vielleicht daran interessiert sind, eine entsprechende Darstellung auf dem Hauptschirm zu sehen.«

»Nun, durch einen Wechsel des Bilds verpassen wir bestimmt nichts«, sagte Janeway. »Ebenso gut könnte man versuchen, durch dichten Nebel zu sehen.«

»Daran lässt sich vielleicht etwas ändern...«

Es flackerte im zentralen Projektionsfeld, und man hätte meinen können, dass es an den Plasmablitzen im Innern der Goldin-Diskontinuität lag. Doch dann erschien ein neues Bild.

Es war interessant genug, um Kirk von seiner Mischung aus Kummer und Verzweiflung abzulenken.

Ein monochromatisches Grau ersetzte die wogende Farbenflut, und klare Umrisse zeichneten sich darin ab.

Kirk spürte, wie sich neue Anspannung auf der Brücke ausbreitete.

Das Bild zeigte die *Enterprise* zwischen den beiden Asteroiden. Allem Anschein nach wurde ihre Position von einer komplexen Anordnung aus Traktorstrahlen und Antigravfeldern stabilisiert.

Und das Schiff bewegte sich. Ganz langsam glitt es

der Öffnung des Apparats entgegen, den die Sensoren der *St. Lawrence* beim Vorbeiflug nicht hatten identifizieren können.

Kirk beobachtete, wie Spock aufstand und sich dem Hauptschirm näherte. »Die Allianz steht dicht davor, ihr Ziel zu erreichen«, sagte er ruhig. »Wenn die Vorrichtung dazu dient, Raumschiffe vom einen Universum ins andere zu transferieren, und wenn sich die *Enterprise* auch weiterhin mit der gegenwärtigen Geschwindigkeit bewegt... Dann wird sie in einer Stunde das Paralleluniversum erreichen.«

Janeway stand auf und gesellte sich Spock hinzu. Kirk saß noch immer an der taktischen Konsole, abseits des allgemeinen Geschehens. Unruhe erfasste ihn, als er sich daran erinnerte, dass vor vielen Jahren er auf diese Weise neben Spock gestanden, die Mysterien des Universums betrachtet und nach einer Möglichkeit gesucht hatte, sie zu kontrollieren.

»Die *Enterprise*«, sagte Janeway voller Ehrfurcht. »Mit ihr kann es keine Widerstandsgruppe in meinem Kosmos aufnehmen.«

Der Anblick schien T'Val nicht minder zu beeindrucken. Sie wusste ebenfalls, was ein Transfer der *Enterprise* für ihr Universum und für ihren Kampf bedeutete. »Die Allianz hat gewonnen, Kate. Wir können jetzt nichts mehr tun.«

Kirk stand auf. Er brachte es nicht fertig, passiv zuzusehen, wie sich die Zukunft entfaltete. Die Entwicklung führte in die falsche Richtung, und das galt es zu verhindern.

»Natürlich können Sie etwas tun«, sagte Kirk scharf und voller Entschlossenheit.

Janeway, Spock und T'Val drehten sich zu ihm um.

»Greifen Sie an«, sagte er entschlossen. Erfahrung erklang in seiner Stimme. »Vernichten Sie das Arbeitslager, den Transferapparat und auch die *Enterprise*, wenn es notwendig ist. Wie können Sie es wagen, einfach *aufzugeben*!«

Spock wandte sich von den anderen ab und trat vor.

»Captain, ich habe die Sensordaten analysiert, die wir während des Vorbeiflugs mit dem Runabout vom Arbeitslager gewannen. Ein Angriff auf die Generatoren der Vorrichtung – worum auch immer es sich bei ihr handelt – führt zu einem Kollaps des Atmosphärenschilds.«

»Und?« fragte Kirk.

»Dann sterben die Gefangenen.«

Kirk trat die kurze Treppe zum Kommandobereich hinunter, ließ die Sensordisplays mit den Lebensform-Anzeigen hinter sich zurück.

»Nicht alle. Von Riker und seinen Begleitern wissen wir, dass die Baracken über Luftschleusen verfügen.«

»Die meisten Gefangenen sind Zivilisten, Jim«, sagte Spock. »Es wäre nicht akzeptabel, den Tod auch nur eines einzelnen Zivilisten zu verursachen.«

»Was ist mit *Milliarden* von toten Zivilisten?« fragte Kirk. Er musterte den Vulkanier, der seit vielen, vielen Jahren zu seinen besten Freunden zählte, sah auch die Frau an, die vom Schicksal eine einzigartige Chance erhalten hatte und offenbar nichts mit ihr anzufangen wusste. »Genau zu diesem Zweck soll die *Enterprise* eingesetzt werden, und das wissen Sie. Die Allianz will sie nicht verwenden, um neues Leben zu entdecken, neue Zivilisationen. Sie soll dazu dienen, der Widerstandsbewegung den Garaus zu machen. Sie wird in die Badlands fliegen, um die andere *Defiant* zu zerstören und die Stützpunkte des vulkanischen Widerstands auszuradieren.

Die *Enterprise* wird den Status einer Vernichtungswaffe erhalten. Stellen Sie sich vor, wie man mit ihr die Umlaufbahnen von Planeten manipulieren, die Kernfusion von Sonnen unterbrechen und alle Erinnerungen an Terraner und Vulkanier aus der Geschichte der Galaxis tilgen wird.«

Kirk gestikulierte vage mit seinen nutzlosen Händen. Die Verbände hatten sich gelockert, und ihre losen Enden baumelten hin und her – dadurch sah er fast aus wie eine wandelnde Mumie.

Er maß die beiden vor ihm stehenden Personen mit durchdringenden Blicken und sah sich selbst in der Mitte, zwischen ihnen: James T. Kirk, besiegt durch den Verlust jener einen Sache, die nicht erklärt und nie ersetzt werden konnte.

Anderthalb Jahrhunderte lang hatte er gegen das Universum gekämpft, und jetzt zweifelte er nicht mehr daran, dass der Kosmos letztendlich triumphierte.

Doch irgendetwas in ihm sträubte sich dagegen, die übrigen Personen an seiner Niederlage zu beteiligen. Er konnte noch immer einen Unterschied bewirken, wenn nicht für Teilani und sich selbst, so wenigstens für die anderen.

»Ich weiß, dass es grässlich klingt«, wandte sich Kirk an Spock. »Und ich weiß auch, wie sehr Sie es verabscheuen, das Blut Unschuldiger zu vergießen. Aber Sie kennen die Allianz nicht.« Die Intensität der eigenen Worte ließ ihn schaudern. »Sie wissen nicht, was es bedeutet zu *hassen*.«

Er sprach jetzt nicht mehr zu seinen Freunden und Gefährten, sondern zu den Sternen, die immer darauf gewartet hatten, den Staub seines Lebens und seiner Träume zu beanspruchen, um ihn achtlos und gleichgültig zu umarmen.

»Aber ich weiß es, nach all der Zeit«, sagte Kirk.

29

Picard stieß die dicke Tür mit der Schulter auf, sprang über die Schwelle, lief durch die Schleusenkammer und warf sich in den keilförmigen Raum dahinter. Offenbar handelte es sich um ein Ausrüstungszimmer, denn Raumanzüge hingen an zwei Wänden.

Auf der einen Seite saßen Cardassianer an summenden Konsolen. Sie wirbelten herum und griffen bereits nach ihren Disruptoren.

Picard riss beide Strahler aus dem Halfter und feuerte zuerst. Energieblitze zuckten durch die Luft und desintegrierten seine Gegner.

Sie starben lautlos.

Einen Augenblick später war Teilani an seiner Seite.

»Was hat es mit diesem Gebäude auf sich?« fragte Picard, während sein Blick durch den Raum glitt, über die Raumanzüge und Kisten mit Versorgungsgütern hinweg. Hunderte von bunten Schaltflächen und Indikatoren blinkten an den Konsolen.

»Dies ist das Hauptquartier des Lagers«, sagte Teilani. »Wir befinden uns hier in einem von sieben keilförmigen Räumen, aus denen der periphere Bereich des runden Kommandogebäudes besteht. Hinter einer jener Türen erstreckt sich der Hauptkontrollraum.«

Picard sah zur dritten Wand des Zimmers, die drei Türen mit hermetischen Siegeln aufwies. Ein großer Teil des Gebäudes erstreckte sich dahinter, und hinzu kam das Obergeschoss – der Feind konnte praktisch überall sein.

Mit einem Disruptor in jeder Hand ging Picard los, vorbei an den Reihen mit Ausrüstungsmaterialien. Aufmerksam hielt er Ausschau, erwartete hinter jeder Kiste einen Gegner. Die getöteten Cardassianer hatten an nahen Konsolen gearbeitet. Ein Tablett mit Nahrungsresten ruhte neben einer, und mehrere isolineare Chips lagen auf einer anderen.

Picard wusste nicht, welche Systeme sich mit Hilfe der Konsolen kontrollieren ließen. Standen sie in irgendeinem Zusammenhang mit den Ereignissen, die einen Kilometer über dem Asteroiden stattfanden?

Er traf eine Entscheidung. »Die rechte Tür«, sagte er. Der Boden davor wirkte wie von vielen Stiefeln abgenutzt – vielleicht befanden sich die gesuchten Kontrollen dahinter.

Picard wollte gerade auf die rechte Tür schießen, als er weiter hinten die Geräusche eiliger Schritte hörte – jemand näherte sich der Luftschleuse.

Es waren nicht die weichen Sohlen des Entladungsanzugs eines Gefangenen. Das laute Klacken deutete vielmehr auf Stiefel mit metallenen Beschlägen hin.

»In Deckung!« rief Picard Teilani zu, verließ den Ausrüstungsbereich, kehrte in den Transferraum zurück, sank dort auf ein Knie, legte an und...

Drei Klingonen wurden dicht vor der Luftschleuse von Disruptorblitzen getroffen und vom Laufsteg geschleudert.

Picard bemerkte weitere Wächter, die sich dem Kommandogebäude näherten.

Er trat in die offene Luftschleuse, um besser zielen zu können, schoss erneut mit beiden Disruptoren. Die Strahlen fraßen sich durchs Metall des Laufstegs einige Meter weiter vorn und zerstörten auch die Stützstreben – der Rest fiel auf die Oberfläche des Asteroiden.

Picard wich in die Luftschleuse zurück und feuerte auf die Plattform. Anschließend war das Gebäude von allen anderen isoliert – es stand allein im Zentrum des Lagers.

Er hob den Kopf und sah, wie die *Enterprise* in den Transferapparat gezogen wurde, einem Insekt gleich, das einer Fleisch fressenden Pflanze zum Opfer zu fallen drohte.

Rasche Schritte brachten Picard wieder zu Teilani. Er achtete darauf, jede große Tür hinter sich zu schließen und ihre Kontrollen zu zerstören. Wer ihn erreichen wollte, musste sich entweder einen Weg durch die Metallwände brennen oder warten, bis er die Notentriegelung von der Innenseite her betätigte.

Im Ausrüstungsbereich griff Picard nach seinem Hinterkopf und riss den grässlichen Zopf ab.

Teilani richtete einen fragenden Blick auf ihn.

Doch Picard wusste, dass sie sich nicht die Zeit nehmen durften, ihre Situation zu diskutieren. Der Rest seiner Verkleidung – die klingonische Rüstung – wog nicht viel und stellte einen gewissen Schutz vor Disruptorenergie dar. Hinzu kam: Der Entladungsanzug des Regenten darunter war nicht annähernd so dick und schwer wie jenes Exemplar, das er als Gefangener getragen hatte. Die Gegner waren zweifellos in der Überzahl, aber wenigstens verfügte er über eine gute Ausrüstung. Es wurde Zeit, sie zu nutzen.

Picard sah zur dritten Tür an der Rückwand des Raums. Die anderen Gefangenen mussten mit dem Fluchtversuch beginnen – wenn auch nur zu dem Zweck, die Wächter abzulenken.

Er hob die Disruptoren.

»Nach dem, was draußen geschehen ist, dürften die Leute da drin auf uns vorbereitet sein«, sagte Teilani. Es erklang keine Furcht in ihrer Stimme.

Picard musterte sie kurz und erinnerte sich daran,

wer sie war: keine Gefangene, die sich Rettung erhoffte, sondern eine erfahrene Kriegerin.

Er packte einen Disruptor am Lauf und warf ihn Teilani zu.

Sie fing ihn mühelos auf, strich mit dem Daumen über die Emissionskontrollen und justierte die Waffe auf volle Energiestärke.

»Bestimmt rechnet man nicht mit uns beiden«, sagte Picard.

Er lief los, sprang über eine Kiste hinweg und ging links von der Tür in Stellung.

Auf der anderen Seite des Schotts ging Teilani hinter einem Behälter in die Hocke und hielt den Disruptor mit beiden Händen, bereit dazu, den Gegner ins Kreuzfeuer zu nehmen.

Ihr Verhalten beeindruckte Picard einmal mehr, als er auf die Kontrollen der Tür zielte.

Er kam nicht dazu, den Auslöser zu betätigen.

Ganz langsam und mit einem leisen Zischen öffnete sich das Schott. Picards Hand zitterte kurz, als in dem Raum hinter der Tür eine Stimme erklang.

»Kommen Sie herein, Captain. Ich habe Sie erwartet. Sie sind spät dran.«

Picard erkannte die Stimme und ließ den Disruptor sinken.

Er verließ die Deckung, blieb neben der Tür stehen und bereitete sich innerlich darauf vor, Gul Rutal zu begegnen.

Zum letzten Mal.

Sie hatten sich alle auf der Brücke versammelt und sprachen gleichzeitig – ein Verhalten, das zu Kirks Zeiten bei der Crew eines Raumschiffs undenkbar gewesen wäre.

»Und wenn wir es mit der *Sovereign* zu tun bekommen?« fragte Scott.

»Sie ist ebenso benachteiligt wie wir«, sagte Kirk. »Und wir bekommen vorher Gelegenheit, das Feuer zu eröffnen.«

»Unser Captain befindet sich in dem Arbeitslager«, gab Data zu bedenken. »Er könnte dem Angriff ebenso zum Opfer fallen wie die anderen.«

»Hören Sie…«, wandte sich Kirk an den Androiden. »Ich würde am liebsten ein Shuttle nehmen und die Sache allein erledigen. Picard ist bereits so gut wie tot, und das gilt für alle Gefangenen in dem Lager – nach dem Transfer der *Enterprise* haben sie ihren Zweck erfüllt. Finden Sie sich damit ab. Sie sind praktisch tot. Aber wenn wir so vorgehen, wie ich es für richtig halte… Dann könnten einige von ihnen den Angriff überleben. Und die Allianz müsste auf die *Enterprise* verzichten.« Kirk sah Janeway an. »Beim Vorbeiflug haben wir die Generatoren lokalisiert. Wir feuern zuerst auf die Notaggregate. Um Aufmerksamkeit zu erregen und die Wächter zu veranlassen, Evakuierungsmaßnahmen einzuleiten, damit möglichst viele Gefangene in die Baracken zurückkehren können.«

McCoy klopfte mit der Faust auf das Geländer, neben dem er stand. »Verdammt, Jim. Ist dir eigentlich klar, was du da sagst? Du sprichst davon, dass ›einige‹ Gefangene den Angriff überleben könnten. Hast du eine Vorstellung davon, wie viele Personen sterben, wenn wir das Arbeitslager unter Beschuss nehmen?«

Kirk bedachte ihn mit einem durchdringenden Blick. »Hast du eine Ahnung, wie vielen Personen der Tod droht, wenn wir *nicht* angreifen?«

»Das kannst du nicht wissen.«

»Doch, das kann ich.« Kirk wandte sich an Janeway. »Sie haben gegen die Allianz gekämpft und kennen den Gegner. Dies ist Ihr Schiff, ob es Ihnen gefällt oder nicht. Beginnen Sie mit dem Angriff, Kate. Andernfalls ist die Widerstandsbewegung erledigt, und dann gibt es in Ihrem Universum keine Hoffnung auf Freiheit mehr.«

Kirk sah ihr in die Augen. Für Janeway war jetzt der entscheidende Augenblick gekommen – die nächsten Sekunden würden ihr zukünftiges Leben bestimmen.

Stille herrschte auf der Brücke.

Niemand wagte zu sprechen.

Bis die Kommandantin der *Voyager* ihre Entscheidung traf.

Sie atmete tief durch.

»Gefechtsstationen besetzen«, sagte Janeway. »Die Allianz wird die *Enterprise* nicht bekommen.«

Sie wandte sich dem Kommandosessel zu, als T'Val in Richtung Navigationsstation eilte.

Beverly Crusher griff nach Janeways Schulter und drehte sie um. »Sie schicken sich an, Hunderte von Unschuldigen umzubringen...«

Janeway schob Crushers Hand beiseite. »Ich habe diesen Krieg nicht begonnen.«

Alle Anwesenden sahen Kirk an.

Sie wussten, wessen Krieg es war.

Picard hielt den Disruptor auch weiterhin gesenkt, obwohl er hörte, wie sich im Kontrollraum jenseits der offenen Tür jemand bewegte. Er achtete darauf, Teilanis Präsenz nicht zu verraten, als sie hinter ihm eine neue Position einnahm.

»Ich lasse nicht zu, dass Sie mein Schiff transferieren«, sagte er.

»Ein solches Gespräch haben wir bereits geführt«, antwortete Rutal. Ihre Stimme ertönte irgendwo im rückwärtigen Bereich des Kontrollraums.

Picard riskierte einen Blick durch die Tür und sah einen runden Kontrollbereich, gesäumt von Konsolen mit Datendisplays und Bildschirmen.

Ein Schirm zeigte ein Durcheinander aus Wächtern

und Gefangenen. Dies war der richtige Raum. Von hier aus konnte Picard das Signal für den Beginn des Fluchtversuchs geben.

»Warum kommen Sie nicht herein, damit wir über ein neues Thema reden können?« fragte Rutal.

»Lange genug, um Ihren Wächtern Gelegenheit zu geben, sich einen Weg durch die Wände zu schneiden?« erwiderte Picard.

»Ich brauche keine Wächter, um mit Ihnen fertig zu werden.«

»Warum kommen Sie dann nicht hierher?«

»Ich bitte Sie, Captain Picard. Sie haben einen Disruptor.«

»Sie nicht?«

Ein Schatten glitt über die Konsolen. Nur mit Mühe widerstand Picard der Versuchung, darauf zu schießen.

»Meiner ist nicht so groß wie Ihrer«, entgegnete die Cardassianerin. Ihre Stimme schien noch etwas weiter entfernt zu sein und aus einer anderen Richtung zu kommen.

Picard wusste nicht, warum sich die Gul bewegte und was sie plante. Besaß der Kontrollraum noch einen anderen Ausgang? Er musste irgendetwas unternehmen, die Initiative ergreifen.

»Ich gebe Ihnen fünf Sekunden, um den Kontrollraum zu verlassen«, sagte Picard. »Nach Ablauf dieser Frist werfe ich eine Partikelgranate durch die Tür.« Er hatte gesehen, dass einige Wächter mit diesen scheußlichen Waffen ausgerüstet waren. Sie dienten dazu, organische Wesen zu töten, ohne dass die Explosion zu großen Schaden anrichtete. Vielleicht glaubte die Gul tatsächlich, dass es ihm gelungen war, sich eine solche Granate zu beschaffen.

Rutals Antwort deutete darauf hin, dass sie unbeeindruckt blieb. »Ich gebe *Ihnen* fünf Sekunden, um die

Waffe fallen zu lassen. Wenn Sie sich nicht ergeben, werde ich Sie töten.«

Die fünf Sekunden verstrichen.

»Offenbar haben wir beide geblufft«, sagte Picard, um Rutal zu veranlassen, erneut zu sprechen. Er musste wissen, wo sie sich befand – um ein Ziel zu haben, wenn er durch die Tür sprang und feuerte.

»Einer von uns hat nicht gebluff«, erwiderte die Gul.

Auf der linken Seite, dachte Picard.

Er stellte sich vor, wie er durch den offenen Zugang hechtete, sich abrollte, wieder auf die Beine kam und schoss.

Er spannte die Muskeln für den Sprung...

»*Jean-Luc*!« rief Teilani. »Auf den Boden!«

Picard ließ sich fallen, und nur einen Sekundenbruchteil später jagte ein Disruptorstrahl über ihn hinweg. Er traf eine Gestalt, die in der mittleren Tür erschienen war.

Davon hatte er sich täuschen lassen: Für gewöhnlich wiesen drei Türen auf drei Zimmer hin. Doch in diesem Fall führten sie alle in den Kontrollraum.

Picard wusste nicht, auf wen Teilani gefeuert hatte. Er trat vor, durch die linke Tür, erreichte das Kontrollzentrum und hielt die Waffe schussbereit.

Rutal stand neben einer Konsole. Allein. Die arrogante Cardassianerin hatte geglaubt, ganz allein mit einem Terraner wie Picard fertig zu werden, ob er nun Captain eines Raumschiffs war oder nicht.

Ihr Brustharnisch glühte dort, wo ihn die Entladung von Teilanis Disruptor getroffen hatte. Doch hatte er dem Strahl standgehalten, und jetzt hob Rutal ihre eigene Waffe. »Wie schade, dass Sie nicht erleben können, wie ich das Kommando über Ihr Schiff führe«, sagte sie.

Picard schoss.

Ein goldener Halo aus flackernder Energie umhüllte die Gul.

Sie blieb unverletzt.

Ein Summen wies darauf hin, dass die Emissionsmodule von Picards Strahler aufgeladen wurden. Der Vorgang nahm einige Sekunden in Anspruch, und während dieser Zeit ließ sich der Disruptor nicht verwenden.

»Jetzt bin ich dran«, sagte Rutal, lächelte genüsslich und zielte auf Picard.

Der Captain sprang zur Seite, und der Blitz aus destruktiver Energie verfehlte ihn.

»Sie schieben das Unvermeidliche nur hinaus«, sagte die Cardassianerin.

Picard duckte sich hinter eine kleine Konsole und hörte, wie Rutals Schritte näher kamen.

Funken stoben aus dem Schaltpult, als es von einem Disruptorstrahl getroffen wurde. Picard erhob sich ruckartig und feuerte.

Wieder flackerte Energie um die Cardassianerin. Und wieder blieb sie unverletzt.

Dann verstärkte sich das Glühen, das die Gul umgab – ein zweiter Strahl traf sie von hinten.

Teilani.

Rutal riss überrascht die Augen auf, als sie herumwirbelte und Teilani in der mittleren Tür sah.

Picard nutzte die Gelegenheit, um seinen Disruptor auf volle Energiestärke zu justieren.

Er trat vor, als Rutal auf Teilani zielte.

Ganz gleich, wie gut die Rüstung der Cardassianerin vor Disruptorenergie schützte – sie konnte unmöglich die von zwei hochenergetischen Strahlen erzeugte Hitze ableiten.

Rutal sank auf die Knie und schnappte mit offenem Mund nach Luft.

Picard und Teilani feuerten auch weiterhin.

Und schließlich versagte die Rüstung.

Für den Hauch eines Augenblicks schien sich die Gul

in eine Skulptur aus Licht zu verwandeln – ein letztes Echo der Energie, die ihren Leib verschlang.

Dann existierte sie nicht mehr.

Picard verlor keine Zeit damit, auf die Stelle zu starren, wo Rutal eben noch gekniet hatte. Er eilte zur nächsten Konsole, las die cardassianischen Beschriftungen und wählte ARBEITSFUNKTIONEN aus einem Menü.

Dann gab er seine Anweisungen ein.

Selbst im Kontrollraum tief im Innern des Kommandogebäudes war zu hören, wie draußen dreimal hintereinander Sirenen schrillten.

Alle Gefangenen wussten, was dieses Signal bedeutete.

Picard beobachtete das Geschehen auf den Bildschirmen.

Zwei Gefangene wandten sich plötzlich einem Wächter zu. Ein anderer Wächter wurde zu Boden gestoßen, bevor er seine Waffe ziehen konnte.

Männer und Frauen in dicken Entladungsanzügen eilten über die Oberfläche des Asteroiden und näherten sich der Gravitationssäule, die zur *Enterprise* emporführte.

»Es klappt«, sagte Teilani.

»Die beste Crew von ganz Starfleet«, erwiderte Picard voller Stolz.

Der Boden des Kontrollraums erzitterte, als es in der Ferne zu einer Explosion kam.

Picard strahlte. Data und er hatten angenommen, dass die Gefangenen mindestens zwanzig Minuten brauchen würden, um die Hauptgeneratoren des Lagers zu sabotieren – sie lieferten die Energie für die Traktorstrahlen, deren Zweck darin bestand, die Position der *Enterprise* zu stabilisieren. »Sie sind dem Zeitplan ein ganzes Stück voraus.« Die Notaggregate reichten völlig für den Atmosphärenschild.

Es kam zu einer zweiten Explosion, näher und heftiger. Sie ließ den ganzen Kontrollraum erbeben.

»Das gehörte nicht zum Plan«, sagte Picard.

»Sehen Sie nur.« Teilani streckte die Hand aus. »Auf dem Schirm…«

Picard blickte in die entsprechende Richtung.

Der Bildschirm zeigte ihm etwas, das alle ihre Bemühungen zunichte machte.

Mit hilflosem Zorn beobachtete Picard, wie sein sorgfältig ausgearbeiteter Plan vereitelt wurde, als die *Voyager* heranraste. Sie setzte ihre Phaserkanonen ein…

Und ruinierte alles.

Kirk wich in den hinteren Bereich der Brücke zurück. Er hatte dies alles in die Wege geleitet und war jetzt nicht mehr direkt daran beteiligt. Die Personen des vierundzwanzigsten Jahrhunderts mussten selbst lernen und den wahren Preis der Existenz erkennen.

Immer wieder entluden sich die Phaser der *Voyager*.

Sie hatten den Atmosphärenschild durchstoßen, und nichts schützte die Anlagen auf dem Asteroiden. Die Notaggregate boten ein leichtes Ziel.

Angesichts der geringen Entfernung gab es keine Interferenzen, die die Darstellungen des Hauptschirms beeinträchtigten. Alles war ganz deutlich zu erkennen, als die *Voyager* übers Lager hinwegflog und die Zielerfassung der Waffensysteme auf Energiesysteme richtete. Kirk beobachtete, wie Gefangene in alle Richtungen davonliefen, um den Explosionen zu entkommen. Wächter feuerten mit ihren Disruptoren auf die Fliehenden oder das angreifende Schiff. Zerstörung und Tod breiteten sich aus.

»Jim!«

Kirk blickte zu McCoy, der an der Funktionsstation saß.

»Sieh dir das an!«

Doch Kirk schüttelte den Kopf. Er wusste, was geschah, wer starb. Starfleet-Offiziere. Äquivalente aus dem Paralleluniversum. Klingonen. Wächter, die vielleicht darauf hingewiesen hätten, dass sie nur ihre Pflicht erfüllten. Leute, die den Tod verdienten. Und Unschuldige. Es spielte keine Rolle. Die Einzelheiten interessierten ihn nicht. Leben wurde ausgelöscht – ein Teil des Preises, der gezahlt werden musste, um einen noch viel größeren Schrecken zu verhindern.

Tod für Leben. Die eigentliche Währung des vierundzwanzigsten Jahrhunderts. Eine Grundwahrheit der menschlichen Geschichte, die sich offenbar nie änderte. Trotz aller Bemühungen, eine solche Veränderung zu bewirken.

»Komm her, Mann!« beharrte McCoy. »Ich habe Teilani gefunden!«

Kirk stützte sich am Geländer ab, als T'Vals Manöver die Trägheitsabsorber der *Voyager* auf eine harte Probe stellten. Als sich die Fluglage wieder stabilisierte, lief er durch den Kontrollraum und sah auf die Displays vor McCoy.

»Das ist... unmöglich. Ich habe eine gründliche Sondierung vorgenommen und *alle* Personen gescannt.«

»Aber du bist kein Arzt, du Idiot«, sagte McCoy. Seine Finger huschten über die Schaltelemente. »Du bist auch kein Programmierer oder Sensorspezialist. Wie üblich hast du versucht, alles selbst zu erledigen – und dabei ist dir ein Fehler unterlaufen!«

»Pille, auf meine Anweisung hin hat der Computer jedes Individuum im Arbeitslager mit Teilanis Biodaten verglichen. *In keinem Fall gab es eine Übereinstimmung.*«

»Das gilt für die *alten* Biodaten«, erwiderte McCoy. »Du warst zu strikt in Bezug auf die Lebensform-Parameter, hast dabei zu wenig Platz für Veränderungen gelassen. Deshalb konnte der Computer nichts entdecken.«

Kirk spürte, wie ihm die Knie weich wurden. »Welche Veränderungen meinst du, Pille? Warum sollten Teilanis Biodaten jetzt anders sein?«

McCoy deutete auf ein ganz bestimmtes Display. Die dortigen Bio-Anzeigen entsprachen Teilanis Werten, aber sie standen in direkter Verbindung mit den Daten einer anderen Lebensform. Beide überlagerten sich...

»Sie ist schwanger, Jim«, sagte McCoy.

Vollkommen verblüfft starrte Kirk an dem Arzt vorbei zum Hauptschirm – die Generatorstation verwandelte sich gerade in einen Feuerball. Teilani befand sich irgendwo dort unten, mit ihrem ungeborenen Kind.

Beiden drohte der Tod.

Es gab nicht genug Zeit, um nachzudenken oder besorgt zu sein. Jetzt kam es nur noch darauf an zu handeln.

Kirk kehrte der Brücke den Rücken zu und schien sich damit von seinem vergangenen Leben zu verabschieden.

Ich habe einen Plan, hörte er Teilani flüstern, als sie beide auf der Lichtung standen. *Selbst wenn du Chal verlässt... Du wirst immer bei mir sein.*

Erst jetzt verstand er die wahre Bedeutung dieser Worte.

Erst jetzt begriff er, dass es verschiedene Stufen der Hölle gab.

Er eilte zum Transporterraum, begleitet von den hinter seiner Stirn erklingenden Schreien der Sterbenden.

Der Preis der Existenz war gerade erhöht worden.

Picard und Teilani erstarrten, als ein Alarm durch den Kontrollraum schrillte. Rote Indikatoren blinkten.

Der Captain las die auf allen Bildschirmen erscheinende Warnung.

Der Atmosphärenschild war kollabiert.

»Können Sie feststellen, was passiert ist?« fragte Teilani.

Picard legte den Disruptor beiseite und betätigte unvertraute cardassianische Kontrollen. Die Worte eines Berichts scrollten über den Schirm.

»Der Plan sah vor, die Hauptgeneratoren lahm zu legen und eine Umschaltung auf die Notaggregate zu erzwingen – dadurch sollten wir Zeit genug bekommen, uns in die Baracken zurückzuziehen und die *Enterprise* zu erreichen.« Er betätigte einen Schalter, und daraufhin wechselte das Bild eines Monitors. »Aber die *Voyager*... Ihr erster Angriff galt den Notaggregaten. Überall im Lager ist die Energieversorgung ausgefallen. Das Kraftfeld existiert nicht mehr, und...«

Picard unterbrach sich, als er ein lauter werdendes Zischen hörte.

Teilani verstand sofort. »Die Atmosphäre entweicht.«

Die hermetischen Siegel des Kommandogebäudes versagten. Sie würden ersticken, wenn sie an diesem Ort blieben.

»Es bedeutet auch, dass die Position der *Enterprise* über diesem Asteroiden nicht mehr stabil ist.«

Teilani und Picard sahen sich an. Beiden war klar, dass ihnen nur noch wenige Minuten blieben, um zu handeln.

Plötzlich erloschen alle Anzeigen im Kontrollraum, und auch die Bildschirme wurden dunkel.

Aus dem Zischen der entweichenden Luft wurde ein fast ohrenbetäubend lautes Heulen.

»Ich muss Sie zu einer der Baracken bringen«, sagte Picard. »Dort sind Sie in Sicherheit.«

Teilani schüttelte den Kopf. »Sie müssen zur *Enterprise*.«

Gemeinsam liefen sie zur Luftschleuse.

Kirk materialisierte inmitten von Feuer.

Er hatte den Transporter so programmiert, dass sein

Transfer durch eine Strukturlücke in den Schilden der *Voyager* erfolgte – solche Lücken entstanden immer dann, wenn ihre Phaser aktiv wurden. Allerdings: Angesichts des dafür notwendigen präzisen Timings ließ sich der Zielort nicht genau bestimmen.

Feuer umhüllte Kirk.

Und verschwand, bevor es Schaden anrichten konnte.

Er hustete und versuchte, sich zu orientieren.

Als er diesmal Schreie hörte, erklangen sie nicht zwischen seinen Schläfen.

Überall brannte es.

Hunderte von Personen flohen über die metallene Oberfläche des Asteroiden.

Von Laufstegen aus feuerten Wächter auf Gefangene, die zu entkommen versuchten.

Die *Voyager* glitt über den Asteroiden hinweg. Feurige Ranken wuchsen aus den Plasmastürmen der Goldin-Diskontinuität und flackerten an den Schilden des Schiffes. Dadurch erweckten die Schutzschirme den Eindruck, in Flammen zu stehen.

Und überall heulte ein schrecklicher Wind.

Kirk presste sich die bandagierten Hände an die Brust, rang nach Atem und versuchte zu verstehen.

Dies ist notwendig, dachte er. *Dieser Angriff dient dazu, Milliarden von Leben im Paralleluniversum zu retten.*

So lautete die kalte, erbarmungslose Logik des Überlebens.

Doch jetzt befand er sich mitten in einem Sturm und wusste nicht nur die Frau in Gefahr, die er über alles liebte, sondern auch ihr gemeinsames, ungeborenes Kind – es symbolisierte eine Zukunft, die er sich immer gewünscht hatte, ohne es zu begreifen.

Dadurch änderte sich alles für ihn.

Kirk rief nach Teilani, rief nach jener verlorenen Zukunft, die nun von einer grässlichen Gegenwart verschlungen zu werden drohte, einem Ungeheuer, das er selbst geschaffen hatte.

Er blickte sich um und beobachtete, wie der heulende Wind Asche und kleine Trümmerstücke fortwehte. Nach wie vor glaubte er, nicht weiter als hundert Meter von Teilani entfernt zu sein. Immerhin hatte er den Transferfokus auf ihr Biosignal – auf ihre *Biosignale* – ausgerichtet.

Dort! Auf der linken Seite!

Zwei Personen wankten einem runden Gebäude entgegen.

Die eine ein Klingone, wenn auch nicht besonders kräftig gebaut.

Die andere eine Frau.

Teilani.

Das Kind.

»Jean-Luc! Tragen Sie mich!«

Picard wandte sich Teilani zu und sah erschrocken, wie sich ihr langes Haar aufrichtete.

Sie trug keinen Schutzanzug.

Und eine tödliche Entladung stand unmittelbar bevor.

Noch etwa hundert Meter trennten sie von der Baracke, die ihr Ziel darstellte. Picard wurde nicht langsamer, als er Teilani in die Arme nahm und sie hochhob, um den Kontakt mit der leitenden Oberfläche des Asteroiden zu unterbrechen. Aus einem Reflex heraus duckte er sich, als die *Voyager* über den Himmel raste. Er setzte auch weiterhin einen Fuß vor den anderen, während Teilanis Haar wieder nach unten sank – die Ladung verflüchtigte sich in der rasch dünner werdenden Luft.

»Es ist alles in Ordnung mit mir, Jean-Luc«, sagte Teilani. »Es besteht keine Gefahr mehr. Ich kann jetzt wieder allein gehen.«

Picard setzte sie nur widerstrebend ab, obgleich er wusste, dass sie Recht hatte. Anschließend griff er nach ihrer Hand und zog sie mit sich, bevor sie irgendwelche Einwände erheben konnte, und ohne ihr Gewicht kam er leichter voran. Der Mangel an Sauerstoff ließ sie schneller atmen.

Nach einigen Metern riskierte Picard einen Blick nach oben.

Die *Enterprise* befand sich nun zur Hälfte im Innern des Transferapparats und sank mit ihm zusammen dem Arbeitslager-Asteroiden entgegen.

Weiter oben wurde der zweite Asteroid größer, als er sich ebenfalls näherte.

Selbst wenn es Picard gelang, Teilani zur Baracke zu bringen – dort war sie höchstens eine Stunde lang sicher.

Und dann...

Eine verheerende Kollision.

Die beiden Asteroiden würden gegeneinander prallen und die *Enterprise* zermalmen. Für alle Personen im Arbeitslager bedeutete das einen grässlichen Tod.

Trotzdem: Picard musste Teilani dabei helfen, die Baracke zu erreichen. Etwas anderes kam überhaupt nicht in Frage.

Plötzlich berührte ihn eine Hand an der Schulter und versuchte, ihn von Teilani zu trennen.

Picard sah darauf hinab.

Es war keine Hand, sondern ein schmutziges Bündel blutiger Lumpen. Der Captain handelte instinktiv, als er den Arm hob, um einen Schlag abzuwehren. Gleichzeitig kam die Hand mit dem Disruptor in die Höhe und...

Kirk blinzelte überrascht, als er begriff, warum Teilanis Begleiter für einen Klingonen viel zu schmächtig wirkte.

»Jean-Luc?«

»Jim?«

Teilani zog an ihnen beiden. »*Wir dürfen nicht stehen bleiben!*«

»Sie hat Recht«, sagte Picard und lief los.

»Das hat sie meistens«, erwiderte Kirk und hielt mit ihm Schritt.

Sein Blick galt Teilani. Er konnte es kaum fassen, dass sie noch lebte, dass er sie gefunden hatte, dass sie wieder zusammen waren.

»Ich liebe dich!« rief er, während der Wind heulte, die Phaser der *Voyager* fauchten, Generatoren explodierten, Disruptoren feuerten und die Schreie von Wächtern und Gefangenen erklangen.

Während sie noch liefen, einer fragwürdigen Sicherheit entgegen, wandte ihm Teilani ein strahlendes Gesicht zu.

Kirk fühlte sich so, als erwachte auch in ihm ein neues Leben, und er lief schneller, übernahm die Führung.

30

Kirk, Teilani und Picard schnappten nach Luft, als das Außenschott der Luftschleuse beiseite rollte. Sie betraten die Schleusenkammer, kaum dass die Öffnung groß genug war, und sofort betätigte Picard die Kontrollen an der Innenseite.

Das Schott schloss sich wieder, und die draußen erklingenden Geräusche – krachende Explosionen und das Donnern der *Voyager*-Triebwerke – wurden leiser. Auch hier drin war die Luft ziemlich dünn.

Dann fühlte Kirk eine Vibration, die auf eine hermetische Abriegelung hindeutete, und Pumpen sorgten dafür, dass sich die Schleusenkammer mit frischer Atemluft füllte.

Er schlang den Arm um Teilani, während er mehrmals tief durchatmete.

Picard sah ihn an. »Wissen Sie, Jim… Sie unter solchen Umständen wiederzusehen, ist deshalb so schlimm, weil es mich ganz und gar nicht überrascht.«

»Habe ich Ihnen jemals für das Pferd gedankt?« fragte Kirk.

Picard hob die Hand, als das Summen der Pumpen verstummte und sich das Innenschott öffnete.

Kirk verstand die zur Vorsicht mahnende Geste.

Dutzende von Personen hatten vor ihnen in dieser Baracke Zuflucht gesucht – nicht nur Gefangene, sondern vielleicht auch Wächter.

Niemand von ihnen wusste, ob Freunde oder Feinde hinter dem Innenschott auf sie warteten.

Picard hielt seinen Disruptor schussbereit.

Kirk trat vor Teilani, um sie mit seinem Leib abzuschirmen.

Sie bedachte ihn mit einem verärgerten Blick und trat ihrerseits vor, um ihn zu schützen.

Das Schott rollte beiseite...

Und dahinter stand niemand.

Picard schob sich nach vorn, den Disruptor erhoben. Er betrat die Baracke.

Nach einigen Sekunden forderte er Kirk und Teilani mit einem Wink auf, ihm zu folgen.

Der große Raum war leer. Niemand saß oder lag auf den schmalen Pritschen. Nur ein unangenehmer Geruch erinnerte an die vielen Gefangenen, die hier untergebracht gewesen waren.

»Sie wurden transferiert«, sagte Kirk. Es gab keine andere Erklärung.

»Ja«, bestätigte Picard. »Aber von wem?«

Sie hörten das Summen eines Transporterstrahls. »Das werden wir gleich herausfinden«, sagte er.

»Mr. Scott!« entfuhr es Picard, als er von der Transferplattform heruntersprang. »Es ist mir eine große Freude, Sie wiederzusehen.« Er sah sich im Transporterraum um und erkannte ihn. »Ich nehme an, wir befinden uns an Bord der anderen *Voyager*, oder?«

»Aye«, erwiderte Scott. Plötzlich wirkte er besorgt und schob sich an Picard vorbei, um Teilani von der Plattform zu helfen.

Kirk und Picard folgten seinem Beispiel.

Teilani wich von den drei Männern fort. »Ich bin durchaus imstande, allein von einer Transferplattform herunterzuklettern«, sagte sie.

Echte Sorge zeigte sich in Kirks Miene. »Aber... du bist schwanger.«

»Stimmt das?« fragte Picard.

Scott griff erneut nach Teilanis Arm. »Dann sollten Sie sich setzen, Teuerste.«

Die Hände der Frau kamen nach oben. »Es liegt an den Pheromonen, meine Herren. Das genetische Erbe meiner romulanischen Hälfte. Die frühe Geschichte der Romulaner war so sehr von Gewalt geprägt, dass die Frauen Pheromone produzierten, um ihre Männer zu veranlassen, sie um jeden Preis zu schützen. Damals mag das ein Vorteil gewesen sein, aber heute ist das gewiss nicht mehr der Fall.«

»Pheromone.« Picard seufzte erleichtert. »Das erklärt, warum...« Er unterbrach sich, als er Kirks Blick bemerkte.

»Das erklärt was?« fragte Kirk.

»Oh, nichts«, entgegnete Picard und räusperte sich. Er hielt es für besser, nicht darauf hinzuweisen, wie reizvoll Teilani auf ihn gewirkt hatte – immerhin wollte er die Freundschaft mit Kirk bewahren. Er sah Scott an. »Wie viele Personen konnten Sie transferieren?«

Der Chefingenieur runzelte die Stirn. »Etwa die Hälfte. Es halten sich noch immer viele Leute in den Baracken auf. Mehr, als wir transferieren können.«

»Die Asteroiden nähern sich einander«, sagte Kirk. »Uns bleibt noch etwa eine Stunde, um die anderen Personen in Sicherheit zu bringen.«

»Ich bin für jeden Vorschlag dankbar«, erwiderte Scott. »Nicht einmal die *Enterprise* kann eine Kollision der beiden Asteroiden verhindern. Ihr Abstand ist viel zu gering.«

»Wie ist der gegenwärtige Status der *Enterprise*?« fragte Picard. Es gab viele andere Dinge, über die er Bescheid wissen wollte, aber dieser Punkt kam an erster Stelle.

Scott seufzte. »Inzwischen befindet sie sich fast ganz im Innern des großen Apparats. Mr. Spock hat ein Ansteigen des energetischen Niveaus festgestellt und glaubt, dass der... Transfer ins andere Universum unmittelbar bevorsteht.«

»Das dürfen wir auf keinen Fall zulassen, Scotty«, sagte Kirk.

Der Schotte schüttelte niedergeschlagen den Kopf. »Ich fürchte, wir können nichts dagegen unternehmen.«

Kirk erreichte die Brücke der *Voyager* und sah zum Hauptschirm, der die *Enterprise* zeigte.

Die Innenseiten des Transferapparats glühten und projizierten ein gespenstisches grünes Licht auf das große Raumschiff.

»Weiß jemand, was es damit auf sich hat?« fragte Kirk.

Picard und Scott blieben hinter ihm stehen. Teilani trat an seine Seite und griff nach einer seiner noch immer verbundenen Hände. Sie sah ihn an und erhoffte sich eine Erklärung für die jüngsten Ereignisse, doch er schüttelte den Kopf – dies war nicht der geeignete Zeitpunkt.

»Die Vorrichtung ist ein Transporter«, sagte Spock. Er stand an der taktischen Konsole und wirkte noch ernster als sonst.

»Das ist doch Unsinn!« platzte es aus Scott heraus. »Niemand kann einen so großen Transporter bauen.«

»Eigentlich hat es auch gar keinen *Sinn*, einen so großen Transporter zu konstruieren, Mr. Scott. Warum ein Raumschiff transferieren, das ja selbst ein Transportmittel ist? Es sei denn natürlich, das Schiff soll nicht von einem Ort zu einem anderen gebracht werden, sondern...«

»Von einem Universum zu einem anderen«, beendete Kirk den Satz. So erschreckend und bedrohlich der Apparat auch sein mochte – es bot sich sofort eine Lösung für das Problem an. »Lassen Sie uns das Ding vernichten, Spock.«

Janeway näherte sich, und subtile Schatten in ihrem Gesicht wiesen auf die Belastungen des Kommandos hin. »Aussichtslos. Wir haben entsprechende Analysen vorgenommen. Der Apparat empfängt Energie von der *Enterprise*, und ihre Schilde schützen ihn. Die *Voyager* verfügt nicht über genug Feuerkraft, um die Schutzschirme zu durchdringen, und wir können den Apparat auch nicht rammen.«

»Wir dürfen nicht tatenlos zusehen, wie man die *Enterprise* in ein anderes Universum entführt«, sagte Kirk fest.

»Ich sehe keine Möglichkeit, es zu verhindern«, erwiderte Spock.

Kirk sah Picard an. »Wenn wir an Bord gelangen... Wären Sie dann imstande, die Selbstzerstörungssequenz einzuleiten?«

Picard wandte sich an Spock. »Wie viel Zeit bleibt uns?«

»Höchstens zehn Minuten.«

Picards Blick glitt zu Kirk. »Wie könnte ich an Bord gelangen?«

Kirks Gedanken rasten. »Wir konzentrieren unsere ganze Feuerkraft auf eine kritische Stelle der Schilde. Wenn sich an einer Überlappung von zwei Schutzschirmsegmenten genug destruktive Energie entfaltet, lässt sich vielleicht ein Reset der Schilde auslösen, wodurch...«

»Captain Kirk...«, warf Scott mit sanfter Stimme ein. »Dieser Fehler in der Schildstruktur wurde schon vor dreißig Jahren korrigiert. Auf diese Weise lassen sich die Schutzschirme nicht mehr überlisten.«

»Oh«, sagte Kirk. Er wippte auf den Zehen, als ihn die Umstände einmal mehr daran erinnerten, dass er ein lebendes Relikt aus einer längst vergangenen Epoche war.

»Und wenn wir die *Enterprise* ins andere Universum

begleiten?« fragte Janeway. »Könnten wir uns nach ihrem Transfer ebenfalls transferieren?«

»Wir wissen nicht, wie der Apparat funktioniert«, gab Spock zu bedenken. »Und die Distanz zwischen den Asteroiden schrumpft so schnell, dass uns nicht genug Zeit bleibt, um genaue Untersuchungen anzustellen.«

Schweigend standen sie auf der Brücke der *Voyager* und beobachteten, wie das grüne Licht im Innern des Transferapparats intensiver strahlte.

Plötzlich fiel Kirk etwas ein. »Wo ist die *Sovereign*?«

T'Val sah von den Navigationskontrollen auf. »Sie wahrt einen Abstand von hunderttausend Kilometern und nähert sich nicht.«

Kirk lächelte triumphierend. »Jenes Schiff hat genug Feuerkraft, um die Schilde der *Enterprise* zu durchdringen und die Transfervorrichtung zu vernichten.«

Scott sprang vor Aufregung fast von einem Bein aufs andere. »Natürlich. Wir brauchen nur dafür zu sorgen, dass sie hierher kommt.«

Der Enthusiasmus des Chefingenieurs wirkte ansteckend. Kirk wandte sich ihm erwartungsvoll zu. »Und dann was, Scotty?«

Scott strahlte. »Nun, Sir, ich bin Chefingenieur an Bord der *Sovereign* gewesen. Und ich kenne ein paar Tricks, von denen Admiral Nechajew keine Ahnung hat.«

Spock trat vor. »Was auch immer Sie vorhaben, meine Herren... Ich möchte Sie daran erinnern, dass der Zeitfaktor eine erhebliche Rolle spielt.«

»Wann ist das einmal nicht der Fall gewesen?« entgegnete Kirk und sah Janeway an. »Beginnen Sie mit dem Angriff auf die *Enterprise*.«

Janeway riss unwillkürlich die Augen auf. »Dieses Schiff kann es nicht mit der Sovereign aufnehmen,

Kirk. Wir sind erledigt, wenn Ihr Plan nicht funktioniert.«

»In diesem Universum – und ich bezweifle, dass sich das geändert hat – nennen wir so etwas ein Alles-oder-nichts-Szenario«, sagte Kirk.

Teilani hatte von Anfang an Recht gehabt. Herausforderungen würden immer Teil seines Lebens sein, ganz gleich, wo er sich befand.

Der Zweck seiner Existenz bestand nicht darin, hartnäckige Baumstümpfe aus dem Boden von Lichtungen zu ziehen.

Es ging vielmehr darum, dort einen Unterschied zu bewirken, wo andere Personen das Ende ihrer Möglichkeiten erreichten.

Und er wusste: Wenn er diesmal keinen Erfolg erzielte, so würde sich ihm keine zweite Chance bieten.

31

Mit fünfundzwanzig Prozent Impulskraft sauste die *Voyager* an der *Enterprise* vorbei und konzentrierte ihre ganze Feuerkraft auf eine Stelle über dem Heck. Dort hatte Scott eine schwache Stelle in der Schildstruktur entdeckt – die Entwicklungstechniker von Starfleet arbeiteten bereits an einer Verbesserung.

Im Kontrollraum der *Voyager* zeigte der Hauptschirm, wie Phaserstrahlen der *Enterprise* entgegenzuckten und an ihren sichtbar werdenden Schilden zerstoben.

Das große Schiff blieb unbeschädigt, aber die gewünschte Wirkung stellte sich trotzdem ein.

»Die Triebwerke der *Sovereign* werden aktiv«, meldete T'Val. »Dort weiß man von der schwachen Stelle in den Schilden.«

Kirk sah zu Scott. Der Chefingenieur saß an der Kommunikationsstation. »Glauben Sie, dass es wirklich klappt, Scotty?«

»Halten Sie dies für den geeigneten Zeitpunkt, mir eine solche Frage zu stellen?«

Janeway und T'Val begannen mit einem neuen Anflug. Nach Spocks Berechnungen blieben noch drei Minuten, bis sich die *Enterprise* ganz im Innern des großen Transferapparats befand. Picard bediente die Waffenkontrollen. LaForge und Data hielten sich im Maschinenraum bereit, für den Fall, dass ein schneller Rückzug nötig wurde. McCoy, Beverly Crusher, Deanna und die beiden Spocks warteten auf der Brücke.

Picard feuerte mit den Phasern und richtete ihre Zielerfassung auf die von Scott genannten Koordinaten.

»Die *Sovereign* beschleunigt«, sagte T'Val. »Ihre Phaser werden mit Energie geladen.«

»Volle Kapazität der Schilde«, ordnete Janeway an. »Sorgen Sie dafür, dass die *Enterprise* zwischen uns bleibt.«

Das Brückendeck neigte sich, als die *Voyager* zur Seite kippte, in einer engen Kurve um den Transferapparat glitt und der ersten Phasersalve der *Sovereign* auswich.

»Daneben«, sagte Picard.

»Der Gegner folgt uns«, meldete T'Val.

»Los geht's«, sagte Kirk. »Einen Kom-Kanal öffnen.«

Spock schickte die ersten Kom-Signale von einer Nebenkonsole aus, und die *Sovereign* reagierte sofort.

Auf dem Hauptschirm erschien die andere, aus dem Paralleluniversum stammende Flottenadmiralin Alynna Nechajew. Sie saß im Kommandosessel der *Sovereign* und hatte sich ganz offensichtlich von der letzten Begegnung mit Kirk erholt. Neben ihr stand der cardassianische Glinn Arkat mit verschränkten Armen und einem hasserfüllten Glanz in den Augen.

»Sind Sie noch immer nicht tot?« fragte Nechajew.

Kirk wusste, dass es in erster Linie darauf ankam, die Admiralin abzulenken. Aus den Augenwinkeln sah er, wie Scott eifrig an den Kommunikationskontrollen arbeitete. Dreißig Sekunden, hatte ihm der Chefingenieur versprochen. Kirk wusste, dass ihm fünfzehn Sekunden genügten. Nach vielen Jahren hatte er schließlich begriffen, warum es Scott so oft gelang, eine Aufgabe vorzeitig zu beenden – weil er bei Schätzungen immer die doppelte Zeit angab.

»Ich möchte Ihnen eine Übereinkunft vorschlagen«, sagte Kirk.

Nechajew wechselte einen erstaunten Blick mit Arkat. »Ihr Schiff kann es nicht mit meinem aufnehmen. Es ist auch nicht schneller. Warum sollte ich Sie nicht einfach vernichten und uns beiden viel Zeit ersparen?«

»Sie haben es auf unsere hoch entwickelte Technik abgesehen«, erwiderte Kirk.

»Darüber verfüge ich bereits. In Form von zwei Raumschiffen.«

Kirk lehnte sich im Sessel des Ersten Offiziers zurück und wirkte skeptisch. »Die Sovereign-Klasse ist überholt«, behauptete er. »Solche Schiffe können der neuesten Waffe von Starfleet nicht standhalten.«

Kirk beugte sich vor und widerstand der Versuchung, in Scotts Richtung zu sehen. »Corbomit«, fügte er hinzu und brauchte seine ganze Selbstbeherrschung, um nicht den Kopf zu drehen, als McCoy stöhnte.

Arkat bückte sich und flüsterte Nechajew etwas ins Ohr.

»Corbomit?« wiederholte die falsche Admiralin. »Mal sehen... Braucht man eine solche Substanz für die Konstruktion von *polyphasischen Disruptoren*?«

»Davon habe ich nie etwas gehört«, sagte Kirk.

»Zielerfassung auf die *Voyager* richten!« befahl Nechajew.

Kirk warf einen raschen Blick zur Seite. »Scotty...?« fragte er.

Scott schüttelte kummervoll den Kopf. »Dies ist nicht wie in der guten alten Zeit. Die heutigen Schiffe... sie sind viel zu kompliziert.«

Kirk sah noch eine letzte Möglichkeit. »Admiral, wenn Sie sich jetzt ergeben... Dann bin ich bereit, beim Prozess ein gutes Wort für Sie einzulegen.«

Nechajews Augen schienen aus den Höhlen zu treten, als sie schallend lachte. Selbst der neben ihr stehende Arkat grinste. »*Sie* wollen, dass *ich* mich *ergebe*?«

»Andernfalls könnte es Ihnen schlecht ergehen«, sagte Kirk.

Die Admiralin lachte erneut, und zwar so hingebungsvoll, dass sie in Atemnot geriet.

»Ich werde Sie wirklich vermissen, Kirk...«, brachte sie schließlich hervor. Und dann sagte sie: »Feuer.«

Kirk spürte, wie sich Teilanis Hand fester um seine Schulter schloss.

»Geschafft!« rief Scott.

Die *Voyager* schwebte im All, ohne dass ihr verheerendes Phaserfeuer entgegenschlug.

Ungläubigkeit breitete sich in Nechajews Miene aus, als die Existenz der *Voyager* andauerte.

»Und jetzt kommt es zu *dieser* kleinen Überraschung...«, freute sich Scott.

Die Fassungslosigkeit der Admiralin verwandelte sich in Panik, als der Bordcomputer der *Sovereign* auf einen unmittelbar bevorstehenden Warpkern-Kollaps hinwies.

Picard wandte sich zum Chefingenieur um. »Mr. Scott, können Sie das bei allen Raumschiffen der Sovereign-Klasse bewerkstelligen?«

»Nur bei zuvor von mir selbst manipulierten Exemplaren«, erwiderte Scott bescheiden. »Und jetzt ändern wir die Ausrichtung.«

»Bugsicht«, sagte Janeway.

Das plötzlich auf Nechajews Brücke herrschende Durcheinander wich einer Darstellung der *Sovereign*. Die Manövrierdüsen auf der Backbordseite feuerten, und dadurch drehte sich das Schiff um die eigene Achse. Andere Düsen neutralisierten das Bewegungsmoment, und der große Raumer verharrte wieder, die »untere« Seite dem zweiten Asteroiden zugewandt.

»Und jetzt...«, sagte Scott, »...lassen wir die Sicherheitssysteme aktiv werden.«

Weißer Dampf entwich ins All, als Sprengladungen ein Außenhüllensegment aus dem ›Bauch‹ der *Sovereign* lösten. Anschließend glühte es blau – der Warpkern wurde ausgeschleust.

»Mr. Scott«, sagte Kirk, »Sie haben ein wahrhaft schönes Werk vollbracht.«

»Aye«, erwiderte Scott, als der schimmernde Zylinder des Warpkerns dem zweiten Asteroiden entgegenfiel. »So könnte man es auch beschreiben.« Er betätigte ein weiteres Schaltelement, und plötzlich flog die *Sovereign* mit halber Impulskraft fort.

»Sie dürfte fast Vulkan erreicht haben, bevor es den Leuten an Bord gelingt, meine Sperren lahm zu legen«, brummte Scott zufrieden.

Doch Kirk konnte nur einige wenige Sekunden lang triumphieren.

»Die *Enterprise* befindet sich vollständig im Transferapparat«, berichtete Spock. »Die Sensoren registrieren eine Zunahme von energetischen Emissionen, die auf den Einsatz eines Transporterstrahls hindeuten.«

»Zeit bis zum Aufschlag des Warpkerns?« fragte Janeway.

»Fünfzehn Sekunden«, antwortete Scott.

»Unglücklicherweise beginnt der Transfer in zehn Sekunden«, sagte Spock.

Kirk wandte sich an Janeway. »Wir müssen den Vorgang irgendwie verzögern. Setzen Sie unsere Phaser ein. Vielleicht gelingt es uns, die Transfersequenz zu unterbrechen.«

Janeway stand auf. »Also los, T'Val.«

Ein lautes Summen wies darauf hin, dass sich die Phaser der *Voyager* entluden.

»Transfer in fünf Sekunden«, sagte Spock.

»Aufschlag in zehn«, fügte Scott hinzu.

Die glühende Hülle aus Energie, die nicht nur die *Enterprise* schützte, sondern auch den Transferapparat, blitzte und flackerte, als die *Voyager* auch weiterhin mit ihren Phasern darauf feuerte.

»Ich stelle eine Transferanomalie fest«, sagte Spock. »Die Vorrichtung versucht zu kompensieren. Transfer in drei Sekunden...«

»Aufschlag in acht... sieben...«

»...zwei... eins. Transfersequenz ist eingeleitet und...«

Grünes Licht gleißte fast blendend hell.

Kirk hob den Arm vor die Augen und konnte es kaum glauben, eine Niederlage erlitten zu haben.

Doch als er den Arm wieder sinken ließ, befand sich die *Enterprise* nach wie vor im Innern des monströsen Transferapparats.

»Der Warpkern ist auf dem zweiten Asteroiden explodiert«, sagte Scott. »Die Schockwelle erreicht uns in drei Sekunden.«

Janeway verlor keine Zeit. »Bringen Sie uns fort von hier, T'Val.«

Ein oder zwei Sekunden lang strichen die bunten Schlieren der Plasmastürme über den Hauptschirm. Dann schalteten die Sensoren um, und das zentrale Projektionsfeld zeigte die beiden Asteroiden. Einer von ihnen geriet in Bewegung, und zwar aufgrund einer gewaltigen Explosion, die an seiner Seite eine große blaue Glutwolke geschaffen hatte.

»Die Bahn des Asteroiden verändert sich«, meldete Spock. »Kursberechnung erfolgt...« Der Vulkanier wandte sich an Kirk. Man hätte meinen können, dass sie sich wieder an Bord der alten *Enterprise* befanden. An Bord der ersten *Enterprise*. »Captain, der zweite Asteroid wird in einem Abstand von zweihundert Metern am ersten vorbeifliegen. Zur nächsten Möglichkeit für eine Kollision kommt es in siebzehn Tagen – genug Zeit für eine vollständige Evakuierung aller Überlebenden des Arbeitslagers.«

Kirk erlaubte sich den Luxus, tief durchzuatmen.

Alles hatte auf ein gemeinsames Ziel hingearbeitet: die Crew, die Technik, der Wille zum Sieg.

Er fühlte Teilanis Hand auf der Schulter.

Doch dann sah Kirk, dass Picard zum Hauptschirm blickte, und er begriff: Es wartete noch eine letzte Mission auf sie.

»Wir müssen zurückkehren und feststellen, was aus der *Enterprise* geworden ist«, sagte er zu Janeway.

Sie nickte. »Einverstanden.«

32

Die *Enterprise* hing antriebslos im All, umgeben von den Resten des Transferapparats. Sie wirkte wie ein altes, untergegangenes Schiff, das in einem Grab aus Tang und Trümmern ruhte.

Die Positionslichter des Schiffes brannten nicht mehr. Es zeigte sich kein Glühen an den Warpgondeln. Aber äußerlich wies die *Enterprise* keine Schäden auf, und ihre Akkus enthielten genug Energie, um die Lebenserhaltungssysteme auf dem Basisniveau funktionieren zu lassen.

Kirk und Picard standen vor dem Hauptschirm der *Voyager*. Spock und Teilani leisteten ihnen Gesellschaft.

»Es tut mir leid, Jean-Luc«, sagte Kirk. Und er meinte es ernst. Er gehörte zu den wenigen Personen, die um die besondere Beziehung zwischen einem Captain und seinem Schiff Bescheid wussten. Daher konnte er sich gut vorstellen, was Picard empfand, während er die *Enterprise* beobachtete.

»Schon gut«, sagte Picard zu Kirk. Er lächelte, ein wenig schief zwar, aber die Schatten des Kummers wichen aus seinen Zügen. »Ich habe sie noch immer. Wir haben sie gerettet.«

Kirk wollte Picard die Hand reichen, aber beide Männer blickten ein wenig verlegen auf die schmutzigen Verbände hinab. Schließlich legte Picard die Hände auf Kirks Schultern. »*Sie* haben sie gerettet«, sagte er. »Und ich danke Ihnen.«

LaForges Stimme erklang von einer rückwärtigen Sensorstation. »Captain?«

Kirk und Picard drehten sich gleichzeitig um. »Ja?«

LaForge lächelte. »Captain *Picard*, Scotty und ich haben eine Strukturanalyse durchgeführt. Es gibt keine Anzeichen für eine fehlerhafte Transporter-Synchronisierung.«

»Das ist eine große Erleichterung«, erwiderte Picard. Die von der Explosion des Warpkerns verursachte Subraum-Schockwelle hatte den Transfer der *Enterprise* ins Paralleluniversum unterbrochen. Unter gewissen Umständen hätte es durch den vorzeitigen Abbruch des Vorgangs zu einer fehlerhaften Restrukturierung des Schiffes kommen können, aber allem Anschein war alles gut gegangen – ein weiterer Sieg.

Spock blieb skeptisch. »Seltsam«, sagte er. »Ich war sicher, vor der Warpkern-Explosion einen vollständigen Transporterfeld-Effekt registriert zu haben.«

Kirk musterte seinen alten Freund und lächelte. »Wir bekamen es zum ersten Mal mit einem so großen Transporter zu tun, Spock. Bestimmt gibt es technische Unterschiede, von denen wir nichts wissen.«

»Vielleicht«, räumte der Vulkanier ein, doch es klang nicht sehr überzeugt.

Picard sah an der klingonischen Rüstung hinab und schien erst jetzt zu merken, dass er sie immer noch trug. »Ich sollte mich besser umziehen. Die Hilfsschiffe treffen in zwei Stunden ein, und... Nun, dort drüben wartet sicher viel Arbeit auf uns.«

Picard ging zum Turbolift und lächelte auch weiterhin.

Kirk sah ihm nach, froh darüber, dass Jean-Luc noch immer sein Schiff hatte. Gleichzeitig empfand er eine tiefe Zufriedenheit angesichts der Erkenntnis, dass auf ihn selbst andere Missionen warteten.

Teilani umarmte ihn. »Ich möchte, dass du die Krankenstation aufsuchst und dir von Dr. McCoy die Verbände wechseln lässt.«

Kirk sah darauf hinab. Sie waren noch immer die geringste seiner Sorgen. »Später«, sagte er.

»Geh jetzt«, beharrte Teilani. »Ich beabsichtige nicht, die Windeln alle selbst zu wechseln.«

Kirk lächelte, als er an diese ganz besondere Mission dachte. Er konnte es gar nicht abwarten, dass sie begann. Dann bemerkte er, wie Spock zu T'Val sah – vermutlich dachte auch der Vulkanier an Kinder und Eltern. An nicht beschrittene Lebenswege. Die Vorstellung, dass Spock litt, bereitete Kirk Kummer. Er wechselte das Thema.

»Kurz vor dem Angriff der *Voyager*, Spock… wiesen Sie darauf hin, Sie und Ihr Äquivalent hätten herausgefunden, wo die unterschiedliche Entwicklung der beiden Universen begann.«

Spocks Aufmerksamkeit kehrte ins Hier und Heute zurück. »Gemeint ist dabei nicht etwa ein bestimmtes Ereignis, sondern vielmehr der Zeitpunkt«, sagte er. »Er liegt etwa dreihundert Jahre zurück, beim Erstkontakt zwischen Menschen und Vulkaniern. Kate Janeway gab uns einen Anhaltspunkt, als sie meinte, Lake Sloane auf Alpha Centauri IV hieße in ihrem Universum Lake Riker.«

»Bedeutet ein Name einen so großen Unterschied?« fragte Kirk.

»Nein, aber dabei handelt es sich um eins der ersten Anzeichen einer unterschiedlichen Entwicklung. Der See erhielt seinen Namen von Zefram Cochrane, nachdem er die Erde verlassen und eine Kolonie auf dem vierten Planeten von Alpha Centauri gegründet hatte. Aus diesem Grund konzentrierten wir unsere Untersuchungen auf den Zeitraum des Erstkontakts.«

»Ein solcher Erstkontakt fand in beiden Universen statt?« fragte Kirk.

»Ja. Und soweit wir uns erinnern können, waren die Umstände identisch. Cochranes erster Warpflug weckte die Aufmerksamkeit eines vulkanischen Raumschiffs, und am nächsten Tag fand der erste Kontakt statt.« Spock wirkte sehr nachdenklich.

»Aber ...?« hakte Kirk nach.

»Bei den Ereignissen *nach* dem ersten Kontakt scheint es in den beiden Universen Unterschiede zu geben. Es ist nichts Eindeutiges, kein wichtiges Dokument oder ein Zwischenfall, der sich als maßgeblich bestimmen ließe. Aber in einem Universum – in unserem – teilten Menschen und Vulkanier einen optimistischen Traum, der vorsah, ihre Ressourcen zu kombinieren und den Weltraum zu erforschen. Im Paralleluniversum kam es ebenfalls zur Zusammenarbeit, und es fanden auch gemeinsame Expeditionen statt, aber sie zeichneten sich durch einen starken militärischen Aspekt aus. Man könnte meinen, die am dortigen Erstkontakt beteiligten Personen hätten an eine große Gefahr geglaubt, die irgendwo zwischen den Sternen auf sie wartete. Sie verhielten sich so, als verfügten sie damals über ein geheimes Wissen in Bezug auf zukünftige Konflikte.«

»Welche Art von Konflikten?« fragte Kirk.

Spock legte die Hände auf den Rücken. »Nun, vielleicht gehen die Unterschiede nur darauf zurück, wie historische Daten aufgezeichnet werden. Möglicherweise steckt nicht mehr dahinter. Aber im Paralleluniversum... als man dort die Borg entdeckte, und zwar viel früher als in unserer Realität... Das Terranische Empire schien damit gerechnet zu haben, ihnen zu begegnen. In der Welt hinter dem Spiegel blieben die Borg nicht lange eine Bedrohung.«

»Wie ist so etwas möglich?« fragte Teilani.

»Ich weiß es nicht«, erwiderte Spock. »Selbst wenn wir die richtigen Schlüsse daraus ziehen: Vielleicht lässt sich eine solche Wahrheit nie erklären.«

Kirk sah wieder zum Hauptschirm, der nach wie vor die *Enterprise* zeigte. In diesem Universum gab es genug Mysterien für ihn – sollten sich andere um die Geheimnisse des Paralleluniversums kümmern. Janeway und T'Val würden mit all den technischen Informationen in ihren Krieg zurückkehren, die Kirk ihnen beschaffen konnte. Der am Bendii-Syndrom leidende andere Spock würde eine Behandlung in dieser Realität erfahren und erst dann heimkehren, wenn ihm keine Gefahr mehr drohte. Und was Kirk betraf... Er wollte sich endgültig ins Privatleben zurückziehen.

»Was denkst du gerade, James?«

Kirk lächelte und wandte sich der Frau zu, mit der er neues Leben geschaffen hatte. »Möchtest du mich heiraten?« fragte er.

Teilani musterte ihn mit einem Blick, der bis in seine Seele reichte. Vor ihr konnte er nichts verbergen, was er keineswegs bedauerte.

»Was hast du mit dem Baumstumpf auf Chal vor?«

»Ich zerstrahle ihn mit einem Phaser«, versprach Kirk. »Ich leihe mir einen von Memlons Mutter.«

Teilani lachte. Ein so herrliches Geräusch hatte Kirk seit Wochen nicht gehört.

»Und dann?« fragte sie. »Nachdem du die Lichtung bepflanzt und uns ein Haus gebaut hast?« Sie sah zum großen Bildschirm, an der *Enterprise* und den Plasmastürmen vorbei zu den Sternen. »Was ist mit... den Dingen dort draußen?«

Kirk blickte ebenfalls hinaus, aber nicht durchs All, sondern durch die Zeit.

Er konnte nichts vor Teilani verbergen. Und er war auch nicht imstande, sie zu belügen.

»Ich weiß es nicht«, entgegnete er. »Vielleicht werde ich Bauer. Vielleicht können wir mit dem Pferd, das ich von Jean-Luc bekommen habe, eine Zucht beginnen. Oder ich kaufe ein kleines Raumschiff, und dann finden wir heraus, wie viele Chals es dort draußen gibt. Du, ich und unser Sohn.«

»Oder unsere Tochter.«

»Alle unsere Kinder.« Kirk lächelte und zog Teilani enger an sich heran, so dass sie den Kopf an seine Schulter stützen konnte. »Ich weiß nicht, was ich machen oder wohin ich gehen werde. Aber eins steht fest: Was auch immer die Zukunft bringt – es betrifft uns beide.«

Teilani lächelte ebenfalls, teilte ihre Liebe mit ihm. Und plötzlich wusste Kirk: Er war von ihr fortgeschickt worden, um etwas zu entdecken, und er hatte es gefunden.

Er kannte jetzt seinen Platz im Universum.

Es war weder eine Welt noch irgendein Ort in Raum und Zeit.

Stattdessen befand sich sein Platz überall, zu jedem beliebigen Zeitpunkt. Solange Teilani bei ihm war.

»Ich liebe dich«, flüsterte sie dicht an seiner Wange.

»Ich liebe dich auch«, erwiderte er ebenso leise.

Ein perfekter Moment.

Und dann heulten Alarmsirenen.

Kirk und Teilani lösten sich sofort voneinander.

»Was ist los?« fragte Kirk.

»Waffensysteme peilen uns an!« antwortete T'Val.

Janeway sah auf die Displays der taktischen Station. »Es ist die *Enterprise*! Ihre Bordsysteme werden wieder aktiv.«

»Was?« brachte Kirk hervor. »Wie ist das möglich?«

»Wir empfangen Kom-Signale«, meldete T'Val.

»Auf den Schirm«, sagte Janeway.

Alle Blicke richteten sich auf den Hauptschirm. Die

Enterprise verschwand aus dem zentralen Projektionsfeld und ein Bild ihrer Brücke erschien.

Alle Stationen waren besetzt. Blinkende Indikatoren deuteten auf das volle Funktionspotential der Konsolen hin.

Doch all das spielte keine Rolle.

Weitaus größere Bedeutung kam dem im Kommandosessel sitzenden Mann zu.

Wenn im Kontrollraum der *Voyager* jemand nach Luft schnappte, so hörte Kirk es nicht.

Wenn sich Teilanis Hand fester um seinen Arm schloss... Er spürte nichts davon.

Das Herz schlug ihm bis zum Hals empor.

Ihm stockte der Atem.

Jähe Furcht verbannte alle Gedanken aus ihm, ein Entsetzen, das aus den dunkelsten Winkeln seiner Seele kroch.

Das Gesicht des Mannes im Kommandosessel...

...war sein eigenes.

Und es lachte.

»James T. Kirk«, sagte der Mann. »Ich habe so viel von dir gehört. Und ich verdanke dir noch viel mehr.«

»Die Phaser werden mit Energie geladen«, sagte T'Val.

Kirk versuchte, den Schock zu überwinden. »Wer... bist du?« fragte er, obwohl er die Antwort bereits kannte.

Der Mann im Kommandosessel der *Enterprise* beugte sich vor, und das Lächeln in seinem Gesicht kam dem Grinsen des Teufels gleich.

»*Du* darfst mich... Tiberius nennen.«

Kirk stützte sich an der Navigationskonsole ab. »Warum bist du hier?«

Sein Pendant antwortete so, als sei gerade die selbstverständlichste aller Fragen gestellt worden. »Du hast mir ein Universum gestohlen, James. Ich bin hier, um dir deins zu nehmen.«

»Ausgeschlossen«, sagte Kirk.

»Du hast die Wahl. Deaktiviere die Schilde und ergib dich. Oder du stirbst. Ich gebe dir zehn Sekunden Zeit.«

Imperator Tiberius lehnte sich im Kommandosessel der *Enterprise* zurück.

Das Warten begann.

DANKSAGUNG

Gar und Judy Reeves-Stevens sind unglaublich. Ihre Arbeit spricht für sich selbst. Niemand kennt STAR TREKs Legenden besser als sie.

Ich danke auch John Ordover, Margaret Clark und Gina Centrello für ihre Sachkenntnis.

in der Reihe
HEYNE SCIENCE FICTION & FANTASY

STAR TREK: CLASSIC SERIE
Vonda N. McIntyre, Star Trek II: Der Zorn des Khan · 06/3971
Vonda N. McIntyre, Der Entropie-Effekt · 06/3988
Robert E. Vardeman, Das Klingonen-Gambit · 06/4035
Lee Correy, Hort des Lebens · 06/4083
Vonda N. McIntyre, Star Trek III: Auf der Suche nach Mr. Spock · 06/4181
S. M. Murdock, Das Netz der Romulaner · 06/4209
Sonni Cooper, Schwarzes Feuer · 06/4270
Robert E. Vardeman, Meuterei auf der Enterprise · 06/4285
Howard Weinstein, Die Macht der Krone · 06/4342
Sondra Marshak & Myrna Culbreath, Das Prometheus-Projekt · 06/4379
Sondra Marshak & Myrna Culbreath, Tödliches Dreieck · 06/4411
A. C. Crispin, Sohn der Vergangenheit · 06/4431
Diane Duane, Der verwundete Himmel · 06/4458
David Dvorkin, Die Trellisane-Konfrontation · 06/4474
Vonda N. McIntyre, Star Trek IV: Zurück in die Gegenwart · 06/4486
Greg Bear, Corona · 06/4499
John M. Ford, Der letzte Schachzug · 06/4528
Diane Duane, Der Feind – mein Verbündeter · 06/4535
Melinda Snodgrass, Die Tränen der Sänger · 06/4551
Jean Lorrah, Mord an der Vulkan Akademie · 06/4568
Janet Kagan, Uhuras Lied · 06/4605
Laurence Yep, Herr der Schatten · 06/4627
Barbara Hambly, Ishmael · 06/4662
J. M. Dillard, Star Trek V: Am Rande des Universums · 06/4682
Della van Hise, Zeit zu töten · 06/4698
Margaret Wander Bonanno, Geiseln für den Frieden · 06/4724
Majliss Larson, Das Faustpfand der Klingonen · 06/4741
J. M. Dillard, Bewußtseinsschatten · 06/4762
Brad Ferguson, Krise auf Centaurus · 06/4776
Diane Carey, Das Schlachtschiff · 06/4804
J. M. Dillard, Dämonen · 06/4819
Diane Duane, Spocks Welt · 06/4830
Diane Carey, Der Verräter · 06/4848
Gene DeWeese, Zwischen den Fronten · 06/4862
J. M. Dillard, Die verlorenen Jahre · 06/4869
Howard Weinstein, Akkalla · 06/4879
Carmen Carter, McCoys Träume · 06/4898
Diane Duane & Peter Norwood, Die Romulaner · 06/4907
John M. Ford, Was kostet dieser Planet? · 06/4922
J. M. Dillard, Blutdurst · 06/4929
Gene Roddenberry, Star Trek I: Der Film · 06/4942
J. M. Dillard, Star Trek VI: Das unentdeckte Land · 06/4943
Jean Lorrah, Die UMUK-Seuche · 06/4949
A. C. Crispin, Zeit für gestern · 06/4969
David Dvorkin, Die Zeitfalle · 06/4996
Barbara Paul, Das Drei-Minuten-Universum · 06/5005
Judith & Garfield Reeves-Stevens, Das Zentralgehirn · 06/5015
Gene DeWeese, Nexus · 06/5019
D. C. Fontana, Vulkans Ruhm · 06/5043
Judith & Garfield Reeves-Stevens, Die erste Direktive · 06/5051
Michael Jan Friedman, Das Doppelgänger-Komplott · 06/5067

STAR TREK™

Judy Klass, Der Boaco-Zwischenfall · 06/5086
Julia Ecklar, Kobayashi Maru · 06/5103
Peter Norwood, Angriff auf Dekkanar · 06/5147
Carolyn Clowes, Das Pandora-Prinzip · 06/5167
Michael Jan Friedman, Schatten auf der Sonne · 06/5179
Diana Duane, Die Befehle des Doktors · 06/5247
V. E. Mitchell, Der unsichtbare Gegner · 06/5248
Dana Kramer-Rolls, Der Prüfstein ihrer Vergangenheit · 06/5273
Barbara Hambly, Der Kampf ums nackte Überleben · 06/5334
Brad Ferguson, Eine Flagge voller Sterne · 06/5349
J. M. Dillard, Star Trek VII: Generationen · 06/5360
Gene DeWeese, Die Kolonie der Abtrünnigen · 06/5375
Michael Jan Friedman, Späte Rache · 06/5412
Peter David, Der Riß im Kontinuum · 06/5464
Michael Jan Friedman, Gesichter aus Feuer · 06/5465
Peter David/Michael Jan Friedman/Robert Greenberger, Die Enterbten · 06/5466
L. A. Graf, Die Eisfalle · 06/5467
John Vornholt, Zuflucht · 06/5468
L. A. Graf, Der Saboteur · 06/5469
Melissa Crandall, Die Geisterstation · 06/5470
Mel Gilden, Die Raumschiff-Falle · 06/5471
V. E. Mitchell, Tore auf einer toten Welt · 06/5472
Victor Milan, Aus Okeanos Tiefen · 06/5473
Diane Carey, Das große Raumschiff-Rennen · 06/5474
Margaret Wander Bonanno, Die Sonde · 06/5475
Diane Carey, Kirks Bestimmung · 06/5476
L. A. Graf, Feuersturm · 06/5477
A. C. Crispin, Sarek · 06/5478
Simon Hawke, Die Terroristen von Patria · 06/5479
Barbara Hambly, Kreuzwege · 06/5681
L. A. Graf, Ein Sumpf von Intrigen · 06/5682
Howard Weinstein, McCoys Tochter · 06/5683
J. M. Dillard, Sabotage · 06/5685
Denny Martin Flinn, Der Coup der Promethaner · 06/5686
Diane Carey/Dr. James I. Kirkland, Keine Spur von Menschen · 06/5687
William Shatner, Die Asche von Eden · 06/5688
William Shatner, Die Rückkehr · 06/5689
William Shatner, Der Rächer · 06/5690
Peter David, Die Tochter des Captain · 06/5691
Dean Wesley Smith/Kristine Kathryn Rusch, Die Ringe von Tautee · 06/5693
Diane Carey, Invasion - 1: Der Erstschlag · 06/5694
Dean Wesley Smith/Kristine Kathryn Rusch, Tag der Ehre - 4: Das Gesetz des Verrats · 06/5702
William Shatner, Das Gespenst · 06/5703

STAR TREK: THE NEXT GENERATION
David Gerrold, Mission Farpoint · 06/4589
Gene DeWeese, Die Friedenswächter · 06/4646
Carmen Carter, Die Kinder von Hamlin · 06/4685
Jean Lorrah, Überlebende · 06/4705
Peter David, Planet der Waffen · 06/4733
Diane Carey, Gespensterschiff · 06/4757
Howard Weinstein, Macht Hunger · 06/4771
John Vornholt, Masken · 06/4787
David & Daniel Dvorkin, Die Ehre des Captain · 06/4793

STAR TREK™

Michael Jan Friedman, Ein Ruf in die Dunkelheit · 06/4814
Peter David, Eine Hölle namens Paradies · 06/4837
Jean Lorrah, Metamorphose · 06/4856
Keith Sharee, Gullivers Flüchtlinge · 06/4889
Carmen Carter u. a., Planet des Untergangs · 06/4899
A. C. Crispin, Die Augen der Betrachter · 06/4914
Howard Weinstein, Im Exil · 06/4937
Michael Jan Friedman, Das verschwundene Juwel · 06/4958
John Vornholt, Kontamination · 06/4986
Mel Gilden, Baldwins Entdeckungen · 06/5024
Peter David, Vendetta · 06/5057
Peter David, Eine Lektion in Liebe · 06/5077
Howard Weinstein, Die Macht der Former · 06/5096
Michael Jan Friedman, Wieder vereint · 06/5142
T. L. Mancour, Spartacus · 06/5158
Bill McCay/Eloise Flood, Ketten der Gewalt · 06/5242
V. E. Mitchell, Die Jarada · 06/5279
John Vornholt, Kriegstrommeln · 06/5312
David Bischoff, Die Epidemie · 06/5356
Peter David, Imzadi · 06/5357
Laurell K. Hamilton, Nacht über Oriana · 06/5342
Simon Hawke, Die Beute der Romulaner · 06/5413
Rebecca Neason, Der Kronprinz · 06/5414
John Peel, Drachenjäger · 06/5415
Diane Carey, Abstieg · 06/5416
Diane Duane, Dunkler Spiegel · 06/5417
Jeri Taylor, Die Zusammenkunft · 06/5418
Michael Jan Friedman, Relikte · 06/5419
Susan Wright, Der Mörder des Sli · 06/5438
W. R. Thomson, Planet der Schuldner · 06/5439
Carmen Carter, Das Herz des Teufels · 06/5440
Michael Jan Friedman & Kevin Ryan, Requiem · 06/5442
Dafydd ab Hugh, Gleichgewicht der Kräfte · 06/5443
Michael Jan Friedman, Die Verurteilung · 06/5444
Peter David, Q² · 06/5445
Simon Hawke, Die Rückkehr der Despoten · 06/5446
Robert Greenberger, Die Strategie der Romulaner · 06/5447
Gene DeWeese, Im Staubnebel verschwunden · 06/5448
Brad Ferguson, Das letzte Aufgebot · 06/5449
Kij Johnson/Greg Cox, Die Ehre des Drachen · 06/5751
J. M. Dillard/Kathleen O'Malley, Wahnsinn · 06/5753
Dean Wesley Smith/Kristine Kathryn Rusch, Invasion - 2: Soldaten des Schreckens · 06/5754
Pamela Sargent & George Zebrowski, Verhöhnter Zorn · 06/5756
J. M. Dillard, Star Trek VIII: Der erste Kontakt · 06/5757
Diane Carey, Tag der Ehre - 1: Altes Blut · 06/5763
John Vornholt, Der Dominion-Krieg - 1: Hinter feindlichen Linien · 06/5765
John Vornholt, Der Dominion-Krieg - 3: Sternentunnel · 06/5766
Peter David, Imzadi II · 06/5767
J. M. Dillard, Star Trek IX: Der Aufstand · 06/5770

STAR TREK: DIE ANFÄNGE
Vonda N. McIntyre, Die erste Mission · 06/4619
Margaret Wander Bonanno, Fremde vom Himmel · 06/4669
Diane Carey, Die letzte Grenze · 06/4714

STAR TREK™

STAR TREK: DEEP SPACE NINE
J. M. Dillard, Botschafter · 06/5115
Peter David, Die Belagerung · 06/5129
K. W. Jeter, Die Station der Cardassianer · 06/5130
Sandy Schofield, Das große Spiel · 06/5187
Dafydd ab Hugh, Gefallene Helden · 06/5322
Lois Tilton, Verrat · 06/5323
Esther Friesner, Kriegskind · 06/5430
John Vornholt, Antimaterie · 06/5431
Diane Carey, Die Suche · 06/5432
Melissa Scott, Der Pirat · 06/5434
Nathan Archer, Walhalla · 06/5512
Greg Cox/John Gregory Betancourt, Der Teufel im Himmel · 06/5513
Robert Sheckley, Das Spiel der Laertianer · 06/5514
Diane Carey, Der Weg des Kriegers · 06/5515
Diane Carey, Die Katakombe · 06/5516
Dean Wesley Smith/Kristine Kathryn Rusch, Die lange Nacht · 06/5517
John Peel, Der Schwarm · 06/5518
L. A. Graf, Invasion - 3: Der Feind der Zeit · 06/5519
Michael Jan Friedman, Saratoga · 06/5721
Diane Carey, Neuer Ärger mit den Tribbles · 06/5723
L. A. Graf, Tag der Ehre - 2: Der Himmel von Armageddon · 06/5725
Diane Carey, Der Dominion-Krieg - 2: Verlorener Friede · 06/5727
Diane Carey, Der Dominion-Krieg - 4: Beendet den Krieg! · 06/5728

STAR TREK: STARFLEET KADETTEN
John Vornholt, Generationen · 06/6501
Peter David, Worfs erstes Abenteuer · 06/6502
Peter David, Mission auf Dantar · 06/6503
Peter David, Überleben · 06/6504
Brad Strickland, Das Sternengespenst · 06/6505
Brad Strickland, In den Wüsten von Bajor · 06/6506
John Peel, Freiheitskämpfer · 06/6507
Mel Gilden & Ted Pedersen, Das Schoßtierchen · 06/6508
John Vornholt, Erobert die Flagge! · 06/6509
V. E. Mitchell, Die Atlantis Station · 06/6510
Michael Jan Friedman, Die verschwundene Besatzung · 06/6511
Michael Jan Friedman, Das Echsenvolk · 06/6512
Diane G. Gallagher, Arcade · 06/6513
John Peel, Ein Trip durch das Wurmloch · 06/6514
Brad & Barbara Strickland, Kadett Jean-Luc Picard · 06/6515
Brad & Barbara Strickland, Picards erstes Kommando · 06/6516
Ted Pedersen, Zigeunerwelt · 06/6517
Patricia Barnes-Svarney, Loyalitäten · 06/6518
Diana G. Gallagher, Tag der Ehre - 5: Ehrensache · 06/6530

STAR TREK: VOYAGER
L. A. Graf, Der Beschützer · 06/5401
Dean Wesley Smith/Kristine Kathryn Rusch, Die Flucht · 06/5402
Nathan Archer, Ragnarök · 06/5403
Susan Wright, Verletzungen · 06/5404
John Betancourt, Der Arbuk-Zwischenfall · 06/5405
Christie Golden, Die ermordete Sonne · 06/5406
Mark A. Garland/Charles G. McGraw, Geisterhafte Visionen · 06/5407
S. N. Lewitt, Cybersong · 06/5408

STAR TREK™

Dafydd ab Hugh, Invasion - 4: Die Raserei des Endes · 06/5409
Karen Haber, Segnet die Tiere · 06/5410
Jeri Taylor, Mosaik · 06/5811
Melissa Scott, Der Garten · 06/5812
David Niall Wilson, Puppen · 06/5813
Greg Cox, Das schwarze Ufer · 06/5814
Michael Jan Friedman, Tag der Ehre - 3: Ihre klingonische Seele · 06/5815
Christie Golden, Gestrandet · 06/5816
Dean Wesley Smith/Kristine Kathryn Rusch/Nina Kiriki Hoffman, Echos · 06/5817

STAR TREK: DIE NEUE GRENZE
Peter David, Captain Calhoun · 06/6551
Peter David, U.S.S. Excalibur · 06/6552

DAS STAR TREK-UNIVERSUM, 2 Bde.,
von *Ralph Sander* · 06/5150
DAS STAR TREK-UNIVERSUM, 1. Ergänzungsband
von *Ralph Sander* · 06/5151
DAS STAR TREK-UNIVERSUM, 2. Ergänzungsband
von *Ralph Sander* · 06/5270

Ralph Sander, Star Trek Timer 1996 · 06/1996
Ralph Sander, Star Trek Timer 1997 · 06/1997
Ralph Sander, Star Trek Timer 1998 · 06/1998
Ralph Sander, Star Trek Timer 1999 · 06/1999

William Shatner/Chris Kreski, Star Trek Erinnerungen · 06/5188
William Shatner/Chris Kreski, Star Trek Erinnerungen: Die Filme · 06/5450

Phil Farrand, Cap'n Beckmessers Führer durch
   STAR TREK – DIE CLASSIC SERIE · 06/5451
Phil Farrand, Cap'n Beckmessers Führer durch
   STAR TREK – DIE NÄCHSTE GENERATION · 06/5199
Phil Farrand, Cap'n Beckmessers Führer durch
   STAR TREK – DIE NÄCHSTE GENERATION - Teil 2 · 06/6457
Phil Farrand, Cap'n Beckmessers Führer durch
   STAR TREK – DEEP SPACE NINE · 06/6458

David Alexander, Gene Roddenberry - Die autorisierte Biographie · 06/5544
Judith & Garfield Reeves-Stevens, Star Trek Design · 06/5545
Nichelle Nichols, Nicht nur Uhura · 06/5547
Leonard Nimoy, Ich bin Spock · 06/5548
Lawrence M. Krauss, Die Physik von Star Trek · 06/5549
Judith & Garfield Reeves-Stevens, Star Trek – Deep Space Nine: Die Realisierung einer Idee · 06/5550
Herbert F. Solow & Yvonne Fern Solow, Star Trek: Das Skizzenbuch – Die Classic-Serie · 06/6469
Judith & Garfield Reeves-Stevens, Star Trek – Phase II: Die verlorene Generation · 06/6470
Herbert F. Solow/Robert H. Justman, Star Trek – Die wahre Geschichte · 06/6499
J. M. Dillard, Star Trek: Wo bisher noch niemand gewesen ist · 06/6500

Diese Liste ist eine Bibliographie erschienener Titel,
KEIN VERZEICHNIS LIEFERBARER BÜCHER!

Isaac Asimov

Die Foundation-Trilogie

Das Meisterwerk der Science Fiction

Wie einst das Römische Reich steht das Galaktische Imperium kurz vor dem Zerfall.
Doch der Psychohistoriker Hari Seldon ersinnt einen atemberaubenden Plan, um die Menschheit durch das kommende ›dunkle Zeitalter‹ zu leiten ...

Mit einem umfangreichen Essay über die Psychohistorik.

06/8209

HEYNE-TASCHENBÜCHER